入选"十四五"国家重点图书出版规划

丹曾文化

丹曾人文通识丛书

黄怒波 主编

# 漂往远海

## 中国女性诗歌史 当代卷

孙晓娅 著

北京大学出版社
PEKING UNIVERSITY PRESS

图书在版编目(CIP)数据

漂往远海：中国女性诗歌史. 当代卷 / 孙晓娅著；黄怒波主编. -- 北京：北京大学出版社，2024.12.（丹曾人文通识丛书）. -- ISBN 978-7-301-35724-8

Ⅰ. I207.209

中国国家版本馆 CIP 数据核字第 2024ZE2945 号

| 书　　　名 | 漂往远海：中国女性诗歌史（当代卷） |
| --- | --- |
|  | PIAOWANG YUANHAI: ZHONGGUO NÜXING SHIGE SHI (DANGDAI JUAN) |
| 著作责任者 | 孙晓娅 著　黄怒波 主编 |
| 责任编辑 | 张亚如 |
| 标准书号 | ISBN 978-7-301-35724-8 |
| 出版发行 | 北京大学出版社 |
| 地　　　址 | 北京市海淀区成府路 205 号　100871 |
| 网　　　址 | http://www.pup.cn　　　新浪微博：@北京大学出版社 |
| 微信公众号 | 通识书苑（微信号：sartspku）　科学元典（微信号：kexueyuandian） |
| 电子邮箱 | 编辑部 jyzx@pup.cn　　　总编室 zpup@pup.cn |
| 电　　　话 | 邮购部 010-62752015　　发行部 010-62750672 |
|  | 编辑部 010-62767346 |
| 印 刷 者 | 三河市北燕印装有限公司 |
| 经 销 者 | 新华书店 |
|  | 650 毫米 ×980 毫米　16 开本　28 印张　350 千字 |
|  | 2024 年 12 月第 1 版　2024 年 12 月第 1 次印刷 |
| 定　　　价 | 92.00 元 |

未经许可，不得以任何方式复制或抄袭本书之部分或全部内容。
版权所有，侵权必究
举报电话：010-62752024　电子邮箱：fd@pup.cn
图书如有印装质量问题，请与出版部联系，电话：010-62756370

# "丹曾人文通识丛书"
## 学术委员会

主　席：谢　冕
副主席：柯　杨　杨慧林

# "丹曾人文通识丛书"
# 总　序

——————·——————

在我国国民经济和社会发展"十四五"规划开始的时候，人文学者面临从知识的阐释者向生产者、促进者和管理者转变的机遇。由"丹曾文化"策划的"丹曾人文通识丛书"，就是一次实践行动。这套丛书涵盖了文、史、哲等多个学科领域，由近百位人文学科领域优秀的学者著述。通过学科交叉及知识融合探索人类文明的起源、人类与自然的和谐共生、人类的生命教育和心理机制，让更多受众了解中国传统文化与文学，形成独具中华文明特色的审美品格。

这些学科并没有超越出传统的知识系统，但从撰写的角度来说，已经具有了独特的创新色彩。首先，学者们普遍展现出对人类文明知识底层架构的认识深度和再建构能力，从传统人文知识的阐释者转向了生产者、促进者和管理者。这是一种与读者和大众的和解倾向。因为，信息社会的到来和教育现代化的需求，让学者和大众之间的关系终于有了教学互长的机遇和可能。在这个意义上，我们不能再教"谁是李白"了，而是共同探讨"为什么是李白"。

所以，这套丛书的作者们，从刻板的学术气息中脱颖而出，以流畅而优美的文本风格从各自的角度揭示了新的人文知识层次，展现了新时代人文学者的精神气质。

这套丛书的人文视阈并没有刻意局限，每一位学者都是从自身的学术积淀生发出独特的个性气息。最显著的特点是他们笔下的传统人文世界展现了新的内容和角度，这就能够促成当下的社会和大众以新的眼光来认识和理解我们所处的传统社会。

最重要的是，这套丛书的出版是为了适应互联网社会的到来。它的知识内容将进入数字生产。比如说，我们再遇到李白时，不再简单地通过文字的描写而认识他。我们将会采取还原他所处时代的虚拟场景来体验和认识他的"蜀道"，制造一位"数字孪生"的他来展现他的千古绝唱《蜀道难》的审美绝技。在这个意义上，这套丛书会具有以往人文知识从未有过的生成能力和永生的意境。同时，也因此而具备了混合现实审美的魅力。

当我们开始具备人文知识数字化的意识和能力时，培育和增强社会的数字素养就成了新时代的课题。这套丛书的每一个人文学科，都将因此而具有新的知识生产和内容生发的可能性。更重要的是，在我们的国家消除了绝对贫困之后，我们的社会应当义不容辞地着手解决教育机会的公平问题。因此，这套丛书的数字化，就是对促进教育公平的一个解决方案。

有观点认为，当下推动教育变革的六大技术分别是：移动学习、学习分析、混合现实、人工智能、区块链和虚拟助手（数字孪生）。这些技术的最大意义，应该在于推动在线教育的到来。它将改变我们传统的学习范式，带来新的商业模式，从而引发高等教育的根本性变化。

这套丛书就是因此而生成的。它在当前的人文学科领域具有了崭新的"可识别性"和"可数字性"。下一步，我们将推进这套丛书的数字资产的转变，为新时代的人文素质教育和终身教育的需求提供一种新途径、新范式。而我们的学者，也有获得知识价值的奖励和回报的可能。

感谢所有学者的参与和努力。今后，你们应该作为各自学术领域 C2C 平台的建设者、管理者而光芒四射。

"丹曾人文通识丛书"主编

黄怒波

2021 年 3 月

# 目 录

▎ 导论：中国女性诗歌的流变及经典化历程 ...................1

▎ 第一章　一颗属于夜的诗灵：灰娃 ....................1
　第一节　灵魂深处的诗意坚守：精神疗治·美的探寻·自我救赎....8
　第二节　生命意趣的表达：个体·自然·历史 ................38
　第三节　混融超然与神秘奇诡的书写范式：风格·意象·节奏....51
　　结　语 ..............................................72

▎ 第二章　风暴中振翅的蝴蝶：郑玲 ....................73
　第一节　枯木中滋生的少女心 ...........................76
　第二节　诗途中的跋涉：探寻生命的本相 ..................95
　第三节　豪爽与婉约并济的美学风格 .....................110
　　结　语 .............................................126

▎ 第三章　"在诗歌的十字架上"歌唱：舒婷 ..............127
　第一节　"一股不可遏制的新诗潮"：女性诗歌的报春燕 .....131
　第二节　朦胧诗写作期的艺术特质 .......................155
　第三节　诗艺探索·风格转向·精神坚守：朦胧诗之外 ........167
　　结　语 .............................................188

## 第四章　日常生活的"持物者"：王小妮 …………………… 191

第一节　"无声地做一个诗人" ……………………………… 196

第二节　直抵时代的核心问题："活着"的诗学 …………… 205

第三节　质朴如刀的美学风格 ……………………………… 225

结　语 ………………………………………………………… 240

## 第五章　诗歌中的"女巫"：翟永明 …………………… 243

第一节　从女性意识到女神意识 …………………………… 250

第二节　日常生活的逾越与戏剧策略的植入 ……………… 276

第三节　"未完成"的写作：在古今游弋间求索新变 ……… 288

第四节　空间构境与诗意延展：《随黄公望游富春山》…… 296

第五节　走出"无往而非灰阑"的女性困境：《灰阑记》二首… 316

结　语 ………………………………………………………… 332

## 第六章　在倾听与寻找的途中：蓝蓝 …………………… 333

第一节　从乡村经验到社会生活：诗歌创作历程的转向 … 336

第二节　自然之心与真纯的人性书写 ……………………… 356

第三节　现代性批判与悲悯的底层关怀 …………………… 361

第四节　文体特征：从"漫溢的抒情"走向"少即是多" … 377

第五节　追忆中的童年"风景"与儿童符码 ……………… 387

结　语 ………………………………………………………… 399

## 后　记 ………………………………………………………… 401

# 导论：
# 中国女性诗歌的流变及经典化历程

中国诗歌的传统源远流长，"文变染乎世情，兴废系乎时序"，其艺术体式和审美内蕴经历了漫长的历史演变。诗歌作为民族心灵和个体情志的艺术表现形式，承载着绵延久远的中华文明，记录了历史文化的变迁，成为凝聚中华民族精神的重要力量，是中国文学史中最具生命力和代表性的文学形态。在中国诗歌史上，无论是以"抒情言志"为传统的中国古代诗歌，还是现代主义诗潮导向的新诗，男性文人士大夫或现代知识分子都是主要的诗歌创作主体，而作为镜像共生的女诗人和女性诗歌一度被湮没在诗歌历史长河之中。

一直以来，女性诗歌的概念边界都比较模糊，广义地讲，女性诗歌即女诗人的诗，狭义而言，女诗人写作中表现的"性别经验"和诗歌的"性别"特质，才是"女性诗歌"的基本条件。数千年来，中国女性诗歌经历了上古时代的高地、中古时代的低谷，经过近古的明清直至现代与当代，走过跌宕曲折的创作历程，直至当下，女性诗歌创作日渐繁盛，呈现出纷呈迥异的发展状态。

## 一、"林下风"与"闺阁气"：作为文人士大夫文化镜像的女性诗歌

从女性诗歌的发生机制和书写形态考察，古代女性诗歌的创作基本划分为文人文学确立之前的早期形态和依附于文人文学而生长的后来形态两个阶段。一般而言，被纳入文学史视野的中国古代女性诗歌主要指后一种形态。这一形态的男女作者中，男性占据绝对

的优势，然而，在早期文学中，女性诗歌创作的比重要高于后来阶段中男性诗歌创作的比重，占据很重要的地位。长期以来，古代文学史叙述多遮蔽了女性诗歌与以士大夫为主体的文人诗歌传统之间复杂而密切的关联：一方面是士大夫的诗歌创作传统赋予、造就了中国古代的女性诗歌创作，造就了一部分女性诗人；但另一方面，士大夫文化正是压抑中国古代女性诗歌、女性文学发展的一种外部力量。在中国古代文人士大夫文化影响下，女性诗歌作为其文化镜像而存在，大体形成了"林下风"与"闺阁气"两种抒情传统。中国古代诗歌创作的起源，据《吕氏春秋·音初》所载，最早可以追溯至南音之始的涂山氏的《候人歌》与北音之始的有娀氏二佚女的《燕燕》。不仅如此，"中国古代妇女实际上创作了中国古代文学的最早一批作品，最古老的民间歌诗多半出自女子之口"①。《诗经·国风》多无名氏之作，当中应不乏女性作者，如《中国妇女文学史》所云："周时民间采诗，兼用老年之男女任之。其诗亦必男女均采，故《诗经》中宜多妇人之词。"②而汉代五言诗，也有不少人认为源于女性文学，《玉台新咏》的编者徐陵便认为集内所收的五言诗大都乃女子所作，或经文人润色而成。

从中国古代女性文学发展史的宏观角度来看，自上古尤其是周代开始，到两汉魏晋时期，女性诗歌虽处于开局阶段，但在当时和后世均产生过较大影响。胡明曾指出："大抵而言，中国古代的妇女文学分两条大线索。一条是以《诗经·国风》为源头，经汉乐府、古诗直接晋以后吴声、西曲为代表的民间歌曲。……在精神形态上的最大特征是男人学女人。""文学的许多新形式、新体裁均出自民间女子，男子们在惊叹艳羡之余，便有意识地参与了加工、整

---

① 胡明：《关于中国古代的妇女文学》，《文学评论》1995年第3期。
② 谢无量：《中国妇女文学史》，中华书局，1916，第11页。

理，加工整理还不过瘾，便动手采用女子创作的形式体裁来创作他们自己的文学作品。……《国风》如此，乐府民歌如此，梁陈文人模拟的乐府尤其如此，后来词的、曲的发生发达与衍变也正是如此。"① 这大概是因为早期的诗歌往往自抒己意，一派真淳自然，而女子既无从参与政治与社会活动，情感的发抒便不具功利色彩，纯任天籁，更为率真而切近本心，写情也更加动人。

《诗经》是我国第一部诗歌总集，很多作品的作者无从考订，但仍有二十首左右的诗歌基本可视为女子的创作，如许穆夫人的《载驰》一诗。这些诗作题材宽广、情意真切且颇具社会时代特色，并未仅仅局限于相思恋情的歌唱，风格质朴平实。汉代五言诗②与乐府诗兴起，女性参与者亦不在少数，其中西汉托名卓文君的《白头吟》与汉末蔡琰《悲愤诗》最为杰出，后者尤为卓越，无论情感深度、艺术水平还是对后世之影响，均可比肩汉末和三国时期任何一位男性诗人。南北朝时期，乐府诗更为盛行，《子夜歌》及《苏小小歌》都是流播广远、脍炙人口的佳作。这一阶段的女性诗歌多写相思幽怨，与此前的创作相比，情感的广度与面向逐渐趋于狭窄单一，已经昭示了其后女性诗歌的主要抒情走向，这一走向直至清代都未有本质上的改变。同时，此时期的女性诗歌受主流诗坛影响，部分作品在风格上也开始呈现出明丽精秀的特征，虽然总体艺术表现依然以真淳古朴为主，但已然显示了与男诗人创作同步的新的诗歌风貌。

从先秦到南北朝，女诗人数量不多，尚处开局阶段的女性诗歌

---

① 胡明：《关于中国古代的妇女文学》，《文学评论》1995年第3期。
② 吴世昌在《论五言诗起源于妇女文学》一文中，从《诗经》四言、楚辞体之后，披寻五言的起源，根据对虞姬歌、班婕妤团扇诗、民歌《尹赏歌》《李延年歌》等的梳理，提出五言诗起源于妇女文学的说法。吴世昌：《论五言诗起源于妇女文学》，《文史知识》1985年第11期。

创作却不乏佳作，足以让众多文人士大夫刮目相看。魏晋以后，随着文人诗歌创作传统的建立，女性诗歌逐渐流变为文人诗作传统的一条支脉。如有学者指出："另一条妇女文学的大线索则是正统诗文辞赋的模拟创作。这条大线索的精神实质也正是一种'学'——妇女学男人。"① 此后的女性诗歌，除了少数作者之外，大都有意无意地遵循着男性文学传统的艺术标准与价值理念，以"无闺阁气""无脂粉气"为最高褒奖。

唐代是我国诗歌发展的黄金时代，而唐代女诗人的地位与总体成就却陡然下落，与前期相比可谓黯然失色。整个唐五代时期最为亮眼的女诗人便是初唐的上官婉儿，在她之后，再无女性诗人能够指点诗坛、独领风骚。与闺秀和宫廷诗人相比，唐代女冠和歌伎诗人的成就与影响更大。她们游走于男性诗坛的边缘，与男性诗人交往唱和，代表作家李冶、鱼玄机与薛涛身世境遇各自不同，但其作品在整体的艺术风貌与情感内容方面区别不大。除了相思恋情，她们的某些诗作也表现出身世之感与郁悒不平之意，在题材内涵与审美风格上都流露出一定的开拓与创新意识，这是尤为可贵之处。随着诗歌黄金时代的到来，唐代女性诗歌的诗艺渐趋精雅与成熟，这与男性诗坛的影响直接相关，也从另一个角度反映了唐代诗歌的兴盛与发展。而从这一时期开始，一方面女性诗歌被排挤出主流诗坛，无复早期风光；另一方面，女性诗歌的创作在目标与理念上基本上以追随男性诗的审美为主，进入了"女学男"的阶段，无论作家还是作品数量，所占比重都显得很低。即使明末以后女性文学繁兴，也并未真正改变这一事实。

宋代词的创作极为繁盛，成为有宋一代之标志性文学式样。上

---

① 胡明：《关于中国古代的妇女文学》，《文学评论》1995 年第 3 期。

自天子下至乐伎，皆习倚声填词，而存世的女性词人词作数量却极为有限。之所以如此，其缘故大概有三：一是自魏晋以后女性已被排挤出主流文坛，这直接影响了她们的创作热情与自信；二是作为文坛的主导者，当时男性文人对女性的文学创作大都既无兴趣亦不看重，没有他们的支持推动及搜罗刊刻，女性作品很难得以保存和流传；三是理学兴起，对女子的束缚较此前更为深重，这从朱淑真的"女子弄文诚可罪"及南宋王灼对李清照的批评便可见一斑。其实，即使到了明清时代，士林对妇学多有奖掖之举与赞许之意，甚至有些男性以女才为荣，但依然有不少才女声称"诗非女子事"而自焚诗稿，故而宋代女性词坛的沉寂也是意料中事。

宋代词坛出现了一个有趣的现象：一方面词坛是男性文人的天下，女性词人及作品数量相形之下少得可怜；另一方面，此时却出现了文学史上最杰出的女词人——李清照，其词之成就足以与男性词人相抗衡，对后世影响之大之深堪称空前绝后。这固然与其文人化的识见襟怀有关，更重要的是，词体特质与女子天性在"抒情"传统这一特点上尤为契合。宋代影响较大的女词人，除李清照外，另有朱淑真，其《断肠词》流播较为广远。如果说易安词之"神骏"对作者之才力、学养和识见要求较高，而令大多数女词人难以追摹，那么，其"芬馨"之美则与朱淑真词之婉约清新同出一径，以其易学且更贴合女性性情与审美旨趣的缘故，成为女性词风的审美所趋。宋末词坛进入衰落期时，国亡的剧变又成就了宋词最后的辉煌。如果说，以往传统女诗人大都缺乏自觉的历史意识和时政关怀，那么到了宋末元初，由于外族的入侵，此时期的女性词创作一改之前的沉寂，集中涌现出一批以宫廷女性为主体的爱国女词人，其词作从内容到风格都有了明显的开拓和变化，从中也可见出时代风气与主流词坛的影响。同样写家国之恨，宋末女性词与易安南渡后所作又有所不同。因北宋词仍宗婉约，易安又秉持"词别是一家"的观点；而南宋自稼轩之后，豪放词风已得到广泛的认可且影响日益深远，故宋末女词人的创作亦追随而变之。

元代是戏剧史上的高峰期，诗文创作整体呈现出凋敝之象，女性诗歌的创作也几乎跌至最低点，唯一的亮色是元初的张玉娘。作为元代最优秀的女词人，张玉娘的成就虽无法与前朝的李清照、朱淑真相抗，却自有其不可取代的地位。张玉娘词作的题材与风格并无新变，仍是承袭传统而来，与朱淑真相类。但她于慢词的写作上较前人更为用力，从中也透露出女性词发展的某些消息。

在元代，诗文等正统文学的地位大大下降，以杂剧为代表的俗文学兴起，成为文坛主流，入明后此种趋势并未得到本质上的改变。明词不振，而以诗词为代表的雅文学，其总体成就亦无法与唐宋时相比。到了晚明，由于人性解放思潮的涌动，很多旧有思想受到了极大的冲击，无论士林还是女性自身，对于女性的文学创作都有了新的理念与态度。一方面是男性文人积极奖掖与推动，为发扬妇才不遗余力；另一方面是女性文学创作的热情日益高涨，不少才女抛开"女子无才便是德"的闺训与观念，以诗词的方式呈现古典女性的内心意识和生活细节。在此之前，女性心理及生活基本上由男性诗人来想象和代言，明清才女诗人群体创作出了大量独具女性个体风格和真切生活实感的女性诗作，明清女诗人群的集体涌现打破了男性代言女性写作的垄断。明清才女不仅以耽吟嗜书为荣，且出现了以徐媛、陆卿子、王端淑、黄媛介为代表的如文士般唱和交游的女诗人，同时还显示出家族性、地域性的创作趋势，这些特征后来一直延续到清代。

此前没有一个朝代"比明清时代产生过更多的女诗人，仅仅在三百年间，就有两千多位出版过专集的女诗人。而当时的文人不但没有对这些才女产生敌意，在很多情况下，他们还是女性出版的主要赞助者，而且竭尽心力，努力把女性作品经典化"①。不仅明清诗人及士大夫维护和推广女性诗词创作的现象颇为特殊，而且明清女诗人、词人的创作成果颇丰、艺术水准颇高。明代女性诗词创作从整体而言，大体可以分为以王微、李因为代表的青楼名妓传统，和以徐灿为代表的名门闺秀传统，两大传统各领风骚。只不过闺秀之作以学养才识取胜，名妓诸作则常因个性节操增色。但入清后随着妓业衰败，女性文坛基本可以说是闺秀的天下了，名妓无复往时风采，从此渐归沉寂。从具体的创作看，以吴江沈叶母女为代表的闺秀词人在题材与风格上虽恪守传统，并无突破，但凭借家族重文风气的影响及自身深厚的文学素养与成熟诗艺，她们的作品总体呈现出较高的艺术水准和秀雅清婉的审美特征。而以王微、李因为代表的名妓诗人，不仅雅负才情、独具个性，且所结交往来者多为以才华气节著称的名士清流。"她们不再是士人聊以销忧的'醇酒'之'妇人'，在某种程度上她们已具有自我觉醒的意识。……她们与名流交游，是许多雅集不可缺少的要素，甚至文人社团有意笼络她们以加强影响力，极少数还成为达官显贵的侧室姬妾进而影响到当时的政治活动。"②她们与才子名士的交往唱酬，既对自身的学识才艺有所裨益，又有助于其眼界胸襟的开阔，其诗词亦率意大胆、直白浅俗，显示出与闺秀之作不同的美学风貌。柳如是词写情的缠绵深挚、李因词寄寓的家国之感，以及王微游历山水的诸多诗作，都焕发出各自独特的光彩，共同成就了名妓文学最后的辉煌。

清初可谓正式开启了女性文学创作的黄金时代，此时期词坛出现了两位风姿各异而成就同样卓著的女词人——徐灿和顾贞立。徐

---

① ［美］孙康宜：《明清文人的经典论和女性观》，《江西社会科学》2004年第2期。
② 左东岭主编：《中国诗歌通史·明代卷》，人民文学出版社，2012，第754页。

灿亲历易代之痛，擅以深婉的情致表达故国之思，将明末以来女性爱国词的创作提升到了一个全新的高度。顾贞立作为著名词人顾贞观之姊，其人其词皆堪称卓特。婚姻的不幸令她常怀愤懑不平，但孤高不群的个性与对文学之事的热爱和自信则使她的词作突破了含蓄婉约的传统与女性词常有的柔美清丽之风，笔意激切，劲直疏宕，为后来的吴藻等人开启了先路。

清初的女性诗坛也同样显示出繁兴的趋势。"蕉园七子"作为第一个具有相当影响力和创作力的女性诗社，它的出现表明才女们文学创作热情的日渐增强与自主意识的悄悄萌芽。蕉园诸子大都出身书香世家，具有较为深厚的文学素养，又秉持着视文学之事为人生理想追求的热情与自信，这些直接影响了她们的创作态度与审美取向。其诗作刻意摒弃了前代女性诗常见的婉丽纤柔风格，多有疏阔境界与清隽之美的呈现，整体显示出文人化的创作倾向。

几乎与男性文学发展同步，清中叶的女性诗词创作进入了鼎盛期。此阶段女性诗人开始突破自酬自唱或者闺友酬答、家内唱和的狭小范围，公开拜名士为师。这种才女拜男性名士为师的情形，前代虽已有之，但清中叶规模之盛、影响之大，堪称空前。最引人瞩目的，便是以"性灵派"代表诗人袁枚为核心的"随园女弟子群"。随园女弟子多达三十余人，大都出身书香之家，有着较好的文学底蕴与修养。她们的诗歌创作追随并实践了袁枚的"性灵说"，重视真情与个性，多用白描，且时有活泼的机趣流露，风格以自然清丽为主。她们对性灵诗风的主动选择与积极实践，凸显出女性日渐鲜明的文学自觉意识，这是尤为值得重视之处。

随园女弟子中，孙云凤、孙云鹤姐妹在词的创作上，成就尤为突出。同样遭遇婚姻不幸，怀抱天壤王郎之恨的二人，在创作上则各有不同。孙云凤《湘筠馆词》以唐宋词传统为审美依归，内容上多写闺思离愁,传情含蓄深隐。早期所作多为小令,往往迷离轻约,深挚缠绵,有着明显的唐五代词风致。同时,她的一些作品又颇具北宋词的婉约和雅的美感特征,故后人称许其词"有南唐北宋意理"。孙云鹤与姊齐名,其《听雨楼词》独有一种疏朗悠远之美。由于婚后长年随宦远行,她有不少作品突破了闺情的限制,而转向乡愁旅思的集中描写,这也成为其词在题材上的重要特征。从审美的角度而言,孙云鹤词既不乏婉美流丽之致,又多具疏朗清隽的意境,在艺术表现手法方面与云凤相比,似乎更胜一筹。

浙派作为清代词坛上影响巨大的主流词派之一,也影响了不少女性词人的创作。清中叶出现的关锳和赵我佩、吴藻等皆是其中佼佼者。关锳的《梦影楼词》寄托着丰富的人生身世之感,风格婉雅工丽,同时受到浙派美学思想的熏染,集内不乏清空醇雅之作,反映了当时女性词创作水平与词艺的渐趋稳定与成熟。赵我佩的《碧桃仙馆词》一方面秉承唐宋词传统,一方面追踪浙派的幽隽空灵,精于炼字,显示出求新求变的意趣。这些都表明了当时女词人有意与男性文坛贴近的趋势,反映出她们对文学创作的浓厚热情和积极追求。

清中叶女性文坛上影响最大的,先有庄盘珠,之后是吴藻和顾春。庄盘珠《秋水轩集》诗词兼擅,传情细腻,写境清幽,虽多凄寂之思的表达,却也不乏通脱澹静与恬然心境的展现。清代中后期,被称为"双璧"的吴藻与顾春的出现,将女性词的创作推上了又一个高峰。吴藻词中所流露出的对女性生存境遇的强烈不满与对性别角色的苦闷,可视作对清初顾贞立的某种继承与发展,而郁愤更深,思想更为大胆激进。顾春一生遭遇坎壈,而个性爽朗豁达,不以困苦为意,词作取材广泛,不肯囿于闺怨愁思等女性化题材的范围,同时又继承了易安词文人化的精神特质,且更多一份高浑疏阔之气。她们与庄盘珠均堪称清代女性文坛的佼佼者，其诗词创作的不凡成就正鲜明地反映了古代女性文学所到达的新的境界与高度。

晚清时期的女性文学创作整体显得较为黯淡，作家作品虽多，但鲜见特出者。直到清末民初，被誉为"女子双侠"的秋瑾和吕碧城这两位襟期卓越的奇女子横空出世，以她们各自的奇绝词笔，为整个古代女性诗歌发展史作出华丽而高亢的收束。秋瑾身兼革命者与女诗人的双重身份，其作品中的爱国忧时之情与刚健激越之风互为表里，词风雄豪，刚柔交汇，一改词史上啼红怨绿、脂融粉腻的主导性题材和以往女性诗歌柔婉凄怨的传统。其词风雄豪，刚柔交汇，避免了过于刚直而少回味或过于凄婉而少风骨的问题，开辟了女性诗歌的全新境界与风貌。她将顾贞立、吴藻等人的郁愤情怀作了最为极致的抒发与升华，达到了"篇终振响"的高度。而吕碧城更堪称一位不世出的"奇女子"，时代的动荡与传奇的人生经历在客观上造就了她特立自信的个性。她用古诗文书写现代世界，她笔下描摹的海外游历情境与日常旅游见闻[①]，显露出作为一名女性的私人美学趣味。在女性词抒情传统整体走向衰微之际，精丽幽邃、含义超绝的吕词使女性词获得了生命的新机，卓然独立于群芳之上。吕碧城被誉为"李清照后第一女词人"。

综观古代女性诗歌发展，古代女性诗歌尽管长时期处于主流文坛的边缘，得不到士大夫群体的真正重视和认可，甚至到了今日仍被绝大多数男性研究者视作刻意模仿男性诗歌、没有真性情的无病呻吟之作，但不能否认的是，无论哪个阶段，无论女性创作的能力

---

① 吕遨游四海，刻意融会中西文化精神于创作中——去国乡情，人生感慨，生活信仰，以至于所见的一草一木，均吟咏于词中。她的欧游词以描写瑞士的雪山和湖陂景色为最多，目下回眸，竟然早于我们现在所说的旅游文学一百多年。

与参与度如何，古代女性诗歌始终未曾放弃抒写真情实感的传统，并非除了相思幽怨、伤春悲秋便无话可说。赵敏俐曾在《中国诗歌史通论》中强调，诗歌史的目的并不是总结规律，而是描述过程，寻找经验。①诚然，如何将面目模糊、被打上苍白标签的女性诗歌创作的真实面貌与价值客观而独立地呈现于读者眼前，让长久以来始终被忽视、被传统社会排挤的古代女性诗歌得到公正的定位与评价，是我们研究的重点。

## 二、创作转型与主体确立：现代女性诗歌话语的建构与衍生

新的文学体制和新的文学精神，伴随"五四"新文化运动的思想启蒙与文化改革登上历史的舞台，"女性"一词也出现在公众视野中——"女性文学"和"女性"两个概念最初都出现于"五四"新文化运动中。在此之前，指称女人的词语，都是对应着具体的处在家庭人伦关系中的女人。"女性"一词的生成，标志着女性以独立的人的身份在社会上出现。在古代女性诗歌发展史上，女性诗歌固然有独立的发展规律与轨迹，但多是作为文人士大夫文学的附属品而存在，多被定格为对中国古代文化传统的镜像反映。与古代女性诗歌及晚清民初女性文学创作不同的是，"五四"时期，不仅女作家群的崛起富有历史意义，而且从文学内部机制看，中国女性文学由萌生、发展到形成独立的品格，自产生之日起就孕育着现代品质。她们不甘屈服于男权统治，呼唤"女人的权力"，陈衡哲、冰心、陈学昭、石评梅、陆晶清、苏雪林、白薇等一大批女诗人浮出历史的地表。无论在创作还是编辑方面，"五四"时期的新女性都作出了非凡的努力：20世纪20年代女性诗人出版了4部诗集——

---

① 赵敏俐：《绪论·全球化视野下的中国诗歌史观》，载赵敏俐主编《中国诗歌史通论》，人民文学出版社，2013，第28页。

冰心的《繁星》（上海商务印书馆，1923），《春水》（北京大学新潮社，1923）；CF女士的《浪花》（北京大学新潮社，1923）；吕沄沁的《漫云》（北京海音社，1926）。"五四"新女性向时代发表她们独立的宣言，恰如石评梅在《妇女周刊》的发刊词中所写："大胆在荆棘黑暗的途中燃着这星星火焰，去觅东方的白采、黎明的曙辉。抚着抖颤的心，虔诚向这小小的论坛宣誓：'弱小的火把，燎燃着世界的荆丛；它是猛烈而光明！细微的呼声，振颤着人类的银铃，它是悠远而警深！'"亦如陈衡哲在《运河与扬子江》一诗中的与世告白："生命的奋斗是彻底的，奋斗来的生命是美丽的！"创造自己的生命，成为自己命运的主人，是"五四"时期女性主体意识觉醒的鲜明标志。相较此前，"五四"女诗人不仅体现出迥异于古代女诗人的新视野和新精神，而且从语言范式上和艺术审美品格等方面也完成了转型，只不过这一过程充满了挑战和矛盾。

　　作为第一批留学海外的女大学生作家的代表，新文学最早的女性拓荒者陈衡哲[①]说过，她们那代人，本想着将命运掌握在手中，却又害怕背离传统。这种矛盾是"五四"时期大多数女诗人自身经历与精神体验的写照——她们一方面浸染于"五四"新的时代思潮，即"人的觉醒"，个性独立解放，另一方面在女性深层意识里又受到传统意识、家庭和亲情等对她们精神与命运的箝制羁绊。体现在诗歌创作中，一方面追求光明和自由，表达个性解放等强烈的时代叛逆精神；另一方面又从家庭、亲情、自然中寻觅爱的辉光，在扭结的矛盾中完成了从形式革命到思想革命的转变。作为早期白话诗的尝试者，陈衡哲是中国新文学的第一位女诗人。1918年9月

---

[①] 陈衡哲1914年考入清华学堂留学生班，成为清华选送公费留美的女大学生之一。1918年获文学士学位。后进芝加哥大学继续深造，1919年获硕士学位，同年应北大校长蔡元培之邀回国，先后在北大、川大、东南大学任教授。

白话诗《"人家说我发了痴"》发表在《新青年》第5卷第3号上；1919年5月，白话诗《鸟》发表在《新青年》第6卷第5号上①……她不仅为创建现代新诗作出拓荒性尝试，而且鲜明地彰显了时代精神，在新诗发展史上第一次抒唱出觉醒的中国女性渴望自由解放的心声。

冰心是第一批国内大学生中最具代表性的女诗人，她在小说、诗歌和散文方面均取得斐然成绩，相应地，她分别介入或开创了"问题小说""繁星体""冰心体"。其中"繁星体"的小诗成为连通另外两类文体的桥梁，她的小说富有哲理和诗性，散文则是小诗的放大。在冰心的全部诗作中，影响最大的是《繁星》《春水》中的小诗。这两部诗集分别为中国新诗史上的第六、第七部个人诗集，它们是中国新诗的两块奠基石，也奠定了冰心在中国诗坛的地位，然而，她后来的诗艺成就再也未能超越《繁星》《春水》。单从《繁星》与《春水》两部诗集中就足以采撷到"女性的优美灵魂"②：一是对母爱与童真的歌颂，二是对大自然的崇拜和赞颂，三是对人生的思考和感悟。与之对应的，是冰心的人道主义，它以母爱为中心，扩展为对自然、妇女、儿童，乃至全人类的博爱，并以之慰藉人生和改造人生。

历经第一个十年的洗礼，较新诗草创期女诗人凤毛麟角的实况，到了20世纪30年代，现代女性诗歌创作呈现出繁荣景象，一方面，它延续着"五四"启蒙话语，另一方面，多元文化生态的促进与女诗人日益自觉强大的创作心理，使30年代女性诗歌臻至前所未有的高峰。从事新诗创作的女诗人数量陡增，各类刊物大量刊载

---

① 其古体诗发表得还要早，1917年在美国留学期间她的两首五言绝句《寒月》与《西风》发表在《留美学生季报》1917年夏季第2号。
② 沈从文：《论中国创作小说》，《文艺月刊》1931年第2卷第4号。

女诗人诗作；30年代女诗人共出版诗集19部，是20年代的4倍还多；从1932年至1936年间有《女朋友们的诗》《女作家诗歌选》《暴风雨的一夕——女作家新诗集》《现代女作家诗歌选》4部女性新诗选本出版，这在现代女性文学发展中极具标志性意义。30年代女诗人共出版诗集19部之多，还出版过4部女性诗人选集，这些女性诗人选集的出版是现代文学阶段独有的现象。从在报刊上零散发表诗作到结集出版单行本，从单个女诗人的诗集，到选家在大量诗作里遴选的女性诗歌选集，可以断言，这十年确实是女性诗歌创作繁荣期。

不过，20世纪30年代女性诗歌创作的高涨与此后的迅速冷却、被遗忘形成鲜明对比。被文学史通行教材略提及的白薇、关露、安娥等30年代的左翼女诗人诗作，几乎都是表现社会状况与抒写革命情怀的诗作，比如白薇①在1929年《北新》第3卷第1号发表的长诗《琴声泪影》，关露的诗集《太平洋上的歌声》等。在反抗与激情的背后，身为女人的痛苦、绝望与孤立几乎被时代主流话语湮灭。此外，陆晶清对光明和革命的热情向往，缠绵委婉奇诡的想象，凄艳冷峭；沈祖棻在自由中讲求锤炼，别具女性韵味的视角；徐芳细致呵护内心的个人情思，展示出纯净的女性世界，芍印于愁吟病绪中构建出现代女性生命的诸多隐喻……不同的教育经历、诗学资源和诗歌观念交织出30年代女性诗歌的复杂面向。然而，这样一次迅速高涨的浪潮又迅速退落，从历史的发展来看，女诗人本然钟情于"个人化"和"私人化"的诉说方式，与彼时的时代主潮发

---

① 20世纪20年代末，白薇经杨骚介绍结识了鲁迅，并得到其赞赏。她一生经历过新旧时代女性的诸种悲惨遭遇。不幸凄惨的包办婚姻仅仅是苦难的开端，她挣脱掉婚姻的枷锁逃到日本后，终究放弃了生物学专业，决心以文学为武器，解放更多女性的思想。然而又与诗人杨骚陷入跌宕感情的炼狱中，独食苦果。

生冲突，这从根本上决定了其终将被边缘化的历史命运。当抗战的硝烟弥散中华大地，出版业昂扬的发展势头骤然跌落，国人的阅读心情改变时，女诗人的创作便失去了生存和阅读的空间。如此，承续"五四"启蒙而歌唱的花自然无可挽回地凋散了。

与革命话语相并行的，是20世纪30年代女性诗歌的另一审美维度，即在私语倾诉（或对话）中自觉彰显女性意识。代表诗人有林徽因、陈敬容、王梅痕等。林徽因的诗歌创作经历了从后期新月派诗风到现代性写作两个探索阶段，自1931年4月第一首新诗《"谁爱这不息的变幻"》刊发于《诗刊》第2期，就体现出诗体自觉意识，她一出手即至成熟。林徽因善于发现生活美和人性美，其纯美的语言和意象源于心怀莲花——"如果我的心是一朵莲花，正中擎出一支点亮的蜡，／荧荧虽则单是那一剪光，／我也要它骄傲的捧出辉煌"（《莲灯》）。如果说冰心的早期诗歌创作有意于面向广大读者，那么林徽因则驻于自我抒怀。林徽因早期诗歌多涉及爱情，捕捉自然和心理片影，长于刻绘现代女性的诸美，自觉躬行新月派的三美艺术主张。其广为流传的《笑》《你是人间的四月天》等诗作中，句式流萤般轻巧，语言唯美清透，结构复沓回环，叠字押韵，翩然明媚。林徽因的诗歌蕴含着典雅优美的古典气息与谪仙低首的空灵美，将女性在日常生活和情感经验中的碎片浸润禅意美，柔婉中蕴蓄着宁静与和谐。就此而言，林徽因有别于前期或同期可以彰显女性意识和身份的女诗人，她在诗歌创作中忘却自己的女性性别，消溶于男性世界之中，这恰恰源于她的性别平等的观念和强大的自信。可是，私人的世界再迷人也会被耗尽，其中后期创作逐渐从个人情感抒发转向社会人生与日常现实书写，并自觉于新诗现代性探索。

陈敬容是中国新诗史中十分重要而又略被低估的女诗人，她与生秉具桀骜的诗人气质，心性敏感倔强，孤独之感与迷茫之思构成其早期诗作的主流情绪，其30年代诗歌创作主要有两个情感取向：其一是背井离乡之后流落异地的思乡之情，孤独忧郁；其二是理想的无期，对茫茫人生的迷惘，渴望被理解慰藉的少女心态。这一时期的诗作在私人独语空间拟构出潜在的对话者，对话者的非人化、色彩的情感化以及大量无解疑问句式的应用，都体现出诗人的别具匠心。陈敬容自小受古典文学熏染，自中学起接触外国文学作品，在北大、清华旁听外国文学课程，她的创作深受西方艺术的影响，兼容西方诗艺和中国古典诗歌的抒情传统，后者在其早期创作中更为浓郁——对抒情气氛的营造、对诗歌意境的重视，以及抒情风格追求细腻柔和等，均为中国诗歌注重含蓄蕴藉的体现，其早期的诗作鲜明有力而又韵味悠长。

陈敬容和郑敏是20世纪40年代女性诗歌创作的标志性诗人，"两叶"（九叶诗人）并进，为诗坛呈奉多首现代诗风浓郁的经典诗作。她们有诸多共性，如才智不凡，具备广博的中西知识背景和现代诗学谱系，不向公众和时代献媚取宠，警醒于现代价值理念和现代审美特征，她们的诗作兼采学院气息、精英化特征和现实关怀。她们跨越了"学院"的藩篱，具有强烈的时代关怀与历史反思精神，她们的诗歌都葆有女性的自主意识，具体而言：

首先，扎根现实却不为现实捆绑。在她们的诗中均交融两重现实，自我心理现实包孕着时代的现实，它们的叠合滋生出新的精神维度，给作品增添了额外的活力。现实经由精神的剔除和提升，诗人主体意识获得觉醒与高扬，现代诗中"意"的成分成为诗的主导因素，它统辖、肢解了"物象"，使"物象"变成诗人意识的附属物，最终物我交融的和谐境界消解，诗人呈现了现实和精神世界的复杂和深度。比如，郑敏受里尔克、冯至沉思品格的影响，通过对自然和生活现实的凝想，完成对现实的再造，《金黄的稻束》《树》《村落的早春》等诗，将个人情感积蕴在客观对应物身上，表达了民族新生的信念。

其次，立足女性视角，将旧我"投进一个全新的世界"（陈敬容《珠和觅珠人》），呈现超越一切的崭新的自我。个人的心与群众的心并非个人与时代僵硬的对接，而是兼顾了个体生命体验与现实的交融理解。陈敬容的《律动》《力的前奏》从个性生命的视角捕捉时代表征，对现实生活不乏极端个人化的表达，如此，一道生命的亮光在动荡的40年代沉静地升腾，她们以男性的魄力，宁静而含蓄地展示现代女性生命的尊严。

最后，自觉践行新诗现代性的美学探求。40年代陈敬容逐渐摆脱此前忧郁的少女气质，将自我放置于时代格局中调整，使之升华；借由充满力的意象和阳刚的语调表达渴望突入宏阔人生的愿景，其中隐含的坚韧和内在张力迥别于30年代的柔和细腻，多了几分阳刚之美、雄浑之气和原始生命的力，呈现出反抗与韧性的美学。郑敏的现代性审美追求可以说是内在理性能量释放的过程，侧重对个体生存和人类命运的抽象哲思（《树》《小漆匠》），她从女性的感性化形象跳脱出来，叠构出多元的精神层次以及闪烁着哲思的现代感悟。她借助生命哲学反驳并抗争命运和现实的覆压，书写庄严至高的灵魂（《寂寞》《池塘》）；在语言表达方面将音乐的变为雕刻，将流动的变为结晶，词语烙印现代质感，智性繁复，理性思辨，尽显成熟而节制的美学特质。

从这一时期的创作，能明显感受到西方现代主义诗歌对女诗人创作的浸染，她们的诗情感精细而敏锐，哲理深邃超迈，感性与理性促生演进、互为表里，体现出思辨的严谨、敏锐的才情和沉静的知性美。

## 三、性别自觉·日常碎片·智性介入：多元语境中女性诗歌的探索与突破

1950 年到 20 世纪 70 年代末，女性诗歌创作进入沉潜期，直到 20 世纪 70 年代末女性诗歌出现了历史拐点。林子的《给他》[①]和舒婷的《致橡树》从陈旧的性别道德文化传统中破茧而出，奏响了新时期女性诗歌的前章。与"五四"遥相呼应的思想解放唤来了女性诗歌葱郁蓬勃的艺术春天，舒婷、林子、王尔碑、傅天琳、申爱萍、王小妮、张真等一长串熟悉或陌生的名字轰然崛起于诗歌的地平线上，新一代夏娃觉醒了。[②]张扬女性意识、呼唤女性自觉成为核心主题，傅天琳以崇高纯洁之情歌唱"女性，太阳的情人"，马丽华用心去拥抱"我的太阳"，孙桂贞向整个世界宣布自己是一面渴望飘扬的"黄皮肤的旗帜"。舒婷更是在《致橡树》中高扬爱的独立思想。此时段的女诗人关心的是整体人的理性觉醒和解放，代表的是一代人的觉悟，其诗歌内质上仍受高贵典雅的古典主义、理性主义的精神理想牵制，还基本属于女人化的情感写作，是女性主义诗歌的早期形态。谈及 80 年代女性诗歌，舒婷是首要被提及的诗人，她是女性意识复苏的早醒者，正视自己的女性身份，勇于反思女性的生存境况和社会处境，写出新时期最早的一批饱含自我意识的女性诗歌文本，成为当代女性诗歌的引航者。写于 1979 年的《双桅船》，不仅仅是对男女平等的简单呼唤，还要求男女两性在和平共处的同时一起担当生活的重任。事实上，既强调女诗人感知世界的独特性，又注意展现男女共有的经验书写，这种更为包容并充满

---

① 林子是一位被文学史湮没的女诗人，《给他》是其写于 20 世纪 50 年代却在 70 年代末公开发表的诗作。
② 1985 年，由阎月君、高岩、梁云、顾芳编选，春风文艺出版社出版的《朦胧诗选》，收录了舒婷、傅天琳、王小妮、谢烨、林雪、曹安娜六位女诗人的诗作。

对话的写作趋势代表了当代女性诗歌发展的一个向度。

20世纪80年代初的女性诗歌写作，主要特征是复归于个人化的抒情。80年代中后期女性诗歌集体爆发，涌现出翟永明、伊蕾、张烨、李琦、陆忆敏、唐亚平、唐丹鸿、海男等一批女诗人。她们之间的写作风格差异很大，诗歌形态多样，共性在于，她们在解构男性话语霸权的同时，也建构起女性自白话语方式，并以躯体符号为女性诗歌围建了自由精神的栖息空间——"自己的屋子"。她们的诗歌实践相对于80年代初期的抒情诗写作范式发生了转型，以翟永明为首，从典雅的抒情形象转向了某种不免有些"巫气"或"巫性"的领域。其间既有女性的社会化表达也有与之相反的女性的神话化倾向，这与80年代整个文学思想氛围有着某种隐秘的关联。

"现在才是我真正强大起来的时刻"！这是翟永明写于1985年的短文《黑夜的意识》的第一句话，整个文坛都被它寓含的女性觉醒意识与独立自信精神打动。1984年是中国女性诗歌史上意义重要且值得记忆的一年，这一年，翟永明创作了组诗《女人》，被誉为"女性诗歌"在中国的发轫与代表作，随即在先锋派诗坛内部引起轰动。翟永明从五年前舒婷笔下橡树的"战友"角色，转换成神采照人的成熟女性，她踏出探询女性被压抑的隐秘世界的旅程。与这组诗齐名的，还有序言《黑夜的意识》，它被视为女性主义意识与诗歌诞生的宣言和标志："作为人类的一半，女性从诞生起就面对着一个完全不同的世界，她对这世界最初的一瞥必然带着自己的情绪和知觉……她是否竭尽全力地投射生命去创造一个黑夜，并在各种危机中把世界变形为一颗巨大的灵魂？事实上，每个女人都面对自己的深渊——不断泯灭和不断认可的私心痛楚与经验——远非每一个人都能抗拒这均衡的磨难直到毁灭。这是最初的黑夜，它升起时带领我们进入全新的、一个有着特殊布局和角度的、只属于女性的世界。这不是拯救的过程,而是彻悟的过程。"确认自己首先是一个女人,然后才是一个诗人,这无疑显示了女性生命意识和女性主义诗歌已经由人的自觉进化到了女性的自觉。以此为端,翟永明又相继写出《静安庄》(1985)、《人生在世》(1986)、《死亡的图案》(1987)、《称之为一切》(1988)、《颜色中的颜色》(1989)。这些诗作清晰地记录了诗人在80年代中后期对女性性别身份的真实体认、对女性经验的深切开掘以及对于女性诗歌书写风格的自觉探索。

紧承其后,几乎在1984—1988年的同一时段内,原以《我因为爱你而成为女人》《高原女人》等体悟女性生存状态和纯朴本色的诗作闻名的唐亚平,推出《我就是瀑布》(1985)和黑色意象组诗《黑色沙漠》(1985);孙桂贞则摇身一变为伊蕾,携组诗《独身女人的卧室》(1987)、《被围困者》(1986)和《流浪的恒星》(1987),以及《女性年龄》(1986)、《情舞》(1986)惊世骇俗地挺进诗坛;陆忆敏、张真、海男、林雪、小安、林珂、潘虹莉等在诗中也纷纷标举女性意识,将女性诗歌创作推至高潮,完成由分散性个体创作到初步形成群体效应的过渡。女性主义诗歌的崛起并非空穴来风,从内部看,它是当时社会转型带来的人的内在深度解放以及话语空前自由的结果;从外部看,它是受弗吉尼亚·伍尔芙等西方女权主义理论和西尔维娅·普拉斯等自白派诗歌从观念意象到语言节奏的影响,是女性文学摆脱意识形态话语而从男性王国向自我回归的结果。随着这些原本分散的女性诗人形成抒情群落渐次登场,女性主义诗歌才终于支撑起足以与男性对抗的话语空间。

这一阶段的女诗人似乎都为爱而存在,将爱视为宗教,只是她们不再像舒婷、申爱萍等人或则含蓄典雅欲说还休,或则带有灵肉分离的柏拉图色彩,或则仍处于被书写的地位,仅仅停留于女性纯洁、坚贞的社会心理属性；而是自由展现女性的精神欲望，把身体语言推向言说的巅峰，使古老的爱情书写发生惊骇的变奏。女性主义诗人在女性隐私和情欲书写上的尽情挥洒，在一定程度上动摇了禁欲主义的传统观念，超越了道德批判的固有模式，那种热情奔放的情思涌动对每个人的艺术和道德良知都构成严肃的拷问。但是过分的肉体化渲染、沉醉和挑逗，在造成爱的感觉错位的同时，又重新落入了男性窥视目光的圈套，有种非道德主义的享乐倾向。在这一方面，80年代中期的女性主义诗歌创作，既有成功的经验，亦有失败的教训。

女性诗歌自发轫就开始不断对自身进行反思与转变，这一转变在90年代逐渐明朗化，80年代与90年代之间，是一条鸿沟或曰断裂带，无论是社会历史向度的启蒙，还是貌似与之相反的神话学取向，都戛然终结。经历了稍嫌沉寂的年份，至少从90年代中期之后，女性诗歌写作逐渐从内在自我关注转向外部世界，从初现端倪的神话学范式转入日常生活范式。这一时期的女诗人也为数众多：林雪、寒烟、池凌云、胡茗茗、三色堇、李琦、金铃子、周瓒……当然也有一些例外，如在王小妮、娜夜、蓝蓝等人的诗歌中，尽管依旧有爱与忧伤，但把这些情感体验置于日常经验语境中，也就意味着将一种抒情的孤立状态置于一种反讽的混杂语境，日常被转化为书写策略。李南的写作在某种非确定的信念中体现出更富于智性和批判性的话语；靳晓静则以精神分析式的话语更新了人们对她过去诗歌的印象；路也将一切事物果决地转换为修辞的能力，表现出特殊的活力；李轻松长于深度挖掘生命中的隐秘之境，以超然的深刻歌咏神秘的事物和大自然，在犀利的诘问中揭示现代社会的真相及生命的荒谬、痛苦；安琪在概念化写作之余善于表达人生情绪和自我感觉，思想反叛，专注于在诗行中思考和提出哲学问题……一般而言,她们并未特别强调性别意识和女性意识。自90年代开始,诗歌写作更多地转向了对日常生活的较为平易的叙述,并致力于创造出叙述的转义。在这一时期,一种来自知识阶层的智性经验为女性诗歌提供了更为自觉的意义实践。简言之,90年代的女性诗歌写作从自白、内省经验转向了对外部世界的观察,一方面似乎不免变得有些碎片化,另一方面,又意味着从无意识场景转向了更为广阔的社会历史和现实生活场景。

90年代的女性诗歌由崛起之初的性别色彩浓烈逐渐演变为淡化性别对抗意识,寻求构建与男性平等的双性写作模式,诗歌创作开始回归女性的自我书写,并没有过分强调女性情感或女性经验,更多的女诗人选择以个人内心独白或日常生活来建构真诚自然的女人形象。从"高高在上的女神"到"日常生活中的人",这一微妙转变让女性诗歌的发展方向趋于明朗化,凸显女诗人个性化风格的书写态势成为发展大方向。此外,90年代,以伊蕾、尹丽川、虹影、冯晏、潇潇、叶丽隽等为代表的女性诗人逐渐从二元对立的性别身份中抽身而出,裹杂在大众消费文化的浪潮中,张扬女性的身体与爱欲。她们采用戏剧性的表现方式,在独白、私语与对话间游移,语音声调与20世纪80年代相比,显得轻松、明快而热烈。

翟永明90年代的诗歌写作由80年代的自我封闭空间走入敞开的现实生活,性别对抗的姿态有所放松,对现实生活关注的视野不断拓展,诗人通常以冷静旁观者的姿态打捞日常生活中的点滴诗意。尤其是在1993年创作《咖啡馆之歌》后,翟永明"完成了久已期待的语言的转换",这组诗带走了诗人"过去写作中受普拉斯影响而强调的自白语调,而带来一种新的细微而平淡的叙说风格"[①]。《咖啡馆之歌》组诗是翟永明的又一次出发,开启了90年代书写现

---

① 翟永明:《再谈"黑夜意识"与"女性诗歌"》,《诗探索》1995年第1期。

实日常生活的新面向。翟永明在 90 年代也延续了对女性命运和群体命运的思考，只是对女性的书写方式不再是追求"黑夜意识"概念性的表达，不再将女性置于性别二元对立模式中去思考，而是竭力发现女性在日常生活状态下的生存本相和命运波澜。淡化性别对抗意识，更强调普遍人性的关怀，这种话语方式不是诗人女性视域的消失，而是女性视域的深化。1996 年，翟永明完成了大型组诗《十四首素歌——致母亲》，诗人无意像 80 年代那样设置两性关系的激烈对抗，而是通过长短交错的叙述与反思，在主流话语即男性话语体系（革命史、政治史）之外悄悄发掘出女性族群的历史（受难史、建设史、衰老史），由此达成了对既定话语体系的补充与消解。王小妮为 90 年代的诗坛提供了一种不动声色的戏剧性的观察力，通过捕捉现代女性遭遇的日常细节，反思隐晦的生存境遇，探掘现代生命的深度。她擅长以敏锐的心理剧式的叙述转化当下烦琐平庸的经验世界，从习见的日常视觉意象进入艰深的思考，用明晰的语言表达复杂的生命感悟，这种写作路向，与翟永明等人互为补充，更完整地构成了女性诗歌文本的丰富性，迂回到达女性世界的某种深层状态。王小妮最初为人们熟悉，是凭一首诗《我感到了阳光》，她的名字出现在朦胧诗人的行列之中。大学毕业后，她南下深圳，地域变迁带来写作的重大变化，其"1985.12—1986.1"写下的那批诗，犹如换了一个人。这种变化是精神上的重生，使她在陷入日常生活的种种琐事之后竟然还开拓出属于自己的独立天地，在结束青春期写作之后还能持续并不断超越地写下去。王小妮的根本变化其实体现在她与语言的关系上，体现在她驾驭语言的能力上，她逐渐突入语言的腹地，敏锐地发现新的诗歌演习场域——历来女子是被讲述的，她却成了讲述（"写"）的"主体"；历来"女子无才便是德"，她却尽情享受语言"制作"的快乐；历来女子是倾听者，她却请别人离开，把自己囚禁在语言的"狭隘房间"之中。诗歌创作已经不是一种僭越，不是消遣和吐露，而是主动的自觉的行为，是参与生活、丰富生命的不可或缺的行为。

针对20世纪八九十年代的女性诗歌创作，学界在努力勾勒繁复的景观图景时，往往淡化郑敏和陈敬容，尤其是遗漏灰娃和郑玲等"归来"女诗人的创作。持守不老的诗心，郑敏无愧于"中国诗坛的一株世纪之树"的称誉，她在彰显和超越女性意识时，更为侧重展露"现代心智"的复杂性。1984年到1986年，郑敏迎来其诗歌创作至关重要的阶段，自80年代中期到世纪之交，郑敏始终保持着旺盛的创作精力，先后出版了诗集《寻觅集》《心象》《早晨，我在雨里采花》《郑敏诗集（1979—1999）》等。1982年早春，她完成组诗《第二个童年与海》，这是其诗歌创作的一个新起点。此后，郑敏还一连创作了《画与音乐组诗》《海的肖像》等，具有浓厚的时代气息，同时意蕴也更加深沉。郑敏80年代的诗歌创作，取得了前卫的成就，比她年轻时代的诗，更深厚、更凝练，有很强烈的知性追求，但与此同时也延续了此前以哲学为底蕴，以人文的情感作为诗歌的经纬，善于在中西文化之间寻求结合点，善于把哲理和思辨融入形象的特点。90年代初创作了堪称其晚年力作的《诗人与死》——兼具精神向度与语言向度的优卓性。晚年郑敏更多是透过"死"来审视"生"，切入到充满血腥、暴力、动荡的历史肌肤中去解剖命运的悲剧及其根源，写出了"20世纪中国知识分子的身心之痛与觉悟之旅"[1]。郑敏更为侧重的是单一性别背后的人性广度，以及对人性境遇的当下思考，她的超性别写作对90年代女性诗歌具有深远影响，她不仅在理论上对当代女性诗歌提出批判，而且为中国当代诗歌写作提

---

[1] 刘燕：《无声的极光：郑敏十四行组诗〈诗人与死〉解读》，《中国现代文学研究丛刊》2015年第10期。

供了新的可能,当然也抛出一系列质疑和反思。

同为"九叶派"的女诗人,无论在 20 世纪 40 年代担任《中国新诗》编辑时联络分散各地的诗人,还是新时期之初积极促成 1981 年《九叶集》的结集出版,陈敬容都是这个诗歌流派最为核心的人物。陈敬容在停笔 30 年后,也开始耕耘生命中最后一季的诗园。"归来"后,她的诗歌较之以往增加了成熟的思考、对人生丰沛的体验以及对命运不屈的顽强抗争,1983 年她出版了个人第三本诗集《老去的是时间》。从《为了新绿满树》《幸福的颜色》到《句号》《习题》等,其深邃的思想和青葱蓬勃的诗性蕴藏在独特的意象中,婉转莹洁而不失厚朴深刻,灵动清透富于哲理意涵。从 1979 年恢复写作到 1982 年诗情爆发,再到 1989 年因病逝世,陈敬容最后阶段的诗歌创作并不是她一生当中的创作顶峰,但也体现出很高的艺术水平。

在一众"归来"的诗人中,灰娃和郑玲创作经历极为特殊,不具有普遍性。灰娃的诗歌创作经历恰切地诠释了"美唤醒灵魂去行动"(但丁语)。1972 年,在患有精神分裂症的情况下,灰娃才开始诗歌创作。从 45 岁启笔至今下,灰娃仍有新诗作发表或新诗选集出版,共出版五本诗集,诗歌的内容也逐渐丰富多彩,不仅延续 70 年代的"自我谈聊"式的写法,还探索人与自然、历史的关系。仅从其创作经历看,她为中国现当代诗歌史创造了一个无法复制的奇迹。灰娃的写作没有经历练习期,不过其早期的创作不管从思想内容还是艺术技巧来看,均已形成个人风格,达到较高的艺术水准。多年来,她诗绪活跃敏感,诗艺先锋且有个性,她的佳作多出离日常经验,别人难以模仿,标识度很高。灰娃善于用超现实的手法解读现实生活中的现象和思绪的闪现,与亡灵和世界对话,不乏神性的目光和超验的心灵感悟,多重的思绪情境营构出奇幻变化的心灵之旅。郑玲是被诗歌史长期忽略的诗人,1958 年因为诗歌而被错划为右派，五十岁时以少女般的纯真情怀再次燃起诗歌创作的热情，相继出版了九部诗集。当时在"归来"的诗人队伍中，无论是个人名气还是诗歌创作成就，郑玲都还未引起更多人关注，但她并不放弃始终秉持的诗歌创作信念。重返诗坛后，她告别了青春洋溢的时代，在黄昏向晚之中独自承担岁月重负，这也是"归来"诗人的普遍命运。岁月的负荷让他们手中的笔渐重渐沉，然而，郑玲的写作激情却随着年龄的增长日渐浓烈，呈现出逆生长的趋势。由于郑玲前期的诗歌创作之路并不长，受政治因素的介入也并未到达积重难返的程度，诗路上也没有完全定型，因此她在后期诗歌创作的转变上显得驾轻就熟。80年代，郑玲摆脱了直白抒情的写作方式，很快融入"新诗潮"的变革之中。

如果说80年代女性诗歌的惊雷登场是一次集体性诗歌"爆炸"事件，那么经过90年代沉淀之后的21世纪女性诗歌则是夜空中纷繁多姿的"烟火"场景。新世纪女性诗歌既是对20世纪女性诗歌书写的承续，亦有坚定的悖逆、拆解和发展。一方面，承传了90年代女性诗歌摆脱性别局限的自由本真的写作姿态，女性诗歌的整体创作氛围变得更为自由，跨越了"女性诗歌是什么"和"女性诗歌该如何写"两个阶段后，21世纪的女性诗歌进入了"女性诗歌本来是什么样"的自主自觉阶段。另一方面，21世纪以来，女性诗歌在运思向度、书写形态、美学诉求方面都发生了一系列的嬗变，它们多维度地表征着女性诗歌的成熟与成长。首先，从性别关注转向历史与现实，体现为底层关怀、政治自觉和批判精神，获得更具穿透性与批判性的历史想象力，比如翟永明、王小妮、蓝蓝等以担当精神介入日常生活的诗篇，安琪、郑小琼、杜涯、荣荣、玉珍、青蓝格格等来自生活现场、来自底层的诗作，阿毛、李轻松、李成恩等以新异的话语方式处理生存问题、历史问题、公共事件或个体生命问题的诗篇……她们冲破狭隘的自我之茧，告别自恋、自伤性的独白话语，不再将目光胶着于个体哀乐，而是以一种开阔的视野、更具包容度的温情，以及深邃的细致去审视外部世界，重新在个体与社会之间建立了伦理关怀的维度，延展了写作疆域；在女性命运与宏大的人文关怀、激烈的批判意识之间建立起彼此激活的能动关系，有效地勾连了古今、自我与现实的深层逻辑。其次，挣脱了闭抑的、概念化的性别经验的呈现，拓耕了女性诗歌的经验书写，比如马莉、海男、卢炜、梅尔、三色堇、金铃子、施施然、阿毛、梁小曼等女诗人画家的双栖创作，以及萨仁图娅、娜夜、娜仁琪琪格、吉尔、白玛央金、梅萨、白玛曲真、鲁娟、哈森、冉冉、沙戈、薛梅、马文秀等少数民族女诗人烙印民族经验的诗写。以李琦、李南、何向阳、胡茗茗、宝蘭、宋晓杰、刘萱、爱斐儿、王屏、从容、韩春燕、扶桑、李小洛、杨方、冯娜、灯灯、林珊、吕达、彭鸣、苏羽、代薇、苏浅、川美、王立春、子梵梅、梅依然、林馥娜、语伞、秦立彦、赵四、横行胭脂、夏花、谈雅丽、唐果、衣米一、纯玻璃、转角、罗雨、宫池、马丽、莫在红、花语、周智慧、杜杜等为代表的女诗人将女性经验融入个人具体的生存境遇之中，并借此抵达更为深广的生存本相；与此同时，日常美学的扩张是新世纪常态化社会语境下女诗人践行诗意的诗学方式，宇向、吕约、尹丽川、马雁、春树、巫昂、戴潍娜、杨碧薇、杜绿绿、孙担担、余幼幼、苏笑嫣、蔡英明、张译丹以颖异于前辈诗人的姿态扩展了女性诗歌的美学范式。此外，还有以寒烟为代表的女诗人以生命殉道诗歌，以生活的苦难和艰辛哺育诗歌，以此来触摸、探寻和坚守纯粹的灵魂书写，以及以余秀华为代表的对生命和情爱焦灼的率性书写……她们的诗歌创作为当代女性诗坛呈奉了新的景观。

21世纪女性诗歌的日常书写在承续朱光潜所言的"人生的艺术

化"的同时,还将社会关怀熔铸于个人体验,承载了知识分子的精神追求。其中最具代表性的是蓝蓝,她格外侧重公共书写,对社会事件的观察、对劳动者的苦痛辛酸和生活重荷的挖掘、对生活裂隙和悖谬的捕捉、对生命尊严的敬重、对城市的批判与反思,都异于同时期女诗人的创作。在悲哀和疼痛的凝视中,她从未放弃过对美和人性的追寻,这也是蓝蓝诗歌打动人心的原因。此外,蓝蓝是当代女诗人中少有的关注并创作童诗的诗人,她对童诗的写作源自热爱,这也填补了当代女诗人诗歌创作领域的一个空疏。21 世纪以来,穿梭于古典和当下、艺术和文化之余,翟永明还挥洒另一副笔墨创作了《胡惠姗自述》《上书房、下书房》《坟茔里的儿童》《儿童的点滴之歌》《大爱清尘》等不少介入现实、反映社会问题的诗作。它们既是对时代的记录,直击时代症候,也彰显出诗人对现实的思考与介入姿态。这些诗作不乏深刻自觉的反思,指向经济快速发展所带来的市场及道德失控问题。睽违数年,直至新近出版的精选诗集《全沉浸末日脚本》①中,翟永明再度跨越女性视野,从个体经历推及人类困境,在日常细节观察与想象未来、思索个体与人类命运共同体等诸多命题中树立起超性别写作的新典范。

## 四、结语

"中国女性诗歌史"书系以中国女性诗歌创作为研究主线,择取不同历史时期取得非凡成绩、极具影响力的女诗人及其代表性诗作进行研究,以点带面,力图还原中国女性诗歌创作曲折的演进过程和丰富的历史成因;呈现不同阶段女诗人的文学素养、审美旨趣、写作经验、生存境遇、日常书写、品性格调、史家定位乃至超卓的

---

① 翟永明:《全沉浸末日脚本》,辽宁人民出版社,2022。

个性和传奇的人生；以发展的文学史观、开放性细读的手法对经典诗作进行再解读和鉴赏；探究其诗艺表征、书写范式、主旨意蕴、情感表达、意象择取、风格嬗变、话语方式等与性别身份、诗学观念、人生经验的诸多关联。写作过程中，史论与文本细读交织，作家作品论与丰富的史料和诗人传记互渗观照，多维立体地总结千百年来中国女性诗歌的生命意识、心理诉求、精神行程、思想体察、诗品诗境、艺术特质、颖异别才。最后，探讨女性诗歌的书写迁移、诗学转向、美学肌理、诗意内质、诗情成因、接受传播、先锋写作、性别与经典论等文学史鲜少关注的议题，是本书尝试突破既有研究成果所作出的创新和努力。

  目前，本书系已完成《月满西楼：中国女性诗歌史（古代、近代卷）》《诗的女神：中国女性诗歌史（现代卷）》《漂往远海：中国女性诗歌史（当代卷）》三本，古代、近代卷由赵雪沛、孙晓娅撰写，现代卷和当代卷由孙晓娅撰写，三卷及导论由孙晓娅统摄（导论古代部分由赵雪沛执笔）。因研究视域从先秦至当下，打通古今女性诗歌创作，实属女性诗歌专题研究的一项拓荒性工程，加之涉及的研究对象众多，跨度较长，著者的研究能力有限，写作中难免存在不足，承望同仁多加批评指正。

孙晓娅
首都师范大学中国诗歌研究中心
2022 年 3 月 8 日
修订于 2024 年 10 月 1 日

| 第一章 |

# 一颗属于夜的诗灵：灰娃

回溯历史，千百年来，置身男权社会的女性要么被排除在权力机制之外，要么被同化在男性的阴影里，"她们是事实上沉默而失语的他者，一个被奴役和贱视的性别群体，已经被男性社会驯化得无言可'出'，只'内'不'言'"[①]。长期的沉默使她们失去语言权利，虽偶有发声，也多是附庸男权规则；或如《女则》与《女论语》，虽持女性之声，本质上却是维护男权话语。在"中国女性诗歌史"书系中，《月满西楼：中国女性诗歌史（古代、近代卷）》所撰述的古代女诗人，她们的艺术成就并不逊色于男诗人，也开辟出独属女性自身的"才女文学"[②]。不过，古代女性诗词话语或围绕"家庭""闺房""情爱"，而难逃闺阁文学的拘囿；或书写个人敏感的情思，而难以跳出个体的生存经验；生存处境与社会地位决定她们的诗词创作很难被纳入主流诗歌发展史。直至晚清，社会发生剧烈变革，少数觉醒的女性开始从家国命运与个人遭际的双重维度思考"女子何为"的问题，秋瑾、吕碧城、何震等女性鄙弃闺秀文学，她们力争女权，书写漆室之忧，但整体来说，这一时期女作家的数量依旧寥若晨星。"五四"以降，伴随社会的发展和现代思想

---

① 常彬：《中国女性文学话语流变：1898—1949》，人民出版社，2007，第8页。
② 胡晓真：《才女彻夜未眠——近代中国女性叙事文学的兴起》，北京大学出版社，2008。该书以18、19世纪弹词小说为主要研究对象，探讨女性弹词作家所处的闺阁内外的社会空间，深入女作家的心灵世界。

的演进,"人的发现"和"女性的发现"①为中国女性书写翻开崭新的篇章,迎来女作家的集中"出世",开启了女性写作的文学传统。这些女作家都接受过良好的现代教育,视野开阔、知识广博、才思敏捷、情感细腻、思想深邃、经历传奇,构建了新女性写作的圈层文化。陈衡哲、庐隐、石评梅、冯沅君、冰心、凌叔华、陆晶清、林徽因、方令孺等女作家的文学实践"缤纷"了新文学女性话语的"空白之页"②:陈衡哲一起笔,就颠覆了诗歌传统的审美维度③,庐隐《海滨故人》讲述了过渡时期知识女性的认同危机,凌叔华《酒后》中的采苕获得了主动审视男性的机会,冰心《庄鸿的姊姊》凸显了女性对承担家国责任的渴望……她们的作品尽显历史的沉疴。她们共同筹谋摆脱"男性代言人"的桎梏,深入思考,并拓宽写作视域,以唤醒更多女性"走出家庭",寻找并深度发掘女性的生命价值。开拓期的追求难免力道有限,类似于《两个家庭》中歌颂"贤妻良母"的现象依旧屡见不鲜。然而此后,丁玲、萧红、张爱玲等作家已经甚少探索女性的家庭责任,转向深刻地揭示封建系统的仪礼习俗如何戕害女性的肉体和精神,鼓励更多女性加入抛弃"旧我"以确立强大崭新的自我的建设队伍中。在"中国女性诗歌史"书系中,《诗的女神:中国女性诗歌史(现代卷)》所选取的四

---

① 见周作人:《人的文学》,《新青年》1918年第5卷第6号。周作人在文章中提出了"发现人"的问题,提出要"辟人荒",并把"妇女的发现"和"儿童的发现""人的发现"放在同一重要的位置上。
② 苏珊·格巴在《"空白之页"与女性创造力问题》中提出了"空白之页"的理论,指女性在历史长流中的沉默状态。见[美]苏珊·格巴:《"空白之页"与女性创造力问题》,载张京媛主编《当代女性主义文学批评》,北京大学出版社,1992,第161页。
③ 见陈衡哲:《"人家说我发了痴"》,《新青年》1918年第5卷第3号。陈衡哲在日常生活中捕捉书写对象,以叙事体和口语对话的形式记录并还原了日常生活现场。

位女诗人多秉具"女神"的气质,她们的诗歌虽无法代表中国现代女性诗歌的整体面貌,但是足以代表女性诗歌现代化历程中的主要特质和艺术成就。

新中国成立后的"前三十年文学"与"五四"启蒙文学发生了断裂,女性话题的写作陷入沉潜期。反观20世纪80年代的历史场域和文学场域,会发现80年代恰恰承袭了"五四"新文化运动的启蒙传统,迅速崛起的女诗人群体成为新时期重要而亮丽的文学及文化视镜。她们置身历史拐点的前沿,林子的《给他》和舒婷的《致橡树》从陈旧的性别道德文化传统中破茧而出,奏响了当代女性诗歌的序章。

较之很快被纳入公众视野的舒婷以及蓄力回归诗坛的陈敬容和郑敏,同期还有两位女诗人更近乎女性诗歌阵列中的"独行者"。她们在很长一段时间内并未引起诗坛的任何关注,年龄和处境与艾青、牛汉、曾卓、公刘、白桦、流沙河、邵燕祥等重归诗坛的"归来"诗人相差无几,且二人都未被归入同时代的诗歌主潮之中。她们的共性在于都把诗视为"自我治疗"的手段,且"回归"时的年龄、境遇和"回归"后诗情爆发的状态都极为相近,她们就是灰娃和郑玲。虽然与"归来"诗人同步回到诗坛,但是二人的影响力远不及陈敬容和郑敏,在彼时诗坛上的关注度尚无法与舒婷、翟永明等女诗人相提并论。虽然孑然独立,在诸多方面迥然有别于同时期的女诗人,但她们超然而殊异的灵魂和风格、持续攀升的创作力和纯洁无染的心性成为80年代以来女性诗歌风景线中卓然独异的景观。

灰娃不仅在女性诗歌史,即便放置于百年新诗史中,都堪称独步。她是以诗歌疗治精神疾患,从"文学外"走入"文学内",把诗歌化为生命有机成分,且从不归属于任何流派和主义,与任一诗歌潮流都不沾边的女诗人。"我心底里美善的谦敬低低沉吟/不由低下头,心中不朽的灵魂/有些迷醉,有些念想/有些神往……"(《丁香丛里的疯人》),她秉持谦敬而神往的姿态闯入诗歌森林,对诗歌始终怀有迷醉的神往。灰娃 12 岁即在延安参加革命,少年时便历经烽火岁月,其真挚的革命理想与坦诚单纯的性格极不协调,说她是延安革命文艺园圃中的一个异数并不为过。灰娃的诗歌创作始于"文革"时期的"地下"。从 1972 年开始,早已患有精神分裂症的她病情加重,出于内心莫名的恐惧、悲凉和绝望,不由自主毫无目的地随手写下只言片语,以此缓解和转移精神焦虑。让她自己都始料未及的是,单纯出于自我精神治愈的行为却成就了其"文革"时期的诗。不过,略加考察我们会发现,她的这一创作行迹与文学史通常所称的"地下文学"概念还有所不同:从灰娃的创作动机看,彼时她并无清晰地记录下个人思想的主动精神;从创作结果考察,在集体沉默的年代她确实写出了独具灵魂深度和精神膂力的诗作,在逼仄的环境中她通过诗歌获得了精神的安宁与意志的永生。此外,与同时代"归来"的诗人相比,她无从而谈"归来",她的诗歌创作起点更近乎诗歌之树上自然生发的嫩芽——纯然的"野生野长"……无论从哪个方面考察,她的诗歌创作经验和书写范式都没有可模仿性,她的诗与其说是一代人的精神自传,不如说是突破精神梦魇后灵魂遨游的自性踪迹,是自由生命的心灵史;其纯然个人化的精神体悟、创作行为和诗学呈现,均没有可复制性。从起点到当下,她的诗歌创作自始至终都不同流俗,甚至与时尚绝缘,她与生俱来的不受成规束缚、追求自由、崇尚美的灵魂,以及民间和传统文化的深深浸染,使她的诗歌内蕴着奇异的创造性、超然的生命力,并自带神性的光辉、魔幻的神秘气息以及民间的烟火气。即便放置于中国女性诗歌史发展历程中考量,灰娃都是独一无二的存在。有学者认为她的诗歌创作已成为一个令人无法忽视的诗坛现象——"灰娃现象":"灰娃的创作留给人们许多启示,她构成一个极为独特的艺术现象——'灰娃现象',是与'何其芳现象''郭沫若现象'完全不同的、值得珍视的现象。"[1]可以说,"灰娃现象"是"人类精神自救的一个奇迹"[2],她的每次创作高峰都近乎从生命底层喷发出的岩浆。在中国女性文学的发展历程中,类似的创作现象凤毛麟角,国外女作家中也仅有美国小说家、诗人帕特里西亚·海史密斯,她们创作动机的共性在于都发乎生命与潜意识的需要,因为精神的疗救而被动走入文学的园地。灰娃的诗中既不见由男性凝视与欲望构建出的女性形象,也未突出当代女性自我赋权的写作意识,而是在诗性流淌中,呈示生命最本真的感受和领悟。

"负伤的心性怎样疗救"?灰娃选择"以大寂寞孤自叩响原乡"(《草地时间》)或"占卜灵魂墨色"(《山山》)。回溯诗人的精神史,可以发现,写诗使灰娃严重的精神疾患不治而愈,成为她和外界交流的"翻译"载体,诗歌是诗人"把爱的钟声久久叠印在/山川大地"(《这爱国的身体》)的场域。20世纪80年代以来,灰娃的诗歌创作达到新的高峰,内容逐渐丰富,不仅延续了70年代的"自我谈聊"[3]式的写法,还将目光投射到祖国的高山大川,探索人与自然、历史的关系。综观灰娃创造的意象世界,它们不独承载了个人的情感,还闪烁着灵气和神性。在灰娃创作的诸多意象中,"死亡"和"黑夜"尤为频繁出现,这两个意象也是当代女性诗歌的关键构

---

[1] 李兆忠:《〈山鬼故家〉的独特风光——兼说"灰娃现象"》,《当代作家评论》1998年第6期。
[2] 周瓒:《灰娃:"我可以一辈子凝望这片蓝色的雾"》,《传记文学》2018年第3期。
[3] 王鲁湘:《向死而生》,载灰娃著《山鬼故家》,人民文学出版社,1997,第213页。

成。但是，不同于翟永明、伊蕾等当代女诗人常常用此二者承载女性意识和女性经验表达，灰娃旨在借由这两个意象打开生命不同时空的维度：诗人在其中寄寓了主体超验的精神体验，是向死而在的生，是黑夜精灵清晰的洞察。此外，她的诗中还常常隐含着一个神性之维的"我"——引领我们进入一个超性别指向的个体对话的世界，带我们感受或穿越跌宕起伏、光怪陆离的人世间与奇异的神灵境界，让我们真真切切地触摸一个诗人坚贞而灼热的泪痕："没有谁／敢／擦拭我的眼泪／／它那印痕／也／灼热烫人"（《无题》），触碰"那些直击人心的价值思索"（《春剪》）。灰娃这种不断追问自我、独立自省的精神，以及持续不断的诗艺探索，在中国当代诗歌史和知识分子思想史上具有特殊的启示性。

截至目前，灰娃出版的相关著作有：诗集《野土》（陕西人民教育出版社，1989），诗集《山鬼故家》（人民文学出版社，1997），诗集《灰娃的诗》（作家出版社，2009），回忆录《我额头青枝绿叶：灰娃自述》（人民文学出版社，2010），诗集《灰娃七章》（北京大学出版社，2016），诗歌随笔集《不要玫瑰——灰娃自选集》（广西师范大学出版社，2020），诗画集《张仃灰娃诗画集》（上海书店出版社，2021），诗集《灰娃诗全编》（人民文学出版社，2024）。灰娃相关获奖经历有：2016 年 5 月 1 日，获第 24 届"柔刚诗歌奖"荣誉奖；2020 年 12 月 24 日，入选《南方人物周刊》"2020 年度魅力人物"致敬名单。如今 97 岁高龄的灰娃依然笔耕诗坛，精勤收割葱茏的"额头青枝绿叶"。2024 年 8 月 14 日，灰娃获得中坤国际诗歌奖，并亲自出席颁奖典礼，她应该是中国文坛最高龄的上台领奖者吧！

## 第一节　灵魂深处的诗意坚守：精神疗治·美的探寻·自我救赎

灰娃（1927—　），原名理召，祖籍陕西临潼，1927年出生于"八百里秦川中部，一个绿荫掩映、泉水琤琮的村庄，未及记事年龄随双亲到了古都长安。父亲在中学教书，母亲在家操持家务"①。1931年入陕西省西安师范附属小学读书，一直读到六年级。抗日战争全面爆发后，为躲避战火，灰娃随家人迁往距西安百来里之外的一个村子暂居。1939年，被姐姐和表姐送往延安，进入"延安儿童艺术学园"学习音乐和戏剧，从此开启一段崭新的人生旅程。当时的延安不仅是战争的后方，还是文化艺术的"大后方"，这里聚集了一大批优秀的学者、作家和艺术家，比如艾青、何其芳、严文井、冼星海、杜矢甲、张仃、蔡若虹等，灰娃在这里受到了良好的文化艺术熏陶。1946年，灰娃与八路军新四旅作战参谋武昭峰结婚，随部队转战晋冀鲁豫地区。1948年，患肺结核前往南京治疗，1951年转至北京西山疗养院，同年，丈夫武昭峰在抗美援朝战争中牺牲。1955年，灰娃身体初愈，考入北京大学，曾在俄罗斯语言文学系学习。1960年被分配到北京编译社做编辑，后又因病提前退休至今。1964年，与开国少将、战争史专家白天结婚，这段婚姻持续到1974年白天因病逝世。1966年"文革"开始后，灰娃陷入了精神分裂，持续六年之久。

1972年，在医生看来，灰娃已经恢复健康。但外人无法真实"勘探"出她内心深处的恐惧、疑惑、愤恨、绝望和悲凉，于是，寻找心灵出口的她尝试通过写诗排遣悲情。最初她为自己写的"东西"感到恐慌，私下猜想着肯定有人会用什么新式武器探测到她写诗的秘密，她常常把刚写完的诗作撕掉、扔进马桶冲掉。这种边写

---

① 灰娃：《我与诗》，载《野土》，陕西人民教育出版社，1989，第1页。

边撕的状态直到被张仃发现才停止。张仃是灰娃在延安儿童艺术学园求学时的美术导师,新中国成立后因同住北京,经常来往,他及时、敏锐地捕捉到灰娃的诗才和灵性,并建议她将内心美好的感受写出来,把诗当作美的出口。受到鼓励的灰娃从此将写出的诗装在铁盒子里,埋在花盆下,直到1977年春,她才敢把诗稿取出来示人。这段时间保留下来的诗作有《大地的母亲》《无题》《心病》《路》《水井》《我撒手尘寰……》《土地下面长眠着——》《墓铭》《我额头青枝绿叶……》《不要玫瑰》《只有一只鸟儿还在唱》《我怎么能说清》《带电的孩子》《童声》《己巳年九月十二日》《鸽子、琴已然憔悴》《穿过废墟 穿过深渊》等。

灰娃曾言:"我所有的文字,都是我的生命热度、我情我感体验的表达。"[1]灰娃开始写诗时已经45岁,在此之前几乎没有任何写作经验,但人到中年的她借由诗歌得以释放内心的焦虑,从精神危机中逃脱出来,获得了灵魂的自我拯救。自此,灰娃矢志不渝地在诗歌写作生涯中砥砺前进,持续创作的热情至今未尽,每一首诗的创作都带给她"心灵洗礼的感召震撼",恰如她创作于2020年的《带着创伤心灵的芬芳》一诗所写:"难得的日子,仿佛一只相思鸟儿／躲进荼蘼[2]花丛幽寂阴影／与自己聊天、忆往,夜夜走入无从察觉／销蚀关于人、关于灵魂记忆的噩梦／被经受污名、人性摧残穿越时间／感恩宇宙大神赋予我向神靠拢天性／独自和天使的忧郁哀咏低涌于废墟／暮霭里神的信使夜莺、秋水仙的歌／神秘、空灵、忽隐忽现振荡于苍穹深处／你听见心灵洗礼的感召震撼吗"。在与命运的沉浮相逢时,她"逆风前行,携带觉醒激情"(《那琐细无名的

---

[1] 灰娃:《后记》,载《灰娃七章》,汪家明编、冷冰川图,北京大学出版社,2016,第209页。
[2] 通常写作"荼蘼"。本书所引诗文均遵从原文。——编辑注

思念》),并及时记录下每一个"短暂的诗意体验"(《带着创伤心灵的芬芳》)。她警示别人和自己,"梦碎之人,莫把年华耗尽","听那自由歌后百灵之春时隐时现/隔溪余韵悠扬飘忽/星星之火也在扩展光焰"(《怀乡病》),或者选择"神一样,从冰蓝的光气穿越/沉浸在迷迭香灵芬的神秘清馨/听自己良心以沉默言说"(《愿命运依然见证》)。"我最初的梦,我依然爱/我的星辰,照临我第一束光/唤醒我的牵挂,我的眷恋/我的爱与痛,我的怕与惊……"(《绿天堂》)灰娃的人生经历具有浓郁的传奇色彩,如果说她的前半生是站在"信风中/喂养沉默无花的果实",她的后半生则是"织一袭骑马来的春光/整个大地全通向彼此"(《山山》)。她的诗歌不仅"可以看作是她'一个人的心灵史'"[①],还在当代诗坛上具有特殊意义,研究和考察她的诗歌创作历程,无疑具有文学史的意义。

截至目前,灰娃的个人经历可以大致分为以下四个阶段:延安时期的童年生活;中华人民共和国成立后至"文革"期间精神分裂时期;新时期与张仃结为伴侣;张仃逝世至今。灰娃自"文革"后期开始写诗,她每个人生阶段的诗歌创作都如其创作于2019年的《怀乡病》一诗中所言,"生命密码已编织成斑斓悠长的日子/铭刻在心上,谱写在歌里"。

## 一、病痛与诗:释放内心焦虑的出口

1. 时代的病症:"我鬓角额前星星缀满"

灰娃于1966年患上精神分裂症,70年代在患病的情况下非自觉地开启了写作生涯,在此之前灰娃几乎没有写作经验。最初,诗歌创作对她来说是释放内心焦虑的一个出口,是治疗病痛不可或缺的"良药"。因为诗歌,她得以在非现实的世界中找到灵魂的寄托,

---

[①] 邵燕祥:《给灰娃的信》,《诗歌月刊》2011年第1期。

最后竟神奇地从精神分裂的危机中康复，她的诗歌带给读者心灵的洗礼和美的享受。荣格把"艺术创作方式区分为心理学的和幻觉式的"，"心理学式的创作从人类意识领域中寻找素材，因而是面向现实的艺术家，幻觉型艺术则从潜藏在无意识深处的原始意象中寻找素材，因而是背对现实、面向自我的艺术家"①。从这个意义上来说，灰娃的诗歌创作属于幻觉型艺术，她本人则是典型的"背对现实、面向自我"的诗人，她是鲜有的在不自觉中完成个人主体性回归的创作特例。

灰娃在少年时期经历了残酷战火的洗礼，也接受过红色革命教育，从成长经历看，她应该能很快适应新中国的政治环境，投入新的学习和工作。但真正走上工作岗位之后，她反而发现自己的思想和行为与当时的大环境格格不入。进城后，灰娃发现她周围的环境和人都发生了巨大的变化。现实的力量对于从儿时起就喜欢对着星星、银河歌唱，喜欢睡在自己种植的花草旁边②的灰娃来说是一种精神的践踏，她无法从根本上接受虚假的"真实"。

社会现实的状况令灰娃费解，她的单纯、敏感、特异同样令一些人无法理解和接受。她还被戴上"资产阶级大贵族"的帽子，成为难以被接受的异端。为了摆脱困境，灰娃开会时不得不发言，而

---

① ［瑞士］荣格：《心理学与文学》，冯川、苏克译，生活·读书·新知三联书店，1987，第10页。
② 灰娃曾回忆儿时的一个印象深刻的场景："……我们家厨房的旁边的一块砖地，小院子。我妈把砖头砌了好几行，砖缝里还长了草，我种草茉莉、指甲草，还有很多花花草草。种了之后浇水，到了春天天天就开花了，很香很香，我特别喜欢。那个（小院子）成了我的百草园，我夏天拿一个窄窄的凉席铺到花草旁边的砖头上。我喜欢躺在那儿，不喜欢躺在我屋子的床上。看着天上那些星星、银河，把所有我会的歌全唱一遍。清早醒来一看，呦，我怎么在自己房间了。我就哭了，我说我不是在这，我在我的花旁边。我妈说后半夜她把我抱回来了，我嫌她把我抱回来，不让我在院子里睡。"见《90岁诗人灰娃：一个悄悄活着的人》，"北大培文图书"搜狐号，2017年1月13日，https://www.sohu.com/a/124194906_227314，访问日期：2024年7月12日。

且发言时总要自我贬低，时代对个体自由的禁锢使灰娃与周围环境格格不入，她精神上的苦闷挣扎又不能说出口，亦如黄翔在《独唱》一诗中所表达的，"我的唯一的听众／是沉寂"。日复一日，紧张的神经终于绷不住，灰娃陷入精神分裂。"文革"开始之后，她愈发不堪承受压抑，为了排解苦闷，她不由自主地把郁积于心的感想写下来。从荣格对精神病人的分析可以找到灰娃发病的根由："精神病理学告诉我们，有一种精神紊乱就是起自病人把自己与现实割裂开来，越来越深地陷入他个人的幻想之中，结果，现实力量的失势导致了内心世界决断力的增长。"①思考空间被规约、观点被束缚，而诗人灵魂里却充溢着澎湃的情感，不断涌现出来的矛盾不时冲撞她敏感的心扉。最终这些情感借助诗歌表达出来，淤积在诗人心中的愁思乱绪得到了疏通和释放，焦灼忧虑的心灵在诗的世界里获得暂时的安宁。

灰娃自小就"朝思暮想着两件事：旅行、作曲。将心灵对大千世界的奇妙感悟诉诸管弦。幻想中自己应是贫苦的，买不起蜡烛，月光下坐在屋顶上编织音乐"②。如此浪漫的理想只属于纯真美好的心灵，她始终葆以质朴之心捍卫世间的"真"和"美"：

  我鬓角额前星星缀满
  我为厚道的心呼号用嘶哑的嗓音

  即使世间没有感应没有回响
  也压根儿就没有真这件事情
        ——《墓铭》

---

① ［瑞士］荣格：《心理学与文学》，冯川、苏克译，生活·读书·新知三联书店，1987，第180页。
② 王伟明：《记忆敲响那命运的铜环——访灰娃》，《诗网络》（香港）2002年第2期。

诗人在现世中无法诉说无限的伤心委屈，只好转身，背对悬崖迎着黑暗独自上路："生而不幸我领教过毒箭的分量／背对悬崖我独自苦战"（《墓铭》）。无论是被毒箭重伤，抑或被曾经的信仰欺骗和遗弃，诗人都陷入了孤独的绝地。在现实生活中，生命受到禁锢，精神得不到自由，追求美而不能，现实与理想的巨大反差促使灰娃拿起笔，诗歌成为精神的避难所，使受难的灵魂得到慰藉。

亲历一个颠倒荒谬的年代，灰娃逐渐从少年时的"理想国"中走出来，对现实越发清醒："反弹上去耸向高空／饿死的鬼魂□嗓子／□□又痛又哑都只为着／热血童心受了欺骗凌辱／□□紫的泪给纷纷碎了／紫泪滂沱漫过"（《童声飘逝》）[1]，"如今／每时每刻我都被动地残酷地／意识到生的虚假／活着但活的不是自己的生命"（《我怎样再听一次》）。不难看出，诗人摆脱了主流意识形态话语的左右，沉浸在现实生活体验、主体想象与感官世界之中，虽然"活的不是自己的生命"，但"意识到生的虚假"，她从未背弃灵魂。与同时期很多诗人相比，灰娃是一个异数，她既不大唱赞歌、颂歌，也并未退而求其次，以麻木和沉默应对世界。她自觉出击，犀利并近乎残忍地揭开内心深处的伤疤，泣血自抒，不屈从不妥协："当我们告别人间依稀长叹／可还有什么值得顾盼／为何总不肯闭合双眼／它是那样纯洁无辜永无希求"（《路》）。诗人还发誓："走入黄泉定以热血祭奠如火的灵魂／来生我只跟鬼怪结缘"（《墓铭》）。若非痛彻心腑的绝望，对人性丑恶的痛弃，怎会有如此决绝的誓言？直视鲜血和泪水灌注的伤口，诗人特立卓然的意志和洁净傲然的人格跃然而出。

"生命力受了压抑而生的苦闷懊恼乃是文艺的根柢……"[2] 虽

---

[1] □表示诗句中的空格，后同。——编辑注
[2] ［日］厨川白村：《苦闷的象征》，鲁迅译，百花文艺出版社，2000，第2页。

说"文革"中很多诗人都有着坎坷的人生际遇,但像灰娃这样为寻找灵魂出口而不自觉拿起诗笔走上自我救赎之路的创作行径尤显特异,这些文本为当代诗歌史提供了别样的视域,也打开了女性诗歌写作的新面向。

2. 诗神的眷顾:"我们蹒跚人间紧拥磨难"

灰娃开始诗歌写作之前,几乎没有任何写作经验。当愁绪和郁闷无法排遣时,她才开始随意涂写,从一个字、一个词到一个短句、一段话、一首诗……逐渐地积累下来,直至后来结集出版,这也是灰娃被视作"自我教育"下的"素人诗人"的原因。荣格曾阐释艺术和艺术家的关系:"艺术是一种天赋的动力,它抓住一个人,使他成为它的工具。艺术家不是拥有自由意志、寻求实现其个人目的的人,而是一个允许艺术通过自己实现艺术目的的人。"① 灰娃就是一个被诗歌之神"抓住"的人,她自觉而清晰地诠释过自己的创作心理和写作过程:"某个时候,心里有种旋律、节奏显现,不知不觉日益频繁在心里盘桓,无论走到哪里,无论做什么事,这音乐总挥之不去,音乐执意占据心灵,控制心灵。隐约中有异样感觉,这时,受此音乐催促,以文字释出,呈示为人们称之为诗的这种形式。然后删改,尽力改好些。"② 灰娃的诗不落俗套,浸透着神秘韵味,诗才天赋处处流露。

因为大多数作家被剥夺写作和公开发表作品的权利,所以才有"文革"时期的文艺作品只有"八个样板戏,一个作家"的说法。特殊历史时期的"潜在写作"或曰"抽屉文学"多以破碎的形态存在,灰娃与这些"潜在写作"作家相近的是,都是"创作的时

---

① [瑞士]荣格:《心理学与文学》,冯川、苏克译,生活·读书·新知三联书店,1987,第19页。
② 王伟明:《记忆敲响那命运的铜环——访灰娃》,《诗网络》(香港)2002年第2期。

候明知无法发表仍然写作"①；但不同的是，她的创作完全是一种自发的冲动行为，因为在此之前她并无写作经验，也从未想过要去反抗什么，是特殊的历史环境激发了她的诗才。灰娃写诗多从生活的切实感受出发，她本人并非主动疏离主流话语，但在表达自我感受时，真实的个人思想彰显了她在那个时代的特异性。她浸透着生命气息的诗歌语言截然不同于时代主流的话语，这也暗合荣格的判断："这种来源于无意识的创作冲动创作激情，是一种超越了艺术家个人的力量，它通过艺术家的笔自发地喷涌出来，就成了伟大的艺术作品。"②

纵览中外女诗人的创作历程，诗总是与青春结缘，茨维塔耶娃18岁时就自费出版了诗集《黄昏纪念册》，阿赫玛托娃23岁出版了第一本诗集《黄昏》，冰心读大学期间就结集出版了小诗集《繁星》和《春水》……古今多少才华横溢的诗人年少时即自觉以诗练笔，写作风格在创作中也逐渐成熟。灰娃则不同，她中年开始写诗，自始即形成了比较成熟稳定的风格，即她写诗先形成诗的旋律或节奏，然后跟随着它们再将诗情或诗思落于笔端。诚然，与当代很多女诗人相比，灰娃不是多产的诗人，因为她的每一首诗都来自灵魂深处，唯心灵受到牵动方能起笔，并带领我们走入一片无人到访过的奇异境地。

天生的敏感细腻注定了灰娃的孤独和寂寞，这导致她一度成为常人眼中的"另类"。她曾在诗中暗示过她与现世的无法沟通："我们的手臂□人说是钟情热切／我们蹒跚人间紧拥磨难／过路者都把

---

① 陈思和：《试论当代文学史（1949—1976）的"潜在写作"》，《文学评论》1999年第6期。
② ［瑞士］荣格：《心理学与文学》，冯川、苏克译，生活·读书·新知三联书店，1987，第20页。

这浩大悲壮/把这隐痛□轻笑闲谈"(《路》)。

诗人见识了生活中叠加的虚假与谎言，满腹的委屈和"隐退"之心无法向俗世里的人们倾诉，一颗本真质朴的心笼罩在浓重的孤苦烦闷之中，因而有诗句"我们蹒跚人间紧拥磨难"。但正是这"孤独与寂寞，对外有助于默观默查，有助于更深沉更冷静地观照社会；对内有助于自省反思，彻悟人生，凝聚内心的生命力"[①]，使得诗人对自己曾经坚守的信仰、对现实和人性有了更为深刻的认识。缪斯选择了灰娃，把灰娃引入诗的苗圃，犹如种子遇到阳光和土壤，又如同泉水找到流泻的出口，诗人终于为自己内心积蓄的焦虑和形形色色的美找到了倾吐的渠道，她凭借精神直觉直抵作品深处，挖掘分裂的自我和驳杂的情感因素，在某种程度上，她对内心幻象的正视和处理也是她对自我生命的反省。

3. 自我的分裂："我的幽灵在预感中挣扎"

"任何意义上与现实的分离、分裂，最终都必然导致自我内部的分离和分裂，因为现实正是自我本身不可或缺的组成部分。当个人游离于环境时，他内心不和谐的声音也变得清晰可闻。并且随着现实的身影在视线中的逐渐消失，越来越置于前景的便是这种自我的分离、分裂乃到断裂。"[②]无法妥协于现实，使灰娃的精神走向分裂，因此，自我的分裂成为她诗歌创作表现的一个重要内容，我们不仅能从她写于"文革"时期的诗里发现分裂的、变形的自我，还可以在她20世纪90年代以来的诗歌中找到往返于生命中两极的对峙的情绪体验。这一方面体现在诗人经常让灵魂脱离肉体俯视下界，观望自己的墓地，另一方面表现在诗歌前后两部分多呈现出两种截然对立的诗情意绪。

---

① 吴思敬：《心理诗学》，首都师范大学出版社，1996，第81页。
② 崔卫平：《海子神话》，《文艺争鸣》1994年第6期。

有不少诗人在诗歌中以自我的不断变形、分裂、自剖、内省的方式来思考现实，反省人生。九叶派诗人穆旦的许多诗歌便是围绕着分裂的自我及其在异己世界里的生存困境展开的，如："呵，谁知道我曾怎样寻找／我的一些可怜的化身，／当一阵狂涛涌来了／扑打我，流卷我，淹没我，／从东北到西南我不能／支持了。"(《从空虚到充实》)[①] 穆旦诗歌中的自我是分裂的，但同时又是未成形的、被动的，通过两个"自我"的对视、凝视，达到对自我更深的认识和超越。灰娃在诗中侧重表现灵魂脱离肉体，以超脱的方式向下界观望自己的身体，通过灵与肉的分裂制造出互看的镜像效果，让诗人更清楚地找到了本我："哦，默默不语的灵魂／在以往／我们曾／手牵手面对面地痛哭过／还相互按着彼此创伤／以暗灰的幕布□□将／凄情笼罩"(《路》)。诗人的灵魂出窍，神识和肉体相对，灵魂面对自己残缺不全的躯体，自我抚慰，观看自己的墓地："不□不要玫瑰□不用祭品／我的墓□常青藤日夜汹涌泪水／清明早上□唤春低唱□一只文豹／衔一盏灯来／／匆匆赶来安顿歇息／我沉思在自己墓地／回望所来足迹／深一脚□浅一脚"(《不要玫瑰》)。

诗人的灵魂徘徊在自身肉体的栖息地，似在总结和回望既往痛苦相伴的一生。分裂的自我形象在诗人新世纪的写作中仍然存在，比如《鸽子、琴已然憔悴》："生命流程的投影飞逝的星云／轻摇声响护祐／天光雷电倏忽／盘桓在星座运行的汪洋我／这是从哪里归来？认出了自己／和自己相对泪如雨／就在这一刻□这一刻／暗隐凶兆那笑声四面冒泡□我的心／化作嫩蔓卷须朝里蜷缩□而／梦的边缘有只鹰展翅回旋／把诀窍秘语撒在我眼帘／迷茫着梦着有朝一日心灵修复／灵魂回归"。身与心被撕扯成两半，灵肉分离，甚至无法辨识出自己。唯魂兮归来之时，发现曾经的生命早已逝去，面对备受

---

① 穆旦：《穆旦诗文集（第1卷）》，人民文学出版社，2006，第16页。

摧残的面孔,"和自己相对泪如雨"。虽说诗人的精神分裂早在 1972 年已经痊愈,但那颗敏感的心总是在不停地挣扎:"心中栖着的鸟儿向天张望 / 吹熄我灵魂的灯口难道是 / 神的旨意? / 我的幽灵在预感中挣扎 / 她这是和自己搏斗 / 不幸的幽灵为什么要 / 有颗心呢!"(《忧郁症》)诗人纤敏多情,注定要比常人承担更多的痛苦和煎熬,生活中太多的残酷令她感到无奈和不尽的悲哀,于是诗人抽空了自己,以旁观者姿态,审度灵魂与现实的搏斗,思量其如何背负命运的苦难和打击。由是,灰娃的诗内生出坚韧与质疑互为异质对冲的气格。

灰娃的诗中时常游走着幽灵,用于表达内在的孤独和寂寞。幽灵连接了身体和心灵,促成了二者的互听与互看,串联起同一首诗中前后呈现出的截然不同的情绪体验,例如《狼群出没地方》[①]:"狼群出没地方 / 风越发凄厉 / 呼啸着口疯摇 / 参天森林口也不知这样猛烈撞击 / 痛还不痛口声响干涩 / 这些伟岸的树口没有泪 / 林中的湖已冰封 / 走进这些千年老树 / 满天星星飞扑下来 / 鹧鸪疾溅起琴键 / 旋转着在四方熄灭了 / 我聆听一片忧郁的沉寂 / 看远方烟云轻霭口血液里那份 / 粗朴土地的乡情 / 狠命吞噬蛮荒"。这首诗创作于 1978 年,时值"文革"刚结束不久,诗人当即记录下她对一个时代的苦痛和个体不幸遭际的感受,并由此完成压抑精神的释放和焦灼心理的转移。海涅说:"色彩和形式,语气和文字,笼统的表象,无非是思想的象征,艺术家的灵魂受到现世圣灵的驱策,从而产生出象征。"[②]寒冬萧瑟的夜幕下,森林之外和森林之内同属于一个世界,

---

[①] 这首诗收入诗集《山鬼故家》和《灰娃的诗》中时诗题均为《无题》,收入《灰娃诗全编》时改为《狼群出没地方》,诗句略有改动,还新增了创作年份 1978 年。

[②] [美]雷纳·韦勒克:《近代文学批评史(第三卷)》,杨自伍译,上海译文出版社,1997,第 239 页。

却一个狂风呼啸、"疯摇"树木，一个冰雪封冻、充满诗意。迥然不同的两种情境，是诗人内心世界各种冲突和挣扎的影像，灵魂穿梭于多重象征之境，因为"乡情"，诗人于"蛮荒"之上获得了片刻宁静。

不同于《狼群出没地方》，《忧郁症》《是谁背叛神的意志灭了蛐蛐知了王国》等诗多表达了对峙的情绪以及灵魂的冲突。比如《忧郁症》，诗人起笔用欢欣喜悦的句子描绘着秋日早晨的清丽和芬芳："或许陶醉于晨光浇注／或许应和着秋风萧洒／无边的银杏林喧响翻飞激动不已／我看见无数无数小小鸟儿扇动金色翅膀／听见全体天使的笑跳浪溅波……"可"转瞬间／阴翳悬上眼睫凝成冷露……"最后诗人发出震颤人心的质问："莫非上苍编了瞎话？／谁撒了谎？"《是谁背叛神的意志灭了蛐蛐知了王国》开篇即呈现一幅清澄明丽的秋日风光图："高悬树顶琤琤琮琮仿佛／日光摇筛碎琥珀我的心／一圈圈回环灿亮细波／而草丛璎珞玎玲玎玲一串又一串／把寂静一再扩展一再绵延虚空"，此类散发出乡土气息的清丽诗句洋溢着静谧的幸福。但此诗的后半部分情绪突然蒙上虚幻幽冥的暗影："那一串串穿凿世事撕着人心的铿鸣／熄灭了／虚空不可挽回大地和我的心／但梦很长很长□千年的惋惜的影子／在流光隧道飘荡"。凡尘俗世中太多的丑恶与不公是诗人寻觅美的心所不能容忍的，世事的喧嚷和嘈杂更是她所唾弃的，诗人与现实环境总处于一种紧张的状态，在这样的心态下，诗人抛弃了现世，回归内心，倾听灵魂深处的呓语。从这一层面看，与其说她忠实于自己的生命体验，不如说她忠实于自己的潜意识。

灵魂的纠结与挣扎游弋状态贯穿灰娃大部分诗歌，自我矛盾分裂构成其诗歌内在的张力。在某种意义上，她的精神分裂与诗歌创作本身可以看作是诗人对权力话语的背叛或逃离，是其寻求自我救赎的一个路径，相伴而生的是超越主流意识形态、极富个性的诗歌话语系统的确立，是诗人积极寻求主体觉醒的姿态。

4. 与疾患的对抗："岂止一回，我的心被烧成灰烬"

灰娃长期与疾病抗争：1948年因肺结核前往南京治疗，1951年转至北京西山疗养院；中年以后与精神分裂症作斗争，因病提前退休至今，老年又与抑郁症抗衡。她在与精神疾病搏斗的过程中，得到了艺术女神的垂青，意外地从精神苦痛的深渊中挣扎出来，闯入"诗的森林、诗的园子"①。

张仃逝世之后，灰娃总觉得浑身没有力气，对任何事物都提不起精神，甚至认为活着毫无意义。经过医生的诊断，才知道自己患上了抑郁症。经过治疗，她的精神和身体逐渐恢复。这期间她并没有停止写作，直至出版《灰娃七章》②时竟又写出近三十首诗，而且这些诗选材的范围之广、主题之深刻、艺术水准之高，对于已经进入耄耋之年，还患有精神疾病的老人来说着实不易。由此看来，疾病不仅没有影响她的写作，反而起到促进作用。《灰娃七章》收录的四分之三的诗作写于2009年至2015年，大部分注有明确时间的作品集中于2010、2011和2014这三个年份。在这些作品中，灰

---

① 灰娃：《我额头青枝绿叶：灰娃自述》，人民文学出版社，2010，第190页。
② 诗集《灰娃七章》2016年由北京大学出版社出版，全书分为七章："怀念张仃先生""北方农事诗""旧檐下""先知　使徒　怀乡病""有彗星的美丽""不要玫瑰""我已退到海角天涯"。虽然其中也收录了她2009年之前的部分诗歌作品，但三分之二的诗作写于2010年张仃逝世以后，是近年来的新作结集。这些新作的内容包含了诗人对逝去爱人的怀念、与所患疾病的抗争、对远去的故乡的追忆，以及对生命与时间的思考等。此外，这本诗集的编辑装帧也极具特色：著名艺术家汪家明负责统筹编辑，著名插画家冷冰川为诗歌作品配图，使得诗集中的诗歌文本与插图相得益彰，更容易引起读者的共鸣。因此这本诗集无论是在内容上还是形式上，都呈现出了典雅独特的艺术气息。灰娃直言《灰娃七章》这本诗集给了她"长时灰暗的心灵最珍贵的惊喜与慰藉"，可见诗歌的写作与出版对于她的人生具有何等重要的意义。

娃延续了早期的写作手法，自我经常分裂开来，拟想灵魂站在虚空中观照尘世。《旧檐下》的题记中说"时时想着自己已离世远去，偶归所见所思"①，这句话可以作为解诗的题眼："从石缝也应时吐露芬芳／满庭芳菲春意终将落幕／这故园前世的回声哪里藏匿？／旧日朋友脚步喧笑何处找寻？／是不是随落英一片片寂寞地／游移在庭院的门槛窗扉？""我渴望知道天岸后面有些什么／无奈时辰已到，神心中有数／草、花、树、鸟姿影轻颤／一枝一叶难过莫名，似梦游我／怅然转身，又频频回首／一种巨大的失落……"（《旧檐下》）诗中的"我"肉身早已脱离曾经生活过的地方，但灵魂循着内心的呼唤回到前世故园的老旧屋檐下，"游移在庭院的门槛窗扉"，找寻"前世的回声"与"旧日朋友"这些无法遗忘的旧物、旧事、旧人，探求自己渴望知晓的真理。但"寂灭虚静，只听光阴倏倏"，一切都已经不复存在。

灰娃曾细述过这种创作状态："因为张先生（张仃）去世以后我得了严重的抑郁症，老觉得自己现在不是活着，而是我死了，又回来看我这个地方。我总有这样一种感觉，是我的灵魂回来了，不是我本人活着。所以我就写了一首诗，我回到原来住的这个地方，我生前那些痕迹怎么找不到了呢，我那些朋友的脚步声，笑声到哪里去了呢，我生前总有很多事情，我那些事情、那些愿望又到哪里去了呢？"②患抑郁症时，人与现实生活总处在紧张的状态之中，对现实的不满沉积于内心："却说我娇柔的嫩羽触碰狡黠的铁翼／岂止一回，我的心被烧成灰烬／白花累累的梅李树林，谁砍去了？"（《哭什么》）在这样的状态下，人更容易从现实中退缩，返还内心，倾

---

① 灰娃：《旧檐下》，载《灰娃七章》，汪家明编、冷冰川图，北京大学出版社，2016，第81页。
② 灵子：《灰娃：领教毒箭的分量》，载《忧郁的常识》，安徽教育出版社，2013，第41页。

听身体内部发出的声音。这种自我矛盾与分裂构成了灰娃诗歌的内在张力，诗作也更耐人咀嚼："失落了心的故园无以祭奠 / 咬牙隐忍灵魂的磨难 / 大雁彻夜跋涉飞行 / 梨花风气飘满空 / 一路佗傯，我已站在终端门前 / 我屋瓦上空天琴座正在划过 / 我将随那一簇银色火焰 / 去我命定的远岸 / 无论艰难失却自信，还是梦被偷换 / 这人世的好，抑或不好 / 我总寻思回赠：一枝含笑的玫瑰 / 一束幽兰垂着泪益发清媚"（《哭什么》）。因为"美，总叫人愁"，爱美的人"其诗意人生由自省、孤单行走谱就"，所以无论世事多么艰难，无论世界给了"我"什么，"我"都将以"我"的美好回赠这个世界，诗人豁达包容的心胸着实令人赞叹与敬重。

这种"自我谈疗"的写作方式让灰娃慢慢地从精神危机和心理困境中走出来，疾病最终得以治愈，由是可见，灰娃的一生是和疾病纠缠在一起的，她的诗歌写作与她的精神疾病密不可分。她这种自发的、无意识的写作方式印证了张清华的说法："上帝从诗人的生命中拿走多少，让其承受多少苦难，就会在诗歌中还给其多少感人的力量。也就是说，生命人格实践当中的失败，会反过来增加诗人在艺术上的胜利。"①

## 二、美的探寻："以审美的眼光来观照诗的境界"

灰娃自小即懂得珍爱生命、欣赏生命，对生活怀揣温暖美好的诗意，而单纯的理想总被残酷的现实击得粉碎，于是诗人在"写作过程中创造了一个虚拟的境界，在这里扬弃了审美主体与客观现实之间的具体的利害关系。此时的主体已超越了粗陋的利害之感与庸俗的功利之思，而以审美的眼光来观照诗的境界，人世间的种种苦

---

① 张清华：《以梦为马的失败与胜利、远游与还乡：海子诗歌入门》，《文艺争鸣》2019 年第 4 期。

难被净化了，转化为艺术之美"①。灰娃对现实中的世界充满了失望与恐惧，无奈之下思绪飘回到那片曾经生活过的土地，回溯那段艰难又温馨的过往岁月，以及充满辛酸却浸透着人性光芒的节庆典礼。同时灰娃还把关注的范围扩展到祖国美丽的自然山川，并思考人应怎样从自然中寻找和谐之美。

1. 故土风情的追忆："再也回不去了"

如果说灰娃作于"文革"时的诗歌是对现实的厌弃，那么因诗得以疗救的她在度过精神危机之后，则开始探寻生命之美，体现出自觉的审美意识。她从记忆中的故土寻找生命的真与美，营造出"审美性的自然（风俗）空间"，从而构筑了她"逃避现实、远离权力话语的灵魂栖息地，或者说精神家园"②。

灰娃诗中的故乡并不是生养她的地方，而是她童年时期因躲避战火而暂居一年多的小村子，那里的田园风物和农家生活在其记忆中留下极为美好且难以磨灭的印象："四季轮回，星辰运转，给大地万物带来美丽奇妙的变化。富饶无比的土地养活不了她勤苦的儿女。生老病死、婚丧嫁娶、天灾人祸、节庆喜忧、欢会离别、人情世态，等等，将造化无穷的秘密的面纱掀开一线，以那气象万千的神奇令我万分惊异。在我幼小的心灵唤醒了难以意会、难以言传的灵光一束。它神秘、壮阔，又充满无边的忧思疑虑，因而也沉重袭击我稚嫩孱弱的心。"③对灰娃而言，越是在现实中见识了人心的狡诈与险恶，也就越发珍惜童年乡居生活，心神恍惚中短暂相遇的故乡"作为庇护性的空间，是一个神话性的力量场，是一种心灵上的现实——这是对她心中虽贫寒却洋溢着理想的光辉的圣地'再也回

---

① 吴思敬：《心理诗学》，首都师范大学出版社，1996，第29页。
② 李遇春：《权力·主体·话语：20世纪40—70年代中国文学研究》，华中师范大学出版社，2007，第391页。
③ 灰娃：《我与诗》，载《野土》，陕西人民教育出版社，1989，第1—2页。

不去了'的一种补偿"①。组诗《野土九章》和《祭典》②是灰娃对故土风俗人情和节庆典礼的集中观照,更是她躲避惨淡现实的避难所。这两组诗不仅传达了灰娃厌弃现世、热恋故土的情愫,更表现了她对传统文化的热爱,以及对其逐渐消失的叹惋。

2. 故乡生活的眷恋:"我的故乡真真叫人心放不下"

> 人人都说自己故土好
> 可我的故乡真真叫人心放不下
> ——《大地的恩情》

峥嵘与旖旎并存的山川,神秘的传说与悠久的历史,叫诗人"心放不下"。诗人对"野土"魂牵梦萦,不禁发出感叹:"我还有什么献给你能比你/自身更深沉更叫人揪心"(《我美丽忧倦的大地啊——》)。诗人梦回故土:"□□□心中底片显现□还是/□□□梦的曲调不断回旋";怀念故乡四季的轮回:"腊月把你铺成雪原/你的树林披挂起银色华采/秋风流动驱赶你蓝色的雾/金叶铜叶旋风里飞转//车水为你汨汨流注/绿满田野布谷声掠空/童话里雨后冒出大蘑菇/转眼场上又立起一个个麦秸垛"(《故土》)。故乡西坠的落日,夏季突降的大雨,冰蓝幽寂的"月光",生机勃勃的"四月天",万物竞相发华滋长的绿的世界,生生不息、蓬蓬勃勃的生命的乐音……就算是在常人眼里阴森可怖的坟墓,在诗人笔端也变

---

① 王永:《灵魂的返乡——读灰娃〈山鬼故家〉》,载《通往诗学的交叉小径》,燕山大学出版社,2019,第34页。
② 《野土九章》组诗共九首,分别为《乡村墓地》《大地的恩情》《水井》《午间村庄》《神奇的打扮》《出嫁》《人与神的故事——七夕乞巧的仪式》《大地的母亲》《天下黄河》;《祭典》组诗共十六首,分别为《故土》《村口》《归》《暮》《我怎么能说清》《纺车》《月光》《四月天》《我怎么能忘怀》《土地下面长眠着——》《心上的清泉》《哭坟》《端午的信息》《鸽子》《在幽深的峡谷》《我美丽忧倦的大地啊——》。

成清凉温馨的所在:"若问那一方,我记忆的荧屏永远是松柏掩映,幽影悄寂,藤萝绕枝,木香悬空。它头上一轮铜镜西沉回光,一枚银钩也开始闪亮","隔年衰草在寒风里瑟瑟。纷披的枝条上,晶晶莹莹,清鲜惺忪,幽灵们刚刚睁开金眼,神把繁星小灯一盏盏点亮,把报春的新花撒在这座灵殿"(《乡村墓地》)。但是这片坚韧不屈的野土承受了过多岁月的苦难,因此灰娃对故土的记忆难免带着挥之不去的哀叹与悲伤,亦如其创作于1972年的诗句:"兵荒马乱□饥馑灾殃/你已飘散着满头白发/眼花了背驼了/你是风里雨里/咬着牙挺起胸走过来的"。透过灾难,诗人尽情讴歌哺育她成长的"大地母亲":"哦□我们亚洲大地的母亲/在我们东方的严峻的贫穷中/你总是以你那清寒朴素的美/在棉田摘花□在场上扬谷/在井边洗菜□在灶头烧饭",这样的母亲"为着保护大地的儿女/你的形象/超越耶和华背负十字架/高耸在我们祖先生息过的领空/深深铭刻在你儿女心中"(《大地的母亲》)。诗人寓情于景,把自己对故乡深沉浓郁的感情表达得淋漓尽致。

灰娃对故乡的怀恋绝非单纯的追忆,而是焦灼灵魂的安顿,她对故乡充满了虔诚的敬意。在她的笔下,故乡满蓄着温情,内蕴庄重肃穆的生命气息:"哦,我怎么能说清,夜色茫茫,游荡在我们村子,万古不散的幽灵,徒乱人意暖人心房,又温馨又凄伤。""无论何时,走遍世间,我总闻到,夜气袭来,炊烟的熏香,一丝苦艾味道,圣经式的气质肃穆,尘世的惆怅苍凉……"(《我怎么能说清》)灰娃调取浸染了鲜活的生命经验的词汇追忆故乡,亦如王鲁湘对她的评价:"她写土地,然而不是叶赛宁,她比叶赛宁沉重;她写野土莽原,却又丝毫没有艾略特的荒原意识;她写大地的母亲,又没有艾青那种伤感与忏悔;她写野草野花,可比惠特曼多些淳净的土味;她写八百里秦川的河流、水井与村姑,充满田园诗情,却又不是骚人墨客厌倦都市生活后的排遣，倒像是剪了一辈子窗花，绣了一辈子荷包，纳了一辈子花鞋底的大婶，突然离开土生土长的老家，进入格格不入的高楼大厦后，午夜梦回后的追忆：'我美丽忧倦的大地啊……'"①诗人对故乡的牵挂凝结在她的心灵深处，是永远都无法抹去的情结，更是融入血液深入骨髓挥之不去的眷恋。每次写到故乡，诗人的笔调都细腻而富有生机。

《野土九章》组诗"写的是成为我们民族摇篮的那个地方，即我们祖国南北方重要交界线那一带古老深沉的河山、风土及人情"②，诗中铺展大量笔墨描写农村生活场景中的细节，如："男孩儿女孩儿个个臂上挎着筐笼，从他们土屋出来寻觅柴禾。"(《乡村墓地》) 诗人用白描手法原生态地展现出农家孩子幼时的生活图景，乡村生活的艰辛贫苦不妨碍孩子们享受忙碌、充实、欢快的童年，他们极富传统民俗风的打扮刻印在诗人记忆里："那里男孩儿穿着家织粗布 / 黑色、蓝色、白色、土黄色对襟袄 / 白、黑、土黄、深蓝、月蓝长裤 / 一根整幅粗布系在腰间 / 镶边儿的红肚兜在他们结实的 / 古铜色胸脯闪露 / 女孩儿穿的也是家织粗布 / 红色大襟上衣绿长裤 / 黑布坎肩罩在这上红下绿外面 / 银环银镯银的项圈 / 绾约装点得她们 / 朴素尊贵如同宝石光辉"(《神奇的打扮》)。乡村孩子朴素的装扮被描绘得生趣盎然，色彩缤纷且极具画面感，那银镯仿佛随时都会叮咚作响，他们的穿戴与厚朴的野土、明亮的天空交融一体，毫无违和感："总是和谐自然与大地、星空交融 / 成为宇宙的节奏 / 浓郁强烈 —— 太阳在心中放射，心灵充实扩展 / 柔和沉着 ——/ 微茫难言深远幽香的领悟"(《神奇的打扮》)。

灰娃诗中的细节描写散发着浓郁的乡土气息和韵味，除了写孩

---

① 王鲁湘：《野土的祭典——灰娃和她的〈野土〉》，《文学评论》1989年第4期。
② 灰娃：《我与诗》，载《野土》，陕西人民教育出版社，1989，第3页。

子们,她也写"人声水声环飞,树影花影横过"的水井,"水车嚯嚯,马蹄得得,井水湍流在铺满陈年青苔的木槽"上,村妇们常常结伴来这儿洗衣服:"女人们捣搓衣裳跪在渠边","青春在笑声笑容中洋溢,生命随臂腕律动而流涌",这样的劳作使得"生活的韵律激荡旋转"(《水井》)。她还写"静谧弥漫,青绿葱茏"的午间村庄,平和安静,"无声无息","仿佛邃古的大枯井",但这静中也有动,"啄木鸟已打破沉寂,从打禾场尽头,嗬",这还只是小动静,"雄赳赳一只大公鸡高视阔步"地走来,"放开了饱满歌喉"发出壮丽洪亮的鸣叫,这威武的气势"引得村前村后一片鸡鸣,一时间大号小号长号圆号,整整一组铜管乐队此起彼伏全村吹奏,向辛苦的农人报知午饭时辰到了"(《午间村庄》)。当写到中华民族的母亲河——黄河时,她借"一个祖祖辈辈种庄稼的粗汉厚敦敦的胸膛里"迸发出"粗砺威凛,亢扬嫉愤"的歌声,歌颂了黄土高原上代代辛苦劳作淳朴的农民,这歌声"扎冷灼烫",如"鞭子狠狠抽在人心上",但又"丝丝缕缕,舒缓沉实",令人心里"无限酸楚,无限苍凉","悠悠沉沉,心随黄河水茫然无尽",觉得好像"整个世界都在这里头"(《天下黄河》)。

灰娃笔下最精彩的乡村生活是对农村风俗人情和民间诗意图景的书写:"喇叭笙箫吹奏/一顶彩轿进了村庄/停在门前影壁一旁/□门坎到轿子面前/大红毡铺路/□村人都汇集这里/紧张□忙迫□喧哗□议论/□沸腾的滚水/乡村乐队又开始吹奏/曲调兴奋□喜气洋溢//妇女们围了满满一屋/□看哪□看她们施的什么魔法/把一个少女化作一个少妇/□给人间梦幻挡上一道门坎/在生命征程造出一道界标//梅香发辫被解开了/□她轻轻啜泣声中/一双娴熟干练的手/□将她乌发梳理/木梳忽地离开巧手□一晃//便横含在巧妇口中/以不可思议的灵活准确/□将那一握乌丝/拧成一股盘在了

头后"(《出嫁》)。在乡下,红白事最能体现农村风俗和农民精神面貌,《出嫁》记录的是20世纪三四十年代农村嫁女儿的场景,农村少女出嫁被诗人用灵动的语言细致地描摹出来,宛若电影镜头将全景式场面和角落中的细节悉数纳入。诗人怀着痛惜的心情追忆此种风俗,勾勒出洋溢着喜庆和忙碌的乡村嫁女图。诗人对乡村节日和风俗的追述还包括清明祭祀、端午节、七夕乞巧节等:"端午的信息在秋千高高的支架含笑/□飞上女人眉梢兴奋了唇角/孩子们盼一整天开心,宝贝啊/□节日气息渗进你莲藕似的肢体"(《端午的信息》);"那门窗有美的木纹/□□端阳早上/饰以艾草银色盛装/□□艾叶清芬四处飘荡//各色香袋光彩纷纷/□□粽叶清香浸人心肺"(《端午墓园》);"个个梳洗洁净换上节日衣饰/为天为地哀喜/织女苦思亲人织不成霞锦/我们做了衣饰案头供起//夜用暗色编织朦胧面纱/女人们借着幽微夜色穿针引线/乞巧乞智/祈求织女赐给巧手灵心"(《人与神的故事——七夕乞巧的仪式》)。在细节的勾描中,景与人交相呼应,反衬出人性的美:"有一夜蓝天装饰着白云/夜色似水银泛波漾辉/一轮满月在清气中鸣琴/我年轻的妈妈烘烤月饼/饼上贴了一枝儿香菜绿葱葱//顿时生机洋溢摇曳一株桂树/她又扬手摘取发髻上的银钗/从一朵晚香玉旁□用那银钗/在桂树下勾画玉兔□还画出/嫦娥忧郁清丽"(《大地的母亲》)。诗人将月圆之日做月饼的习俗刻绘在神话般的意境中,母亲劳作的细节诗意而唯美,遥远的月桂树仿若近在咫尺,散发着清香,整首诗充满浓郁却又简单的幸福,民俗和景物都沾染着灵性。跟随诗人的眼光聚焦关中平原上的风物人事、山川气象,我们会发现,只有回到这片深沉的土地上,她才能尽情诉说自己"人性的委曲",尽享生命与自然的和谐相处;置身其中,焦灼的内心才能得到些许宁静。与充斥着争斗、谎言、暴力以及血腥的现实相比,诗人更愿意回到美好质朴的过去，虽然物质贫乏，但精神的丰富足以抚平她躁动不安的内心世界。

3. 萃取民俗的诗意："古老的灵感之泉倾泻"

在灰娃看来，故乡是风俗人情的载体，是除夕、元宵、清明、端午、中秋、重阳，是年糕、饺子、灯笼、汤圆、艾蒿、菖蒲、粽子、月饼、茱萸，是祭供祖先的串串纸钱和缕缕青烟。虽然"野土"上的生活是贫苦艰辛的，但因为迷人且又充满神秘的意味，时时让人怦然心动。灰娃用诗歌诠释了她对中国传统节日及其风俗习惯的情有独钟，表达了她对节日风俗文化的理解。从某种意义上说，诗歌承载了灰娃的内心世界，她曾解释为何会钟情于古老民族的节日和风俗习惯："《野土》里记录的都是过往农村的生活细节。现在的年轻人没有经历过，所以觉得我写的细节很多。但我觉得那些细节写得还很不够，记忆的太少了。以前人们的生活的确很苦，但是创造了很多的美，这就是文化。什么是文化？生活样式就是文化很重要的部分。我很伤心失去的那些很有人情的、深意悠远的文化气息，不由人想起那些，就把它们写了下来"。① 这片古老苍凉的土地上的四季风物、人情诗意、世态艰辛皆已被风暴卷走，失落的文明成为诗人的心病。与其说诗人在捡拾现实中失落的理想，不如说是怀着挽救中华民族文化的热忱在书写。

诗集《野土》中看似简朴的日常生活、传统的节庆仪式，都承载着深厚的历史和文化记忆，比如《出嫁》就农村姑娘出嫁的习俗作了详细描写。嫁娶的风俗是民族文化积淀凝聚的结果，是传统农业文明中人们沿袭下来的生活方式，是在自然秩序下数千年积淀的文化，更是先人传给我们的宝贵精神遗产。这些习俗充满深意，充

---

① 马富丽：《"美的出口"的寻找者——灰娃访谈录》，《星星（下半月）》2008年第8期。

满人情，仅新娘子所乘的轿子就很有风情："它左边／□深红柔韧的桃枝／弓之象征□它右边／□秫秸上端插着钢针一簇／锋利的箭头"。新娘红纱遮面，"右手拥着一个鲜花缀饰的筝"，"左手抱着一个蔓叶缠绕的梭"，独具韵味的嫁娶场面令诗人感叹。而清明、端午、七夕这些节日在灰娃诗中成为连接人与自然、历史的纽带，这些节庆生活"使得灰娃的乡村世界，不仅天人、人神相和，人与历史中忧郁美丽的灵魂息息相通"，也"使得这简朴的乡村生活弥漫着自然和历史的气息"①："这一天幽灵们走出地府，在阴阳交界处去赴亲友约会，取回他们的馈赠。在世者费尽苦心使长眠不醒的灵魂得到温暖，寄诉离情"（《哭坟》）；"听那汨罗江水低吟《离骚》《九歌》／□缅怀屈子虽死无悔情怀／渐渐地它越过林端到达庭院／□在家家户户案头灶台停留往返／流转在村路顺车辙蜿蜒／□伸向远方的城堡村寨"（《端午的信息》）；"青山绿水年年在／周而复始的四季哟／七夕中夜你究竟要将／多么古老的灵感之泉倾泻／将万世不朽的圣诗／吟诵一篇"（《人与神的故事——七夕乞巧的仪式》）。

　　灰娃深情眷顾民俗节日，萃取每一个节日的意韵和灵感，并通过诗意的细节捕捉人情美。谢冕曾经说："在灰娃的创作中，文化和审美资源的加入或渗透不是外在的，而是一种融入生命感悟的发酵，所以她的诗有着醇酒般的浓郁。"②诚然，诗歌因文化和审美元素的渗入变得厚重而耐咀嚼，让读者在感受诗美的同时也深为传统文化的魅力所折服。

　　4. 物候与节气的诗性美："感恩意味无穷的天地四季呢"

　　灰娃的诗歌与"中国古代悠久的文化传统有着某种天然的契合

---

① 刘志荣：《黑夜中漫游的灵魂：灰娃》，载《潜在写作：1949—1976》，复旦大学出版社，2007，第372页。
② 谢冕：《缪斯的神启——诗人灰娃》，《当代作家评论》1998年第6期。

关系"①，她一向对中国的传统文化情有独钟，发掘中华民族传统节日习俗的内蕴，捕捉其诗性的成分，已经成为她精神世界重要的一部分："什么是文化？生活样式就是文化很重要的部分。我很伤心失去的那些很有人情的、深意悠远的文化气息，不由人想起那些，就把它们写了下来：我们中国人怎样看待宇宙自然、人、生命鬼魂；……怎样地忆及和思念逝者且定期祭祀他们，而未敢忘怀；生老病死婚丧嫁娶诸事，是如何对待的；怎样度过一年中那些特殊日子；季节更替、二十四番花信风次第吹拂大地人间，这些神秘奇妙情境，先人们又是如何迎来送往它们；而又怎样地接待并且临别还送上一程那些流浪者、乞讨者、五体投地朝山进香的圣徒……每当这种时节，人们的服饰、仪容、举止无一不是关乎人文、文化及文明……"②她对物候和二十四节气尤为青睐，《灰娃七章》中有多首诗作末尾标注的写作时间是二十四节气的名称，如组诗《北方农事诗》中的五首诗分别作于大暑、小满、谷雨、夏至和立夏，《哭什么》写于白露，《天真的　经验的》写于立夏，《听风听雨》写于秋分，《早起的知更鸟边唱边飞》写于春分等，以节气显示创作时间，传递出古老而传统的民俗文化气息。

　　二十四节气是我国古代劳动人民智慧的结晶，经过几千年的发展与传承，已经成为我国民族文化的瑰宝，它不仅为我国古代农耕文明的发展作出了巨大的贡献，亦寄寓了丰富的文化意义。节气与天地之间的万事万物休戚相关，每一个节气的变化都会为动植物带来相应的变化，节气和物候的变化触动了她的情思，激发了她的创作灵感，其笔端常出现大量的动植物，如《童话　大鸟窝——张仃

---

① 刘晓峰：《星回于天　大地不死——论灰娃诗歌中的自然神性》，《传记文学》2018年第3期。
② 马富丽：《"美的出口"的寻找者——灰娃访谈录》，《星星（下半月）》2008年第8期。

先生逝世五周年》中的金银木、乔松、月桂树、橄榄树、菩提树、杏花、梧桐、丁香、银杏、海棠等,《我已退到海角天涯》中的月桂树、菩提花、紫苜蓿、菟丝子、牵牛、飞燕草等,《在梦幻灵异的永夜安睡吧》中出现的乌鸦、鹰、喜鹊、百灵、啄木鸟、画眉等,《落叶》中出现的鸟雀、蜜蜂、小黑马驹等。灰娃赋予这些动植物以神性和使命:"鸟儿有神性,是神的信使/从不倦怠的翅膀,天使的歌喉/一面从雨帘往复穿梭/一面呼喊春消息/把远古时序、农事诗宣示"(《我怎样致敬这不死的精灵》)。自然界的春华秋实和鸟鸣虫吟,一直乖巧地驯服于灰娃的笔下,任其随时召唤。丰富的动植物意象体系,不仅呈现出灰娃对自然世界细致入微的关注,更表现出她对自然、对生命的呵护之情,展现了她深微细腻的情感体验。

　　灰娃对季节的钟情与清代女诗人甘立媃略相近。甘立媃的诗集《咏雪楼稿》由四部分构成,包括《绣余草》《馈余草》《未亡草》《就养草》,它们分别对应着她人生中少女、少妇、寡妇和太夫人四个阶段,其中《绣余草》中就有很多关于季节与自然物象的练笔之作。与甘立媃不同的是,物候和节气的更迭牵动着灰娃对时间流逝的生命感悟,并进一步触发了生命意识的觉醒,她思考生命的价值与意义,经常用清丽脱俗的语言和玄妙清远的意境书写时光易逝、年华易老:"蓝天上闪光的白云像帆船漂移/太阳照射野草温热芳香/长夏日午深广无边的静寂/让人忘却世界 忘却世事的静寂"(《叹年华》)。她还劝勉少年人在岁月流逝中学会珍惜时间:"日神玩他的魔方把戏,看似/春回,天增岁月人增寿;实则/无情岁月增中减,秋声添得/人憔悴。孩子,该怎样珍惜/新年份,珍惜当下?怎样珍惜/似增实减的生命旅程?又该怎样/感恩意味无穷的天地四季呢?"(《怎样感恩天地四季》)这类诗歌虽是追忆逝去的时光,却不再像以前那样浸润着浓浓的感伤意味,诗人豁然间摆脱掉过往对生命脆弱、时光短暂、命运无常的叹惋，多了一种旷达之感。

《文心雕龙·物色》说："春秋代序，阴阳惨舒，物色之动，心亦摇焉……是以诗人感物，联类不穷。流连万象之际，沉吟视听之区；写气图貌，既随物以宛转；属采附声，亦与心而徘徊。"[①]诗歌是诗人情感世界的寄托，物候和节气周而复始的轮回刺激灰娃产生了不同的体验和感悟，从而使她对自然、人生以及世界的观感也随之发生变化，于是她的诗歌便呈现出不同的主题与情感。

5. 灵魂的栖息之地："乡间诗意温馨"

在灰娃心目中，故乡就是她灵魂的栖息地，是她诗歌中永远追忆与怀念的地方。除了将年幼时生活过的关中农村视为故乡之外，灰娃更将她青少年时成长的地方——延安视作生命中不可缺少的家园。虽然故乡充满了贫困与苦难，但它仍旧是美好的所在，这里"天空大地、日月星辰、雷电雨雪、风霜晨昏，对我展现了异样境界。乡间诗意温馨、人情淳美、意蕴悠长，对我幼小心灵的冲撞，令人心痛一辈子！""正是这些可怜又可敬的农夫农妇，祖祖辈辈、一代一代创造出民族生活的独有样式。在极端严峻的贫穷中，竟能把生活创造得有和谐，有温馨，有深情，有诗意，有美"[②]。与残酷的现实相比较，早期留存在记忆中的事物易被无意识地美化，灰娃以审美的眼光来观照诗的境界，将生命中种种颠沛转化为艺术之美。成年以后，尤其是离开家乡的人，迫于生活的巨大压力，会对现实世界充满失望，于是在自己的想象中建构一个美好的虚拟故乡，作为自己的精神家园，因而在灰娃产量不算高的诗作中有不少描写故乡的作品也就不足为奇。因为特殊的人生经历，灰娃的信念和理想在残酷现实的打击下逐渐瓦解，无奈之下她将目光投注于那

---

① 〔南朝〕刘勰：《文心雕龙注》，范文澜注，人民文学出版社，2006，第693页。
② 灰娃：《我额头青枝绿叶：灰娃自述》，人民文学出版社，2010，第7、33页。

片曾经生活过的大地和那段曾经艰难但又温馨的过往岁月,以求获得内心暂时的平静。《灰娃七章》中的组诗《北方农事诗》是对早期《野土九章》《祭典》等这类作品在素材和内容的延续,仍充满了浓浓的思乡之情,洋溢着对故乡美好生活与淳朴人情的赞美与向往,但又因为诗人心境的不同,展现的诗境与以往也有所不同。

《北方农事诗》共五首,均写于2014年的春夏之际。这些作品对乡野风情的描摹细致入微,其中有清新美好的田野风光:"春雨开始落下来,南风把 / 久违了的湿草、湿土气息 / 吹向开满花的樱桃园 / 透过雨帘,乌黑苍劲的树干 / 撑起鲜绿、水灵的密叶 / 和精神、挺拔的白色花 / 生命在孕育之后,正悄悄生长 / 果实、籽粒都在紧张地 / 灌浆充实自己"(《我怎样致敬这不死的精灵》)。但更多的是古旧破败的乡村景象,诗人将农村萧条冷清的场景刻画得令人动容:"一身前朝装扮,古旧,尊严 / 砖墙、门窗、栋梁 / 兵灾离乱、风雨摧残 / 满屋陈年旧物及端午香药气味 / 微光幽暗中由门楣破裂处 / 斜射进来一束光,光束中 / 无数细粉、微尘徜徉抖颤 / 神龛中央,神位前旧铜香炉 / 三炷香三股青烟缭绕着"(《乡野风》)。还有对乡村生活的残酷严苛和农事稼穑的辛劳不易的感叹:"麦浪与夏云齐飞 / 灵魂祷告声伴着 / 乌云大笑,滚动狂奔;农人 / 齐心合力抢收,怎能胜过天意?! / 一年的指望落空。毫不眷顾 / 滔天巨浪将农人翻到悬崖绝壁 / 飘忽的灵魂的祷告 / 细细响着,揉搓农人的心"(《灵魂祷告声漫空飘忽》)。同时,诗人一如既往地审视墓地和亡灵,"观看"那些阴暗幽冷的墓地和无法安息、随意飘荡的灵魂:"这古松柏林,坟头多到数不过来 / 落日烧烤着亡灵们的烦怨 / 老寡妇死后,传言她十四岁的 / 独子,头次上火线倒下再没起来 / 这说法出自远村一位刚返乡的 / 残疾老兵。她在阴间托梦儿子 / 幼小孤魂千里漂泊归来故土: / 我人在哪里?哪座坟是我的? / 可怜沙场、故土两无所栖/日夜在这苍苍老林飘荡寻觅"(《在梦幻灵异的永夜安睡吧》)。

灰娃早期诗歌"对童年家乡亲人的回忆,对少年时期延安生活的怀念,是直觉的,是天真或纯真的,是理性的思辨所不可替代的"①,而其晚近诗歌则增加了理性的思辨和批判,诗思厚重,深情而克制,打开了写作的格局。

6. 自然中的心灵皈依:"谛听我的心脏"

灰娃与画家张仃的结合对她的生活状态与精神状况均产生了很大影响。自20世纪80年代中期,她先后陪同张仃先生去陕北、河西走廊和太行山区等地写生,组诗《塬上》《大漠行》《沿着云——太行纪事》以及诗作《武则天皇帝陵》《山鬼故家》等都作于这一时期。几次出游经历加之时代环境和个人生活状态的改变,帮助灰娃走出了心灵焦虑的困境,诗歌关注的对象日渐变化,诗境大开大合,她开始关注并探索自然、宇宙与历史人文的关系和奥秘。

赫姆林·加兰曾指出:"艺术的地方色彩是文学生命力的源泉,是文学一向独具的特点!"②灰娃追随张仃领略了祖国的大山、河流、大漠、狼群,见识了壶口瀑布、山鬼故家、禹门口的风、党家寨子、"武则天黄帝陵"、司马迁墓……这些自然景观和历史遗迹深深震撼着她压抑许久的心灵,成为她诗歌创作的重要素材。自然风光的洗礼打开了她的视野和心界,长久潜藏在内心深处的情绪自然而然地被激活,她情不自禁地记录下诗思和心绪,以及喷薄的情感。

宁静的山谷宛如世外桃源,成为灰娃倾诉尘世委屈的对象:

---

① 邵燕祥:《给灰娃的信》,《诗歌月刊》2011年第1期。
② [美]赫姆林·加兰:《破碎的偶像》,载《美国作家论文学》,刘保端等译,生活·读书·新知三联书店,1984,第85页。

晚来你那泉水鸣琴琤琤琮琮／和着林间低语／古老磨坊大木轮子水神推送／呼呼呼呼……价地转／筛面机咔嗒咔嗒／二重唱穿插／农妇老汉谈论年景／守林人抽烟歇息茅庵前／一望无际绿色伸向老远老远／／黎明前淡淡的光勾出地平／那儿河面螺钿一样发亮／天边树林在梦想轻轻颤栗着／出自树丛炊烟圈圈缕缕／仿佛音乐从那里飘升

——《山谷啊山谷》

诗中有画，画中传音，灰娃为我们精心铺展了一幅水墨田园画卷，画风乡土而古典。诗人置身其中，身心得以休憩，"认识了大地领悟了人生"。"山谷"不只是大自然的景观，更是诗人的精神家园，寄托着诗人的理想和抱负。诗人沉醉于这幽静的山谷，诗神也悄然降临。诗人像对恋人倾诉一般："……我怎能离你他往／在你的胸怀我拥抱整个宇宙／但我宿命的星在照耀／诗神的树正抽芽泛青"（《山谷啊山谷》）。所游历的名胜古迹不同，诗作的审美风格也不断发生转换，组诗《塬上》《大漠行》情感激荡丰沛，气势雄浑：

从天地尽头／汹涌着扑过来／百万哀兵／天体上升／云尘陷落／／峭壁倒立／巉岩哆嗦／轰隆声充塞太空／天地晃晃摇摇

——《壶口瀑布》

这是组诗《塬上》的第一首《壶口瀑布》，诗人以动态视角捕捉和刻绘壶口瀑布的壮观雄伟，黄河汹涌的波涛好似千军万马，奔腾怒吼。当瀑布飞泻时，水波反复冲击岩石和水面，产生巨大的声响，声震河谷。在山谷中回荡的声响如万鼓齐鸣，仿佛天地都在摇晃，诗人的诗思又起："注视着／不由我／走入这／一片沸扬／看鬃须翻飞激荡／吞没了我的听觉"(《壶口瀑布》)。势如千山飞崩的瀑布吞没了诗人的听觉,在如此壮阔的景色中,诗人寻求到心灵与造化的契合,找到精神皈依所在,走入一片"静寂"之地,"只剩／□□睁大眼睛／谛听我的心脏"(《遥望党家寨子》)。

浩瀚的沙漠勾起沉埋的思绪和诗意,组诗《大漠行》中有三首都重在描写沙漠,但角度不同。《在大漠行进》中,"大漠金色凝重沉着／笼一层忧郁辽远无际"。大漠广袤沉静,辽远忧郁,但行进在大漠中的诗人看着"抖动一片辉煌／抖动辉煌的／悲怆"的"瀚海","大口大口品尝／太阳味道",已经产生了"常是／无所谓孤独不孤独"的想法。苍凉辽远的大漠阻断了诗人与尘网的勾连,使诗人暂时忘却了凡尘俗世的蝇营狗苟,忘却了一直缠绕在心中的忧愁落寞,获得无限延展的力量。在《月亮从大漠滚上来》中,"日头一落就出发／在大漠上空滚动"的月亮给广阔无垠的沙漠增添了神韵:"那些个金环银环／在高处射出冷光"。行走于沙漠中,诗人的情感尽情涌动,想象空间也无限辽远:"起伏的／大漠腾格里／热浪翻滚游动／亿万双手五指指向前方／蜂涌着冲开气流／仿若无边森林／横空一齐指向西极"。在这浩瀚无际的大漠之中,诗人的诗思如海水潮涌翻滚:"白热的光之海日午摇摆／摇摆着铃铛紫铜色清响／半夜里月光汹涌起来／深红的玫瑰／狂热绽放"。沙漠的美妙绮丽一览无余,大自然造化的神奇让诗人顿悟,她看破了人世纷扰,参透了生生死死,于是她祈祷前世今生的一切都被勾销焚尽,渴望能够与这无边无际的大漠融为一体,到达人生的彼岸:"于是岁月沧桑开始模糊／今生前世都被勾销焚尽／不由人口便向往葬身这／远达天边的合声流韵"(《腾格里短歌》)。

## 第二节 生命意趣的表达：个体·自然·历史

### 一、对生命个体的尊重与赞美

灰娃用自己微弱的声音顽强地唱出生命赞歌，用诗歌表达了她对生命个体的尊重与赞美。组诗《童声》倾注了慈母般的爱心，她心痛地看着人间惨剧的发生，看着这些年轻的生命惨遭无情的杀戮。出于对生命的尊重与热爱，诗人的内心充满对暴力和血腥的憎恶感，以至于怀疑自己所处的时空："谁又能说／六月／不是降雪季节／七月流火初度／先就将占星人灼盲"。诗人想象冤屈的亡灵们的心思："星象飘移／凄风吹过天顶／亡灵们额上戴着／太阳和海浪的光环／心中充满被诱杀的／懊恨／阴森的激情／等待可怕的释放"（《己巳年九月十二日》）。对人的生命的漠视，使得那些还没有来得及绽放色彩的年轻生命永远地消失了。随着他们的消逝，多少家庭的幸福与梦想也被残酷的现实击得粉碎，无法愈合的伤痕永远留在人们的内心深处。

悲痛充塞着诗人的内心，灰娃化身被杀戮的年轻生命，向亲爱的妈妈诉说着自己"人性的委曲"："妈妈□在这／寂灭的静的圆心我／听自己心碎裂""来不及弄明白就／到达这寂灭的圆心／转眼已是小雪季节""别忘了我的课本和歌页／妈妈□听说我们那边许多的事／都重新安排过"（《童声》）。之后诗人又从母亲的角度来关爱自己的孩子：

> 孩子们正仰起脸
> 　　唉　孩子们的鬓角
> 看着便让人心头

一阵疼一阵收缩

从那鬓角

会飞出雪白的雏鸽

——《童声中断》

  两种视角的转换清晰地呈现出诗人的内心世界：对一个个年轻生命的飘逝感到了无法排遣的惋惜和疼痛。但诗人又幻想这些年轻的生命会与时间同在，永远都是年轻的："从那鬓角 / 会飞出雪白的雏鸽"。屠岸曾这样评价组诗《童声》："正是'想象力被伤心惨目的景象所激动'结晶而成的血泪篇章……诗人发出了正义的呐喊和悲愤的控诉，呼天抢地，感天动地，撼天拔地！"①

  在为年轻生命的不幸逝去而哀叹的同时，灰娃被生命个体的创造性折服，也对劳动人民的智慧和创造力大唱颂扬之歌。太行山区的龙水梯经山民长期凿石而成，窄到仅能容下一只脚，因而常有山民失足坠落深谷而丢掉性命。在《龙水梯》中，诗人为那些顽强生活在条件异常艰苦的大山里的山民而心痛："又被这鸟啼惊起□这啼声 / 一次次锥痛我在那天梯"。太行山区的山民们为了保卫世代生活的家园付出了巨大的代价，战胜了自然条件的恶劣和人为的罪恶，这引起诗人无尽的赞叹：

  并非故事□谁竟以 / 镰刀梭标抵御打家劫舍的人 / 制服杀人放火的事□以 / 平常身躯搏斗强兵锐器而 / 报仇雪恨□谁迫使 / 两千米危崖庄稼扬花 / 谁又用锄镐拓展了天梯

  诗人想象龙水梯是因为"上帝的疏忽"才遗落凡间的，山民们

---

① 屠岸：《灵魂遨游的踪迹——序〈灰娃的诗〉》，载灰娃著《灰娃的诗》，作家出版社，2009，第2页。

用勤劳的双手把"石屋石桥石仓石的牛圈鸡窝"安置在这"梦的巅峰",纯朴的家园"掩映在坠落花雨的绿涛碧波"下,有着"青气风水和光"的环护,更显得"雄浑悠扬"。

2008年汶川大地震时,81岁高龄的灰娃因病住院。卧病在床的诗人仍然心系国家和人民,写下两首和地震有关的诗:《国旗为谁而降》和《用柔软坚硬的笔触》。《国旗为谁而降》写5月19日14时28分全国为遇难同胞降半旗志哀:"我不会弹琴,孙女儿的/兰花指尖流泻清灵的泉水/也不能抚平我心的皱纹/那是我祖国用创伤不幸/腐蚀成的。忧愤不平/比地心更深,日久年深/淤血堵住了心口/意绪无路可走,今天/是谁,给装上了弦索/悄然发出均衡熨帖的奏鸣/恍惚听见孙女儿指尖溢出/流水琮琮琤琤,仿佛若有所思,/仿佛充满灵感/融化着的花瓣纷纷坠落/透过深藏的泪水,我看见/兰的哀音紫的雾氛缭绕着/氤氲着整世纪的伤恸/我们的国旗/缓缓下降"。与大多数抗震诗不同,诗人选取日常生活中的一个场景,用反衬的手法突出地震造成的重创,孙女弹出的美妙琴声也不能抚平诗人心中因祖国的苦难而生的"皱纹",漫长岁月形成的"淤血堵住了心口"。听着流水般的音乐,恍惚间,诗人看到"融化着的花瓣纷纷坠落","兰的哀音紫的雾氛缭绕着/氤氲着整世纪的伤恸",诗尾进一步点出举国的伤痛:"我们的国旗/缓缓下降"。这次灾难让诗人不禁联想起上一个世纪民族的苦难,诗情过渡自然,兼容了深厚的当下关怀与沉重的历史感。《用柔软坚硬的笔触》的视角也很独特,采用第二人称"你"开篇,想象地震遇难者在遇难之前的艰难生活,突然间一切因自然灾害而结束。诗人的忧思体现在她跨越时空,以一连串疑问排比句式主动与遇难者进行心灵的对话:"彼岸的路可好走?日子可顺?/也有不平事伤透人心?/对此岸的留恋遗愿仍放不下?/仍然思乡怀人,灵魂寻觅着我们?"

随后,诗思又跳跃回落到当下,诗人大胆呼吁:"让中国孩子免于失学的恐惧! /让中国人居有其所,敞亮结实! /让中国人——/成为公民/理直气壮/尊严!高贵!"对个体生命的赞美和尊重、对公民人权的呼吁使灰娃诗歌的思想内涵超越了一般抗震诗的思想境界,她的"神思"不仅关注到救死扶伤,保护人的生存权,还上升到维护庄严的人权,将抗震题材诗推至了一定高度。

## 二、对人与自然关系的思考

灰娃笔下的自然兼具超然的神性、人间的秩序性以及童年的回忆性,诗人的生命与自然万象的生命互渗相融,可以无碍交融。她常常用深情而忧郁的目光注视自然中弱小的动物或植物,擅长以小题材承载大的主题思想,这种大与小的对撞,给人以强烈的视觉冲击和情感震撼,进而产生深深的共鸣。组诗《祭典》中有一首不易引起人们注意的诗《鸽子》,在开篇处,诗人用散文化的语言呈现一处曾经美丽幽静的所在:

  那儿山麓碧绿葱葱,"毋忘我"在水中做梦。
  不由旅人停下脚步:白鸽合鸣驰过天空,野云流泉天地山川,整体辉映银蓝色光环。
  那儿木叶荫荫轻飞疾飘,红莓草玉凌波无名草花依在活泼泼的溪水摇、摇、摇。

山清水秀,绿草茵茵,各种野花野草点缀着山间清澈活泼的小溪。醉人的风景使旅人放慢了前行的脚步,仔细欣赏这里的云淡风轻,静下心来仔细倾听大自然的声响:白鸽合鸣声、清泉潺潺声、飘叶曳地声……可是诗人忧叹好景总不常在,尤其是有人类的地方,自然更难保有它原来的面目:"水流磨轮人语依旧,只有鸽群失魂,飞绕……飞绕……"白鸽们的家惨遭人类的破坏,已然面目全非。诗人拉近观察的距离,仔细描绘了失去家园的鸽子们的惨状:"家!家?!冲向岩壁猛扑,嘶叫声劈裂云霄,纷纷陨落了洁白的雪浪花朵。/ 翅膀拍击一道红溪,雪白、银灰的小胸脯起伏不平,心儿还在跳动……"无家可归的鸟儿们无奈地徘徊在曾经的家园,但残忍的人类仍不罢休,"无情的铁器、炸药,更无情的手,人类需要一条沥青大路",于是"这躲藏的天堂再听不见百鸟歌唱"。在诗人眼中,鼠目寸光的人类是残忍的刽子手,为了一己私利肆无忌惮地对大自然进行破坏,使得曾经的"天然琴音"消失殆尽,自然成了"一派肃杀一派凄凉"。这与开篇描写的幽静美好的自然形成了鲜明的对比,人类的残忍暴虐在此处也可窥一斑:"冬天来了,/ 残年将近了,/ 不复飞回失落的鸽群/ 鸟儿浪迹何方,/ □□有谁知道啊有谁知道?"作为人类的一分子,诗人感到强烈的不安,深深的内疚和自责成为她的心病,她代整个人类受到良心的谴责,就像谢冕所言:"我们从这些'小'题材中看到了大的悲怆:她在这里表现了人类对自然的负罪感,这是未能忘世的诗人的心音。"[①]出于人类对自然负罪的良知,诗人发出了灵魂的拷问:"有谁知道啊有谁知道?"

  秋季本是百鸟争鸣、千虫欢唱的黄金时节,也是蛐蛐生命力最旺盛的季节。秋天的夜晚,月光如洗,夜深人静的时候总会有蛐蛐拉长了调子在墙角或草丛之中鸣叫,自古蛐蛐哀婉动听的鸣叫声牵动了不知多少文人墨客的心,灰娃也不例外。但在《是谁背叛神的意志灭了蛐蛐知了王国》中,照例在秋季寻找蛐蛐歌唱的诗人却如何都听不到蛐蛐哀怨婉转的鸣叫声了:"那一串串穿凿世事撕着人

---

① 谢冕:《缪斯的神启——诗人灰娃》,《当代作家评论》1998 年第 6 期。

心的铿鸣/熄灭了/虚空不可挽回大地和我的心/但梦很长很长□千年的惋惜的影子/在流光隧道飘荡"。整个秋天，因为听不到蛐蛐的歌唱，诗人内心充斥着清冷凄伤的情绪。忧心忡忡的她敏感地意识到这些可爱的小生灵遭到了生命威胁。诗人不由质问有谁会如此残忍："可既然大地坚忍无比/谁竟从大地逼走/摇落清芬的音乐？是谁/竟从人心里掏去那/百念丛生万千感慨的凄然之美呢?！"谈及这首诗的写作过程，灰娃说道："想想现在用这么多农药，肯定把这些小东西都害死了，于是就很难过，然后写了这首诗。我觉得自然界的丰富性很美，大气势，细微处，全都多么神奇！我喜欢自然，山、水、季候、天象，四季里人生活的变换，各种植物、动物。可是现在那么多美好的东西都已经不存在了。其实写自然界的东西还是在探讨人的感情、人的灵魂。"[①]在灰娃心目中，世间所有的生命都是平等的，都有生存的权利。在这个急功近利的时代，人类唯与自然和谐相处，才能回归生命的本真，才能维持地球的绿色生态环境。

**三、想象空间中的历史感**

自然山川给予灰娃灵性的滋养，反过来，灰娃又用独特瑰丽的想象赋予它们感性的生命，并在空间书写中再现历史感。

《山鬼故家》是灰娃 1987 年随张仃到湘西武陵源的天子山自然保护区写生，"临其绝顶"时所作。灰娃把天子山当作"神界鬼域迷宫的残骸"，"轩昂的方柱石笋执拗兀立/任大风播扬任雷电震荡/巨石呼着吼着狂滚乱溅"，这"神异的废墟"阴晴明暗不定，云雾聚散变化更是瞬息莫测、神秘诡谲。在惊叹造化的神奇之余，诗人遥

---

① 马富丽：《"美的出口"的寻找者——灰娃访谈录》，《星星（下半月）》2008 年第 8 期。

想此地纷乱的古代战争:"往昔的篝火摇曳硝烟还没沉落/□火膛爆裂星辰/□□还在空气中飘忽闪烁//还在雄辩还在分说远年/□梦想、国殇和复仇雪恨的/□□亡灵,土家首领//向天子率先,骤然一阵星雨光瀑/□不屈的种族纷纷纵身深壑/□□激烈高傲彻底拒绝了凌辱"。诗中弥漫着神秘而玄幻的氛围:"徘徊在神堂湾","我神思恍惚",幽深的"空谷激荡着岁月的微波狂潮"。历史遗迹的存在为湘西地区增添了厚重感,使身立崖畔的诗人心潮难平,梦落云中,进而产生了某种幻觉:这里难道果真是楚国游魂故地——山鬼故家?灰娃没有停留在自然景物的表象,而是自觉地"将自然景观、历史传说、楚国文化典籍以及奇瑰想象与情感融为一体,着力于境界的开阔与意象的营造,讴歌了天子山的绝尘之美,其诗不乏李白山水诗道骨仙风,或曰浪漫主义风格,并兼及楚辞之余风"①。

基于现实景观的特征,灰娃以雄浑灵异的美学风格对历史展开想象,这为其相关题材的诗作增添了异样的风情和魅力。来到山西禹门口时,诗人感受到:"禹门口的风□你的声音/绞得我心痛"(《禹门口的风》);奔腾的黄河水到达禹门口的时候横冲直撞,雷霆万钧,恍若"气流来自远古/带着深意带着悲怆/灌进我心里/在深谷呜咽/掀动谷底黄色水流"。诗人神思穿越,回到烽火燃烧的年代,回到原始的狩猎时代,用诗笔再现古时先民的生活:"禹门口的风里早已消失/战车梭标奇迹/今天□请听我的歌/我的歌声燃烧/昔年烽火/□□擂响/一代耻辱的/愤怒与启迪//两岸危石悬空/先民追猎呼叫/号角空谷回荡/陡峭的屏障/蓝田人的骸骨/治水者疲倦的身影/从野草中走过"(《禹门口的风》)。诗人使用典故与历史传说,增强了整首诗的表达力度和深度,拓展了全诗的意境。

时常置身历史场域中,诗人的意绪自由驰骋往返于自然与历史、

---

① 李天靖:《用血气拍击出的文字——读灰娃的诗歌》,《诗歌月刊》2010年第2期。

当下与未来。行走于浩瀚荒凉的大漠，她的诗思也千变万化："酒神狂欢颂歌飞扬／从马拉松平原到萨拉密①波涛／希腊男儿诀别大地的誓语／至今回荡萨摩比利山道／后世人心肃然战栗／奴隶枷锁声搅乱／西赛罗②词句的火花／／沙漠之风吹送王国轶闻／吹送沉香玫瑰／橄榄林摇曳着蓝色海波／蓝波推进华贵的商队／目标向东／朝天地尽头航行"（《在大漠行进》）。大漠解除了诗人想象的藩篱，她不再局限于空间和时间的牵制，上至希腊神话，下至丝绸之路，从奴隶的反抗到西塞罗的雄辩，从怒放的沙漠玫瑰到天空蓝色的海波、路上行走着的商队……电光石火之间，历史曾经发生的故事一幕幕立显眼前，具有动感与生机的空间画面不断翻涌。由此，牛汉认为灰娃的诗歌完全不同于一般的女诗人所描绘的"小天小地，优美典雅，完完整整，规规矩矩，完全没有一点野性"，他赞许灰娃的诗是富有生命力的"野诗"。③

《武则天皇帝陵》一诗中，苍凉磊落的祭坛安顿了长睡不醒的亡灵。陵墓前还有"冠服整肃□双手执剑"的"石刻仪仗队直阁将军"，以及"礼拜志哀□成列成行"的"异国首领使节"，静默地站在风里，荒草枯叶，说不尽的落寞和凄清。既往的丰功伟绩终究无法敌过岁月的无情流逝，"……无情的岁月人心／□将你毁损／夕照

---

① 萨拉密，也作"萨拉密斯""萨拉米斯"。公元前480年，雅典政治家地米斯托克利率领的希腊城邦联合舰队与波斯帝国阿契美尼德王朝薛西斯一世麾下的波斯海军在此进行了一场海战，最终希腊联军取得胜利，扭转了整个希波战争的战局。拜伦在其代表作《唐璜》第三章中曾写下诗句："一位国王曾在石崖顶上坐过，那石崖俯视海中的萨拉密斯岛。"见［英］拜伦：《唐璜》，朱维基译，新文艺出版社，1956，第269页。
② 西赛罗，通常译作"西塞罗"，即马尔库斯·图利乌斯·西塞罗（前106年1月3日—前43年12月7日），古罗马著名政治家、哲学家、演说家和法学家。出生于古罗马阿尔皮努姆的骑士家庭，因善于雄辩而成为罗马政治舞台的显要人物。
③ 李兆忠：《"灰娃现象"的启示——〈山鬼故家〉研讨会纪要》，《诗探索》1997年第4辑。

幽影□残垣颓碑 / 给你蒙上一层深沉忧郁的光辉 / 雨打苔侵□荒草野菲",但凄清荒古仍然"湮灭不了你那 / 悠悠苍苍万世不朽的气象"。诗人的思绪迅速地穿梭于古今之间,历史遗迹虽然惨遭无情岁月的毁损,昔日的繁华热闹变成残垣颓碑,但女皇成就的千古绩业却没有被历史的烟云湮没。任由后人评说的无字碑更引发诗人对历史的思考:逝去的已成为永恒。中华文明的书写刻入岁月之中、苍穹深处,民族的智慧得以代代流传:

> 你是用
> 　　草、篆、隶书写在
> 江山苍穹之间我们民族
> 　　深刻的个性
> 雄浑、端庄、清逸、敦厚
> 　　——都蕴蓄在一个
> 朴素之中

诗人发幽古之思,在这些景物上倾注了她对人生、对历史、对文化认同的深刻思考。最后一句凝结了全诗的情感基调:在人的一生中,功名利禄和荣华富贵皆如过眼云烟,这一切在死亡面前会瞬间崩塌,化为虚空,但生命中总有一些东西可以超越死亡和时空的限制,获得永恒。在《过司马迁墓》中,灰娃让司马迁在一个"起风"的夜晚复活了:"起风了□司马迁手中 / 擎着一盏灯 / 穿着麻布衣袍 / 凌乱的胡须暗淡的发里 / 凝聚两道电流 / 穿透悲欢荣辱 / 超越赞颂"。摇曳的灯光下,司马迁擎着一盏灯,他的眼神锐利非凡,像电流,击破世间的悲欢荣辱。灰娃回返历史,与司马迁展开了如乡亲之间的对话:"他告诉我 / 住在这黄土岗上挺好 / 亲切浑厚像一位老农 / 我仔细听"。如果说灰娃在《武则天皇帝陵》中对一代女皇的历史功过进行评说和反省，那么《过司马迁墓》则重在对司马迁这个历史人物形象的描摹，借此表达对一代文豪的崇敬之情："我看见司马迁 / 宽的额厚的胸 / 黄河和大野的气息 / 从那儿穿过"。在灰娃看来，司马迁是中国传统文人的典型代表，他的精神世界中流淌着华夏河山的血脉，凝聚着中华民族的精气神，在中华文明史上他是不朽的存在。灰娃在历史想象中寄寓了她对中华民族精神和博大文化的理解，通过极具隐喻性的历史反思揭示出造化与历史的神秘关系。

**四、相濡以沫的灵魂伴侣："两株芦苇两颗跳动的心"**

曾有评论家将灰娃视作"自我教育"式的"素人诗人"，她45岁才开始写诗，后来在丈夫、著名艺术家张仃的鼓励下，将写诗作为一种"自我疗法"。张仃对发掘灰娃的创作天赋、成就其走上诗歌创作征途起到了至关重要的作用。如前所述，他们二人从延安时期就结下不解之缘，童年的灰娃在儿童艺术学园学习时，张仃是儿童艺术学园的艺术导师；"文革"时期，因得到了张仃的肯定与鼓励，她才有了继续写诗的信心和动力。没有张仃的指点或引路，很可能灰娃的诗才会被掩埋在时代和个人的疾患中。1986年，他们结婚，在此后的二十余年里，彼此照应，互相扶持，互相品读欣赏对方的创作，张仃既是灰娃的生活伴侣，更是她诗歌的第一读者。2010年张仃去世之后，灰娃开始处理与张仃相关的事务，如出版《张仃百年诞辰纪念文集》、参与组织纪念张仃的相关活动。张仃的去世给灰娃带来很大的精神打击，2016年出版的《灰娃七章》中收录了组诗《怀念张仃先生》，其中《童话　大鸟窝——张仃先生逝世五周年》一诗洋溢着唯美浪漫的深情："我们满心一弯新月伴着 / 一天大星星纵横穿梭回环旋转 / 风、水之琴反复奏鸣，如诗如梦"。

1972年，患有精神分裂症的灰娃开始写诗，她将自己的诗偷偷拿给张仃看，张仃鼓励她继续写作，将她写的诗称为美的出口。她虽然不高产，却一直笔耕不辍，坚持到现在。"文革"期间的代表作有《我额头青枝绿叶……》（1974）、《墓铭》（1973）、两首《无题》（1972）等。和张仃婚后的十余年间，灰娃陪伴张仃出游写生，"到过山东、河南、河北、辽宁、四川、新疆、山西、陕西、甘肃、宁夏、湖南、安徽、浙江、广东、福建等地，两次回陕北延安，两次深入腾格里大沙漠，六上太行"①。源于此，她诗歌写作的关注点发生了由内而外的转变，从自我灵魂的拯救转而投射到自然历史等景观上，她先后写下《塬上》《大漠行》《沿着云——太行纪事》等意境雄浑壮阔、情绪乐观明亮的组诗。2010年张仃去世之后，灰娃的诗歌书写重新回到内心世界，沉浸在二人美好的回忆中。比如悼念张仃的组诗：《童话 大鸟窝——张仃先生逝世五周年》（2010年1月完成初稿，2014年冬定稿）、《伤有多重痛有多深》（2010年4月，张仃逝世七十天作）、《向神靠拢》（2010年秋，张仃逝世半年后作）、《柔光花影——2011年清明扫墓归来写》（2011年清明作）、《在月桂树花环中》（2010年5月，张仃逝世百日祭作）。

与张仃相濡以沫、惺惺相惜的共同生活，对灰娃来说不只是让她收获了宝贵的人生经历，更让她得到了无价的精神财富。"灰娃和张仃相伴经年，琴瑟和鸣，他们因此拥有了晚年的幸福，他们的结合更促进了诗和绘画、书法的完美融汇。"②张仃离去，只剩痛苦和孤独萦绕于未亡人心中，这些悼念亡人的诗作情真意切，不仅还原了二人甜蜜温馨的过往生活细节，还抒发了诗人浓郁的思念深情。她以充满童趣纯真的笔法形象地勾勒出属于二人童话世界的

---

① 灰娃：《我额头青枝绿叶：灰娃自述》，人民文学出版社，2010，第168页。
② 谢冕：《那只文豹衔灯而来——读灰娃》，载灰娃著《灰娃七章》，汪家明编、冷冰川图，北京大学出版社，2016，第6页。

"大鸟窝"——"免于恐惧,没有惊吓"的家:"我们曾去山上采回一大捧 / 修长好看的野草立在屋角 / 你说昨夜梦见我在河边林间 / 找到一个大鸟窝,我们就 / 住了进去,变成了一双鸟儿 / 从此朋友们称呼我们家 / '大鸟窝'。我们栽的梧桐、丁香 / 银杏、海棠已长成擎天树林 / 成群的鸟儿盘旋在树林上空 / 枝叶清气四处飘拂"(《童话 大鸟窝——张仃先生逝世五周年》)。她恣意地在诗中追念"安顿心的角落",回忆日常生活的片影:"平日里各就各位埋头工作 / 家里处处静悄悄",余暇一起看马蒂斯的画,读惠特曼的诗,过着"静谧无涯""遗世绝俗"的生活,因为"这儿是家,这儿生长着两株芦苇 / 两株芦苇两颗跳动的心"(《童话 大鸟窝——张仃先生逝世五周年》)。这些美妙的意象和温馨的细节,饱含抒情之美,更反衬出诗人如今独守"大鸟窝"的孤寂和凄清。张仃离世之后,灰娃长时间沉浸在二人过去的生活中,"落寞的心惊悚了 / 想那些茵蕴升华的日子 / 都入梦来"(《在月桂树花环中》)。

在灰娃心目中,张仃"婴儿的笑""憨拙味深的谈吐""腼腆一丝笑""儿童的害羞"和"黯然沉静的那双眼睛"都来源于他那"恻隐敏感之灵性",这些美好的性情永远都无法被残酷的现实改变。张仃经历了早年青涩的岁月,到信仰受挫却"根性难移",再到寄情于书画:"苦闷与悲情的婴孩你 / 依旧眼望天尽头,根性难移 / 艺事缤纷,情寄墨韵 / 语词艰涩,品味辣苦 / 笔锋下自有其生命修行 / 生命情怀的结晶 / 每项每件都是你灵性之光 / 一次璀璨地瑰丽迸发"(《童话 大鸟窝——张仃先生逝世五周年》)。二十余年的共同生活,让张仃的形象刻骨铭心:"正是那白发上黑色贝雷帽依旧 / 浅色大衣风中翻卷 / 一手把握剑阁藤手杖 / 另一手紧攥 S 形烟斗"(《伤有多重痛有多深》),"唯有鲁迅你一生心仪 / 以一辈子心血思索求解这位 / 大思想家、大爱的巨人 / 钟情钟美的人性价值的呼号者 / 没有谁能测出鲁迅在你心里 / 有多重,有多深"(《童话 大鸟窝——张仃先生逝世五周年》)。诗人用白描手法刻画了张仃的外表、性格和品行,深切的眷恋与不舍溢于诗作的字里行间。逝去的人依然活在诗人心中,令观者不禁被这样的深情打动。灰娃还频繁在诗作中转换人称,常用"我"的口吻向"你"倾诉衷肠:"我多想再搀扶你 / 往工作室走去,另只手 / 端着你的老花镜、烟斗 / 你臂膀紧紧夹住我手 / 担心我抽出 / 儿童一样生怕大人离去 / 这些一桩桩我们的日常 / 填满了回忆,昼夜不舍";多年的互相依赖和支撑造就了"灵魂彼此相融 / 似氢与氧合而为清流"的深情,逝去的人仿佛仍然生活在身旁,诗人还像以往一样对他絮絮私语:"仃兄,生命的幽蕴 / 能否参悟……"(《童话 大鸟窝——张仃先生逝世五周年》)。

屠岸将灰娃的这组诗作赞为"前无古人的悼亡杰构",认为"这一组悼亡之作将永远铭刻在中国诗史的铜碑之上"[①]。这组悼亡诗哀而不伤,在绵延不绝的追忆中,一位纯粹的艺术家形象跃然纸上,张仃的人生理想、对艺术的追求被用诗意的语言记录了下来。同时,灰娃还用哀婉但不失明丽的语言表达出对爱人的思念:"在月桂树花环中 / 你辉映钻石的光束""我不能忘你深埋记忆 / 默然沉静的那双眼睛"(《在月桂树花环中》)。在诗人的想象中:"你以一团雾 / 包裹着我,一双闪翅的 / 蝴蝶在你的眼轻轻耀动 / 你拿酒的醇香敷在我心上 / 月桂树、菩提树就 / 在我们心间徐徐增长 / 我们的心依稀向神靠拢 / 又为温柔的风吹拂""我化作美丽柔和的晨曦 / 笼住你,把光延展开去 / 你向我走近,一如过往 / 用你的额抵住我的"(《向神靠拢》)。她并没有一味地沉浸在一己天地的悲伤中不能自拔,而是一边追忆怀念,哀叹"天人永隔人心伤有多重,痛有多深","冲

---

① 屠岸:《前无古人的悼亡杰构——读灰娃悼张仃组诗》,《名作欣赏》2017 年第 6 期。

出自己心的壁垒何等不易"(《伤有多重痛有多深》),一边从深沉的哀痛中体悟历史和生命的真实:"青春的花开花落再拾不起/一年年怀着梦的故事也随风飘散天涯/情态言谈沉默叹息间隐约可见/更早先的余韵,枉负了伟人坚硬的心/世纪的梦怎样地把人心烧成灰/在光阴潺潺流逝中/听见疾风暴雨敲击土地的铁蹄声/听见过往云烟,听见世纪的惆怅不安/往后再没有钻出荆棘应春花开的好梦消息/而月桂、菩提青葱无际守望在天边/依稀我们灵魂的伊甸"(《向神靠拢》)。历史与山河岁月被诗人作听觉化处理后,几个世纪的过往云烟融入抒情主体的生命感怀之中,诗人在柔光花影中品享着过往的峥嵘岁月与寂静的悼亡时光:"用天琴灵韵吻亡灵的心/用清凉泪水浇醒记忆/军号声!多么凄厉!/随后便停悬在半空/我听着树叶,听着寂静深处/听着生命延续的幽微动静"(《柔光花影——2011年清明扫墓归来写》)。

对历史的现实性和生命的超然感悟是灰娃以往诗歌写作主题的延续,她越发善于在个人生命经验中融合对宏大壮阔的社会主题的关注以及对相关历史问题的反思。在某种意义上,灰娃对张仃的追忆也是她对一代人坎坷命运的反思,是对20世纪中国历史与苦难的回溯,对未来中国的期许与展望。

## 第三节 混融超然与神秘奇诡的书写范式:风格·意象·节奏

灰娃在百年新诗史上是一个奇迹的存在,她的诗风变幻不居,雄厚壮美与清丽天然混融交错,意象跳跃于俗世与仙玄之境,新异神秘,自带陌生的生命气息;她的诗歌语言、节奏和声调很有感染力,使人耳目一新;她对美的追求和表达使其完成了自我救赎,与此同时也为我们升腾起一道绚烂奇诡的汉诗彩虹。源于特异的生活经历和写作方式,灰娃的写作经验与诗艺风格独具特色,我们很难追溯她的诗学影响来源,也不见她对当代诗人产生影响。本节主要从美学风格、诗歌意象、语言节奏几个方面对灰娃诗歌的艺术特质进行探察。

## 一、雄厚壮美与清丽天然:多重风格的叠现

朱光潜说:"每首诗都自成一种境界。"① 灰娃的诗具有刚柔并济的美学风格,一方面具有男性的阳刚风度,另一方面又呈现出天然清净的女性气质。她为数不多的诗歌作品却创造出多种多样、混融交错的诗歌意境,或气势宏大,或深邃高远,或清新自然,或神秘莫测,或雄浑浓郁,或淡定超脱……她的诗作以独特的个人语型和特出的审美风格穿梭于现实和梦境,让读者能够从中体会到多重的思绪情境。

1. 雄厚壮美的美学风格

灰娃的一些诗作境界大开大合,气势雄浑壮观。在《武则天皇帝陵》一诗中,诗人绘出一代女皇陵墓的磅礴气象:"那儿白云飘荡/松柏郁郁葱葱/女皇的陵寝梁山/高耸一天蔚蓝/凌驾四野苍茫/□□巍巍峨峨□泰然自若/野风扇动/青枝绿叶满山摇曳/浩浩渺渺碧浪滔滔"。巍巍峨峨的梁山、郁郁葱葱的松柏、满山摇曳碧浪滔滔的青枝绿叶使这陵墓气势苍茫。到了《山鬼故家》,灰娃用尽全力泼墨,描绘造化对湘西武陵源天子山自然保护区的钟爱:"一曲石头的交响浩茫跌宕/□幻影笼罩幽灵飞翔/□□荆棘的摇篮鸟兽的王国//峰峦叠嶂势不可挡/□层层波涛起伏咆哮/□□骑兵团奋进

---

① 朱光潜:《诗的境界——情趣与意象》,载《诗论》,上海古籍出版社,2005,第37页。

回旋∥造化脱了缰主神大发雷霆／□地下埋藏仇恨愤怒苦痛／□□从幽深的阴影从坚硬的石缝∥倒悬着纠葛着疯长／□杂树野藤人类陌生，它们体内／□□苦汁秘密酝酿秘密流淌"。开阔的意境，瑰奇的想象，伸缩有度的语言，形神毕肖地描绘了雄阔壮观的场景，烘托出天子山的非凡气势。

在《壶口瀑布》的开篇，诗人便带给读者不同凡响的视听感受："从天地尽头／汹涌着扑过来／百万哀兵／天体上升／云尘陷落∥峭壁倒立／巉岩哆嗦／轰隆声充塞太空／天地晃晃摇摇"。多组短句铺陈，使壶口瀑布雷霆万钧的气势和狂猖激荡的动感跃然纸上。"哆嗦""充塞""晃晃摇摇"等多个动词的密集使用，造成排山倒海的视听效果，使人迎面感受到"黄河之水天上来"的气魄和画面。

灰娃的诗一向不乏想象力，诗人以诡异奇特的想象将夜晚的沙漠描绘得热闹非凡："耀眼的／大漠腾格里／白热的光之海日午摇摆／摇摆着铃铛紫铜色清响／半夜里月光汹涌起来／深红的玫瑰／狂热绽开"（《腾格里短歌》）；"空荡荡戈壁上骷髅飘飘忽忽／新月形的沙丘链和／沙丘背阴之侧居住着／猫头鹰、刺猬、蝙蝠、蜥蜴／这是它们的老宅□打从／狼烟消散就选中这厢的"（《月亮从大漠滚上来》）。灰娃写壶口瀑布和戈壁大漠，生发出美的乌托邦，自然与精神的交响在诗行间回荡，它们何尝不是诗人汲取创造力的源头呢？白天，大漠是"光之海"，摇摆的驼铃发出"紫铜色"的清响；夜晚，大漠月光汹涌，"深红的玫瑰"狂热地绽放，飘忽的骷髅似乎复活了，各种白天潜藏着的恐怖动物纷纷出来活动，整个寂静的戈壁滩变得异乎寻常地活泼妖娆，神奇诡秘的戈壁滩散发出雄浑的气势，令人赞叹不已。这种阔大雄壮的气势逐步扩散开来："大口大口品尝／太阳味道／转身／天际碧空冰峰闪耀／一环一环神光闪耀"（《在大漠行进》）；诗人任思绪在历史的时空中飞扬："起伏的／大漠腾格里／

热浪翻滚游动 / 亿万双手五指指向前方 / 蜂涌着冲开气流 / 仿若无边森林 / 横空一齐指向西极"(《腾格里短歌》)。再如："大屏障 / 切入云层 // 太阳琴沦涟潺湲 / 太阳鼓激扬七色火焰 / □□马群 / 踩着大气跃升……// 可这儿你脚前 / 碧绿层层波着荡着涌着 / 日神以金针往复穿梭 / 大峡谷两岸 / 涌出远古的铜的音色 / 仿佛流光停在宁静的虚空"(《大屏障——炳灵寺》)。诗中一系列富有冲击力的动词，蒸腾着生命的热力，雄壮阔大的意象、富有感染力的语言、浑厚豪迈的气象，成就了壮美的意境，雄厚壮美的美学风格和激昂的情绪联通起诗人的生命感悟。

2. 清丽天然的气质

灰娃的诗，还具有清丽天然的气质。先看灰娃是如何还原故乡本色的："腊月把你铺成雪原 / 你的树林披挂起银色华采 / 秋风流动驱赶你蓝色的雾 / 金叶铜叶旋风里飞转 // 车水为你汩汩流注 / 绿满田野布谷声掠空 / 童话里雨后冒出大蘑菇 / 转眼场上又立起一个个麦秸垛"(《故土》)。诗人用质朴流畅的语言毫无炫技地把故乡风情展现出来，四季的更迭、景物的变换也被描绘得惟妙惟肖。

同样是写月亮，《月亮从大漠滚上来》展现的大漠之夜，是诡谲阴森的，诗中的月亮未带阴柔性质，别有一股野性的生命冲劲儿，连它的升起都被诗人比拟为"滚上来"。在诗人眼中，此时粗鲁的月亮在大漠里对谁"也没有敬意 / 什么苦难也不眷顾 / 日头一落就出发 / 在大漠上空滚动"，而且还发出"轰隆轰隆的巨响"，更不要提典雅的姿态、幽寂的气质了。在描绘故乡的月光时，诗人使用最本真的词语来表现："月亮啊，女王！冰蓝幽寂 / 撒开霜晶缀织的纱衫 / 今夜 / 仲冬冰湖上 / 舞成一片银辉奇幻"(《月光》)。冬季的夜晚，月亮女王在冰湖上翩翩起舞的倩影不禁引人遐想。清丽的语言、典雅的意象，令人忘记所有的喧闹与嘈杂，沉浸在这洒满银辉的月夜当中，灵魂得到了洗礼。而在《月流有声》中，月亮女王又化身为"一朵白莲"，"于天际悄然游移"，月光仿佛向诗人倾诉什么，于是诗人的心"与一片流云／一同行进"，让"梦的废墟□琴弦摇曳穿梭／梦的荒原□童音耸拔明澈——"。安谧的月光让诗人重新回到美好的童年："那婴儿睡中的笑幼鸽翻飞／那歌声清绝如洗／都一起回到梦里"。

在《忧郁症》《是谁背叛神的意志灭了蛐蛐知了王国》《烟花时节……》等诗作中，诗人恬淡的气质笼罩着诸多色、味、音、光、影，情与景，念与形纷繁交错："满园丁香正随风摇晃／浓密的小花瓣上／无数碎钻纷纷坠落／曳出万千条银光／沐在婴儿色的光阴／淡紫色的波浪里／掠过时空我的幽灵飞向／／一处久远了的庭院／神意掩映的地方□也曾／丁香花枝轻拂着光波荡漾／轻烟清芬在管风琴悠扬里缥缈／四周七彩水晶窗簌簌轻爆□你看到／光线纷繁游弋箭矢交错／那是我在穿叉交射的／七彩光线里飞"（《烟花时节……》）。诗中，诗人宛若坠入凡间的精灵，前世今生、梦境现实穿插交错，清丽的意境令人赞叹。被风摇落的丁香花瓣如"无数碎钻"，在阳光的照射下变成了"淡紫色的波浪"，营造出声香通感、光影飘逸的奇幻意境。

把美好的事物描绘得妙不可言并不难，但灰娃还能把阴冷恐怖的墓地也描写得神秘而又温馨自在，在她的笔下，墓地成为她与神灵交流的中转站：

若问那一方，我记忆的荧屏永远是松柏掩映，幽影悄寂，藤萝绕枝，木香悬空。它头上一轮铜镜西沉回光，一枚银钩也开始闪亮。

……

隔年衰草在寒风里瑟瑟。纷披的枝条上，晶晶莹莹，清鲜惺忪，幽灵们刚刚睁开金眼，神把繁星小灯一盏盏点亮，把报春的新花撒在这座灵殿。

——《乡村墓地》

　　阴气弥散乡间墓园，轰轰然林隙导入光的泉光的瀑，千线万点迷离飘扬，仿若一片亮亮的幻象，一座颤抖神光鬼火的灵殿。

　　清风乍起，无数树枝碰撞晃摇声浪萧萧，满林间光与影忙乱纠纷，倏然地，缭乱地……

　　光的烟海飘满了天使，轻张翅膀到处游戏，快活地追逐，却不知亡魂时常大胆出没。

——《土地下面长眠着——》

　　寂静的风景、清鲜的意境使人心醉神迷，终归诗人清丽天然的气质战胜了"幽玄冷森"，她给我们带来别样意蕴的墓园。正如韩作荣所说："从灰娃的诗中，我们不难看到那种接近透明的语言，有如澄澈的晶体，没有装饰，本色天然，率真而简朴，清丽而又诡异，绝不扭曲弯环，用直接而又通透的语言将人带入一种境界……我们不能不被这语言的清鲜所动，不能不为这坠落于心灵间的声音所迷醉。"[①]灰娃的本色毫无遮拦地投射在诗行间，她与这个世界在诗中保持着透明的交流，好似在"柔光花影中享着慢时光"："我听着树叶，听着寂静深处／听着生命延续的幽微动静"（《柔光花影——2011年清明扫墓归来写》）。

## 二、"死亡"和"黑夜"意象 —— 奇异的想象和生命体验

　　灰娃擅长用超现实的想象调动诡谲缤纷的诗歌意象，这些意象承载了她敏锐的心灵感悟和辽远的精神维度，比如频繁出现的死亡和黑夜意象。

---

[①] 韩作荣：《灰娃的诗》，《当代作家评论》1998年第6期。

1. 死亡：抵抗生命终端的异化

灰娃曾经在生命的边缘徘徊，在死亡线上游走，因此她的诗作中经常出现"亡灵""游魂""墓地""废墟"等与死亡相关的意象。对死亡的关注显露出诗人对生命意义的追寻与探究，就此她与古罗马时期的政治家、哲学家、演说家和法学家西塞罗的死亡观有不谋而合之处——"死亡并不是生命的毁灭，而是换个地方"[①]。对灰娃诗作中的死亡意象进行分析，可以更深入地把握诗人关于死亡的心理与情感体验。

灰娃对死亡的书写迥异于很多诗人，在她那里，死亡并非单纯指向生命的终结，而更近乎心灵的镜像，是绝境后的重生，是向死而在的"活"的处境，是摆脱躯体的灵魂独语。在《路》中，诗人想象自己告别人世以后的情境："当我们告别人间依稀长叹 / 可还有什么值得顾盼 / 为何总不肯闭合双眼 / 它是那样纯洁无辜永无希求 / 当我们长眠在荒墟墓园 / 坟头松枝荫蔽一丛素静百合 / 抚慰寂寞含冤的心愿 // 地上，为梦想缠绕又被抛却 / 地下，我们的喟叹透过泥土……"诗人已然无法忍受现实的丑陋，借由对死亡后的想象申诉冤情，以示抚慰。她感知到亡灵在地下依然无法安息，"喟叹透过泥土"，传达出寂寞和冤屈。这无疑也隐喻了灰娃的现实处境。曾经热情单纯的诗人把自己的所有都献给理想，但残酷的现实使她惨遭理想的背叛与遗弃，理想破灭以后，诗人无法安宁。特殊的人生经历和敏感多思的性格造就了灰娃的人生观，她认为人的生命是悲剧性质的："人的生命只有一次，概莫例外。这整个过程充满悲剧，而死神哪个时辰召唤谁个？果真无影无踪，永远消失了？不然又究竟以何种方式存在于何方？那边秩序如何？人类自身尚不得知而备

---

[①] ［古罗马］西塞罗：《高尚的道德从哪里来——西塞罗家书》，载培根等著《最伟大的思想》，王屏、王泽阳编译，北京出版社，2008，第21页。

受困扰。死,终究是大神秘,深不可测。"① 对死亡的悲剧性认识和对死亡后人类存在方式的思考,使灰娃对死亡过程生发出诗意的想象:"我额头青枝绿叶 / □谁给戴的 / 谁的手给我套上 / □这身麻缕长袍 // 听这音缓缓滚涌 / □如海洋像大气波动 / 忧郁的萨克斯风 / □不要把我的痛楚悲伤吹走 // 清风扬起琴声里 / □我俯瞰下界血色背景 / 一排排刑具依然挂在墙上 / □看看我这伤痕密麻的心吧 //…… // 清风把这音乐扬起 / □琴弦悠长萨克斯呜咽 / 烛火摇曳青枝绿叶轻颤 / 朴素高贵的葬礼 // 我再不担心与你们 / □遭遇陷身那 / 无法捉摸猜也猜不透的战阵 / □我算是解脱了 // …… // 终于我望见远处一抹光 / □拂去我额上的冰凌 / 我被这音乐光亮救起 / □彻底剥夺了你们的快意"(《我额头青枝绿叶……》)。

这首诗是灰娃的代表作之一,写于 1974 年,她的第二任丈夫白天去世后。灰娃想象着人在生命终结后,亡灵俯瞰下界,观察自己死亡后的事情,看生者如何安顿亡者。亡灵在观察的同时,获得了解脱的快意:"我再不担心与你们 / □遭遇陷身那 / 无法捉摸猜也猜不透的战阵 / □我算是解脱了"。最终亡灵获得了超升——"我被这音乐光亮救起",终于得以脱离罪恶的人世间,"彻底剥夺了你们的快意",使恶势力再不能伤害善良的人们。

"摇曳人心魂的风歇息了 / 钟声也已静默,我笨拙善意的唇 // 也寂然闭合,从那儿凋谢了往日的 / 琴声激情,有的虔诚有的心不由衷 // 我眼睛已永远紧锁再也不为人世流露 / 深邃如梦浓荫婆娑 // 安息着我额上青青的桂树 / 谁给栽的,我 // 已然沉寂不醒 / 松涛凝定不动一口静穆万年的钟 // …… // 记忆的枝叶静静飘落 / 是一些心灵厚意我欠下的 // 怕是来不及回报了 / 尘世已为广大的静寂笼盖 // 我已走完最后一程 / 美丽的九重天在头上闪耀"(《墓铭》)。美国女诗人

---

① 王伟明:《记忆敲响那命运的铜环——访灰娃》,《诗网络》(香港)2002 年第 2 期。

艾米莉·狄金森的墓碑上只刻着两个字"归去"作为墓铭；灰娃的这首《墓铭》创作于1973年，诗人并非真实去写"墓铭"，而是用超现实主义的艺术表现手法把死亡的场景化成一幅幅色彩浓烈的灵魂漫步的幻象，诗中浸透着她对死亡和现实人生的思考。同样是灵魂飞升在高处俯瞰自己被埋葬的场景，《墓铭》寄寓着别样的深层意蕴：只有抛开凡尘俗世的一切，善良高贵的灵魂才能够摆脱现实的折磨，得到真正的拯救。在《我额头青枝绿叶……》中，灰娃想象中的亡灵虽然已经飞升，但这亡灵仍然对现实满腹憎恶与嫌弃："我被这音乐光亮救起／□彻底剥夺了你们的快意"，仿佛自己的死亡只是为了打击和报复"敌人"。而在《墓铭》中，诗人笔下的亡灵已经由满腔仇恨归于沉寂："记忆的枝叶静静飘落／是一些心灵厚意我欠下的／／怕是来不及回报了／尘世已为广大的静寂笼盖"。诗人想象中的"我"已经走完了人生的最后征程，在绝境中，灵魂没有了束缚，反而获得了自由。与现实相比，死亡在灰娃心目中是一种解脱超升，是对自我的审视和救赎。如果要在勇敢地死去和毫无尊严地活着中间进行选择，毫无疑问，灰娃的选择会是前者，她通过死亡观照现世，通过对死亡的想象洞彻现实的悲剧。灰娃最后携带诗歌逃离死亡，逃出了历史，完成了精神的游历，因而死亡被灰娃赋予了历史感和深沉静寂的特质。在《沿着云我到处谛听》中，灰娃想象中的灵魂"无缘由地哭泣／千言万语湿淋淋的"，于是在九重天得以自由飞翔的灵魂经常"沿着云""到处谛听""前生的梦"："我踏遍岩石和遗忘／听无数音柱耸拨着凭风宣告／已走出洪荒隆隆地／跨过时光流程／仰视那高邈未知的时空"。

灵魂在观赏前世的场景时，呈现的是历史洪荒和时光流转的高邈与旷达，这不得不令人重新审视"死亡"与诗人主体生命遭际的紧密关联。1975年，在《不要玫瑰》中，灰娃从死亡的笼罩中挣脱出来，开始赋予死亡寂静纯美的特质："寻思那边我遗忘了什么 / 崖畔□光影□清水□风声 / 徘徊□徘徊 / 总是□总是寻找什么 / 我已告别受苦的尘寰 / 这儿远离熙攘的人世 / 白日里我听见□蟋蟀空寂鸣叫 / 黑夜里我听见□山水呜咽奔流"。在尘世饱受喧嚣与熙攘，死亡对于灰娃而言与其说是生命的终结，毋宁说是灵魂归于坦然和寂静。由此，我们有理由相信，真正的死亡是寂静的。

在病中，灰娃不仅对人类感到绝望，对自然现象也有所惧怕，这种病态的悲观主义观点使她认为人有无法改变的劣根性，只有那些死去的人才有着朴素美丽的灵魂，才能够在另一个世界享受此世没有的安闲与宁静。当死亡与泥土关联，当人类回归大地，才能真正感受到大地的恩情，这从她创作于 1972 年和 1973 年的《大地的母亲》《我撒手尘寰……》《土地下面长眠着——》几首诗的题目中便可以感受得到。

2. 黑夜：清簌寂静与月华星芒的所在

如果从道德层面审视黑夜，人们常常将其视为邪恶或阴暗的代名词；从艺术维度探究，黑夜与神秘关涉，并不乏哲学含义。黑夜是许多作家偏爱的意象，比如爱德华·杨格的《黑夜沉思》、诺瓦利斯的《黑夜赞美诗》、鲁迅的《夜颂》、茅盾的《子夜》、巴金的《寒夜》、丁玲的《夜》、李金发的《夜之歌》等。20 世纪八九十年代，以翟永明、唐亚平、伊蕾等为代表的女诗人以"黑夜意识"高扬起女性意识的旗帜，把黑夜视为洞见生死体验与女性身份嬗变的关键词，在某种程度上承担了女性身份启蒙的使命，"黑夜意识"也由此成为朦胧诗人之后当代女诗人的核心诗学观念。如果说翟永明通过首倡"黑夜意识"扛起了当代中国女性思想、信念、情感的旗帜，颠覆了舒婷等当代以来第一代女诗人的精神气质或写作意识，那么紧随其后的伊蕾、陆忆敏、张真、唐亚平、海男、虹影等女诗人则以鲜明而激进的女性姿态继而掀起了黑色风暴,席卷当时的女性诗坛,她们创作了《黑色沙漠》《黑夜》《眷恋黑暗》等"黑夜里的素歌"式的诗作,犹如春雷震响诗坛。黑夜意识在 20 世纪 80 年代中期不仅深刻影响了女性诗歌的发展面貌,引领一代女诗人从男性诗歌中突围出去,更从创作层面使女性诗歌获得独立存在和创作的新面向。

与同时代女诗人不同的是,灰娃对黑夜意象作出新的"注脚",虽然不合时宜却代表了她个人化的理解。与翟永明将黑夜化身为女性力量、通过黑夜意识寻找女性诗歌写作的理论支撑并形成对抗男性话语的二元思维不同,与伊蕾等借黑夜意识打开女性身体的欲望言说不同,与后来者池凌云浓郁悲凉的黑夜体验不同,灰娃是在诗歌中与夜倾心地交流。她笔下的黑夜是自由独立的精神场域,有"月华星芒"的清澈意境,甚至有耀眼的"红樱花的记忆",黑夜寄寓了诗人隐秘的个人情感:"往事如烟／□我意绪的羽翼／悄悄飞返／／风暴闪电奔过了群山／午夜正摇曳瓦砾、谜、／一片红樱花的记忆"(《静夜的旋律》)。万籁俱寂的午夜,正是灰娃思绪翻涌的时候,"意绪的羽翼"在静夜里飞回曾经的日子,寻找往日的记忆:"月华星芒飞遍／□镶上碧空有／□□我们一大滴泪／／在高处燃烧最是晶莹／我们又／□□用天声用月色清露／／编成一个花环不朽／□满腔心思都被／□□一袭蓝雾一片白云系住"(《穿过废墟 穿过深渊》),这样的语言流散出非人间的气息。

在许多诗人笔下,"黑夜"象征颓废、恐怖、阴森甚至是死亡,但灰娃的夜却有可爱的、宁静的一面,进入黑夜是逃避白天现实喧嚣的最佳选择,黑夜更是思想隐居的处所:

*清籁满空松花坠落的月夜*

> 我徘徊在你寂静的松林
> 你的寂静徘徊在我心里
> ——《山谷啊山谷》

"清籁""松花""月夜""松林",诗中与"夜"有关的意象都是清丽可人的。在灰娃看来,夜晚是美好的,是让人获取安宁、专注凝听的时刻。当她徘徊在夜的寂静中时,夜也徘徊在她的寂静之中。人心与夜景互相融通,诗人在一片澄清与寂静之中仔细聆听自然的声音:

> 楸树、楝树青葱绿叶编织清夜的梦,幽幽月色中抖颤着飘落繁花。
> 椿树、梧桐倦于整夜眨眼,高擎碧绿华盖随夜风凉意悠然飞动。
> 合欢枝叶高张,托举着粉红云霞,好似新娘披着月光戴着婚纱,从水面端详自己的娇丽,却不妨,一阵风潇潇洒洒摇乱了身影。
> ……
> 静夜里星群浮动,月神正徜徉树顶。何来这万千令人陶醉昏迷的音乐回环荡漾,流过朦胧如梦的景色?
> 听那苇丛糅合了多少秋虫、多少草花树叶轻诉,摆荡溪水低徊轻歌。
> ——《大地的恩情》

黑夜是诗人心像的映射,这样的夜晚"朦胧如梦",诗人的内心柔情似水,她看到了寂静的夜色之中"悠然飞动"的精魂们,听到了幽幽夜色中草花、树叶、秋虫、溪水的低徊轻歌,获取了自然与黑夜之间的秘密。黑夜俨然成为灰娃诗歌的创生地。

王鲁湘说:"灰娃的诗灵是属于夜的。只有在夜里,她蛰伏的诗灵才醒着。"①对现实的憎恶使得灰娃更多时候沉潜在想象的世界中，而黑夜的神秘与未知容易让人产生幻想，诗人对于黑夜的迷恋是情之所钟。当思绪飘落在生育她的故乡时，黑夜让她复杂、深刻的人生变得简单而美好，她笔下的黑夜自带光芒，别有一番生命的气韵和灵动："弦月向太空漫流澄澈的光／长庚星芒抖颤西天／草木节奏也渐渐减缓／蟋蟀急鸣催促／赶制御寒衣衫／金钟儿响起一串颤音／震落下织女泪水／机杼时时寂然//……//夜用暗色编织朦胧面纱／女人们借着幽微夜色穿针引线／乞巧乞智／祈求织女赐给巧手心灵"（《人与神的故事——七夕乞巧的仪式》）。

灰娃笔下的黑夜还拥有大海一般的样态，深藏人世间诸种柔情："有一夜蓝天装饰着白云／夜色似水银泛波漾辉／一轮满月在清气中鸣琴／我年轻的妈妈烘烤月饼／饼上贴了一枝儿香菜绿葱葱//……//窗外树林□星空／门前溪水晃荡着圆满金色的月亮／还有窗前的妈妈□真是天地乾坤／一尊整体的雕塑／一曲令人神往的赞美歌"（《大地的母亲》）。

显然，灰娃笔下的黑夜无关乎女性意识或女性命运，它无非是"一曲令人神往的赞美歌"，一个不被打扰的自在世界。它开阔，便于行走；它静谧，便于思索；它自由，便于随心所欲。灰娃从黑夜的气质中捕捉到与个人生命暗合的成分，与其说她在写黑夜，不如说她自由遨游于个人隐秘的精神场域中，这样的世界才是她真正向往的。她那逃避喧嚣白昼和丑陋现实的灵魂，终于在寂静的黑夜里找到了解脱之法和皈依之所。在黑夜的场域中，她任由自己的潜意识无尽舒展，从各种现实的束缚中解脱出来，身体和灵魂获得双向重生，扩展开被现实拘囿的精神世界。当然，置身夜色，灰娃也曾

---

① 王鲁湘：《向死而生》，载灰娃著《山鬼故家》，人民文学出版社，1997，第236页。

迷离过,也曾感到空寂和虚无:"□□这一夜 / 月色冰凉 / □□孤立于 / 黄土的半岛 / □□从高崖上 / 对着现世和白云 / □□眺望 / 世界进入虚无"(《遥望党家寨子》)。那种无法说清的情绪时常萦绕诗人的心魂:

> 我怎么能说清,夜幕低垂,笼罩弥漫我们村子,那苍凉忧郁的幻影?万古不散的幽灵?悄没声息的猫精?
> ……
> 哦,暮霭沉沉,弥漫在我们村子,巨大的幻影,我怎能说清,怎么能说清,你无处不在,无边无形,你那世态人情千头万绪,离合悲欢随流光逝去,你的陈年轶事世代相传,你的忧患叫人琢磨不透,逼人发狂发疯,你天真憨气的傻想,鬼神显灵的传说,还有你抚慰人心灵的梦,叫我怎么能说清。
> 哦,我怎么能说清,夜色茫茫,游荡在我们村子,万古不散的幽灵,徒乱人意暖人心房,又温馨又凄伤。
> ——《我怎么能说清》

整首诗意象纷繁诡秘,境界幽深凄迷,思绪沉郁苍凉,尽显诗人对黑夜的沉迷与陶醉。星群浮动、月神徜徉的静夜里,寂静和虚空逐渐弥漫开来,茫茫夜色既乱人意也暖人心,凄伤但也温馨。在这样自然美妙的世界里,灰娃的灵魂才得到安顿,内心找到深沉寂静的所在:"昨夜 / 寂静何其深沉 / 声息何其奇异 / 宇宙一样永恒 / 参预了鬼神的秘密 // 那只南来的黑燕 / 在我耳边低声絮语 / 诉说上帝安顿我灵魂的 / 一番苦心"(《寂静何其深沉》)。以黑夜为中介,灰娃直通精神的宇宙,回归到灵魂居所,内心安顿宁静。

## 三、历史记忆与个人化表达：超验的书写范式

"语言是诗的原素，诗是语言的艺术。"① 语言代表了诗人的创作风格和写作姿态，灰娃从最初自发写作到有意识地锻造语言与形式，构筑了一个只属于她自己的个性话语空间和浸透了个人生命感悟、精神体验的表达方式，她的观念和创作实践均反对规范的束缚，处处渴望自由，强调所有生命的平等。她尊重内在的灵性和直觉，无障碍地与宇宙万象沟通，显露出神秘主义、浪漫主义、超现实主义的语言风格和"超灵"的艺术魅力。

1. 对主流话语的疏离："以赤子的心与泪医治大地"

灰娃的诗歌语言有一个明显的特异之处，她主动疏离了特定时代的流行话语，用个人的遭遇反映时代的"病症"。十年"文革"宛如一场噩梦，彼时，文学已经沦为政治的工具，诗歌成为"战斗"的传声筒。灰娃写诗始于"文革"期间，她的诗歌却不见那个时代流行的词语与腔调，即便是对过往艰苦的行军岁月的回忆，灰娃的描述也充满诗意："我们也曾□驾着月光 / 游荡河岸上□乘着流萤 / 从清凉山兰家坪 / 兴冲冲奔赴那 / 质朴热烈的晚会歌唱 / 每每赢得暴雨般的 / □□掌声满堂 // 形影不离 / 信心百倍□行军在 / 崎岖山间□我们时常 / 盘膝坐在贫苦农民炕边 / 出征前戈矛铿锵人声鼎沸 / 誓师大会□我们振臂举起 / □□必胜的信念 // 哦□热泪滔滔的灵魂 / 我们一身泥土真菌气息 / 战歌飞扬走进都会 / 旧世界的残花败叶 / 在我们脚下满地翻飞 / 我们又以赤子的心与泪医治大地 / □□累累伤痕"（《路》）。

相较"文革"中盛行的"红色话语方式"，灰娃的诗中未见暴力与血腥的高唱，没有激昂情绪的直接宣泄，有的只是对苦难岁月

---

① 艾青：《语言》，载《诗论》，新新出版社，1947，第48页。

及革命胜利的浅唱低吟，却获得了直白与简单所不能达到的意境。心怀追求真善美的执着理想、不愿违心地迎合权力话语的诗人，脱离了主流的话语规范，用人性化语言构筑了另一方天地。就此灰娃直言："我是被命运逼到诗的森林，只能是顺乎自然，只可能用自己固有的、发乎自己生命的、潜意识的审美心态折射心魂深处的信息，又是以自己灵魂需要为对象倾诉，自然不必要迎合任何东西，唯一的就是自己乐意。"①

"文革"期间，文学场被包含在权力场之内，作家的自由被控制和束缚在地下，他们失去了创作的权利和言说的对象，成为真正意义上的"失语"者，失语的社会处境深深地烙印在一代人的记忆中。而一部分坚守高洁情操与社会良知的作家主动肩负起时代的苦难，在恶劣的社会环境中秉持对时代的思索。灰娃和这些"潜在写作"的作家还不尽相同，她的诗歌"不是那种抱有信仰的社会诊疗式写作，而是一种偶然找到的满足个人回忆、释放内心焦虑的'自我谈疗'"，"更多面向个人回忆和内心世界。一种是自我与社会矛盾冲突的紧张，一种是自我与自我的交谈"。②因而多数情况下，她的诗歌在探讨个体或个人与世界的关系，诗中的"你"与"我"是主体精神的两个面向，是灵魂鸣唱或对话的两个声调："命运把你安置在我心中／□但何处是你梦寐以求的归宿／／接收你宽广无声的音乐／□我的心驶入辽阔而奇异的和谐／／我思绪起伏万顷波涛／□心沉默是被遗忘的岩石／／我无以名状的心迹千言万语／□局外人依然不可思议／／我灵魂底层岩浆热泪往外涌／□与你的不幸你的苦情相互倾注"（《我美丽忧倦的大地啊——》）。

灰娃创作《路》《墓铭》和《我额头青枝绿叶……》等诗作时

---

① 王伟明：《记忆敲响那命运的铜环——访灰娃》，《诗网络》（香港）2002年第2期。
② 王光明：《现代汉诗的百年演变》，河北人民出版社，2003，第614页。

已经 45 岁，诗歌初创阶段，她就用率真深刻的语言毫无畏惧和遮拦地对那个丧失了理性和人性的时代进行了批判与回应，诚如孟繁华所说：年轻诗人在"试图以自己的'回答'表达与现实难以共存的同时，仍与现实保持一份依存关系。而灰娃则超越了这一依存，她对现实甚至拒绝'回答'"①。诚然，灰娃行走在时代的前端，但又与时代流行的话语方式清醒地保持着距离。

2. 形式与节奏："先有旋律、节奏，再有文字"

艾青说："一首诗必须具有一种造型美；一首诗是一个心灵的活的雕塑。"②灰娃诗作虽然不多，但其形式却多样化，她用心于诗歌形式的探索："没有谁／□敢／□□擦拭我的眼泪／／它那印痕／□也／□□灼热烫人"（《无题》）；"为什么／□我今年／□□这样忧郁／／田野里／□紫地丁／□□早已谢了／／布谷鸟／□将唱起／□□明亮的歌／／从我们／□屋顶上／□□往返掠过／／……／／为什么／ 我今年／□□这样忧郁／／凋谢了／□紫地丁／□□悄无声影／／布谷鸟／已唱着／□□明亮的歌／／从我们／□屋顶上／□□往返掠过"（《无题》）。这两首《无题》均创作于 1972 年，多短句，且结构形式整齐，具有建筑美。短促的分行造成语意的停顿，节奏铿然有力。特别是第二首《无题》，首尾呼应，情绪和句式都具有强烈的音乐感，鲜明的节奏感与和谐的音韵渲染并铺展开诗人内心的忧郁。诗行间"叮叮当当的节奏让人领略语言的色泽与亮丽"③。灰娃创作了不少以长句为主的散文化的诗，如《野土九章》组诗中的《乡村墓地》《大地的恩情》《水井》《午间村庄》《天下黄河》，《祭典》组诗中《我

---

① 孟繁华：《在生命的深渊歌唱——读灰娃诗集〈山鬼故家〉》，《东方艺术》1998 年第 1 期。
② 艾青：《技术》，载《诗论》，新新出版社，1947，第 33 页。
③ 韩作荣：《灰娃的诗》，《当代作家评论》1998 年第 6 期。

怎么能忘怀》《土地下面长眠着——》《哭坟》《鸽子》《在幽深的峡谷》等。散文化的长诗句更便于灰娃表达她对故乡深厚绵密的感情,便于她再现故乡那一方自然、历史和人物。这些诗没有刻意押韵,但它们具有内在的节奏和旋律。灰娃在谈到自己的创作过程时曾说过:"我写诗都是先有旋律、节奏,再有文字的。我是很自然地根据内心意绪和旋律韵味的轻重缓急来断句。我觉得要有音乐与造型艺术的心灵感应,生命本身就是音律、乐章,非常丰富又精妙。"①

　　灰娃还喜欢使用叠词来增强语言的节奏感和情感的浓度,并承袭了中国古代诗歌缘情写景、托物言志的创作方法:"那儿白云飘荡/松柏郁郁葱葱/女皇的陵寝梁山/高耸一天蔚蓝/凌驾四野苍茫/□□巍巍峨峨□泰然自若/野风扇动/青枝绿叶满山摇曳/浩浩淼淼碧浪滔滔"(《武则天皇帝陵》)。不到十行的诗句,却运用"郁郁葱葱""巍巍峨峨""浩浩淼淼""碧浪滔滔"四个叠词,不仅绘形尽相,摹声情臻,还增强了绵延悠长的情韵,把自然景色和人物情态描写得生动形象。这些叠词在结构上为整首诗定下了基调,创造出雄阔壮观的场景,使读者屏息凝神,受其感染;在声律上急促跳动,铿锵有韵,富有节奏感。"湛蓝湛蓝""轰隆轰隆""叮玲叮玲""水流滚滚""一阵阵""一声声""蓝汪汪""活泼泼"……诗中叠词的精湛运用不禁令人想到善于运用叠词描摹色彩、情态、形状和声响的《古诗十九首》,十九首诗中,就有十三首共三十多处运用了叠词,比如《青青河畔草》开头六句连用了六组叠词:"青青河畔草,郁郁园中柳。盈盈楼上女,皎皎当窗牖。娥娥红粉妆,纤纤出素手。"此外,《诗经》中也有不少名篇长于叠词的使用,在此不逐一列举。叠词使诗的音律和谐,读时琅琅上口,听来声声悦

---

① 马富丽:《"美的出口"的寻找者——灰娃访谈录》,《星星(下半月)》2008年第8期。

耳,产生了铿锵的音乐感和旋律美,在增强诗歌视听效果的同时也深化了情感的抒发,灰娃深谙此中奥义。

3.钟情于紫色和蓝色:灵魂的亮色和幽远的情境

中国古代诗歌多通过色彩的搭配和对比,渲染意境和情感。除了高超的语言技巧,灰娃在美术方面也有很深的造诣和特出的理解。"诗画同源",在灰娃心目中,诗永远是富于色彩的,她偏爱用鲜活生动的色彩来表达意绪,她的诗歌作品不仅呈现出超然脱俗的品格,还展示出缤纷多彩的世界。"腊月把你铺成雪原/你的树林披挂起银色华采/秋风流动驱赶你蓝色的雾/金叶铜叶旋风里飞转"(《故土》)。无论何时何地,诗人那饱含深情的双眼始终紧紧跟随故乡大地,观察故土上的每一片树林、每一块土地,观察它们的季节转换,叶长叶落和颜色变换,赋予它们华丽的色彩,成就一幅绚丽多姿的画卷。"麦浪开□一片华采/紫晶□琥珀□红玉□水钻/好明艳照眼□莞豆花蔓掩映/斑鸠鹌鹑的天堂□婴儿的梦园"(《四月天》)。诗中瑰丽美艳的意象表露了诗人对自然的钦慕之情。

"紫"和"蓝"为灰娃偏爱的两种颜色,紫色象征着神秘和受难,蓝色则代表着忧郁和沉静,它们在灰娃的诗中饱蘸着现代的情愫,代表着凝重高贵的精神气质或受难超脱的灵魂:"阳世只剩无数/□□深紫色瞳孔□□听/巫师发功/反弹上去耸向高空/饿死的鬼魂□嗓子/□□又痛又哑都只为着/热血童心受了欺骗凌辱/□□紫的泪给纷纷碎了/紫泪滂沱漫过"(《童声飘逝》);"直到云朵张起风帆/在紫色流霞上浮泛/落花闪过金光点点的水面/黄昏星就要俯下头来/将它柔和的光芒/射向山岗"(《心上的清泉》);"钟声传送紫色清晓/废墟深梦着憧憬着/黑森林临风震响"(《静夜的旋律》);"重见紫色浮云/大片丁香盛开了/空旷里"(《春寒听雨》);"为什么/我/今年/这样忧郁/田野里/紫地丁/早已谢了"(《无题》)。

深紫色的"瞳孔"、紫色的"泪"、紫色的"流霞"、紫色的"清晓"、紫色的"浮云"、紫色的"地丁"……这些或美好或痛苦的意象旨在表露诗人"紫色"的灵魂。由于经历过多的灾难和理想失落后的痛苦与无奈,诗人的一颗本真质朴的心笼罩在浓重的怀疑和苦闷之中。"紫的泪给纷纷碎了/紫泪滂沱漫过",从这些紫色以及和紫色相关的意象中,我们可以窥探出诗人灵魂的受难和挣扎。

遥望云端,巨大碧蓝的钻石琉璃峥嵘耸立,终年蓄有白色蒸气。
……
忧郁的蓝幽幽的温柔渐渐扩散,湮没大地溶染万物。

——《大地的恩情》

击出的光明亮扎实,在蓝汪汪静深背景上。

——《午间村庄》

暮色苍茫/将大地拥入/暗蓝的胸怀

——《暮》

月亮啊,女王!冰蓝幽寂/撒开霜晶缀织的纱衫/今夜/仲冬冰湖上/舞成一片银辉奇幻

——《月光》

你的松涛怒号不息/令人敬畏的气魄环着我/我仰望一道蓝光飞逝/认识了大地领悟了人生
……
这激流怎样曲折不渝/奔向幽蓝深暗的海波

——《山谷啊山谷》

> 又被这鸟啼惊起□这啼声 / 一次次锥痛我在那天梯 / 也是这个时辰月牙儿该跳出来 / 从那大山背后 / 天顶便发出琴音冰蓝冰蓝的
>
> ——《龙水梯》

> 原野蓝色飘渺的尽头总是憧憬着 / 为着不便明说的什么懊丧 / 有如星星沉落深邃的海 / 我迷沉在这蓝色幽冥的忧郁
>
> ——《我怎样再听一次》

在灰娃深厚绵远的大地风情视野里,世上的诸多事物都"溶染"上了蓝色,大地的胸怀、原野的尽头、幽寂的月光、深暗的海波,以至于幽冥都是蓝色的了。灰娃笔下的蓝有细微的分类:"碧蓝""暗蓝""冰蓝""幽蓝"……视域之内与冥想之中的物象都披挂上蓝色,这"蓝"未尝不是一种幽冥之光,引领读者触摸那神秘不可知的另一世界?诗人的灵魂犹如精灵,自如地穿梭来往于俗世与幽冥之间。

诗句中多次出现"紫"和"蓝"绝非偶然。韩作荣在评论灰娃的诗时这样说:"一个诗人常用的词汇,说明了其心理定势。这样的词语,展示了诗人灵魂的亮色,心灵的深远、开阔和自由,既深入内心,具有穿透血肉的力量,又有宁静、幽远的情境;是心理的,同时也是生理的状态与体验。"① 这两种色彩贴切地反映出诗人的精神状态,面对残酷的现实,诗人用悲怆苍凉的诗句感慨美丽被玷污和人生理想被践踏的心态:"大地漂渡 / □□在漆样的黯黑 / 一面梦想以重炮 / 摧毁心头皱折 / 在 / □颓日血色光带里 / □众树萧萧中"(《大地从没这样孤独》)。灰娃对色彩的敏感令人感叹,她"对色彩的感觉何等敏锐,何等细微!而且她摸透了色彩与人的心态、人的情绪的密切关系。令人惊喜的是她能运用汉语字词把她的感悟表

---

① 韩作荣:《灰娃的诗》,《当代作家评论》1998 年第 6 期。

达出来"[①]。正因此,灰娃铺陈的色彩纷纷沾染着"魔法"的力量,诗歌感染力得到了增强。

## 结　语

灰娃的特立独行不可复制,她的诗风在当代诗坛极具标识度。其诗歌风格既奇丽又矜持,审美既古典又现代,诗品既清明又神秘,思想既单纯又丰厚,感受既奇诡灵动又充满人间烟火气,艺术表现手法既浪漫又超验,语言既凝重苦涩又清峭唯美,想象既无拘无束又充满野性。她因患病写诗,因诗而从精神病态走出,生命力愈发强劲,她的诗歌写作可以看作是对权力话语控制的反抗以及自我治疗。她在这种"治疗"中创造出一种全然个性化的诗歌话语系统。尤为可贵的是,九十岁高龄时,她仍坚持写诗,在诗歌题材、意象、风格和表现力等方面均有新变。从小到大,灰娃"心里就装着一个字——美",创作四十余年,她笃定地秉持着自己的诗歌观,创造出神秘瑰奇的生命境界。灰娃的诗率真,具有摄人心魄和精神自救的力量,她为女性诗歌提供了新的精神资源。

---

[①] 屠岸:《灵魂遨游的踪迹——序〈灰娃的诗〉》,载灰娃著《灰娃的诗》,作家出版社,2009,第8页。

| 第二章 |

# 风暴中振翅的蝴蝶：郑玲

郑玲的诗歌创作始于20世纪50年代，早于灰娃，中间搁笔近20年。1958年，郑玲被错划为右派，"文革"期间的反复下放使郑玲处在一种失语的状态中，但诗人的良知不允许她制造"伪诗"，她用沉默对抗无故加之的迫害与恶意扭曲的诘难。此间，郑玲封闭了她的灵魂，拒绝任何外来思想的介入，她沉浸在自我创造的世界里并清醒地维系着独立而宁静的内心。幻想是最好的伴侣，在幻想的支撑下，郑玲从功利的现实维度进入精神的自由维度，促成了艺术的生发。郑玲"归来"后的诗歌创作，在艺术升华中创造出唯美的精神空间。即使目透了人性的丑恶善变，郑玲依然能够完好地葆有灵魂的纯洁。

"诗从深渊里出没／□□正好和他相遇"（《诗从深渊出没》）。通观中国女性诗歌史，郑玲是唯一一位因诗受难、遭遇下放的女诗人，可贵的是，她没有向命运俯首，亦如她在《古老的痛苦》一诗中的宣言："何况我双膝剧痛／□□跪不下来／不能向任何东西俯首"！1979年，年届五十的郑玲再次燃起了诗歌创作的热情，她拿起被"中断"的缪斯之笔，相继出版近十部诗集，取得引人注目的成就。重返诗坛的郑玲告别了青春，在黄昏向晚中独自承担岁月的重负。这也是"归来"诗人的普遍命运，岁月的负荷让他们手中的笔渐重渐沉，以至于很多诗人终止创作。然而，郑玲的写作激情却随着年龄的增长日渐浓烈，呈现出逆生长的趋势。"你是我又非我／

你是我的神祇／我只能以想象接近你／才能从你眼波的晴空／见到我希望见到的自己"(《说与我的诗》)，她带着对诗歌的憧憬与热爱归来，甚至还完好地保留少女般的纯真与初涉诗坛的创作情怀。由于郑玲前期的诗歌创作之路并不长，政治因素的介入和影响也并未达到积重难返的程度，写作方式上也还没有完全定型，因此她后期诗歌创作的转变显得驾轻就熟。

20世纪80年代，复出的郑玲很快摆脱直白抒情的写作方式，她的抒情对象由具有悲壮性、崇高性的"你"向具有现实色彩的"我"转变。这看似与80年代诗歌主流的发展路径相一致：由大悲大喜的歌颂、控诉，转向历史反思与社会生活写实，最终走向对个体生命的感悟和体察。不过，郑玲的诗歌观念更为另类，她认为诗歌既不是现实的附属品，也不是精神的衍生品；在诗歌面前，政治与历史的话题被搁置了，人与人之间紧张而疲态尽显的社会关系也肃静下来，取而代之的是对意志的坚守、对尊严的思考和对生命的怜悯。郑玲追求崇高且企图最大限度地葆有灵魂的纯度，她在诗派林立的喧哗中显出了可贵的清醒与安静。诗歌的静寂包裹了她内心深处的痛苦，也令她得以用更纯粹的方式来表达自身存在的使命："再没有比'注视远处'更惬意的了／所以我要一格窗子是属于我的／我知道□已经有许多人／□□为占领一格窗子心力交瘁／我的这个渴望／□□恐怕又是另一种愚昧"(《窗是天的进出口》)。

基于人生经验与文学素养的双重积累，郑玲重新展开诗歌创作时诗路通畅，语言仿佛自动到来，而她所做的工作似乎只剩下在审视中挑拣——舍弃早已被滥用的陈腐之词，而采用鲜活生动的用语。诗歌作为语言、思维与存在的最为凝练的话语形态，如同借着夜色隐藏于湿土与腐草间的流萤，非有一颗纯情善感的心不能获得，而郑玲仿佛天生就是这样的诗人，她的诗歌语言虽然简单，却总能猝不及防径直走进隐性的孤独里。步入晚年，诗人对事物的体验和感受愈加丰厚，艺术风格基本成熟，此时，"踏月"（《踏月的人》）而归的她将幻想当作对现实人生的一种增补。郑玲擅长在诗思出现的刹那，施以传神的文字，把灵魂闪动的瞬间刻绘出来。为达到浑然天成的艺术境界，她苛严对待每一个词语和诗句，这样的创作姿态使得她的诗整体上保持了很高的水平。

## 第一节 枯木中滋生的少女心

郑玲（1931—2013），四川江津（现属重庆）人。她幼时与诗结缘，1945 年被诗神缪斯眷顾，此后一路与诗为伍，并结识了绿原、曾卓等众多诗友。她的诗歌创作历经六十八载沧桑，其间有过相当漫长的蛰伏期。她在 50 岁之际，诗情厚积薄发，诗作呈现出通达睿智、理性开朗的诗学特质。郑玲半世颠沛流离，晚年虽然有了安居之所，却又饱受病痛与衰老的折磨，写诗这一行为被她赋予了一种超脱生死的使命感，成为沟通天地古今的祭典，"仿佛每写好一首诗就可以在来世延长一寸生命似的"[①]。在生命的黄昏时节，她笔耕不辍，相继出版了近十部诗集。2013 年，饱受折磨的郑玲在病榻上仍以口授的方式继续创作，其晚近诗作从苦难中升腾出理想的人格形象，以希望之光穿透情思，犹如风暴中振翅的蝴蝶，坚毅而空灵。郑玲曾获"首届艾青诗歌奖""大昆仑文化杰出文学艺术奖"[②]等 50 余种奖项。

---

① 绿原：《不是灵芝，就是琥珀》，《诗探索》1999 年第 2 期。
② 2013 年 12 月，大昆仑文化高峰圆桌会议将"大昆仑文化杰出文学艺术奖"颁给了已经逝世的郑玲。

## 一、自我成长：荆棘丛生的诗路历程

"不管你活到了什么样的高龄，诗人永远有责任使自己成长。"[1]确如郑玲所言，在诗歌创作之路上她始终在努力地自我成长。幼年时期的郑玲曾受堂祖父影响，背诵过许多古典诗词。童年时期的郑玲偏爱幻想，喜欢搬小板凳到山崖上去做作业，在夕阳下感受云彩的变幻莫测。少女时期的郑玲喜欢阅读文学名著，尤其是文艺复兴时期的书籍和文学大师的传记。初一时，郑玲循着《诗垦地》结识了流亡到重庆的绿原、邹荻帆、曾卓等"七月派"诗人，他们对郑玲的影响极为深远。"放学后，她常徘徊在重庆北碚黄桷树的那间小土屋附近，那里住着编辑《诗垦地》的绿原、邹荻帆、曾卓等人"[2]，而他们也进一步坚定了她的艺术追求，并促使她在这一时期完成了试水之作《我想飞》，这首诗后来发表在《江津日报》上。郑玲在中学期间开始参加作为中国共产党地下党外围组织的"诗歌会"，1949年加入中国人民解放军湘南游击队，后来正式成为游击队政治部的成员。她既扛着枪到前线打过仗，又潜伏到敌人所在的城市里刺探过情报。她主要是在解放军文工团负责宣传工作，还曾与女作家白薇相处过一段时间。在诗歌熏陶下，郑玲对胜利充满了希望，生活过得简单、快乐而充实，以至于在她后来的诗歌里，凡是涉及战争的意象，都以古老的神圣感淡化战场的惨烈与血腥："我猜想，那环以波涛的断盾／曾抵挡过怒海的百万箭矢／那覆以云霞的圆弧／正是太阳的勇士的头盔"（《顶天楼》）；"年轻的士兵爱的是马／一个黎明□胜利的号角沉寂了／士兵从马革堆里站了起来／战马□永远倒在血泊中了"（《紫藤花埋葬了它》）。战争经验在她的诗

---

[1] 张大为：《郑玲访谈录》，《诗刊》2004年第3期。
[2] 罗宾：《熬过了的青春》，《诗刊》2002年第20期。

歌创作中烙下了深刻的印记，为她柔婉的诗风注入一层坚韧的底色。1949年中华人民共和国成立后，郑玲被调到长沙市工人文工团创作组工作，后又到湖南人民出版社、株洲市文联等单位任文学编辑，宽松的工作环境为她的阅读创造了更多的条件。1950年，受红色文化影响，郑玲对俄罗斯文学产生了浓厚的兴趣，她沉浸在普希金、屠格涅夫、托尔斯泰、赫尔岑等人的文学世界，并从中汲取了丰厚的营养。

20世纪50年代，郑玲的诗歌创作以歌咏国家建设、赞美辛勤的劳动者为主。在《长江大桥（诗二首）》[①]里，郑玲从矗立的长江大桥感受到了新中国的活力，这巍然屹立于天地间的长江大桥是铆钉工的心血，是中国人坚毅的志向。《长江大桥（诗二首）》曾被刻在工人的工具箱上，这让郑玲备受鼓舞。然而，1958年，在诗坛上崭露头角的郑玲就因效仿流沙河《草木篇》创作的《花卉篇》一诗而被打为右派，继而被遣送到汉寿西湘农场接受劳动改造。从1958年至1979年，郑玲被多次下放[②]，在频繁的政治运动打击下被迫停笔，中断创作20余年。但即使在下放的日子，郑玲也没有停止阅读[③]与对诗歌的幻想，有时偷偷写上几首，也会在读完后立刻

---

[①] 郑玲：《长江大桥（诗二首）》，《人民文学》1958年第5期。

[②] "荷锄尝试与偕来，事到如今未可哀。行至穷途重拾路，士无摧挫不成材。"这是陈善壎写于1964年的《七律·1964年以诗代信邀郑玲下乡》一诗中的诗句，从中不难看出彼时他们颠沛流离的生活窘况。

[③] "自识君来未有家，头颅将取走天涯。宜兰园里窗前月，野桂山中岭上霞。慷慨许同无定骨，绸缪还化杜鹃花。书开半夜人初静，语共孤灯影正斜。"这首诗出自陈善壎的《七律·1965年在张家村赠郑玲》，诗的后面还加了一段小注："宜兰园、野桂山是我们曾经住过的地方。那时白天要出工、要挨斗、要游街，只有到晚上才有空看书、谈天，故有'书开半夜人初静，语共孤灯影正斜'句。不知情者或有很'诗'的理解，其实是很惨的。很惨又写得美，此文人伎俩也！"这首诗及小注记录了夫妻二人志同道合、并肩前行的点滴过往，也勾描出郑玲当时的生活状态及苦难遭遇中依然保持着的阅读习惯。

焚毁。"也许是因为郑玲及时地把她那颗善良敏感的诗心严密地封存了起来,故而在经历了一次次风暴袭击和边远山区漫长的凄风苦雨的熬煎以后,她仍能发出如此年轻动听的声音。"① "文革"浩劫在给她带来身心剧痛的同时,也加深了她对人性的认识,她坚守着生命的神圣和秘密,将诗魂冰封在内心深处圣洁的雪山,以避免它被任何"假大空"的言论污染。经过精神的洗礼与酝酿,"归来"后的郑玲葆有少女般的纯真情怀与初涉诗坛的蓬勃激情,在回归创作时格外顺利。她善于驾驭质朴鲜活的词语,穿越隐匿的孤独:"我写诗的时候,语言仿佛自动来到。我审视它们,加以选择、取舍,对那些罕见的、矫揉造作的或已经用滥了的词语抛弃不顾。一心选择活色生香的、能歌善舞的、能负荷我的思想情感的语言。然而,灵感如花香般飘忽,你把它捉住,囚在语言的瓶里,就失去了原有的神秘。"②

她深信文学创作在肉体衰老之后,才开始有艺术上的青春;她深信在生活出现火花的那一刻,诗歌就随之存在了,她需要做的只是尽可能以切合的方式将它凝聚到笔端:"空气中/花香的来去如音乐/有时我将花摘下/□□拿在手里/就闻不到那种流动的美//诗思中/灵感如花香的飘忽/有时我将它捉住/□□囚在语言的瓶里/就失去了原有的神秘"(《灵感如花香》)。她写一棵草,称它是会跳舞的草:"她是在我们/见识了爱情后的/第一个黄昏/诞生的/为迎接她的/第一次轻旋/那个黄昏/迟迟不肯/熄灭它的霞光"(《舞草》)。诗句气息如此丰沛,青枝绿叶般的想象,一如少女心声。郑玲对语言的精准度有着严苛的要求,仿佛只要一个字不对,就会令整首诗

---

① 袁忠岳:《从风暴中飞来的蝴蝶》,载《诗学心程》,山东文艺出版社,1999,第379页。
② 张大为:《郑玲访谈录》,《诗刊》2004年第3期。

韵味尽失、灵气全毁。有时为了琢磨一个字，她要冥思苦想很长一段时间，如果实在寻不到，宁愿将整首诗毁弃，也不愿留下一首将就的诗。正是这种苦心孤诣的创作方式，使郑玲的整体诗歌创作水平保持一定的高度；而积压在内心深处的蓬勃朝气，日渐滋长她的写作激情，在"披着秋风"的日子呈现出逆生长的姿态："它不让我看见它的脸／可灵魂自有其标志／我认得出／它是来看望那株／□□属于从前的老树的／／它一接近／树叶们便惊飞天空／变成一群鸟儿／青春一样逃离而去／／青春的记忆／□□钻进了根／老树又开了繁花／香泽着／□□我心中最后的圣地"（《披着秋风的影子》）。诗意的坚守最终克服现实的磨砺，铸就了诗人晚年充盈的诗性空间。20 世纪 80 年代末，郑玲全身心投入创作中，陆续出版《郑玲诗选》（1986）、《小人鱼之歌》（1986）两部诗集。20 世纪 90 年代又出版了散文集《灯光是门》（1995）以及《风暴蝴蝶》（1991）、《瞬息流火》（1999）两部诗集。新世纪，她出版了《郑玲短诗选（英汉对照）》（2001）[①]、《郑玲世纪诗选》（2003）[②]、《过自己的独木桥》（2007）、《千年遗梦》（2010）[③]、《让我背负你的忧郁》（2016）五部诗集以及诗文集《幸存者：郑玲诗文选》（2009）[④]。她以诗记录下在病痛与死亡中游走时的遐想玄思，触人心扉："许久以来，我写诗只不过是白发插花，自成悲歌而已。没有想到那个离开已久的血气方刚

---

[①]《郑玲短诗选》为中英文对照诗选，由银河出版社于 2001 年出版，收录郑玲的《月色很贵》《疯女人跑着》《暖蝶》《失眠者》《郊外孤宅》等 30 首短诗。

[②]《郑玲世纪诗选》，由银河出版社于 2003 年出版，收录郑玲的《悬崖上的囚徒》《风暴蝴蝶》《虎落平阳》等 41 首诗。

[③]《千年遗梦》以《星星》诗歌理论半月刊《诗歌 EMS》周刊的形式印制发行。

[④] 黄礼孩回忆："2009 年 7 月，《中西诗歌》杂志为郑玲老师编了一本《幸存者：郑玲诗文选》，是以特刊形式出版的，没有出版社的书号。郑玲老师则喜欢我们编的这本《幸存者》，只是书没有公开发行，有些可惜。"见黄礼孩：《郑玲：黄昏美丽的歌者》，载郑玲著《郑玲诗选》，四川文艺出版社，2011，第 274 页。

的灵魂竟然进驻我的暮年……让我充满了期待。期待果实变成鲜花，鲜花变成蓓蕾，蓓蕾又变成新的硕果。"①在郑玲的观念中，诗歌独立于世间，诗歌的静穆包裹了她的痛苦，经历半世沧桑，她依然纯净，如少女般明丽、生动。"在你深爱着的这个世界"(《诗人之爱——祭曾卓》)，残酷的现实从来没有击倒她，只是催化了她的诗情，让它们如泉水般淙淙涌了出来，对此，好友老刀评价道："她没有一点世俗'经验'，'干净'得让你总觉得自己有些脏。"②抛开外界经验和观念的左右，郑玲一度尝试以回忆录的方式看待现存的事物，在词与物的关联和转换间挖掘写作和生活的本质，重新定义诗歌与外物的关系，探入解构主义诗学："物欲最喜欢的是：/ 迅速遗忘及时行乐 / 而精神 / □□早已疲惫于浅薄 // 他需要一个深渊 / □□以作肃穆的静思 / 诗从深渊里出没 / □□正好和他相遇"(《诗从深渊出没》)。

## 二、"我已经八十岁了 / 仍然需要童话"

"1976年'文革'结束之后，当代诗歌中的创新活力，主要来自'复出诗人'的创作，特别是来自'崛起的'，以青年诗人为主体的'新诗潮'。"③就创作经历、身份界定、年龄归属而言，郑玲不在其列，复出归来的郑玲很快摆脱直白抒情的写作方式，她秉持宁静的心态步入"新诗潮"的变革之中："无论你的灵魂 / □□漂泊到哪里 / 宁静都能把它唤回"(《宁静认识道路》)。

---

① 郑玲：《诗之于我（代后记）》，载《过自己的独木桥》，花城出版社，2007，第235页。
② 老刀：《走近诗人郑玲》，《诗刊》2000年第12期。
③ 洪子诚：《〈朦胧诗新编〉序》，载《文学与历史叙述》，河南大学出版社，2005，第267页。

他站在山岗上 / 背影□比山更为凝重 / 完全浸入深沉的静止 / 石像似的□一动也不动 / 在看长河的落日吗 / 也许江水正沿着夕阳的光线 / 丰沛地注入他的心中 / 从那向后飘拂的头发 / 我看见了他思绪中流动的风 // 他在想些什么呢 / 一种参不透的沉默 / 横亘在我们之间 / 这沉默□像充满大气的 / 草木的馥郁 / 我不愿意把它驱散 // 虽然□我看不见他的脸 / 但我知道□他从来没有 / 比这石化了的时刻更为活跃 / 那被壮丽山河激起的热情 / 连同明丽的夕照 / 都在他的目光中熊熊燃烧 // 诗与现实的联合王国 /（这伟大的双重世界）/ 已在他的眼前展开 / 我不敢走近 / 更不敢呼唤 / 此时此刻□他属于他的创造 / 我只能远远地□远远地等待 / 等待这一尊云石的雕像 / 如何容光焕发地 / 转过身来

——《背影》

如诗中所呈现的，郑玲不断求新求变，她并不排斥"新诗潮"所带来的新的审美体验，她甚至大胆地吸收了朦胧诗派含蓄隐约的创作手法，在表情达意上，又突破了朦胧诗专注于自我内心的个人情感书写，将视线放在历史的反思与诗意的栖居之中。《背影》塑造了"背影"这一神秘意象，并与山河、落日、草木、夕阳等壮丽的景象互相映衬，渗透着刚健之美与崇高的生命热力。然而，这个"背影"究竟是谁的，"他"又在沉思什么，"他"会不会转过身来，以及"他"转过来后究竟会是什么情态，诗中无意提及，留给读者无尽猜测。时代与个人、历史与当下、哲思与情感，诸多关联和被隐去的空白无疑加深了主题的悬疑性，扩展了多重解读的可能性。耿建华曾将这首诗与舒婷的《路遇》放在一起，探讨朦胧诗艺术手法中非现实的感觉意象。①

---

① 耿建华：《朦胧诗派——报春的乳燕》，载吴开晋主编《新时期诗潮论》，济南出版社，1991，第160页。

"天下之至文，未有不出于童心焉者也。"[①] 与"归来"诗人作品中沉重的回忆相比，郑玲的诗歌更轻盈剔透，她葆有一颗童心，将童话叙事作为诗歌的切入点，化生活万象于简单的情节中，深沉的哲思往往寄托在童心童境中。诚如诗人的自我表白："我已经八十岁了 / 仍然需要童话。"（《光明在你面前盛开——致诗人刘舰平》）郑玲凭借对童年记忆的诗化，洗涤世间尘埃，回归正义、勇敢和善良："妈妈□你可曾后悔 / 未用桃花白雪为女儿洗脸 / □□做宜家宜室的华容 / 却在纺车的桐油灯下 / 从此□你的梦 / □□来入我的梦"（《谁能为路哭泣》）。被巫婆诅咒的"公主"因为被"纺车"刺中了手指而陷入沉睡，只能在梦境中度过人生。"桐油灯"下，年幼的诗人在母亲讲述的"故事"里感受到童话世界的魅力，由此打开了幻想世界的大门。童话元素的介入为诗歌增添了迷离与梦幻的色彩，在她的诗歌里，"鲛人的眼泪"凝聚成了"大海的珍珠"（《与海的谈话》）；热爱阳光的"金盏菊"默默开出"像太阳一样"有着金色光轮的花（《金盏菊》）；林家姑娘能够在梦中"出没于幽缈的深渊"，拯救遇险的同胞（《妈祖》）；穿上了"红舞鞋"的"她"永远停不下跳舞的脚步（《红舞鞋》）……诗歌意象的万千变化营构出极致纯美的世界。在童话的国度里，善良总会战胜邪恶，光明总会战胜黑暗，这也是历经冤屈与磨难的郑玲在"归来"后最为真切的感受。比之于童年，在生命的成熟期，诗人对童话的理解烙下了其多劫生命的印痕。饱经风霜的郑玲用一首《小人鱼的歌》重新书写安徒生童话《海的女儿》，这也是"归来"之后郑玲的第一首作品，诗中对原有的童话故事情节作了大幅度改编，却保留了童话浪漫的抒情色彩，"小人鱼"对王子饱含着执着而深沉的爱，不惜割开鱼尾使其变成双腿，从而来到王子的身边，却被巫婆毒哑了嗓子，被

---

[①]〔明〕李贽：《焚书》，中华书局，1961，第98页。

奸佞之臣流放到了荒凉的边陲。直到鲲鹏扫除毒雾妖风，将歌喉重新赐予了她，已经不再年轻的"小人鱼"才有了重新来到王子身边的机会："我是多么欢欣，多么亢奋，/我哑了的喉咙又发出了声音。/我的第一声呼唤/就是朝向你呀，/亲爱的，我要回来了，/我要投向你的怀抱！"整首诗由"小人鱼"的大段内心独白构成，发自肺腑的爱的呼唤感人至深。诗人改写了童话的凄惨结局，她所塑造的"小人鱼"也不仅仅是一个善良痴心的小公主，面临奸臣当道的局势，她怀有与恶势力作斗争的决心。"小人鱼"在保留原型特质的同时，还兼具成人的坚强、隐忍、乐观品质，这也是诗人的自我描绘。在童话的启迪之下，郑玲完成情感的洗礼与超脱："我的至高无上的爱人啊，/我甘愿为你死一千次。/当碧血染红了我的白发的时候，/让你再享受我心灵的春天吧！"（《小人鱼的歌》）

　　真正的童话超然于时空，甚至可以超越死亡，抵达精神的永恒之境。郑玲的童话叙事来源于她对生活本真的追求，童话世界里的一草一物皆有情思，大海可以与人交谈，花儿彼此和谐相处，自然万物都带有纯净简单的或善或美的特征。郑玲在这个至真至美的艺术世界里得到了精神的净化与陶冶，同时也得以从不同维度洞悉人类与人性的诸多命题。"归来"后的郑玲被安排到灰渣砖厂职工业余学校工作，看到不起眼的灰渣儿，她会热情地鼓励道："亲爱的小不点，/你这丑小鸭儿，/千万要自信！/我们也有不可抗拒的美，/美在我们的内心。"（《灰渣砖之歌》）看到地面萌生的植物幼芽，她会给予深情的陪伴："啊，幼芽，/我守着你，看着你，/在你的成长中，/老了我自己。"（《园丁的低语》）遇见林荫中的小鸟儿，她会追寻它们清脆的歌声："小小的鸟儿/你这黎明的呼声/唱吧，唱吧，/我在倾听你！"（《给会唱歌的小鸟》）纵使在生命尽头，郑玲对美好的期许以及对真、善、美的坚守仍然不减，诗人以"生命对话"的形式实现了不同生命的对接与交流,传递"爱"与"希望"。经过苦难历练的郑玲对世界形成了更为通透的认识,在她看来,"□□存在的意义是为了互相存在 / 有能力的爱心 / □□才是我们应该拥有的宝藏"(《病中随想》),因而,她的童话书写是借助美幻的诗意氛围传达对生活的体察、对生命的理解,以及对世界的包容。生活是诗,亦是童话,她以童声稚语应答万物,小黑狗、小黄鸟、大海、花朵、岩石、夕阳……它们纷纷被人格化,诗人与它们产生互动和共鸣,并以生动而富有灵气的诗语引发玄妙的哲思,传递生命的深情与意蕴。

### 三、"一道神谕":以诗疗伤

诗歌是郑玲自我疗救的良药,而疾病也触发了她诗歌创作的灵感。对此,她说:"许多作家都是带着病痛去做他们心爱的工作的,史蒂文森、勃朗宁夫人是这样,聂绀弩、绿原也是这样。这是一种灵魂的需要,也是一种写作习惯。如果不写,会病得更重。"[1] 身体出现疾患后,人对生存的感悟便会异于以往,能敏感地捕捉到日常细节中特殊的情愫。饱受病痛折磨的郑玲尽管时常自我激励,但日渐衰老的身体显露出暮秋的暗示:"青山哑去 / 把身影 / 抛向没有底的江底 / 万籁俱寂 / 长河已老 / 曲曲折折渐行渐远 / 尽数兜住金光 / 一道神谕 / 挂在西边 / 向我们开示 / 明白无误的悲怆"(《夕阳》)。这首诗有着沧桑、悲怆的情绪,传递出诗人对暮年沉重的感知与思考,带着无言的失落与寂寞。"病痛与衰老"成为其诗歌绕不开的主题:"皱纹,病痛 / 急匆匆把我梳妆成 / 暮色 / 生怕 / 千疮百孔的女人 / 久久盘桓 / 拒绝 / 地狱的赎回 / 路坍塌了 / 泥石流悄无声息 / 如

---

[1] 李青松:《一种情感,一种体认,一个世界,一个自我——郑玲访谈录》,《文学界(专辑版)》2008 年第 6 期。

匍匐走近羚羊的猎豹/意在淹没阳光/莲花已碎/在败叶的怀抱里/不甚清醒地/怀孕/明年的心/秋风打扫湖面/收拾成西山残照/折戟沉沙"(《暮色》)。衰老带来的落寞，渗透着无奈、悲凉以及无助："匍匐在手术台上/如牺牲/有一种被献于祭坛的恐怖/无极的宇宙/分给我的只有这么一小块/□□比棺材还窄的位置/几乎容纳不下我的身体"(《在手术台上》)；"眩晕症复发/与怨敌相逢/无法夺路而逃了/为之奋斗/为之苦恋/为之流泪的/□□都任其落地成灰"(《恶魔在我耳边低语》)。肉体的疼痛，生命的短暂无常，个体在时间流逝中的痛苦不堪，都是诗人时时直面的问题："月光亲与病室/抚慰着一种孤村情结/从死谷归来的灵魂/必须独自/□□面对自己的上帝"(《当命运决定你沉默》)。但所有的磨砺反而逆向促进了诗人精神的成长，促使她在病痛中寻觅诗意的源泉，在衰老中发现新机。对此，陈超认为："诗人早悟透了有尊严有价值的人生就是'过自己的独木桥'的人生，它充满凶险又充满诱惑；这样的灵魂才敢于呈现自身之所是，而不屑于去走平庸者的通衢大道。"[1]

80岁的郑玲比常人更懂得珍惜命运馈赠的最后时光，与灰娃一样，她对生命的诠释常常以死亡为切入点："泪谷里活着的我，一分钟一分钟地成为过去，战斗结束时，进入凯旋门的将是死亡。当那徘徊在我灵魂之弦上的手指……松开之前，我必须做点什么。痛苦是我的缪斯，她知我怜我，给予我最后言说的馈赠。"[2] 对于上天赐予她的诗情，郑玲由衷感激。诗歌创作是她感知自我、与时间沟通的唯一方式，也是她用来对抗死亡、消解病痛的利器。在郑玲眼中，衰老并非意味着青春的消逝、热情的终结，它与青春只不过是

---

[1] 陈超：《诗属于真正的诗人——读郑敏、郑玲的诗随想》，《星星（上半月）》2005年第3期。

[2] 郑玲：《诗之于我（代后记）》，载《过自己的独木桥》，花城出版社，2007，第236页。

人生历程中两个不同的阶段：青春是诗性爆发的集中期，而衰老所带来的情感体验及生命的触动是青春的个体无法探触到的。有此认识，郑玲常常以从容淡泊的心态接纳衰老与病痛。对于死亡逼近的痛苦，她所感受到的并不比其他任何人少，但她既没有悲问天地，也没有消沉退缩，而是以顺应天命的态度安然于这段独特的诗性体验："跳下来女郎／问／你怎会变得如此／枯藤老树？／我说／这要怪太阳和月亮／他们像醉汉一样／围着我打转转／堆砌出那么多的／花繁雨密／冷月斜阳／所以我不能／和你一样／青春永驻／然而现在／我心安理得的／正是／老态龙钟／这好在／另一种状态／体会生命"（《蜃楼第九重》）。

在与时间抗衡的过程中，郑玲焕发出新的活力，流逝的时间可以加速肉体的老化，但思想却得以在岁月的洗礼下日趋睿智成熟。对时间的感觉其实也是对生命的主体自觉，是人的自我意识的一种外在表现，它激起了诗人对生命内在意涵的探索："老人也会被春天蛊惑／当春风拂面时／它的香息／像从你体内发出来的"（《春天》）。生命的复杂性不仅体现在表现形式的多样，还体现为它的多变，生命濒临绝境之时可能正蕴含着蓬勃的热力："春天在什么地方？／在生命诞生与衰亡的／□□关键链上／□□□□忽明忽灭／有时它是庆典／有时它是葬仪"（《春天》）。"诞生"与"衰亡"交互作用，构成春天两个富有张力的面向。基于对生与灭的辩证体认，诗人对生活始终葆有高度的热情和少女般的纯粹，疾病与痛苦不过是生活给予生命的拷问，是生命力度的另一种体验形式："富有创造感染力的春天／虽然短暂／□□还有可怕的倒春寒／但是□谁都愿意把它看成希望／也许□希望就是这样时冷时热的"（《春天》）。

郑玲在晚年从未放弃过与疾病作斗争，她有时会发狠做家务，有时会踩着音乐的拍子跳舞，毫无疑问，诗歌创作已内化为其最根本的生命诉求。沉浸在诗歌的世界里，郑玲很快忘却病痛带来的不适，享受创作的愉悦。患病之后，诗人思绪游离不羁、汹涌如潮，再加上常年用药，遂体虚神衰、幻觉渐生："大病初愈 / 每夜临睡时分 / 朦朦胧胧 / 总听见一群人唱歌 / —— 他们在过节 // 不知他们是谁 / 他们好像是所有人 / 他们的声音不可描述 / 声音的姿势不可描述 / 声音的色彩不可描述 // 许多事物是无法描述的 / 就像我 / □□分不清朝雨后的 / □□□□明霞与莲花 / □□分不清夕照中的 / □□□□飞霞与璎珞 / 我分不清楚 / □□明月的光华与神的微笑 / 歌声使我想起 / □□那微笑托起的月轮 / 宁静的深处 / □□永恒的东西就在那里 / □□给你迷醉心怀的智慧 / □□ —— 人与万物的默契 / □□□□我与神的默契！ / □□□□我与人的默契！"（《总听见一群人唱歌——他们在过节》）

优秀的诗人多善于感知并表达主体情绪和生命温度，在中国当代众多女诗人中，郑玲对病痛中个体敏感的觉受与细微的情绪变化之书写尤为深切。纤细清幽的浮思以一种"不可描述"的状态传达出诗人在生死临界处安详而平和的心态。暮色中，朦胧的景象与诗人委婉的感情交铸交织，营造出扑朔迷离、如梦似幻的意境。在幽微的幻境里，郑玲仍然以坚执的姿态探索生命与永恒的奥秘，从病苦中实现了精神的超越，不仅没有对死亡的恐惧，反而浸润了不合常规的骑士精神。她在病中梦回金戈铁马的生死战场，恍见守城的士兵工整有序地守卫着家园："在病中□似真似幻 / □□总看见神灵出没 / 我的神灵□不是从天上飞来的 / 他不想长眠□便从坟墓里醒来了 / 仍然着戎装□佩军刀 / □□在残月下绕城巡视 / 这座城□在抵御外侮的战争中 / 是在他寸土必争的战马蹄下 / □□复活的"（《病中随想》）。诗人又时常如烈火般炽热，似乎整个身体的感知状态足以掀起狂傲的风暴："似醒非醒 / 才感觉□自身处于危楼的尖顶 / 吐着火焰的洪水／从海底咆哮而出□向我包抄／群鬼哄笑／对我喝着倒彩"(《似醒非醒》)。最终，经由病痛的经验书写，诗人陷入灵魂的自白以及对主体与外界隐秘关联的察思体悟："宁静的深处／□□永恒的东西就在那里／□□给你迷醉心怀的智慧／□□——人与万物的默契／□□□□我与神的默契！／□□□□我与人的默契！"(《总听见一群人唱歌——他们在过节》)

"人老了□□说淡泊／但白发苍苍的脑袋里／□□多有诡思"(《古老的痛苦》)。衰老被化为写作资源，诗人关注它又超越它。岁月蚕食了青春年华，却没有湮灭诗人的灵感与诗绪。郑玲并不甘于凋谢，在衰老中，她辨认并答谢生命的价值，思考剩下和拥有了什么，那些葆有灵动诗思与鲜活遐想的诗句，犀利却不伤感，自嘲却无自怜："我要你的是圆月／你给我的是残月／我始终见不到／□□我渴望的那一面／哪怕追随你到天边"(《与诗苦恋》)。病中的郑玲以献祭之姿持续创作，她对诗歌怀有极致的爱，"只要一息尚存，就得追求下去"，这份诗之情结"除了死亡，没有办法解开"[①]。诗人从容地活在当下，病重期间，她的许多诗作都是依靠口述完成的，这些在性命攸关的瞬间完成的作品孕育了丰富深邃的生命体验，以及诗人即将离开尘世时的真诚和宁静。在渐近黄昏的长天里，郑玲一面谨遵医嘱，按时服药，一面淡化芜杂，让意识葆有天性的本真。在与病魔作斗争的过程中，她决绝地写下："然后把破碎的自身／□□一块一块地拼起来"(《在手术台上》)；立于生命的悬崖上，她直言："使我想起了华莱士的名言：／'身体是伟大的诗'"(《在手术台上》)。

---

① 李正元：《难解的情结——读郑玲〈诗的情结〉》，载《美的情结（上）》，中国文联出版社，2001，第175页。

## 四、"昨夜一千年":始于暮年的爱情宣言

"爱情从诞生到死亡/不过两次钟声之间/那样短暂/我们相互给予的/是半个世纪短暂的相守/没有烂漫的浓丽/只有思盼的清芬/带着欢乐/也带着悲剧性//我们挣扎在巨大的阴影下/通过一连串的失败感到胜利/感到的胜利如海市烟云/云消雾散后呈现清晰的/不过是失败//失败是搏击的宁静/在残阳血色的光照中/我倚靠你/平时我喜欢这样的状态"(《爱情从诞生到死亡》)。这首是郑玲鲜少的以"爱情"为题的诗,她以对话的口吻呈现出富有人间烟火气的爱情,真实平凡而充满细节。虽然这不是郑玲最感人的爱情诗,但陈善壎在冯秋子建议下将它代作自己的散文集《痛饮流年》的序,足见诗中真情流露,不仅记录下他们相知的碎片,也钩沉出独属于他们夫妻之间的情感。

郑玲的爱情诗写于20世纪80年代,但创作动因可以追溯到60年代初。1962年,被错划为"右派"的郑玲完成了为期两年的劳动改造,在长沙的职工业余学校遇见了她的人生伴侣陈善壎[1]。此时,正是郑玲人生中最艰难的时刻,"右派"的身份让她置身社会最底层,忍受着种种不公,同时还面临被下放的命运。但陈善壎却不顾家人反对,毅然选择与她结合,并陪她下放到深山里接受劳动改造:"郑玲只有六分工一天。她插秧、摘棉花、收落花豆这些农活,做得不比十分工一天的主劳力差","不过在张家,郑玲无名无姓,张家没有郑玲这个人,那里只有'小陈嫂'"[2]。在此后的岁月里,爱情像是照进她黑暗生活的一束光,温暖着被世俗蹂躏而日渐冰冷

---

[1] 陈善壎在散文集《痛饮流年》中如此自我介绍:高级工人,初级农民,中学教员,低级干部。从简短的自我介绍文字中,不难看出他是一位低调的智者。
[2] 陈善壎:《你这人兽神杂处的地方》,载《痛饮流年》,民主与建设出版社,2018,第167页。

的心房,也让她感到新生与希望。"白日消磨肠断句,世间只有情难诉"(汤显祖语),人世间最难以诉说的就是一个"情"字。爱情降临,郑玲却因自己特殊的政治身份而无法将它化成诗。然而,创作爱情诗的愿望在此刻已然萌发,在散文《野刺莲》里,她写道:"从此,我们越过一步的距离,依然走在那些弯弯曲曲的小路上,我系着一张晚霞色的披巾,每当自己感到夜凉露冷之时,便解下来围住他的颈项。一首诗在我心底荡漾,二十五年之后才写出来发表。"① 因此,不同于其他人的情之所至、兴尽而得,郑玲的爱情诗是在她历经人生诸多酸甜苦辣之后,在晚年重新回顾这份真挚的感情时喷发而出的,浸透着岁月积淀的沧桑和历史沉浮的碎片,不见激情与火热,却多了一份哲思与深沉,这是苦难中铭心镂骨的真情,不涉理路,不落言筌,深沉内敛,厚重温柔。

20世纪80年代,郑玲怀着极大的热情回顾了与爱人最初相遇的经历。在漫长的时光里,纯真的爱情是撼动心魄的支撑与抚慰:"这座城市/是在我们相逢之日诞生的/是我们走成了美丽的街道/□□看蓝了江水/□□造一个天空/□□伸向高远//假如城外的火山/□□突然爆发/两千年后/我们依然这样手挽着手/从废墟中走出来/在月光下穿城而过/我依然用我的这张披巾/为你遮住深夜的寒露"(《假如火山爆发》)。后六句诗以动感的镜头表达出现代女性唯美深挚的爱恋之情,其情感的饱满和浓郁已然超过两千年前的"执子之手,与子偕老"(《诗经·邶风·击鼓》)。诗人以温柔坚韧的诗笔描绘了突破现实困境、在历练中滋生的爱情:相恋时,整个世界都仿佛是为双方的邂逅而预设的,城市在这一刻诞生,街道在这一刻变美,江水在这一刻变蓝……这正是热恋情人心中浪漫而真

---

① 郑玲:《野刺莲(外一章)》,载株洲市文联编《都市风帆——株洲市新时期小说散文选》,湖南文艺出版社,1996,第211页。

切的感受。不仅如此,即使遭受人生的重大变故,承受灾难的猛烈袭击,这份爱情依然能够跨越时空、超越生死,相恋的人终将温柔地守候在一起。这是理想的爱情模式,也是诗人自身爱情的真实写照。郑玲与陈善壎在苦难中结为伉俪,在悲情岁月里,郑玲被频繁的政治运动与沉重的劳动压得苦不堪言,但与陈善壎举案齐眉的生活又给予她意想不到的温馨。在这份感情里,郑玲从不掩饰自己的情根深种,她不断地呼唤着对方,却又害怕伤害到对方:

悲剧不属于黄昏 / 悲剧总是随朝阳放射金光 / 以坦然的残忍 / □□照着逝去的昨夜 // 昨夜一千年 / 我时刻呼唤你的船 / 任心在流光中漂泊 / 不敢走近你的岸 // 并非不知道水的深浅 / 都只为风浪太大 / □□真情太重 / 怕把你的桅杆折断

——《昨夜一千年》

粗粝的诗句,字词之间往往相互抵消,而浸润着生命感悟的字词之间更容易互生光芒。《昨夜一千年》就是词语和词语碰撞相生的流光一束,情真意切、婉转忧伤。在历史残酷的风暴里,诗人深情记挂着爱人的安危,这种患难相守的真情将一夜拆分为千年。"文革"中,陈善壎含冤入狱,郑玲在乡下继续接受批斗,两人天各一方,可怕的并非只有分离,还有随时可能生死不明的胆战心惊。苦难的重压之下,相思离别犹如寒风吹袭裂开的伤口,钻心之痛唯有自知:"都走不动了 / 站在太阳与墓地之间 / □□遥遥相望 / 用电话□止痛 // 我们争前恐后地说 / 谁也听不清谁说些什么 / 最终猜到: / 你说你有书□并不寂寞 / 只因为听不见我 / □□才感到致命的寂寞 // 我真想号啕大哭 / 而我的声音 / 已暗哑于混沌深处 / 只能和你 / 一起寂寞"(《只能和你一起寂寞》)。天各一方,彼此深深挂念的恋人承受着难以言说的痛楚,述说爱意的声音在沉痛中暗哑沉寂,爱却在无声中涅槃重生，如不朽的火凤凰盘旋于两人心间。

与绝大多数诗人不同，郑玲的爱情书写始于暮年，犹如岁月尘沙中未风干的追忆情怀，爱在时光中酝酿发酵。华兹华斯提出"所有的好诗都是强烈感情的自然流露"[①]，他主张诗歌创作要"以想象力的色泽，使得平常的东西能以不平常的方式出现于心灵之前"[②]，郑玲的爱情诗即是如此。在与爱人白头偕老的岁月里，郑玲看到了时光烙下的印记，也看到了爱与永恒之间的必然联系，即使在生命暮年，灵魂却依然纯情相伴。"就像逃不出人生一样／我逃不出你恩爱的重围／而在与你相遇之时／上帝没有和我们相遇／错过了那个良辰／注定要在两岸凄迷／／而你说／不要在遗憾里失落／断臂的维纳斯依然很美／就为了／就为了你这句话／我们终于／□□挽住了那半轮红日／不曾任它匆匆西坠"（《终于挽住半轮红日》）。郑玲毕生只此一段爱情，贯穿生死，她与爱人心心相惜地"挽住了那半轮红日／不曾任它匆匆西坠"。在《爱情从诞生到死亡》一诗中，她如此描述这份平凡的相守："爱情从诞生到死亡／不过两次钟声之间／那样短暂／我们相互给予的／是半个世纪短暂的相守／没有烂漫的浓丽／只有思盼的清芬／带着欢乐／也带着悲剧性"。短暂与永恒、欢乐与悲伤交织，这也是她个人经历的写照，诗行间浸透着豁达与从容。"两次钟声之间"的爱情带给两人的是持续了半个世纪的相守，即便有朝一日死神降临，诗人也不会放弃款款深情："当我有一天／□□消逝在你的右侧／不要给我盖厚土／□□还加一块石头／／你不是怜悯我力气小／那就薄薄地／□□盖上一抔净土吧／以便我被秋虫惊醒了的时候／扶着你栽的小树走回家来／看看很冷的深夜／你是否仍将脚趾／□□露在被窝外面"（《当我有一天》）。难得见到

---

① 王佐良：《英国浪漫主义诗歌史》，生活·读书·新知三联书店，2018，第53页。
② 王佐良：《英国浪漫主义诗歌史》，生活·读书·新知三联书店，2018，第51页。

谁将自悲自悯的忧伤与无微不至的临终关怀写进爱情诗中，郑玲却写得心无旁骛，她以暮年情怀烘托刻骨铭心的爱，写下与狄金森《我为美而死》一诗极为相近的墓地情境。

郑玲擅长以低回含蓄的吟咏，传达出对天荒地老的深情的礼赞，这与诗人恋爱初期的人生境况有关。初识陈善壎，她恰好步入而立之年，人生观和爱情观都趋于成熟。他们的爱情建立在共同的兴趣爱好基础之上："我与丈夫的姻缘是诗为媒的，几十年来，他虽然从事其他职业，却渗透了我的文学活动，充当我作品的第一个读者。"（《诗和丈夫》）这种琴瑟和鸣、日具生命力的爱情不断生长，呈示出情感与理智的多面性：在情感上，郑玲对爱人炙热而深沉，而在爱情观上，却尽显理性和冷峻，她认为爱情自由，不仅体现于男女双方拥有平等的地位与独立的思想，可以自由选择，还在于相恋的人应该给对方留有足够的个人发展空间。在《藤与树》一诗中，"多情的长春藤"缠绕在"她的树"上，渴望"把爱情保持在高峰"，无尽的藤蔓阻断了树对阳光和风雨的向往，树液也不能由根茎输送至叶子，最终，藤蔓"吮干了不再新生的昨日"，树窒息而死，藤也随之倒下，徒留一地爱情的碎片。杜甫曾以"兔丝附蓬麻，引蔓故不长"（《新婚别》）隐喻女子对丈夫的依附关系。郑玲认识到爱情不应该成为抑制对方发展的理由："不会分离的时光是不会永恒的。"《为了影子》是一首充满梦幻色彩同时兼具现实意义的叙事诗，讲述的是，丈夫沉浸于从妻子身上脱胎出来完美的影像般的爱恋中，对现实中的妻子却流露出不满与厌恶。被冷落的妻子经历了忌恨、恼怒、彷徨、忧伤、无奈等情绪之后，最终在痛苦中觉醒，立志成为"不断更新的完美的"自己。诗作触及了现代女性在家庭中的角色以及现实处境与个体命运等问题，她自觉唤起女性意识的觉醒："来吧！来吧／复杂的生活不断地流逝着变动着／你为什么还站在原处",与此同时,诗人也为女性的发展指明了方向:"她把梦一样慵倦的黛发/□□高高地盘在头上/仰望着那不断更新的完美/去和自己的影子竞争!"

"我们的任务是将这个暂时的、朽坏的尘世深深地、忍受着并且充满激情地刻印在我们心中,以使其精髓在我们身上'无形地'复活。我们是采撷这些无形者们的蜜蜂。"[①]时代的变革、历史的跫音、个人命运的变幻莫测,以及爱情的刻骨铭心都被郑玲视为荆棘丛生的诗路历程中"不可见之物的蜜蜂",无论是爱情的相守还是对诗美的探寻,诗人在寻梦的征程中从未放弃过诺言:"我必须恪守诺言/幸福和厄运/□□都不能惊残我的好梦"(《我被梦找到》)。她将每一段经历和情思"充满激情地默记在心",并不断地"寻找并完成另一个自己"(《晨光中》)。

## ▌ 第二节 诗途中的跋涉:探寻生命的本相

郑玲的诗有一种由苦难幻化而来的生命意识与人性关怀,在漫漫诗途中跋涉,她遵从生命、灵魂深处的真实,试图以缪斯之笔追逐、探寻、透视生活表象下蕴藏的生命本相。浮沉往事在她的诗歌里密布下一道道醒目的伤口,却也引领"她剑一样的灵魂出'鞘'了"(《乔治·桑》),使其穿越历史的困厄与生存的困顿,在绝处逢生时得以重新接受诗神所赋予的使命。

---

① [德]里尔克:《杜伊诺哀歌》,刘皓明译,辽宁教育出版社,2004,第182页。

## 一、"悲伤身上总是有着童年":苦难酿出温润的酒

"悲伤身上总是有着童年"(《过自己的独木桥》),"在很长的时间里郑玲没有相对安定的居所,这段时间实在太长,以致她没有保存任何旧物的能力。她甚至拿不出自己青少年时期的照片来"①。郑玲对苦难有着刻骨铭心的感受与体验,她从未沉溺其中消极度日,而是把苦难转化为锻造其诗歌品性的一道"工序",苦难因此成为她创作中的重要主题与永不枯竭的素材来源。

乔治·布莱在评说斯达尔夫人的美学观时写道:"当一个灵魂把它自己的忧伤当作观察和热爱的目标的时候,它就变成了一个巨大的音箱,整整一生所经历的痛苦经验都在里面以同一种频率震颤。一个人意识到他的痛苦、他的各种各样的痛苦,同时就意识到时间的深度,他的接连不断的痛苦也就随着时间的流逝与生命和命运融为一体。"② 20 世纪 80 年代,重返诗坛的郑玲再次扬起诗歌的风帆,苦难成为一种精神力量、一种生命的情质。与牛汉、邵燕祥等"归来"诗人对苦难的书写不同,郑玲偏偏捕捉纤弱柔美的意象来承载苦难之重,在强烈的反差中化血为墨,这也强化了其诗歌美学上的震撼效果。她的诗歌看似轻盈明丽、晶莹灵动,带着淡淡的哀伤与忧思,细读之下却是一番悲歌泣血、跌宕沉浮,于细密处反思历史的风暴,烘托出柔韧不屈的人格魅力。

《风暴蝴蝶》是郑玲的代表诗作,独具匠心。一只轻巧的白蝴蝶寄寓了诗人对力的赞美,诗人以清新自然、呵气如兰的技法描绘它的纤弱之美:"看它那轻盈凄迷的模样儿 / 只是一朵会飞的鲜花 / 只合到水仙鉴影的小溪上徘徊 / 别说风暴的咆哮了 / 即使是风暴的

---

① 罗宾:《熬过了的青春》,《诗刊》2002 年第 20 期。
② [比利时]乔治·布莱:《斯达尔夫人》,载《批评意识》,郭宏安译,百花洲文艺出版社,2010,第 13 页。

一丝微叹／也能把它卷走甚至粉碎／我真不明白／它怎能把最温柔的渴望／与暴风雨交织在一起的"。"蝴蝶"轻盈柔弱惹人怜爱，然而诗人却把它纤弱的命运以及"温柔的渴望"与残酷猛烈的"风暴"碰撞交织，并暗示在目不可及之处，小小的"蝴蝶"以柔弱之躯承受住"风暴"侵袭，从阴霾的最深处挣扎出来，这种巨大的反差产生了震撼的美学效果。诗人将"蝴蝶"与"风暴"抗争的惨烈过程隐匿于留白之中，以喷薄的热情展现受难的"蝴蝶"对春天的呼唤："在那些零落的和憔悴的之间／反复地出现□久久地萦绕／以一种醉心融骨的热情／不断地寻找秘密的花序／拿自己的翅膀折成信封／向四处投递阳光的消息／悄悄地催促着花树：／再开一次，再开一次吧／最后一次／远比第一次更为美丽"。整首诗从"我"的视角出发，表面上是刻绘风暴中的蝴蝶，实则是将"我"的命运与"蝴蝶"的命运叠交成一体。诗人的终极旨向是写人的境遇，写她自己在风暴中不断历练的主体精神。飞越"风暴"的蝴蝶尽管身躯弱小，却秉具顽强的生命意志，这也是蒙难的诗人在人格与命运上的自喻，面对历史风暴，诗人并未选择遗忘，而是以一己之躯承受住一个民族痛苦的集体记忆。在这场历史事件中有多少人历经劫难而重获新生！现实遭遇的沉重与"蝴蝶"诗性轻盈的身姿在诗中跳跃交错："我不再怀疑了／这小小的白色的蝴蝶／肯定是从风暴中飞来的"。诗人以至诚的语言和怜爱悲悯的情怀抚慰着从历史覆压中挣扎而出的受伤的灵魂，她点燃人们对新生的弱小生命的敬畏、对生活曙光的期冀，唯独将不幸封装起来。

诗是人们心里燃烧的火，火焰跳跃着，发出热，发出光。郑玲就是一个怀揣着痛苦去燃烧自己并点亮别人的人，在《在悬崖上的囚徒》一诗中，她借由一只倔强抗争的麂子完成了生命的升华。美丽的麂子在森林里踩中猎人布下的铁夹，无法脱身，但它并没有就此臣服，而是用牙齿啃断那只被夹住的脚，获取自由。郑玲以清丽流畅的语言讲述这段触目惊心的血肉分离过程，哀婉动人的语调消解了自残的血腥味，只留下对"美的分裂"的怜悯与痛惜："纤秀如花茎的脚 / 轻捷似流星的脚 / 每于酣睡中初醒 / 无邪的陶醉便从脚心涌动 / 飞扬的喜悦便从脚趾上升 // 而今浴血荆丛 / □□将要与完美的身体分离 / 被弃于腐草 / □□为虫蚁所戏 / 最后成为一小块流浪的白骨"。诗人欣赏自由的生灵不肯受困于命运的枷锁，对生活满怀着坚定的信念和渴望崛起的精神，当然，其间也凝聚着诗人自身的生命经验和人生体悟。受政治迫害而遭遇下放的郑玲在深山中也曾踩中猎人暗布的铁夹，因失血过多，险些丧命："走着走着，谁知一脚踩去，咔哒一声，一只大钳紧紧地挟住了她的左脚，只感到一股温暖的液体流进了鞋子，低头，地上的落叶都已被鲜血染红。她踩上了捕兽的铁夹，她拼命地喊，可是，此刻人们的耳朵都被过年的爆竹声堵住了。"① 她与麂子有过相同的遭遇，可以说麂子就是饱含着诗人真情实感的抒情对象，是诗人与苦难抗争，并在苦难中崛起的精神形象，这与牛汉笔下"金黄的麦海里"的"似飞似飘""棕红色"的"麂子"(《麂子》)有异曲同工之妙。

　　从郑玲的诗歌里我们可以看到许多"受难者"的形象：烈火中的陶土、带裂痕的石像、被囚禁的猛虎、遭审判的哨猴、被猎杀的斑马等，这些不仅是诗人自我形象的外化，也是"文革"浩劫中受到迫害却仍然保持高贵品格的一代知识分子集体形象的投射。郑玲没有刻意揭露苦难的残酷性，也未因不幸而停滞创作，她集中展现出正视、接受及挑战苦难的魄力，并由此延展出对知识分子旷达的生活态度的呈现。《沉舟再起》一诗以触礁沉没的小船为书写对象，勾画出沉舟在历经船体破碎与长埋深海的苦难之后重生的神秘

---

① 老刀：《走近诗人郑玲》，《诗刊》2000年第12期。

景象。"没有月亮的月光／□□在天边幽邃／黑暗的波涛／□□出现一道裂缝／立即又神秘地封闭起来／里面有沉舟的残骸"。晦暗的时局渐露新机，在浩渺幽深的水域里，"沉舟"从一幕幕沉郁的画面中骇然凸显出来。借助这样一个残破的意象，诗人讴歌的是不甘沉沦、在逆境中奋起的人格精神，也写出历经磨难的诗人在"归来"之时的相近境况。"沉舟□梦样地开始动荡／□□以龙的姿态／□□□□冲出水面／舟中没有人／只有双桨在奋力地划／／礁石□露面／挡着路狞笑：／□□你要通过／□□必须猜我的谜／／双桨□划着／传来空阔的声音：／我已经沉没过了／早已猜透你的谜"。苦难剥离掉世相的面纱，将命运的谜底戳穿，诗人以坦然的姿态滤掉淤积于生命中的痛苦"泥沙"，在窒息的黑暗中挣扎，独守一片天真澄明的境地，"所有的高峰／□□都在她脚下"（《梦见邓肯》）。

郑玲在"文革"中经受过批斗、游街、绳捆、脚踢，以及扑面而来的恶言秽语，人性之恶曾给她造成巨大的伤害。历史风暴过后，郑玲却以宽容心态平息愤怒，化解心结。《原谅要你原谅的人》是一首深度反思人与人之间关系的作品："猜忌的藤／来到我们心中寻找阴影了／在它的延伸中／灾祸，秘密地挺进／／我伤过你的心／你也伤过我的心／各自的剑，都落在／彼此没有设防的地方／那握剑的手／是怎么也躲不开的人生／／总有一天／灵魂会同到一个终点站／我们如今忿忿分手／怎知在那时不会相对泣然／我是否能期冀你的微笑／从你蓄满乌云的眼／射下一线光明／来原谅那要你原谅的人"。诗人以深远的目光去品鉴那些繁杂、琐细，或是徒有其名的斗争与伤害。整首诗语言质朴、言辞恳切，浸透着睿智反思，很容易引起共鸣。漫长的人生道路不能让怨忿填满，与其让猜忌引出无端的祸事，倒不如去原谅那些需要原谅的人和事。郑玲对人生的坦然态度是以对苦难的认识与体悟为前提的，如果没有对苦难的深刻领悟，很难把握人生。以豁然的气度完成与过去的和解,并最终实现情感的抚慰与精神的超脱——这也是郑玲承担苦难的立场和姿态。

历经"文革",郑玲真实地感受到生命的"不可承受之重","狂热的邪风刮得淳朴的人们互相残杀。他们没有什么主张和恩仇,只是被外面的世界刺激得兴奋起来"(《也是一座山》)。在这场运动中,郑玲是受难者,也是历史的铭记者、见证者,因此,"文革"结束之后,她大胆地直面现实,揭露"文革"给人们造成的无可挽回的伤害。《囚禁在记忆里的画》是郑玲根据回忆写成的:老妇人守着一座孤坟日夜哭泣,里面合葬着在"文革"中丧生的父子三人,也是她全部的家人。无辜的人在运动中被迫害,还没有来得及绽放出生命的光彩就这样在血色中无声无息地消亡了。"人对神位的窃据/ □□所造成的那片屠场/早已被春风秋雨清洗干净/无辜者躺在死亡谷里/嘴巴再一次被泥土封上/而这个失去亲人的母亲和妻子/□□仍然孤悬人海/把被打成碎片的自己/□□重新拼合起来"(《囚禁在记忆里的画》)。完整的家庭变得支离破碎,无法愈合的伤口被永久留在了生者凄怆的眼睛里,郑玲心痛地目睹人间惨剧,以悲情的笔调铭刻历史的隐痛。在《坟——一个母亲的心》里,郑玲以一个可怜的母亲的口吻,呼唤那些被权势利用的孩子能够迷途归来。诗歌运用象征的手法,以大段的内心独白揭露"文革"在思想上对人的荼毒:

怎知一夜之间冲来了黑色的狂涛,/淹没了明丽的爱的海岛。//他被罪恶的漩涡卷到了彼岸,/对自己爱过的一切突然反脸。//别人引满了权欲的弓,/把他当成夺权的箭。//他却以为是在保卫真理,/甘愿去奔赴硫火的深渊。//有时候地狱里的硫火璀灿[①]无比,/比人

---

[①] 原诗如此,通常写作"璀璨"。——编辑注

间的光明更富于魅力。// 它燃起一种恨的疯狂症，/ 传染给所有天真的心。

——《坟——一个母亲的心》

母亲撕心裂肺的呼唤，没能唤醒孩子，让他迷途知返，最后只能在绝望中看着"他的血""染红了洁白的寒沙"。这首诗犀利控诉了"文革"对心灵的污染、对人性的扭曲，从母亲的视角抒发了无法排遣的惋惜和疼痛，极具悲情色彩，这首诗在众多控诉"文革"的诗篇中颇显殊异。

罗马尼亚著名诗人安娜·布兰迪亚娜曾在一次采访中说："诗歌诞生于表达无法言说之物的愿望之中，诗歌执着于重新定义人们认为不可能被定义的一切，诗歌从难以承受的不安和苦难中走来，迫切地给予人类自身意识不到的早已迷失了的事物。"[①] 诚然，潜入人性深渊和复杂历史事件的郑玲"从难以承受的不安和苦难中走来"，带着强烈的问题意识从历史和个人的苦难中洞见到生命的本相。对于残酷的过往是遗忘还是铭记，她将选择写在诗里："时光隧道越是黑暗 / 历史的灯火越是明亮 / 我的诗 / 你是否认得 / □□那是一个民族的记忆"（《记忆》）。郑玲主动肩负起生命的十字架，承担了现实的重压，并时刻作出精神突围的准备。自觉的时代使命意识和宏阔的人生格局，使得郑玲的诗歌既有对个人困境的无情揭示，也有对国家与民族灾难的深沉反思。从悲痛中走来，她始终葆有知识分子的良知，以诗承载生命的阵痛，超越人生的痛苦与历史的创伤。亦如她诗中所写："诗人啊□你是不是 / 也有一滴眼泪在火中凝练 / 所以才写出那些无用的 / 却教人永远动情的诗"（《陶土的灵魂》）。

---

① 奕奕：《诗歌并非我的衣裳，而是我的骨头——专访安娜·布兰迪亚娜》，"国际诗歌之夜"微信公众号，2019年11月28日，https://mp.weixin.qq.com/s/5EhoshBQuE0HLSCVyz-5Bg，访问日期：2024年6月20日。

## 二、细腻而真挚的热爱：核心意象的生命意蕴

1. "灵感如花香的飘忽"：对花的礼赞

古今诗人写"花"并不乏见。"桃之夭夭，灼灼其华"（《诗经·周南·桃夭》），以春天桃花的艳丽来映衬新娘容貌的娇美。"朝饮木兰之坠露兮，夕餐秋菊之落英"（屈原《离骚》），以花的清冷来表现气质的高洁。"春到长门春草青，江梅些子破，未开匀"（李清照《小重山》），北方早春的梅花初绽，词人寓情于景、借景抒情，塑造了一个感情丰富而专注的女主人公形象。天性爱美的郑玲在数十年里一直以虔诚的心态与花朝夕相处，她爱花、护花、赏花、颂花，在形色各异的花姿中感受美的润泽，在芬芳馥郁的花香里体会宁静的般若，她所历悲欢离合、喜怒哀乐都能够从花中找到寄寓。

诗人的情趣多寄托在意象里，郑玲十分注重意象的选取，"花"是其诗歌核心意象之一，是诗人精神和情绪的象征，与诗人休戚与共。正如她的感喟："酒是男人的泪，花是女人的伴。花与我同在，再也不畏惧失眠了。"（《花也未眠》）她的笔端"灵感如花香漂浮"（《灵感如花》）；黄昏里，老树繁花成为诗人精神品格和创作力再生的隐喻："青春的记忆/□□钻进了根/老树又开了繁花"（《披着秋风的影子》）；卧榻病中诗人直面生命的衰竭与憔悴，"莲花已碎/在败叶的怀抱里"（《暮色》）；与圣贤达成心灵的默契时，"月华是月儿开的花/醉芙蓉是酒开的花"（《月光和酒》）。各种形态的花气韵生动、内蕴独具，是进入和捕捉郑玲情感的关键性意象。通过不同的花，郑玲营造了一个丰富而美丽的情感世界，并以此对抗多舛的命运和不期然的磨难。郑玲的一生经历了无数的苦难，多舛的命运将一个个沉重的负担强压给她，她一度在挫折与磨难的痛苦中喘不过气来。鲜花怒放的姿态，娇柔多姿的花萼，给予她生生不息的希

望和精神上的愉悦。在《蓝色的花》里,诗人以独语的形式表达对"美"的追寻与向往:"晴天的雨,/象女孩子的泪珠,/含着笑,/滴在蓝色的花萼上。/花蕊里升起蓝色的轻烟,/去亲吻新生的太阳。/你妙龄的花,/饱蓄着生命的欢乐,/你朝霞般的清香/洗净了我。/让我也开一朵迟暮的花吧,/使那些长途跋涉的人,/偶尔也闻到一缕芬芳!"雨后的花朵芳香清芬,在阳光的照耀下空灵纯净、洋溢生机,富含活力的"美"感染着诗人,虽然已近迟暮,但她渴望像"花"一样用芬芳抚慰人生旅途中疲惫跋涉的灵魂。这首诗言辞清丽、语调温柔,被人格化的"花"与惜"花"的诗人两相辉映,二者相互影射,意境浪漫而纯美。这与李清照的《鹧鸪天·桂花》有异曲同工之妙。"暗淡轻黄体性柔,情疏迹远只香留。何须浅碧深红色,自是花中第一流",表面极尽工笔技法描绘桂花之美,实则隐喻诗人和桂花一样无须宣扬,"自是花中第一流",诗人的自信溢于言表。

黄昏岁月,郑玲对花持有执着细腻的热爱,她在阳台上种满了各式花草,浮动的花香平息了红尘中的躁动,也安抚了深夜的孤独。"我们的院子里,/每家都种了几丛花,/没有栏杆,/也没有藩篱/一任花儿横斜逸出,/拉的拉手,牵的牵衣"(《花的断想》)。花香入梦,精神舒展,"纵使冬夜,也打开阳台的窗户,让花香流入我的梦境。如果说身体的健康是从空气开始的,那么,精神的健康便是从花香开始的,怪不得川端康成说,当他看见一朵花很美,就会自言自语:'要活下去!'"(《花也未眠》)。

"名酒醉人的思想,花香醉人的梦想"(《香在深谷》)。"归来"之后的郑玲身心乏困、体质虚弱,错过了诗歌创作的青春时期,但她并不气馁,以蓬勃的创造力和意志力,突破年龄的桎梏,延展了艺术生命的疆界。"枯木逢春"的欣喜与满树红花的木棉树遥相呼应：

> 我家对面的五楼外 / 有一树木棉 / 高达二三十米 / 无花无叶 / 平日晦暗无语 / 行人觉得它的存在 / 可有可无 / 等到第一声春雷响了 / 它全身神秘的力量 / 都跳出来开花 / 满树红花 / 丽色烧天
>
> ——《丽色烧天》

诗人以欲扬先抑的手法称颂了木棉神秘而热烈的"美"，晦暗无声的木棉内蓄着强大的力量，只待春雷召唤，便以昂然的姿态展现自我。木棉英姿勃发，装点着春光，如是热情而浓烈的生命追求在很长一段时间里都感染着郑玲的情绪，也激发了她沉埋许久的写作潜能："先开花后发叶并非导致破坏平衡的任意行为，而是潜能的高速度发挥。要发展自身的控制不住的趋势，不等待条件，创造有能力做到的事情"（《花草识英雄》）。古人多将自身的理想品格投射给花，用花寄寓和承载主体情操，比如陶渊明惯以菊入诗，周敦颐挚爱莲花，林逋则以梅为友等。不过对郑玲而言，花草客观存在于世，作为自然界中的生命个体，它们独具风情，而自己只是去发现、感受不同的"花"呈现出来的相异气质。因此，郑玲的诗歌里所用的花的品种极多，且各具"人性化"特色。在《茉莉是月亮的泪》一诗里，郑玲以茉莉花作为抒情对象，在忧伤缠绵的意境中展现茉莉花的梦幻与多情。"茉莉是月亮的泪 / 白莹莹滴在绿叶丛中 / 不懂得对月忧伤的人 / □□闻不到茉莉的香气 // 香气是茉莉的梦幻 / 她看人的时候不用眼睛 / 正像那种有梦幻的女人 / □□先以梦来触觉"，诗人运用拟人和通感的手法写茉莉泪水盈盈、楚楚动人的模样，仿佛是月亮的眼泪，又仿佛是梦幻柔婉的女子。不仅如此，拟人化的茉莉还具有俏皮懂事的个性："当她一见钟情的时候 / 不是伸出枝条来缠你 / 而是以阵阵馨香将你荡漾 / □□使你走不出

她的重围 // 当你流连得太柔弱的时候 / 她又在晨风中将你轻唤 / 吹送着另一种清新 / □□使你想去海上扬帆"。清香四溢的茉莉深情而单纯，惹得诗人长久驻足，不忍离去。而吸引诗人的又何尝只是那清新的香味，更重要的还有它纯洁而美好的天性，也唯有真正经历过忧伤的人才能懂得这份纯真的可贵。又如《普鲁斯特的蔷薇》以如火的野蔷薇象征杰出文学家沉默的灵魂和深邃的思想："隔着世纪的黑夜□蔷薇如火 / 照着我读他的杰作□看见他 / □□以一种重压下的优雅步态 / □□从书里走了出来 / 明亮的黑色的眼睛 / □□带着淡紫色的眼圈 / 忧伤□沉默 / 蕴涵着□大海的负担与忍耐"。蔷薇寄寓了诗人的品格和精神向度，成为富有力量和情感的客观对应物。

与传统诗歌中常以梅、兰、菊、莲等托物言志，表现诗人的高贵气质和人格形象不同，郑玲诗中"花"的意象品种繁多，许多瑰怪奇崛的花草均被她引入诗中。棠梨、舞草、野刺莲、三角梅，这些罕见于诗中的花品为其诗歌增添了陌生而野性的气韵。1965年，郑玲被下放深山，尽管面临着物质与精神的双重困厄，她却也得以洞见生活的另一片天地。山间林莽丛生，遍地奇花异草，给郑玲带来了意想不到的视觉体验，而恋人陈善壎与她在白石为盟、鲜花为证之下结为伉俪，也给她留下了浪漫而深刻的记忆。因而，郑玲的诗歌中"花"的意象还寓指超脱生死的浪漫爱情。诗作《舞草》里，郑玲根据"其叶闻弦歌则舞"的虞美人草的传说，从虞姬的角度出发，重现了乌江边上那场"霸王别姬"的旷古爱情："失败的英雄 / 痛彻肝脾地 / 歌 / 撼动山岳 / 美丽的少女 / 独向悲歌舞剑 / 眼泪卷起 / 乌江波涛 / 热血 / 溅满中原 / 大地沉吟 / 接受了 / 千古无奈 // 少女的精魂 / 铭刻着 / 最后的 / 旋律和节奏 / 在天和地之间 / 她的舞姿 / 涵容所有的崇高"。虞姬和项羽并非无路可逃，却在悲歌泣血中选择以死镌刻崇高、铭记爱情，诗人频繁使用短句突显她对至死不悔的爱情的渴望。散文诗《情鬼》则以百合花为抒情对象，再现了《集异志》中美丽的爱情传奇。"纯洁如初雪"的百合化身为佳人，与"廊壁前观画"的书生暗通情愫，却又在爱过之后"复归草木"，徒留书生"无限怅惘"。对于这种突破了世俗常规的爱情，郑玲持肯定的态度："爱你的爱，崇拜你的崇拜，是人情而不是犯罪，为什么你要躲开呢？"

"花的香，其实就是一种气质美，对于艺术，人格就是一切，对于花卉，香气就是一切。"（《香在深谷》）郑玲在传统诗歌意蕴和集体审美体验的基础上重新赋予"花"以现代人格内涵，"花"的意象与诗人主体诗情、理趣交相辉映，产生了绵长幽深的艺术效果，在渲染诗意的同时还增强了诗歌的画面感，产生了绘画美的效果。

2. 时光：庄严的证人

"管你是谁□被诗选中的人／绝不会为流行时尚精选一副面具"（《正在读你》）。从时间的深渊中萌生诗情、感悟生命，借助时间的流动来完成个体思考和主体精神的升华，从苦难中跋涉而来的郑玲对时光充满敬畏。

青年时期的郑玲对诗歌怀有真挚的热爱，却受累于频繁的政治运动而不得不中断创作20余年。"夫天地者，万物之逆旅也；光阴者，百代之过客也"（李白《春夜宴从弟桃花园序》），匆匆流逝的时间既让郑玲体会到人生百态、世事沧桑，增强了其生命的韧度，同时也让她对人生中所剩无几的时光感到恐慌与紧张："想死的人／□□是活得太少／别相信'死亡浪漫主义'／死了即是没了／／卓越的浪漫／是那饱经沧桑的志士／在自己的废墟上营造领土／□□而且高度自治／／辉煌的浪漫／是那争取自由的勇士／哪怕只剩下一杆临水的战旗／□□也要战斗到底／／想死的人大多年轻／有的是时间来消沉／若是真的老了／便会策马于最后的黄昏"(《死亡与浪漫》)。当时光逼近生命防线,生命的意义尤为真实地显露出来。同样是以女性的立场来勘探生命的价值,同样是临近黄昏反观人世的沉浮与苍茫,灰娃将人生看作是一个悲剧性的过程,在对丑陋现实的鄙视中,喟叹人生的冤屈和寂寞,幻想抛开现实到另一个世界中去寻找安宁与纯净,因而她对时间的流逝抱有无可奈何的接纳态度:"当我们告别人间依稀长叹／可还有什么值得顾盼／为何总不肯闭合双眼／它是那样纯洁无辜永无希求／当我们长眠在荒墟墓园／坟头的松枝荫蔽一丛素静百合／抚慰寂寞含冤的心愿"(《路》)①。而郑敏在生存与死亡的神秘诱惑之下,倾向于透过矛盾重重的现实来探索生命本体与客观世界彼此关联的哲学命题,将物象与心象合二为一,对时间的感悟也带有思辨的哲理性色彩:"现在我来到这悬崖／我已经是一片云／飘在大海之上／在遗忘中／不知道／什么／是／存在？／不存在？"(《我不停地更换驿马》)郑玲则是在参透生命的内在意蕴之后,以豁达的心性开启了抗拒时间、抗衡命运、抗争死亡的历程,因而她的诗歌血肉丰满,气质沉郁,独有一股奋然崛起的气势与昂扬向上的力量:"如同张弓拔弩／把全身的毛孔张向亘古／赤足顿成了猿人的利爪／抓紧了桥身□抓紧了命运／一步一步□向前走去"(《过自己的独木桥》)。

在浩瀚流转的时间面前,个体的生命仿佛是暗夜中的一星流火,倏忽即逝,渺小至极。郑玲对时光的神秘和深奥意蕴有着敏感的体悟,她以"碎片化"的时间形式串联起宏阔叙事,时光常常精确到每一时、每一刻、每一分、每一秒;她善于以简洁的线索将历史与个人交织成一体,漫长若"三生三世",短暂如"千分之一

---

① 灰娃:《路》,载《山鬼故家》,人民文学出版社,1997,第5页。

秒"。"一朝分手／□□便成了飘忽的幽灵／□□□□各自东西／谁知饮过忘川／竟在另一个世界重聚 ／／ 可是已经没有眼泪／□□没有体温／只是两块春光中的浮冰／想靠拢／□□而又不能"（《一朝分手》）。原本是相识、相亲或相爱的人，一朝分离后便注定只能在新的轨迹里各自颠沛流离，重逢时，只剩下尴尬的沉默与无言的疏离，一切都无法回到原点。"浮冰"这个新异而恰切的意象表达出分离后两人既想靠近又无法靠近，既熟悉又陌生的处境。而这种时移世易的沧桑感恰恰也是"归来"诗人与故人重逢的真实感受，时光改变了人与人、人与事之间的诸种关系，面对岁月的流变，个体常常陷落在尴尬的处境里不能自拔。"时间"的恍惚感驱使一部分人不可遏制地走向消沉和迷茫，而郑玲却越发显出强韧的生命力度。在诗歌《清晨的探望》里，她以"清晨"来比喻人生的美好光阴，劝勉朋友爱惜生命，珍惜时间。"一个空酒瓶／一篇未完成的日记／你在应该醒来的时候睡着了／我的鲜花该摆在哪里？／／看这窗帘半开半掩／一定是那疑虑的精灵又来过了／它在你苍白的脸上留下的吻／像一朵乌云落到我心上了"。在清新的晨光里，诗人采来了鲜花，渴望将美好的"爱"传递给"朋友"，然而，"朋友"却沉浸于伤痛中无法自拔，以怀疑的目光看待四周，终日借酒浇愁。诗人忍不住感叹道："唉，又是一个美好的早晨／被牺牲在忧郁的鹰爪下了／难道思索的结果／是为了自我毁灭么？／／也许在昨天的废墟上徘徊／别具一番凄凉的韵味／可是我的朋友啊／我们之所以回顾过去的／是为了抓住眼前飞逝的"。语言质朴直白、言辞诚恳，既可以看到诗人对朋友的关心与忧虑，也可以从中窥见抒情主体豁达的人生态度。在郑玲看来，不管是含冤受屈的岁月，还是黄昏年迈的时光，每一寸光阴都值得珍视——"自有一种人生的磅礴"（《梦之柳》），回顾过去的痛苦是为了更好地把握当下，一味地沉浸于过去的痛苦之中无疑是一种虚度光阴、浪费生命的表现。

郑玲痛惜于时间对生命的摧毁，她的诗"有一种切入骨髓的时间感，作为生存个体而言，这时间的浩浩巨手最终都将一切成为过往，一切鲜活和圆润都化为枯槁，一切坚固的东西都烟消云散"[①]。时光的流水将曾经鲜活的记忆腐蚀得斑渍交错，在居无常物、万象流变的世界里，郑玲却试图以一种"恒常"的态度来探索生命中的永恒之处。时间本是无质量的虚无之物，造就个体生命运动与其他物体之间的对比感，它虽然深奥玄妙、难以捉摸，却在心灵上留下深刻的印痕。在《致瞬间》中，郑玲发出"珍视时光、珍视生命"的呼唤，"瞬间"极度美丽，它"闪着无与伦比的光华"，有着"洒满阳光的羽翼"，连"披风"都带着"波边"，焕发着耀眼的光泽。我们不仅生活在有机的世界中，更生活在由印象组成的记忆的世界中，每一个印象实际上只存在一瞬间，诗歌就是刻写下瞬间的沉郁、热情或流光。郑玲对时间的把握既细腻幽微又理性智慧，既浪漫美好又蕴含着寓意和期冀。

郑玲诗歌中的时间意象不仅是一个概念，同时还暗含着人物的命运与精神状态，绘出世事浮沉里的人生百态。"春、夏、秋、冬"四季变换象征着"萌芽""发展""衰败"以及"幻灭"的生命历程，传递着"温暖""热情""冰凉"和"寒冷"的人生状况，不同季节意象蕴含着历史的演变以及诗人在不同际遇中对生命的思考。在郑玲笔下，"白昼"与"黑夜"交替出现，既预示着自然环境中"平安"与"险要"的转变，也象征着人性中"善"与"恶"的两面。诗人将所写人物的命运与自然的嬗变联系在一起，突显时间与

---

① 霍俊明：《瞬息流火，抑或垂心永恒——论郑玲诗歌》，《诗歌月刊》2007年第8期。

生命复杂纠葛的各种情状:"悲剧不属于黄昏 / 悲剧总是随朝阳放射金光 / 以坦然的残忍 / □□照着逝去的昨夜"(《昨夜一千年》)。人生如昙花,弹指一现,"清晨""黄昏"以及"昨夜"同时也喻指诗人人生中的三个阶段。回首过往,犹如昨夜和今朝交替,尽在瞬息,于是,在《一叶梦草》中,诗人以穿梭于时空中的梦草为线索,发出"我要死守在梦的窗前 / 听诗魂归来时叮咚的环佩"的誓言。

## 第三节 豪爽与婉约并济的美学风格

郑玲既可以"挟着履历风霜的智慧,抒发坎坷岁月的悲欢",大气磅礴地展现出男子般的阳刚风度,又可以"歌哭那抱爱老死深山,守着寂寞烟霞"[1],以精细的笔墨诉说女儿家的柔情。在她的诗中,我们可以"从精致中读出豪爽,从婉约中读出激昂,从老练中读出新颖"[2]。

### 一、"死神也有色彩":错落有致的色彩美学

艾青曾主张"诗人应该有和镜子一样迅速而确定的感觉能力——而且更应该有如画家一样的渗合自己情感的构图"[3]。郑玲的色彩感受力独特而鲜明,她常选用精致优雅的色调融合或切入诗歌的意象或题旨,"情"与"画"合一,"意"与"诗"相互渗透。

---

[1] 王禄松:《郑玲诗品》,载郑玲著《过自己的独木桥》,花城出版社,2007,第249页。
[2] 绿原:《不是灵芝,就是琥珀》,《诗探索》1999年第2期。
[3] 艾青:《技术》,载《诗论》,新新出版社,1947,第35页。

郑玲对颜色的选取带有女性天生的敏感，她根据特定的情感与题旨选取相应的颜色进行创作。晚年的郑玲常卧于病床上回顾与爱人陈善壎相守的一生："往事是伴人走向坟头的瑰宝／我需要你永不疲倦的散淡／我生怕老了／没有人陪我检点蓝宝石"（《爱情从诞生到死亡》）。沉重的抒情被蓝宝石的明亮和忧伤"点亮"，高贵、纯净、宁静如蓝宝石的爱情凝结了半个世纪的挚情与诗意。约翰内斯·伊顿在《色彩艺术》中指出："色彩就是生命，因为一个没有色彩的世界在我们看来就像死的一般。色彩是从原始时代就存在的概念，是原始的无色彩光线及其相对物无色彩黑暗的产儿。"[①]在诗歌里，色彩与情绪相应，是进入诗人情感空间的一个入口。"在浅水明沙上／一个小男孩为我拣着卵石／夕阳在他的黑发上／红衬衣在碧波里"（《谁家的孩子》）。"黑发"透露着小男孩活泼的生命力，"红衬衣"暗示着小男孩待人真挚热情的内心，"碧波"显出了江水滩头的清幽明净，无须过多的语言，仅以颜色就能将意境生动鲜明地呈现给读者。诗歌中的"红""黑""碧"三色相互交映，再配以"夕阳"的暖橘色为底色，一幅明艳动人、质地可感的"江滩图"，显现出了和谐的深度美与层次美。

与灰娃一样，郑玲善于运用色彩装点美、传递美，不同之处是郑玲尤为留心以物象的变动来构筑情感空间里色彩的丰富蕴含与错落的层次，赋予色彩以饱满的生命力：

巴西的女人诱惑爱情／把萤火虫捉来／网在头发上／用那魔幻的闪光／来照亮眸子／亮眸子可以改变容颜／犹如阳光／能使暗淡的／一下子染上色彩／／死神也是有色彩的／黑色是绚丽的金色／我

---

[①] ［瑞士］约翰内斯·伊顿：《色彩艺术》，杜定宇译，上海人民美术出版社，1985，第3页。

真想把它捉来 / 网在什么地方 / 我们就永不分离了

——《死神也有色彩》

这首诗构置了一个如梦如幻的诗境。诗人既表现了她对宿命的叛逆，更展现出对美好情感的经营与坚守。巴西女人的眸子被萤火虫照亮，所有黯淡的色泽被调染了色彩，黑夜也变成"绚丽的金色"。色彩的变换牵动着诗歌的情感走向，也承载着诗人细敏丰沛的情思。郑玲根据色彩的物理意义和视觉体验重新赋予颜色以人格与情感，"黑色"是审美主体在切身感受中体验最多、最深的色彩意象，它凝重深邃，笼罩于天地之间，传递着神秘、广袤、宁谧的情绪和心境，契合了诗人在苦难浸泡下体味过的悲苦。"黑色"是郑玲使用最频繁的颜色，也寄寓着个体的磨难、人生的挫折以及沉重的岁月与历史的负荷。此外，色调与亮度的变动也暗示出诗人情感的变化：

海峡的水 / 从亮变暗了 / 郁结着思念的黑眼睛 / 就是这样 / □□渐渐成为深夜的 // 海峡的水 / 从暗变亮了 / 有所期待的黑眼睛 / 就是这样 / □□升起了黎明的

——《海峡的水》

这首诗展现了两岸人民对祖国统一的热切期盼，当然这也是诗人的愿望。"海峡的水"先是变暗了，"黑色的眼睛"也暗了；而在改革开放之后，两岸人民看到了希望，按捺不住内心的欢呼与激动，"海峡的水"亮了，"黑色的眼睛"也亮了。诗人将政治与情感的起伏都融入颜色亮度的更迭中，诗歌的意境愈发深邃而富有张力。

黑格尔认为："颜色感应该是艺术家所特有的一种品质，是他们所特有的掌握色调和就色调构思的一种能力,所以也是再现的想象力和创造力的一个基本因素。"① 郑玲在颜色的选用和搭配上自有其特点,她用清新简约的色彩勾勒纯净灵动的画面,呈现出简洁干净的诗质,再以冷热两个不同的色调来暗喻诗人复杂的心路历程与盘根错节的情感因素。颜色的搭配承载着诗人多重的情感空间,《你错认梨花》便以两种颜色的对撞营造视觉冲突,强化无以言说的无奈和哀愁:"月白色的衣裙/飘荡着一弦琴音/儿时的布娃娃依然活着/款款地□向我走来//在'过家家'的时候/我早已把你嫁给了堂姐/小小的大红花轿从手心抬走/欢乐□便随喜烛熄灭/可那是早已说定了的/不准哭□不准反悔//在长大的路上/我遗失了许多/却还记得给你的悄悄话:/'等梨花开了/你逃回来吧'//今夜梨花似雪/□□开白了我的头/难怪你错认了/□□我们相约的时候"。

时光,被岁月湍急的河流冲刷,童年的天真无邪一去不返,而昔日的梨花却年年岁岁如雪般盛开,这种怅惘失落的情绪笼罩着整首诗。梨花的"雪白色"依旧,布娃娃的"月白色"依旧,在恒常颜色的映衬下,诗人因岁月感召而"白"去的头发尤显伤感无奈,全诗最牵动心弦的即最后四句:"今夜梨花似雪/□□开白了我的头/难怪你错认了/□□我们相约的时候"。如果说"白色"渲染出整体背景亦即诗人的心境,那么童年时代"过家家"欢乐热闹的"喜红"则是诗人有意构置出的参差色差,与老年"雪白"的悲伤形成了对时空流转、命运无定的忧怀感喟。

郑玲的诗歌很少出现大范围的颜色涂抹,多以点染的手法,灵犀一笔,绘出清新动人的情思色调,时而绚烂,时而忧悲,时而宁

---

① [德]黑格尔:《美学(第三卷)(上册)》,朱光潜译,商务印书馆,1979,第282页。

谧:"看见绿树丛中闪动的波影/草堆旁边带阁楼的小白屋/以及白屋里桔黄的灯光/我真想下车歇歇脚/睡一夜没有梦的觉"(《我的终点在前方》)。诗中采用清新的"绿色"、纯净的"白色",以及温暖的"桔黄",这三种干净明亮的色彩勾勒出人生跋涉旅途中遇见或出现的驿站,安静清幽,浸染着"江南水乡"的独特风景。诚然,不同色彩意象的选取与搭配,以及同一色彩意象所富含的不同意味,都可以视作诗人情感表达的通道,悦目或和谐的色彩搭配是诗人感知世界、捕捉闪瞬情感的捷径。郑玲以感情作为线索,重新搭配颜色,诗歌整体清新自然、玲珑剔透、运思巧妙、构思精细。

### 二、"以流动取胜":诗的流动美

飘逸舒展、流转自如,流动美讲求突破静态美学的局限,以动态的方式连通诗歌的内部空间与外在世界。流动美是郑玲诗歌的审美特质,也是她评定好诗的一个要素:"许多好诗都是以流动美取胜的,动态比单纯的形状生动得多,所产生的效果也就强烈得多,久久地对着滞重的灰云,会使人变蠢,而当我们站在悬崖上看云彩时会产生被她掳去的感觉,因为云彩变幻不定,引人的幻想飞翔。"(《诗的流动美——与胡的清谈诗》)历经长久的压抑,郑玲在晚年激发出昂扬的创作活力与生命激情,这成为支撑其诗歌流动美的内核。绿原在评价郑玲的诗歌时曾指出:"郑玲写诗几十年,从没有以'现代诗人'自命,她的作品却似乎比任何一个自命者更富于现代性。一旦我们为她的某一篇、某一节以至某一句所动,以致自己的想象被燃烧起来,虽然这并不是作者的原始意图之所在,我们却明明从中发现了,也就是她明明为我们提供了驰骋想象力的充分可能性。"[①] 在流动的诗性空间里,她笔下的生命细节、日常片段以及

---

① 绿原:《不是灵芝,就是琥珀》,《诗探索》1999 年第 2 期。

生命感悟如行云流水，浑然天成，呈现出开阔舒徐的诗歌境界。

司空图在《二十四诗品·流动》中说："若纳水轼，如转丸珠。夫岂可道，假体如愚。"① 大千世界像水车的辘轳一样旋转，像浏亮清圆的滚珠，这种流动的美感千姿百态、妙不可言，诗人往往也倾向于以动态的意象和跳跃的节奏增添诗歌鲜活的生命，在"动态"的想象中舒展独特的艺术气质。徐志摩诗中的流动美尤为奇妙变幻，奇崛瑰丽，他善于从鲜明强烈的节奏、抑扬多变的韵律中迸发诗歌的活力，体现丰沛的激情。郑玲诗的流动性则偏于含蓄内敛，轻柔飘逸，以薄如蝉翼、淡若云纱之姿展现舒徐轻灵的流动美。在动态意象的选取上，她更倾向于以女性细腻温柔的触觉感知各种飘动、浮游、流转的自然现象。郑玲热爱"现代舞蹈之母"邓肯的舞蹈，在她看来，邓肯打破传统思想的束缚，在旧舞台上跳出变幻莫测的新舞姿，流韵无穷的动态美是其舞蹈震撼灵魂的核心因素：

邓肯站在海滩上 / 赤裸着四肢 / 烟云中飘下一袭轻纱 / 一条澄川，萦绕着她 / 受了天启的前额 / 立即神采飞扬 / 灵魂的黑眼睛 / 露出激越的狂喜 / 柔波的双臂 / 伸向辽远的天际 / 她 / 月光般地荡漾起来了 / □□升浮起来了

——《梦见邓肯》

虚无缥缈的梦境里，诗人见到邓肯在海滩上跳舞，她迎着海浪的双臂如柔波般荡漾，音乐流动在体内，犹如银色的光辉飘忽缭绕，融入苍穹的幽远之中。邓肯舞姿的流动美带给诗人灵感，"萦绕""荡漾""升浮"等动词的使用，使得整首诗的画面富有生命气息。邓肯曼妙舒缓的舞姿充满了自然的活力，这也是郑玲所渴望的

---

① 〔唐〕司空图:《二十四诗品》，载曹顺庆、李凯主编《中国古代文论史》，重庆大学出版社，2015，第143页。

肉体与精神的双重超脱。在生活与诗的世界里,郑玲均钟情于生命的流动,活跃的、变革的、前进的事物都是她所要寻找和表现的对象。大自然美妙的律动无时无刻不给人以"思"与"灵"的启示,她格外钟情于曲折细腻的动感:

> 我们的院子前面,/有一条生动的小溪。/它象从树林中张望的/小鹿的眼睛,/清凉、光润、纯洁。//我们的院子前面,/有一条和谐的小溪。/它绕着我们的草地潺湲,/徐徐地,舍不得离去。/正象同院的人家,/相处日久了,/有说不尽的依依。
>
> ——《邻居》

动态意象是展现诗歌流动美的基本元素,也是表现诗歌流动美最简洁直接的方式。诗题是"邻居",诗中却首先展现"小溪"的欢快活泼、清澈生动,随后以缠绕流动的"溪水"隐喻和睦的邻里关系——相处久了,人与人之间会产生"依依"相伴的亲密之情。水与人的情感和人与人的情感都在时间的润滑下变得日益融洽,轻跃跳动的节奏衬托着诗人积极明朗、乐观向上的意绪,整首诗充满流转的气韵与蓬勃的朝气,也体现出诗人营建富有象征性场景的高超能力。

郑玲善于以动态的语言探索生命的奥义,给人以智慧的启示。她坦言:"我是自知呆滞才渴望流动的,呆滞是一定程度的死亡,我正在寻找起死回生的甘露。我只能说一个感觉,我越来越感到艺术的根底是对流动不息的人生的认识。"(《诗的流动美——与胡的清谈诗》)该怎样表达"流动不息的人生的认识"呢?郑玲将注意力放在了诗歌内在情感的发展与意绪的流变上,挖掘诗歌流动的内蕴与情感深度。"靴子上沾着落花与春泥/你带走了南国的春意/去西部的公路上/你的背影渐行渐远画囊沉重/不知哪一泓清泉/会做你今宵的客舍／残阳下任你痛饮离愁！"《送友人西行》是一首离别诗，在幽深唯美的古典意境里，诗人依依不舍地送别了友人，落日残阳映着离别的愁绪，别是一番滋味在心头。"想必你正忆起那天我说过的话：／我是孤独的灯塔你是远洋的船／我以火光回应你的呼唤／却只能望着你从我身边驶了过去"。抒发离别的愁绪之后，诗人开始怀念与友人相处的美好时光，叹息相处的时光如此短暂，思念之情不觉盘升心头。"而且我多么为你骄傲／在这追求享受害怕负重的年月／你没有为物欲而冷却热血／负荷着艺术的重量使你跋涉边陲／决意去领尝创造的甘美"。想到友人离开的原因——为艺术而跋涉边陲，诗人又感到一阵欣慰。"但愿这一吻／□□去到你的笔尖缱绻低回／明暗在你的天空和地平线／流动在你的沙滩和海底／参与你的透明参与你的深邃"。"离别"本是一个千古伤感的诗题，诗人的主体情思却在"忧愁""怀念""欣慰""祝福"中流转推进，对生活景物的捕捉也体现出流动延展的诗歌美学："我的新居／象一座临水的崖／阳台，是崖上的一朵莲花／它的香气就是喜悦／／我站在阳台上／晨风吹下云的凉意／有露珠／滴进我的灵魂里／我的空间无限延伸／一直伸向那冒着雪浪的大海／大海变成满溢的金樽／阳光照着杯口／我——尽情地畅饮"（《阳台》）。

在郑玲的诗中，经常会站着一个静观的"我"，这个"我"会带着我们游走和延伸——"我的空间无限延伸／一直伸向那冒着雪浪的大海"，视觉广角的变化引领我们观赏一个个浪漫涌动的镜头。诗人从小的景观入手，一步步延展到辽阔的天地，而又不失想象的逻辑。开篇用略显突兀的比喻表达了诗人面对新居由衷的"喜悦"之情："我的新居／象一座临水的崖"，用"临水的崖"比喻"新居"，新异奇绝。接下来，在流动视角的牵引下，这份"喜悦""无限延伸"："香气"带动了"晨风"，"晨风"吹来"云雨"，"雨滴"

化为"雪浪","雪浪"融入"大海"……诗人饮下如同"大海"般浩瀚的"喜悦",整个人的身心都自在欢畅。以内在情绪的辗转引发自然意象的流动,既连通了情思,又延伸出辽阔的诗意空间,整首诗流畅自然,细腻飘逸。

莱辛认为:"诗人固然也追求一种理想美,但是他的理想美所要求的不是静穆而是静穆的反面。因为他们所描绘的是动作而不是物体,而动作则包含的动机愈多,愈错综复杂,愈互相冲突,也就愈完善。"① 郑玲的诗能够移步生莲、顾盼生辉,与她对动态意象的情有独钟有直接关联。就哲学角度而言,事物的运动是绝对的、普遍的、无条件的,而静止却是相对的、有条件的,是运动的一种特殊的状态。为了达到诗歌自然如水的流动效果,郑玲不仅以动态意象赋予描写对象鲜活可感的生命,同时还以静写动,在"动"与"静"的相互映衬下,强化诗歌画面的动态感,使之"静"之愈"静","动"之愈"动"。比如诗作《车铃声远了》:"我突然停止了沉思 / 我听到了 / 从杨槐飘落的花香中 / 传来了你自行车的铃铛 // 我急忙拉燃灯 / 把窗帘半开着 / 好让你看见树荫下的家 / 亮着眼睛在等你 // 车铃声近了又远了 / 别家的欢喜到别家去了 / 我把窗帘放下来 / ——悄悄地 / 收拢了梦的羽翼"。这首诗在静态与动态画面的交替中表达了"思念"的欣悦与"等待"的幻灭,诗人以"车铃声"串起了三幅画面,在"车铃声"响起之前,"我"尚处于"沉思"的静态;"车铃声"远去之后,我收起了希望,复归于沉静之中。比照下,"我"被"车铃声"唤起希望时的一系列动作尤显迫切,而希望幻灭之时所承受的落差也很刺心。诗中"动态"与"静态"画面的交替出现无疑强化了情绪表达的跳跃性,增强了流动而

---

① [德]莱辛:《拉奥孔》,朱光潜译,安徽教育出版社,2006,第218页。

空灵的美学效果。

郑玲不仅擅长捕捉清新活跃的动态意象,还注重营造隐蔽在静态情绪中的流动诗意。情绪的浮动、时间的流逝,以及物态的更迭,在她笔下被刻画得纤毫毕现,她的诗焕发出蓬勃的生机与活力,浸润着生命的质感与顾盼生辉的神韵:"车厢中的时光是静止的/流动的只有思绪"(《无奈已成化石》);幽微的情绪中浸透着诗人对历史变迁、万物沧桑的宇宙时空的思索:"在那与群星共飞的旅途/灵感□将会不断回归"(《我想漫游》),大开大合与细微浸润交织,灵感在浩瀚的天地间冲破桎梏,情思回落于神秘的感悟中。

### 三、"碎夜"里灵魂的悸动:超现实的梦境诗学

超现实主义兴起于第一次世界大战后的法国,是一场在文化及其他领域里掀起的针对资本主义传统文化的反叛运动,其后迅速风靡于亚非、欧美的多个地区。超现实主义者认为,现实的逻辑与真实都仅存于表面,完全不具有可靠性,只有超越于现实之上的真实,即真实中的真实,才能够最大程度地还原世界的本真。在表现手法上,超现实主义者善于利用梦境、幻觉、直觉等来构建一个超越现实与理智的"无意识"世界,利用这个世界来摆脱一切束缚,再现客观事实的真面目。安德烈·布勒东曾在《超现实主义宣言》中指出:"如果在我们的内心深处,蕴藏着一种奇异的力量,它能够增强,或者克服外在的力量,最好能抓住这种力量——首先抓住它,然后,如果需要,就用我们的理智加以检验。那些进行自我分析的人只有靠这个才能获得成就。"[①] 布勒东所提到的"这种力量"便是一种超现实主义体验。正如卡林内斯库所言,超现实主义的提

---

① [法]安德烈·布勒东:《超现实主义宣言(片断)》,载《法国作家论文学》,王忠琪等译,生活·读书·新知三联书店,1984,第60页。

倡者、先锋派的精英们严肃地抱有一种观念,"涉及对存在于生活各方面的等级原则的断然拒绝,而且很显然首先要拒绝的是艺术方面的等级原则"①。这种经验被引入诗歌创作领域之后,则为打破原有的诗坛秩序、创建新的诗歌审美原则奠定了基础。由于深谙西方现代派艺术创作,郑玲也曾在超现实主义诗歌创作方面进行了一系列实验,她把诗歌伸向无意识世界,潜心捕捉这个世界里变幻莫测、神奇诡异、恍惚迷离的心灵幻象,以此来构建一个奇异诡诞的艺术世界。

梦境、幻象等都是超现实主义的母题。布勒东对梦境、幻觉的执着与其早年从事医学的经历有关。战争期间,他曾在精神病院服役并接触到了弗洛伊德的精神分析学说。超现实主义的哲学根基是柏格森的生命哲学和弗洛伊德的精神分析学说。"绵延"是柏格森哲学的重要概念,柏格森指出:"纯粹绵延是,当我们的自我让自己生存的时候,即当自我制止把它的现在状态和以前各状态分离开的时候,我们的意识状态所采取的形式。"②柏格森通过"绵延"这一概念打通了过去与现在的界限,将其融汇在生命之流中,而这一做法也摒除了理性对记忆和思想的控制,直抵生命深层的言说空间。同时,受到弗洛伊德精神分析学说的影响,超现实主义者利用潜意识或无意识来进行创作。超现实主义者排斥理性和意识,追求梦幻、错觉、恍惚、迷离、模糊、无意识的精神活动。与牛汉、郑敏、灰娃等诗人的同期创作相同的是,郑玲也对"梦"情有独钟,她通过"梦"的体验直接通向生命的深层秘密,完成主体观照和个体反思。弗洛伊德认为文学的本质就是做梦,文学家所创造的艺术作品,就像梦一样,"是无意识愿望的想象满足。而且同梦一样,

---

① [美]马泰·卡林内斯库:《现代性的五副面孔:现代主义、先锋派、颓废、媚俗艺术、后现代主义》,顾爱彬、李瑞华译,商务印书馆,2002,第155页。
② [英]罗素:《西方哲学史(下卷)》,马元德译,商务印书馆,1982,第352页。

它们也具有妥协的性质，因为它们也不得不避免同压抑力量发生任何公开的冲突"①。天生富于幻想的郑玲对于虚无缥缈的梦，近乎本能地喜爱，"梦"如同种子撒在她的诗行间——比如翻阅汉朝古籍，守一叶梦草等诗魂归来："梦草做梦在西伯利亚 / 不知道东方朔怎样找到了它"（《一叶梦草》）；比如在云雾笼锁的石峰里飘扬着被抑制的欲望："沉睡在嶙峋的狂热的瘦态里 / 梦，在它头上流成云烟"（《赫然醒来》）；比如在老妇人曾经的爱情里，"每个人都是自己梦境中的怪物 / 老妇人醒来不知身在何处"（《爱情 只有在坟墓里才能不朽》）；比如诗人置身孤绝的情绪："绝望中 / 一梦醒来 / 明月秋窗 / 漫天惆怅"（《地平线》）。梦境与现实如白昼与黑夜般交错更替，从整体上形成了对立相融的状态，同时也便于从多元叙事的角度展开，扩展了诗歌的表达面向。

郑玲如同一个寻梦者，创作出一系列梦的诗篇，如《我被梦找到》《梦见邓肯》《小河梦》《梦之柳》等，她还有一部诗集名为《千年遗梦》。她的"梦境书写"到晚年趋于圆熟，"梦"不限于单一的意象，而是呈现为意境和场域，梦中有纤微游离的思绪、怪幻奇诡的场景、残存的片影等。当然，这与郑玲的身体状态息息相关，晚年的郑玲饱受疾病折磨，身体日渐衰弱，周旋在手术和药剂之中，经常陷入半昏迷状态。当身体对灵魂的驾驭能力被削弱，那些隐蔽的、浮游的、不易察觉的情绪便恣意地跳脱出来，这些情绪不受外界影响，既往对战争、死亡、虚无、孤独的体验伴随着疾病的加重被重新编码，外部环境对她造成的影响以及伤害被演绎成诡诞、新奇的意象或充满神秘色彩的意境："怀人的风雨夜 / 德彪西的《月光》如梦 // 寂寞与音乐同谋 / 德彪西的月光杀死了我"（《听〈月光〉》）。

---

① ［奥］弗洛伊德：《弗洛伊德自传》，张霁明、卓如飞译，辽宁人民出版社，1986，第 90 页。

布勒东曾如是定义"超现实主义"概念："纯粹的精神的无意识活动。人们凭借它，用口头、书面或其他方式来表达思想的真实过程。在不受理性的任何控制，又没有任何美学或道德的成见时，思想的自由活动。"①1919 年，布勒东和苏波合作完成第一首超现实主义作品《磁场》，全诗充斥着"精美的尸体喝新酒"一类怪诞的词语组合和梦幻色彩。此外，郑玲还竭力从现实生活中寻找新奇的灵感，从瞬间闪逝的感觉中捕捉怪诞的意象。尘世与非尘世的对话往往能够碰撞出神奇的力量，对艺术殚精竭虑的追求也促使她不断更迭陈旧的创作状态。

《小河梦》是有关"生"与"死"的无意识的梦境书写，运用的是超现实主义手法，开篇即入梦："我睡熟了，忽然感到寒冷 / 周围是浩淼的海水 / 星光辽远，风却很近"；并以"我被冷醒 / 朦胧中摸到滑落的被子 / 窗外的小河很温暖 / 在初生的丽日下冒着雾气"为终结，由梦转入现实，前后具有严密的逻辑性，这也恰好与梦境中场景的跳跃、意象的紊乱、逻辑的支离破碎形成鲜明对比。梦境与现实有着千丝万缕的关系，梦境隐喻了部分现实，是现实事物在潜意识层面的曲折反映。在超现实主义理论体系中，外部世界不过是主体意识的反映，并服膺于"内感论"的美学论纲。"'内感论'虽未使艺术创作与外部世界诸现象绝然分离，但其中知觉和现实生活的正确关系却完全被颠倒，因而也被歪曲了。人的内心世界成了第一性的，外部世界成了第二性的，成了前者的反映。在这里反映的过程带有明显的主观性质。这就为外部世界物体和现象的任何一种变形开辟了可能，因为它们只能作为表现艺术家自身情绪和

---

① ［法］安德烈·布勒东：《什么是超现实主义？》，载伍蠡甫等编《现代西方文论选》，上海译文出版社，1983，第 169 页。

情感的手段。"① 在《小河梦》中，诗人同时描绘了现实与梦境，运用通感的手法将两者贯穿。诗人入睡后因被子滑落而感到寒冷，这股"寒冷"渗透进睡梦后立刻化身为浩渺的海水、冰冷的小河、雪片似的月光，以及凄凉的柳树。在无法摆脱的寒意里，恐惧感也随之而来，戏剧中被错杀的苔丝狄蒙娜与被淹死的奥菲莉亚在河边出现，并引来诗人对一位在现实中遭遇不测的女孩儿的回忆。整个梦境都透着一股冰冷的凄怆感，刻骨的寒冷预示着死亡，而对温暖的渴求则代表着诗人坚定的求生欲望。"'我想到上古的温泉过冬天／窗外的小河太冷了'"，忧叹声回荡于幽冥的时空，无头无序地出现了两次，恰是诗人潜意识里爆发的呐喊，是一种超现实状态之中人体不自觉地出现的"求生"意念，最终，现实的回归以温暖的结局缓和了梦境中的紧张状态，诗人在现实与梦境的两重语境中往返穿梭。

梦使诗人摆脱肉体的衰老和疼痛，从不安中解脱出来，是自我疗救的途径，也是诗人摆脱理性束缚、语言自由游走的场域。不过，诗人并未因此陷入痴人说梦、不知所云的窠臼里，反而突破了原有固化的思维，使文本洋溢着个性特质与灵韵格调。郑玲对感觉与言语之间的对应关系把握得极为精准，在诗歌《碎夜》里，她以"碎片"化的写法尽展潜意识里的惊悸与惶恐："暴雨的铁蹄／肆无忌惮践踏／夜被敲碎／夜的碎片／在空中飞舞／梦／无处藏身／梦找到我／想钻进／我的被子里／继续做梦／无奈我／比梦凄惶／我在／夜的碎片里／抱头鼠窜／一头撞上／碉堡铁丝网／碎片／划伤了手臂／还有脸庞"(《碎夜》)。

逼仄的时空里，暴雨撕碎了黑夜，"我"四处逃亡却被碉堡的

---

① ［苏］库列科娃：《哲学与现代派艺术》，井勤荪、王守仁译，文化艺术出版社，1987，第58页。

铁丝网阻拦住，梦追踪着"我"，或言"我"就在梦中。"铁蹄""碉堡铁丝网"等意象拼合成一幅战争图景，诗人曾在战场中体验过濒死的临界感，这种个人化的死亡体验散落在无意识中，通过梦境与潜意识被形象化。就诗人取用的现实意象而言，死亡又是对残酷现实的折射。在虚构的梦境中，诗人还原了难忘的生命体验，还原了山河破碎的岁月，还有不可名状的灵魂悸动。

与同期郑敏等诗人自主沉浸于无意识中，探索超验的生存感不同的是，郑玲的诗歌大多创作于晚年病重之时，诗人凭借坚韧的意念在头脑中写诗，清醒时再口述出来。对临近死亡边缘的生命状态的摹写，与其说是诗人自觉的摸索，不如说是命运的神谕。《总听见一群人唱歌——他们在过节》写于郑玲重病初愈之时，她躺在医院的病床上，身心未完全恢复。每于临睡时分，她总朦朦胧胧地听见有人在唱歌，然而歌声的具体情况却又不甚分明："不知他们是谁／他们好像是所有人／他们的声音不可描述／声音的姿态不可描述／声音的色彩不可描述"。在一切不可描述的境遇之下，诗人自己的感觉也逐渐神秘莫测："许多事物是无法描述的／就像我／□□分不清朝雨后的／□□□□明霞与莲花／□□分不清夕照中的／□□□□飞霞与璎珞／我分不清楚／□□明月的光华与神的微笑"。诗歌安详宁静，在一种不为人知的情境下，诗人的灵魂迷迷蒙蒙地沉浸于无法言说的歌声里，默默地与自然和宇宙达成交流："□□永恒的东西就在那里／□□给你迷醉心怀的智慧／□□——人与万物的默契／□□□□我与神的默契！／□□□□我与人的默契！"抒情主体从自己的内心发现了超验的声音或是超验的力量，这种力量带着万物的祥和之气引导着诗人由此岸渡至彼岸，由已知探索未知，由个体生命的短暂到宇宙的永恒。

《似醒非醒》同样写于病重期间，却传达出诗人对世界的反叛与质疑,以及对生命的敬畏:"为什么希腊的神话中／没有白昼之神繁衍子孙／为什么最显赫的最令人崇拜的／是那在黑夜里诞生的／□□胜利之神?／而'胜利'的腰带上／喷射出辉煌的彗星／为什么总是与熄灭连在一起?"对远古神话的批判与对传统文化中的"永生"理念的质疑密切相关,在诗人眼中,神话中的"灵魂"只是世人出于对"永生"的渴望创造出的一个"假想",而有关"灵魂"的一系列细节更是荒诞的存在:"听说□古埃及人用羽毛／□□作为秤盘的砝码／□□□□用以测量灵魂／其实□灵魂的轻重／□□荒谬得无与伦比／明明对事物的短暂不胜伤感／偏偏处心积虑□要为不朽而生"。对"灵魂"的书写为诗歌涂抹上一层神秘色彩和宿命意味,向超验世界飞升的努力意味着诗人对现实社会的超越,现实与想象、俗世与神秘空间、神话与宗教等因素的杂糅延展了诗歌的诗性空间。在否认了传统的学术权威,摆脱了既有的束缚后,诗人感受到全身心的释放与解脱,仿佛高高地翱翔于云端之上,甚至飞过世界的顶峰:"我居然骑上一头云马／飞去世界的峰巅／快了□快要接近了／只差那么一点／霍然□从床上弹跳起来"。而病痛的折磨又将诗人从飘飘然的云间拉回阴森可怖的地狱里,即使在"无意识"的状态下,诗人也能感受到那种"死亡"所带来的威胁与恐吓:"似醒非醒／才感觉□自身处于危楼的尖顶／吐着火焰的洪水／从海底咆哮而出□向我包抄／群鬼哄笑／对我喝着倒彩"。诗人在发掘内在的超验情绪的过程中触及"潜意识"里真实而原始的力量,她以梦境书写的方式呈现出其在长期病痛中所产生的逆反情绪。很显然,在潜意识中,诗人释放了积存许久的精神压力和肉体折磨。素有"果园诗人"之称的傅天琳深谙沧海明珠的珍贵,她说:郑玲"一直在我的仰望中,我认为她是写诗写得最好的那几位之一",病痛中"她80岁的胸怀依然澎湃,她依然需要诗歌为自己的生命增氧,她的每一个动作、每一次呼吸、每一句喃喃自语，甚至唇齿间吐出的每一丝气息，相知相守几十年的陈大哥都能懂得。她口述，陈大哥赶紧拿笔记下来，这些记下来的就是诗啊！这样的如血如泪的80岁的诗，不正说明什么是用生命写出的诗歌，而什么又是真正的诗人么？！"①

## 结　语

"生活永远属于今天 / 在应该结束的时候 / 重新开始！"（《幸存者》）正如郑玲在诗中的宣言，经历过那么多沉重的苦难后，她依然站在精神的高峰，以蝴蝶柔弱的翅膀抗击风暴，以坚韧、宽容、宁静的姿态挖掘生活底层的灰烬，抚慰痛苦。"这里不是我的站 / 我的终点在前方"（《我的终点在前方》）。回眸郑玲半个多世纪的诗路历程，她终生秉持对诗歌的朴素情怀，用富于独创性的诗意话语，维持着人的尊严和艺术的独立精神。我们看不到一个定型化的郑玲，相反，在布满鲜花和荆棘的诗途上，她不断勘探和发现人的内在性、不断突破自我的"内面"，"面对自己的上帝"也绝不"逆来顺受"（《当命运决定你沉默》）；她以诗歌为神杖，明示自我的追寻，抒发对生命的尊重、对命运的抗争。2009年，郑玲获中国作协颁发的"从事文学创作60年"奖章，这是文坛给予这位潜心创作、缠绵病榻而不屈服的诗人的一个实至名归的荣誉。

---

① 傅天琳：《诗人郑玲》，《重庆晚报》2019年2月1日，第12版。

| 第三章 |

# "在诗歌的十字架上"歌唱:舒婷

虽然大多数"五四"时期出场的女作家被"五四"运动的一声惊雷"'震'上了写作的道路"①，不过返回历史现场，我们会发现其中沉埋了多重被忽略的复杂性。"五四"大潮中，伴随着人们的思想解放和"人"的意识的觉醒，各种妇女团体，如中华妇女协会、女界联合会、女子参政协进会、女权运动同盟会等先后在各地成立；各种妇女刊物如《劳动与妇女》（1921）、《妇女声》（1921）、《现代妇女》（1922）、《女青年报》（1922）、《女声》（1932）等陆续创刊；许多在国内有影响力的重要报刊，如《新青年》《晨报》《民国日报》《少年中国》《益世报》等，都开辟了妇女问题专栏或副刊，各种报纸杂志纷纷发表有关妇女问题的文章。当时新文化运动的主要倡导者，几乎都参加了有关妇女问题的讨论，并把妇女问题和社会问题联系起来加以考察。李大钊在《妇女解放与Democracy》一文中指出："我们若是要求真正的Democracy，必须要求妇女解放"②。显然，对女性独立身份的肯定离不开"五四"时期男作家们的努力——他们垄断了"五四"诗坛的创作，缔造了早期新诗的神话，还持续鼓励、发现和推出女诗人，比如刘半农和歌谣运动主要作家之于"她"的发现，周作人之于冰心的推介

---

① 冰心在《从"五四"到"四五"》中说："'五四'运动的一声惊雷把我'震'上了写作的道路。"见范伯群编：《冰心研究资料》，知识产权出版社，2009，第83页。
② 李大钊：《妇女解放与Democracy》，《少年中国》1919年第1卷第4期。

等①。历史总是在轮回中重演，时隔60年，70年代末，伴随文学的全面复苏，舒婷的《致橡树》确立了女性独立身份，大胆陈言女性恋爱观，重新拉开女性诗歌的历史帷幕。在蔡其矫、北岛的扶植与鼓励下，《致橡树》《祖国啊，我亲爱的祖国》等刊发在新中国成立后的第一份民间诗歌刊物《今天》上，引起广泛关注，舒婷借此跻身"崛起的诗群"。

舒婷（1952—　），原名龚佩瑜，出生于福建漳州的一个书香门第。其父毕业于鼓浪屿上的英华男中，后就职于银行，是一位传统的中国知识分子。其母是一名新女性，喜读中外名著，曾在福建教会开办的毓德女学校读书。成长在中西文化合璧的家庭中，舒婷自小爱好读书，尤其对外国文学涉猎广泛，为其日后的创作取向奠定了基础。1969年，17岁的舒婷到闽西上杭插队，远离故乡与家人，舒婷的内心不免孤寂迷茫，诗歌为她提供了可依托的话语场域。1972年，舒婷返回厦门，先后在建筑公司、织布厂、灯泡厂当工人。对于回城后的创作，舒婷认为只是一种个人化的"消遣"："我只是偶尔写诗，或附在信笺后，或写在随便一张纸头上，给我的有共同兴趣和欣赏习惯的朋友看，它们很多都已散失。"②无功利性的创作反而为舒婷带来更多创作自由。20世纪70年代中期，各类诗歌活动在历史限制中取得有限的自由，譬如1977年6月在上杭古田的采访创作活动，无疑是对舒婷"诗歌创作者"身份的社会认同。另外，舒婷的诗歌也署以"佩瑜"或"龚佩瑜"之名小范围地刊于当地杂志，譬如她在《厦门文艺》③上共发表四首诗，分别是1973

---

① 稍后有徐志摩之于林徽因，闻一多之于方令孺，杨骚之于白薇，王锡礼之于陆晶清，孙俍工之于王梅痕，曹辛之于陈敬容，冯至之于郑敏，张竹丁之于灰娃，蔡其矫之于舒婷等。
② 舒婷：《生活、书籍与诗——兼答读者来信》，《福建文学》1981年第2期。
③ 后更名为《厦门文学》。

年 7 月第 8 期发表《梦荡洋高呵，高上云霄》，1975 年 10 月第 15 期发表《脚手架上》①，1977 年 7 月第 19 期发表《边防潜伏哨》，1978 年 1 月第 21 期诗歌专号发表《贝壳的传说》。②

1974 年，诗人黄碧沛介绍蔡其矫与舒婷相识，舒婷后来在文章中介绍蔡其矫：他"不厌其烦地抄诗给我，几乎是强迫我读了聂鲁达、波特莱尔③的诗，同时又介绍了当代有代表性的译诗"④。蔡其矫的阅读趣味以及关于人性观、历史观的阐述，为舒婷个人诗学的塑造提供了"异质性"资源。蔡其矫与"今天诗群"过从甚密，在"地下时期"一贯支持、参与"今天诗群"的诗歌活动。随后，蔡其矫促成舒婷和北岛⑤结识，1978 年 12 月，《今天》创刊，北岛将蔡其矫的三首诗作排在最前面，随后是舒婷的《橡树》⑥和《呵，母亲》，北岛的编排设定是对舒婷"同路人"的认可。《今天》对舒婷的接纳亦体现在"同人"性质的活动中：1979 年秋天，舒婷第一次在北京与"今天"同人相聚，他们在玉渊潭公园等地展开诗歌活动⑦，希望"今天"更为团结。随着社会上的思想氛围日渐宽松，官方刊物也在调整立场、转变思路，吸收来自民间的声音。1979 年 11 月 10 日，中国作协第三次会员代表大会通过《中国作家协会章程》，第六条提出："中国作家协会广泛联系志在繁荣社会主义文艺的各种群众文学社团和刊物，在需要和可能的条件下予以

---

① 这首诗的署名为："市建筑公司工人 佩瑜"。
② 谢春池：《我和舒婷》，《厦门文学》2005 年第 1 期。
③ 通常译作"波德莱尔"。——编辑注
④ 舒婷：《生活、书籍与诗——兼答读者来信》，《福建文学》1981 年第 2 期。
⑤ 舒婷和北岛的相识过程见邱景华：《相遇在朦胧诗的历史生成中——蔡其矫与"今天诗群"》，载《波浪的诗魂——蔡其矫论》，海峡文艺出版社，2018，第 98 页。
⑥ 《橡树》，即后来的《致橡树》。1978 年 5 月 20 日，北岛在致舒婷的信中写道：《橡树》最好改成《致橡树》，"这也是艾青的意思"。后文有详述。
⑦ 洪子诚：《〈朦胧诗新编〉序》，载《文学与历史叙述》，河南大学出版社，2005，第 269 页。

协助。"①彼时调任到《诗刊》社工作的邵燕祥,意识到鼓励老诗人重新写作及培植年轻人对于思想文化发展的重要性,民间刊物成为他发掘新资源的重要路径之一。当他在《今天》上读到舒婷和北岛的诗时,他感触颇深:"许久没有读到这样刚健清新的'呕心'之作了。我说'呕心',正如说歌唱家的发声不是单靠的嗓子,而是发自丹田,1980年舒婷至福建省文联工作,专事写作。主要著作有诗集《双桅船》《会唱歌的鸢尾花》《始祖鸟》及散文集《心烟》《真水无香》《自在人生浅谈写》等。历任福建省文联、作协副主席,厦门市文联主席等。他们的诗是从灵魂深处汲上来的,已经在心中千锤百炼过了,没有毛刺,更没有渣滓,完整透明,仿佛天成。北岛冷峻,舒婷温婉,同样显示了诗人的风骨。"②随即,邵燕祥"在决定转载北岛、舒婷二诗时,没有什么顾虑,没有经过编辑组初审",征得严辰的支持后,此事并未产生异议,二人的诗作是"在编排三月号和四月号时,直接插进去的"③。最终,1979年《诗刊》4月号转载了《致橡树》。

## 第一节 "一股不可遏制的新诗潮":女性诗歌的报春燕

诚如吴思敬概括:"虽然也曾流星般划过几位灿烂的女诗人的名字,但漫长的中国诗歌史似乎是男人的世界。古代且不必说,甚

---

① 中国文学艺术界联合会编:《中国文学艺术工作者第四次代表大会文集》,四川人民出版社,1980,第386页。
② 邵燕祥:《再答〈南方都市报〉记者田志凌问》,载《画蔷》,商务印书馆国际有限公司,2010,第78—79页。
③ 邵燕祥:《再答〈南方都市报〉记者田志凌问》,载《画蔷》,商务印书馆国际有限公司,2010,第80—81页。

至到了'五四'以后，新诗出现了，男人主宰诗坛的情况也未有根本的改观。这种局面一直延续到新时期到来之前。

舒婷的诗歌创作具有文学史与社会学的双重意义，对舒婷的研究在当代汉诗语境中有其他女诗人无法替代的透视效应，1979年到1980年之交，舒婷的出现，像一只燕子，预示着女性诗歌春天的到来。"①

## 一、从"依附"到"自我"的衍化与嬗变：女性个体生命的觉醒和预言

"朦胧诗"的命名，直接得自章明1980年发表于《诗刊》的《令人气闷的"朦胧"》②，朦胧诗运动出现在20世纪70年代末，是新时期第一个先锋诗潮，朦胧诗人在诗坛上崭露头角。他们的诗歌创作，冲破僵化的思想禁区，倡导题材和形式的多样化，不仅采用了较多的象征、隐喻、反讽、通感等修辞手法，在意象选取、主题呈现、情感表达、审美感受等方面，都不同于此前的诗歌创作。与同时期"归来者"的诗歌创作"以挑战的姿态把悲怆的旋律和深度的人性引入新诗"③不同，朦胧诗群风格上的内驱性、陌生化和暗合隐晦的特点更为突出，"归来"诗人与朦胧诗人共同对80年代初期的诗坛产生了重要的影响。从食指到北岛、杨炼、多多、芒克、舒婷等，他们自觉地在"大我"和"小我"的时空拷问中，审视心灵和历史，反思生命的价值和精神的信仰，他们的"个人写作"开启了新诗的崭新时代。朦胧诗因与20世纪50—70年代的诗歌模式"脱轨"，引来相当多的品评，不少批评声音源于"读不懂"，进而

---

① 吴思敬：《舒婷：呼唤女性诗歌的春天》，《文艺争鸣》2000年第1期。
② 章明：《令人气闷的"朦胧"》，《诗刊》1980年第8期。
③ 许霆：《20世纪40年代新诗转型的别样形态》，载《中国现代诗学论稿》，复旦大学出版社，2012，第162页。

"责备这些诗人对社会的不负责任"①。面对诗坛的不同声音，1980年《福建文学》以"关于新诗创作问题"为题开设了一个专栏，围绕舒婷的作品展开长达一年多的讨论。对于《福建文学》的试探性行动，舒婷起初态度犹疑："以后出什么事了，我就去找你们保护呵，只怕到时候你们也保护不来呵。"②这里的关键问题不仅在于一种文艺形态变革，更在于朦胧诗如何在文学与政治、民族的框架中阐释。把朦胧诗放在中国文学现代性进程中考察，会寻出其不可替代的文学史价值，一方面，它对此前30年的诗歌史发起了挑战，重新确立了中国诗歌的主体性形态，并试图跨越"文革"所造就的"断裂区域"，另一方面，它的出现在很大程度上使得当代诗歌与"五四"以降的新诗传统建立起新的关联形式。作为一种文学思潮，朦胧诗所包容的诗歌形态，在当时并不统一，包括最初被当作"箭靶"的杜运燮的《秋》，也包括核心人物北岛、舒婷、顾城等诗人在这一时期创作的代表性作品，甚至包括在后期出现的杨炼的《半坡》组诗等"寻根史诗"。尽管存在着种种差异，但大致而言，这些诗歌是将西方作为规范的现代性诉求与缺席的"理想自我"结合的产物。在现代中国历史上，民族国家现代化一直是一个核心问题，现代中国的民族主义话语在反叛西方启蒙话语的过程中确立自身的合法性，延安时期以来的"民族形式"呈现出被民间传统文艺支配的特征，而朦胧诗与建立在"人民大众"基础上的"社会主义文艺形态"有所不同，因而有批评者认为朦胧诗的想象和写法，尽管有可依托的"现代派"历史范本，但脱离了"近代和现代民间诗

---

① 谢冕：《历史将证明价值——〈朦胧诗选〉序》，载阎月君等编选《朦胧诗选》，春风文艺出版社，1985，第2—3页。
② 魏拔：《我的经历——从〈热风〉到〈福建文学〉》，载魏世英、陈侣白主编《我与〈福建文学〉》，《福建文学》杂志社，2001，第103页。

歌已经铺设起来的诗歌轨道、格律要素及其丰富多样的形式"①。由舒婷诗歌引发的赞誉或批评与此相关,绝大多数批评的声音承袭自五六十年代诗坛的主流观念,即诗歌应该是时代精神的号角或传声筒,诗人所抒发的不应该是个人的情感,而应该是人民大众的、集体的情感;如果说人民大众的情感是无产阶级的,那么自我表现的情感应该被归为资产阶级或小资产阶级一类……基于这种观念去评判舒婷的诗,往往容易形成她彼时的诗歌创作是个人情感的低回、是对主流诗歌话语的回避之类的苛责。

在肯定方阵营内部,也存在不同声音。孙绍振借重"启蒙"文化传统袒护舒婷诗歌的合理性,认为其"重大意义在于'恢复了新诗中断了将近四十年的、根本的艺术传统'"②。"根本的艺术传统"指涉"五四"所张扬的人的价值、人的目的及"人的文学",对照20世纪50—70年代主流诗歌基调,孙绍振所赞扬的是舒婷正视内心情感的作品,意在重新召回"五四"的价值判断标准,亦是在个人与集体的二元框架中评判她的诗歌。舒婷以个人情绪为主要内容的诗歌受到重视,这些诗"通过内心的映照来辐射外部世界,捕捉生活现象所激起的情感反应,写个人内心的秘密,探索人与人的情感联系,这些是她的独特之处。她的诗接续了中国新诗中表达个人内心细致情感的那一线索(这一线索在50—70年代受到压抑)"③。人道主义话语本身包含了人道主义和个人主义两层意涵,对"集体化"等群体概念进行审判,才能使以个人价值为旨归的人道主义成

---

① 丁慨然:《"新的崛起"及其它——与谢冕同志商榷》,载李建立编《朦胧诗研究资料》,百花洲文艺出版社,2018,第63页。
② 孙绍振:《在历史机遇的中心和边缘——舒婷的诗和散文在当代文学史上的地位》,《当代作家评论》1998年第3期。
③ 洪子诚:《〈朦胧诗新编〉序》,载《文学与历史叙述》,河南大学出版社,2005,第277页。

为可能。舒婷将自己的诗歌理念总括为以"个人"为中心的"关切":"我愿意尽可能用诗来表现我对'人'的一种关切……我相信:人和人是能够互相理解的,因为通往心灵的道路总可以找到。"①她的这一思想浸润在诗歌中,将"关切"转化为对普遍人性的赞颂:有对亲情的眷恋,如《呵,母亲》《读给妈妈听的诗》《献给母亲的方尖碑》;有对女性生命本质的呼唤,如《神女峰》《致橡树》;有对现代女性生存状态的反思,如《惠安女子》《女朋友的双人房》。就为谁写诗、怎样写诗的问题,舒婷坦言:"我从未想到我是个诗人,我只是为人写诗而已;尽管我明确作品要有思想倾向,但我知道我成不了思想家,起码在写诗的时候,我宁愿听从感情的引领而不信任思想的加减乘除法。"②对照北岛笔下同题材的诗歌,舒婷诗歌内在的情感逻辑得以鲜明地彰显:当北岛喊出"一切都是命运 / 一切都是烟云 / 一切都是没有结局的开始 / 一切都是稍纵即逝的追寻 / 一切欢乐都没有微笑 / 一切苦难都没有泪痕"(《一切》)时,深受触动的舒婷却以另一种语调给予回应。1977 年 5 月她写下《这也是一切——答一位青年朋友的〈一切〉》(后文简称《这也是一切》):"不是一切大树 / □□都被暴风折断;/ 不是一切种子 / □□都找不到生根的土壤;/ 不是一切真情 / □□都流失在人心的沙漠里;/ 不是一切梦想 / □□都甘愿被折掉翅膀。// 不,不是一切 / 都像你说的那样!// 不是一切火焰 / □□都只燃烧自己 / □□而不把别人照亮;/ 不是一切星星 / 都仅指示黑夜 / 而不报告曙光;/ 不是一切歌声 / 都掠过耳旁 / 而不是留在心上。// 不,不是一切 / 都是像你说的那样!// 不是一切呼吁都没有回响;/ 不是一切损失都无法补偿;/ 不是一切深渊都是灭亡;/ 不是一切灭亡都覆盖在弱者头上;/ 不是

---

① 舒婷:《诗三首小序》,《诗刊》1980 年第 10 期。
② 舒婷:《生活、书籍与诗——兼答读者来信》,《福建文学》1981 年第 2 期。

一切心灵／□□都可以踩在脚下，烂在泥里；／不是一切后果／□□都是眼泪血印，而不是展现欢容。//一切的现在都孕育着未来，／未来的一切都生长于它的昨天。／希望，而且为它斗争，／请把这一切放在你的肩上。"① 这首诗发表于《诗刊》1979年第7期，被认为是回应朦胧诗人北岛《一切》的应时之作。北岛的《一切》创作于1976年，发表在《今天》1978年第3期上。从这两首诗创作和发表的时间上看，它们都写于中国社会遭受重大文化断裂和民族情感伤痛的历史背景之下。十年"文革"浩劫终于结束，人们普遍陷入对新世界的渴望和对残酷经历的质疑、否定、批判与反思的情境中，此时一批怀揣人道主义理想的青年诗人，大胆地抒发精神上的抗争和思想上的反叛，以及主体认知同社会遭际之间的碰撞。北岛的《一切》，以刚劲气势将现实经历带给他的思想遭际诗语化，他对荒谬政治伦理的抗争与对自我的审视，不仅流露出其对现实世界的怀疑和否定，还寓批判于朦胧中以警醒世人。

在结构上，北岛的《一切》由诗行开头均为"一切……"的十四行诗联结而成，诗的前四行为"一切都是……"的句式，第五、第六行为一个整体，采用"一切……都没有……"的句式，对诗句中的名词作出分割，并作否定陈述；诗歌的后半部分承继此句式，转否定为肯定，以"一切……都是……""一切……都在……""一切……都带着……""一切……都有……"的句式相叠合，重词叠句之间，音调的抖宕造成节奏的突变与铿锵。舒婷的《这也是一切》则分六个小节，前五节均以"不是一切……都……+否定性词语"的双重否定句式形成具有肯定意味的排比，

---

① 本章所引舒婷作品诗作均出自舒婷：《舒婷诗》，长江文艺出版社，2012；洪子诚、程光炜编选：《朦胧诗新编》，长江文艺出版社，2009。

以此突出最后一节发出的"请把这一切放在你的肩上"的希望与寄托。在前五节中,第二与第四节均以"不,不是一切,/都像你说的那样!"一类短句对诗歌的第一、三、五节进行拆解。在第一节中,舒婷使用的是"不是一切……都……"的句式,到了第三节,句式转化为"不是一切……都……而不……",第五节则是对第一节与第三节句式的融汇,句式的交叉变换与诗句中连贯的"否定之否定"的意义逻辑相呼应,抒情的复沓促就情感张力的生成。尽管《一切》与《这也是一切》有不同的情感指向,但在诗行的排列、句式的使用上,却有耦合之处,"肯定"与"否定"迭现接出,节奏的滞停、舒缓、铿锵,造成诗歌内部音律的流动变化,最终呈现出来的,是与"诗人的呼吸"相关的诗学命题,"撼人的壮美"与"愈人的柔美",都讲述着生命的哲理与时代的哀思。相较《一切》铿锵有力的判断句式和刺痛心灵的话语表达,《这也是一切》在书写气势和理性思辨上,变得缓和。尽管两首诗都寓理于抒情,却产生出不同的艺术效果:前者将否定性抒情转向内心的呐喊,后者将否定性抒情瞬间翻转成肯定性抒情,在现实和命运之间达成和解。

回到《这也是一切》,诗题以诗信赠答的方式呈现。全诗六节形成了梯次的形式感和节奏结构,特别是第一节和第二节之间,以及第三节同第四节之间,分别形成了意义上的"结构—肌质(structure-texture)"关系。"新批评"理论家兰色姆认为"诗人努力在自己的格律(也即规整的语音结构)中开发属于它自身的肌质,这种肌质由格律变异构成。他这样做也是迫不得已,原因与驱使他在意义中建构意义肌质的考虑完全相同,只不过情形正好相反,这一点我们已经见过。意义必须适应格律,于是就产生了意义中的肌质,而格律必须适应意义,又产生了格律中的肌质"[①]。舒婷的诗中包含"大树—风暴""种子—土壤""真情—沙漠""梦想—翅膀""火焰—照亮""星星—黑暗—曙光"等多组具有本体性指涉关联的意象,这些带有生命希望的意象——"大树""种子""真情""梦想""火焰""星星"和"风暴""沙漠",以及带有否定性前缀的"土壤""翅膀""曙光",构成了多重内涵指涉和情感维度,在显在的逻辑结构与隐在的意象呼应建构起来的意义场域之间,形成张力的"肌质"和对撞的思辨性,有力支撑起诗人积极热忱的情感表达。在诗人眼里,即便是小小的"种子",也会有供养它生长的"土壤",更何况是"真情"和"梦想"——它们从不会在人心的"沙漠"里流失,也不会陨落为"被折断的翅膀",而是承载着诗人未被磨蚀的信念。

在"结构"和"肌质"之间,反复生成一种"对照呼应"和"对比反衬"的逻辑关系,诗人果决发声:"不,不是一切/都像你说的那样!"这种和解式的反讽,传递出坚定的信念。在诗的第三节,视觉、听觉、触觉层层推进,融为一体,诗人化解了悲伤情绪,打开个体与他者、主体与现实、信念和理想之间的沟通向度。第三节的形式也迥异于首节的排列呈现,以一种错落有致的"悬梁式"结构,形成对生存遭遇之痛的反思,映衬出人们对美好愿景的企盼。这些看似简单的话语表达,实际上蕴含着舒婷对"悲伤美学"的否定。诗人并不止于诗情表达上的朦胧、模糊的写意,还通过"重复"和"反复"的叠唱,加强对向真、向善、向美、向好的信念和追求。此外,诗人一如既往地,在情感流向的逻辑展现之后,坚定地表达着自我审视的态度,也初次显露出社会批判意识。

---

[①] [美]约翰·克劳·兰色姆:《新批评》,王腊宝、张哲译,文化艺术出版社,2010,第193—194页。

随着"文革"大潮逐渐退去，人们的思想也焕发新的生机；对伤痕历史与伤痛的回望和反思，触动着朦胧诗人们敏感而机警的神经。在青年人热血和理想的呼唤中，舒婷找到了一种合乎情、止乎理的情感宣泄方式：她不止于在诗歌中找寻心灵的安慰，还寻求心灵的对话，真正践行朦胧诗的艺术主张——"诗是诗人心灵的历史"。

诗的第五节连续使用六个"不是"，极具否定意味，语气自然而凝重。在每一个"不是"的后面，连缀的是带有否定意味的"都没有""都无法"和"都是灭亡"，以及"都……弱""都……踩""都……不"等词组或格式，构成了一种否定之否定的逻辑关系；和这些反向表达肯定意义的逻辑关系融合在一起的是"呼吁—回响""损失—补偿""深渊—灭亡""灭亡—弱者""心灵—脚下、泥里""眼泪血印—欢容"等对应性的意象。这些元素借助整齐划一的诗行排列融汇在一起，宣告诗人对一切无助的、不公的、黑暗的、无情的、冷峻的、残酷的世态的反叛，传递出对人情善美的推崇和对绚烂多彩的未来生活的向往。

正是因为始终怀有理想主义的审美追求，舒婷的朦胧诗写作才并没有隐晦艰涩的特征。黑暗落幕，黎明必将到来，而这一切的发生，肇始于现在。在最后一节，诗人采用了常规的传统的书写方式，没有独特的诗行形式，没有标新立异的诗歌结构，也没有清晰可感的诗歌意象，而是和整首诗的其他节保持了相对的一致性，将象征和隐喻贯穿其中，和前五节的诗歌内容形成了一种整体性的完美呼应："一切的现在都孕育着未来"，为了"未来"那一天的到来，舒婷号召人们：要心怀希望努力奋斗，保持一份勇敢的精神，带着勇气和使命感，将"这一切"放在肩上。

有人说，舒婷的这首诗是对北岛的朦胧诗《一切》的整体回应,也是对其诗歌主题和内涵的一种批评与否定,这一观点在后来也得到舒婷本人的回应:该诗并非为否定湖畔、批评北岛而作。这两首诗的共性在于对某种历史失落和未来无望的认同。正如著名诗评家谢冕先生所言:"舒婷创造了美丽的忧伤。"① 在美丽的忧伤背后,存在的却是可以影响很多青年人和大众阅读者的"内核式"的"爱"——自爱与爱人。《这也是一切》足以代表朦胧诗的时代表达,其中烙印着一代人的记忆。从情感经验看,同样是一泻千里的宣泄,同样是在表达"这也是一切"的意涵,西班牙女诗人萨拉·布约尔的诗作《只一个名字》少了些宏大主题的抒情,多了些更为亲切浪漫的想象、深邃的哲理和隐秘的生命体验:

> 我需要一个傍晚,为了理解生命的流动。/为了发现生命的走向,/我观察云的飘浮和鸟混乱的飞行。/我观察棕榈树,太阳,天空,玩耍的孩子们/明天会成为棕榈树或天空或一个梦的窗帘/不愿逃走的天竺葵们,会在那梦中梦见永远不可能的事情。/我观察一切,但这并不够。或者已是多余,因为它导致伤痛。/我依然在观察,整个夜晚和整个白天,观察海洋/时间的永恒,为了了解每个事物的内容,/为了懂得一切如何发生以及如何为它们命名。/你,如果知道,请帮助我。因为我要为一切命名。/我要用一个新的名字,创造我的云,我的月,我的城,/我的山,我的海,我的暴风雨,我的地平线,/我的太阳,我的天竺葵,我的爱,我的梦,我的生命之梦。/我在休息。我慢慢地,平静地观察自己,在平静的水中,/在水上的火中,在火上的空气中。/我发现自己赤裸着,轻轻地耕耘着感情,/赤裸的感情,没有名字,轻轻地抛锚在我心

---

① 谢冕:《20世纪中国新诗:1978—1989》,载吕进主编《中国诗歌年鉴(1995卷)》,中国新诗研究所,1996,第394页。

中。/ 我只需要一个与一切相似的名称。/ 用它来呼唤一切，亲爱的，只有你知道这个名称。①

对读完这两首诗会豁然明白为何有学者认为"舒婷那些处理'重大主题'，并带有理性思辨特征的作品（《土地情诗》《这也是一切》《祖国啊，我亲爱的祖国》等）总是较为逊色"②。客观地说，这一表述与其说是对诗艺的"控诉"，不如说是表明，当新的价值秩序重建，旧的美学规范即已落伍。反观舒婷早年创作并非纯然的小我，间或夹杂宏大的主题，如《祖国啊，我亲爱的祖国》，这首诗创作于1979年4月，诗意直白，清晰易懂，其"艺术随思想跨出了自我的天地一步"③；又如"我钉在 / 我的诗歌的十字架上 / 为了完成一篇寓言 / 为了服从一个理想 / 天空，河流与山峦 / 选择了我，要我承担 / 我所不能胜任的牺牲 / 于是，我把心 / 高高举在手中……"（《在诗歌的十字架上——献给我的北方妈妈》）。这些诗遗留政治抒情诗的豪迈气质，"我"依旧是笃定追求"革命"、被放置在公共情感中的"集体之我"。朦胧诗在发轫之时，主流诗界显然没有完全认知到其艺术观念上的进步意义，大多数诗人认可"郭小川、张志民、黄永玉（还有其他诗人）那时的诗，以及人民群众在天安门运动中写的诗，认为那才是富有战斗性的现实主义和革命乐观主义的诗"，甚至由此将"让人读不懂"的"很朦胧"的诗指责为"古怪诗"④。方冰赞扬梁小斌《雪白的墙》《中国，我的钥匙

---

① 赵振江编译：《西班牙当代女性诗选》，作家出版社，2001，第372页。
② 洪子诚：《〈朦胧诗新编〉序》，载《文学与历史叙述》，河南大学出版社，2005，第277页。
③ 周良沛：《有感"新的美学原则"的"崛起"》，载李建立编《朦胧诗研究资料》，百花洲文艺出版社，2018，第180—181页。
④ 丁力：《古怪诗论质疑》，载李建立编《朦胧诗研究资料》，百花洲文艺出版社，2018，第73页。

丢了》正是由于其"不但写得不朦胧，而且还很新颖，很好"，"不过写得曲折一些，诗意是很清楚的"，而对于顾城的《远和近》《弧线》，则批判道："怎么读也读不懂，如坠五里雾中，不知道作者为什么要写这样的诗。"[1]正是在这样的意义上，《祖国啊，我亲爱的祖国》《这也是一切》这类在"政治抒情"脉络上展开的诗受到较高评价，成为主流诗界最先能接纳的作品，其思想情绪积极、昂扬，更多地表现出与社会主义文化传统的某种和谐性，更符合人们心理知觉上惯性的"定位期待"，美学风格更易于被接受。从最初的《朦胧诗选》《五人诗选》到《朦胧诗新编》，随着一部部诗歌选集的推出，舒婷的经典诗作广为传播。《朦胧诗选》于1985年11月由春风文艺出版社出版，在编选顺序上，舒婷的位置仅次于北岛，入选29首诗之多。随后，1986年12月作家出版社编选的《五人诗选》，再次巩固了北岛、舒婷、顾城、杨炼、江河五位"朦胧诗人"的历史地位。在2004年，由长江文艺出版社出版，洪子诚、程光炜编选的《朦胧诗新编》中，收录舒婷诗作38首。经历了各方的争鸣以及文学史的层层筛选，舒婷的诗作已嵌入当代文学史中。

**二、《致橡树》与当代女性的独立宣言：以"爱情"为历史脉络的考察**

1977年3月，舒婷与蔡其矫在鼓浪屿散步时，就"女性话题"发生争论，舒婷道："天下男人（不是乌鸦）都一样，要求着女人外貌、智慧和性格的完美，以为自己有取舍受用的权利。其实女人也有自己的选择标准和更深切的失望"[2]。当天夜里，舒婷"夜不

---

[1] 方冰：《我对于"朦胧诗"的看法》，载李建立编《朦胧诗研究资料》，百花洲文艺出版社，2018，第22—23页。
[2] 舒婷：《都是木棉惹的祸》，载《真水无香》，作家出版社，2007，第108页。

能寐",发出振聋发聩的呼唤,完成《橡树》,次日将其赠予蔡其矫,后在北岛的建议下把《橡树》改为《致橡树》[1]。舒婷的回忆与艾青写给蔡其矫信中所言收到"一个不知名的人写的诗'橡树'"[2]正好呼应。1979 年 4 月,《致橡树》在《诗刊》发表后,以鲜明的女性意识、独立的人格精神和对爱情的热烈呼唤,引起广大青年的强烈共鸣。这首诗也影响过几代读者,入选多种诗歌选本及中学语文课本[3]。作为舒婷最广为人知的诗作,《致橡树》一反此前创作的《赠》和《无题》两首爱情诗中显露出来的温和的女性立场,诗人开始反思和挑战千百年来女性卑微的命运和处境,突破传统观念对女性角色的塑造,高扬平等、纯洁、真诚的生命价值观和爱情观,以叛逆之姿重塑受男权压抑的当代女性形象,掷地有声地为长期处于失语状态的女性喊出人格独立、男女平等、生命自主、精神自由的渴望之声。

从题目显见,"致"将橡树拟人化,橡树不是普通男子的象征,确切地说它寄寓了新时期女性所慕求的伟岸挺拔的男子形象。这首诗刚刚流传开来,橡树就很快被符号化,成为理想恋人的代名词;众多女性在《致橡树》中不仅看见了自己,也遥感到理想中的"他"。当时的社会中,不少年轻的知识女性会询问:我的橡树何时

---

[1] 舒婷在散文中写道:蔡其矫把这首诗"带到北京,给艾青看。北岛那时经常去陪艾青,读到了这首诗,经其矫老师的介绍,1977 年 8 月我和北岛开始通讯。前些日子,因为王柄根要写蔡其矫的传记,我特意翻找旧信,重新读到北岛 1978 年 5 月 20 日信中这句话:'橡树最好改成《致橡树》……这也是艾青的意思。'"见舒婷:《都是木棉惹的祸》,载《真水无香》,作家出版社,2007,第 108 页。
[2] 邱景华:《海的子民:蔡其矫年谱新编》,海峡文艺出版社,2022,第 226 页。
[3] 1982 年诗集《双桅船》出版并获奖后,《致橡树》和《祖国啊,我亲爱的祖国》多次被选入中学语文教材。例如,1990 年《致橡树》与流沙河的《就是那一只蟋蟀》组成"中国当代新诗两首",收入人教版高中语文教材,这套教材一直沿用至 1997 年。1997 年,该教材将《致橡树》替换为《祖国啊,我亲爱的祖国》一诗;2003 年,《致橡树》再次被收入人教版高中语文教材。

出现?

> 我如果爱你——
> 绝不像攀援的凌霄花
> 借你的高枝炫耀自己；
> 我如果爱你——
> 绝不学痴情的鸟儿
> 为绿荫重复单调的歌曲；
> 也不止像泉源
> 长年送来清凉的慰藉；
> 也不止像险峰
> 增加你的高度，衬托你的威仪。
> 甚至日光，
> 甚至春雨。
> 不，这些都还不够！

诗歌开篇选择了一个虚拟句式"我如果爱你"，这是舒婷的书写策略，以虚拟句式先入为主地亮出抒情主人公的立场，表达的是"我爱你我就会——"的主动姿态。千百年来，置身于封建纲常礼教最底层的女性，对男性的依附心理根深蒂固，她们甘愿作为"第二性"① 从属于男性，从而丧失了独立人格，更丧失了选择恋人、主动恋爱、抉择命运的权力。借这个意涵丰富、情感指向明晰的虚拟句式，诗人率真勇敢地宣告了她的爱情观，通篇毫无矫情造作，毫无顾忌牵制。与橡树的理想形象相对立，诗人勾画出一系列别有喻指的意象群："攀援的凌霄花""痴情的鸟儿""泉源""险峰""日

---

① [法]西蒙娜·德·波伏娃：《第二性》，陶铁柱译，中国书籍出版社，1998。

光""春雨",它们各有指称:"攀援的凌霄花""痴情的鸟儿"分别指称攀附和依从心理强或利用爱情抬高身份、甘于成为丈夫附庸的女性;"泉源""险峰""日光""春雨"指称那些缺少女性独立意识和人格,甘于做家庭陪衬、丢失自我的女性……"绝不""也不止"等词语,则以决绝之姿态对上述女性的选择给予彻底的否定。诗人划破时代的长空,掷地有声地发表了新时期女性人格独立的宣言,拉开了女性自主的序幕。

截至目前,对《致橡树》的解读大致存在以下几种声音:《致橡树》体现了舒婷的爱情观,也象征着人与人之间的一种关系[1],亦可视作新时期女性人格独立的宣言[2],"表达对独立个体(尤其是女性)人生价值的追求"[3],同时也可以当作诗人对艺术的一种理解[4]……诸多阐释中鲜少有从爱情的问题化视角去审视《致橡树》的文学史意义,分析这首诗为何被众多青年女性当作"爱情"宝典的[5],以及在特定的历史机制中它是如何突破时代的意识形态或话语范式而轰动一时,并影响至今的。

舒婷认为爱情中规范的"理想自我",在于将自身视为与男性无差异的主体,拥有不受他人干扰而主宰行动的权利,她曾言明:"花和蝶的关系是相悦,木和水的关系是互需,只有一棵树才能感受到另一棵树的体验,感受鸟们、阳光、春雨的给予。夜不能寐,

---

[1] 王庆生主编:《中国当代文学史》,高等教育出版社,2003,第514页。
[2] 吴思敬:《舒婷:呼唤女性诗歌的春天》,《文艺争鸣》2000年第1期。
[3] 洪子诚、刘登翰:《中国当代新诗史(修订版)》,北京大学出版社,2005,第191页。
[4] 刘登翰:《从寻找自己开始——舒婷和她的诗》,《诗探索》1980年第1期。
[5] 舒婷曾提及《致橡树》被众多青年女性当作"爱情"宝典使她惴惴不安。见舒婷:《何事神女九天上(外一篇)》,载《广西文学》杂志社编《在半空中飞翔》,漓江出版社,2017,第19页。

于是有了《致橡树》。"①舒婷无非是想表达新时期女性朴素的择偶观,她不仅反叛千百年来封建道德理念和男权社会对女性身心造成的种种压抑和规约,还对现代知识女性在革命视域中将"爱情"工具化以及去女性化等思想发出挑战,她开始思索女性是否能够以及如何通过爱情赢得生命的尊严,获得与男性人格相应的平等地位:"我必须是你近旁的一株木棉,/作为树的形象和你站在一起。/根,紧握在地下,/叶,相触在云里。/每一阵风过,/我们都互相致意,/但没有人/听懂我们的言语。"《致橡树》中呈现出的情感,在很大程度上是曾经不可言说的"女性感觉",诗人把这种捉摸不定、虚无缥缈的情绪具象化,"木棉"和"橡树"是舒婷对理想爱情关系的体认。"别人听不懂的言语"是爱人间的密语,生活不仅离不开浪漫之爱,而且凭借爱情的救赎力量,理应能够建立一个更加理性化和人性化的二人世界。该诗将激动之情贯穿始终,接近宏大叙事的语调;舒婷的思想也无法完全与"宏大叙事"断裂。然而,在更为隐秘的层面上,舒婷选择"橡树"与"木棉"两个意象并非偶然。首先,她敏锐而感性地捕捉到"橡树"和"木棉"与两性的本质关联。前者更巍峨阳刚,冷峻挺拔,骁勇坚毅;后者以其枝头红艳的花朵闻名——一方面具有女性的表征,另一方面可用以比喻火热的情感。两个意象被诗人拟人化为"你"和"我",明示出男女的角色归属:"你有你的铜枝铁干,/像刀,像剑,/也像戟;/我有我红硕的花朵,/像沉重的叹息,/又像英勇的火炬。/我们分担寒潮、风雷、霹雳;/我们共享雾霭、流岚、虹霓。"

对橡树,诗人毫不掩饰赞美之情;对木棉,她肯定了其阴柔中负荷沉重的美德和热烈、博大的情感与胸怀。妇女解放的道路是漫

---

① 舒婷:《硬骨凌霄》,载《你丢失了什么》,吉林人民出版社,1996,第85页。

长的,鲁迅早在《伤逝》中便揭橥了爱情的虚伪性——爱情无法为女性带来人生出路。舒婷辨识出爱情的"陷阱",她指涉"橡树"和"木棉"是独立平等的生命个体,精神独立、各有魅力、相互支持。同时她更理性地洞见到,如果长期缺乏远大的志向或更高的生活目标,爱情终究会消亡。黑格尔声称:"爱情在女子身上特别显得最美,因为女子把全部精神生活和现实生活都集中在爱情里和推广成为爱情,她只有在爱情里才找到生命的支持力;如果她在爱情方面遭遇不幸,她就会象一道光焰被第一阵狂风吹熄掉。"①诗中"沉重的叹息"喻指女性生活中的艰辛、女性解放历史的坎坷。舒婷已然意识到爱情的内在风险,作为女性,需要背负超出想象的沉重历史与现实。此外,舒婷对男性的认识承袭了传统象征的指向,她以"刀""剑""戟"作喻,表达了对男性"阳刚""勇敢"等人格特质的欣赏。最后两句直接阐明诗人所憧憬和渴望的爱情状态:心灵相契,各抒自性;平等共进,风雨携行。在此基础上,她直陈"伟大的爱情":"仿佛永远分离,/却又终生相依。/这才是伟大的爱情,/坚贞就在这里:/爱——/不仅爱你伟岸的身躯,/也爱你坚持的位置,脚下的土地。"一方面,爱情中不以消弭自我的个性而迎合对方,精神独立且各自保持性别魅力、独立特质和社会角色,彼此平等、自由和相互理解尊重是舒婷对"忠贞"的现代阐释;另一方面,"仿佛永远分离,/却又终生相依"是她对伟大爱情的界定。一个"却"字显示出舒婷内心的矛盾与软弱性,她的寻求依托、庇护之意,显然是被历史秩序规训出的"惰性"残存。回溯历史,丁玲早在20世纪30年代初创作的短篇小说《一九三〇年春上海》中即已开启认知、探求和承认"弱质性别"的力量,女主人公美琳的

---

① [德]黑格尔:《美学(第二卷)》,朱光潜译,商务印书馆,1979,第327页。

终极目标已经不在于一个女人要找到"合适的男人",而在于对女性社会潜能的持续追问①。比较而言,舒婷对女性意识的探索并未拓展至更远,她没有跳脱出传统观念男强女弱的思维定式,而选择以政治伦理终结全诗:"不仅爱你伟岸的身躯,/也爱你坚持的位置,脚下的土地。""脚下的土地"可以理解为其事业,更意指其深爱着的祖国。回溯 1977 年的历史语境,不难理解这首诗所烙印的 20 世纪 70 年代诗歌的某种宏大叙事,作为当代青年,舒婷借由对爱情的呼喊,兼及抒发了她对祖国真挚的热爱。同样是倾诉爱情的诗篇,我们从《致橡树》中读出的是倾诉和呼喊,而从艾米莉·狄金森写于 1860 年的《我的河流奔向你——》中看到的却是未有回应的诉求:"我的河流奔向你——/蓝色的大海!你可欢迎我?/我的河流等待回答——/啊,大海——浩瀚又优雅——/我将从偏僻的各地/带给你一条条小溪——/说啊——大海——接纳我!"②

把两首诗对读会发现,"橡树"与"海洋"分别象征两位女诗人理想爱情观中的男性。《我的河流奔向你——》中女性的爱情姿态更显谦卑——等待或诉求被"接纳";而《致橡树》中"我"和"橡树"构成镜像之思,观看的主体是女性的"我","橡树"始终处于被描绘、被想象、被塑造的镜像之中,这种主动自觉的写作姿态,便于诗人以对话的抒情方式剖析女性在两性关系中的身份归属,以倾吐心扉的语气展开女性对理想恋人、美好爱情的期望和想象……无论从诗题主旨、意象塑造还是情感开掘的维度,集合了朦胧美、含蓄美、弹性美的《致橡树》都开启了新时期女性高唱两性平等的爱情新诗篇,标志着一代女性的觉醒,成为现代女性争取尊严、呼

---

① 载《小说月报》1930 年第 21 卷第 9 期、第 11 期、第 12 期,写一对青年夫妇子彬和美琳的爱情生活。
② [美]艾米莉·狄金森:《我的河流奔向你——》,载《艾米莉·狄金森诗选(1~300首)》,周建新译,华南理工大学出版社,2013,第 178 页。

唤平等爱情的"里程碑",也为翟永明、伊蕾、王小妮等紧随其后的女诗人树立了灯塔,提供了可资借鉴的范本以及超越的标杆。当时舒婷在诗坛的影响力从唐晓渡的回忆片段中足以管窥:"一九八三年最早介绍我和翟永明认识的朋友就是这样说的:'这是我们四川的小舒婷。'"① 文学的影响常常存在奇妙的互生关系,翟永明等女性诗人的躯体写作后来又渗透到舒婷20世纪90年代的创作中,以《残网上的虫蜕》等基于女性生命本体体验的诗歌作品为代表,舒婷亦主动参与到丰富90年代女性诗歌话语建设的写作中。

### 三、玫瑰之光:女性视域下的生命本质和爱情观

舒婷善于洞察同时代女性不为人知的心灵创伤,将女性群体的命运投放于历史的舞台。这类作品带来的冲击力并不在于为女性久长的困苦提出了多么完美的解决路径,而在于立体化了那些被"阉割"了主体意志的女性。除了《致橡树》,对新时期女性诗歌造成影响的还有《神女峰》和《惠安女子》,这三首诗并列为舒婷的名篇。神女峰坐落于长江巫峡,作为女性坚贞的化身,一直为文人墨客所礼赞。关于"神女峰"的最早记录出自宋玉的《高唐赋序》,后来神女苦苦等待心上人而化为山峰的传说世代相传。《神女峰》不仅将民间"神女望夫,久而化石"的故事转化为诗歌意象,而且首次直击这一神话的悲剧内核以及不为人关注的"美丽的忧伤"——对女性颂扬的表象背后隐含着对女性生命欲望的压抑和遮蔽。在跨时空的生命对视中,诗人消解了被男权社会塑造出来的女性偶像,戳穿强加在神女峰上的陈腐的封建道德观念,鼓励女性走向生命觉悟,背弃对男性愚忠的信条,尊重现代生命的欲望表达,审视和

---

① 唐晓渡:《谁是翟永明?》,《当代作家评论》2005年第6期。

反思几千年传统文化中女性的生存困境:"在向你挥舞的各色花帕中 / 是谁的手突然收回 / 紧紧捂住了自己的眼睛 / 当人们四散离去,谁 / 还站在船尾 / 衣裙漫飞,如翻涌不息的云 / 江涛 / □□高一声 / □□□□□低一声 // 美丽的梦留下美丽的忧伤 / 人间天上,代代相传 / 但是,心 / 真能变成石头吗 / 为眺望远天的杳鹤 / 而错过无数次春江月明 // 沿着江岸 / 金光菊和女贞子的洪流 / 正煽动新的背叛 / 与其在悬崖上展览千年 / 不如在爱人肩头痛哭一晚"(《神女峰》)。

贯穿全诗的是一种纪游式的感兴,在观赏美好的自然景象和文化景观的同时,那兀然独立千年的神女峰深深触碰了诗人敏感深邃的情思,也促进了新时期女性的主体意识和婚姻观的觉醒和确证。"是谁的手突然收回 / 紧紧捂住了自己的眼睛",女性情思的震动体现在一系列动作细节上,诗人捂住眼睛,从热闹的游览现场回归内心,冷静地反思神一样屹立山头、被人膜拜的"千年偶像"吸引人们前来瞻礼的真正原因。诗人采取反问式的自问自答:"心 / 真能变成石头吗 / 为眺望远天的杳鹤 / 而错过无数次春江月明"。这暗合了舒婷在《原色》中所写的"灿烂只有一瞬 / 痛苦却长长一生"。"石头""远天""杳鹤"与"春江月明"构成两组情感反差强烈的意象,冷漠、孤寂的生命处境与富有生气的"无数个"生活日常交织碰撞,进而,诗人勇敢地"煽动"起古老的"背叛"——针对要求女性从一而终的封建节烈观的彻底反叛。即使在悬崖上展览千年,作为男权的祭品被后来者称赞,却了无主体的存在感、自主性和生命选择的权利,女性的自由和道德被男权世界绑架后,唯剩一具石像可以证明自己的价值……神女峰得到世代的传颂,有其深层的社会与文化因由,它早已变为封建道德礼教束缚女性的标尺。"贞节"光晕美化着男权世界对女性的摧残,藏匿着旧道德对人性的刈杀以及对性欲的压抑。更为残酷的是,后人还要世代顶礼,承袭她的"贞节"荣誉,觉知至此,诗人发出千百年来被封建礼教捆缚的女性的真实心声:"与其在悬崖上展览千年/不如在爱人肩头痛哭一晚"!这一声呐喊,打开新时期觉醒女性崭新的诗写天地,20世纪80年代,呐喊的余音不断激活和壮大中国当代女诗人的队伍,从王小妮、翟永明、伊蕾、张真、陆忆敏,到唐亚平、海男、唐丹鸿、张烨……她们均留下了蜚声海内外的优秀诗篇。

很多诗人的散文都可作为其诗歌的补注来读,舒婷亦然。1995年她创作的散文《女祠的阴影》,可视为《神女峰》的"姊妹篇"。这篇散文讲述了一个类似于"神女"的现代女性的故事,也是一名典型中国女子的一生:一位农村女子从十八岁嫁入夫家,终日操劳忙碌,不料丈夫却与别人私奔,然而面对此景,这位女子义无反顾地担负起照顾夫家的责任,一人含辛茹苦地把四个小叔子拉扯长大,并培养他们考入名牌大学,她由此被视为女德的楷模。舒婷质疑类似的歌颂,她联想到安徽歙县的烈女牌坊,指认这些烈女牌坊是《列女传》的延续。可惜的是,诗人的反叛也不够彻底,这首诗亦有其局限——将自己的幸福寄托在爱人肩头,对女性未来道路的整体想象并未跳出男权社会的藩篱。

《惠安女子》也表现出舒婷对当下女性命运的关怀,充溢着对生命韧力的吟咏。在这首诗中,舒婷的诗艺和思想达到了一个新的高度,她没有在抒情性独白取得卓然的创作成绩后固步自封,而是以庄重凝练的语言风格增强思想的深透和力度。舒婷深切关照惠安女性的生存状况,自觉将思考延展到传统礼教中的"看"与"被看",谴责"扁平化"的形象吞噬惠安女性的心灵,呼吁生命的热情与自我的觉醒:"野火在远方,远方/在你琥珀色的眼睛里//以古老部落的银饰/约束柔软的腰肢/幸福虽不可预期,但少女的梦/蒲公英一般徐徐落在海面上/啊,浪花无边无际//天生不爱倾诉苦难/

并非苦难已经永远绝迹／当洞箫和琵琶在晚照中／唤醒普遍的忧伤／你把头巾一角轻轻咬在嘴里／／这样优美地站在海天之间／令人忽略了：你的裸足／所踩过的碱滩和礁石／于是，在封面和插图中／你成为风景，成为传奇"。

诗人将自己的见闻切割、分解成具体的场景，附物陈情，通过精练的语言、精确的意象来展现所感，赋予全诗丰富的阐述空间。"琥珀色的眼睛""古老部落的银饰""柔软的腰肢"使惠安女子的形象跃然纸上。惠安女子的形象因为风格迥异的美被制成封面和插图，成为人们眼前亮丽的"风景"，而又有谁关注过她们站在海天之间，裸足踩过碱滩和礁石的艰辛和悲苦命运呢："惠安女子的装饰世人多有美誉，但从她们以婀娜的身姿抬动巨石的形象看，这美丽的背面却包蕴着多少难以形容的悲苦和沉重。"① 在习常的风景中，女性被世人"物化"或异化，这不仅是惠安女子的遭遇，更是在男性凝视下所有女性共同的命运。诗人"以批判的视点提醒世人注意普通人的价值，并呼吁人与人之间的理解与心灵沟通"②，希望大众能够共情惠安女子的"创伤"，呼唤人们关注女子苦难的历史和现实境遇，让对女性的关切回归到"人本身"。舒婷的《碧潭水——惠安到崇武公路所见》可视为《惠安女子》的姊妹篇。此外，1991 年创作的散文《梅在那山》③是舒婷对相关问题思考的延续：金泉媳妇是一个受迫害的农村妇女形象，父亲为了还债，把大队会计领进了她的房里，在她怀孕后却把她嫁给了娶不起媳妇的金泉。金泉在婚后迫于精神压力自杀了，而她却麻木隐忍地继续活了

---

① 谢冕：《抬石头的女人》，载《一条鱼顺流而下》，百花文艺出版社，2011，第127 页。
② 谢冕：《在诗歌的十字架上——论舒婷》，《文艺评论》1987 年第 2 期。
③ 舒婷：《梅在那山》，载《舒婷散文》，长江文艺出版社，2012，第 99—101 页。

下去。这是一个群体对另一个群体的霸凌,揭露了男权社会中女性的弱小与麻木。

舒婷还有一类表现男女爱情的诗歌,试图通过复杂的内心冲突,借由局部或整体的象征,为爱寻找解脱之路。"隔着永恒的距离/他们怅然相望/爱情穿过生死的界限/世纪的空间/交织着万古常新的目光/难道真挚的爱/将随着船板一起腐烂/难道飞翔的灵魂/将终身监禁在自由的门槛"(《船》)。反问语气的叠现表达出诗人坚贞的爱情观。"四月的黄昏/仿佛一段失而复得的记忆/也许有一个约会/至今尚未如期/也许有一次热恋/永不能相许/要哭泣你就哭泣吧,让泪水/流呵,流呵,默默地"(《四月的黄昏》)。诗人意识到,由于对"爱情"无限期待而营造出的美好遐想,可能会遭遇被"抛弃"的结局。在同类诗篇中,舒婷总是刻画女性"暗恋者"的形象,她们受本能驱动,直面自己的心灵并说出永恒的誓言,却还没有修炼出主宰内心情感的能力,因而执着、细腻敏感却默默无闻:"我为你举手加额/为你窗扉上闪熠的午夜灯光/为你在书柜前弯身的形象/当你向我袒露你的觉醒/说春洪重又漫过了/你的堤岸/你没有问问/走过你的窗下时/每夜我怎么想/如果你是树/我就是土壤/想这样提醒你/然而我不敢"(《赠》);"我真想甩开车门,向你奔去/在你的肩膀上失声痛哭://'我忍不住,我真忍不住!'//我真想拉起你的手,/逃向初晴的天空和田野,/不畏缩也不回顾。//我真想凝聚全部柔情,/以一个无法申诉的眼神/使你终于醒悟;//我真想,真想……/我的痛苦变为忧伤/想也想不够,说也说不出"(《雨别》);"呵,友人/几时你不再画地自狱/心便同世界一样丰富宽广//我愿是那顺帆的风/伴你浪迹四方……"(《春夜》)。尽管当所有的行为涉及真挚的情绪时,似乎都具有潜在的可辩护性,但女主人公们是"勇者",更是过时的榜样。女性的暗恋委婉动人,对暗恋对象的理解和关切更充满了卑微的意味，盲目和非理性的爱恋隐含着丧失主体性的危险，通常也不会使人抵达真正的幸福。那么，理想的爱情该是怎样的呢？在《双桅船》中，诗人给出答案："雾打湿了我的双翼／可风却不容我再迟疑／岸呵，心爱的岸／昨天刚刚和你告别／今天你又在这里／明天我们将在／另一个纬度相遇／／是一场风暴、一盏灯／把我们联系在一起／是另一场风暴、另一盏灯／使我们再分东西／不怕天涯海角／岂在朝朝夕夕／你在我的航程上／我在你的视线里"。《双桅船》以"船"和"岸"比拟爱人的相依相离，也暗含爱情与理想的交融，爱恋不是无法达成的理想，女性的困境也不是无解的，共同承担不失为女性生存的尊严；对于恋人而言，共同承担的意识，不仅指涉表层的情绪，更探入灵魂的交流层面。

婚姻不是"爱情"的解决方案，甚至会成为问题本身。20世纪90年代后，舒婷体验到婚姻的真实和诡诞，在家庭生活内部，舒婷感受到要享有一定程度的道德权威，代价是必须甘愿让出某些自由："就是在日常生活中，我若能横下心来和八十四岁的婆婆闹崩一次，或许就能免去每日里不计其数的关心与侵扰。然而由于传统家教，由于知识分子的良知与人道主义，我虽然头痛欲裂，却也不能撇下老人另住。"① 这是舒婷对自己日常生活的观照，古老守旧的儒家婚姻与浪漫主义的爱情婚姻理想背道而驰，中国女性为了成为一名"贤妻"而必然要内化这种局限。婚姻成为这一阶段舒婷创作和思考的核心资源，她开始大胆涉猎"婚外恋""性心理"等敏感主题："女人是水性杨花／俚曲中一阕古老的叠句／放逐了无数瓣火焰的心"，"说女人是清水做成的／那怡红公子去充了和尚／后人替

---

① 舒婷：《两栖女性》，载《舒婷随笔》，长江文艺出版社，2012，第70页。

他重梦红楼","女人的爱/覆盖着五分之四地球哩/洛神是水/湘妃是水","临水为镜的女人每每愈加软柔/一波一波舒展开/男人就一点一点被濡湿了"(《水仙》)。诗人秉持爱的信念理解和尊重女性生命与情欲的体验,既本真又自然,超越了纯精神描写的范畴,完成了一场观念的革命。

## 第二节　朦胧诗写作期的艺术特质

### 一、含摄万千的浪漫主义诗风

　　如前所述,为新时期文学体制所接纳的朦胧诗,仍然更多地表现出与社会主义文化的同质感,尤其是对"英雄"主体的想象。20世纪80年代,舒婷极为清晰地认识到他们这一代诗人与第三代诗人的不同之处:"我们这一代诗人和新生代的重要区别在于,我们经历了那段特定的历史时期,因而表现为更多历史感、使命感、责任感,我们是沉重的,带有更多社会批判意识、群体意识和人道主义色彩。新生代宣称从个体生存出发,对生命表现出更多困惑、不安和玄秘。"① 无法抹去的历史记忆和时代创痛深深烙印在诗人的生命中,恰如海德格尔曾提出的"被抛"的境况,曾陷入其中的舒婷很难快速摆脱相关影响。1981年,她创作了《会唱歌的鸢尾花》,可以看作"她个人生活面临一个新的转折时在创作上的一次总结"②,该诗深刻地揭示了舒婷作为一名女性和一位诗人,情感与事业、个人与时代之间存在的种种矛盾,之后舒婷主动进入沉潜阶

---

① 舒婷:《不要玩熟我们手中的鸟——上海国际笔会的发言稿》,载《舒婷随笔》,长江文艺出版社,2012,第215页。
② 刘登翰:《会唱歌的鸢尾花——论舒婷》,《文学评论》1985年第6期。

段,《会唱歌的鸢尾花》标志着诗人的创作从浪漫的抒情形态开始转向冷静沉凝的现代书写。

20世纪90年代,市场经济迅速崛起,文学从社会生活的中心被排挤到边缘,部分诗人纵身跃入市场经济的大潮,部分诗人移居海外,诗坛整体弥散着萧瑟的气氛,这也影响到舒婷诗风的转变。舒婷深刻地意识到,像20世纪70年代末80年代初那种代表"一代人"的呼声,已经难以引起读者的共鸣。诗人借助西方"世纪末"颓废的、唯美的艺术趣味,打碎了自身的经验装置,完成了对过往诗歌风格的颠覆。"落日/廓出斑驳的音阶/□□向浓荫幽暗的湾水/□□逆光隐去的/□□是能够次第弹响的那一只手吗/秋随心淡下浓来/□□与天□与水/各行其是却又百环千解"(《水杉》)。该诗不再有舒婷早期作品亢奋激昂的情绪,而是对生命本真与神秘的思考。创作于1997年的《最后的挽歌》由七章构成,从伟大楷模的消解到对现代科技的担忧,从对现代生活的不解到对世纪末中国出现的各种光怪陆离现象的反思,诗人警觉到挣脱了集体主义社会秩序进入市场社会的个体得到的所谓"自由",不过是跌入另一张"网"。陈仲义曾评价舒婷早中期作品的特质:"纵观舒婷全部作品,特别是早中期所体现出来的那种如泣如诉,较为曲致深婉的情调恰恰表明她内在心理图式——其情感机制相当亢奋,即思维的情感性在心理能量中占据了较大优势,而其他心理要素,诸如感觉、幻想、错觉、联想、潜意识、理念相对要显得贫弱些。换句话说,正是情感优势中心的强大统摄,女诗人心灵的各种激流波澜,才以压倒性的态势聚集在各自的喷射口。"① 相较于早期诗歌的浪漫主义特质,其中后期的诗歌视角更为广阔,思想性更强,但也丢失了早期

---

① 陈仲义:《中国朦胧诗人论》,江苏文艺出版社,1996,第72页。

创作中自觉的历史意识。

最能代表其早期浪漫主义诗风的是《祖国啊，我亲爱的祖国》①一诗，作为朦胧诗的代表性佳作，这首诗在读者心中留下无可替代的深远影响，成为在不同场合经久诵读的名篇："我是你河边上破旧的老水车，/数百年来纺着疲惫的歌；/我是你额上熏黑的矿灯，/照你在历史的隧洞里蜗行摸索；/我是干瘪的稻穗；是失修的路基；/是淤滩上的驳船/把纤绳深深/勒进你的肩膊；/——祖国啊！//我是贫困，/我是悲哀。/我是你祖祖辈辈/□□痛苦的希望啊，/是'飞天'袖间/千百年来未落到地面的花朵；/——祖国啊！//我是你簇新的理想，/刚从神话的蛛网里挣脱；/我是你雪被下古莲的胚芽；/我是你挂着眼泪的笑涡；/我是新刷出的雪白的起跑线；/是绯红的黎明/□□正在喷薄；/——祖国啊！//我是你的十亿分之一，/是你九百六十万平方的总和；/你以伤痕累累的乳房/喂养了/迷惘的我、深思的我、沸腾的我；/那就从我的血肉之躯上/去取得/你的富饶、你的荣光、你的自由；/——祖国啊/我亲爱的祖国！"②诗人对"祖国"母亲精细化的历史书写和浓郁彻骨的"爱"，深深打动着不同时代的读者。一个"亲爱"的称呼，喊出了多少从政治禁锢和文化戕害的"文革"中走出的知识青年的心声，道出他们对家国兴旺、民族兴盛、人人向善的期盼和祝福。被遮蔽的青春和残破的情感记忆，都在"我"的内心里，转化成"爱"的乳汁，滋润每

---

① 1980年，《祖国啊，我亲爱的祖国》获全国中青年优秀诗歌作品奖。1997年，人教版高中语文教材将《致橡树》替换为《祖国啊，我亲爱的祖国》。

② 舒婷：《舒婷诗》，长江文艺出版社，2021，第33—34页。《祖国啊，我亲爱的祖国》在发表过程中有多种题目：1979年首次发表于《诗刊》时题目为《祖国呵，我亲爱的祖国》，后来较为普遍使用的题目是《祖国啊，我亲爱的祖国》，还出现过《祖国，我亲爱的祖国》等题目。故本书引用较普遍的《祖国啊，我亲爱的祖国》。

一个曾经遭受困厄、伤害、遗弃、贬抑的青年的心田,奋斗与重生的蓬勃生机,祝福和期冀的热诚激励,积聚为强大的爆发力,诗人渐次高涨的情感以多处音节的复沓和"我是……"的句式排山倒海地铺展开来,结尾以"——祖国啊/我亲爱的祖国!"的情感告白将全诗推向高潮。

在那个黎明破晓的时代,这首感染力强大、意象鲜明的现代抒情诗不仅表达了抒情主人公赤诚坦荡的爱国情怀,还因"我"与"祖国"之间巨大的阐释空间和丰富的艺术内涵而为不同层面的读者接纳认同并广为传诵。全诗情感丰沛饱满,节奏铿锵回环,意象生动,浓缩了一代人的深情呼喊。实际上,这首抒发爱国情怀的抒情诗,别有朦胧的思辨性。这首诗创作于1979年4月,并在1979年《诗刊》第7期上发表。此时的舒婷,只有27岁。1969年,17岁的舒婷作为知识青年开始了下乡插队生活,她回忆说:"六九年我与我的同代人一起,将英语课本(我的上大学的梦)和普希金诗抄打进我的背包,在撕裂人心的汽笛声中,走向异乡。月台上,车厢内一片哭声。"① 只念了初中二年级并未毕业的舒婷,就这样带着迷茫离开了家人,开始了一段乡下生活。出于独生子女身份被照顾的政策原因,她于1972年返回厦门,随后几年先后在建筑公司、织布厂、灯泡厂工作,成为地道的流水线女工。在灯泡厂从事焊锡工作的日子里,舒婷白天工作,晚上偶尔写作。工作的枯燥劳累,带来的是心理与精神上的压抑感,她说:"我写《祖国啊,我亲爱的祖国》时正上夜班,我很想走到星空下,让凉风冷却一下滚烫的双颊,但不成,我不能离开流水线生产。"② 写诗成为舒婷开启自我救

---

① 舒婷:《生活、书籍与诗——兼答读者来信》,《福建文学》1981年第2期。
② 舒婷:《生活、书籍与诗——兼答读者来信》,《福建文学》1981年第2期。

助的有效方式——从最初无意识地开启诗途,到逐渐把诗歌创作当作自我拯救的手段,由此而言,《祖国啊,我亲爱的祖国》多少承载着诗人的精神救赎。

从艺术视角回溯,《祖国啊,我亲爱的祖国》在当时绝非徒有虚名。从整体的抒情结构看,该诗具有历时的张弛度和秩序的美感。全诗以对"祖国"直抒胸臆的热爱立题定意,题目提纲挈领,统领全诗,带情入诗。诗的第一节,立足于抒情主体第一人称"我"的视角,用并行不悖、分层达意的手法,审视十年浩劫之后"祖国"大地上的不同景观,毫无违和感地将自我的存在同"祖国"的生命融为一体,以"老水车""矿灯""稻穗""路基""驳船"等意象化的主体身份,参与到对"祖国"历史遭际的正面书写之中,彰显出知识青年应有的爱国情怀和责任担当。诗人用"破旧的""熏黑的""干瘪的""失修的"和"淤滩上的"等修饰词语和带有破落衰败色彩的情感投射,将灾难下历史的缩影,象征化地表现了出来。历史的劫难并非人们所愿,孤寂中的诗人隐匿了无可逃脱的精神伤痛,自觉承载起深沉的精神苦难,以不冒进、不喧嚣的方式,表达出对"祖国"的热爱和不离不弃的深情,昭示着"我"与"祖国"主体性观照之间生死相依、同体共振的呐喊——"祖国啊!"这一声呼唤,在"爱"与"痛"的情感抒发中久久回响。

之后,诗人进一步写到祖国的"贫困""悲哀",以及由此引发的对"希望"和"花朵"等美好事物的渴望。诗的第二节直抒胸臆,直面现实中祖国的苍凉和贫困,"悲哀"之情随之生起。最后一句,"——祖国啊!"传递着诗人对祖国定会摆脱贫瘠、苦难之困境的信心和期盼。

完成对祖国过去历史境态的描写后,在诗的第三节中,诗人转入对现实的思考。她使用了"簇新的理想"、"新刷出"的"起跑线"和"绯红的黎明"这样充满生机和新生意味的意象组合。一个"新"字，预示了旧时代的结束和生机勃勃的新时代的破土而出；一句虔敬的真切之音"——祖国啊"将全诗情感抒发推至高潮。

舒婷骄傲于她是祖国母亲怀抱里的"十亿分之一"，在祖国历史发展的长河里，作为主体存在的"我"，经历了祖国母亲"伤痕累累"的过去，也吸收着"乳房"浓厚的滋养，让"迷惘"的"我"在"深思"的影响之下，生命的意义变得热血"沸腾"。诗人愿意用"血肉之躯"，为祖国母亲的"富饶""荣光"和"自由"，输送给养，奉献力量。这份自觉的社会责任感和道德感，浓郁而深挚，凝聚为她对祖国深沉的爱的内核。诗人对祖国独特的歌唱方式体现在把自我对象化，把对象自我化，从而更加贴切地表达"我"与"祖国"时运共济的触动。苏珊·朗格曾指出："各种现实的事物，都必须被想象力转化为一种完全经验的东西，这就是作诗的原则"；而"进行诗转化的一般手段是语言"[①]。这首诗在语言上的驾轻就熟和在情感把握上的张弛有度，形成了一种新颖的结构，助推主题的表达。因此，在全诗的最后，诗人以破竹之势，发出了时代的最强音，把丰富的诗歌营养给予每一个怀揣爱国热情和渴望美好生活的人。

这首诗被收入多个版本的中学语文教材，被作曲家谱成曲子，广为传诵，亦有学者将其作为"诗疗"的素材。时过境迁，诗坛多变，佳作更迭，新人辈出，不过，这首诗至今依然具有在不同公共场合中朗诵的艺术魅力。

---

① 洪子诚：《诗的语言分析举例——之一：舒婷诗的句式》，《名作欣赏》1989年第6期。

## 二、含蓄蕴藉与隽永浓郁的语言

有学者认为:"《今天》在当年与主流意识形态之间形成的紧张,根本在于它语言上的'异质性',这种'异质性'成全了《今天》群体的冲击力。"① 舒婷诗歌语言的"异质性"受益于个人阅读史,经常出现在她的阅读清单上的是泰戈尔、拜伦、济慈、密茨凯维支、聂鲁达、波德莱尔、李清照、秦观、何其芳、朱自清、殷夫、应修人等人的作品②,这些中西方的诗歌给养影响了她的语言风格。

《致大海》是舒婷较早的作品,诗歌前半部分趋于直白式抒情,语言典雅精致、明净活泼,后半部分渐变为沉重深邃。浩阔的海引来无数英雄和诗人由衷的赞叹,但另一面,海涛也把无数青春的"足迹"和远征的"风帆"秘密埋葬。该诗中,"大海"被喻为"变幻的生活",支配着舒婷使用这种文化隐喻手法的,是其对西方诗歌的吸收、消化,"在古典诗词里,这一类意象用得不太多,但外国诗歌,特别是象征派的诗歌很爱用它,而象马雅可夫斯基、聂鲁达等国外现代大诗人,也习惯于用这种意象来抒情或写鼓动诗"③。象征的多义性、模糊性和不确定性造成"陌生化"的效果,使文字传递出更幽深的思想,充分调动诗歌的表现力,为舒婷诗歌语言构筑起广阔的弹性空间。艾青认为《在潮湿的小站上》《车过园坂村》《无题》《相会》"都是情诗,写得朦胧,出于羞涩"④。舒婷与李商隐的同名诗《无题》,采用的词语和表达方式,具有相似的暧昧性和含混性,这种文学传统实际上内在于中国文学的血脉之中,换言

---

① 刘禾:《序言》,载《持灯的使者》,广西师范大学出版社,2009,第Ⅵ页。
② 舒婷:《生活、书籍与诗——兼答读者来信》,《福建文学》1981年第2期。
③ 骆寒超:《新诗的意象艺术》,载杨匡汉、刘福春编《中国现代诗论(下编)》,花城出版社,1986,第407页。
④ 艾青:《从"朦胧诗"谈起》,载《诗论》,复旦大学出版社,2005,第208页。

之,此是中国传统文学作为"幽灵"的一种显影。

《会唱歌的鸢尾花》一诗尤其体现出舒婷诗歌语言的含蓄蕴藉与隽永浓郁的风格,从开篇的题记即预设了一种叹息的格调:"我的忧伤因为你的照耀／升起一圈淡淡的光轮"。这首诗创作于 1981 年 10 月 28 日,发表于 1982 年《诗刊》第 2 期,是舒婷在 80 年代早期的一首力作。该诗既是诗人结婚前夕对爱情想象的真情流露,也是她对诗界将其诗歌创作焦点化,进而引发现代汉语诗歌发展道路争论的回应。"舒婷一方面在诗歌中强化了个人经验,另一方面有意识地把个人经验提升到一代人的人生追求上来。诗人在诗歌中展示了爱情与事业、欲望与信念、个人与环境的矛盾以及由此引起的忧伤与痛苦。这种深刻的自我矛盾,以及散点透视的结构和幻梦的引入,显示出诗人的创作风格由浪漫主义向现代主义转化的某种趋向"。[1] 全诗 16 节,兼具政治抒情诗的力量和女性爱情诗的温婉。这首诗延展了声律传情、诗语言志的广度,长期以来颇得朗诵艺术家们青睐。诗人不仅为当代诗坛提供了又一个经典意象"鸢尾花",其真诚的诗性探索、对人性的挖掘也建立起异质独特的抒情风格和女性精神世界的历史智域,既发人深思,又余味不绝,成为舒婷从"昨天"走向"今天"的转折。

"诗人应该通过作品建立一个自己的世界,这是一个真诚而独特的世界,正直的世界,正义和人性的世界。"[2] 恰如北岛诗歌创作的诉求,舒婷不仅通过《致橡树》《祖国啊,我亲爱的祖国》《惠安女子》《神女峰》《在诗歌的十字架上》以及《会唱歌的鸢尾花》等优秀的作品,传递出特殊时代背景下,青年女性对生命和生活、爱情和家庭、自然和日常生活中一切美好事物的热爱,更善于通过优

---

[1] 吴思敬:《舒婷:呼唤女性诗歌的春天》,《文艺争鸣》2000 年第 1 期。
[2] 北岛:《我们每天的太阳(二首)》,《上海文学》1981 年第 5 期。

质鲜活的诗歌语言和音韵感、节奏感强烈的诗歌形式，建构起承载个体独特魅力的"自我世界"，自觉参与到同现实社会开展的一次又一次现实与理想、生命与存在、"小我"与"大我"之间的对话和碰撞之中去。上述创作观念使她每一篇富含生命气息的诗歌作品，都充满了真诚和善意，乃至向灰暗世界发出正义的、人性至上的诉求与呐喊。就读者提出的当代诗人的情怀和责任等问题，舒婷用作品和行动默默诠释着她眼中"诗人与社会"的关系："诗人是本能的，不是被设计出来的，一个诗人对生命、对生活、对周边的人有足够的爱，对真、善、恶有清醒的执着的认识，自然就会成为一个有担当、有责任、有独创意识的诗人。我常常看到很多人比我伟大，写的诗比我好太多，但是对我来说我做我能够做到的，哪怕它非常渺小。"[①]《会唱歌的鸢尾花》一诗除却在艺术层面推动了舒婷的创作更新，更引发了诗坛的广泛关注。这首诗体现出诗人"从早期比较浮泛的热情，走向冷凝的深沉"，"概括地体现出她在此之前创作的主题，她的感情气质和艺术追求，她的生活经历和她逐渐意识到的使命感和悲剧感，包括她的弱点和不足。不必否认，'鸢尾花'是写她自己；她也是我们诗坛近年难得的一朵'会唱歌的鸢尾花'"。[②] 在这首诗完成之后，舒婷搁笔3年，而创作该诗的那个月，体重竟减了5公斤，足见诗人耗费的心力之深。

《会唱歌的鸢尾花》开篇采用题记的形式，以一种欲扬先抑的表达方式，将抒情主体的"我"和对象客体的"你"串联起来，两者之间因"光轮"的升起，变得充满了暖意，一时间"忧伤"

---

[①] 舒婷、阎志、李亚飞：《中国诗人面对面——舒婷专场》，《中国诗歌》2015年第10期。
[②] 刘登翰：《会唱歌的鸢尾花——论舒婷》，《文学评论》1985年第6期。

不再。

第一节,"在你的胸前""我已变成会唱歌的鸢尾花",破题呼应,借助日常生活中普通平常的情爱表达,将"鸢尾花"意象化,为接下来抒情主客体之间情感的互动和寓意升华奠定了基础。把中国传统文化中以药用花卉身份而存在的草本植物"鸢尾花",作为"自我"的象征,实际上暗合了一种时代反思和生存拷问。"鸢尾花"在法国,不仅拥有"国花"的地位,还象征着光明与自由。而在古希腊神话传说中,"鸢尾花"的属名 Iris 为希腊语"彩虹",是带有绚丽多彩特点的彩虹女神的象征。在诗的第一节,"鸢尾花"在"月光"下,被爱情的"手掌"覆盖。月夜下的相会,营造出温馨惬意的氛围。第二节描绘了含有"雪地""大森林""古老的风铃""斜塔""圣诞树""溜冰鞋""神笛""童话""焰火"的梦幻乐园,在这里,恋人们可以放下身体的疲惫和精神的苦闷,忘掉周遭世界的一切烦恼,尽享"喷泉般"的欢乐。这一能带给人灵魂慰藉的爱情世界,令人心生向往。

第三节连用"我那……/ 我的……""我的……/ 我的……",以及"我的……/ 我那……"的复沓回环句式,诗意地捕捉了日常生活片影和对往事余意的反刍与思索。现实遭际的烦恼和往事经历带来的痛苦,让诗人不得已在梦中"微微转侧",发出了"让我做个宁静的梦吧"的呼喊。

第四节用"宁静""安详""荒唐""狂悖"勾勒出四种"梦",紧致地将"很短很短的街""很长很长的岁月""鸦群""阴云"和"诗行""浪头"联系起来,将历史的灰暗同梦想的激情两相对照,既是向过去发出决绝的告别,亦是宣誓对美好生活渴望的心声。诗人坚定地相信:"你是我的!"

第五节描绘了获得自由和新生后意境温馨、心灵交融的二人世界与快速发展的社会所构成的极不和谐的画面,最终,"灵魂像一片画展中的田野／一涡儿一涡儿阳光／吸引我们向更深处走去／寂静、充实、和谐"。这一节的感受看似突兀诡异,实则注入了诗人对生活和现实的一种新异的观照方式。

第六、七、八节,一对为爱相拥的恋人,坚守着灵魂的信仰,他们坦然面对着现实世界的杂乱和黑暗,对一切违背人伦、违背人性、违背真理、违背社会道德和阻碍社会进步的黑暗势力不予理会,以沉默坚守内心的信念,"十字架"和"蒲公英"这两个极为冲突的意象加深了情感的厚重感,第六节末尾的"但是"引出情感转折,全诗从第七节到第九节走向高亢的情感基调。

第九节,诗人用"三角梅"和"野天鹅"的意象自喻,把个人的尊严和价值与民族的自豪感和历史的前进趋势交融在一起。第十节,诗人对象征权利的"天空",表达了内心深处最本真的生存思想,还要让自己的爱人,举起明亮的灯光,发挥文字的力量,跋涉前行。第十一节,诗人回望历史不可重来的沧桑,她与爱人秉烛,共擎诗的灯火,并肩前行。第十二、十三节,诗人描写了生活对自我的"铸造",以"笔直""无畏""骄傲"的青年人姿态,向祖国母亲宣誓。第十四节以"蔚蓝的小星星"表达了她对"妈妈"的献身情怀。第十五节诗人转换视角,再一次将人们的视线带回到"我"和我"心爱的"之间的情感活动中来。告诉爱人,不要因为"我"血洒战场而悲伤,不要为失去了爱人的关怀而难过,而应该"回到你的航线上",承担"你"的责任、使命和担当。通过对"你"的期望,寻找到超越自我的方向与路径。

全诗的最后一节,诗人用"鸽子"的意象象征和平,用嘱托的方式,向爱人和世界表达心语:"和鸽子一起来找我吧／在早晨来找我／你会从人们的爱情里／找到我／找到你的／□□□会唱歌的鸢尾花"。爱情是女性诗歌中永恒的主题,女诗人多以细腻的情感与蕴藉丰富的意象吟咏爱情的动人之处,比如西班牙女诗人安赫拉·菲盖拉只用短短四句话就将恋人之间坚如磐石的爱情抒发得淋漓尽致:"我的肌肤是泥做的,/这又有什么关系?/当爱人吻我时/闻到的是夜来香和蜜。"① 同样是抒发对爱的感受,西班牙女诗人罗萨乌拉·阿尔瓦雷斯的诗笔则多了神圣的辉光:"□□留下来,化作/我库存葡萄的佳酿,/升华,流淌,/温柔地痴迷,将一切遗忘,/同时又将一切完成,/沉浸在灵魂最神圣的品尝。"② 不难看出,女性书写爱情要么坦诚,要么含蓄,要么浓烈,要么婉约……舒婷的这首爱情诗最特出之处在于她在含蓄中注入了英雄理想,个人思绪与时代表达紧密交织,诗与生活和心灵之间,生成了强大的内在力量。正如诗人所言:"通往心灵的道路是多种多样的,不仅仅是诗;一个具有正义感又富于同情心的人,总能找到他走向世界的出发点,不仅仅是诗;一切希望和绝望,一切辛酸和微笑,一切,都可能是诗,又不仅仅是诗。"③

　　舒婷创作这首诗时思想上是存在矛盾与纠结的,她曾谈道:"对于我自己来说,一个人的生活有了重大变化与转折,他的感情和经验也进入新的领域,用以表现感情和经验的艺术作品面临岔口,沉默既是积蓄力量、沉淀思想,在抛物线之后还有个选择新方位的问题。"④ 再如,就个人身份属性她直言:"如果可能,我确实想做个

---

① [西班牙]安赫拉·菲盖拉:《泥土》,载赵振江编译《西班牙当代女性诗选》,作家出版社,2001,第 31 页。
② [西班牙]罗萨乌拉·阿尔瓦雷斯:《请你留下》,载赵振江编译《西班牙当代女性诗选》,作家出版社,2001,第 247 页。
③ 舒婷:《生活、书籍与诗——兼答读者来信》,《福建文学》1981 年第 2 期。
④ 舒婷:《以忧伤的明亮透彻沉默》,载《舒婷随笔》,长江文艺出版社,2012,第 266 页。

贤妻良母。……无论在感情上、生活中我都是一个普通女人，我从未想到要当什么作家、诗人，任何最轻量级的桂冠对我简单而又简单的思想都过于沉重。我不愿做盆花，做标本，做珍禽异兽，不愿在'悬崖上展览千年'。"①如今看来，《会唱歌的鸢尾花》作为舒婷创作转型的一次展示，时过多年再读，它留给人们的思考依然是无限而深远的。综上，无论是丰富叠合的意涵，由浪漫主义向现代主义的艺术转变，还是诗人自身创作上的一次经验总结……我们都可以从中感受到交织纷繁的诗思肌理、外延开阔的情感，以及复合隽美的艺术魅力。

## 第三节　诗艺探索·风格转向·精神坚守：朦胧诗之外

　　以往的舒婷研究多将其诗歌创作划分为前后两个阶段——前期朦胧诗创作阶段与后期现代主义诗歌探索阶段，这种切割式的划分方法容易遮蔽其写作向度的丰富性。如果从生命历程的更迭和诗艺转向维度考察，划分为三个时期更能呈现出其诗学内里和诗艺探索转变的复杂过程：①以1981年创作的《会唱歌的鸢尾花》为转折点，此前为朦胧诗创作阶段；② 1984年至1990年，七年间诗人完成结婚育子，其对待诗歌创作的态度和思想都发生了转变，开始自觉于新古典与现代诗风的融合实践；③ 1990年之后，又一次进入诗歌创作的搁置期。从1995年到1997年，诗人重拾诗笔，在此阶段为数不多的诗作中，《最后的挽歌》最具代表性。上一节着重研究了舒婷朦胧诗阶段的创作，本节更为关注其后两个阶段的诗艺特质。

---

① 舒婷：《以忧伤的明亮透彻沉默》，载《舒婷随笔》，长江文艺出版社，2012，第267页。

## 一、1984—1990：新古典与现代诗风的融合

1981—1983年间，舒婷的诗歌创作活动暂时停滞，她在沉默中思考如何突破。在搁置停笔期间，依然有编辑部的约稿和众多读者的来信，读者持续的热情，给予舒婷静思之后执笔的动力："我已习惯了不再流泪"，"那么，让我从三年前那段尾声开始吧"。① 这朵会唱歌的"鸢尾花"，就这样在一种突破自我的诗学尝试中，开启了中期写作的诗路历程。1984—1990年间，舒婷创作的48首诗作均收录于《舒婷的诗》②。重新出发的舒婷努力超越自我的局限，该阶段出版的诗集所收录的诗作涉及宗教、艺术、生活、历史、哲学、自然等主题；受新的艺术潮流影响，她融入象征主义、浪漫主义、现代主义等诸多技法，呈现出新古典主义与西方现代派诗风相融合的新异诗风。这一时期，她着意于诗歌语言表达方式的变化，正如艾略特对改变语言方式的重视："如果语言不断改步，他（诗人）将获益不少；如果语言逐渐衰退，他必须加以最大限度的利用。在某种程度上，诗能够维护甚至恢复语言的美；它能够并且也应该协助语言的发展，使语言在现代生活更为复杂的条件下或者为了现代生活不断变化的目的保持精细和准确，就像是在过去或者一个更为简单的时代一样。"③《始祖鸟》《水杉》《滴水观音》《圆寂》是舒婷这一阶段的代表诗作，它们一反朦胧诗时期青春忧伤、激情徜徉等抒情特征，语言质地简洁透明，思想深邃冷静，细腻中见理性，情感曲径幽深；同时，将现代的思维化入古典诗句或古代汉语

---

① 舒婷：《以忧伤的明亮透彻沉默》，载《舒婷随笔》，长江文艺出版社，2012，第269页。
② 舒婷：《舒婷的诗》，人民文学出版社，1994。
③ ［英］T.S. 艾略特：《艾略特诗学文集》，王恩衷编译，国际文化出版公司，1989，第245页。原文"象什"显然为"像是"的别字，特此说明。

的新用之中，频繁借用宋词①的短句，化用宋词的韵律，语言方面也有意识"化古"和"西化"，句式长短错落，兼具简洁与细密，深远的禅味融入繁复的现代情感，别具张力美。

《滴水观音》和《圆寂》分别作于 1988 年和 1985 年，诗人正值 36 岁和 33 岁，生活的历练和精神的位移，让舒婷的诗学实践更为自觉，她尝试以瓦雷里"思想知觉化"的诗学实践处理古老的宗教题材和幽微的生命感悟，细腻的女性情感和微妙通达的宗教意象经由强烈感觉的过滤，生发出奇异的想象。意象、思想和感觉浑融一体，形成新古典主义诗风和现代主义诗艺技巧合一的美学效果。《滴水观音》是舒婷在一次采风中欣赏到明代艺术大师何朝宗的瓷塑杰作《滴水观音》时有感而作：

> 满脸清雅澄明
> 微尘不生
> 双肩的韵律流动
> 仅一背影
> 　亦能倾国倾城

开篇即勾勒出瓷塑观音动静结合的古雅美态，寥寥几笔刻绘出德化白瓷洁净纯透的瓷色，也捕捉到瓷塑观音"清雅澄明"和"微尘不生"的清净本色。而后几句：

> 人间几度苍痍
> 为何你总是眼鼻观心

---

① 舒婷受宋词影响之观点，可以从她选编的《影响了我的两百首诗词》（百花文艺出版社，2005）中得到详尽的认识。在这本书里，舒婷特意点评了对她产生较大影响的 35 首宋词，宋词对舒婷写作影响之深也可参见杨景龙：《忧伤的花朵——舒婷诗与唐宋婉约词》，《诗探索》2006 年第 1 期。

莫非
裸足已将大悲大喜踩定

"人间几度苍痍"一句从艺术回归宗教，诗人从精神拷问写起，涉及佛教核心义理——慈悲观念，"裸足已将大悲大喜踩定"增加了人间的温度，在超验的想象中，将大慈大悲的超拔精神感性化、形象化，使具体可感的形象立于我们面前。"我取坐姿 / 四墙绽放为莲 / 忽觉满天俱是慧眼 / 似闭非闭 / 既没有 / □□永恒的疑问传去 / 也没有 / □□永恒的沉默回答"，诗人通过个人的拟想进入菩萨修为的世界，感通滴水观音对世间的觉悟，在不可言说中，诗人回到创作的主旨，即对艺术创造永恒之美的赞叹："天空的回音壁 / 只炸鸣着 / □□滴 / □□答 / 从何朝宗指间坠下 / 那一颗畅圆的智水 / 穿过千年，犹有 / 余温"。艺术精品《滴水观音》是由艺术家的非凡才华塑成的，为了烘托与渲染这一传世杰作的出神入化，诗人任由想象力驰骋纵横，她恍若看到《滴水观音》从艺术家指间坠下"滴答"的"畅圆的智水"，不仅回溯艺术家雕塑作品的情态，还模拟"滴答"水声，惟妙惟肖地勾勒出滴水观音的生动形象。从"滴水"联想到"智水"，自然也完成了思想的升华。"智水"是一个古僻的文言词语，泛指能涤洗无明火与烦恼的智慧之水，在诗人超验的想象中，眼前的艺术品经由思想感召，变化为"智水"这一意象，其间跳脱出竖行的特殊句式，传达了"滴水"自上而下流淌的状态。简短的几行诗句清晰再现出繁复的制作过程，诗人借由感通的思维带我们穿越千年时光回返到滴水观音的制作现场：从视觉——"指间坠下"、听觉——"滴 / 答"、触觉——"犹有 / 余温"多方面赋予"智水"以新的活力和含义，呈现出可听可感可见的丰沛的知觉世界。以"余温"一词收尾，不仅再次凸显了这件艺术品强大的生命力，贴合民间社会中流传的观音菩萨救苦救难的慈悲情怀和怀爱众生的使命感，也延续着中华民族文化流脉中人性的纯善。

《圆寂》一诗与《滴水观音》题材和写法相近，犹如姊妹篇。不仅有视觉的进入感、思想的知觉化、竖行句式的强化，还增加了冷凝沉思与情感散发对撞的冲击力：

> 你是殷勤的光线，特殊的气味
> 　发式
> 　动作
> 零落的片断
> 追踪你的人们只看见背影
> 转过脸来你是石像
> 从挖空的眼眶里
> 你的凝视越过所有人头顶

不少人对这首诗的解读存在一定误解。全诗起笔于中国僧俗两界闻名于世的弘一法师（李叔同）的塑像。在中国近百年的文化发展史中，弘一法师是公认的通才和奇才，是中国新文化运动卓越的文艺先驱者[①]，遁入空门之后，一洗铅华，持戒苦行，他爱国的抱负和义举贯穿一生。全诗从过往的记忆写起，这也成为很多人误读的起因，很多人就此认为这是对所写对象既往经验的回眸。[②] 如果没有最后两句，类似的分析极为合理而且很见鉴赏者的功力。但稍加深入，我们会洞见到前后诗句的对应关系："挖空"对应的是"零

---

[①] 弘一法师最早将油画、钢琴、话剧等引入国内，且以书法丹青、诗词音律、演艺歌曲等闻名于世，从日本留学归国后，担任过教师、编辑，后剃度为僧，成为世人景仰的一代佛教宗师。全国许多地方都有弘一法师的纪念馆和塑像。

[②] 此处可参见邱景华：《新古典与现代经验——舒婷〈滴水观音〉及〈圆寂〉细读》，《名作欣赏》2009年第7期。

落的片断",“你的凝视越过所有人头顶”对应"追踪你的人们",石像所表征的弘一法师已然不是风流才子李叔同,而是清净超然的一代高僧。此外,全诗最具歧义的前四行绝非诗人对书写对象的描述,而是创作主体沉浸式的感受,诗人代入的是自己的主观感觉和遥想回忆,与其说诗人在还原弘一法师的心理状态,不如说她置身现世情境中,试图完成一种超验的拟想。最后,整首诗的书写与诗题《圆寂》应和。圆寂是通用的佛教术语,高僧去世称为圆寂,意指恼烦不现、悟道解脱,或诸德圆满、众苦寂灭。全诗从凡人色味感知写起,以超然世间的凝视终笔,这正对应着一条僧侣修行的道路,佛教修行的最高境界正是净化凡尘中的诸行过患,荡涤纷繁起伏的欲念,回返法界情境本源。这种极富感觉力、超验的知觉描写在《水杉》中进一步凸显出来:"水意很凉 / 静静 / 让错乱的云踪霞迹 / □□沉卧于 / □□冰清玉洁 // 落日 / 廓出斑驳的音阶 / □□向浓荫幽暗的湾水 / □□逆光隐去的 / □□是能够次第弹响的那一只手吗 / 秋随心淡下浓来 / □□与天□与水 / 各行其是却又百环千解 // 那一夜失眠 / 翻来覆去总躲不过你长长的一瞥 / 这些年 / 我天天绊在这道弦上 / 天天 / 在你欲明犹昧的画面上 / □□醒醒 / □□□□睡睡 // 直到我的脚又触到凉凉的 / 水意 / 暖和的小南风□穿扦 / □□白蝴蝶 / 你把我叫做栀子花□且 / 不知道 / □□你曾有一个水杉的名字 / □□和一个逆光隐去的季节 // 我不说 / 我再不必说我曾是你的同类 / 有一瞬间 / 那白亮的秘密击穿你 / 当我叹息着 / 突然借你的手□凋谢"。

错落的长短句,参差间隔的诗行,丰富的感通和"思想的知觉化",以及悠远古朴的意境,这些同期作品的特质都体现在《水杉》中。这首诗是舒婷 20 世纪 80 年代中期的代表作,写于 1985 年 6 月 7 日。诗人在游览广州植物园时,观览到湖边许多华冠水杉,半边树身浸在水里，瞬间神秘的感应与自己的知觉连通，仿佛凉凉的水意沿脚跟进入全身，诗人有感而写下这首诗。全诗的核心意象水杉是自然界中有"活化石"之称的裸子植物，它环境适应性强，生长快，是园林艺术中的观赏树种。在舒婷的笔下，"水杉"具有了双重象喻：既象征着"自我"，又隐喻着自然界无畏悲苦遭际的强劲生命力。

第一节用"水意很凉"这种具有通感化的个人体验开启诗思，从静态引入"云踪霞迹"的想象空间。诗人跳过对水杉自然样貌的描写，直接点出其内蕴的品质——冰清玉洁。"冰清玉洁"这个词出自西汉史学家司马迁所著《与挚伯陵书》，意在夸赞其好友伯陵品行端庄，为人高尚，操行净洁。舒婷用"冰清玉洁"形容水杉带来的视觉感受，还将感觉意象化，投射出内在的人格品性，烘托自然生命所蕴含的坚毅、无所畏惧的力量。第二节从"落日"起笔，描绘了落日的余光洒落在一棵棵水杉上的场景，"音阶""湾水""手"，以及旷远的"天""水"意象，构成了落日下视觉、听觉、触觉交会互融的幽思图景。眼前的自然意象与主体的情思"百环千解"，它们牵动诗人触景生情，诗人想到自己的人生遭际。第三节首句描写自己辗转中又回想起与水杉相遇的场景以及水杉"长长的一瞥"，用拟人的修辞捕捉到水杉的形态特征，也钩沉出多年间堆积在心头的往事和生活体悟："那一夜失眠／翻来覆去总躲不过你长长的一瞥／这些年／我天天绊在这道弦上／天天／在你欲明犹昧的画面上／□□醒醒／□□□□睡睡"。步入中年，诗人在情感体验和艺术思考方面都有了更深的领悟，她日渐懂得如何在明亮的时光中保持清醒，在黯淡的境遇下闭上眼睛。她用精致的跨行和错落有致的结构，自然而然地再现了这种情思意境：

醒醒

睡睡

宛若眼睛张开与闭合之状，生动地呈现出诗人在深夜中的独思。第四节用"凉凉的水意""暖和的小南风"和"白蝴蝶"等意象营造出惬意暖融的氛围，在"我"和"水杉"之间，建构起浑融的主客体关系。显然，"栀子花"和"水杉"象征着抒情主人公对"冰清玉洁"品格的追求；"逆光隐去的季节"的出现，让人联想起朦胧诗潮后舒婷所遭遇的被"PASS"的逆境，诗人主动于回望中自鉴自省。舒婷的情感世界，有其柔和温婉的一面，但是骨子里的理性和冷静，也是明显的，恰如最后一节，诗人连用"不说"和"不必说"的否定句式，表明对冰清玉洁的坚守以及面对"凋谢"，坦然接受的大气从容。

《水杉》很好地融汇了新古典与现代诗艺。一方面，前两节借鉴古典意境的营构方法，使生命与自然客观对应物形成亲密无间的和谐共振；不过，诗人并未沉浸于虚静、闲适、静穆的心境，她从意境中跳脱出来，代入与意境不相和的主观情绪，打破物我合一的"共在"秩序和景物内在的演化逻辑，侧重表现个体生命的当下感悟和心理变化。最终，从意境的建构转向隐逸于客观对应物之外的主观心境。诗人还建构了一个与古典意境平行的现代诗歌场景，"我"通过观看水杉建立起一个自我反思的路径。另一方面，诗人娴熟地化用宋词"长短句"的技法，并结合现代主义诗歌跨行、隐喻的技巧，注重捕捉个体隐秘的感觉和细腻的情绪变化，将思想知觉化和心绪感觉化等现代诗艺技法自如地融合在抒情和感怀中，从而强化了新古典与现代派诗风融合的张力美。

这一阶段，舒婷还曾在女性主义和身体写作方面小试牛刀，相关尝试集中闪现在《镜》（1986.8.1）和《旅馆之夜》（1986.11.30）

两首诗中。《镜》的首节起笔"暗蓝之夜",全诗笼罩于光线昏暗、气氛凄冷的情境下,"暗蓝"定格了"夜"的基调,为后面的情绪作了铺垫。"旧创"在"暗蓝"的情境中随诗人对生命往事的回想迸发出感伤,搅动起诗人内心深处的情感波澜。她以"床"为意象,浸入式地将其同"往事"建立起一种无法摆脱和难以割舍的关系,用"极有耐心的情人"来回应抒情主体与阐释对象之间的精神牵连。

气味和声响,肢体和触觉,感官和记忆,私人空间及其中的物象和主体的觉知与身体情态浑融在一起。以"床"和"情人"等"身体化"欲念明显的对象为呼应和比衬,为"煎烤"往事下复杂女性心境的表达作了铺陈。"台钟"和"梦"构成一组对照意象,特别是"滴滴嗒嗒"和"蹂躏"的组合,昭示出诗人私人情感世界的杂乱和难以平静,凸显出身体欲望。"蹂躏"具有身体语言强制的效应,与抒情主人公焦灼的心绪形成呼应,"体无完肤"的碎裂感受和难以入睡的境况,一览无余。无法静眠便起身寻找可资慰藉和解脱之物,在沿墙"摸索"拉线开关的瞬间,身体和"月色"纠缠一起,被"拉线"上那"一绺月色"打量下的"银鱼"吸引,在形象化的想象空间里,上演着"欲"的缠绵和"情"的柔软。诗人并没有直接描写身体,也没有直写情爱的欢愉,而是用意念形象化的表达方式,将身体的需要和思想的表达融为一体。随后,一个缓慢的"转身",又一次将主人公的思绪拉回现实世界,转身的瞬间,主人公看见"镜"中的"自己":

> 在一个缓慢的转身里
> 你看着你
> 你看着你

诗句的重复强化表达出"你"的有意味的形式,仿佛"镜"中的"你",在看着"镜"外的"你","看"与"被看"构成全诗的主题。在这面穿衣镜里,"你"看到的是青春光阴的逐渐暗淡和被"花纹"框住的、一堵堵无可逃脱的往事之墙。过去心灵的伤痛、精神遭受的摧残以及文化的伤痕,缠绕在记忆中无法抹去:

> 即使能倒纵过一堵堵墙
> 仍有一个个纵不过的日子堵在身后

接下来第四节,由"穿衣镜"的物象抒写,转向对女性身份的深度发掘:

> 女人不需要哲理
> 女人可以摔落月的色斑,如
> 狗抖去水

这里,"女人"的身份特征被直呼出来,以"不需要"这一坚决的否定态度,向一切权力世界伸张女性存在的意义,她们"不需要哲理",需要的是对女性独立意识的认同与尊重。"色斑"具有鲜明的隐喻性,历经岁月侵蚀,女人的面容发生沧桑变化,以此喻指女人经历过的不幸遭际和伤痕印迹。在诗人眼里,这些都如狗抖去身上的水一样,可以轻而易举地被抛却。在最后两节里,女人"拉上厚窗帘",回到"枕头"的"凹痕"去,任由情感记忆如电影胶片一般"散放"。显然,与同期女诗人大胆直白的"身体写作"比照,舒婷还停留在"觉醒者"阶段,她的表达更隐晦和细腻,她欲言又止地呈现出一种含蓄的身体美学。如果说,翟永明、伊蕾、唐亚平属于女性生存空间的建设者,侧重于对男权的反抗,尹丽川、唐丹鸿、巫昂彰显出现代女性在性与生活中的游戏者心态,那么,舒婷对女性的身体书写只能说是温婉之中的渐进体验,诗人的思维构想刚刚从解放的初期渐进到逐步开放阶段。

与《镜》有所不同,在《旅馆之夜》里,诗人更为开放大胆地彰显了女性意识,通过带有女性形象特征的"唇印""眼泪""黑猫的爪""尖叫""穿睡袍的女人""光脚""巨大的飞蛾"等意象直陈"爱情告示",不再回避欲念和身体书写:

> 唇印和眼泪合作的爱情告示
> 勇敢地爬进邮筒
> 邮筒冰冷
> 久已不用
> 封条像绷带在风中微微摆动

在欲念的催生下,诗人描绘情爱欲望中的身体感受,巧用比喻、象征、身体叙事手法,形象地描写身体多种器官在情欲中的反应,用"黑猫的爪"和"大卡车"来隐喻"男性"的身体部位,用"柔软起伏"来形容快感体验。"击发的枪声""路灯的尖叫""蛋黄的涂料"都是现代诗歌的表现手法,富有触觉、听觉的冲击力。我们能感知到,诗人将女性身体写作视为一个探索实践,表达的开放性就是她最大的努力,并仅止乎尝试。最后,她还是跟随心性返回"不变"的自己:"听筒里一片/沉寂/只有雪/在远方的电线上歌唱不息"。

诚然,舒婷在20世纪80年代中期以来的"变"可以追溯到《会唱歌的鸢尾花》,该诗昭示着一代人的理想在痛苦的光辉中逐渐陨落,言说方式也由前期激情式的语调变为冷静与空灵。朦胧诗高潮过后,第三代诗人成长为新的叛逆者和掘墓人,同时期的女性诗歌写作也趋向于"统一"的"私人化"言说方式。1984年重启诗歌写作后,舒婷敏锐地察觉到其诗作在市场和消费文化时代中丧失了影响力,她也尝试过融入新兴起的诗歌浪潮之中,《旅馆之夜》(1986)、《镜》(1986)等诗中的"黑夜""床""舌头""睡袍"等意象的使用便是取用了"身体化"的语言装置。不过,20世纪80年代中后期女诗人在男性无法企及的角落建构女性独立的精神空间,对家庭的冷漠与逃离就成了恰当的姿态,这显然是"成家之后,丈夫孩子变成我的宗教了"①的舒婷所不能体验和理解的状态。空洞、表象的诗艺转变与成型的思想之间存在着难以弥合的隔阂,随之而来的是无法遮掩的吃力和疲惫。

以往对舒婷的研究多偏重早期朦胧诗创作②,对其中期诗歌创作在诗艺自觉探索、风格转向和思维突破、调适节奏等方面关注不够③。这一阶段,除上文介绍的诗作,还有《始祖鸟》《山湾公园》《花溪叶笛》《那一年七月》《无题(2)》《"勿忘我"》以及《秋思》《立秋华年》《日落白藤湖》《禅宗修习地》《放逐孤岛》等。舒婷中期诗歌的魅力,恰恰在于她对新古典主义和西方现代派诗歌创作技巧的纯熟运用:她不仅将语言运用上的"化古"和"化欧"相结合,还善于捕捉抒情主体的"思想知觉化"和不同感觉之间的交流互动,让流动的感觉伴随着情感思绪,形成别具风格的"长短句"结构和变化多样自如流畅的韵律节奏,既吸收了宋词婉约的神韵,又兼及古代汉语含蓄、简洁、精致的审美特质,以及现代汉语丰富、

---

① 舒婷:《两栖女性》,载《舒婷随笔》,长江文艺出版社,2012,第72页。
② 谢冕的《在诗歌的十字架上——论舒婷》,孙绍振的《恢复新诗根本的艺术传统——舒婷诗歌创作给我们的启示》,洪子诚的《诗的语言分析举例——之一:舒婷诗的句式》,刘登翰的《会唱歌的鸢尾花——论舒婷》,王光明、唐晓渡的《舒婷诗的抒情艺术》,张立群、史文菲的《舒婷论——"朦胧诗化"、女性意识的拓展与经典化》等论文,以及陈仲义的《中国朦胧诗人论》等专著均以舒婷的朦胧诗为研究对象。
③ 比如,定稿于1985年的《银河十二夜》,内容上包罗万象,创作手法上有新的尝试。

复杂、灵活的审美特质,形成独特的语言张力和表达空间。

## 二、变与不变:《最后的挽歌》与 20 世纪 90 年代诗艺调整和精神坚守

20 世纪 90 年代,舒婷历经两度搁笔;为摆脱个人诗歌边缘化的境遇以及对诗坛位置的身份焦虑,她重新调适诗艺,做好了再次出发的思想准备,1990 年,她极度清醒于新变的起点——"不必查看日历 / 八年前我已立秋"(《立秋华年》)。

1996—1997 年间,舒婷赴柏林学习交流,远离琐碎的家庭生活,加之异国风光、文化差异的刺激,舒婷克服此前的低迷状态,开始重新接续二次起笔时未竟的转变。《最后的挽歌》作于 1997 年 4 月,标志着舒婷诗艺策略的转变,也是她的创作进程的分野。诗作近两百行,以七章组诗编织出巨大的生活之"网";每章一个主题,使得诗歌更具包容性与探索性。该诗不但可以视作舒婷诗歌创作道路的总结,还展示出诗人在 90 年代的生存和思想状态。该诗以探寻生存和生命终极价值为母题,直面现代人的种种危机、困扰、荒谬、虚妄,在题材、语言方式、意象和形式等方面均有新的突破。

相较于早期诗歌的饱满、温情以及中期诗歌的感伤,该诗散发出一种冰冷甚至阴森之感。20 世纪 80 年代舒婷在谈及西方文学对其创作的影响时,列出的主要是雨果、拜伦、济慈等浪漫主义或批判现实主义文学家,20 世纪 90 年代舒婷则开始转向西方现代主义。本诗正是这种转变的体现。同时,整首诗还充满对人类、社会以及诗歌的关怀,蕴含着诗人对诗歌发展境况的连续性思考,显现出诗人有感于诗歌辉煌不再的落寞以及对个人诗歌写作困境的焦虑,总体贯穿着诗人对世纪末世间百态的困惑及对社会转型期各类问题的反思。原有的直抒胸臆的写作方式已无法承载讨论社会问题的重任,于是诗人采用意象叠加、冷却、反讽、揶揄、戏谑、陌

生化等现代主义技巧,促成诗歌的新变。舒婷早期诗歌多饱满明亮的意象,中期多幽深淡然的意味,后期诗歌则增加了无奈的揶揄色调,不乏庸俗的"臭袜子""鼻涕"等意象。"蒿草""鼻涕""鸽粪"等恶心的意象在第一章叠加出现,显然受到现代主义诗歌审丑美学策略的影响:"挖鱼饵的老头/把鼻涕/擤在花岗岩衣褶,鸽粪如雨","鼻涕"的丑与"衣裙"的美、"鸽粪"的丑与"雕塑"的美交织成为最高的审美真实。陌生化的词语组合产生语言的张力,从而达成反讽的效果,即社会现实消解了塑像作为"楷模"的伟大性,诗歌作为高尚的精神产品也已被时代遗弃,只有少数诗人还在经历"阵痛"之后"产下她的珍珠"。20世纪90年代的诗歌在体式上表现出不同于以往的探索与革新,舒婷在同一时期的散文集《柏林·一根不发光的羽毛》中说:"我尝试了一种'跨文体'写作结构,让多种文体串缀起来,如:嵌入家父病危的手书,儿子在德作文,资料、文献、日记、诗作以及丈夫'吾国遥控'和'谆谆教导',等等。多体混杂的'诗意缝缀'是本书一个基本点……"[1] 在诗歌方面,她采取同样的写作策略,抛弃早期按照情感线索或叙述线索来"索骥"诗歌的抒情方式,试图以"跨文体"写作化解一度陷入困境的诗歌创作和停滞不前的状态,将散文与早期诗作《致橡树》和日常事件嵌合在一起,在各种排列组合中获取诗歌语感与跳跃性:"一棵木棉/无论旋转多远/都不能使她的红唇/触到橡树的肩膀//这是梦想的/最后一根羽毛/你可以擎着它飞翔片刻/却不能结庐终身"(《最后的挽歌》第四章)。90年代中后期,舒婷散文化的写作趋向于表现一种普遍性,她开始注意维护散文化诗歌的叙事性与事件真实的质地,不把过去的和现在的事情对象化,采取了元

---

[1] 舒婷:《试一试拼盘(代序)》,载《柏林·一根不发光的羽毛》,花城出版社,1999,第2—3页。

叙事的策略。1996年底,舒婷出访德国期间,其父被查出患有绝症,舒婷再一次面临失去亲人的痛苦,遂下笔落为第六章。"药物""血管""哭泣""逝者",诗人通过鲜活的意象刻画出生活的真实画面,父亲的超脱和乐观精神与诗人的"无法不悲伤"形成鲜明的对比,这一落差内化为诗歌的思考角度。

语言的反叛成为舒婷20世纪90年代诗歌创作与既往写作决裂的主要标志。在第五章中,诗人机敏地意识到"语言饥荒"带来的写作危机:"每启动一轮思想/就闻到破布的味道"。此时的写作能否起死回生,在于思想能否打破过去的定式,而思想的跳脱有赖于词语的改变,返回词语内部世界,使"诗歌火花滋滋发麻/有如静电产生"(《最后的挽歌》第五章)。舒婷尝试在词与词的搭配、交织重叠与分割中扩张现代性的感觉。进化论将时间演化为现代性神话,按照这一逻辑,时间席卷一切、改变一切而又最终完成一切,舒婷在"光""早晨""冉冉""日历""子午线""三更""一炷香""秒针""黑夜""白昼""天长地久""往年""五月""零点"等时间概念中大胆打通和调配各个魔幻场景。她塑造了一个被穿在"光之箭镞"上的主体形象,它漫无目的地游荡在时间的河流中。在时间的催促下,"我"有一炷香的时间谛听"此岸附耳竹筒与锦帛";当秒针"长话短说"时,时间错位,"我"不得不观察列车上的往来与颠倒;当时间来到"白昼"时,我不经意地与"爱情"邂逅了。但万象如"梦",诗人已然觉察到眼下所有场景都颠倒、错位、朦胧、模糊不清,唯"词语"贴合真相。如果说20世纪80年代中后期的女性诗歌写作多聚焦于女性躯体如何从男权文化禁锢中解放出来,那么90年代以来的女性诗歌写作重心则日渐趋近词语的解放。如何激活语言的本位意识、通过重建语词秩序获得平等的创作观念,成为高于政治伦理、意识形态以及男性中心世界的重要议题。

在写作策略上，舒婷曾自觉同步于 90 年代女性诗歌创作，有意识褪去过往的遗痕。

虽然舒婷尝试过顺应和维护时代的审美意愿调适诗歌写作方向，却始终无法跟从外界涌动的诗歌潮流，无法快速挥去"每天经历肉体和词汇的双重死亡"的冲撞和痛苦。"很多词还没焐热／就公开作废／／字词凋敝／有如深秋菩提树大道"（《最后的挽歌》第六章），她开始追问"灵魂"是否可以躲过语言的挑剔进入诗歌。与此同时，"词语"造成的炼狱般的痛苦让诗人顿悟——相较于生活难题，"死亡"是比"生"更僻静的去所，肉体与灵魂也只是生命的不同存在方式，诗人的悲伤心绪得到缓解，但对词语驾驭力不从心的问题却一度无法解决。她曾在文章中坦言，《最后的挽歌》是其"面临语言饥荒"困扰后的自我探查或"卜算"："即使我能保持十年前的纪录，我也落后了自己十年，更何况与他人比肩？我写《最后的挽歌》，也许是给自己的挽歌？能不能继续往前走，走多远，谁能预先设定和卜算？"[①]

20 世纪 90 年代诗歌创作呈现出集体转向，宏大叙事日渐退隐，从对"无限""远方"的情有独钟开始转向日常诗学，诗人不再担当"启蒙者"形象。置身时代语境中，舒婷难以忍耐诗歌丧失崇高的价值和宏大意义，她一度无法调和诗歌主流走向与个体坚守之间的矛盾。"逃离"成为诗坛的一种"既定事实"，舒婷道出其中的原因，在这个年代，诗歌掉价、诗人失意，甚至有的诗人急切地撇清自己与诗的关系，"早年，如果有人打伞在微雨的海边'徜徉'，有时还怜惜地扶起被踩倒的野花，人们便叫他诗人。如今再看到这种人，大家都掩鼻而过，迭声喊酸"[②]。诗歌开篇"掏空了眼眶""眺

---

[①] 舒婷：《写作自闭症》，载《今夜你有好心情》，花城出版社，2003，第 300 页。
[②] 舒婷：《女儿梦南国》，载《硬骨凌霄》，珠海出版社，1994，第 192 页。

望"的姿态,为"最后的挽歌"拉开帷幕。从 20 世纪 70 年代走来,舒婷接受过时代的馈赠也遭受过时代的质疑,经历过自我怀疑和确证,以及现代生活突变带来的压抑和不适,人与人之间的隔膜冷漠,文学精神的缺失和游离……这让置身跌宕变化时代主潮中的她比任何人都更能感受到赞誉和冷漠、接纳和质疑。在时代浪潮的裹挟下,她发现难以把控和支配自己的思想,甚至一度丧失寻找"理想之我"的能力:"迎风守望太久 / 泪水枯竭 / 我摘下酸痛的双眼 / 在一张全盲的唱片上 / 踮起孤儿的脚尖"(《最后的挽歌》第四章);"驰援""打电话""寄贺卡""写信"等动作是她为创作储备精神力量的表征,但她终日陷于生活、忙于生计,"抽不出时间"关怀自己的精神世界,因而她自我反问"你怎能眺望你的背后",讽喻了金钱和实用主义至上的时代病症。

"词的反叛"预示着诗人开始自觉地在诗歌中完成从"集体"精神代言者到"小我"个体生命内省的转向。如何投入"小我"的世俗化生活,"第三代诗歌"很快找到了进入"世界"的方式。然而,对于朦胧诗人而言,这一转向不乏挑战。朦胧诗写作始终暗含了集体形象,关注诗人与时代的共生关系,在"一代人(小集体)—世界(政治)"宏大的二元对立思想体系中才能完成反抗现实世界的目标。第三代诗人在"个人—世界"的现代性思维框架中,认为"世界"只有在被"个人"以不同的方式筑造之际,才得以称为"世界"。他们要用语言摧毁意识形态框架,让语言在政治观念的渗透面前保持纯粹,使诗只关乎个人本身。

舒婷诗歌中的主体始终与"第三代诗歌"的主体形态保有一定的距离,其深层次的思维装置一直固化于早期朦胧诗"集体化"的模式之中。一代人的经验彻底退场之后,舒婷的写作方式由站在时代前沿呐喊,转为静默地观察。主体性的"我"却仍浮现出"一类人（诗人／艺术家／农人）"的情志："……点燃／旱烟管的农夫／蹲在田垄想心事"，也曾在"二十层楼""探手地龙的心脏"（《最后的挽歌》第三章）。养蜂人伛着背在油菜花田里劳作，蜂蜜最终却流转入都市；空调与前现代的葵扇或薄荷叶形成更为鲜明的对比。农民用丰收之后多余的钱盖房子，"门前月季屋后种瓜"，城市里则"乌瓦白墙意大利厕具"，需要雇佣人"照料肥鹅／兼给皇冠车搭防盗棚"（《最后的挽歌》第三章）。一幅幅城市与乡村的对照图，清晰再现出乡村的"血液"对城市全方位的哺育。人也不例外，戴着"藤帽"的乡村"打工仔"沦为都市现代化建设的养料。现代生活几乎由金钱与钢筋水泥砌成，乡村中天然存在的诗意不断消逝，近于全无；艺术也越来越落寞，画家"衣衫破烂"，画稿竟不知何时成了抹布、解手的草纸。诗人使用反讽的艺术手法，表现出对社会普遍亵渎艺术的焦虑，亦对"一类人（集体）"存在的意义产生犹疑，诗人不禁反问："眺望是小心折叠的黄手帕／挥舞给谁看"？（《最后的挽歌》第三章）

　　第四章聚焦诗人对南北方文化交融与隔膜的思考，写得很诗意也很生活，很"北方"也很"南方"，很切近也很旷远，很历史也很当下，很浪漫也很碎片，不少古代与现代的景观交错闪现，个人创作的经典意象交融着为人熟谙的古诗词元素，散发出浓郁的古典韵致："对北方最初的向往／缘于／／一棵木棉／无论旋转多远／都不能使她的红唇／触到橡树的肩膀／／这是梦想的／最后一根羽毛／你可以擎着它飞翔片刻／却不能结庐终身／／然而大漠孤烟的精神／永远召唤着／／南国矮小的竹针滚滚北上／他们漂流黄河／圆明园挂霜／二锅头浇得浑身冒烟／敞着衣襟／沿风沙的长安街骑车／学会很多卷舌音／／他们把丝吐得到处都是／仍然回南方结茧／／我的南方比福建还南／比屋后那一丘雨林／稍大些／不那么湿／每年季风打翻／几个热腾腾鸟巢/溅落千变万化的方言//对坚硬土质的渴求/改变不了南方人/用气根思想//北风乔木到了南方/就不再落叶/常绿着/他们痛恨汁液过于饱满/怀念风雪弥漫/烈酒和耸肩大衣的腰身/土豆窖藏在感伤里//靠着被放逐的焦灼/他们在汤水淋漓的语境里/把自己烘干//吮吸长江黄河/北方胸膛乳汁丰沛/盛产玉米、壁画/头盖骨和皇朝的地方,也是/月最明霁风最酷烈/野狼与人共舞/胡笳十八拍的地方//北方一次次倾空她的/围腰/把我们四处发放/我们长成稗草进化到谷类/再蜕变为蝗虫/在一张海棠的叶脉上/失散//这就是为什么/当拳头攥紧一声嗥叫/北斗星总在/仰望的头顶上"。

诗人塑造出两幅宏大的画面,南方人看遍"大漠孤烟""圆明园""二锅头""长安街",甚至学到了"卷舌音",但他们仍然回南方"结茧",其文化之根永系于"比福建还南"的南方。诗人使用"蒙太奇"的艺术手法使画面不断流转,在南方的北方人同样怀念北方的"风雪""烈酒""土豆""长江黄河""玉米""壁画""野人""胡笳"。该章将南北方的文化意象密切组合,词的质感炫目得足以唤起听觉和视觉的联想,形成强烈的文化冲击。诗人最终发现,文化的隔膜并不因"经济时代"的到来而消逝,所谓的"文化融合"显然都是时代制作出来的幻想。而文化的堕落却是真实的存在之相,诗人回望自己的创作生涯,她以"橡树"和"木棉"为原点,真正开启了自己的诗歌时代;然而,诗歌正日渐蜕变为遥不可及的残梦。此前她拥有历史承担者的豪迈,此刻她却倍感幻灭与失望,诗人不想就此沉沦下去,却没有释怀的路径,只得将坚守化为无能为力的挣扎。20世纪90年代中期重返诗坛之后,舒婷尝试突破和超越自己,最终发觉"青春的宴席已没有我的席位"。在舒婷看来,她此时以诗人的身份活跃于诗坛,离不开早期朦胧诗写作取得的成绩和影响,由此,她明智而谦逊地给自己定位为"最初的目击者"。这一部分的核心本质在于寻找一种事物存在的宏大文化意义以及"自我"(一类人/集体)存在的价值,这显然背离于90年代诗歌主流语境。思想的装置具有潜在而又决定性的影响力,舒婷最终也无法趋同于"第三代诗歌"写作。

　　早期朦胧诗的政治抒情风格在该诗中也多有留痕。从中年写作的维度考察,写《最后的挽歌》时,诗人已进入不惑之年,激情消退,在她身上曾经产生过的时代感召力和社会影响力也不再,她几度反思自身的生存处境和写作困境,清醒于在诗歌边缘化的时代,诗歌不单是青春期自我情感的表达,还应介入生活,反思当下。长诗第二章,诗人敞开视域,主动强化了嘲讽和批判的视角,反思异国他乡的生存境遇和文化差异,这显然是诗人突入现实生活的努力。不论是"美国大都会"还是"英国小乡村"都是"薯片加啤酒",即便热情地向"异乡人"挥舞,"你让他们/眺望到排山倒海的乐章",他们也不会像"泄洪的大江"给予你注视。"异托邦"显现为一种固若金汤、难以喻解、毫无缝隙的文化共同体形象,"异体字母"指代文化的隔膜,它仿佛病毒一般,日夜侵蚀着"外来者"的"免疫系统"。在外生存的诗人,如蛹如蚁般佝偻在"寄居的风景"里,"译文"是诗人与当地文化的交流媒介。纵然如此,因为无法逾越的文化感受差异,跨语际实践亦如"哈哈镜"一般,难以抵达文化的本质与真相,无法真的让人们心意相通,最后"他们不会眺望你太久",甚至"遮挡别人的目光"。身处他乡,还经常陷落危险处境:"倾斜下沉的破船";又如"咬噬着肉体/要纷纷逃上岸去的老鼠",喻指有些人将文化之根遗忘在原本的"旗舰"上,这是久居异国者的永恒宿命,也可以视为诗人在生命求索中的自省与自新。

　　"集体"的幽灵作为"不可见之物",一直影响着舒婷的思想装置，该诗从本质上并未完成诗人所期待的"裂变"。比照其早期创作，诗中流露出的家国民族（集体）的责任感，还留存早期诗作的影子，诗人并没有在"从河对岸传来"的"不明真相的叠句"（《最后的挽歌》第一章）中寻找到精神的出口与方向，在表明自己的困难和矛盾后，仍旧选择将"坚守"确定为行动策略——"只要再翻过这座山"，也许"其实山那边什么也没有"（《最后的挽歌》第七章），也许根本不存在希望，眺望成空，但最为重要的是"上路"。如此，时隔多年后，诗人再度回应了早年誓词和诗意宣言中的理想主义成分："我钉在/我的诗歌的十字架上"（《在诗歌的十字架上——献给我的北方妈妈》），"虽然能见度很低//此事与任何人无关"（《最后的挽歌》第七章）。舒婷在经历了彷徨、困顿的挣扎之后，即使带着思想的负重，依旧坚守最初的理想及诗人的傲气。结尾设置的暗含光明意味的出口，表现出较为鲜明的政治抒情诗的"美学乐观主义"倾向。

在诗路探索历程中，"变"与"不变"始终辩证地存在，相较于上文提及的诸多"变"，舒婷在诗歌探索历程中仍保持着一个情感型诗人写作的内在肌理。不论诗歌技艺如何调整，她仍然肯定并重复着旧我，这也是她无法真正到达以"个人化"为本质的"词"内部的根本症结所在。舒婷后期诗情枯竭，并非单纯的技艺落伍，也绝非表现力和感受力的衰退，根源在于任何个人的"坚守"都无法与历史的进程相抗衡，亦如早期她自己都无法控制或调节其代表性诗作在社会上的影响和扩展程度。从《最后的挽歌》可以看到诗人在努力思考和实践诗歌"如何现代"的问题，这首诗既可以看作是其"现代主义"诗风的成熟之作，也是她回顾总结个人生活与创作、告别诗坛的终结之作。她不仅回顾了十余年间个人诗歌生命的丰盈与放逐，生活的失望与希望，精神的蜕变与坚守，也清醒于不再把时代作为诗歌创作的源动力,她自觉延续着 80 年代中期以来对个人感觉的回归之风。在完成这首长诗后,舒婷宣称"不管变或不变,大变或小变,我的写作(如果继续的话)仍将始终呼应我个人心中的召唤"①。但是,舒婷终不敌时代浪潮的考验,逐渐淡出诗坛,结庐散文。她后期的散文倾心于书写个人日常生活的点滴,曾获得第六届华语文学传媒大奖年度散文家奖②,诗人以另一种文体印证了时代的写作向度。她曾言在散文中享受到了"语言得到了松绑"的快感:"它们(语言)立刻自行其是,大有离经叛道、另立门户的意思。有一阵子,能够撇开旧的方程式,语言的酣畅流转令我心旷神怡,感觉简直好极了"③。相较于面对诗歌时的"语言饥荒",这一选择,未尝不是忠于自我与文学的另一种"安慰"。

## 结　语

舒婷希望用诗来表现"对'人'的一切关切",她的创作出发点和内核是"自我":一方面,她不屑于做时代精神的"号角",另一方面,这种"自我"又拥有时代、历史和人民的内涵。她注重自我表现,追求心灵自由,创造了属于自己也属于被"文革"压抑的所有女性的情感和精神世界。在长时期的"抒情的放逐"之后,她率先从高度意识形态化的情感丧失或情感禁忌中复苏,自觉从诗歌自身的审美价值进行突围,其诗歌中女性情感的表达具有非个体化

---

① 张昌华:《问舒婷》,载《书人书事》,中国书籍出版社,2019,第 155 页。
② 获奖散文集为《真水无香》,由作家出版社于 2007 年出版。
③ 舒婷:《棉布时代的散文书写——在华语传媒大奖上的答谢词》,载《舒婷随笔》,长江文艺出版社,2012,第 220 页。

的意义，也具有时代和社会学意义。她的诗在略显传统的形式和朴素的抒情中包孕着丰富的内蕴，她始终关注并不断探索如何处理好个人经验和一代人经验的问题，善于在常规物象中洞察尖锐深刻的诗化哲理。亦如谢冕所说："舒婷的诗体现了浪漫情调的极致。她把当代中国人理想失落后的感伤心境表现得非常充分。因为企望与追求的不能如愿，舒婷创造了'美丽的忧伤'。她的声音代表了黑夜刚刚过去，曙光悄悄来临的蜕变期中国人复杂的心理和情绪。"①

---

① 谢冕:《20世纪中国新诗: 1978—1989》，载吕进主编《中国诗歌年鉴（1995卷）》，中国新诗研究所，1996，第394页。

| 第四章 |

# 日常生活的"持物者":王小妮

几千年来，中国女性没有自己的历史，更无从而谈其在文学史中的地位，她们始终在男性书写的历史文本的黑洞中呻吟，逐渐成为被边缘化的"失声的集团"，每次为摆脱被书写的命运的挣扎都以失败告终。近代以降，女性获得日益丰富而独特的现代生命体验与情感表达，同时，新诗成为承载思想和情感的载体之一，需要相应的书写方式，女性诗歌话语得以逐渐形成。学者王富仁认为，"五四"白话文运动的意义与价值在于促使国人"重新学说话，重新学听话"[1]，而这种"说话"和"听话"不仅指手口如一，更重要的是强调作者的心口如一。承继"五四"时期"人的觉醒"和白话文学的实践成果，"五四"女诗人登上诗坛之际，"白话是否可以作诗"的争论已经基本明晰，女诗人们不曾存在胡适等新文化运动前驱者们的顾虑——"白话文学的作战，十仗之中，已胜了七八仗。现在只剩一座诗的壁垒，还须用全力去抢夺。待到白话征服这个诗国时，白话文学的胜利就可说是十足的了"[2]。新文学发轫之时，"五四"女诗人主动肩负起关心世变、唤醒世人的使命，体现出不同于古代女诗人的新视野和新精神，从冰心小诗文体的启蒙话语到林徽因、陈敬容、郑敏风格迥异的现代新诗话语建构，这一历程与

---

[1] 王富仁：《呓语集》，中国文联出版社，2000，第215页。
[2] 胡适：《逼上梁山——文学革命的开始》，载胡适编《中国新文学大系·建设理论集》，上海良友图书印刷公司，1935，第19页。

新文学的历史进程同轨。她们以白话为载体,在新诗创作中关注现实人生和诗艺成长,自觉于新诗现代性话语实践。

自"五四"发端,直到新时期,女性的书写权力和颠覆意识才出现实质性的转变。20世纪80年代以来,置身于全球化语境下,当代女性独特的性别意识和经验表达也呼唤着一种相应的话语方式,以使话语系统和内在精神诉求相呼应,女诗人们不约而同地把目光投向美国的自白派[①]诗歌,以寻求艺术上的启发。在这个20世纪中期以后出现的诗歌派别中,许多作品以"独白""自白"为题,借以实现对自身经验和外在世界的再度命名,直至接近生命的本真状态。受她们的影响,以翟永明为代表的20世纪80年代中期的中国女性诗人,以大胆倾诉女性躯体秘密与内心真实的独白,建立起女性和世界的基本关系。这些自白诗的首要特点是对第一人称的频繁使用。"我"始终像一块居于诗歌中心的磁石,将周围的世界吸纳浑融一处,形成极具穿透力的叙述语气。翟永明《女人》组诗中的《独白》,开篇即亮出"独白"者"我":"我,一个狂想,充满深渊的魅力/偶然被你诞生。泥土和天空/二者合一,你把我叫作女人/并强化了我的身体……以心为界,我想握住你的手/但在你的面前我的姿态就是一种惨败//当你走时,我的痛苦/要把我的心从口中呕出/用爱杀死你,这是谁的禁忌?/太阳为全世界升起!我只为了你/以最仇恨的柔情蜜意贯注你全身/从脚至顶,我有我的方式"。伊蕾在《情舞》中写道:"我欲望的价值百倍地增长/我在无形的阻遏中挣扎/每一秒钟是一个挫折/现在我只剩下了一种

---

[①] "自白派中非常有代表性的诗人中有三位在非常年轻时就自杀身亡。'自白'常常是一种风格化的描述,表明诗歌切近个人的生活并具有非常直接的表达风格。"见周瓒:《女性诗歌:"误解小词典"》,载白烨主编《2002中国年度文论选》,漓江出版社,2003,第337页。

本能／要接触你'带电的肉体'"。海男在《女人·之三》中抒发："我不在你啜泣的风衣下死去／我不在你碎语的阴影中死去／我不在你朔风的地上死去／我不在你黑暗的三角网上死去／我不在你黎明的钟楼上死去……"陆忆敏在《梦》中写道："我希望死后能够独处……也没有人／到我的死亡之中来死亡"。不论是冷静犀利的翟永明，还是报复情结浓郁的伊蕾，抑或是咒语式自述的海男，或纠缠于死亡幻境的陆忆敏，都以"我"字当先，呼之欲出的激情烧灼使她们都抛开了象征话语，一律采用直指式的"我"字结构，不拐弯抹角不拖泥带水，节奏语调急促，一连串决绝强烈的表白和倾诉，几乎取消了语言与审美对象间的距离，本色质朴，直指人心。"我"的扩张喷涌如飞流直下的瀑布，酣畅而遒劲，具有一气呵成的情绪动势和情思冲击力，容不得读者的思维不随作者的急骤想象疾驰。

20世纪80年代初，随着当代汉语诗歌的全面复兴，女诗人崭露头角。在女性诗歌阵营中，舒婷、翟永明、王小妮三位女性诗人的诗歌呈现出三种姿态。起笔于70、80年代之交的王小妮也被归入朦胧诗人行列——虽然她的作品与朦胧诗的理念相去甚远。与舒婷和翟永明相比，她的流派风格和女性意识并不鲜明，在当时的影响力也无法与另外二人比肩；不过，在女性诗歌话语的探索上，王小妮至今无人能模仿和复制，她取得的创作实绩亦可圈可点。

王小妮持续诗歌创作至今，她虽有极强的语感天赋，却始终淡化语言的功利性，坚持以透明、朴素、凝练、灵动的口语，挖掘日常生活的诗意空间，以审美的眼光锐见"物"所蕴含的不同诗意，以个人生活细节的隐喻化和主题化来诠释超越自我的日常世界。过去的40年间，她像一朵晨开的水莲，越写越本色也越发见出汉语言的辉光；她以平凡人的立场，发现低处的智慧，越写越沉凝稳重也越发显露人文的深度。置身喧闹的诗坛,她始终都是一个自发地站在边缘安心写诗的人,可贵之处在于她自始至终以独立从容的姿态感知世界,敏锐地观察,平静地写作,深刻地思考。回视风起云涌的当代汉语诗坛,有谁能像她一样自在低调地跨越了诗坛几段热闹的震荡风潮而不跟从、不介入的呢?

从王小妮的话语风格来看,她初涉诗坛就以平静的语调,开启了自言自语的诉说,诗歌的结构在意绪化和弥散化中直指自我经验,形成了极具标识度的话语风格。从自署日期为"1985.12—1986.1"的那批诗作开始,她从"质感的人文进入了冷漠的荒诞。1986年年中起,呈现了神秘的平静"[1]。从此论断谈开去,王小妮的最大转变不在于风格,而在于她转向对词语腹地的突入,尽情享受语言"制作"的快乐:从被讲述者变成"讲述(写)"的"主体",比如"我看见——"成为其诗中最常用的句式,这也是理解其诗歌的关键;比如,从写作行为的僭越、对抗日常生活的危机,充斥盘诘、互否的本真的自我存在模式,到诗写的多色调与多声部,不难窥见王小妮式的讥刺与抨击,极具轻喜剧式的戏谑,不乏幽默的揭露与嘲讽以及语言形式上流露出的悖论和矛盾构成的反力写作。此外,她安心于"通过日常世界的回归,在日常生活和事物身上重新发现可能的寓意"[2]。王小妮在诗人与家庭主妇的身份之间跳转,她在生活细节中发掘诗性,日常生活赋予她的诗歌一种"殷实"的品质。对于真正的诗人而言,诗歌与灵魂是密不可分的,家庭主妇的身份并未妨碍诗性的流露和提纯,反而让她的诗歌获得返璞归真的朴素感。

---

[1] 徐敬亚:《新时空下的朦胧诗人》,载《崛起的诗群》,同济大学出版社,1989,第173页。
[2] 耿占春:《失去象征的日常世界——王小妮近作论》,《文学评论》2007年第2期。

王小妮擅长从平常生活中的"物"介入个体的精神世界以呈现生命的本质，自古及今，中国诗歌中鲜少为人关注的物象——西瓜、抹布、台风、香烟、土豆、白米饭等都被她注入了个体的生存痕迹与敏锐犀利的反思。当然，日常和平凡的生活是其多年诗歌创作始终不变的立足点和关注点，诗中呈现的都是人们再熟悉不过的日常情形和生活细节，这无疑增加了其诗歌的烟火气；王小妮的智慧在于她"常常在不动声色和不知不觉中，以异常的机智、自然和轻盈，或深入，或提炼，或迂回，或急转，最终抵达时代的核心和事物的本质"①。王小妮写诗看似像生活一样平静随意，她"居家写作"的生活又像写诗一样出门即见葵花、抬眼又见"十枝水莲"绽放。诗里诗外，王小妮都是当代女性诗坛中清醒而自觉地向生活纵深处挖掘且独具创造力和慧眼的诗人。

## 第一节 "无声地做一个诗人"

王小妮（1955— ）出生于吉林省长春市，1969年随父母下放到吉林省农安县合隆公社，她在这个偏远农村度过中学生活。1972年2月随父母回到长春，在长春三中续读。1974年4月，中学毕业后离开长春，到吉林省九台县（现长春市九台区）庆阳公社插队。这两段乡野经历无形中影响着王小妮的诗歌创作，她笃守鲜活的生命气息和质朴的人文关怀，其诗中也浸润着孩童式的善意与透明感。

1978年2月，王小妮作为恢复高考后的第一批考生，经过辛勤的努力，如愿考上吉林大学，与徐敬亚成为同学。1979年5月，以

---

① 2017年第二届李白诗歌奖提名奖作品——王小妮《出门种葵花》授奖词。

徐敬亚、王小妮为核心的"赤子心"诗社正式成立。大学四年,诗社刊物《赤子心》共油印出版9期,徐敬亚、王小妮几乎成为全职诗人。王小妮对诗有着天生的直觉与敏感,据徐敬亚回忆,王小妮写诗很快,一天甚至可以写出十几首诗,改得也很快,"收回遭到了满篇攻击涂改的诗稿后,她可以在几个小时之内,把十多首诗几乎全部推翻。她再次飞快扔下的纸上写着:传阅!"[1]其诗歌创作天赋可见一斑。

1980年至1981年,王小妮的诗歌开始在《人民文学》《诗刊》《星星》《萌芽》等重要刊物上发表,包括《清晨》(组诗)、《我从山里来》(组诗)、《田野里的印象》(组诗)、《印象二首》(组诗)、《碾子沟里蹲着一个石匠》、《我在这里生活过》(组诗)等。1980年她在《诗刊》上共发表八首诗作,7—8月间与徐敬亚一起参加《诗刊》社主办的首届"青春诗会",其诗歌才华迅速被诗坛认可,她的诗也被翻译成英语、法语等多种语言。1982年,王小妮大学毕业,与徐敬亚结婚,同年被分配至长春电影制片厂总编室工作。王小妮的诗歌自带一股自然清新之风,大学时期就养成的创作习惯延续数年。20世纪80年代的王小妮是清新的校园诗人,一如徐敬亚的评语:"最初的王小妮,写出的,是'善'。她的诗,弥散着青年知识分子内心深处的善意之光,它带着一个诚实机敏人的真挚与诚恳,也带着那个时代耿直的忧患。她的诗,浮动出一层早晨空气一样的清新。"[2]但王小妮平白清新的诗句中也深藏着锐利的锋刃,如被多家诗集选入的《印象二首》(组诗)就以独异的诗语有别于同期的朦胧诗作

---

[1] 徐敬亚:《我的诗人妻子王小妮——王小妮文学写作编年》,载张光昕编《我们不能活反了:王小妮研究集》,华文出版社,2019,第263页。

[2] 徐敬亚:《我的诗人妻子王小妮——王小妮文学写作编年》,载张光昕编《我们不能活反了:王小妮研究集》,华文出版社,2019,第269页。

品,是朦胧诗浪潮中一朵格格不入的浪花。

在王小妮轻逸自然、浅白平实的诗句深处,隐藏着敏锐与刀锋。这一方面来自诗人对生活主动深入的体察和反思,她有意识地突破既往的写作套路;另一方面,她在单位里受牵于徐敬亚的《崛起的诗群》所引发的批判浪潮事件,在职工大会上,她被无辜地视为"半个"危险者,因这一事件所形成的心灵的阴影波及其诗歌创作。1985 年她借由爱情隐晦地表达了此阶段的遭际:"我本是该生巨翅的鸟 / 此刻 / 却必须收拢肩膀 / 变一只巢 / 让那些不肯抬头的人 / 都看见 / 让他们看见 / □□天空的沉重 / 让他们经历 / □□心灵的萎缩!"(《爱情》)

1985 年 1 月,徐敬亚只身前往深圳。3 个月后,王小妮也带着两岁的儿子来到深圳,5 月任职于《现代装饰》杂志社。《爱情》作为《告别》组诗中的一首,写于她与丈夫告别之后。这首诗有一种内在的诗韵与诗性逻辑,第一行"我本是该生巨翅的鸟"与第三行"却必须收拢肩膀"形成对照,是什么促使"我"发生了转变?——诗题"爱情"早已给出提示:由于徐敬亚的《崛起的诗群》受到批判,王小妮的生活不免受到影响,为了保护自己与爱人,她收敛了思想的锋芒。"都看见 / 让他们看见 / □□天空的沉重 / 让他们经历 / □□心灵的萎缩!"诗句通过反复手法,强化了忧郁的情感。这首诗还存在一个悖论,"让那些不肯抬头的人 / 都看见",诗人在为爱情伤感的同时,又对黑暗现实发出犀利批判,柔情与冷酷交织,又增加了情感层面的张力,也体现了王小妮爱情诗的独异之处。"却必须收拢肩膀 / 变一只巢"与结尾处"让他们经历 / □□心灵的萎缩!"又形成隐晦的对照,"收拢肩膀"的"巢"不正如同"萎缩"的心灵吗?从形到情,都渗透着相似的意味。结尾落脚于"萎缩",让全诗笼罩在一股悲愤、凄凉的氛围中。这首诗不仅表现了恋人之间的患难与共,更展现出夫妻的真挚情感。短暂的分别期间,王小妮一连写了18首诗——《车站》《苍老》《家》《方位》《独白》《告别》《冬夜》《爱情》《三月》《日头》《岔路》《晚冬》《完整》《用手》《圣日》《深巷》《图画》《满月》,这些色彩灰暗、情感孤郁之作隐伏着诗人诗风的转变。

　　生活的变动不仅改变了王小妮的命运轨迹,也改变了她的诗风。王小妮有"秩序良好"的童年和少年,两次上山下乡经历并未给她带来精神创伤,反而促使她秉持内心的善良,以坦诚直白的语言表达对农业文明的怜惜,抒写农村自然生活。但在经历了1983年这一段伤痛的灰色时光后,诗人"必须收拢肩膀",诗歌中多了断裂沉重的意识,诗风也逐渐从既往的轻逸透明趋向复杂深邃。1986年,王小妮在《告别冬夜》《听力全是因为胆怯才练出来的》《定有人攀上阳台,蓄意篡改我》《鸟所炮制出来的巨型悲剧》等诗中记录下更为阴沉灰暗的内心景象。此前诗作中的"善"在步步后退,而生活的动荡、秩序的散乱、夜色的畸形等质素愈发为诗人所表达,借用王小妮诗语即,把它们"写出来,心中就已经悲凉"。

　　人生过渡期的灰色并不能取代诗人内心最本真的清逸与平静。在深圳生活期间,王小妮走向具有栖息意味的家庭生活。1988年1月至8月,她完成油印诗集《我悠悠的世界》,这本包含44首诗的诗集成为王小妮诗歌创作的第一座高峰,也正是在这一阶段的诗作中,王小妮弥合了一度散乱的精神碎片,走出了梦魇,回归平实烦琐的家庭生活。徐敬亚曾生动地描述这一时期她每天的生活:"她,是这个家庭24小时的钟点工,是一个全天候的母亲、一位全日制的妻子。她像一位上帝派来的第一流保姆,兢兢业业地看守着无数个电、水、气的开关,管理着五六个不容窥视的房门。一日三餐,她和顺地从她的天空之梯上按时走下来,在菜市场、洗衣机和煤气炉之间，她带着由衷的母性，为她的两个亲人烧煮另一种让双方心里温暖的作品。在这一切之后，她才是一个世界上全职的诗人。"①琐碎的生活没有消减王小妮的灵气，反而蕴蓄了更为丰富的现实，重启了她对生活的犀利观察与省思。这种重启并不是对 20 世纪 80 年代初平白清新校园风格"善"的回归，也不是对 80 年代中期荒谬尖厉诗风的简单扭转，而是在岁月的磨砺与笔锋的锤炼下，增加了与外部世界对视的勇气，开拓了审视日常现实的宽广心境与别样视角。亦可说，自然、飘逸的诗风在诗人对日常生活的感性触摸和口语言说中被重新激活，王小妮彻底脱离朦胧诗美学观念，明确了自己的风格。诗人从"一个人掏出自己的心／扔进人群／实在太真实太幼稚"（《不认识的就不想再认识了》，1988），到跨进家庭生活的光照之中，重新做一个诗人："淘洗白米的时候／米浆像奶滴在我的纸上。／瓜类为新生出手指／而惊叫"（《工作》，1995）。文变染乎世情，在转变之路上，王小妮缔造了氤氲着其生命气息的家庭诗学。

"天籁自鸣天趣足，好诗不过近人情"（张问陶语），诗人与全职主妇的角色互相渗透，和谐共生，平凡琐碎的生活片影里浸染着烟火气和书卷气，自然朴素的诗语中闪烁着诗人对生活不留余地的质询。经历了这段米粒与白月光交替主宰的岁月之后，王小妮的诗歌越发轻松、温润，词语在日常直觉中柔软地刺进诗性的内核，其诗作在 1993—1996 年间真正走向成熟。长诗《看望朋友》是王小妮 1993 年重返诗坛的诗作，诗人借对重病朋友的关切"看望"，抒怀个人的积郁之情。王小妮被广东文学院聘为专业作家的两年（1995—1996）成为她文学创作的另一个黄金时期，其间，她完成了组诗《白纸的内部》、组诗《得了病以后》，出版了长篇小说《人鸟低飞》，开始写作随笔集《手执一枝黄花》（1997 年结集出版）。这

---

① 徐敬亚：《王小妮的光晕》，《诗探索》1997 年第 2 期。

些重要的作品尤为关注在"白纸的内部"如何践行自我审视,以及"得了病以后"如何对生命展开感悟和暗示。

1994年,"居家写作"的王小妮以深圳生活为素材完成了散文《放逐深圳》。1998年是王小妮又一创作丰收期,她不仅完成了组诗《突然打开家门》和《普希金的头像》,其长篇采访手记一百篇《巫山行》,也于同年5月开始在《深圳商报》上连载,且湖南文艺出版社还在当年连续出版了王小妮的四本随笔散文集:《谁负责给我们好心情》《目击疼痛》《我们是害虫》《派什么人去受难》。1999年,她赴陕西、贵州等地随支边教师采访15天。2000年,长篇采访手记《陕黔记》在《深圳商报》上连载,手记《在巫山的背后》在《作家》杂志上发表;她于同年参加了"东京2000年世界诗人节""2000年中国当代诗歌会"。2001年,开始写作组诗《在重庆醉酒》(2002年3月完成),出版随笔集《世界何以辽阔》(百花文艺出版社)和散文集《家里养着蝴蝶》(新疆青少年出版社),同年受德国幽堡基金会邀请赴德讲学三个月,9月在斯图加特完成组诗《穿越别人的宫殿》4首。2002年5月,在河南开始写作组诗《十枝水莲》。2003年5月初,将"诗32首"贴于"诗生活"网,5月完成组诗《十枝水莲》。2004年7月被海南大学人文传播学院聘为诗歌研究中心教授,10月赴美国波士顿参加诗会,冬天完成长诗《太阳真好》。2005年1月出版诗集《王小妮的诗:半个我正在疼痛》(华艺出版社),9月从深圳赴海南大学报到,秋季开始为戏剧影视文学专业2005级学生授课,10月到新疆参加"帕米尔国际诗会"。2006年5月完成《月光三首》,8月与徐敬亚背包在呼伦贝尔旅行18天,8月出版随笔集《倾听与诉说》(鹭江出版社),12月出版随笔集《中国腹地行》(北京十月文艺出版社)。2007年8月,出版随笔集《一直向北》(时代文艺出版社),8月参加首届青海湖诗歌节,并自助游览甘南一带，10月在黄山参加"中英诗人聚会"，12月出版随笔集《安放》（山东文艺出版社）。2008年1月出版诗集《有什么在我心里一过》（收入"帕米尔当代诗歌典藏"丛书，作家出版社），6月去英国伦敦、威尔士参加"帕米尔诗歌之旅暨中英诗人交流活动"，7月完成《在威尔士》8首。2011年12月出版散文集《上课记》（中国华侨出版社）。2013年4月出版《上课记2》（中国华侨出版社），9月出版诗集《致另一个世界》（台湾秀威资讯科技股份有限公司）。2014年1月出版主编作品《给孩子们的诗》（南方日报出版社），5月出版随笔集《随手》（北京大学出版社），年底出版中英文对照诗集《有什么在我心里一过》（美国西风出版社）。2015年3月到香港大学讲学三个月，4月出版随笔集《看看这个世界》（人民文学出版社），6—7月与徐敬亚在加拿大、美国旧金山等地旅行45天，11月参加香港国际诗歌节。2016年3月出版诗集《出门种葵花》（江苏凤凰文艺出版社），4月出版诗文集《扑朔如雪的翅膀》（浙江文艺出版社），5月出版诗集《月光》（东方出版社）。2017年3月，受聘广州外语外贸大学客座教授[①]。2018年1月出版散文集《上课记2》（东方出版社），11月出版诗集《落在海里的雪》（中国青年出版社）。2019年1月，出版与翟永明、蓝蓝、周瓒、海男合著诗集《女性五人诗》（人民文学出版社），同月出版诗集《王小妮诗选》（太白文艺出版社）、小说《方圆四十里》（中国青年出版社），2月，出版与于坚、梁平、欧阳江河、李琦合著诗集《50年代：五人诗选》（花城出版社），3月出版散文集《安放》（开明出版社）。2020年3月，出版传记《萧红：人鸟低飞》（北京联合出版公司）。值得注意的是，王

---

[①] 2017年及之前王小妮创作年表参考了《王小妮创作年表》，该年表比较简约，截至2017年，系王小妮自己撰写。见张光昕编：《我们不能活反了：王小妮研究集》，华文出版社，2019。本书在借鉴《王小妮创作年表》时作出多处勘误，文中已经给予订正。

小妮出版的图书不少为再版，如散文集《上课记2》曾于2013年4月由中国华侨出版社出版，2018年1月由东方出版社再版；小说《方圆四十里》曾于2003年3月由作家出版社出版、2012年10月由中国华侨出版社出版，2019年1月由中国青年出版社再版；散文集《安放》曾于2007年12月由山东文艺出版社出版，2019年3月由开明出版社再版；传记《萧红：人鸟低飞》曾于1995年5月由长春出版社出版、2012年9月由中国工人出版社出版，2020年由北京联合出版公司再版时，王小妮重新修订全书，并增加修订版后记。近年来，王小妮的作品大量发表于《诗歌月刊》《中国诗歌》《作品》《诗选刊》《诗潮》等期刊。

自踏上诗坛以来，王小妮在诗歌方面的奖项持续增多：1982年获吉林省创作奖；1989年5月获《作家》诗歌奖；1999年获美国安高诗歌奖。进入新世纪以后，王小妮斩获更多诗歌奖项：2003年3月，其组诗《在重庆醉酒》获《星星》《诗选刊》《诗歌月刊》联合颁发的"中国2002年度诗歌奖"；2004年4月，凭组诗《十枝水莲》获第二届华语文学传媒大奖年度诗人奖，6月获首届新诗界国际诗歌奖（同届获奖诗人有特朗斯特罗姆、牛汉、洛夫、西川、于坚、北岛和痖弦），10月获美国西蒙斯大学诗集奖；2010年5月获首届朱自清散文奖；2011年9月获第五届珠江国际诗歌节"珠江诗歌大奖"；2015年5月，凭组诗《致另一个世界》获"2014中国·星星年度诗人奖"；凭组诗《月光》（发表于《诗刊》2015年5月号上半月刊）获得2015年度中国作家出版集团奖优秀作家贡献奖，6月获加拿大史蒂夫诗歌奖提名，同年英语诗集《有什么在我心里一过》（顾爱玲译）获美国卢西恩·斯泰克翻译奖，入围格里芬诗歌奖候选名单；2017年4月，诗集《出门种葵花》获第二届李白诗歌奖提名奖，8月其发表于《扬子江》（2015年第1期）的组诗《致另一个世界》获得第二届《扬子江》诗刊奖；2019年3月，诗集《落在海里的雪》入围花地文学榜，4月，王小妮获第二届草堂诗歌奖年度诗人大奖，10月获第四届"中国天水·李杜诗歌奖"最高成就奖；2020年3月，王小妮被选为《诗歌月刊》"头条诗人"。

这些奖项并未影响王小妮平静的创作，她始终保持一种自然而然的创作态度。从读书写作到家庭主妇，从山川旅人到大学老师，每段经历都在其诗中留下点滴印记，如水滴汇河，渐渐汇成奔涌的大江。每段日常生活都自然融进诗歌创作中，构成日常的诗性写真集：从20世纪80年代的"请你眯一下眼／然后永远走开／我还要写诗／我是我狭隘房间里的／固执制作者"（《应该做一个制作者》），到母性与温情浸染的"在米饭半熟的时候／云彩退下去。／我看见窗外／天空被揭开／那是神的目光"（《晴朗》），从对外界更微妙的感知——但是这个晚上暖着我的两只手／刚分开的橘瓣／十条全身透明的红鲫鱼／在这一夜里／它们是温温的／是我的"（《天是怎么黑下来的》），到2013年的《上课记2》，王小妮的创作过程呈现为从内到外、从日常细节到生命感悟的舒展及蔓延。

创作之余，在不同的访谈中，王小妮流露出来的皆是她诗歌中淡然、坦然与直率的气质。她在《诗很大程度是可以害人的——答燕窝》中就其诗歌的接受问题如是回答："我一般是写完了，就忘了。……读者对我不重要，如果是为了听人叫好，那就更不重要了。况且阅读没有参数标准，每个人总是读出自己感受的那一点，我喜欢这种阅读歧义，这让人看到另外的门通往作品。至于写作的社会回报方面，受关注可以，不受关注也没啥。我的尊重标准是，老老实实写自己的诗，能面对自己就行了。"[①] 王小妮在《女人适于写

---

[①] 王小妮、燕窝：《诗很大程度是可以害人的——答燕窝》，载张光昕编《我们不能活反了：王小妮研究集》，华文出版社，2019，第296页。

作——答〈晶报〉汪小玲》中也如是表达自己对写诗的看法:"写诗,什么也不能带来。名,是空的,虚幻的。利,简直微不足道。写诗的人,人微而言轻。"① 这种脚踏实地、与人生紧密相依又能超然于外的创作态度,使她的诗散发出一种充实后的淡然,她既拥抱生活,又游离于主流之侧。

## 第二节 直抵时代的核心问题:"活着"的诗学

王小妮主动抛却象征化的写作,将诗歌的超越性建筑于琐细的日常家务和机敏的直觉体验上,形成直觉化的叙述风格。这种直觉写作源于诗人生活阅历的沉淀和将日常感悟瞬间形成诗意转化的能力,她认为:"诗根本不需要'体验生活'。我们活着就永远有诗。活着之核,也就是诗的本质。手拿着本质,还左顾右盼地干什么?"② 王小妮认为活着的内核就是诗,在做琐细家务的时候,她捕捉到土豆、刀刃、青菜根须和米浆上流溢出的诗意光芒并将之蔓延到"白纸的内部",直抵生存的命门和时代的核心问题。

### 一、"白纸的内部":日常生活与直觉诗意

1. 温暖与尖厉:"我悠悠的世界"

20世纪80年代,王小妮在诗歌中充分展示出其对日常细节的捕捉天赋,她以轻逸与自然的言说方式追寻生命的鲜活与本真,在对细节与瞬间感受的怀疑与确认的反复思辨中,穿透"平白清新的

---

① 王小妮、汪小玲:《女人适于写作——答〈晶报〉汪小玲》,载张光昕编《我们不能活反了:王小妮研究集》,华文出版社,2019,第311页。
② 王小妮:《王小妮谈诗的几段文字》,载《我的纸里包着我的火》,春风文艺出版社,1997,第223页。

诗感",直指深沉的现实关怀,呈现出细腻平静而又犀利沉重的现代生命体验。

《印象二首》组诗之一《我感到了阳光》是王小妮80年代初的代表作,这首诗充盈着阳光的暖意,是诗人试图在新的历史情境下,以去象征化的平实叙述来表达"此在"凡俗生活中的瞬间感受和个体精神向度。

> 我从长长的走廊
> 走下去……
>
> ——啊,迎面是刺眼的窗子,
> 　　两边是反光的墙壁,
> 　　阳光,我,
> 　　我和阳光站在一起!
>
> ——啊,阳光原来是这样强烈,
> 　　暖得人凝住了脚步,
> 　　亮得人憋住了呼吸,
> 　　全宇宙的光都在这里集聚。
>
> ——我不知道还有什么存在,
> 　　只有我,靠着阳光,
> 　　站了十秒钟,
> 　　十秒,有时会长于一个世纪的四分之一。
>
> 终于,我冲下楼梯,推开门,
> 奔走在春天的阳光里……[①]

---

[①] 参考王小妮:《我感到了阳光》,载《青年诗选》,中国青年出版社,1981,第173—174页。《我感到了阳光》发表后,被不同诗歌选本选入,排版和字句略有不同,本书参考《青年诗选》选本,主要考虑因素是该选本距诗人创作时间最近。

置身于改革开放初期，人们刚刚走出"文革"的阴霾，诗歌的宏大叙事范式被打破，创作主体获得相应的个体精神自由，抒发自我瞬间感受、个人情趣的诗歌不再被视为"小布尔乔亚"情调笼罩下奢靡腐朽的象征。此外，20世纪80年代初期文化界的整体氛围相对宽松、开放，诗坛欢迎并主动发掘具有新时代气息的"诗歌新人"，王小妮准确把握住了彼时公众对于改革开放的普遍态度——既欣喜又被突然到来的"阳光"震慑，并在种种情绪不断地交融转化后，最终升华为对未来生活的无限期待与渴望，正如她自述："把想到的东西乱七八糟地，匆匆忙忙地写在纸上，是一种快乐。那快乐就在想和写的过程之间散了。"① 这首诗写作的过程也是快乐不断升华的过程，整首诗分为五节，我们可以将之认定为诗人所描绘的五种心境的转变，在层层递进中，整首诗渲染的图景被推向高潮。"我感到了阳光"，一句平常的陈述却道出诗人为阳光所激活的感受，阳光使她得以从苍白的生活中挣脱出来。"我从长长的走廊／走下去……"，追寻阳光的历程中，长廊的黑暗、逼仄与阴凉都在酝酿诗人内心的不安；直到第二节，阳光才终于从"感受"中显形，在诗人的视野中展露出实体，"——啊，迎面是刺眼的窗子，／两边是反光的墙壁"，随即，诗人捕捉到主体的思绪："暖得人凝住了脚步，／亮得人憋住了呼吸"。这首诗从对阳光的歌咏与充满期待的昂扬情绪转向不安，阳光的"刺眼""亮"和"暖"，对尚处在阴暗环境中的人来说，多少会带来感官上的不适，用"暖"对应"凝"，"亮"对应"憋"，则将阳光从无形的物体转化为一个可以触摸的实体，也呈现出诗人敏锐的感受。"只有我，靠着阳光，／站了十秒钟"，或许是单纯地为阳光带来的温暖与光明所感染，或许也在犹豫是否要踏入眼前的阳光之中，诗人个体的心态与改革开放初

---

① 王小妮：《1996年笔记》，《诗探索》1997年第2期。

期公众的心理活动有所对应；结尾处尤为同构："终于，我冲下楼梯，推开门，/ 奔走在春天的阳光里……"整首诗并未使用任何华丽的辞藻，却通过对个体情绪的深入描绘，将每一次心境的变化形象化，潜入时代浪潮下个人真实的心象世界中。

《我感到了阳光》一诗中的感叹词与标点符号运用尤其耐人品味。诗人两次使用了"啊"，三次使用了"——"，两次使用了"……"。诗中的感叹词"啊"能够让人的发声器官充分地运转，拟口语的标点符号的使用则可以很好地控制书写的节奏，"——""……"出现时，读者的视线被短暂地从文字上引开，给人以片刻的沉思。王小妮对感叹词和拟口语标点符号的精准使用，凸显了那个时代对于声音诗学的偏好，让整首诗像音乐一样流动跳跃起来，层层叠叠的情感更加丰满流动。

这首诗是王小妮前期较有代表性的作品之一，瞬间情感的交错变幻、对节奏的熟稔把握以及特定时代中的个体诉说，让这首诗具有极高完成度。诗歌末尾诗人走进"春天的阳光里"，未尝不可视为诗人创作生命的开始。

创作这首诗时的王小妮只有 25 岁，她的"平白无华，打动了躲在躁动不安背后、人类共有的基本美感。在现代诗一片新开垦出来的早春泥土上，她清癯、灵动的小花，开得分外显眼"[①]。善意的愉悦与温暖的慰藉，在王小妮 20 世纪 80 年代初期的创作中俯拾即是："我逆着老人的身影跑，/ 眼睛被整个天空灌醉。/ 眼前，只有 / 刚刚跳出地面的太阳，/ 又大又红又黑……"（《早晨，一位老人》，1980）太阳的光芒触碰到了诗人对底层百姓的柔软怜惜。"头发是细嫩的叶子 / 在阳光里慢慢地飘 // 对于你，世界 / 就是我的手 / 是一

---

① 徐敬亚：《一个人怎样飞起来》，载王小妮著《我的纸里包着我的火》，春风文艺出版社，1997，"序言"第 7 页。

片温暖又鲜红的五角枫"(《你是我的小樱桃》，1982)。阳光的温暖在平淡极致的叙述中直抵快乐，让人心生希望。不过，"如果王小妮停在 80 年代初——她，甚至还不是诗人，不够诗人"①。

可贵的是，其 80 年代中后期至 90 年代的诗在平静中暗布"尖厉"之风，用平静或平凡的词语表达尖厉的思考。相应地，王小妮这一段时间的创作充满压抑和质疑。如："在这个冷得乱跳的白夜，/ 四周全是强壮之人，/ 坐在大玻璃幕墙对面 / 齐望着我。"(《我会晤它，只是为了证实它惯于骗人》，1986)"世界打开 / 黑锈繁复之洞，/ 江水横流。/ 是什么，迫着我 / 永远仰起头不观江。"(《泥泞斑斑，我横贯于闹市观江》，1986) 即使 1988 年她完成诗集《我悠悠的世界》，迎来创作"黄金期"，这宁静超然的"悠悠的世界"里，仍潜藏着悲观和无奈。在《不认识的就不想再认识了》(1988) 这首诗中，诗人写道："一个人掏出自己的心 / 扔进人群 / 实在太真实太幼稚。"诗人认为个体的"我"与群像的"人群"不可完全同频调和，故而诗人自语："从今以后 / 崇高的容器都空着。/ 比如我 / 比如我荡来荡去的 / 后一半生命。"生命被悬挂在半空，"荡"呈现出一种孤立而被动的紧张状态以及人对自身难以把握的无力感。又如《清晨》(1993)："那些整夜 / 蜷曲在旧草席上的人们 / 凭借什么悟性 / 睁开了泥沼一样的眼睛。//……// 我坐在理性的清晨。/ 我看见在我以外是人的河水。/ 没有一个人向我问路 / 虽然我从没遇到 / 大过拇指甲的智慧。""睁开了泥沼一样的眼睛"描绘出人的混沌感，也遥遥拉开"我"与"我以外"的他者之间的距离，不仅仅是物理上的，更是思想维度上的，折射出诗人的清醒和理智，也暗含着她对彼此相互理解或融入持有审慎的态度。

---

① 徐敬亚：《一个人怎样飞起来》，载王小妮著《我的纸里包着我的火》，春风文艺出版社，1997，"序言"第 7 页。

即使进入 21 世纪，王小妮的叙述语言异常平和开朗，但"尖厉之风"也会偶尔浮现。"贵州半隐半露着。/ 从古到今最骨感的这个模特儿 / 它把身体深藏在骷髅遍布的山间。/ 左右的溶洞里挂满了它的时装 / 取一件是黑的，取一千件还是黑的。// 骨瘦如枝的贵州胆小又紧张 / 越坐越古老越陷越深 / 像黑山羊的尸体钻出风暴掀乱的墓地。"（《过贵州记》，2004）诗人看到的是"骷髅遍布的山间"，"贵州""骨瘦如枝""胆小又紧张"，她眼中的"贵州"像不祥的"黑山羊的尸体钻出风暴掀乱的墓地"。又如："荷塘是漆黑的。/ 冬天霸占了别人家 / 存放整整一年的尸体。/ 哪儿插得进半丝的月色。// 十二月里闲适的枯骸 / 演戏的小鬼们舞乱了水面。/ 原来的黑，再披件灰闪闪的袍子 / 干柴重新钻进火 / 寒冷的晚上又黑下去十倍。/ 月色水一样退回天上的盘子。"（《荷塘鬼月色》，2004）可见，诗人注视的焦点并不总在日常和谐的光照中，也不时落在光芒消逝之处，流露某种微妙的沉重。

2. "只为自己的心情去做一个诗人"

如前所述，在"精神动荡"和"价值失落"的 20 世纪 90 年代，当代诗歌出现了一种新的写作面向：放弃历史的宏大叙事和象征写作，选择切近日常的凡俗生活，以反讽、游戏的态度直面生活中琐细碎片，从而达到对存在的本真叙述。韩东有言："生命的具体性、自足性、一次性、现时性和不可替代性必须得到理解。"[①] 在沉寂多年后，王小妮走出了 80 年代的单纯和峻急，让意义"只发生在我的家里"，无声地宣告："重新做一个诗人"。在以此命名的随笔中，王小妮这样写道："只为自己的心情去做一个诗人。他要另外去劳动才能不饥饿"[②]。她已经不再将写诗当作一种职业，一种谋生手

---

[①] 韩东：《〈他们〉，人和事》，《今天》1992 年第 1 期。
[②] 王小妮：《重新做一个诗人》，《作家》1996 年第 6 期。

段,也不认为写诗是"经国之大业"的工具与旗帜,她一心一意地在为自己的心情和感受去做一个诗人。她试图剥离掉附加在诗人身上历史、文化和政治的沉重,而将"诗人"还原到赤裸裸的自然生命本身,在琐细日常家务与诗歌写作中消解现代人的焦虑,并直抵生存关怀本相。《重新做一个诗人》(1995)之后的诗作展露出诗人对细微物象的复杂深层次的直觉抵达能力,日常口语的叙述逐渐自觉清理了以往惯用的浅白或尖厉的语调,显得更为平和、自由和机智。在此节选几首诗进行比较:

我看见那个人退避的目光/他不想让它到达我/在一公分以外/我试到那目光止住了。/它随时会被/主人快速回收。

——《那个人的目光》(1996)

到冬天的西北去/抱一棵白菜/立刻就能飞了。/田里的人/怀抱着洁白多层的卷云/他们飞得多么安详。/天空旋转/保佑着胸前生长蔬菜的人们。

——《抱大白菜的人仰倒了》(1999)

拖拉机像村庄里寄养的野兽/左右扑腾着跑出来/不是着急/是天生的快。//尘土和茅草大团大团跟着它/青萝卜和红萝卜拉得很满/早雾忽高忽低/三个年轻人骑着萝卜进城了。//拖拉机让乡村也有了动物。/榕树在晃/鸭子游得欢/人们哦,好像也被它们给带活了。

——《拖拉机跑得真快》(2004)

《那个人的目光》一诗中有强烈的身临其境之感,一挥而就的数行诗句,铺陈出诗人某一瞬间的直觉。而《抱大白菜的人仰倒了》更是生活中朴素片影的徐徐绽放。"天空旋转",诗人的视觉随之层层展开,此刻冬天的西北与田里的每个人,都是一种"飞"的状态,"他们飞得多么安详"。这里是一种双重直觉的呈现——西北城市的拟人景观与人的具体行为,而对"白菜"这一日常事物的攫取,是诗人独有的充满烟火气的诗意切入,在诗人眼中,一切都轻松和谐。在《拖拉机跑得真快》中,拖拉机"左右扑腾""天生的快",尘土和茅草"大团大团跟着",青萝卜和红萝卜"拉得很满",早雾"忽高忽低",年轻人"进城"。"榕树在晃 / 鸭子游得欢","人们哦,好像也被它们给带活了"。诗人在凝望世界,观看这一图景,捕捉一系列鲜活的生命体,"这种对日常生活的平静态度,正与古人无目的的浪游或者饮酒、赏月、采菊具有精神的相通"①。人们可以直接参与到日常的细小诗意中,这种诗意是纯真、纯粹而常见的,更印染着诗人的个人气息。

相比于 80 年代对捕捉日常瞬间的执念,1995 年王小妮决定"重新做一个诗人",随即走出了以往自我幽闭的世界,而在对日常经验宁静朴素的观照中,愈发重视主客体的搏斗与融合,从而逐渐走向自由随心的写作。这是对 90 年代日常写作的超越,是独属于王小妮的个人化写作。如在《等巴士的人们》中,诗人为"光"这一意象赋予了超越日常审美经验的多重寓意:"早晨的太阳 / 照到了巴士站。/ 有的人被涂上光彩。/ 他们突然和颜悦色。/ 那是多么好的一群人呵。// 光,降临在等巴士的人群中。/ 毫不留情地 / 把他们一分为二。/ 我猜想在好人背后 / 黯然失色的就是坏人。// 巴士很久很久不来。/ 灿烂的太阳不能久等。/ 好人和坏人 / 正一寸一寸地转换。/ 光芒临身的人正在糜烂变质。/ 刚刚猥琐无光的地方 / 明媚起来了。// 神,你的光这样游移不定。/ 你这可怜的站在中天的盲人。/ 你看见的善也是恶 / 恶也是善。"在对日常生活的视觉静观中,王小妮尤

---

① 向卫国:《论王小妮的诗歌》,《云南社会科学》2005 年第 6 期。

为倾心于"光"的意象,并赋予其多重意义的指涉。早在《印象二首》组诗之一《我感到了阳光》中就有诗句"——我不知道还有什么存在,/□□□□只有我,靠着阳光,/□□□□站了十秒钟","我"与"光"的融合虽只有短短十秒钟,心理感觉却长似"一个世纪的四分之一"。外界的"光"对"我"来说是光明的力量、永恒的象征。到了《等巴士的人们》,"光"成为游移不定的代言人,发出光的"神"也成为不分善恶的"盲人","我"对象征光明、永恒的"光"产生了怀疑。2003年诗人开始关注孤寒奇崛的月光如何"在深夜照出了一切的骨头","我"置身其下,也洞见到"城市是一具死去的骨架"(《月光白得很》),全诗飘移着忧郁孤绝的情绪。"光""太阳""月光"等意象在古典诗歌及现代新诗中极为常见,但它们在王小妮诗中却富有新异的诗学寓意,这也与主体"我"的观看姿态有关。在《我感到了阳光》中,"光"与"我"在短短十秒钟就达成了客观与主观的契合——"全宇宙的光都在这里集聚",这显然不是古代"天人合一"自然观的重现,回到80年代觉醒的时代语境,更准确地说,这是诗人主体性的张扬。在20世纪90年代的诗作《等巴士的人们》中,无论崇高如"光",抑或渺小如等巴士的芸芸众生,"我"对日常生活中的万事万物都持一种"冷眼旁观"的态度:"早晨的太阳/照到了巴士站。/有的人被涂上光彩。"相对于以往对日常生活的诗意书写,这首诗的叙事更为侧重具体时空意识和观照对象——早晨、巴士站,主动者是"光",被动者是"等巴士的人们"。"光"把"等巴士的人们"一分为二:好人和坏人。起先"我"认为那些和颜悦色涂上色彩的人是好人,黯然失色的人是坏人,但随着光影的推移,"光芒临身的人正在糜烂变质。/刚刚猥琐无光的地方/明媚了起来"。因此"我"这个冷眼旁观者对好人和坏人的判断产生了疑问。最后,"我"竟然对至高的"光"或制定善恶标准的"神"产生了怀疑:"神,你的光这样游移不定。/你这可怜的站在中天的盲人。/你看见的善也是恶/恶也是善。"

在这首诗里,"光"与其说是实体性的存在,不如说喻指一种价值体系标准,而"等巴士的人们"则是生活在这样的价值体系中的人们:时而光芒临身而和颜悦色,时而处于黑暗中而糜烂变质。诗人并未给我们呈现出现实中熙熙攘攘的巴士车站,而是借人与物的关系粗笔勾勒出一个抽象的隐喻:在新的时代语境里,外在世界固有的价值秩序正在变得"游移不定",一切美丑善恶都处于变幻之中,即便是"光",也要接受思想的审视和质疑。诗人从社会历史的宏大叙事回到个体思想的松解,回归与个人心情联系最紧密的日常细节。所以我们从王小妮的诗歌中看到的不只是经验和诗歌题材的解放,也是女性人格与思想的独立,还有日常景观中真实的生活状态。在日常细节的朴素凝望中,她通过含蓄自然的知性书写对自我与世界进行了双重探索,进而质疑此在的生存秩序和世界本相。

## 二、"城市是一具死去的骨架":城市批判与底层书写

1985 年,王小妮离开长春移居深圳,沉浸和游走于瓜果、浆水等琐碎的日常家庭生活之余,也以冷静的批判之姿审视这个飞速发展的城市。在她的笔下,城市就如一只"化了彩妆的恶魔/每天吞吐着太多的幻想家和失意者"(《两列交错而过的火车》),繁荣的底色也即荒凉:"一座每天上演焦急、贪婪的城市——在诗人眼中,它同时具备了另一座空旷农场的全部条件。"[①]

### 1. 对城市的批判与反思

后工业时代,千城一面,城市变得相像,乡间泥泞的小路不见

---

[①] 徐敬亚:《我的诗人妻子王小妮——王小妮文学写作编年》,载张光昕编《我们不能活反了:王小妮研究集》,华文出版社,2019,第 271 页。

了，高楼大厦林立而起，城市的冷漠使得人与人之间的关系也变得像冰冷的钢筋和铁一样。飞机、地铁、电信加快了人们的生活节奏，人们越来越忙碌，留给个体驻足思考、反观自我的时间越来越少，更鲜有人主动停下来观察社会和世间冷暖，大家俨然充实地前行，但前方的路越走越窄。一直以来，王小妮痛恨城市快节奏下无意味的生活状态，她在诗中毫无掩饰地表达对后工业文明演进中快节奏的忧思和反省："多么多么快的箭／多么多么重要的路程／不过是在每个晚上／射中一张能睡下去的床铺／／我们为什么要像一支箭／为什么显得比骑驴人更着急"（《我们箭一样要去射什么》，2003）。

诗人像剥洋葱一样层层拨开人们习以为常的生活姿态，将生活的阴影、心灵暗处的虚伪和生存的狼狈展现无余："人们照样赶路／钱还是藏进最深的口袋／心都在暗处蹦跳。／少数人张开嘴笑／露出不够干净的牙齿。／哦，快乐。"（《北京大晴》，2004）"照样"一词无奈地暗示着变化中的不变，好像什么也阻挡不了大家一以贯之匆忙行进的步履，金钱和物质如灯塔一般傲立前方吸引着赶路者的目光，人们已经沦为金钱的奴隶。金钱已然代替尊严、理想、友情以及被贤哲奉为双目护持的"真善美"……在"快"时代，人们更珍爱金钱，仿佛唯有将之"藏"进口袋才能获得安全感。

都市的夜晚是多元城市景观的一个重要部分。寂静午夜是在大都市空间中肆意横行的现代性时间的短暂停顿，更是人们精神驻足进行诗性思考的顿悟时刻，都市月光下人们的孤独与迷失感在此刻也尤为强烈。从波德莱尔所处的 19 世纪中叶至今近 200 年间，很多诗人都沉迷于对都市夜晚的书写，虽然个体经验不同，抒写视角不一，但深夜中的孤寂和迷失构成了很多诗人笔下的共情。王小妮笔下的月光"照出了一切的骨头"，尤其照见"城市是一具死去的骨架"，也"使我忘记我是一个人"，月光将城市的冰冷不留一丝温情地呈现出来:"月亮在深夜照出了一切的骨头。// 我呼进了青白的气息。/ 人间的琐碎皮毛 / 变成下坠的萤火虫。/ 城市是一具死去的骨架。// 没有哪个生命 / 配得上这样纯的夜色。/ 打开窗帘 / 天地正在眼前交接白银 / 月光使我忘记我是一个人。// 生命的最后一幕 / 在一片素色里静静地彩排。/ 月光来到地板上 / 我的两只脚已经预先白了。"(《月光白得很》,2003)

2003 年是诗人创作的巅峰期,《月光白得很》描绘了一幅都市月夜的景象,"我"在城市一隅的容身之地打开窗户,独自一人感受月下的万籁俱寂。全诗从"月亮在深夜照出了一切的骨头"切入,"我"在月亮的光照之下,成为其中被照的某块"骨头","我呼进了青白的气息",感受"人间的琐碎皮毛",感受此刻的"化腐朽为神奇"——皮毛化为"下坠的萤火虫"。"我"观照月亮,月光照亮"我",在"我"的注视中,景象超出眼睛的视域,进入一种冥思,一种似视非视的境界。"月亮在深夜"是现实中的注视,而"照出了一切的骨头"则是超乎现实的注视。"我呼进了青白的气息",游弋在苍茫之中,却同时不乏清醒,由是,"我"可以感受到"城市是一具死去的骨架",从表象上看,诗中冷寂的象征事物渗透着死亡气息。诗人游弋于迷离和清醒之间,坦言"没有哪个生命 / 配得上这样纯的夜色","月光使我忘记我是一个人"。月光使忙碌的诗人安静下来,体味诗性思考的寂静,在对月亮及光照之下万物的直觉感悟中,城市与"我"同时被净化了,"生命的最后一幕"在月光的素色里"静静地彩排"。月光将繁华与功名、文明与命运都淡化得只剩下"空寂宁静",只剩下超验纯净的感知。这首诗的写作与美国诗人弗罗斯特的"诗歌观"极为相谐:"诗始于喉头的一阵哽咽,始于一丝怀乡之念,始于一缕相思之情。它是朝向表达的一种延伸,是想得到满足的一种努力。一首完美的诗应该是一首激情在其中找到了思想、思想在其中找到了言辞的诗。"①

与王小妮前期的诗歌相比，这首诗语言洁净，叙述自然，情感节制，呈现出圆融、纯净的诗境，尤其是最后一句将整首诗引入陶渊明所悟"此中有真意，欲辨已忘言"（《饮酒》其五）之境。《月光白得很》一诗对轻、淡、静的描述达到一种极高的层次，而且铺开的"动作"是缓慢的，不经意的，是生命的一种潮汐式的蔓延：月亮与一切的骨头—人呼进的青白气息—物我两相忘。可以说，王小妮的写作至此完全展示了她的创作理念，一种自然而然的写作，一种在场的生命体验。诗人不避"锋利"（"在深夜照出了一切的骨头""城市是一具死去的骨架"），不避琐碎，浸染在日常中（"人间的琐碎皮毛/变成下坠的萤火虫"），与外物相交接，因而产生一种可能，刹那已臻化境："我的两只脚已经预先白了"。心灵的感应比现实的感应更快更迅疾，王小妮与生俱来地具有一种淡化的能力，她可以将苦难、命运乃至死亡都放进空寂宁静的淡化范畴之内，从直觉中衍生出既封闭又开合自如的自在世界。

同样作于2003年的组诗《十枝水莲》之中的一首《我喜欢不鲜艳》，表达出王小妮对自然规律的袒护和对城市秩序的反抗："种花人走出他的田地/日日夜夜/他向载重汽车的后柜厢献花。/路途越远得到的越多/汽车只知道跑不知道光荣。/光荣已经没了。//农民一年四季/天天美化他没去过的城市/亲近他没见过的人。//插金戴银描眼画眉的街市/落花随着流水/男人牵着女人。/没有一间鲜花分配办公室/英雄已经没了。//这种时候凭一个我能做什么？/我就是个不存在。//水啊水/那张光滑的脸/我去水上取十枝暗紫的水莲/不存在的手里拿着不鲜艳。"曾经受惠于自然的"种花人"和

---

① ［美］弗罗斯特：《弗罗斯特集（下）》，［美］普瓦里耶、［美］理查森编，曹明伦译，辽宁教育出版社，2002，第906页。

"农民",在现时代都已变成了"经济人",经济的优势展示为一种严肃的表象,他们"日日夜夜""向载重汽车的后柜厢献花","一年四季/天天美化"他们"没去过的城市"、"亲近"他们"没见过的人",在某种程度上,他们已沦落为工于心计、情感淡漠、追求财富的人。以土地为父母、以林木为子女的农人尚且如此,更何况"插金戴银描眼画眉的街市"里的男人或女人,"光荣已经没了""英雄已经没了",曾经由于做了好事而被公认为值得尊敬的荣誉、光芒都无足轻重了,那些勇武过人、无私忘我、不辞艰险,为人民利益而英勇奋斗着的"英雄"形象也无足挂齿了。"汽车只知道跑不知道光荣""没有一间鲜花分配办公室",在人类普遍通过市场解决各种问题,并用经济价值衡量一切时,人类存在的很多方面,包括自然,便只具有较低的现实性,用于自然的每笔开支对于经济而言都是一种成本,"选择自然是一种应急或者恐慌的方案,对自然的冷漠或者反对才是最为理智和正常的"[①]。在经济、实利充斥人心的社会里,代表"自然"的"鲜花"无疑也是一种可有可无的选择。"这种时候凭一个我能做什么?/我就是个不存在",诗人看到城市与乡村的价值观念在某种程度上已经相同,往城市运输"鲜花",试图唤起维护和保护"自然"的意识的做法只能是治标不治本,城市依然借助于物质存在的规约、社会灌输的标准和模式,主宰着人们的身体和精神。在这样的时代里,"我"就是个"不存在",这种"不存在"更贴近于一种"机械化"的状态,当人类越来越依赖科技、机器时,智力也会被局限,这便是人类对于"不存在"的深切感受和体会。诗歌的尾声"我去水上取十枝暗紫的水莲/不存在的手里拿着不鲜艳","暗紫"再一次表明了水莲"不鲜艳"的生

---

① [法]塞尔日·莫斯科维奇:《还自然之魅——对生态运动的思考》,庄晨燕、邱寅晨译,生活·读书·新知三联书店,2005,第130页。

命尾声，诗人借社会的"不存在"之手，托起了自然之物，以人道伦理与自然规律为感召之力，试图唤醒被机器化了的人类和日益枯萎的人类文明。

2. "泥沼一样的眼睛"：悲悯与尖锐的底层书写

21世纪以降，"草根诗人"大量涌现，越来越多的作家、诗人开始关注打工群体、底层人民的生活，日渐形成一种写作生态，与社会发展密切关联。这一创作症候的勃兴起因于相关的社会问题，关联着一大批被当代文坛忽略的困难群体的生活现状，内中境况无须虚构，无须点染，始终真实地存在于诗歌史之中，不增不减地在岁月中流淌。

在市场经济语境下，随着城市化进程的加快，那些被迫从乡村走向城市的底层人民不断感受着城市给他们带来的生存冲击。白连春、谢湘南、郑小琼、郭金牛、曹利华、许立志、余秀华等底层诗人逐渐登上了诗坛，显露出独特的创作才华。此外，部分在20世纪八九十年代有影响的诗人在进入21世纪以后，逐渐开始关注底层人民的生活，批判与揭露社会的阴暗面，用人文关怀去照亮世界的暗处。王小妮的《背煤的人》和蓝蓝的《矿工》，虽同写底层人物的日常生活，但王小妮在悲悯情怀之外又多了几分尖锐思考，并转向自我反思："穿过桑林，观察那个漆黑的驼子。// 他完全不看我 / 浑浊的眼睛正把我灰一样擦掉。/ 大地发暗的胸脯 / 那下面就有纸钞 / 一条背煤人的秘密路径。// 他躬着，紧守着巷道走，不偏离 / 从暗到亮，再从亮到暗。/ 这个被事先装置在煤层里的人 / 黑被他走得更黑 / 所以，光才显得更亮。// 对于背煤的人 / 我和我的世界是没有的。/ 除非我是钞票 / 我是手掌里不断抖出纸币的魔术师。// 这时候，观察就是残忍。/ 我已经不常感觉饿，不常冷，不常怕 / 不能再做个不知悲悯的人。"（《背煤的人》，2004）

该诗首句直接将背煤人的形貌状态生动地呈现出来：一个皮肤黝黑的驼着背的背煤人在略带阴翳的桑林里穿越，"他完全不看我／浑浊的眼睛正把我灰一样擦掉"，背煤人对外部环境的迟钝和忽略源于生存的窘迫，他只焦灼于个体的生计；"大地发暗的胸脯／那下面就有纸钞／一条背煤人的秘密路径。"诗人用生动的拟人手法揭示了背煤人所倚赖的生存之道，细微又准确地勾勒出背煤人生存的窘境和可悲的命运，随后通过"躬""紧守"等一系列动词的使用体现出背煤人行进的艰难和小心翼翼，诗人的悲悯抵达了背煤人痛苦的深层。诗的最后一节写道："这时候，观察就是残忍。／我已经不常感觉饿，不常冷，不常怕／不能再做个不知悲悯的人。"诗人不仅同情社会底层劳动人民的生活境况，更由良知引发出"不能再做个不知悲悯的人"的自我反思和警示。

### 三、日常秩序的诗性重置

王小妮以平民之姿穿行于市井街巷间，在创作中，她却始终坚持以知识分子的秩序感重置日常秩序，这在《悬空而挂》与《重新做一个诗人》两首诗中有所体现。

1. 解放自我的《悬空而挂》

《悬空而挂》创作于 1995 年 4 月，被纳入组诗《得了病以后》，充分展现了诗人在 20 世纪八九十年代的诗歌风格——日常直觉诗意与尖厉敏感的融合。"犯了什么重罪／那些半空中随风荡漾的物体。／它们被绝望地悬挂。／没有眼睛的等待。／雨伞海棠花盆和老玉米。／／我害怕突然的坠落。／我要解救你们于高悬。／在我这儿／悬挂就是犯法。／我让万物落地／我在海洋以外的全部陆地／铺满羔羊的软毛。／／接托住／比花粉更细微的香气。／让野风像温泉／贴着鞋底走。／我看见日月／把安详的光扑散在地面／世界才有了黑白／有了形色。／／

整个大地／因为我而满盈。／像高矮不同的孩子们／席地而坐。／我红亮的珠宝还在蹦跳。／它现在落地为安／正用舒缓的手／摸过万物之顶。"诗人在对日常万物的直觉凝望中增加了视线的折叠褶皱，看到了支配万物的"悬挂"之手。旧世界的万物因为"悬空"违反了"我"的法则，"我"让世界万物落地为安。在更高的维度上，诗人将万物秩序进行重新排列组合，建构出一个完美的"新世界"。其间，"可爱的万物"因为有了诗意的存在，与"我"达成物我一体的和谐。

"犯了什么重罪／那些半空中随风荡漾的物体。／它们被绝望地悬挂。""等待"本身是一种生命存在的日常形态，"雨伞""海棠""花盆""老玉米"，这些悬空而挂的"物件"显现出正在进行的或"等待"的生活状态，自然平淡却饱含生活本相的寓意。而后一种恐惧感油然而生，"我害怕突然的坠落"，惧怕美好事物被毁灭，让"我"产生一种难以名状的勇力，因而"我要解救你们于高悬"。"在我这儿／悬挂就是犯法"，诗人从"悬挂"中将他者世界与自我世界区隔开来，自我世界也有了自足丰盈的哲学内涵和日常诗意审美。诗人的拯救之力"让万物落地"，全新的世界得以生成："我在海洋以外的全部陆地／铺满羔羊的软毛。／／接托住／比花粉更细微的香气。／让野风像温泉／贴着鞋底走。"与此同时，诗人给予万物以温暖的怀抱："整个大地／因为我而满盈"，"正用舒缓的手／摸过万物之顶"。诗人不仅感念万物的存在之悦，也觉察到万物之恐惧，她常怀一颗慈悲之心，以为世间万物皆生而自由，因而忍不住问询："犯了什么重罪"？诗人试图以一己之力"更生"世间万物，让万物"落地为安"，在"我"心中排列成合理的秩序。

《悬空而挂》在直觉诗意涌现中也隐伏着尖厉的疼痛，带有王小妮80年代诗歌独特的"撕裂"印记。它们既源于诗人天生的直觉与敏感,也深蕴于生活的磨砺与沉淀。写下《悬空而挂》的这一年,王小妮迎来了自己期待已久的解放:"年中,我写了一点诗,组诗《重新做一个诗人》《得了病以后》。我感觉,有一种新的诗,好像已经从遥远之处动身,我在慢慢地去找它。"① 释放自己灵魂与物相交接的能力——敏感的直觉和将词与物瞬息黏合,无疑是一种天赋。可以说,《悬空而挂》是诗人积蓄已久的期待,在偶然"悬挂"的视角介入下,与诗人的直觉天赋不期而遇,在让万物落地为安的坠落中,消隐了内心尖厉的敏感,从而达成了"解放自我"的目的。

1. 写作的可能性:《工作》

> 在一个世纪最短的末尾/大地弹跳着/人类忙得像树间的猴子。//而我的两只手/闲置在中国的空中。/桌面和风/都是质地纯白的好纸。/我让我的意义/只发生在我的家里。//淘洗白米的时候/米浆像奶滴在我的纸上。/瓜类为新生出手指/而惊叫。/窗外,阳光带着刀伤/天堂走满冷雪。//每天从早到晚/紧闭家门。/把太阳悬在我需要的角度/有人说,这城里/住了一个不工作的人。//关紧四壁/世界在两小片玻璃之间自燃。/沉默的蝴蝶四处翻飞/万物在不知不觉中泄露。/我预知四周最微小的风吹草动/不用眼睛。/不用手。/不用耳朵。//每天只写几个字/像刀/划开桔子细密喷涌的汁水。/让一层层蓝光/进入从未描述的世界。/没人看见我/一缕缕细密如丝的光。/我在这城里/无声地做着一个诗人。
>
> ——《工作》

在中国当代文学的转型期,王小妮用诗的语言宣布了她的一个重大抉择——"重新做一个诗人"!《重新做一个诗人》组诗完成

---

① 王小妮:《我在一九九五》,载李岱松主编《光芒涌入:首届"新诗界国际诗歌奖"获奖诗人特辑》,新世界出版社,2004,第392页。

于 1995 年 6 月，这组诗创作完成后，1999 年，翟永明在《潜水艇的悲伤》中借"潜水艇"来感叹写作环境的"干涸"，隐忧于岌岌可危的诗歌价值，直刺诗人与现实和时代的紧张关系。王小妮比翟永明早了4年，用一组诗作和一篇同名随笔①祛除了"诗人"这一身份的沉重负担，使其回落到琐细的日常生活，重新赋予"诗人"写作的可能性寓意。《工作》是组诗《重新做一个诗人》中的第一首，诗人对自己的日常工作进行了别样阐释："每天从早到晚 / 紧闭家门。/ 把太阳悬在我需要的角度 / 有人说，这城里 / 住了一个不工作的人"。她被邻里误解为待在家里不工作的人，其实她的工作就是每天认真地与这个世界对话，并将自己的生活转化为诗行。正如诗中所言："每天只写几个字 / 像刀 / 划开桔子细密喷涌的汁水。/ 让一层层蓝光 / 进入从未描述的世界。"她用诗歌之刀细细切割生活的纹理，以灵性之光感悟生命，与生活真诚相伴，无功利地自由创作。

相较于《悬空而挂》中的尖利感，《工作》飘荡着一缕轻逸与淡然的日常琐碎。深圳时期的王小妮，将观看对象转向了家庭内部。"重新做一个诗人"既是她对自己身份的一种接纳，是一种内在力量的更生，更是另起炉灶写作的"宣言书"。家庭生活与诗歌写作在王小妮这里合二为一，日常家庭事物在诗人这里也就有了陌生化的诗意。"淘洗白米的时候 / 米浆像奶滴在我的纸上。/ 瓜类为新生出手指 / 而惊叫"，于此浮现的虽依旧是日常万物的光芒，然而"我"不再是与之无关的人了。它们不是在"我"之外孤立地生活，

---

① 王小妮同名随笔《重新做一个诗人》发表于《作家》1996 年第 6 期，诗人在文中这样写道："应当有另外的人，只为自己的心情去做一个诗人。他要另外去劳动才能不饥饿。他要打一盆水才能去掉灰尘。他是最平凡的人。他可以写字，也可以不写。他只是在那些被锁定了的生活之中，感觉空隙，在空隙中发现光芒，时限很短。"同名组诗《重新做一个诗人》完成于 1995 年 6 月，发表于《天涯》1997 年第 3 期，包括《工作》《晴朗》两首。

"我"也不需要解放它们于"高悬","我"无时无刻不在与它们互动。这样与家庭万物和谐相处的模式也召唤出了新的自我,"我让我的意义 / 只发生在我的家里"。在此,日常生活与诗歌写作重叠在一起,烟火气与书卷气同时飘荡在家庭里,成为生命中必不可少的部分,诗人游走于家务和写作之间竟然获得了解脱。

"我"的解脱不仅仅是诗人走出幽闭写作的转变,更是"我"对"诗人"身份及诗歌价值的审视与反思。在同名随笔《重新做一个诗人》中,王小妮写道:"有人说悲愤才出诗人。这是强行自虐者的言论。诗人自己动手艰难困苦地把自己挂上十字架,让血明显地流出来,用七窍去哭喊。他是希望有更多的人来围观,看见他的惆怅和愤怒,从而确认这是一个真的诗人。……诗,无形无定,无分量无体积。诗不能带来形态的变化,诗什么也不需要。"① 王小妮眼中的"诗人"不应再像古典时代一样追求"不平则鸣"的实用价值,亦不必潜藏对纷纭世事的隐微寓意。王小妮将"诗"看作一种"无分量无体积"的艺术,世人不必为挽救诗而"浪费不少电话费",诗歌也不必做大众的开心果,诗人"只为自己的心情去做一个诗人"即可。王小妮在经历了生活的磨难之后,在家庭中化日常为新奇,赋予生活之物以光照,无条件地将自己与日常生活的琐碎融合,并在粗粝之处找到新的景观,"关紧四壁 / 世界在两小片玻璃之间自燃。/ 沉默的蝴蝶四处翻飞 / 万物在不知不觉中泄露。/ 我预知四周最微小的风吹草动",打开新的"从未描述的世界","将动态的外在世界静态化,把不无沉重和沧桑的生活转化成一种'轻'而'慢'的艺术方式"②。

---

① 王小妮:《重新做一个诗人》,《作家》1996 年第 6 期。
② 罗振亚:《飞翔在"日常生活"和"自己的心情"之间——论王小妮的个人化诗歌创作》,《当代作家评论》2009 年第 2 期。

如果说《重新做一个诗人》诗中展示了诗人新的信念、新的生活态度,那么,在《悬空而挂》中,诗人则从万物的自由状态洞见出万物的束缚,"我"将万物释放,给万物自由,"我"进而得以将自我释放,还自我以自由,这无疑是诗艺的进一步圆融。从这首诗的创作开始,诗人真正地敞开了自己,遵循内心情绪和生命体悟从容地写作,宁静地内观,将碎片化的经验升华为诗。如此,王小妮既汇入90年代以来的"个人化写作"潮流,又超越了一般的"个人化写作",在一众相近的写作面向中彰显出独特的诗学品格。《工作》一诗中,诗人从"大地弹跳着/人类忙得像树间的猴子"切入,到"我让我的意义/只发生在我的家里"展开,既汇入了时代,又葆有独立的心向世界。诗人与全职主妇的交叉身份,使王小妮将人间万象糅合进轻逸与直觉的诗歌创作中,将日常家庭生活体验升华到极致,并立志在家庭生活的光照之中"重新做一个诗人",而"那些平易清澈的词句正是她吞下纯白香软的米粒后吐出的真理"[①]。

## 第三节　质朴如刀的美学风格

### 一、轻逸与自然:口语化的直觉叙述

与书面语相比,口语更为贴近日常生活,是连接诗歌和日常生活的"纽带"。在日常生活书写中,王小妮引入大量口语来拓展日常生活的诗意边界,她将抒情语言加以淘洗,追求口语的直接、自

---

[①] 张光昕:《米与盐:家庭诗学的两极——以王小妮为中心》,《东岳论丛》2013年第7期。

然与透明，剥离其修辞与隐喻，从而将语言与事件直接对接，打破物象带给我们的固化经验。

1."诗，是现实的意外"：口语化风格

王小妮在创作初期并没有钟情于"口语"诗歌，只是说彼时不喜欢书面语，感觉那不是她自己的语言，她认为："诗，是现实的意外，它所用的语言也必然只能是意外而全无套路可循。不然，诗，怎么能进入人的内心？"① 她主张在最没有诗意的平淡地方，看到"诗意"。20世纪80年代中后期，非非诗派的周伦佑和杨黎曾明确提出口语诗歌概念，尤其强调口语的语感。周伦佑认为："语感先于语义，语感高于语义。"② 陈仲义也认为八九十年代泛滥的口语化诗歌，"在相当程度上可以说是语感催化所致"③。语感，内在于诗人内心的表达冲动，冲击了朦胧诗的象征体系和文化观念的图解法则。王小妮曾阐明诗的无法言说性，也抓住了语感的要害——既虚无缥缈又险象丛生，使人心生荡漾。"写诗，就是在意识之海那最锋利的边缘上行走，在水那片最薄的皮肤上，飘然如同神子"④，她非常注重对日常意象的瞬间捕捉和口语化的直觉书写，从而形成轻逸和自然的美学风格。黄子平在1982年就对此高度评价："读王小妮的诗，可以看到她十分注重写感觉，写自己对审美对象的瞬间反应，这种感觉不是纯主观的毫无依托的幻觉，而是把敏锐的直觉组织成真实的生活画面，使感性的直接概括和理性的曲

---

① 王小妮：《诗不是生活，我们不能活反了——答〈南方都市报〉田志凌》，载张光昕编《我们不能活反了：王小妮研究集》，华文出版社，2019，第322页。
② 周伦佑、蓝马：《非非主义诗歌方法》，载周伦佑选编《打开肉体之门——非非主义：从理论到作品》，敦煌文艺出版社，1994，第319页。
③ 陈仲义：《诗的哗变：第三代诗面面观》，鹭江出版社，1994，第107页。
④ 王小妮：《活着之核》，载李岱松主编《光芒涌入：首届"新诗界国际诗歌奖"获奖诗人特辑》，新世界出版社，2004，第390页。

折渗透结合起来。"[1]王小妮早期这种以口语化的直觉叙述来呈现出日常物象的诗学策略,也延续到了她 2000 年以后的诗歌创作中,只是这一阶段渐渐脱去了早期叙述的紧张感,语调更为平和诙谐,比如写于 2001—2002 年期间的组诗《在重庆醉酒》。从诗歌标题"醉酒"就能感受到诗人的口语化叙述:"今天所有的赶路人都醉倒重庆/只有我总在上楼。"这种口语化叙述具有亲切感,将读者带到日常生活场景。"满眼桑林晃得多么好/雨是不是晃停了?/闪闪发光"。由于诗人喝醉了,因此觉得"满眼桑林"都在晃动,雨点儿也在晃动,诗人用幽默谐趣的说法,展现出"我"喝酒的尽兴与酣畅淋漓:"从玻璃瓶到玻璃杯/我上路比神仙驾云还快。"再如"紧张啊紧张,把我送到今天的路全都崩断了""鬼怪精灵都藏在水里/可是我却喝出滚滚的一根火""水不退火也不退/朝天门同时又是朝地的门"……这些诗句轻松自然、饶有趣味,在深刻犀利之外,还有诙谐风趣的一面,也体现出诗人娴熟的语言驾驭能力。

2. 平庸生活中绽放出性灵之花:《十枝水莲》的自在日常与诗性表达

新世纪第一个十年的女性诗歌依然延续了 20 世纪 90 年代对日常生活以及庸常人生的书写视角,但是在继承这一叙事传统的同时也出现了新的创作选择。王小妮尤其喜欢以敏锐深邃的哲思挖掘那些平凡中"最深的东西",扩展日常生活的诗性表达空间。王小妮一直被奉为日常生活写作的典范,她对生活的主体意识表达没有局限于"女性范畴"之中,而是将诗歌的触点植入更为广阔的人文历史视域。同时,她还是一位相当典型的内倾直觉型诗人:在诗艺锤炼上,她追求意象的直觉感,也就是可见性;在诗歌结构上,她反对矫揉造作,寻找诗歌意识近乎原始性的流露;在诗歌容量上,她

---

[1] 黄子平:《道路:扇形地展开——略论近年来青年诗作的美学特点》,《诗探索》1982 年第 4 辑。

注重诗歌的凝固性和浓缩性。描绘生活的细腻诗行蕴藏了她对生命的沉潜与对灵魂的探求，具有极其深刻的哲学内涵。

发表于2003年的组诗《十枝水莲》，表现了诗人内心的宽广、澄明、温情与悲悯，再次见证了她以灵性之笔提炼庸常生活的精湛技巧。全诗起于一次普通的买水莲来观赏的事件，诗人并没有选取美好与自然的视角去叙述，而是在尊重水莲主体性的基础上引发了莲与水、莲与世界、莲与人的关系的畅想，并引出个体生活方式选择与存在价值取向方面的思索。她对于庸常平凡生活的创作视角不再仅限于直觉、印象式的艺术呈现，在朴素、自然、深刻的平民视角之外，自由、简单通过越来越多样的诗歌主题表现出来。

整组诗生活气息浓郁，细腻灵动，充分体现了王小妮对生活的独特感知与想象。在组诗的第一首《不平静的日子》中，诗人描述刚把十枝水莲带回家的幸运心情："站在液体里睡觉的水莲。/ 跑出梦境窥视人间的水莲。/ 兴奋把玻璃瓶涨得发紫的水莲。/ 是谁的幸运"。经过漫长的旅程，带着梦幻色彩的水莲终于抵达庸常的世间；当属于自然的水莲闯入人间时，诗人揣度着水莲兴奋好奇的心情，对它们像对孩子一样呵护有加。在组诗的第二首《花想要的自由》中，诗人并没有把自己的母性心怀施加于水莲之上，而是将十枝水莲描摹为十个围困在玻璃里的少年："谁是围困者 / 十个少年在玻璃里坐牢"。她在观察插在透明花瓶中的水莲时，细心地捕捉到了水莲反抗自身命运的那一面，赋予其更加深刻的人性化内涵与特质，同时反思自己被束缚的生活："我看见植物的苦苦挣扎 / 从茎到花的努力 / 一出水就不再是它了 / 我的屋子里将满是奇异的飞禽。// 太阳只会坐在高高的梯子上。/ 我总能看见四分五裂 / 最柔软的意志也要离家出走。/ 可是，水不肯流 / 玻璃不甘心被草撞破 / 谁会想到解救瓶中生物。/ 它们都做了花了 / 还想要什么样子的自由？"诗人展开想象，十枝水莲有少年的悸动之心，虽身为植物，但如果有机会脱离玻璃瓶与水的束缚，那么它从茎到花苦苦挣扎的努力将使它犹如瞬间迸发为自由的飞禽一样最终完成超越。虽然命运让十个少年成为无法动弹的水莲，被禁困于静水与玻璃瓶中，但柔软娇嫩的花儿并没有放弃对自由的向往。看见花儿内心无法阻挡的自由渴望，诗人突然惊觉到自己无意识中也给十位"少年"制造了无法逃离的困境："是我放下它们／十张脸全面对墙壁／我没想到我也能制造困境"。在无声的围困之中，诗人静静想象十位"少年"努力挣脱的模样，"顽强地对白粉墙说话的水莲"所具有的坚定的自由意志让人为之动容，就连"光拉出的线都被感动／洞穿了多少想象中没有的窗口"。整节诗运用拟人、隐喻、象征等艺术手法，将十枝水莲化为追求自由生活方式的理想人物，细腻刻画了水莲和"我"心中对自由生活的无尽向往，不仅语言跳跃灵动，且画面感十足。诗人看待水莲由孩子向少年的转变，充分彰显出其对个体主观意识的尊重，而十枝水莲对自由生活的无限憧憬也从侧面显示了诗人本人对自由生活方式的崇尚与赞赏。诗人在这一首诗的末尾充当了禁锢的解放者——"我要做一回解放者／我要满足它们／让青桃乍开的脸全去眺望啊"。她尽自己的力量使十枝水莲实现自由生活的可能，就像她尽最大力量使自己的生活简单自由一样。

组诗第六首《水莲为什么来到人间》则将水莲比作了守时的秉烛人，跟随天光"日夜开合"，执着安静地活着："许多完美的东西生在水里。／人因为不满意／才去欣赏银龙鱼和珊瑚。／／我带着水莲回家／看它日夜开合像一个勤劳的人。／天光将灭／它就要闭上紫色的眼睛／这将是我最后见到的颜色。／我早说过／时间不会再多了。／／现在它们默默守在窗口／它生得太好了／晚上终于找到了秉烛人／夜

深得见了底 / 我们的缺点一点点显现出来。// 花不觉得生命太短 / 人却活得太长了 / 耐心已经磨得又轻又碎又飘。/ 水动而花开 / 谁都知道我们总是犯错误。// 怎么样沉得住气 / 学习植物简单地活着。/ 所以水莲在早晨的微光里开了 / 像导师又像书童 / 像不绝的水又像短促的花。"

《水莲为什么来到人间》是组诗的最后一首，它以生活感悟的形式完成了整组诗的收尾。小标题提示了水莲的存在意义，水莲在人间被看作一个勤劳的人，日夜开合、有规律的生息使它们成为砥砺人们勤劳向上的象征。除了勤劳，诗人还赋予水莲洞察世事的通透，在黑暗的深夜中，水莲成为洞悉一切的秉烛人，喧闹的人群在夜晚显露出各自的缺点。同理，人在成长或生活中也会不断犯错及改正，人类生命比水莲漫长，就是因为这个充满磨砺的过程需要更多的耐心与承受。王小妮在单调乏味的日常生活中没有止步于平凡，她通过对偶然买回家装点屋子的水莲花的细致观察，传递出对人生和生活所作出的冷静而清晰的选择与思考。"怎么样沉得住气 / 学习植物简单地活着。/ 所以水莲在早晨的微光里开了 / 像导师又像书童 / 像不绝的水又像短促的花。"她在诗歌结尾直言何为简单生活的真谛：像植物一样简单生活，汲取水分空气，随天光开合，迎着阳光绽放，在短暂的生命里沉住气，不喧哗，不浮躁，平静充实地过完一生。安静的水莲富于智慧又低调，其短促开落的一生富有启迪意义。整首诗好似是她与水莲的人生对话，细腻灵动，简单淳朴。在诗歌创作中，王小妮从不掩饰她对生活的理解，她认为写诗就是生活的一种独特的运行方式。王小妮的诗歌不带有明确的女性意识指向，但是印象式的感受、自然的结构、细腻的语言都能让人于细微处觉察到诗人作为女性创作者的细腻之美，淡然而不张扬。

纵观整组诗，与其说诗人在写水莲，不如说是在审视生活，通过水莲与水、水莲与人、水莲与世界的多重关系，还原了人类个体生命的困顿、希望与信念。王小妮早在20世纪90年代便以日常书写闻名于诗坛，她在新世纪发表的这一组诗则成为新世纪日常书写的新风向标，除了沿袭她以往生活书写的细腻、朴素、直观风格之外，她沉静低调的写作姿态明显更添灵气与深刻。王小妮原本就更注重呈现生活的印象面貌，知识分子的理想主义气质也会不自觉地带给诗歌清高韵味。其新世纪的日常生活书写并未在视角高度上攀升，而是在平凡真实的层面上增添了自由灵动——自然而然流露的内在灵性，畅想并引发关于个体生活方式与存在价值取向的思索。创作视角不限于直觉性、印象式的艺术呈现，在朴素、自然、深刻的平民视角之外，她的自由、简单以越来越多样的形式表现出来，诗歌技艺也更上一层楼。

## 二、自觉游离于女性话语"边缘"

1996年，崔卫平写信提醒王小妮，为什么其诗中使用的人称都是"他"，而不是"她"？王小妮认为："人都是复杂的变体。在诗的气氛里，我不自觉地运用了一个形象不断转换的'他'。可能'他'还包括了述说者我，一个性别不定的人。如果使用'她'，是不是等于我放弃了更广大的自由？我从没想过使用'她'。"[①]确然，王小妮诗作中存在大量的"他"，而少有"她"的使用，如"那是他默想了很久很久的意义/他常想凭这个/一个人能走得多么高远"（《有意义这东西吗》，1996），又如"骑各色毛驴的人总在前方/汽车都没可能超过他。/我们走的是路"（《我们箭一样要去射什么》，

---

[①] 王小妮：《一九九六年记》，载李岱松主编《光芒涌入：首届"新诗界国际诗歌奖"获奖诗人特辑》，新世界出版社，2004，第393页。

2003）等。在王小妮看来，"女性"这一定义易于使世人只看到诗人的女性身份，而看不到诗人身上的人类的共性。任何带着偏见的定义都属于偏居一隅的局部或对整体的分裂，在这种解读中，将无法找寻到真正的诗人本体。

无可否认，20世纪80年代中后期到90年代的女性诗歌史是一段女性性别意识觉醒的历史。舒婷、傅天琳等在80年代初期就创作了《致橡树》《红红的八月》等带有性别自觉意识的诗作，翟永明的《女人》、伊蕾的《爱的火焰》《爱的方式》《独身女人的卧室》等诗作则开启了女性意识全面觉醒的诗潮。"女性诗歌"这一概念并非不言自明，它的内涵和外延较为模糊。1995年5月20日《诗探索》编辑部在北京举办"当代女性诗歌：态势与展望"研讨会，"女性诗歌"的命名与界定在该研讨会上引发争议，以刘福春、汪剑钊、陈旭光等人为代表的部分与会者认为"女性诗歌"是"女性主义诗歌"的简称；而以吴思敬、崔卫平、贺麦晓、李小雨为代表的部分与会者则认为这样的命名范围太窄，把许多优秀的女诗人诗作排除了出去，主张另设"女性主义诗歌"以专指翟永明等人的诗歌。① 崔卫平在研讨会上指出"女性诗歌"不能把张真、王小妮、张烨等的诗歌排除出去，言下之意，王小妮的诗歌为"女性诗歌"，一旦"女性诗歌"等同于"女性主义诗歌"，则王小妮的诗歌将被排除出"女性诗歌"领域。

自白话语一度被视为"女性诗歌"或"女性主义诗歌"写作的重要标志，但普拉斯式的狂热自白对王小妮并未产生什么影响。当然，在王小妮的诗歌中，自白式的诗歌也曾昙花一现，如："我写世界／世界才低着头出来／我写你／你才摘下眼镜看我。"（《应该做一

---

① 陈旭光：《凝望世纪之交的前夜——"当代女性诗歌：态势与展望"研讨会述要》，《诗探索》1995年第3期。

个制作者》) 这首诗讲述女性个体被忽视的现实，肯定了女性作为创作主体的价值，但这种类型的诗歌其实很少。她对普拉斯的兴趣更在于"词与词之间、句与句之间形成那种比较神秘、比较奇妙的跳跃"①。同期，伊蕾歇斯底里地呼喊"你不来和我同居"，其实表达出一种迫切期待"他人"了解自我的意愿，而王小妮"却固执地请别人离开，让自己囚禁在语言的'狭隘房间'之中。写作已经不是一种僭越，不是消遣和吐露，而是主动的自觉的行为，是生活和生命主题中应有之义，是类似于使命或责任一类的东西：不是可有可无，而是无可推卸"②。王小妮在《诗还没有让我厌倦》中曾针对女性意识言："身体只是一个表象一个层次……个性，比女性重要得多"，甚至警觉对"女性性别差异的过于倚重有可能造成人的精神视野的狭窄"，"有可能对内质意义上的完整性造成伤害"③。可见，王小妮的"个性"与"封闭性"成就了某种独特的"先锋性"。创作于1994年的《一块布的背叛》就是这样一首纠缠于女性"自我封闭"与"向外界自白"之间的诗作，"劳动"或者"写作"的行为引来了外界对"我"的窥视，打破了女性自我隔绝感，使"我"变得焦灼不安："我没有想到 / 把玻璃擦净以后 / 全世界立刻渗透进来。/ 最后的遮挡跟着水走了 / 连树叶也为今后的窥视 / 纹浓了眉线。// 我完全没有想到 / 只是两个小时和一块布 / 劳动，居然也能犯下大错。// 什么东西都精通背叛。/ 这最古老的手艺 / 轻易地通过了一块柔软的脏布。/ 现在我被困在它的暴露之中。// 别人最大的自由 / 是看的自由。/ 在这个复杂又明媚的春天 / 立体主义走下画布。/ 每

---

① 张晓红：《南行深圳：王小妮采访笔录》，载《互文视野中的女性诗歌》，广西师范大学出版社，2008，第289页。
② 崔卫平：《当代女性主义诗歌》，《文艺争鸣》1993年第5期。
③ 李振声：《王小妮读札》，《当代作家评论》2008年第5期。

一个人都获得了剖开障碍的神力 / 我的日子正被一层层看穿。// 躲在家的最深处 / 却袒露在四壁以外的人 / 我只是裸露无遗的物体。/ 一张横竖交错的桃木椅子 / 我藏在木条之内 / 心思走动。/ 世上应该突然大降尘土 / 我宁愿退回到 / 那桃木的种子之核。// 只有人才要隐秘 / 除了人 / 现在我什么都想冒充。"

相较于 20 世纪 80 年代中后期女性自我意识的觉醒，王小妮的自我主体意识是生发于琐碎日常生活中的。主体性的"我"对平凡日常生活有诗意的观察，诗人经常以"我发现""我看到"直叙外在俗事俗物。由此，在王小妮"看与被看"的书写范式中，人与物的关系不再是主客体间主动与被动、创造与被创造、征服与被征服的关系，而形构成相对且统一的存在，即主体性的"我"是相对于物而存在的，物也因为有了"我"的看或交流而被赋予了新的意义。《一块布的背叛》诗作可视为"看与被看"的书写范式，只是主体性的"我"成为被外在世界窥视的对象。

"我没有想到 / 把玻璃擦净以后 / 全世界立刻渗透进来。"擦玻璃，是日常生活中极为平凡的动作，在诗人这里却具有特殊的意义，因为它将"全世界"灌注到"我"的生活中。因此，"我"成为外界窥视的对象，甚至"连树叶也为今后的窥视 / 纹浓了眉线"。"我完全没有想到"则更进一步将平凡至极的日常行为推向更为陌生化的境界；"两个小时和一块布 / 劳动，竟然也能犯下大错"，作为主体的"我"成为整个世界窥视的对象，正是"我"自己的劳动所致，是手中的这块"布"所引发的。在此诗人或许对"劳动"与"异化"关系有所指涉，也未可知。"一块布"对于家庭主妇来说是日常使用之物，在此却成为"背叛"这一行为的施动者。

"别人最大的自由 / 是看的自由。/ 在这个复杂又明媚的春天 /

立体主义走下画布。/每一个人都获得了剖开障碍的神力/我的日子正被一层层看穿。"诗人悄悄地将紧张的"看与被看"关系置换为"自由"的敞开与侵犯的关系，由此也将诗作意涵上升到主体存在与超越的问题。在此意义上，一个人没有了隐秘，没有了自由的存在，就相当于一个"暴露无遗的物体"。"世上应该突然大降尘土/我宁愿退回到/那桃木的种子之核。//只有人才要隐秘/除了人/现在我什么都想冒充。"诗的结尾成为全诗最大的反讽：在现代生活中，劳动本是美好的行为，在此却导致人的异化。同时，诗句也应和了存在主义式的悖论命题：在窥视与反窥视中，人自由的边界在哪里？主体"我"的劳动成果直接导致外在世界对"我"的窥视，在"看与被看"关系中，"我"成为被看的客体。诗人于此痛楚地发现外在世界与"我"的关系正是窥视与被窥视的关系，在紧张的被窥视中，"我"宁愿化成物而逃避异化。其实，在此诗人于平凡日常生活中揭示了一个现代性异化命题，即自身的劳动与工作有可能成为主体被异化或物化的来源。抛开琐碎家庭生活的表象，"擦玻璃"可以理解为"写作"行为的一种隐喻，诗人通过写作将主体"我"与世界之关系梳理明晰的同时，外在世界也通过诗歌文本窥探到了女性自身。

王小妮用一柄日常家务的利刃划开了生活的表层，穿越了女性对自我的迷思而抵达日常人生的内部肌理。"与翟永明们的狭义女性诗歌写作同时潜存的另一种女性诗歌的写作便是以王小妮为代表的……她们对待女性意识的态度和女性话语主体却是一致的：凸现一个平凡而真实的女人。"①或许我们可以从女性主义视角对作品作进一步解读：在日常家务劳动中，女人拥有了一间自己封闭的房间，

---

① 李震：《王小妮："活着"及其方式》，《作家》1996年第10期。

在日常社会劳动中努力营构出诗意的人生，也即"我让我的意义／只发生在我的家里"（《工作》）。蜷缩于一隅之内，王小妮自觉成为女性主流话语的游离者，她试图告诉人们，女性生命价值不依赖于外界的评判，而在于自我肯定。在《诗人的空间》中，王小妮写道："作为一条巨大的履带之外的游离者，我自己退出来。让它像一条河那样在身边流动，我，只和自己的感受在一起。"① "真正的诗意和真正能够追求到诗意的人必然边缘……诗人和诗必须心甘情愿地待在边缘，这是必须的，你如果是主流，你就不是诗。因为，只有边缘，才是稀有的、独立的，没有被另外的东西干扰影响，你的脑子始终保持着的是新鲜感"②。在"最锋利的边缘"的"游离者"，是诗人的自我定位，她主动与世界划清界限，亦是为自我预留出足够的空间。在现实中她秉持着同样的信念，尽可能远离诗坛的中心与潮流③，享受着独属于"我"的自由。

### 三、"极多岔路"④的词语想象：对技艺性诗歌叙述的天然排斥

王小妮有一种天然的群体排斥性格。20世纪80年代中期她被"放逐"到南方一隅，尤其是在1988年徐敬亚独自北归期间，"自闭"于"我悠悠的世界"成为她习常的生存方式。1988年，在八个月时间里，王小妮写出了44首诗并组成油印诗集《我悠悠的世界》，其间她已

---

① 王小妮：《诗人的空间》，载《随手》，北京大学出版社，2014，第7页。
② 王小妮：《今天的诗意——在渤海大学"诗人讲坛"上的讲演》，《当代作家评论》2008年第5期。
③ 20世纪80年代中期以后，王小妮的写作与诗界的"运动"、潮流，较少发生直接的关联。
④ 徐敬亚曾在长文《我的诗人妻子王小妮——王小妮文学写作编年》中这样评价王小妮："她有一种本领：使用平静而平凡的词语，却把话说得极刁狠，极尖厉，极多岔路！"见张光昕编：《我们不能活反了：王小妮研究集》，华文出版社，2019，第263页。

然警觉到如何在狭隘自我空间的坚守中规避日常物象书写的单调浅白，如何以边缘的姿态实现对主流叙述的逃逸与超脱，如何在"劳动"（写作）与"背叛"（被窥视）的悖论生存体验中获得诗性的张力，这些都是穿梭于日常家务间的女诗人必须解决的写作议题。

王小妮对诗歌叙述技艺的厌倦和对自我书写空间的坚守，首先源自其对主流女性主义诗艺的抗拒。20世纪80年代以来，几乎所有出色的女诗人都写过"自白诗"，为了突破自白话语对艺术经验表达造成的桎梏，王小妮创设了新的书写范式，即日常诗性的"自白"——推崇还原与描述，而反对过度理性思考的象征隐喻，这隐含着她对女性诗歌迷狂式"自白技艺"的排斥。置身于男权优势的时代，女性的性别身份与性别声音是一种禁忌，诗人奋力突破语言禁锢，寻求属于自己的空间；同理，当世界趋向过度理性，过度追求所谓的"正确性"时，诗人又对理性思维产生了怀疑。诗人抨击，"有一部分人，毕生都喜欢把事情弄玄弄晕，把简单明了的事情，搅得高深吓人。他们永远像田鼠那样热心于打地洞，好像人非要钻进他们特设的幽闭迂回的洞穴里才能交谈"[①]。王小妮有意回避诗歌叙述的紧张度与技巧性，在此不妨对创作于1993年的《清晨》和创作于2010年之后的《致京郊的烟囱》作一比较。"那些整夜／蜷曲在旧草席上的人们／凭借什么悟性／睁开了泥沼一样的眼睛。／／睡的味儿还缩在屋角。／靠哪个部件的力气／他们直立起来／准确无误地／拿到了食物和水。／／需要多么大的智慧／他们在昨天的裤子里／取出与他有关的一串钥匙。／需要什么样的连贯力／他们上路出门／每一个交叉路口／都不能使他们迷失。／／我坐在理性的清晨。／我看见在我以外是人的河水。／没有一个人向我问路／虽然我从没遇到／

---

① 王小妮：《木匠致铁匠》，载《手执一枝黄花》，东方出版中心，1997，第269页。

大过拇指甲的智慧。// 金属的质地显然太软。/ 是什么念头支撑了他们 / 头也不回地 / 走进太阳那伤人的灰尘。// 灾害和幸运 / 都悬在那最细的线上。/ 太阳,像胆囊 / 升起来了。"在《清晨》一诗中,诗人以悲悯之心描写了一群十分劳苦、居无定所的民工,注入了她对残酷现实的反思。这首诗的语言略显紧张感与编排感。"我坐在理性的清晨""我看见在我以外是人的河水""太阳那伤人的灰尘""灾害和幸运 / 都悬在最细的线上""太阳,像胆囊 / 升起来了",诗人的悲愤化为沉默,她对世人的愚昧深感无力;诗人谴责世人用"泥沼一样的眼睛"观看世界,她在这一清晨中感受到生存的岌岌可危,用"悬"字将生命不可承受之重与"最细的线"连接起来,而唯一的光芒却充满苦涩与沉重,一如"胆囊"。在这首诗中,无论是意象还是语言的使用都是有所斟酌,有的放矢。

《致京郊的烟囱》则创作于2010—2014年间:"天上最空荡的地方 / 高大的烟囱正喷出浓烟。/ 滔滔不绝的黑鬈发 / 北方姑娘那根粗壮的独辫子 / 浓密又翻滚 / 蛮不讲理地甩出去 / 正在气头上的灰姑娘。// 谁也不能说服她再回家 / 恶霸一样的水泥烟囱是她爸爸。/ 愤怒在推她 / 更大的灰幕像怀抱 / 她要出走 / 她就要顶破天了。"很明显,这首诗的语言和形式编排较随意,烟囱相对清晨,并不是一个更美好的存在,但是随着诗人创作指向重心的转变,事物在她眼中具有了更多直观形象,她不再从事物中寻求真理与正确性,她感性地观看万物。浓烟成为"滔滔不绝的黑鬈发 / 北方姑娘那根粗壮的独辫子"。呛鼻的黑色污染成为可爱的、正在气头上的姑娘。而"水泥烟囱是她爸爸","愤怒在推她 / 更大的灰幕像怀抱"。浓烟冲向天空,是姑娘与爸爸之间的小争执,是人世烟火。亦如诗人自己所言:"我只是在各个形式之间走,像在一个长廊里来回转一转。没有设定,心里积存各种各样的感觉,哪个可以写出来了,就写,是随意的。"①诗人用"形式之间走""来回转一转"来强调她的状态，既是生存状态也是创作状态。在王小妮 2000 年后的写作中，直觉写作逐渐占据主要位置，或许在这种状态中还暗藏着她对被标签化的恐惧，但同时，正是这种被遮蔽的恐惧推着她逐渐走向祛魅，走向直观直觉。从诗人早期诗作来看，创作的紧张感是完全可能走向另一种形式的表达的（某种更具有力度与张力的语言及形式表达），但是诗歌在祛魅中，最终走向完全的敞开，这与诗人的边缘感与被遮蔽的恐惧感应该有一定的关系。

口语化诗歌很容易流于诗意的浅显寡淡，为了避免这一问题，王小妮在对日常生活的静观中灵活使用远取譬、寓言、悖论性词语、反讽等"极多岔路"的词语想象方式，将复杂的现代性经验、刹那的思绪不留痕迹地放置于土豆、瓜果等家庭物象中，延展了日常诗性的张力。

王小妮擅长刻绘女性内心细腻隐秘的真实，以审美的眼光锐见"物"所蕴含的不同诗韵与意涵，以个人生活细节的隐喻化和主题化来诠释超越自我的日常世界。她对修辞的使用基本不沾染功利心，比如她擅长解构"物"的既有象征语境，专心处理物象之间的语义关系，拆解传统与现代视域中习见的象征所属，"躬身"感知事物自身的存在，日常生活的现象常常被她寓言化和戏剧化。王小妮写过多篇涉及"太阳""阳光"的诗作，如："我亲眼见到太阳在自刎 / 没有拔刀相助的 / 古代义士，他们隐逸得太快了。"（《太阳下去了》）太阳落山的自然过程在此被诗人作了戏剧化和寓言化的处理，以生命消逝的远取譬来对应日落现象。类似的远取譬比比皆是，譬如"夏天在我的灌木丛里 / 像燃烧的年幼的铜"（《夏天的姿

---

① 舒晋瑜：《王小妮：我只跟随自己的内心》，《中华读书报》2013 年 6 月 26 日，第 11 版。

势》),"冷的时间/比蟒蛇还要长。/蟒蛇紧咬着蟒蛇"(《回家》),"铁路就是典型的断头台/牛断得快一点/人断得慢一点"(《火车经过后窗》)。"夏天"与"燃烧的铜"、"时间"与"蟒蛇"、"铁路"与"断头台",这些远取譬用法使日常口语产生了很好的陌生化效果,引领读者顿悟生存的本相。

  再如悖论性词语的并置:"我看见了白天也是黑夜/春天正是秋天"(《我亲眼看见》),"我要在黑夜另造一种太阳"(《让这个人快乐吧》)。悖论性词语既展现出王小妮日常口语化诗歌的直觉写作天赋与随性自然的风格,也将诗人生活中的矛盾纠缠、生存困惑铺陈纸面。王小妮擅长使用"反讽""比喻"等修辞来规避口语的平淡感,以追求诗歌语言的多义性以及穿透力。反讽的使用在王小妮诗歌中俯拾皆是:"流眼泪的出奇的少。/去年的棉秆孤儿一样立着/见到雪容易/不容易见到的是悲伤。"(《许多人在这一天出殡》)"我们已经不是青草。/从小呼吸着枯枝败叶/我们学会了/手持瓷壶不反驳。"(《不反驳的人》)王小妮正是通过反讽手法来揭露日常生活中难以言说的抽象哲理。在幽闭的狭小日常空间中,她以"极多岔路"的词语想象方式抗拒着主流技术性诗歌叙述,直抵对生命存在的追问,从而超越一般的个人化日常写作。

## ▎结　语

  对于王小妮而言,诗是"一个安静的躲避处",是一方"自言自语的空间",她以真诚之心生活,以敬畏之心写诗,以卑微的姿态调解现实的矛盾和问题。每一个平常而温暖的事物都可以被她赋予意义,"每一个词语都在她笔下散发出智慧的光泽和悠远的诗意"①。她以宽广的心境、温情的目光、平静的叙事、厚重的思考、澄明的诗性为汉语诗坛呈现出独异的日常诗学。王小妮是一位在家庭生活与诗歌写作间不设樊篱的诗人,平凡琐细的生活片影和微妙的诗意浸透着她的欣喜与忧愁、轻逸与沉重、烟火气与书卷气;朴素的语言深处藏着刀锋,莹辉的诗行间闪烁着省思、质问和批评的光泽。40年创作生涯间,她从容渐次地完善了日常诗学的建构,置身碎片化的生活现场和经验记忆中,她默默地以滴水之力冲破"概念性写作"的框架,以平静深沉的观察力和敏锐的心理剧式的叙述方式转化当下经验,不动声色地拓耕了女性诗歌写作的疆域,丰盈了汉语诗歌的书写范式,黏合了诗歌与生活、物象与人性关联的裂隙,给女性诗歌写作带来不容小觑的影响和撼动。

---

① "第二届华语文学传媒大奖年度诗人奖"授奖词。

| 第五章 |

# 诗歌中的"女巫":翟永明

纵观历史，在中国古代社会中，女性作为被压制、被统治的性别，长期被禁锢在家庭狭仄的空间中，而与社会生活基本阻绝。她们不但无法占有生产资料，失去了经济独立的可能性，而且，与之相关，也没有自己的话语权。因此，在中国数千年的漫长历史中，女性在主流文学中多处于边缘位置。明中叶以后，女性文学明显呈现出繁兴的趋势，特别是到了明末，无论是在社会生活还是文坛士林中，能文女性及其作品均成为被热切关注的对象。毛先舒《皆绿轩诗序》云："大江南北，闺秀缤纷，动盈卷轴，可谓盛矣。"[①]明清两代女作家有三千多人，仅明代女诗人诗集就有两千多部，明末清初这一百年可以视作女性诗词创作的一个兴起阶段；到了清中叶，女性文学得以进一步发展。

之所以谈及20世纪80年代女性诗歌时要参照明清女性创作，是因为这两个不同的历史节点，都呈现出女性诗歌创作的繁荣迹象：一方面，投入创作的女诗人越来越多，男性文人对她们的关注程度也渐渐增强；另一方面，女诗人们具有相似的创作背景，即两个时期女性诗歌创作的活跃都与个性解放思潮和思想启蒙关联，明清鼎革这一历史巨变带来的冲击影响了此时期女诗人的创作内容与艺术风貌，使得她们在诗词的题材与风格上较前代有了相当大的突破。

---

[①]〔清〕汪启淑：《撷芳集》卷二十八，清乾隆五十年（1785）古歙汪氏飞鸿堂刊本。

而 20 世纪 80 年代更是一个思想启蒙、个性解放的时代。就思想解放程度而言，20 世纪 80 年代与"五四"的文学生态环境较为接近，从女性诗歌创作的角度看，则与万历年间①的女性诗歌创作繁荣景观相似。在忽略女性声音的岁月中，女性世界和女性话语都是作为沉睡的"黑暗大陆"存在，回过头来看，中国当代女性从走出"自己的屋子"到与男性平分文坛秋色，每前进一步，都是"试探"和"接受试探"的过程，而在这试探之路上的勇者首推翟永明。

翟永明与王小妮都出生于 1955 年，不过，王小妮的诗歌起步略早两年。翟永明于 1981 年开始发表诗歌作品，1986 年发表了《女人》组诗②——被誉为"女性诗歌"在中国的发轫及代表作，而后迄今著有诗集《女人》《在一切玫瑰之上》《称之为一切》《终于使我周转不灵》《十四首素歌——致母亲》《随黄公望游富春山》《全沉浸末日脚本》等。她的作品被译为英语、法语、荷兰语、意大利语、西班牙语、德语并出版。曾获中坤国际诗歌奖、意大利"国际文学奖"、华语文学传媒大奖年度杰出作家奖、上海国际诗歌节"金玉兰"诗歌大奖等。作为当代诗坛里具有枢纽和标志性意义的诗人，翟永明长期深耕于诗歌及其他艺术类型的探索，她不仅创造了中国当代女性诗歌新异的风景，而且凭借惊世骇俗的女性立场震撼了当代汉语诗坛。长期以来，她凭借激情蓬勃的创造力、卓异的思考

---

① 关于以万历十八年（1590）作为大致划分女性文学兴起的时间，俞士玲《论明代中后期女性文学的兴起和发展》称："此年（1590）王世贞去世，袁宏道成进士，明代文学进入新时期。从女子文学角度看，苏州女子陆卿子、徐媛开始广泛交往，陆卿子《云卧稿》大约此时出版。桐城方仲贤（维仪）批评吴人'好名而无学'，其中一个重要原因，是她们与外界交往赠答颇多，越逸家族、闺阁，这是女性文学发展的新时期。故以此年分段。"见张宏生编：《明清文学与性别研究》，江苏古籍出版社，2002，第 180 页。

② 1984 年 11 月《女人》组诗完成，同年，翟永明自印 20 本单行本，1986 年，《诗刊》发表《女人》组诗。

力、深邃的审视和反思精神，以及开合自如的写作视野、先锋的诗学追求、自在的词语驾驭能力、多元成熟的文本实践、持久的写作耐力、对人类和人性的观照、对喧嚣的物欲时代的解剖……确立了中国当代女性诗歌的高度。

翟永明既有的40余载诗歌创作生涯，刚好伴随、引领并从不同维度影响着中国当代女性诗歌的发展。除20世纪90年代初因留学美国停笔两年，她始终葆有喷薄的诗思、非凡的才华、持续的创新能力，亦如她在《女人》组诗之《证明》一诗中所写："我是夜的隐秘无法被证明""水使我变化，水在各处描绘／孤独的颜色，它无法使我固定"。有学者将她的创作分为五个阶段①，几乎每一个阶段她都在自觉进行不同诗歌体式的实验。通过考察其诗歌写作的每一个阶段，可以看出她不断开掘女性视角的努力以及勇于打破既往创作风格的尝试。

翟永明刚踏上诗坛即明确自己首先是一个女人，然后才是一个诗人。1986年，翟永明发表了标志着当代中国女性诗歌话语确立的文章《黑夜的意识》，这是中国女性诗歌史上具有纲领性意义的诗论文章之一，其宣言式的文字在女性诗歌孕育和发展的过程中发挥了重要作用：它为女性诗歌插上了理论的翅膀，激励着女性诗歌迅速攀升。很快，伊蕾、唐亚平等女诗人与翟永明一起携带黑夜词汇和气质闯入诗坛，掀起一场"黑旋风"式的女性诗歌写作浪潮。文中，翟永明提出的"黑夜意识"实际上是长期生活于漫长男权文化中的女性创造意识的觉醒——女性的真正力量就在于其既对抗自身

---

① 周瓒：《"想念传统"与当代诗中的"今古"观照——细读翟永明〈在古代〉》，《文艺争鸣》2021年第8期。在这篇论文中，周瓒将翟永明的创作变化按时间细划为五个阶段：第一阶段（1985—1989），第二阶段（1992—1996），第三阶段（1997—2008），第四阶段（2009—2015），第五阶段（2016年至今）。

命运的既定安排，又服从内心召唤的真实，"黑夜意识"就在充满矛盾的二者之间生成。这无疑显示了女性生命意识和女性诗歌已经由"人的自觉"进化到了"女性的自觉"。在这篇文章中，她不同凡响地宣告了"新一代夏娃"深刻的觉醒和自我确信，没有这样的觉醒和自信，写不出《女人》组诗系列。正是这样的觉醒、自信和极富诗情的爆发力，推动了20世纪80年代中期反抗男性话语、挖掘女性深层生命感受、高扬独立自主意识的女性群体诗歌创作的高潮。作有《我因为爱你而成为女人》《高原女人》等关切女性生存状态诗作的唐亚平受到"黑夜意识"影响，很快推出《我就是瀑布》和组诗《黑色沙漠》，另外，伊蕾也相继发表《女性年龄》《情舞》《独身女人的卧室》等代表性诗作，她们又带动起陆忆敏、张真、林雪、海男、小安等女诗人的群体亮相，将女性诗歌的创作带入史无前例的高潮，女性诗歌创作也完成了由原先的分散性个体创作到初步形成群体效应的过渡。

《女人》组诗曾震惊20世纪80年代中期的诗坛，也使翟永明从此和女性主义诗歌紧密缠绕在一起——虽然她本人不认同，但也不反对评论界对她的标签化，这二十首诗一扫细腻温柔轻灵的小女人气，抒情主人公由舒婷笔下温婉的"战友"角色，转换为情感丰沛、思想深邃的成熟女性，诗人开始觉知并探询女性身心被桎梏压抑的隐秘世界。

以1984年创作完成的组诗《女人》为开端，翟永明又相继写出《静安庄》(1985)、《黑房间》(1986)、《人生在世》(1986)、《死亡的图案》(1987)、《称之为一切》(1988)、《颜色中的颜色》(1989)……这些诗作清晰地记录了翟永明在20世纪80年代中后期对女性性别经验体认、女性主体意识张扬、性别身份确认的思想轨迹，对女性经验大胆深切的开掘以及对女性诗歌发展路径和写作前景的自觉探索，也记录下她对沿袭了千百年的男性话语霸权的解构，改变女性被书写命运的决然之姿，以及在女性自白话语方式建构中所产生的广泛影响。

如果说在新时期的女性主义诗歌写作历程中，舒婷等一代女诗人在与男性平等对话的基础上完成了主体性别意识的觉醒，那么，翟永明的诗歌创作则从对男性话语权力的对抗起步，很快自我调适过渡到下一个阶段——转向词语本身。无疑，这得益于她始终葆有巨大的创作激情并不断调适诗歌风格，探索诗艺的转型。在20世纪90年代的诗歌创作中，她突破了由她开创的独白诗风，倡导"词语与激情共舞"，在沉郁激越的诗风中加入日常叙事与场景铺展，以及冷静反讽的世情观察，而原先紧张敏感的口吻也被克制沉着的语调取代，创作逐步回归词语本身。这一阶段的代表作品有《十四首素歌——致母亲》和《祖母的时光》等，它们显示出翟永明借由个人家族史的视域打开女性诗歌陈旧空间的努力。此外，她对诗歌所进行的小说化、戏剧化的处理，以及其深沉而悲悯的诗风，加速了她的诗歌在20世纪90年代诗坛脱颖而出，于世纪之交完成的《潜水艇的悲伤》是她这一时期集成之作。《潜水艇的悲伤》在延续独白体表达方式的同时，抛弃了80年代对抗的主体性立场，着意于"重新发现"个人与世界之间的关系；既承继了90年代翟永明诗歌中的观察姿态，突出了小说化和叙事性艺术策略，又增加了冷静反讽的世情观察。这一主要艺术特质持续至翟永明2019年完成的组诗《灰阑记》，翟永明在这组诗中着意于语言风格的变革、思想深入的力度以及女性声音、女性创造力、女性艺术空间的呈现，将当代诗的戏剧性技艺发挥到极致。此外，对于属于社会范畴的性别议题，她也呈现出自己的观察和思考，无论是诗中经常出现的"舞台"空间，还是人物的"角色"状态，抑或是诗人的观看视角，都鲜明地在诗人与她的创作之间制造出与世界的距离感。从这组诗中，我们也可以追寻到诗人 2015 年完成的长诗《随黄公望游富春山》中的叙事策略、历史想象和跨时空对话的多声部交响的影迹。《随黄公望游富春山》是翟永明对自我、现实、历史、社会、诗歌等多维景观的审视呈现，是诗性的视觉文化，在"读图时代"具有"新视像"特性的典型文本。诗人通过"读图"这一视角探究历史名画《富春山居图》的文化价值和空间形式美学。诗人在当代读图景观中探入历史、诘问天地的批判性的诗意建构，以及对中国传统文化精神和当代文化现实所作出的敏锐而富有深度的反思，均体现出其新世纪以来的诗学理想。长诗几乎涵盖了 20 世纪 90 年代以来翟永明全部的诗艺特质和社会思考，尤其是跳出了女性视角，融通不同艺术门类，移步古今时空，将诸多当代全球性的问题放置在古代诗画场域中展开，也体现出诗人结构长诗的能力。其出版于 2013 年的新诗集《行间距：诗集 2008—2012》的最后一首诗可作为《随黄公望游富春山》的"序诗"，以"循环"与"生长"构建其写作的整体性与连贯性，打通了长诗的精神场域和诗绪的延展维度。新世纪以来，翟永明在诗歌中实践"词语建筑学"的价值和意义也值得细微考察，这不仅是个人写作风格的转变，更意味着个性化写作姿态的确立。

2022 年 1 月由辽宁人民出版社和广西师范大学出版社联合出版的《全沉浸末日脚本》，是翟永明近年诗作的精选集。诗集既延续了以往强烈的女性意识，又生发出无数超越其上的观察与思索。这既是一次真正属于我们时代的女性诗歌再出发，亦树立起超性别写作的新典范，也圆融了翟永明在精神视域中始终探寻的三个世界——"现实世界""词语世界""生活世界"。

"当我写作时，我在纸上，建造我的内心的存在，某种信仰在起作用。我着手写我相信或不相信的一些词语；或者说，我建造空无一物的实体。叙述在几个面上展开，对空间的领悟与参与，渗透在我的写作之中。一个朋友给我写信时说：'你的诗似乎正在成为一座剧院，读者进去了，被戏吸引，但又不得不跟这出戏保持距离。'重要的是，戏本身就是建筑的一部分。"① 翟永明将诗歌创作的密码一语戳穿，"现实世界""词语世界""生活世界"交叠组成多元的诗歌世界，如此一来，诗歌具有了架构意义，架构起她的心象构成及语词信仰，拓展了女性诗歌的表现力。

## 第一节 从女性意识到女神意识

翟永明（1955— ），祖籍河南，出生于四川成都。作为"革命队伍和革命家庭中多余的一员"，父母无暇照顾她，翟永明在幼年时期就被送到了贵州桐梓县父亲战友家里，跟随养母生活，此间的记忆成为她许多作品中反复出现的背景。9 岁时翟永明结束了贵州的寄养生活，回到成都，读书期间显露出对文学的喜爱，尤其热爱小说，善于写诗和填词。1974 年高中毕业后，翟永明来到成都郊区的新都县（现新都区）静安庄插队，在此阶段她并未中断阅读，而两年的插队生活也让翟永明体会到生活的艰辛。1985 年翟永明以这段插队经历为题材创作了组诗《静安庄》。1980 年，从成都电讯工程学院（今成都电子科技大学）毕业后，到西南技术物理研究所工作（下文简称"物理所"）。在大学及物理所工作时期，翟永明狂热地爱上了现代诗歌，阅读了大量西方现代主义诗作，尤其热爱波德

---

① 翟永明：《庭院·诗·风建筑》，载《水之诗开放在灵魂中》，花山文艺出版社，2020，第 31 页。

莱尔、胡安娜·伊瓦沃罗、西尔维娅·普拉斯等人的诗作。此外，物理所有很好的电教设备，她利用业余时间观看了大量西方电影，醉心于摄影和造型艺术，积淀了多维度的艺术审美经验，并对色彩、造型等视觉元素逐渐敏感起来。不过，因为热爱写诗和艺术，加之穿着个性化——她是单位第一个穿牛仔裤的人，一度被单位人视为不务正业。

　　1983年母亲生病住院，翟永明一直在医院陪护母亲。医院里恐怖死亡的气息叠合着她彼时糟糕的心境，使她很快在一年时间里完成了《女人》组诗，依油印本《女人》诗集封底印有的时间，可知《女人》组诗完成于"一九八四年十一月"。① 如诗人所说，这些诗都"笼罩着一股乙醚味道"②。在这20首横空出世的诗作中，她以决绝的对峙、激烈的抗争姿态以及毅然独立的情感抒发出最深挚幽微的生命体悟，呈现出鲜明的女性立场。这组诗写完后没有立即发表，只在少数朋友间传看，1985年，她在单位的打印室悄悄印了二十个单行本。同年，由北京大学的青年诗人老木编选的《新诗潮诗集》收录了《女人》组诗中的诗作，一次性收录了《世界》《荒屋》《渴望》《母亲》《独白》《憧憬》六首。老木同期还编了一本《青年诗人谈诗》小册子，收录了翟永明的《谈谈我的诗观》。在这篇短文中翟永明明确了自己的观点："我更多地喜欢扩张我心灵走向中那些最朴素的感觉，亦即被我称为'女性气质'的细微的情绪和体验……我是在个人的小世界中力图创建我们的诗的大世界。我作

---

① 贺嘉钰：《自"油印"走出——翟永明组诗〈女人〉发现考叙》，《文学评论》2021年第1期。
② 翟永明：《阅读、写作与我的回忆》，载《纸上建筑》，东方出版中心，1997，第228页。

为女性最关心的是我的同性的命运。"① 不难见出,这正是文论《黑夜的意识》的思想源头。

1986年,翟永明受邀参加《诗刊》举办的"青春诗会",在那届"青春诗会"上,她发表了组诗《女人》,并在《青春诗话》里写道:"我永远无法像男人那样去获得后天的深刻,我的优势只能源于生命本身。"②《女人(六首)》组诗发表于《诗刊》1986年第9期,收录组诗中的5首诗《独白》《母亲》《预感》《世界》《边缘》以及一首新作《我对你说》。1988年3月,漓江出版社出版发行了同名诗集,这是翟永明第一本正式公开出版的个人诗集。如果说这组诗给她带来了诗坛盛名,那么,其"黑夜意识"的主张及诗作所呈现出来的女性立场,震惊了20世纪80年代的诗坛。随后,唐晓渡在《女性诗歌:从黑夜到白昼》一文中首次明确提出了"女性诗歌"的概念,将翟永明的《女人》组诗称为"真正的'女性诗歌'"③。1986年底,翟永明从待遇优渥的物理所辞职,此后没有再从事任何体制内的工作,成为一名自由写作者。在20世纪80年代中后期她又创作了组诗《人生在世》《静安庄》《死亡的图案》《颜色中的颜色》《称之为一切》等,这些激情奔涌的诗作构成她写作生涯中的第一个巅峰。

1990年翟永明赴美,在寓居纽约一年半的时间里,她都处于是留是回的徘徊迷茫挣扎中,至1992年回国前只创作了寥寥几首诗。回国一年后她创作并发表了《咖啡馆之歌》,这是诗人继"《女人》之后的又一次出发",并且"提示了此后十年写作的可能和演变的

---

① 翟永明:《谈谈我的诗观》,载老木编《青年诗人谈诗》,北京大学五四文学社,1985,第149—150页。
② 翟永明:《青春诗话》,《诗刊》1986年第11期。
③ 唐晓渡:《女性诗歌:从黑夜到白昼——读翟永明的组诗〈女人〉》,《诗刊》1987年第2期。

依据"①。在 90 年代，翟永明还陆续创作了《莉莉和琼》《脸谱生涯》《十四首素歌——致母亲》《小酒馆的现场主题》《乡村茶馆》等诗作，日常生活题材的写作与"戏剧化"叙事风格成为其在这一时期的诗学追求。

1997 年，她出版了第一本散文集《纸上建筑》。1998 年，她与友人在成都创办了"白夜"酒吧。写作之余，翟永明经常在酒吧举办一些诗会、读书会、观影活动等，"白夜"逐渐成为中外众多文化名人、艺术家、诗人的聚集地，也成为成都的文化地标。进入 21 世纪，翟永明对社会公共事件有了更多关注和审视，并以此为题材进行诗歌创作。同时，她也将诗心触角深入古代，创作了《编织和行为之歌》《哀书生——因绝调词哀书生而忆冯喆》《在古代》以及长诗《随黄公望游富春山》等，在"现代"与"古典"的对话及自由转换中，诗人营构出一个个多维贯通的历史场域，带我们穿行古今，研阅世间百态。

自 1986 年公开发表《女人》组诗始，翟永明近 40 年的诗歌创作生涯大致可分为三个阶段：20 世纪 80 年代、90 年代，以及 21 世纪至今。

**一、《黑夜的意识》与惊世骇俗的女性立场**

1986 年，除了在《诗刊》上发表，《女人》组诗亦发表在《诗歌报》上；此外，在《诗歌报》上发表的还有序言《黑夜的意识》一文。翟永明曾回忆，《黑夜的意识》的写作来自朋友的触发："1985 年，当我完成组诗《女人》之后，我为这组诗写了一篇序。标题取自一位朋友的一句话。他在读完我的诗集《女人》后说：'我在诗

---

① 翟永明、木朵：《在克制中得寸进尺——与木朵的对谈》，载翟永明著《完成之后又怎样》，北京大学出版社，2014，第 215 页。

中读到了黑夜。'这句话与我当时写作时的心境、处境与环境正好契合，并暗示了我那一阶段的追索与沉湎于黑暗中的写作。我称之为'黑夜意识'的正是一种来自内心的个人挣扎，以及对'女性价值'的形而上的极端的抗争。"[1] 在《阅读、写作与我的回忆》中，翟永明点明这位朋友就是小说作家和建筑师刘家琨。1986 年，《黑夜的意识》在《诗歌报》刊发之后，作为重要新潮诗论得以迅速传播，还得力于吴思敬编选的《磁场与魔方：新潮诗论卷》[2]。文末标注的写作及修改时间准确到了月与日，还标注了地点："1985 年 1 月 24 日于成都"与"1985 年 4 月 17 日改于成都"，这凸显了 1985 年对于女性诗歌的特殊意义。此文在当代中国女性诗歌史上具有显要意义已成为评论家的共识，被认为"是振聋发聩的'登高一呼'，就女性诗歌的发展而言，无疑具有开拓性意义"[3]。而翟永明本人于 20 世纪 80 年代中后期创作的《静安庄》《死亡的图案》《称之为一切》等诗也呼应了这篇女性诗歌宣言。

首先，在《黑夜的意识》中，翟永明道破了女性与黑夜间神秘的关系："作为人类的一半，女性从诞生起就面对着一个完全不同的世界，她对这世界最初的一瞥必然带着自己的情绪和知觉，甚至某种私下反抗的心理。她是否竭尽全力地投射生命去创造一个黑夜？并在各种危机中把世界变形为一颗巨大的灵魂？事实上，每个女人都面对自己的深渊——不断泯灭和不断认可的私心痛楚与经验——远非每一个人都能抗拒这均衡的磨难直到毁灭。这是最初的黑夜，它升起时带领我们进入全新的、一个有着特殊布局和角度

---

[1] 翟永明：《再谈"黑夜意识"与"女性诗歌"》，《诗探索》1995 年第 1 期。
[2] 谢冕、唐晓渡主编，吴思敬编选：《磁场与魔方：新潮诗论卷》，北京师范大学出版社，1993。
[3] 吴思敬：《从黑夜走向白昼——21 世纪初的中国女性诗歌》，《南开学报（哲学社会科学版）》2006 年第 2 期。

的，只属于女性的世界。"①在几千年的社会秩序中，女性长期处于被压抑规训的境地，女性世界和女性表达作为"黑暗的大陆"，不为人知。因此也只有在黑夜中，女性才能看清自己的命运，建立起均衡的命运秩序。恰如德国汉学家顾彬所言："由于黑夜与女性之间神秘的关系，黑夜便成为进入生和死的内在体验，在这一点上，女诗人面临两个危险：命运和（自我）毁灭。"②在这个意义上，翟永明《女人》组诗所承载的女性意识即是一种"黑夜的意识"。

其次，在翟永明看来，女性深邃复杂而被一直压抑的意识也只有通过迷狂的自白式诗语才能表达出来，就像是神秘"黑夜"遮蔽下"女巫"的喃喃自语。这种迷狂式自白则是来自对本我的唤醒。埃莱娜·西苏在1976年发表的《美杜莎的笑声》中提到："我要讲妇女写作，谈谈它的作用。妇女必须参加写作，必须写自己，必须写妇女。就如同被驱离她们自己的身体那样，妇女一直被暴虐地驱逐出写作领域，这是由于同样的原因，依据同样的法律，出于同样致命的目的。妇女必须把自己写进本文——就像通过自己的奋斗嵌入世界和历史一样。"③西苏作为法国著名的女性作家和女性主义文学理论家，主张基于女性与男性生理和心理差异的"躯体写作"。因为在男性话语体系中，女性被剥夺了一切，对于女性而言，只有自己的身体是真实的，是属于自己的，女性书写自己的身体就有了反抗男性话语体系的意义。因为只有这样，女性写作才能祛除男性话语体系对女性的异化，从而抵达本我的真实世界。翟永明诗作正是在"黑夜"的遮蔽下，自觉屏蔽了视觉功能和对现存秩序的理性

---

① 翟永明：《黑夜的意识》，《诗歌报》1986年8月21日。
② ［德］沃尔夫冈·顾彬：《黑夜意识和女性的（自我）毁灭——评现代中国的黑暗理论》，赵洁译，《清华大学学报（哲学社会科学版）》2005年第4期。
③ ［法］埃莱娜·西苏:《美杜莎的笑声》，载张京媛主编《当代女性主义文学批评》，北京大学出版社，1992，第188页。

认知，而侧重于以女性身体的听觉、触觉、嗅觉来重新感受世界。譬如：

> 太阳，我在怀疑，黑色风景与天鹅
> 被泡沫溢满的躯体半开半闭
> 一个斜视之眼的注目使空气
> 变得晦涩，如此而已
> ——《女人·臆想》

> 今晚所有的光只为你照亮
> 今晚你是一小块殖民地
> 久久停留，忧郁从你身体内
> 渗出，带着细腻的水滴
> ……
> 怎样的喧嚣堆积成我的身体
> 无法安慰，感到有某种物体将形成
> 梦中的墙壁发黑
> 使你看见三角形泛滥的影子
> 全身每个毛孔都张开
> ——《女人·渴望》

> 血从地下涌来使我升高
> 现在我睁开崭新的眼睛
> ——《女人·结束》

诗中主体"我"以打通嗅觉、听觉、触觉的通感方式主动地体验外在的黑夜，这是以身体为本位的女性意识觉醒。初醒之时，"我"有"精疲力竭"之感，之后，"我"以"被泡沫溢满的躯体""斜视之眼的注目"徘徊在世界边缘,"半开半闭"地感受这个世界。在"结束"之时,"我"完成了女性意识的成长,拥有了看待世界的独立视角,有了"崭新的眼睛"。这些躯体历险,都指向了女性躯体的独特性:怀胎生育的天职、敏锐的感觉、灵肉一体的高度融合、内心恍惚近乎疯狂的潜意识等。"我"在小心翼翼地观察与体验男性主导的世界之时,"世界"也在毫无顾忌地"拍打"着"我"。这种"拍打"是以"闯进""我"身体的方式进行的。

那些巨大的鸟从空中向我俯视
带着人类的眼神
在一种秘而不宣的野蛮空气中
冬天起伏着残酷的雄性意识
　　　　　——《女人·预感》

所有的岁月劫持这一瞬间
在我的脸上布置斗换星移
默默冷笑,承受鞭打似的
承受这片天空,比肉体更光滑
比金属更冰冷,唯有我
在濒临破晓时听到了滴答声
　　　　　——《女人·瞬间》

太阳用独裁者的目光保持它愤怒的广度
　并寻找我的头顶和脚底
　　　　　——《女人·世界》

翟永明以女性眼光观察外在世界的同时,也感受到世界带给女性的压抑与束缚。这个仍是由男性话语主导的世界,是翟永明早期诗作的"假想敌"。它"起伏着残酷的雄性意识",充斥着秘而不宣的、潜藏于男人和女人集体无意识之中的"雄性"话语。对于女性来说,这个世界是"无从摆脱而又高高凌驾的命运压迫"①,是主动的施虐者,它在诗中通常以"太阳""天空""手"等巨大、光明的意象来象喻。如果说舒婷所表达的女性意识还停留在启蒙层面,那么,翟永明、唐亚平、伊蕾等则是以身体为本位,直接用"肉体的宣泄"来传达酣畅淋漓的女性生命感受和个体生命的意义:"虽然那已是很久以前的事。我在梦中目空一切/□□□□轻轻地走来,受孕于天空/在那里乌云孵化落日,我的眼眶盛满一个大海/□□□□从纵深的喉咙里长出白珊瑚//□□□□□□海浪拍打我/好像产婆在拍打我的脊背,就这样/□□□□世界闯进了我的身体/使我惊慌,使我迷惑,使我感到某种程度的狂喜//□□□□我仍然珍惜,怀着/那伟大的野兽的心情注视世界,深思熟虑/□□□□我想:历史并不遥远/于是我听到了阵阵潮汐,带着古老的气息//从黄昏,呱呱坠地的世界性死亡之中/□□□□白羊星座仍在头顶闪烁/犹如人类的繁殖之门,母性贵重而可怕的光芒/□□□□在我诞生之前,就注定了//为那些原始的岩层种下黑色梦想的根。它们/□□□□靠我的血液生长/□□□□我目睹了世界/因此,我创造黑夜使人类幸免于难"(《女人·世界》)。

《女人》组诗极具阐释的空间,诗中的"我"是一个追求精神独立、敢于反抗男权世界、勇于承载苦难的现代女性,这一形象否认"独裁者""太阳",摧毁"有序"的社会意识,并将一切化入个体生命体验的"无序"中。"我"在打破男女不平等的精神历程中,以女性自己的话语方式彰显出女性生命之美和不可取代的创造

---

① 唐晓渡:《女性诗歌:从黑夜到白昼——读翟永明的组诗〈女人〉》,《诗刊》1987年第2期。

力——"我创造黑夜使人类幸免于难",进而消解了传统的性别歧视,彰显出女性自我本位意识。

翟永明创作于 20 世纪 80 年代的诗歌极为重视对女性命运的书写,这里既有对女性个体命运的想象,又有对女性群体命运的无奈伤感;既有对传统女性的悲叹与理解,又有对已觉醒的女性未来命运的忧思。同时,其对女性命运的思考又是矛盾的:"女性的真正力量就在于既对抗自身命运的暴戾,又服从内心召唤的真实,并在充满矛盾的二者之间建立起黑夜的意识。"[1]翟永明以反抗的姿态拉开女性命运的黑幕,如《女人》组诗中的《独白》,诗人就用最激烈的语言表达了女性对男性爱恨交织的情感,如"用爱杀死你""以最仇恨的柔情蜜意贯注你全身"等,在此"我"作为女人有一种决绝的姿态,不仅勇敢地去承担女性意识觉醒所带来的后果,也勇敢地去改造"男性",从而获得对自己的救赎和对这个世界的救赎。这种决绝的姿态不是对男性及男性世界完全尖锐的对抗,而是"同时隐含了一种对女性力量的信念——就此而言,翟永明的黑夜并不是对舒婷的白昼的完全否定,而是一种既有否定也有肯定的发展"[2]。同时,这种对抗也折射出 20 世纪 80 年代中国先锋文学的共同态度,而这也是世界范围内的现代主义文学的共同姿态。

此后,诗人情感的冒险从女性个体推演至女性族群,《静安庄》《称之为一切》等组诗将对女性命运的反抗推进到"女性家族"或曰"女性群体"的层面。《称之为一切》组诗以家族和家事为题材,以家族中的女性如祖母、母亲、妹妹、堂姐等为反省对象,她们的命运在"我"的眼中无一例外是悲苦的、无奈的。如《九月》:"当

---

[1] 翟永明:《黑夜的意识》,《诗歌报》1986 年 8 月 21 日。
[2] 西渡:《黑暗诗学的嬗变,或化蝶的美丽——以翟永明和池凌云为中心,论新时期女性诗歌意识》,《江汉大学学报(人文科学版)》2010 年第 4 期。

家理财□外祖母良心轻松／快乐□像一只老蜂鸟／粗茶淡饭□在阳光下铺排／豆类发芽的地底／积攒了许多事情／怎样的暴力使她极度疲倦／睡意来临□我的头首先长大／让我亲眼看见循环的过程"。这是以一个幼女"我"的眼光看穿了"外祖母—母亲—我"之间隐秘的命运循环的悲哀过程。十年前因叛逆家风而远走高飞的堂姐，现在是"两手空空□带回一双儿女／我的堂姐坐在火车上／满腹牢骚已超过她的能力"(《家事》)。再比如在《何等的年代》中对新娘未来命运的忧思与悲叹："你我生于此地□为人熟知／密集的征兆被事先安排／姑娘们嫁衣丰富／慢性的折磨在每年出现"。《称之为一切》组诗中隐含着一条线索即"我"的成长，"我"的女性意识不断觉醒，"我"在外祖母那里长大，同母亲分别，想到十年前远走高飞而今已经回来的堂姐，看到新娘未来红颜薄命的悲哀命运，祖母的去世让"我"体会到家族的颓唐与崩溃之势。可以说，是女性家族的诸般命运时时刻刻敲打着"我"，对女性家族命运的反思，也即是对"我"的命运的反抗。

## 二、"世界秩序被重新阐释和创造的可能"：从女性世界到人类命运

翟永明 20 世纪 80 年代的诗作和"黑夜的意识"并不只是强调女性的独特性，也并不只是对女性命运的深思和反抗，还体现出直达人类命运普遍性的深刻，诗人将此称为"一个个人与宇宙的内在意识"，"它是人类最初同时也是最后的本性。就是它，周身体现出整个世界的女性美，最终成为全体生命的一个契合"[①]。"创造黑夜"意味着当代女性开始自觉亲近宇宙和人类本体，开始对女性的精神历程进行探析。细读翟诗，其中对人类普遍本性和人类本体的亲近

---

① 翟永明：《黑夜的意识》，《诗歌报》1986 年 8 月 21 日。

主要体现在两个方面：一是婴儿视角及死亡视角，二是对人类普遍命运尤其是弱者命运的悲悯与关怀。

翟永明在许多诗作中都使用了婴儿视角或者死亡视角，以此抵达对世界本相的深刻洞察。譬如《称之为一切》组诗中的《九月》："我生下来就知道：／马和牛的来历／鸡的叫声和野樱草的呼吸／或者人类的结局"。在这里，"我"是一个婴孩，但视角却不是童真、纯洁、幼稚的，而是早已洞察了一切、看穿了一切的。再有《称之为一切》组诗中的《星期六下午》一诗，此诗全篇都是从婴儿视角出发，达到一种普遍的善，以及对命运的洞察："我也等待着黑暗／我的同龄伙伴与我一样／□□有着忧伤的黑眼睛／□□幼小的牙齿□孤儿的怪癖／我体内沉睡的东西逐渐扩大／从它柔顺的眼神中我们分享／前世的痛苦□从古到今的饥饿"。在此，"我"虽然是一个婴孩，视角及感觉却是属于全人类的，有神启意味，并生发出对古往今来的人类命运的悲悯和同情。

此外，诗人从女性对自我命运的反思出发，经过"黑夜"这一中介，达到对人类命运尤其是弱者命运的深度悲悯和关怀。如《女人》组诗中的《臆想》写道："我将怎样瞭望一朵蔷薇？／在它粉红色的眼睛里／我是一粒沙，在我之上和／在我之下，岁月正在屠杀／人类的秩序"。女性相对于男性更加敏感，意识也更为非理性，诗人由女性（"我"）的眼中也看出了"岁月正在屠杀／人类的秩序"。又如《女人》组诗中的《世界》，诗人"为那些原始的岩层种下黑色梦想的根"，直言它们"靠我的血液生长"，然后断然称："我目睹了世界"，并且强势宣告："我创造黑夜使人类幸免于难"。语气如此决断，肯定了女性创造者的原始伟力。

1985年，翟永明以知青插队的生活经历为题材创作出打开女性言说历史空间的组诗《静安庄》。《静安庄》由十二首短诗组成，依次用"第一月"到"第十二月"的自然时序作为标题,暗示时间与命运的轮回,实际上等于"无题"。贯穿全诗的,是虚构的"静安庄"这个核心意象。"《静安庄》拥有史诗的规模,却没有它的逻辑、连贯性和语句完备性。它是十二次噩梦经验的残忍片断,它们之间的唯一联系是静安庄这个地点。在所有依稀的梦境里,静安庄永恒兀立,像一座被历史废弃的古堡,向那些致病的飘游者开放。"① 与当时的知青文学不同,这首诗并没有遵循"青春无悔""苦难万岁"的叙述模式,没有将受难的国家历史和个人经历崇高化,而是忠实于个体生命体验和女性视角。"我"作为外来知识女青年,在夜里走入静安庄,小心翼翼地体会这静谧、神秘的黑夜:"怎样才能进入静安庄?/尽管每天都有溺婴尸体和服毒的新娘//他们回来了,花朵列成纵队反抗/分娩的声音突然提高/感觉落日从里面崩溃"(《第二月》),"身怀六甲的妇女带着水果般倦意,/血光之灾使族人想起贪心的墓场"(《第七月》),"是我把有毒的声音送入这个地带吗?/我十九,一无所知,本质上仅仅是女人/但从我身上能听见直率的嗥叫/谁能料到我会发育成一种疾病?"(《第九月》),"我无意中走进这个村庄/无意中看见你,我感到/一种来自内部的摧残将诞生"(《第十一月》)。

静安庄于"我"而言,是一个罪恶之乡,充满了死亡的腐烂气息和各种古老的罪恶,"每个角落布置一次杀机",这里有"身怀六甲的妇女""沉默的婴儿""被神附体的女人""妻子",还有一代代无辜的亡灵,这个村庄充满了死亡和罪恶的气息。19岁的"我"在进入充满罪恶而又静谧恐怖的静安庄时,就听到了这些沉默的弱者的心声,并坚定地与他们站在一起,最后以精神分裂的代价全身而退,完成了对静安庄及那段历史的诘难,但在这个过程中"我"的

---

① 朱大可:《饥馑的诗歌》,载《燃烧的迷津》,学林出版社,1991,第47页。

女性意识觉醒，开始洞察女性群体的命运及人类的不幸遭际。"静安庄"于"我"而言，不仅记录了个体的知青经历，更承载着一个民族的历史和回忆。比较《静安庄》与当时知青文学会发现，《静安庄》是"诗人经由个人经验延展到整体生存和历史记忆的成功范例"①。其中有诗人将个体置于历史书写中的努力："这不正是关于种族本性的真切喻示么？一个属于它的子民，将面临严重的二重困境：在它的外面阅读并诘难它，或者，进入它并成为其中的角色。翟永明不可能克服这种存在的两重性，在《静安庄》里，她一方面被读着，一方面又读着自己。"②静安庄绝非诗人作为知青生活过的地方的实写，而是诗人情感经验投射出的虚构世界，是从古老的死亡迷宫中逃脱出来的"我"讲述给"我们"的一个历史文化寓言，置身其中，"我"一方面不得不接受静安庄所代表的文化秩序：

> 仿佛早已存在，仿佛已经就绪
> 我走来，声音概不由己
> 它把我安顿在朝南的厢房
> ——《第一月》

另一方面，"我"对静安庄的一切价值规则表示反对。静安庄潜存的使命是按照古老的游戏规则绞杀其中所有个体生命的独立与自由，"我"以一个"异乡的孤身人"（《第十二月》）的形象进入静安庄，洞悉其种种罪恶后，在"参与各种事物的恶毒"（《第五月》）的同时，一心想要破坏静安庄的游戏规则，努力保持主体的清醒和自主性，确保不被其中的死亡气息和罪恶裹挟。在这场绞杀与反绞杀的游戏中，"我"暗中"把有毒的声音送入这个地带"

---

① 陈超：《翟永明论》，《文艺争鸣》2008 年第 6 期。
② 朱大可：《饥馑的诗歌》，载《燃烧的迷津》，学林出版社，1991，第 47 页。

(《第九月》),拒绝了静安庄的诱惑和安排,最终逃脱了静安庄无处不在的阴鸷,成为参与游戏的"唯一生还者"(《第四月》)。"距离是所有事物的中心,/在地面上,我仍是异乡的孤身人"(《第十二月》),诗人以一种异常冷峻深刻的视角回视总结自己"进入—反抗—逃离"这个罪恶之乡的精神冒险。正因此,诗人认为"静安庄不过是'文革'时代广大农村的缩影。她的感受是当时知青的普遍感受"[1],这一说法并无立足之根。弥漫在静安庄中的恐怖气氛和各种罪恶,何尝不是诗人在现实世界中感受到的压迫和危险的投影?翟永明试图通过主观心象结构现实和虚构世界的文化秩序,以"第一月"到"第十二月"的讲述构成一个闭环的时间结构,并对《女人》组诗中提出的"完成之后又怎样"(《结束》)问题给出了答案——"十二月"之后是"第一月",结束就是开始,在时间的循环中,"进入—反抗—逃离",也就成了永恒的宿命。我们也可以把这首诗看作是诗人以"黑夜意识"对抗强大而邪恶的既存话语秩序这个母题的又一次讲述,即对抗性生存姿态,这多少给诗人带来了限制和伤害。十年后,在1996年创作的《乡村茶馆》一诗中,诗人又解构了人类周而复始的生存模式:"一天的存在与一小时的虚空/同样为零。□一个下午的方式/维系着一生的努力"——短暂地进入"现实世界",快速悄然地离去消逝。

### 三、迷狂式自白的语言风格

诗歌评论家陈超将翟永明20世纪80年代的创作称为"自白倾诉期"[2],他认为80年代翟诗以隐喻和暗示为主导语型探究了女性

---

[1] 李晓琳:《翟永明的"疾病"意识》,载翟永明著《翟永明诗集》,成都出版社,1994,第255页。
[2] 陈超:《翟永明论》,《文艺争鸣》2008年第6期。

命运。的确如此，翟永明在80年代主动学习和借鉴了美国自白派女诗人西尔维娅·普拉斯的诗歌语言方式，发展出一种激情的自白式诗歌语言。

"自白"英文为"confession"，来源于拉丁语"confiteri"的过去分词"confessus"，意思是"承认、坦白"，含有"忏悔"之意。"自白"在西方文化语境中含有向上帝"忏悔""祷告"而坦白的意思，有深刻的宗教文化传统。美国自白派是出现于20世纪50年代中期到60年代的诗歌流派，与黑山派、纽约派以及嚎叫派等同属于美国后现代诗歌流派。主要诗人有罗伯特·洛厄尔、约翰·贝里曼、斯诺德格拉斯、安妮·塞克斯顿和西尔维娅·普拉斯等人。洛厄尔《生活研究》可以说是最早的自白抒情诗歌，20世纪50年代中期塞克斯顿和普拉斯都参加了洛厄尔主持的波士顿诗歌研究班，两人也开始习作自白题材诗歌。美国自白派诗歌"毫无顾忌地揭示自己为常人所避讳的隐私，例如性欲、死念、羞辱、绝望、精神失常、接受外科手术、与雇主难处的矛盾、对丈夫或妻子或父母或子女所持的扭曲心态等等，从弗洛伊德心理学的角度，把它们曝光于众"。[①]这些自白诗歌被看作是对华兹华斯、叶芝、庞德等先辈抒情诗人及意象诗人的反驳，这里面含有明显的精神错乱以及自传倾向。美国自白派诗歌多使用第一人称，从自我出发，诗歌语调如刀斧般冷峻透彻，祛除了一切宗教上、政治上的负担，对自我灵魂、肉体痛感实行冷酷的手术般的解剖与呈现，而这些诗人本身也有精神抑郁的倾向，如普拉斯、塞克斯顿都是以自杀的方式结束人生。

20世纪80年代初，美国自白派诗歌传入中国。1982年纽约大学罗森塔尔教授来华访问，他在评论洛厄尔的诗集《生活研究》时

---

[①] 张子清：《20世纪美国诗歌史（第二卷）》，南开大学出版社，2018，第772页。

提出了"自白"诗歌的概念，这一术语开始进入中国诗人的视野。《诗刊》在1981年第6期刊登了袁可嘉翻译的洛厄尔的两首诗，后来在1985年第9期和1986年第5期又分别刊登了塞克斯顿和普拉斯的诗歌。学者张晓红在荷兰莱顿大学的私人藏书中发现，80年代以来《声音》《大陆》《九十年代》《北京大学研究生学志》以及四川非正式刊物《汉诗》等都刊登过美国自白派诗歌[①]。四川的非正式诗歌刊物《现代诗内部交流资料》和《中国当代实验诗歌》也在1985年刊登了美国自白派诗歌的译作。内地的美国自白派译诗诗选较早的公开出版物为1987年漓江出版社的《美国自白派诗选》，之后1992年香港新世纪出版社又出版了普拉斯的诗集《燃烧的女巫》。可以说在80年代初，美国自白派诗歌和西方女性主义理论一同进入中国，并受到诗人们的关注。

　　美国自白派诗人中，普拉斯在中国尤具影响力。翟永明在《阅读、写作与我的回忆》中就曾提到在20世纪80年代初阅读普拉斯诗歌的那种震撼感："有两个人的诗在那时深深地打动了我，一个是在朋友那儿读到的西尔维娅·普拉斯的几首诗，另外就是当时与我半生不熟的何多苓用他半生不熟的英语翻译的罗宾森·杰佛斯的诗。当我读到这样的句子：'这儿／许多悲壮的思想／凝视着自己的眼睛'和'这个女人至善至美了／她的尸体带着完成一切的笑容'时，我的心无法不为之颤栗。"[②]诗人在访谈中也曾回顾自己80年代的诗歌创作，认为那是一种"激情创作"。诗人处于兴奋的青春期，对诗歌有热烈的追求，为表达内心的激情非组诗、长诗不可。

---

① 张晓红：《中美自白诗：一个跨文化互文性个案》，《深圳大学学报（人文社会科学版）》2005年第4期。

② 翟永明：《阅读、写作与我的回忆》，载《纸上建筑》，东方出版中心，1997，第227页。

在写作时，词语"像大点大点的雨滴落下来，铺满纸面"①，诗人与词语激情共舞，如：

> 貌似尸体的山峦被黑暗拖曳
> 附近灌木的心跳隐约可闻
> 那些巨大的鸟从空中向我俯视
> 带着人类的眼神
> 在一种秘而不宣的野蛮空气中
> 冬天起伏着残酷的雄性意识
> ——《女人·预感》

> 身体波澜般起伏
> 仿佛抵抗整个世界的侵入
> 把它交给你
> 这样富有危机的生命、不肯放松的生命
> 对每天的屠杀视而不见
> ——《女人·生命》

首先，翟永明诗作中有一种不可遏制的激情，这种激情又时时受到诗人压抑，由此形成一种压抑与喷薄的激情张力，似一种迷狂状态的喃喃自语。在翟永明 20 世纪 80 年代的诗作中，处处可见一些富有力量感的词语，如"拖曳""巨大的""俯视""波澜般起伏""抵抗""膨胀"等，这些词语并非形容外在的物象，而是施之于自己的内心，"具有深层次的哲理性及宗教性，从神秘的不可知、

---

① 翟永明、周瓒：《词语与激情共舞——翟永明书面访谈录》，《作家》2003 年第 4 期。

不可说的事物中找寻忧伤之源、生命之谜"[1]。同样的，这种强烈的激情自白，还在于通感式意象的不断变换，诗人还自创了一些色彩强烈的象征意象，如"燃烧的太阳""晃动的黑影""手臂双白""发黑的尸骨""绿房间""深红色瞳孔的褐色植物"等，诗人有时甚至处于"失明"状态，竭力用听觉、嗅觉、触觉等来感受外在的世界，如在《静安庄》中，诗人在夜晚走入"鸦雀无声的村庄"，感受到了"双鱼星的嚎叫""猫头鹰吓人的笑声""夜晚的潮湿""虐杀婴儿的残忍"，以及女性群体悲哀而又残忍的宿命。这种压抑而又喷薄的激情，来自诗人的焦虑和抗争心理，来自觉醒了的女性意识。作为抒情主体的"我"有了自我的意识，有了女性的意识，有了对于女性苦难宿命的深刻认知，意识到了男性对女性的蔑视与暴力的摧残，而"我"只能选择一种激情式的自我抗争，从内心对男性世界和男性话语霸权进行否定，这种否定与反抗同时又是痛苦的、犹疑的、神秘的。

其次，翟永明迷狂激情的自白语言还表现在诗作主体"我"的感觉方式上。诗人在"'视觉占有'行为面前最终是一个逃亡者"[2]，她在20世纪80年代更倾向于闭上眼睛，使用听觉、触觉、嗅觉、味觉等方式体悟外界，从而形成一种内心压抑着的迷狂与激情。诗人在《女人》组诗中的《预感》里提到："我一向有着不同寻常的平静／犹如盲者，因此我在白天看见黑夜"。

> 现在，我换另一个角度
> 心惊肉跳地倾听蟋蟀的抱怨声
> ——《女人·臆想》

---

[1] 黄怒波：《虚无与开花：中国当代诗歌现代性重构》，北京大学出版社，2021，第187页。
[2] 张柠：《飞翔的蝙蝠——翟永明论》，《诗探索》1999年第1期。

在濒临破晓时听到了滴答声
片刻之欢无可比拟,态度冷淡
像对空气怀有疑问,一度是露水
一度是夜,直到我对今晚置之不理
直到我变得沉默为止
——《女人·瞬间》

猫头鹰儿子给白昼留下空隙,
张嘴发出吓人的笑声。使旱季倾斜而固执
——《静安庄·第七月》

在它们生长之前,听见土地嘶嘶的
挣扎声,像可怕的胎动
——《静安庄·第十月》

翟永明长于从细微的声音入手,探入外部世界,完成主体生命的反思。《静安庄》组诗中没有爽朗笑声,也没有激烈巨大的嚎叫声,而是"对静相中的声音有着高度的敏感"[1]。正是对细微之声的敏感,才塑造并加深了黑夜世界的静谧感、神秘感,由此也传达出一种神秘的恐惧感。如在《静安庄》组诗中的《第一月》里,"第一次来我就赶上漆黑的日子/到处都有脸型相像的小径/凉风吹得我苍白寂寞/玉米地在这种时刻精神抖擞/我来到这里,听见双鱼星的嚎叫/又听见敏感的夜抖动不已"。静安庄是鸦雀无声、非常静谧的,但是诗人在这里听到"嚎叫""冷笑",这何尝不是诗人内心生发出来的声音,也即在静谧的黑夜中女性意识的觉醒。"我"在夜里来到静安庄,从听觉的角度感触到了这里的神秘和静谧,亦感

---

[1] 张柠:《飞翔的蝙蝠——翟永明论》,《诗探索》1999年第1期。

受到了黑夜中万物有灵，如"玉米地在这种时刻精神抖擞""双鱼星的嗥叫"，这种"万物有灵"其实质是"我"从内心生发出的对静安庄的恐惧感，这样一种恐惧感、神秘感其实也即《女人》组诗中的第一首《预感》所展现出的，初步觉醒的女性对外在世界的初探：

> 穿黑裙的女人夤夜而来
> 她秘密的一瞥使我精疲力竭
> 我突然想起这个季节鱼都会死去
> 而每条路正在穿越飞鸟的痕迹

如前所述，翟永明早期一以贯之的主题，是个人与外部世界之间的尖锐对抗。对抗的前提是存在一个充满敌意的世界，《预感》的写作视角即置身在这个充满敌意的空间里的"看"与"被看"。对"被看"的恐惧，扭曲了《预感》里的"现实世界"——山峦变成了"貌似尸体的山峦"而"被黑暗拖曳"，身边的灌木竟然有了隐约可闻的"心跳"，天空中的飞鸟成了巨大且"带着人类的眼神"俯视着"我"的存在。诚如诗人领悟到的，"宇宙中的一切事物都比人类更长久"，我们只不过是偶然来到这个世界的匆匆过客，"只有宇宙间的事物永存"。① 这尤其加重了诗人在"现实世界"中的恐惧情绪。"犹如盲者"而拒绝面对"现实世界"的诗人，虽自诩为"在白天看见黑夜"的智者，事实上却自始至终被内心的恐惧包围着，一直生活在与"现实世界"绝缘的内心世界里。世界只是一个幻象，一个从来没有被诗人"看见"过的影子。在《预感》里，诗人自始至终只"看见"了自己，"从自己的眼睛里／我看到了忘记开

---

① 翟永明：《请听万物倾诉》，载《纸上建筑》，东方出版中心，1997，第150页。

花的时辰/给黄昏施加压力",最终,诗人以自我折磨的方式反抗和拒绝的,其实也只是自己。诗人始终游走于生活中的"现实世界"和诗歌中的"词语世界",对前者她持以观看的视角,对后者她秉具诗性的思考。最终,诗人掌握了自由穿梭"现实世界"与"词语世界"的秘密,诗歌向翟永明敞开了"自由门",而翟永明化身为充满魔力的诗歌"女巫"。

## 四、女性对女性的探掘:《母亲》和《独白》

### 1. 传统母亲形象的颠覆:《女人》组诗中的《母亲》赏析

无力到达的地方太多了,脚在疼痛,母亲,你没有/教会我在贪婪的朝霞中染上古老的哀愁。我的心只像你//你是我的母亲,我甚至是你的血液在黎明流出的/血泊中使你惊讶地看到你自己,你使我醒来//听到这世界的声音,你让我生下来,你让我与不幸构成/这世界的可怕的双胞胎。多年来,我已记不得今夜的哭声//那使你受孕的光芒,来得多么遥远,多么可疑,站在生与死/之间,你的眼睛拥有黑暗而进入脚底的阴影何等沉重//在你怀抱之中,我曾露出谜底似的笑容,有谁知道/你让我以童贞方式领悟一切,但我却无动于衷//我把这世界当作处女,难道我对着你发出的/爽朗的笑声没有燃烧起足够的夏季吗?没有?//我被遗弃在世上,只身一人,太阳的光线悲哀地/笼罩着我,当你俯身世界时是否知道你遗落了什么?//岁月把我放在磨子里,让我亲眼看着自己被碾碎/呵,母亲,当我终于变得沉默,你是否为之欣喜//没有人知道我是怎样不着痕迹地爱你,这秘密/来自你的一部分,我的眼睛像两个伤口痛苦地望着你//活着为了活着,我自取灭亡,以对抗亘古已久的爱/一块石头被抛弃,直到像骨髓一样风干,这世界//有了孤儿,使一

切祝福暴露无遗，然而谁最清楚／凡在母亲手上站过的人，终会因诞生而死去

——《女人·母亲》

1988年漓江出版社出版的诗集《女人》中的《女人》组诗共四辑，每辑五首，共二十首，《母亲》是第二辑的第二首。相较于冰心《繁星》《春水》以及舒婷《呵，母亲》等诗中的母亲，翟永明在《母亲》中塑造的母亲形象是颠覆性的，诗人立足个体经验和女性视角以对话方式对母亲形象进行了反思。

冰心在《繁星》和《春水》中塑造的母亲形象具有传统人伦中被定型的母亲性格，即温柔、体贴，兼及基督教义倡导的无私与博爱精神，其笔下的母女母子关系极为和谐，母亲是孩子心灵的港湾："母亲呵！／撇开你的忧愁，／□容我沉酣在你的怀里，／□□只有你是我灵魂的安顿。"（《繁星·三三》）舒婷的一些诗中，多是对母亲真切的怀念，如《呵，母亲》："你苍白的指尖理着我的双鬓／我禁不住像儿时一样／紧紧拉住你的衣襟／呵，母亲"；有的是以母亲象征国家，如《祖国啊，我亲爱的祖国》。在传统的男权社会中，"母亲"这一形象被赋予了文化象征意味：在生育崇拜支配的思维下，"母亲"通常会与伟大博爱、无私奉献等联系在一起，从而受到赞美与感恩；在宏大政治话语叙述的支配下，"母亲"则又象征着祖国、族群等集体力量，将亲情与家国情怀融合在一起。

翟永明《母亲》一诗，是从作为女性的个体经验出发，通过"我"（女儿）与"母亲"倾诉的方式，既表达了"我"对母亲的感恩之情，又表达了"我"对母亲的"恨"，从而对自古被讴歌的"母亲"形象进行了颠覆和祛魅，也对女性命运和人类命运作出了深沉思考。

《母亲》的语句构成在《女人》组诗中比较特殊。《女人》组

诗中的其他诗以短句为主，四句到十几句为一小节，而《母亲》中的诗句以长句为主，两句一节。相较于短句，一个长句能容纳更丰富、复杂、矛盾的情感态度，如"那使你受孕的光芒，来得多么遥远，多么可疑，站在生与死／之间，你的眼睛拥有黑暗而进入脚底的阴影何等沉重"，这里既有对母性生育神圣的赞扬，又有所质疑，还暗含着无奈的女性宿命感。再有"没有人知道我是怎样不着痕迹地爱你，这秘密／来自你的一部分，我的眼睛像两个伤口痛苦地望着你"，这里既有对母亲感恩的爱，又有因母爱束缚了个体的命运而产生的"恨"。两句作为一个诗节，更能反映出"我"这样一个新女性的"成长史"，以及女性意识觉醒的历程：从感恩母爱到质疑母爱，从深刻反思再到决绝地反抗。

　　《母亲》一诗之所以有如此复杂、矛盾的情感态度，一方面在于这首诗反思和批判的对象是"母亲"这一强大的极具血脉压制意味的情感对象。站在女性的立场，诗人痛苦地发现，"母亲"希望"我"以一个被男性世界规训了的方式去理解这个世界，去理解女性不幸的命运，当"我"终于由"爽朗"变得沉默，母亲却是欣喜的。"母亲"无意之中成为男权社会的帮凶，成为女性不幸命运的推波助澜者。另一方面更在于这首诗渗透了诗人的个体生命体验和情感经历，翟永明在1983年6月15日的日记中谈道："今天我写了一首《母亲》，这首诗看起来有一种宿命的东西，实际上它更'个人化'，简直就像是我自己在泣诉，但我非常喜欢它，因为它是我内心最隐密但又最无法泯灭的一种感情。"① 其实翟永明在童年时被送到贵州寄养，与亲生母亲自小分离，直到9岁才回到成都。1983年写就《女人》组诗，正是诗人在医院陪伴生母之时，也是她情绪最糟糕的时候，她对"母亲"的情感复杂而又浓烈。这首诗可以说

---

① 翟永明：《从商记》，载《纸上建筑》，东方出版中心，1997，第171页。

是她的女性观与个人生命体验的完美融合,诗人站在女性视角重新审视与书写"母亲",这是"真正的女性诗歌",标志着新女性神话的诞生。

2. 女性觉醒的宣言书:《女人》组诗中的《独白》赏析

> 我,一个狂想,充满深渊的魅力/偶然被你诞生。泥土和天空/二者合一,你把我叫作女人/并强化了我的身体//我是软得像水的白色羽毛体/你把我捧在手上,我就容纳这个世界/穿着肉体凡胎,在阳光下/我是如此炫目,使你难以置信//我是最温柔最懂事的女人/看穿一切却愿分担一切/渴望一个冬天,一个巨大的黑夜/以心为界,我想握住你的手/但在你的面前我的姿态就是一种惨败//当你走时,我的痛苦/要把我的心从口中呕出/用爱杀死你,这是谁的禁忌?/太阳为全世界升起!我只为了你/以最仇恨的柔情蜜意贯注你全身/从脚至顶,我有我的方式//一片呼救声,灵魂也能伸出手?/大海作为我的血液就能把我/高举到落日脚下,有谁记得我?/但我所记得的,绝不仅仅是一生
>
> ——《女人·独白》

《女人》组诗中的《独白》是翟永明非常重要的一首诗,是女性觉醒的宣言书,它打破男权的话语权威,在高度警觉的女性意识中建构了女性话语的主体姿态。全诗通过女性的"自白"张扬了觉醒后的女性意识,以及对女性命运和世界本相的反思。"独白"的对象是全人类,而在人类千百年间的社会秩序中,女性始终处于一个被规定、被压抑的位置,如同沉睡的"黑暗大陆",不为人关注。从全球视野反观,无一例外,女性启蒙话语最初都掌握在男性手中,并非建立在女性主体性之上的自主选择,在女性冲破男权的藩篱之前,传统男权社会从不同方面对女性施加客体限定。正因此,

一旦女性觉醒,并想寻求属于自己的独立和自由时,悖论和矛盾就出现了。诗中,"我"是一个充满了"狂想"的、有觉醒意识的魅力女性,而"你"则可以理解为男性,并以"泥土"和"天空"来象喻。作为一个女性意识觉醒了的女性,"我"对于两性关系和男性世界持有非常复杂的情感态度。整首诗打开女性自我的隐秘空间,贯穿着狂想和强烈对撞的情绪——不仅有蓬勃的自信、神话般的自由、无声燃烧的欲望,也有自我怀疑、焦虑、恐惧和绝望。全诗充溢着激烈而矛盾的情绪,不同情感的碰撞呈现出女性个体意识觉醒后的真切感受。

虽曰"独白",但整首诗的写作空间宏大,开合自如。"天空"的意象经常出现在翟永明的诗中,一般用来象征男性或者由男性话语掌控的世界。"我""偶然被你诞生",这里不仅化用上帝在伊甸园中用亚当的肋骨创造夏娃的神话题材,而且还道明了几千年来女性命运的实质:被"男性"世界创造,同时也被男性话语体系所规训。诗的第二节反观身体符码与女性觉醒之间的隐秘关联。"我是软得像水的白色羽毛体",被"你""捧在手上",于是"我就容纳这个世界",此处所指也即诗人所说的"一个个人与宇宙的内在意识——我称之为黑夜意识","黑夜意识""是人类最初同时也是最后的本性。就是它,周身体现出整个世界的女性美,最终成为全体生命的一个契合"①,这是觉醒了的女性意识,同时也是人类的普遍意识,传达着普遍而深刻的人性。觉醒了的女性是成熟的,在"我"看来甚至是"炫目"的,但在男性看来却是"难以置信"的,由此也道出当时女性写作的尴尬境地。诗的第三节表达了女性对男性世界复杂、矛盾的态度,"我"已经觉醒,于是用女性主义的眼光重新看待世界,发现了男性及男性话语体系对女性的异化,以

---

① 翟永明:《黑夜的意识》,《诗歌报》1986年8月21日。

及女性的附庸地位和女性悲哀的命运，这也即"看穿一切"。但是"我"对于两性关系以及这个世界并没有消极与幻灭，而是"愿分担一切"，想"以心为界""握住你的手"，最终"在你的面前我的姿态就是一种惨败"。无论是"看穿一切"后的女性自觉承担，还是在男性及男性话语世界面前的"惨败"，"我"作为一个女性意识觉醒了的新女性，对于这个世界及两性关系的理解有了"我的方式"，从脚到顶，从灵魂到肉体都是女性独有的方式。

舒婷发表于1979年4月的《致橡树》同样是以爱情与两性关系为主题，努力剥离女性对男性的依附，倡导男女平等独立的爱情与女性独立意识。然而在深层逻辑中，舒婷笔下的女性对独立平等的追求与渴望仍然是以得到男性主体的肯定为目的的。翟永明《女人》组诗中的《独白》则是从女性身体的阐释出发，以"我的方式"即用女性意识去重新阐述和创造这个世界。《女人》组诗恰是符合了唐晓渡率先从学理上对"女性诗歌"给出的界定："真正的'女性诗歌'不仅意味着对被男性成见所长期遮蔽的别一世界的揭示，而且意味着已成的世界秩序被重新阐释和重新创造的可能。"[1]由此可见，《女人》组诗在中国女性诗歌史上具有不可替代的意义。

## 第二节 日常生活的逾越与戏剧策略的植入

1986年，翟永明公开发表了《女人》组诗后，唐晓渡随即像先知一样预测了翟永明诗歌的未来转型："如果说翟永明是通过'创造黑夜'而参与了'女性诗歌'的话，那么可以期待，'女性诗歌'

---

[1] 唐晓渡：《女性诗歌：从黑夜到白昼——读翟永明的组诗〈女人〉》，《诗刊》1987年第2期。

将通过她而进一步从黑夜走向白昼。"①20世纪80年代,《女人》《静安庄》等女性诗歌作品通过"黑夜意识"和激情自白的诗语冲破了男性话语的束缚,但翟永明很快就对这种沉溺于女性封闭话语内部的书写语调产生了警惕。在1989年关于"女性诗歌"的讨论中,翟永明质疑了将女性诗歌区别于男性诗歌的做法,并思考一种新的写作方式②。1995年,她在《再谈"黑夜意识"和"女性诗歌"》中提出:"近几年'女性诗歌'归于沉寂,究其原因,除了在命运及生活的重压下导致的部分女诗人退出写作,更重要的也在于女诗人正在沉默中进行新的自身审视,亦即思考一种新的写作形式,一种超越自身局限,超越原有的理想主义,不以男女性别为参照但又呈现独立风格的声音。女诗人将从一种概念的写作进入更加技术性的写作。"③这种技术性的写作,并不是倒退到男女平等旗号下而漠视性别差异,而是在充分尊重女性性别与个性特征的基础上,重新考量女性身份与社会属性,进而深入探索女性意识的生成与走向。相较于80年代的诗歌,翟永明在20世纪90年代的诗歌写作由原来的自我封闭空间走入了敞开的现实生活,性别对抗的姿态有所放松,对现实生活关注的视野不断拓展,她通常以冷静旁观者的姿态打捞日常生活中的点滴诗意。尤其是在1993年创作组诗《咖啡馆之歌》后,翟永明"完成了久已期待的语言的转换",这组诗带走了其"过去写作中受普拉斯影响而强调的自白语调,而带来一种新的细微而平淡的叙说风格"④。

---

① 唐晓渡:《女性诗歌:从黑夜到白昼——读翟永明的组诗〈女人〉》,《诗刊》1987年第2期。
② 翟永明:《我的女性观:重要的是生命的本质》,载谭湘、荒林主编《中国首届当代女性文学获奖作品精品卷(花雨·飞云卷)》,花山文艺出版社,2001,第302页。
③ 翟永明:《再谈"黑夜意识"与"女性诗歌"》,《诗探索》1995年第1期。
④ 翟永明:《〈咖啡馆之歌〉及以后》,载《称之为一切》,唐晓渡编选,春风文艺出版社,1997,第214页。

## 一、打捞日常生活的断章残篇

　　1992年翟永明从美国回到成都后写出了《咖啡馆之歌》组诗，这是诗人继"《女人》之后的又一次出发"，开启了她90年代书写现实日常生活的新面向："90年代以后，我对现实的现场情景有了更强烈的感受，在《咖啡馆之歌》《莉莉和琼》《小酒馆的现场主题》中，我有意识地探索了女性与现实的空间关系。"①这种书写也应和了90年代消费文化的历史语境，她的诗歌更趋向于"及物"写作，从日常生活中汲取诗意，并将小说化、戏剧化的叙事技巧应用于诗歌，从而容纳更多的信息，增强诗歌表现力，如《咖啡馆之歌》中的《2 晚上》："没人注意到一张临时餐桌/□□□三男两女/□□□幽灵般镇定/讨论着自己的区域性问题//□□□我在追忆/北极圈里的中国餐馆/有人插话：'我的妻子在念/□□□国际金融'//出没于各色清洁之躯中的/□□□严肃话题/□□□如变质啤酒/泛起心酸的、失望的颜色"。

　　《咖啡馆之歌》组诗由"下午""晚上""凌晨"三个日常生活片段组成，诗人以冷静客观的态度观照其中的人生百态。咖啡馆里的人们谈论的都是具体琐碎的日常生活问题：职业、爱情、房子、股票、漂泊等，"我"不再是倾诉的主体，而是独立思考的"叙述者"，一边客观记录，一边又以"自言自语"的方式来思考这些"我们共同的症候"，从而对日常生活既保持了一种疏离感，又以客观批判的态度介入了琐碎日常。诗人对现实生活中断章残篇的打捞，并非回归到传统现实主义的写作，而是在对日常生存本相的关注中，对生存发出拷问。

　　茶馆、咖啡馆、小酒馆等"半敞开"场所既是成都独特的文化

---

① 翟永明：《诗人离现实有多远？》，《当代作家评论》2010年第6期。

景观，又兼有公共和私密的性质。坐在这里展纸书写的诗人与诗中"叙述者"一样，既是旁观者，又是介入者、体验者。此类诗作还有《乡村茶馆》《周末与几位忙人共饮》《落水山庄的故事》等。在旁观和体验之中，"事物"回到了"各自是其所是的自然状态"①。

此外，翟永明在20世纪90年代也延续了对女性命运和群体命运的思考，只是退却了"黑夜意识"概念性的表达，不再将女性置于性别二元对立模式中去思考，转而探掘女性在日常生活状态下的生存本相和命运波澜。淡化性别对抗意识，更强调日常生活细微处的诗意和深微不易觉察的人性，这种话语方式并不意味着诗人性别意识的消失，反而拓宽了女性视域："指引我进入诗歌的往往是日常生活中不足以进入诗的某些细节，这些细节总会有个秘密通道通向更深层次的体验和交合，转化就在那一瞬间产生，也许是铺好稿纸，拿起笔的时候，也许是某个细节触动到我内心的认识，于是这一瞬间就成为日常经验与诗歌经验的一次合作。"②可以说，对日常生活细节的关注、对女性成长及命运的观照，以及"戏剧化"叙述的诗化思维，三者在翟永明90年代诗歌写作中达到了神秘的契合。比如《乡村茶馆》第一节："'玛利亚的妹妹／比玛利亚更美丽'／有人这样称赞"。这是"我"偶然听到的人物品貌的细节，生于异域的"玛利亚的妹妹""目不转睛"地看三位乡村女人做编织工作，周围客人们也在"看"并谈论着玛利亚妹妹，作为抒情主体的"我"则同时观察着客人们、玛利亚妹妹以及乡村女人，在日常生活状态下三重的"看与被看"中，传达出诗人对中国女性命运、当今女性成长与不同地域文化的人文关怀。

---

① 段从学：《〈乡村茶馆〉与翟永明的生存建筑学》，《文艺争鸣》2016年第12期。
② 翟永明：《完成之后又怎样？——回答臧棣、王艾的提问》，载《纸上建筑》，1997，东方出版中心，第244页。

《莉莉和琼》组诗跳出了性别二元对立的书写模式，将女性成长放置在现实生活更复杂的关系和多元文化语境中去考察。"莉莉"和"琼"是种族不同、地域不同、生活方式不同的两位女性，诗人将其同时置于"公园以北"的现代城市生活中，基于共同的性别特征，两位女性在日常生活里面对共同的问题：爱情、欲望、生死、纠缠等。而《祖母的时光》一诗则沟通了古典与现代中三位女性的心态和命运：一是祖母的命运，二是作为七岁孩子的"我"未来的命运，三是戏中女子的命运也即古典时代女性的命运："台上花好月圆□豆蔻佳人／甩动她的绸缎水袖／忠与奸□好人与坏人／镜子与阴影□在台上轮流走动／夏天最弱的雪要盖住／那个最坏的夜晚／祖母温柔的倾听／垂下她的碧玉手腕／／台上人依旧环佩叮当／台下人又经过隔世的惆怅／盲眼的鬼心酸而退／我是否又成为那只盲眼的鸟／再也找不到黑暗的出口"。

本诗在回忆"我"随祖母看戏的经历时，也穿插着才子佳人的爱情故事。相比20世纪80年代创作的《母亲》，虽然"我"仍有是否成为"盲眼的鸟"而找不到"黑暗的出口"的疑虑，但在此诗中，"我"对于传统女性以及古典女性有了更多的理解。作为假想敌的"男性"已经消失，诗人采取旁观者的姿态进行叙述，但同时又从女性身份出发去感悟和理解女性（祖母和豆蔻佳人）的一生，采用平淡、欣赏的叙述风格，表达她对女性命运的理解与悲悯之情。

**二、细微平淡的叙述和戏剧化风格**

相对于20世纪80年代的诗中充满激烈的自白和反复的诘难，翟永明90年代的写作心态更为平和、冲淡，诗作转向了对"外部"片段生活和细节的陈述。因此"词语色调，诗的结构、体式，也更灵活多样，增添了过去诗中较少见到的幽默、嘲讽、戏仿等'喜剧'因素。这一变化，也可以视作是与90年代发展起来的诗歌'综合'素质，取同一步调"①。90年代起，翟永明从激情四溢的"自白"语言风格转向了克制冷静的转喻和融合日常口语的语言实验，她在诗句中注入大量琐碎的个体经验，同时，把历史和现实加以寓言化处理，从而走向叙事性、戏剧化，注重场景及片段生活的客观描述。

《咖啡馆之歌》组诗是诗人"打破疆界的自由形式"的实验文本。诗作令诗人非常满意，虽然是怀旧主题，采用的是第一人称的叙说方式，但是这里的"我"已经完全不同于80年代的内心体验者，而是一个客观的陈述者、旁观者，在不同的时空里自由穿梭，既关注到世人世俗生活的焦虑，又对一些形而上的问题展开深入的思考。口语化、日常化的语言在诗作中层出不穷，如："□□□发动引擎 / 一伙人比死亡还着急 / □□□我在追忆 / 西北偏北一个破旧的国家 // 雨在下，你私下对我说：/ □□'去我家？ / □□还是回你家？' / 汽车穿过曼哈顿城"。（《3 凌晨》）

在其后的写作中，20世纪90年代的时代词汇也进入诗作，如酒吧、金汤力、股票、戴安娜之死、鲜红的海鲜、邻国经济的萧瑟、追星族、呼机号码，等等。口语化、日常化词汇的运用使翟永明的诗作"活"了起来，有了更多生活气息和在场的感觉，即当时语境下的本真写作："你一再说'忙'这个字眼 / 使词语也接近疯跑 // 整夜在酒吧里游来游去的 / 来客□酡颜如滚水中的 / 虾 // 为什么出现忙人？ / '比水快' / 为什么忙？ / '批发和零售□以及……' / 为什么来到这里？ / '发条□铃声在响' / 制度、规则、股票 / 上网、荣誉、建设 / 更少的时候：因为爱情 / 和爱的变种"（《二、关于忙》）

---

① 洪子诚、刘登翰：《中国当代新诗史（修订版）》，北京大学出版社，2005，第232页。

这首诗出自组诗《周末与几位忙人共饮》，与其说诗人用诗作展现了90年代市场化开启之后的快节奏现实，不如说她在日常化的词语中发现了90年代的现实以及抵达词语本身的真实。诗人的思维与感受在词语的变换中自由流动，"在某些时候，当细节在诗中流动和渗透时，语言被怪异地夸大，它表现出对整体的疑感，对现存的语言的脱节，这时，你不得不敬重那些词语组织中超越你的思想的涵义"①。

翟永明20世纪90年代诗风的转变还突出体现在叙事性、戏剧化的倾向上，以及对片段生活和场景的描述等。这种转变不仅发生在翟永明身上，也是90年代诗人的普遍转向。在90年代，市场化、大众化的趋向使得文学的写作、发表、阅读方式都发生了很大的变化。在经历了朦胧诗注重抒情反思、第三代诗人注重语言形式的变奏后，90年代的诗人和诗作纷纷反思种种不及物写作，对日常生活的关注和抵达使得抒情意识渐弱，而叙事性、戏剧化则因能综合各种声音的表达而被广泛使用。如前文所述的《祖母的时光》就编织了多重叙事线索，诗人一方面回忆与祖母看戏的过程，一方面叙写舞台上的悲欢离合。在双重叙事线索中展现了古典女性、祖母、作为孩子的"我"的三种不同的女性命运，引人深思。《莉莉和琼》则是叙事组诗，"莉莉"和"琼"都以诗人在美国生活时的朋友为原型，其对两位女性生活片段的书写亦可与散文《科罗娜19号》相互印证。

戏剧艺术对翟永明影响甚深。翟永明从小就很喜爱戏剧，在《看戏》一文中，她细致地讲述了看戏的经历和戏剧对自己的影响。这种影响不仅是思想、性情上的，也是诗歌艺术上的。翟永明90年

---

① 翟永明：《献给无限的少数人》，载《称之为一切》，唐晓渡编选，春风文艺出版社，1997，第218页。

代诗歌的戏剧化特征首先体现在对戏剧题材的书写以及对戏剧结构艺术的借鉴上，如《祖母的时光》《孩子的时光》《脸谱生涯》《道具和场景的述说》等。诗人在舞台艺术的层层推展之间，产生了"浮生若戏"的深刻感慨，诗歌与戏剧皆诉说着日常人生的热爱与无奈。例如组诗《脸谱生涯》中的一段："你，几乎就是一缕精神／与你的角色汇合／脸谱下的你已不再是你／／（面具之下，我已经死去／锣鼓点中，好比死者再生／我的身段古雅，独擅此情）"。诗人以括号的形式写出了戏中人的心理和戏剧的内容，如此便形成了脸谱内外的人物，台上表演者与台下观众，隐藏着的作为叙说人的"我"与"那人""你"以及历史的对话。这几种"声音"都是诗人自己内心的争辩与交融。在不同的"声音"中，诗人达到了对现实生活和舞台虚拟人生两种"真实"的深入理解，即"戏中距离不是真实的距离／体内的灵魂是否唯一的灵魂"，诗人没有给出解答，却引起读者对"本真生活"与"本真灵魂"的思考。

　　翟永明诗作对戏剧艺术的吸收还在于"场景"上。诗人在20世纪90年代写了大量以酒吧、咖啡馆、茶馆等为"场景"的诗歌，如《咖啡馆之歌》《乡村茶馆》《小酒馆的现场主题》等。这些"场景"兼具公开性和私人性，诗人可以以客观陈述者、旁观者的身份隐匿在诗作中，诗作由此而有了鲜明的在场感、生活感。如《小酒馆的现场主题》："一些模糊的身影囗背着光／整理他们的眼球囗他们／将保证一个美学上级的勇气／他们的手指、音节／和着笑容在屋里飘来飘去／我不相信规则囗因此我备受打击／当我带醉咽下一口唾沫／我仍要对你们说：'没有'／／一个声音对我耳语：'有价值／或无？或者终结……／全依赖你个人的世故……'／同一个声音在哼着一首／正当的歌曲／／邻座的女孩嘤嘤而泣／多少双眼睛在吞啮她哭泣时的动人／她的美囗是否连着／窗外整个黑夜的筋骨？""我"是一个独自啜饮的旁观者、陈述者,同时也参与男人们的谈话与讨论。在这种冷静的旁观和隐性的参与中,诗人始终保持一种女性的沉思姿态,以及对两性关系和具体问题的思考。在诗作开头,"整个的夜"与"一小杯金汤力"形成了鲜明的对比,而后面则巧妙地将这种对比转换成对两性关系和女性存在的深思。值得思考的是,"现场主题"既指陈述者"我"所经历的酒馆的现实,也是当下语境中的主题存在。也只有"小酒馆"这样的半开放性的场景,才使得诗人能够旁观与沉思,发现并体验到"都市现代人精神的贫乏、无聊、虚夸和在困境中的无望努力"①。同样在《乡村茶馆》中,"我"则是通过观察"玛利亚的妹妹"与妇女们的编织,深思了中西文化、古今文化中的女性命运。需要注意的是,翟永明20世纪90年代的诗作对戏剧化的追求,与其说是强调激烈的戏剧冲突,毋宁说是不断消解戏剧的整体性,以呈现其捕捉到的矛盾或错位的人生;换言之,其追求的戏剧化不是冲突最终得以解决,而是通过冲突本身,对女性命运、历史事件和现实生活进行思考,相较于整齐划一的评判结论,她更青睐于众声喧哗的效果。

### 三、女性族群的历史:《十四首素歌——致母亲》

翟永明于1996年完成的大型组诗《十四首素歌——致母亲》是诗人对当代诗坛的重要贡献。这组诗以奇数标题诗为主线,回溯了20世纪时代变幻中母亲的一生以及与"我"的经验对比,叙事性明显,篇幅较长;偶数无标题诗则是"我"对母亲及女性命运的反思与评述,饱含哲思,篇幅较短。在这样长短交错的叙述与反思中,诗人无意像80年代那样在诗中设置两性关系的激烈对抗,而是在主流话语即男性话语体系(革命史、政治史)之外悄悄发掘出女性族

---

① 罗振亚:《当代女性主义诗歌论》,《文学与文化》2010年第3期。

群的历史（受难史、建设史、衰老史），由此达成了对既定话语体系的补充与消解。从女性主义视角看，这组诗与翟永明初涉诗坛时所构筑的女性主体神话不同，她返身探入女性生存场域，大胆解构了被男权话语确立的女性身份归属，开始从女性主体成长主题转向对女性族群主题的思考。

组诗的第一首《失眠之歌》以"我"的回忆和"母亲"的辛勤劳作开篇："在一个失眠的夜晚／在许多个失眠的夜晚／我听见失眠的母亲／在隔壁灶旁忙碌／在天亮前浆洗衣物／／盲目地在黑暗中回忆过去／它庞大的体积□它不可捉摸的／意义：它凝视将来／／那是我们的秘密／不成文的律条／在失眠时□黑夜的心跳／成为我们之间的歌唱：／它凝视将来／／盲目地回忆过去／整整一夜我都在猜想／母亲当年的美貌：／她洁白的双颊／纤细的长眼形／从泛黄的相簿里浮起／还有时代的热血／鹰一样锐利的表情／就这样□她戎装成婚／身边□站着瘦削的父亲／／在失眠之夜□母亲灶前灶后／布置一家的生活场景／她是否回忆起那北方的纺锤——／她童年的玩伴？／永远不变的事物使它旋转／就像群星的旋转／它总要围绕一个生命的轴点／／多年来我不断失眠／我的失眠总围绕一个轴点：／我凝视母亲"。其中有对80年代黑夜意识的延续，但不再见激烈的独白式话语，多了一份冷静的"凝视"——以"母亲"为轴点，去凝视整个女性谱系的历史。"我"的失眠与回忆定格在母亲"灶旁忙碌"及"浆洗衣物"的画面上，从而展现出勤劳、忙碌、沉默的中国传统母亲形象。

"我"一边观察着母亲，也一边在回忆"母亲当年的美貌"，虚实交错间母亲的历时命运跃然纸上。"母亲"在黄河边上长大，这里的土地在一点点失去，"于是就有了械斗、迁徙"。组诗的第三首《黄河谣》变成对自身经历的直接叙述，"我"作为听众也对母亲童年和少年的过往进行想象,以此构成"我"与母亲在女性命运上的反思与交流。尤其是诗中插入的对话:"什么样的男人是我们的将来?/什么样的男人使我们等至迟暮?/什么样的男人在我们得到时/与失去一样悲痛?/什么样的男人与我们的/睡眠和死亡为伴?"这可以看作是母亲和"我"对当时男性话语体系下两性关系的共同思考,暗含了两代女性对自我命运的理解仍脱离不了依附男性的内在意蕴。

童年时代的母亲以"纺锤"为中心,少年在劳作和游戏中长大,直到"风暴和斗争来到她的身边",于是母亲在十八岁时成为"儿童团长",成为战斗者。如组诗的第五首《十八岁之歌》:"在那些战争年代□我的母亲/每天在生的瞬间和死的瞬间中/穿行□她的美貌和/她双颊的桃花点染出/战争最诡奇的图案/她秀发剪短□步履矫健/躲避着丛林中的枪子和/敌人手中的导火线□然后/她积极的身躯跑向/另一个爆破点"。这里,母亲是一种"无性别"的人,与战争中的其他所有人一起战斗,并向往着"牺牲"与"战斗、献身、矢志不移"这些崇高话语。而相对的,则是"我的十八岁"。在诗中,"我"反复诉说着:"我的十八岁无关紧要/我的十八岁开不出花来"。与征服自然、始终战斗的母亲相比,"我"虽然在身体本位上觉醒了女性意识,"能感觉到植物一批批落下/鸟儿在一只只死去□我身内的/各种花朵在黑夜里左冲右突",但于整个世界而言却无关紧要。从上一代集体的崇高到这一代个体的渺小,也暗合了时代语境的变迁。

同样,在组诗的第七首《建设之歌》中,母亲非常自豪于"创建者"这一身份:"'我们是创建者'□母亲说/她的理想似乎比生命本身/更重要□创建是快乐的"。在战争年代,"战争搞乱了母亲们的生育","我们的鬓发□没有五星/成为我的发饰";在和平建设年代则是,"为建设奔忙的母亲/肉体的美一点点地消散"。无论身处哪个时代,母亲们都乐于把自己奉献给时代与社会,翟永明在母亲的一生中,看到了女性沉重的身体负担和几近沉默的生存状态,该如何评价母亲的处境和奉献,是诗人留给我们深思的问题。

在对母亲进行审视与沉思的同时,诗人也凝视着"我"的一生,在交流和凝望中,梳理出女性族谱的历时化的话语体系。与母亲战斗的少女时代相比,"我的十八岁无关紧要/我的十八岁开不出花来";与母亲"建设者"昂扬积极的人生态度相比,"我的三十岁马马虎虎";与母亲的四十岁相比,"我的四十岁比母亲来得更早"。在这样的对比中,诗人对同时代女性进行了反思,与母亲"握手言和",这与 20 世纪 80 年代《女人》组诗中的《母亲》对母亲的奇异的爱与怨恨构成了鲜明的对照。两代女性的相同之处则是对时间、对衰老的敏感。这里,女性的"天敌"不再是掌握了话语权的男性,而是具有"永恒不变的力量"的时间。诗人反复陈说"时间":"事物都会凋零/时间是高手□将其施舍/充作血肉和营养"(《十四首素歌——致母亲》第四首,此首无题目),"为建设奔忙的母亲/肉体的美一点点地消散/而时间更深邃的部分/显出它永恒不变的力量"(《十四首素歌——致母亲》第七首《建设之歌》)。在两代女性与时间的关系中,诗人最终悟出了女性本真的生命状态:"当我敲打我那黑白的/打字机键盘□用肘紧靠桌面/母亲弯腰坐在她的缝纫机旁/用肘支撑衰老/敲打她越来越简单的生活/从她的姿势/到我的姿势/有一点从未改变:/那凄凉的、最终的/纯粹的姿势/不是以理念为投影"(《十四首素歌——致母亲》第十三首《黑白的片断之歌》)。

可见,诗人真正反思并跳脱出 20 世纪 80 年代女性主义理念写作,回归到日常生活,审视女性的悲哀、伟大、牺牲与衰老的命运，进而对女性族群的历史有了更深的认识。对母亲的理解与拥抱，让诗人走出了黑夜意识的理念性写作，这是对女性的认同与理解，也是对诗作与词语本身的反思，她开始"面对词语本身"[①]，让词语祛除隐喻，回到本身的意义即日常生活的诗意："于是谈到诗时□不再动摇：/——就如推动冰块/在酒杯四壁□赤脚跳跃/就如铙钹撞击它自己的两面/伤害□玻璃般的痛苦——/词、花容，和走投无路的爱"（《十四首素歌——致母亲》第十四首，此首无题目）。这是一种让词语走向自由、回到日常诗意的写作。经过20世纪80年代那个诗歌的"黄金时代"以及喷发期过后的冷静，《十四首素歌——致母亲》可以说是诗人的一次精神寻根、感情降温、思想生长，消解了写作《女人》时期的对立和紧张感。这样的写作不意味着女性身份的消失，而是女性意识的深化，从而达到了对普遍人物命运和历史更深广的悲悯与关怀。

## 第三节 "未完成"的写作：在古今游弋间求索新变

翟永明始终是一位"未完成"的诗人，是一个有"变化"意识的诗人，在每一次写作时都会思考"完成之后又怎样"的问题。每一次的完成都会促使她寻找新的变化，寻找一种更贴近自身意识的表达，她渴望在不断变化中寻找新的活力、语感及诗歌结构和主题。如果说20世纪80年代翟永明的诗歌写作是坚持向内自省式的黑夜意识的表达，90年代是贴近日常生活的向外开拓，那么90年代末到新世纪以来，她开始更加自由地在历史与现实、古典与现代之间求索新变。诗人不仅在古典文化中发现诗题，更是介入无诗意

---

[①] 翟永明：《面对词语本身》，《作家》1998年第5期。

的现实之中,形成反讽的"在场"写作,既展示出深邃的历史想象力,又完成对时代、现实的批判和审视。她尝试将诗性的哲思、传统的抒情、现代小说和戏剧的写作策略等融汇在诗歌中,还尝试借鉴电影、山水画、游记、古典戏文等艺术的表现手法,使诗歌吸纳和凝聚了综合艺术的精髓。

## 一、多维贯通的时空意识

自 20 世纪 90 年代将大量古典素材入诗,翟永明开始以历史眼光观照女性族群和传统女性的命运,创作了如《时间美人之歌》《编织和行为之歌》等诗歌。进入新世纪,她超越了女性视角,立足于对现代性的反思,回溯到古典传统时代,诗歌视野也随之开阔,比如《忆古人》《冲天鹤》《误春光》《鱼玄机赋》《哀书生——因绝调词哀书生而忆冯喆》《前朝来信》《黄帝的采纳笔记》等,这些诗作"面对秦以来的女性传统,诗人钩沉索隐,在互文性的书写中构建了一个'巨型女性',或者说一个大历史意义上的'女性家族'"[①]。还有一些诗作则是用反讽的笔法直接触及现代性的痛点,如《轻伤的人,重伤的城市》《潜水艇的悲伤》《第八天》《战争》《最委婉的词》《传奇》等。无论是向传统的回溯,还是反讽性地触及现代社会,这些诗作都是超越性别、超越时空的写作,既暗含着诗人对现代性的反思,也是精神的寻根,是一个知识分子对人文精神的反思与探寻。

写于 2005 年的《鱼玄机赋》是对历史上鱼玄机形象的质疑与颠覆,诗人像"业余考据者"一样重新审视了鱼玄机的"罪责":"'这里躺着鱼玄机'当我/在电脑上敲出这样的文字/我并不知道/她生

---

[①] 胡亮:《窥豹录:当代诗的九十九张面孔》,江苏凤凰文艺出版社,2018,第 113 页。

于何地□葬于何处 // 作为一个犯罪嫌疑人□她甚至 / 没有律师□不能翻供 / 作为一个荡妇□她只能引颈受戮 / 以正朝纲□视听□民愤等等"。在历史上鱼玄机因为拷打婢女致死而获罪。诗人从文化根源上，以女性主义视角进行审视，将质疑的矛头指向了男权文化的偏见与污蔑。才女鱼玄机"像男人一样写作 / 像男人一样交游"，却被视为对礼教社会的僭越，诗人感慨道："早生早死八百年 / 写诗□作画□多情 / 她没有赢得风流薄幸名 / 却吃了冤枉官司 / 别人的墓前长满松柏 / 她的坟上□至今开红花 / 美女身份遮住了她的才华盖世 / 望着那些高高在上的圣贤名师 / 她永不服气"。如诗人在散文《自恨罗衣掩诗句》中所言："上千年之后，女诗人鱼玄机的命运和她的才华、她超出自己生活的时代的胆识，和她前所未有的女性意识，仍然被当代社会、被现代人，甚至被文学史误读、亵渎和狎玩。"①

《哀书生——因绝调词哀书生而忆冯喆》则是"借古抒怀"，是为著名电影演员冯喆而作。冯喆是 20 世纪五六十年代风靡大江南北的电影演员，曾在《桃花扇》《羊城暗哨》中任主角，在"文革"中被迫害致死。诗人少时曾在成都八宝街电影院目睹冯喆被批斗的过程："活在 1699 年□你就是一介书生 / 风流倜傥美人缘 / 活在 1969 年□你就是一个罪人 / 披发散衣掩面低首 / 密封在一套古老戏装 / 被批斗□被游街 / 被角色演绎你 / 成为你演绎过的角色"。1699 与 1969 两个年份虽只一字之差，人物命运却是天差地别，在古代是风流倜傥的读书人，在现代则成为被批斗游街的"罪人"。诗人的笔触并未停留在对冯喆个人命运的悲慨与同情上，而是对古今书生的命运都抱有深沉的悲悯。无论古今，书生都是"因鸣镝而知天下亡 / 因叶落而溅起无边泪水"的人，但就是这样为万物而悲悯敏

---

① 翟永明：《自恨罗衣掩诗句》，载《女儿墙：翟永明散文》，鹭江出版社，2010，第 252 页。

感的书生却陷于"牛鬼蛇神万人唾弃"的境地。诗人在此"借古抒怀",由冯喆这样一个现实中真实的书生的命运为线索,打破古典与现代的时空界限,哀叹古今知识分子坎坷的命运。同样穿梭于古典与现代时空的还有《在古代》,诗人通过古今在距离、速度、空间、时间上的对比,观照出现代由于科技、互联网的发展,人与人的情感交流缺少了诗意,变得纷乱浮躁。还有《重阳登高》《秋千游戏》《读〈东山酬和集〉》《在春天想念传统》等,这些诗作都立足于现在,回溯古典文化,从而达成对现代性的反思。

**二、现实景观的围困与审视**

21世纪以来,翟永明出版的《终于使我周转不灵》(2002)、《最委婉的词》(2008)、《行间距:诗集2008—2012》(2013)三部诗集,收录了大量介入现实苦难、反映社会问题的诗作。比如聚焦2008年"汶川大地震"的《胡惠姗自述》《上书房、下书房》,揭露2008年"三聚氰胺"毒奶粉残害儿童事件的《坟茔里的儿童》《儿童的点滴之歌》,书写2012年北京暴雨的《关于广渠门的一首诗》,诘问环境污染及尘肺病人等社会问题的《大爱清尘》等。这些诗作具有强烈的现实批判意味和愤激、悲悯之情,它们是对时代毫无掩饰的真实记录,触诊了时代症候,是诗人对现实的反抗与介入。

《潜水艇的悲伤》写于世纪之交,折射出翟永明在消费文化语境下诗学策略的调整。"九点上班时 / 我准备好咖啡和笔墨 / 再探头看看远处打来 / 第几个风球 / 有用或无用时 / 我的潜水艇都在值班 / 铅灰的身体 / 躲在风平的浅水塘 // 开头我想这样写:/ 如今战争已不太来到 / 如今诅咒□也换了方式 / 当我监听□能听见 / 碎银子哗哗流动的声音"。显然,《潜水艇的悲伤》延续了诗人早前自白体的表达方式,以"我"的视角叙述"我"的工作,给人一种听故事的轻松感与自如感。整首诗并不算长，但意象群比较庞杂，既有潜水艇、造船厂、纪念碑、坟墓这样的战争意象，又有国有企业、邻国经济、海鲜、哗哗的碎银子、迪厅、酷族、重金属这样的时代词语，还有像"介词，代词，感叹词"这样的直陈。这些意象和词语并无逻辑关联，但在诗歌中都是围绕"潜水艇"和"水"展开的，帮助读者理解诗人所设置的"潜水艇"和"水"这样的客观对应物。

"潜水艇"作为全诗的核心意象，对它的解读是鉴赏该诗的关键。潜水艇本身是战争的产物，是下潜到水底实施突袭的战争武器。诗人并未使用它的本意，只是借用了潜水艇的外观与运动的某些特征，并聚焦于"下潜"和"待命"两个特点之上。"九点上班时／我准备好咖啡和笔墨"，这是日常生活的普遍表达，暗示出"我"的职业是和文字打交道的。下面"我的潜水艇都在值班"一句将潜水艇的战争特质消解掉，而取其"下潜"与"待命"的特点，也即"值班"。第一节是场景性的表达，而将核心意象"潜水艇"与"我"的写作联系起来的有两点：风球和值班。风球本身是热带气旋的一种表达方式，这是和潜水艇工作相关的，而"值班"一词和上文的"准备"以及后面的"开头我想这样写""当我开始写""于是我这样写道"有了对应关系。也就是说，诗中通过"风球""值班"两个表述潜水艇特征的词语，将"潜水艇"和"写作"这一行为关联起来。

诗中关于"潜水艇"状态的描述："铅灰的身体／躲在风平的浅水塘""如今战争已不太来到／如今诅咒□也换了方式""潜水艇□它要一直潜到海底／紧急□但又无用地下潜／再没有一个口令可以支使它""它是战争的纪念碑／它是战争的坟墓□它将长眠海底／但它又是离我们越来越远的／适宜幽闭的心境"，这些都写出了"潜水艇"因为战争的结束而"不合时宜"了,也就是说"我的写作"不合时宜了。"潜水艇"具有"下潜"的特质,这种"下潜"其实对应了"幽闭的心境","我的写作"具有沉潜性质,也即"我的写作"是一种冷静的沉思、幽闭于自我心境的写作。但是这样的写作是不合时宜的。因为周围的环境变了,"我"这样的写作只能是沉潜到海底,只能是作为战争的纪念碑,是一种过去式,紧急而无用。所以,"潜水艇"可以沉潜的"水"也就是指周围的时代语境、写作环境。诗人准确萃取了释放时代信息的鲜活的意象和碎片:"碎银子哗哗流动的声音""鲜红的海鲜""掌握信息的手在穿梭""邻国经济的萧瑟""小姐们趋时的妆容""追星族""酷族""迪厅的重金属"等,这些繁杂的时代意象传达出这是一个快节奏的、时尚的、浮躁的、物欲横流的时代,是一切向钱看的时代,而这样的时代包围了"造船厂",包围了"我的浅水塘"。在社会大背景的冲击下,"我"那个平静的小环境已十分孤立、岌岌可危,诗人对自己写作的焦虑,对时代现实的隐忧,从"看看""谁的""何处"几个带有不定意味的词语使用中可见一斑。在物欲喧嚣的时代,诗人冷静地意识到潜心写作是坚守自我、对抗忧伤的最佳姿态,由此,第七节中"你还在造你的潜水艇"则是对"我"执着思考、写作的肯定。第八节是全诗的点睛部分,"我"已有了"潜水艇",却找不到"水"。"水"对于"潜水艇"的意义不言而喻,而"水在世界上拍打"一句写出"水"在此时喧嚣的世界中,不是"我"的"潜水艇"所用的"水",因此,"我"要造"潜水艇"所用的水——一个平静的环境。而这一自制小环境与大环境相比微不足道,无法起到根本改变作用,这正是诗人的"悲伤"所在——孤身冲出困扰,不停地探寻,不可多得的"完美"。当然,从更深层面看,"潜水艇的悲伤"也绝非单纯的个体悲伤,还影射了时代的悲伤,其背后承载了深刻的文化反思。

如前文提及的翟永明的诗观,她的写作是献给无限的少数人的写作。这种无限的少数人,包括了女性群体,也包括了其他困难群体和个体。从翟永明的诗歌理念去理解最后一节,"为每一件事物的悲伤/制造它不可多得的完美",这既是翟永明诗歌写作抱负所在,也是诗人在新世纪介入现实生活书写的悲悯情怀之所在。《正如你所看到的》一书的序言谈到,翟永明深刻认识到了从20世纪90年代到新世纪现实发生了很大变化,在经济全球化的过程中呈现出很多问题:战争、饥荒、环境问题、文明冲突、恐怖主义、新殖民化,等等。诗人始终在追问或解决的是"诗歌这样,世界却那样?"①的问题,诗人试图用新的诗意方式去深思现代性问题,去解决诗人与现实的紧张关系,努力用诗歌来"为每一件事物的悲伤/制造它不可多得的完美"。

### 三、"守住自己的心":极简主义的追求与诗歌的综合艺术化

翟永明在20世纪90年代末至新世纪的诗歌中呈现出了鲜明的"极简主义"风格,在诗集《终于使我周转不灵》的序言中她谈道:"1998年起我的写作也有很大变化,我更趋向于在语言和表达上以少胜多。建筑师密斯·范德罗的一句话'少就是多'是我那一时期写作上的金科玉律。"②的确,这时期的诗作,组诗和长句、繁句大大减少,诗人似乎在克制自己的诗意叙述,文本显得更加明朗、简洁、清逸。但是此时期诗歌语言的简练并不等同于"语境包容力的减缩"③,反而增强了火花四溅的爆发力,如"一颗望山的心//也

---

① 翟永明:《诗人离现实有多远?》,载《女儿墙:翟永明散文》,鹭江出版社,2010,第56页。
② 翟永明:《自序》,载《终于使我周转不灵》,河北教育出版社,2002,第7—8页。
③ 陈超:《翟永明论》,《文艺争鸣》2008年第6期。

望书画中的山／被卷起来□被携带／被赠送的一截山／／纸上也有足够的高度／可供攀援□可供仰视／心中也有足够的留白□可供渲染／时间也有足够的留白□让我／凝视古代足足一个小时"（《在春天想念传统 之三》）。无论是介入现实，还是向古典回溯，诗人以"潜水艇"式的写作"守住自己的心"，她将古典诗歌的朴素凝练融入现代诗意，从而形成一种中和自由的诗风，达到"即境即灵、涉笔成趣"的境地。

如前文介绍，翟永明1998年在成都与友人创办了"白夜"酒吧，这个成都文化地标成为各种艺术家、文化学者的聚集地。翟永明本人对艺术也非常关注，她在2000年出版的《坚韧的破碎之花》便是一部艺术评论集。这一阶段翟永明的诗歌创作受到各种艺术形式的浸染，她以"羚羊挂角，无迹可求"的境界渴望在诗歌实践中"走向综合的艺术"创作。

翟永明在20世纪八九十年代就很喜爱建筑艺术，经常参加一些建筑艺术的展览，并且在"白夜"结识了一些建筑艺术家。她曾将自己的一本随笔集命名为《纸上建筑》，也不止一次谈到建筑对其诗作的影响："整个90年代，我对建筑非常感兴趣，我有一段时间非常关注建筑，把当代建筑作为一种审美来观看，所以我的写作也受到建筑的影响。具体到写作上，就是我对诗歌的结构比较看重，比如说《十四首素歌》也好，《咖啡馆之歌》也好，我都希望我的诗歌有一个比较稳定的结构"①。新世纪以来，翟永明在诗歌创作中对稳定、新奇结构的追求，正是她对建筑艺术最显性的吸收。如《在古代》，诗作一共七节，一、三、五、七节以"在古代"为开头写出古人如何交往，是以"我"为人称来写的，而二、四、六节

---

① 翟永明等：《黑夜诗人的变化与坚持——翟永明访谈录》，《中国图书评论》2013年第10期。

则以"现在"着笔,站在"你"的角度上去描述"现在",这样以"古代"和"现在"的回环往复,对双方的交往方式不断进行否定,就像是两个不同时空的人在辩论一样。但在诗作最后,诗人又站在"古代"角度,对"现在"进行了反思:距离的消失,也意味着诗意的消失。再如《鱼玄机赋》中,诗人巧妙地将"鱼玄机"的名字拆解成"一条鱼与另一条鱼的玄机",将一个人分解为两个对话体,外加另外一重视角的介入,形成了多声部反思以及审查的角度。要而言之,翟永明的综合艺术造诣助推了她在多文体汇同写作模式中的探索,使她的诗歌路径越发多元和日趋"综合艺术化"。

## 第四节 空间构境与诗意延展:《随黄公望游富春山》

2013年下半年,翟永明历时4年创作完成长诗《随黄公望游富春山》,这是一首三十节约七百行的长诗,其灵感与素材源自一幅印刷精美的《富春山居图》长卷。诗人旁征博引,将古典山水诗、游记、画论和题画诗熔为一炉,给中国古典文化注入时尚前沿的当代意识。当下的生活在古典山水中被赋形,古典山水蕴含了现代一切生活危机的文化隐喻。"烟火没落,依稀看到经济萧条的冲天炮/战争,又见战争身影/几个狂人喧嚣在/互联网的每一个节点□跳跃/雾霾$PM_{2.5}$吞噬了江山社稷/'纸上行走是有氧呼吸'",诗人对"烟火没落"和"经济萧条的冲天炮"充满忧思,叙述内容充满张力。雾霾$PM_{2.5}$把诗思拉回现实,和"江山社稷"并置而谈,充满了魔幻意味;画里画外,"纸上行走是有氧呼吸",充满了对现实不堪的嘲弄。长诗结构独具匠心,诗人潜于画卷之内,又浮于画卷之外,好似用现代的浮雕烫金的印刷术代替毛笔在画卷留白处进行题写，看似全程参与古典名画的游历，诗情和诗思旨归却是当下。

如上节中介绍，翟永明新世纪以来的诗作充溢着大量的多视角介入，如对话辩驳、时空穿梭。她自觉于诗体的探索与创新的同时，开始尝试将诗歌作为一种综合的艺术。有学者评价道："翟永明对后现代主义诗歌多文体汇同写作模式的探索与实践，是一首典型的'多声部'诗歌，其中有对其本事的想象性叙述，有现代社会'看'的眼睛，有诗人的诗性评价，以及'诗剧'的诗歌探索。"①

## 一、画卷铺展出移动的影像与景观

诗人以长画卷为原典，是通过想象虚拟建构出可以游走的影像与景观：长卷的绘画方式逼肖电影镜头，可以推拉平移，展示画面所及的自然风景。②在长达三十节的长诗中，诗人以磅礴之势跨越古今，出入于现实与画卷，以个人在场和想象的行旅为主线，怀古思今，串联起当代生活中形形色色的画面，以时空叠错、游移动态的视点，构成了古代与现代并置交融的景观。

首先，画轴具有空间延展性，它打开了多重视野，诗人在铺展开的画卷中得以游移自身，从现实走进画面，在他人的形式经验和情感经验中汲取资源，发现和再现自我。这一跨越时空的体验恰如波德莱尔在散文诗《人群》中所写的片段："诗人享有这无与伦比的特权，他可以随心所欲地成为自己和他人。就像那些寻找躯壳的游魂，当他愿意的时候，可以进入任何人的躯体。对他来说，一切

---

① 牛艳莉：《时空并置·灵魂对话·文化透视——翟永明书写古代女性的三重路径》，《当代作家评论》2020年第4期。
② 限量版的《随黄公望游富春山》采用复古经折装，展开书卷，仿佛与古人观看长卷画作一样，且图书封面与函套皆采用蚕丝纸张制作。

都是敞开的;如果某些地方好像对他关闭着,那是因为在他看来这些地方不值一看。"① 然而翟永明没有停滞于此,在这趟穿越古今的行旅背后,她既注入了怀古幽思,也融入了对人类在当代社会生存状态的思考。诗人在表现古代时空的同时,也将自己当下的心情呈现出来,以思想和情绪的变化完成时空的转换。

其次,《富春山居图》长卷营造了一个场域,突破了诗人精神视野和写作维度的拘囿。作为一个场域的画卷,使长诗中人物视角得以自由转换——观画人时而描绘画中的景物,时而入画跟随黄公望漫游山水,时而回到当下叩问,时而归位为诗人进行创作……在多重景观流转中,诗人在黄公望的画中找到多维性格和视野的自己。"一三五〇年,手卷即电影 / 你引首向我展开 / 墨和景□缓缓移动",画卷当中的富春山作为诗人营构的一个场域,渗透了很多超文本信息,它调动起积淀在人们记忆中的一系列有关古代和现代的图像信息和文本再生力,这个场域赋予长诗特殊的格局和力量,融汇了中国传统文学、当代文化的元素,以及诗人个体的诗思情绪。

为了更好地呈现长诗的空间形式美学,《随黄公望游富春山》被二次创作改编为诗剧,导演陈思安、编剧周瓒还在诗剧中加入了说唱、评书、舞蹈等多种艺术形式。2014 年,诗剧《随黄公望游富春山》亮相北京国际青年戏剧节,首演收获了来自戏剧界、诗歌界的赞誉,随后于 2015 年 10 月 15 日在成都"蓝顶艺术节"公演,获得一致好评。长诗的跨界实验很好地传播了诗歌文本,也进行了一次颇具形式意味的探索,调动了诗歌文本自身的空间扩展维度,将空间与时间、虚构与在场、诗歌与历史、画卷与图像多元融汇于当

---

① [法]夏尔·波德莱尔:《人群》,载《巴黎的忧郁》,郭宏安译,商务印书馆,2018,第 29 页。

下社会的场域之中。

**二、现实景观的围困与审视**

在当代语境中,《随黄公望游富春山》是诗人对自我、现实、历史、社会、诗歌、图像等多维景观的审视。翟永明以《富春山居图》为前文本,跟随黄公望的脚步,在"读图时代"的语境中作出了一个"如何读图"的选择:她游刃有余地穿行在墨迹之中、山水之间,却嗅到这是"太平盛世"中的可疑之举,见松林山涧、渔夫炊烟,也见低头刷屏、雾霾笼天,她不惮于古人的高大,更不惧怕"现代"的危机,在古今游走之中对比。"读图时代"的现实显示出一种无形的重量,它迫使诗人在涉足墨迹山水时不断返身回顾:"从日常中逃亡/向飘渺隐去""到画中去、做画中人、自徜徉/没有一个美学上级可以呼唤你!"然而"你不是从画中走下,而是/从人间走入、走上、走反"。诗人努力逃脱现实对人的束缚,却终归无法逃避现实的围困。

"一三五〇年,手卷即电影",长诗开篇即提到两种不同的图像载体——手卷、电影。"墨与景□缓缓移动/镜头推移、转换/在手指和掌肌之间",电影拍摄手法与古代赏画方式竟如出一辙,镜头与视线的运动轨迹如此相似;不同的是,现代影像技术将真实之物虚拟、投射为荧幕之物。在后现代的视域下考察图像的变化生长可发现,消费文化、传播媒介的革新开启了一个"读图时代"。詹姆逊认为,现实转化为影像是后现代主义的特征之一。[①] 可视化作为后现代的表征,趋向感官对图像或信息的直接获取,忽略复杂化的思维过程以及深刻性、思辨性,力求捕捉色彩赋予的感官

---

① [美]弗雷德里克·詹姆逊:《后现代主义与消费社会》,载《文化转向》,胡亚敏等译,中国社会科学出版社,2000,第20页。

快感。

如果将"读图"引申为一种视觉文化,那么通过考察居伊·德波笔下"景观社会"的经典表述,我们会发现它不是简单的现象指涉,也不直接等同于"形象",而是一个与权力、商品、消费文化息息相关的意指。"景观"呈现出与消费相连的循环怪圈,这也是现代人的困境之一。翟永明对这样的现实有切身体会,她将目光收束到自己身上,并感到有时身体与意识不在同一个空间,如是折射出一种现代的困境,以及试图回到过去寻找灵性却碰壁折返的无奈。这是一组现实情景:"坐在人工湖边,意识却远遁""近处仿真效果／□远处景观林立"——园林仿古,房地产开发商以人工风景为噱头兜售楼盘。她在注释中写道:"从意念中真山真水的'骨相气韵','移步换景'到当下现实,眼前却是一个试图'造真'的'假自然'风景。"这不就是仿真社会的现实吗?在鲍德里亚看来,生产过剩必将导致消费与需求的异化。"真实的符号代替真实本身",那么仿真之物和超真实的存在就使真实与想象之间的界限变得模糊不清。① 诗句背后的文化含义显著,消费者购买的不过是一个被房地产开发商编织的对"自然"模拟的符号。翟永明在诗作中寄寓了深刻的反讽与自省。

诗歌终归不是写实录,诗人开始在"读图"的过程中游目骋怀,不断变换视角,以尽览世间万象。翟永明并没有刻意与现实保持一种预设的关系,她的写作始终关切时代和历史。她深知诗人无法超离现实并会因此通向孤独。在长诗中,她以女性立场为本位,以游戏笔法诙谐地戏拟现实,让古代的月亮照耀今天的图像,她试图找到一些合适的角度记录一段历史:"读图时代□我读到／报废的题

---

① [法]鲍德里亚:《仿真与拟象》,马海良译,载汪民安、陈永国、马海良主编《后现代性的哲学话语——从福柯到赛义德》,浙江人民出版社,2000,第330页。

材□工业题材／那是何人？穿 E.T. 衣／着金属装□走太空步？／我转动纵目／看到宇宙矿物排列成奇观／／读图时代□我读到／俄罗斯坦克开进乌克兰／那是何人？穿黑大氅／持明月弯刀？／背后是倒地不起的死者伤员"。尽管翟永明在创作这首长诗时强调，在这首诗中"并不打算处理性别问题，正如中国古代绘画中也并不出现性别的概念"，然而，诗中出现一个身份多重的"我"——不问性别，可"随黄公望，拄杖、换鞋／宽衣袖手□步入崇山峻岭"，也可以"以女人的形象走在云水间／以女人的蒙太奇平拉推移／以女人的视觉看时间忽远忽近"。视角游移似乎掩盖了翟永明的女性立场，但"工业题材""穿 E.T. 衣""着金属装""走太空步"这一类带有未来科技感的事物，以及"俄罗斯坦克开进乌克兰"的冲突场景，几乎全是新闻里的主流题材，无不渗透着男权话语。

这一节中，诗人仍以女性之眼观看时代，以突破图像符号的围困，自醒于世。四字短语和连续的诘问似乎形成短促的呼救，又似是诗人静坐一隅的自问自答——吸引人眼球的不过是"奇观""伤员"——"读图时代"里的信息爆炸之景象却引出一连串的荒唐。面对图像的迅速繁殖，作为一个"拥有多重生命"的"时间穿行者"，如何突破图像的围拢，获得欣赏一幅淡雅萧疏的长卷的宁静与耐心？翟永明以"女性气质"的语言勾勒出以观赏者姿态出现的自我："让我屏息一小会儿／长啸半声／让氤氲之气落入肺中／开出儿童之心／／让我出神一小会儿／跳脱焦虑至纸上／让图像的威力固定在点、线、面／阔笔晕染出一段潜修时间／／让我气馁一小会儿／专注半晌／让岩石、坡地、枯干的意象／进入身体，疏密有致／／让我吐气一小会儿／把百骸松开／一呼自丹田／再呼上云端"。"屏息""出神""气馁""吐气"，勾勒出专注的神态，不冒犯原作，也不随意作出阐释，而是等待"岩石、坡地、枯干的意象／进入身体，疏密有致"，她以沉静之心对画作表示了极大的尊重，以求接近画作。

本雅明认为，对艺术品的最初观看形式是宗教意义上的膜拜，"不可接近性乃是膜拜画的主要特征"。① 中国画不以宗教为旨，但古人赏画仍是怀抱"有距离"的虔诚之心，"读图时代"则消弭了距离及主体对艺术的敬畏感。在第二十五节，诗人写道："时代宠儿□和风吹动她的黑发／被上万支灯管照得通体雪亮／悬崖般屹立着来历不明的建筑／航站楼？大王冠？／眼前绝对是绝世好画"。诗人对这个情景的叙述仿佛摄像般定格。把这座建筑视作景观，观者可以从无数入口进入这幅"绝世好画"。主体强烈的介入冲动消弭了人与景观的距离。同时，景观在这里被引申到人的生存状态之中，诗人在思考，女性是否仍未摆脱成为景观的"被看"命运？"夜风中，有人提起她的消防站／'消防站？哦……'她意味深长地笑了／消防站的尖角像刺天的诅咒"。具有先锋精神的女建筑师已经成为蜚声世界的名人，被大众认可后，她宁愿选择对曾经的"特立独行"默然。那么，作为女性，她的先锋品位是否会为迎合大众口味而调和成消费品和"被看"的对象？当然，女性立场只是翟永明反观"读图时代"的视角之一。这种立场虽不被明示，却足以赋予诗人一种符合诗学理想的孤独感。她只身进入历史就意味着通向孤独，当她不断折返回现实更感到了无限的沉重，她的性别身份、醒世者身份、现代人身份等都隐含着对现实问题的思考，在试图超越历史的冲动中起到了节制作用。翟永明也因置身无法逃离的现实语境感到空旷。正如诗人在注释中所写："在写作这首长诗时，我常常有在现实与古代中穿梭的感觉。写作中，我常随黄公望游走于空

---

① [德] 瓦尔特·本雅明：《技术复制时代的艺术作品》，胡不适译，浙江文艺出版社，2005，第100页。

山无人、水流花开的理想境界中,身心如洗;现实里,我却不得不穷于应付那些无情无调的缠身俗务,使我内外焦躁。"①

"读图时代"的现实并未使诗人陷入无法自拔的绝望,相反,她以一贯的喜剧精神戏拟了当代"读图"行为。寻访黄公望故居之事被记录在注释之中就是一例。注释中大段描述性文字构成对事件的铺叙以及对细节的捕捉,它们虽是对诗句的注解,却让人联想到"读图时代"里文字退化为图画的注解这一事实。诗人用分行诗句构成"图形诗",造成视觉冲击:

> 那是诸世纪交叉跑动的大撞击边缘
> 是不着调的网络战争起火的边缘
> 那是四维空间吞吐不定的边缘
> 青春睁开眼就被毁灭的边缘
> 最美的最拧巴的被弃边缘
> 引人入胜、又令人丧气
> 又大又看不清的边缘
> 我越静　它越动
> 战火是否缠绵?
> 家庭在离散?
> 我痛苦　它
> 漠然!

在第二十八节,诗人致敬安伯托·艾柯的"仿讽体"诗歌《误读》,展现了其天马行空的想象力。正如艾柯所言:"模仿体(parody),如同其他所有的诙谐文体的作品一样,跟时空密切相

---

① 翟永明:《随黄公望游富春山》,中信出版社,2015,第31页。

关。"①艾柯通过"仿讽"解构了经典,也解构了时空距离。但他的插科打诨不是与大众文化合流,而是致力于反讽这种行为本身。诗人致敬的,正是艾柯在这种文化语境中看似洒脱不羁却深沉痛苦的精神路向。实验性的笔法迎合了"读图时代"对新鲜感的渴求,翟永明也因此参与到一场"狂欢"中,这是她在"读图时代"里一个"孩子气"的游戏,此翟永明不同于置身"人工湖边"发出一声叹息的彼翟永明。"形式游戏"的加入平衡了时代语境的沉重不安,使诗歌形成了巨大的张力。"落叶萧萧□我亦萧条/剩山将老□我亦将老",达到"齐物"高度的她开始施展"语言炼金术"(兰波语)来展现自己对时代、历史、艺术、现实的思索。她时刻警惕着"读图时代"的蛊惑,一方面不断审视自我与集体无意识,另一方面,她的戏拟又在控制之中,为的是与另一个时代形成对照。

与鲁迅历史"中间物"之感相似的是,作为历史锁链上的一环,翟永明处在过去与今天的交叉点上:"我在'未来'的时间里/走进'过去'的山水间/过去:山势浑圆,远水如带/现在:钓台依旧,景随人迁"。置身画中,她深感"在"而"不属于"那个清逸飞扬的过去,然而她并不以激愤之笔批判现实,而是在古今穿梭的轻盈步履中移步换景,以古典美学的神韵和轻快的诗句,平衡时代的沉重感。这不是绝望的反抗,而是轻灵的救赎——用她的话说就是"纸上行走是有氧呼吸"。在纸上行走,既是"随黄公望游富春山",也是忠实于写作本身。

**三、在逃逸中诗意地栖居**

长诗《随黄公望游富春山》、同名诗剧、《富春山居图》长卷,三者以不同形式表现诗意,书写着艺术家对世界的理解。亦如长诗

---

① [意大利]安伯托·艾柯:《误读》,吴燕莛译,新星出版社,2006,"前言"第3页。

在第二十七节所写:"平远、高远、阔远/辗转、腾挪、聚散/都不是问题/还有什么形式不被我们用在多媒体戏剧?"在线性历史观之下考察文学的发展,可以发现急遽变化的新媒体时代改变着文学的书写方式,这正是"一时代有一时代之文学"[①]。然而,正如翟永明所言:当代人"他们都不读诗……但他们要阐释一首诗",其悖论在于:"画师正在画:一切消失后/还会站在那儿的东西/无价的□无形的/用你们看清楚了/也依然暧昧的方式//观者正在看:一切还原后/还会消散的东西/奢侈的、稀有的/在另一个维度□放平了/也还是会卷曲的未来"。永恒的艺术形式与瞬息万变的当代文化看似可以相融,但实则它们对生命与真实的思索深度不同,当代文化是否可以穿透现代的迷雾归入对生命的终极思考抑或形而上的场域?翟永明极富洞察力地表示,对当代诗与当代艺术的理解,与对当代现实和现代性的思考联系在一起,诗人开始向古老的艺术与生命投去观照。

上溯几个世纪,中国古代也可被视作一个"读图时代",文人以作画为志趣,有时一画就是三年五年;作画与赏画构成了他们生活的一部分,成为提升审美品位、到达虚静境界的关键途径。同时,中国作为一个诗歌的国度,自宋代起文人画的出现标志着诗与画的完美融合。[②]苏轼如是评论王维的诗画之作:"味摩诘之诗,诗中有画;观摩诘之画,画中有诗。"[③]在中国传统绘画艺术中,诗与

---

[①] 1917年胡适发表《历史的文学观念论》一文申述文学进化观念,历史的文学观念的集中概括即"一时代有一时代之文学"。见胡适:《历史的文学观念论》,《新青年》1917年第3卷第3号。

[②] 徐复观:《中国画与诗的融合——东海大学建校十周年纪念学术讲演讲稿》,载《中国艺术精神》,华东师范大学出版社,2001,第289—293页。

[③] 〔宋〕苏轼:《东坡书画论译注》,徐新韵译注,上海书画出版社,2023,第111页。

画随着对自然的共同发现而走到一起，诗歌与绘画同质，绘画虽以自然为摹本，但不求形似而求神似，笔势与墨色均点染着文人的意脉情韵。"画中有诗"中的"诗"除了题画诗这一实指之外，也指广义的诗意、诗味。"'文人画'的特色就是在精神上与诗相近，所写的并非实物而是意境，不是被动地接收外来的印象，而是熔铸印象于情趣。"①在自然中汲取天地万物的灵气，以滋养自我生命的繁茂生长，中国文人在山水画中力图达到"天人合一"的境界，从而无限接近心中的"道"。古代文人画追求神似的审美取向与当代"读图时代"充斥着仿真与拟象之景形成了对比，以古观今，当代品格需要注入古时流动的气韵。翟永明通过进入这个前文本，探讨了中国传统的诗学命题——诗与画的关系。《富春山居图》为黄公望晚年隐居浙西一带时所作，是一幅典型的文人画，可谓"画中有诗"。翟永明的长诗《随黄公望游富春山》以《富春山居图》为题材，从字面意义上来讲本就是"诗中有画"，而她的诗歌写作手法借鉴了绘画技法，与《富春山居图》形成互文，更是将画真正融入了诗中。

诗人欲解答正在失去或者从未被发掘的问题——主体如何实现勾连古今的伟大构想？这是一个文学的元命题。翟永明为了实现融汇古今的理想，以互文手法消弭了长诗文本与《富春山居图》二者身处不同时空的局限与表现方式的差异，古代的"读画"与今天的"读图时代"也因此彼此观照。古老的象形文字发展为今天的汉字，优美地在纸上行走，以文学文本为载体，能够生发出无限的意义；同样，绘画以深深浅浅的着墨点染出诗人胸臆。由汉字构成的《随黄公望游富春山》诗文本，与黄公望笔下奇谲的自然山水画，之所

---

① 朱光潜：《莱辛学说的批评》，载《诗论》，上海古籍出版社，2005，第114页。

以能在两个时代遥相呼应，是因为艺术的不朽与共通性构成巨大的张力，正如诗中所言"这就是艺术如此微妙的等边关系"。

学者商伟说："就诗歌而言，足以承当和抗衡这个时代的，非长诗而莫属。"[1]翟永明启用了长诗这一形式，长卷与长诗形成了互文，写诗如同作画，吞吐大气象，一诗一画因此跨越古今形成了篇制上的呼应。诗人在长诗中可以伴随视角的移动从容往来于古今而不受制于篇幅，长诗也使诗人能够在玄想与日常之间游走。长诗具有足够庞大的篇幅来容纳思考，而诗人面对长诗总会遇到这样一个问题：如何依靠精密的结构搭建起一个框架来承载思想的不断外延，将长诗营构成一个整体？黄公望打破了山水画在宋代形成的守规矩的桎梏，追求"随机应变"，以熟为妙，因此被誉为"元四家"之首。他的山水画，重视变化，画作浓淡有致，山峰错落，江岸绵延，留白处散发着智者的神性之思，笔法变化莫测，意境却浑然一体。清代画家吴历在《墨井画跋》中评价黄公望"大痴晚年归富阳写《富春山》卷，笔法游戏如草篆"[2]。由此，黄公望的山水画不拘泥于传统绘画技巧，他将书法、诗歌等艺术形式的特点引入绘画当中，画作因此具有强烈的"写意性"。长诗《随黄公望游富春山》也汲取了黄公望的创作理念和绘画技法，可谓"众体皆备"，二者在变化的笔法上也形成互文。翟永明的这首长诗文本具有一种"笔法游戏"的特点，以变化多端的技巧在诗歌形式上营构了一种错综复杂的结构关系，以语言实验的方式证明了长诗在当代的存在意义。

黄公望作画以笔墨显意，不同于画工的精雕细琢，他笔下的山水苍茫庄重、灵秀天成，全靠笔墨运思，他的笔墨多有出人意料之

---

[1] 商伟：《二十一世纪富春山居行——读翟永明〈随黄公望游富春山〉》，载翟永明著《随黄公望游富春山》，中信出版社，2015，第86页。
[2] 潘耀昌编著：《中国历代绘画理论评注·清代卷（上）》，湖北美术出版社，2009，第127页。

变,将干笔、湿笔熔于一炉。皴法则"常用直皴带染,可简可繁,似飞白书"[1]。翟永明的写作与黄公望的绘画理念形成了呼应。诗人恣情泼墨却不失仪式感,长诗中的语言狂欢恰似画卷的笔墨潇洒,诗中既有"风水特别提示",又有"A4白纸""蓝色圆珠笔",既有"苍崖""灵芝",又有"雾霾 $PM_{2.5}$"。诗歌在传统东方哲学、古典意象和当代词汇切换中形成张力场,产生蒙太奇效果。

从词汇方面考察,一方面,诗人以极富古典意味的意象入诗,氤氲出缥缈的意境,名山大川、渔樵飞鸟尽收眼底,徜徉其中不就是自在于心的逍遥游吗?另一方面,诗人通过在场事物再现日常经验的时代书写,在书写中插入虚词,在虚词的使用放开,时态的表达开始丰富以后,白话诗拥有了新的表意空间。[2]这种表意空间呈现在翟永明的诗歌中,则被激发出更多的活力与历史感。在长诗《随黄公望游富春山》中,四字一句的结构占据着极大篇幅。"没有地图□何来地理?/唯有山水□不问古今","何""唯"都是古代汉语中常见的虚词;"使我长叹□恍兮惚兮","兮"字多见于楚辞。诗歌是中国最古老的文学形式,从《弹歌》到四言体诗的发展反映了古人对自然、宇宙、人本身的不断探索。自上古歌谣以来,直至《诗经》、楚辞,再到曹操、陶渊明,四言体诗整齐却富有变化,优美而不失含蓄,形成了流动的审美效果。翟永明则认为四字一句犹如用典:"这种句式是中国文言结构的特殊固定短语,我觉得与中国方块字结构有关,每一个单音节字蕴含了最大的信息量"[3]。

---

[1] 龚产兴:《大器晚成——简析黄公望的山水画》,载常熟市文联编《黄公望研究文集》,江苏美术出版社,1987,第15页。

[2] 参见李章斌:《现代汉诗的"语言问题"——叶维廉〈中国现代诗的语言问题〉献疑兼谈"语言学批评"》,载《走出语言自造的神话——中国新诗论集》,南京大学出版社,2023,第293页。

[3] 翟永明:《随黄公望游富春山》,中信出版社,2015,第57页。

无论是四言体诗还是用典，都讲求语言的凝练与含蓄性。自新文化运动"文白之辩"以来，"我手写我口"的语言文字观将文言视为仇敌。在现代性语境下，文言是否已经失去了生命力？抑或在今人的追踪之下能再焕发出生机？翟永明的语言实验显然试图回答这些问题。

黄公望作画因心造境，游戏于万物之表；翟永明深谙诗画之道，长诗的第二十三节通过"读图"的视线变化巧妙地再现了黄公望的构图技法。黄公望《写山水诀》论山有三远："从下相连不断，谓之平远；从近隔开相对，谓之阔远；从山外远景，谓之高远。"① 由右及左，长卷的首段运用阔远法——"首先：山被推远／前景是村屋／脚下有小径"，远山近岸相隔遥望，诗人也勾勒出寻常的江南山水景色。长卷第二段运用高远法，诗人的视线也随即变换——"目光摇过三分之二的位置／时空重叠出夹岸奇山"，高峰突然耸起，几乎冲破画卷。诗人"登山"的过程，其实也是吞吐浩然之气的过程："时序流转□气也在全身循环／朝代兴亡□士不在山水中徜徉"；诗人的历史之思、兴亡之叹，在"登山"也即"读图"的过程中得以阐发。最后，"下山：脚下之路变平直"，则运用了平远法。诗人分别用"阔远法""高远法""平远法"来再现自己观赏的过程，同时，这一节长短变化不一的诗句也如同起伏的峰峦，连通着黄公望"尽峦峰波澜之变"的绘画境界。除此之外，翟永明还将其他语言实验熔于一炉，实现了古今文化资源的相互滋养、生发：诗歌第三十节，她自拟古诗形式以"对应古典绘画中丰富的题款"；第十八节，她将风水提示语"打碎、重组、整理成'类诗'的模样"；第二十四节，她戏仿"嵌名诗"。她也直接引用诗文来抒写内

---

① 〔元〕黄公望：《黄公望集》，毛小庆点校，浙江人民美术出版社，2016，第26—27页。

心情致，颇有"六经注我"之风范。譬如，"自富阳至桐庐□一百许里""雨中山行至松风亭忽澄霁/卷藏破墨营丘笔/却展将军著色山""就门第而言，我高于你们"。她借诗歌形式的实验回答了新诗合法性问题，"写一首新诗犹如谱曲"，不同于古诗"建筑"般的凝固美、庄严美，新诗形式不拘一格，现代人经验的复杂性已经超出了古诗的容纳范畴，现代语场中曲折的主体经验必须依靠新诗变化多样的形式来书写表达。

"亿万分之一秒的时间在追赶/把上千年光阴挤为齑粉的光年"，诗人将时间单位转化为长度单位，提示读者"时空穿梭"的有限性，正如詹姆逊所言，"后现代"的特点之一是以空间定义取代时间定义。① 翟永明虽对"读图时代"深感疑惧，但她关怀的却是当下，即如何将生生不息的古典诗意转化为现代生存中滋养生灵的甘露。翟永明"读"的是画作——"远山、近岸、村庄、小路/四座山峰，两片水域/次第在我眼前展开/平远、深远、高远"，黄公望"读"的则是真山水。"我上上下下，领会隐喻"，"隐喻"是诗歌的一般表现技巧，诗人以"隐喻"来实现诗歌讲求的模糊性、暗示性；"隐喻"在绘画里则表现为画家"趋重神逸""写心中之逸气"②，即以笔墨"隐喻"寄情山水的情愫。翟永明将"读图"体验与诗歌的隐喻等写作技巧娴熟地联系起来，使二者相得益彰。

在此不难看出，翟永明选择这幅画作为"前文本"，不仅是对这幅画作及其作者的致敬，也是对中国传统文人精神的致敬。在第十四节中，"我"分别以遁形术遁作蚌、河流、草堂、月亮，"从'有'向'空'透去/从'临'向'悟'/从物质中逃脱/向植物隐

---

① 胡亚敏：《译者前言》，载［美］弗雷德里克·詹姆逊著《文化转向》，胡亚敏等译，中国社会科学出版社，2000，第5页。
② 郑昶：《中国画学全史》，岳麓书社，2010，第267页。

去 / 遁形术输给进化论 / 一物降一物 / 时间降一切",一个"隐"字,指向心灵的超然。元代统治者入主中原后重视武功,文人地位一落千丈,黄公望愤然将自己"抛"出世俗,晚年归隐山林,从此参禅悟道,却也能在山涧峡谷中物我两忘,寂寂之中及至虚静。"随黄公望",即追随黄公望的隐士之心,大隐隐于市,心灵得以诗意栖居。

## 四、时空——虚实间的诗性

翟永明在长诗最后写道:"层层叠叠压下来的梦 / 渐渐压紧我 / 像一把古代绢扇 / 渐渐的黑暗中 / 满满坐着□居心叵测的人 / 偷偷哭泣□泪水寻找每个人的眼睛 / 咯咯作响的关节 / 让我心烦意乱 / 我的眼光被改变 / 齐齐载向那个具体的东西"。"压紧""满满""偷偷""载"等词语给人无从解脱的沉重感,试图通往"无限""永恒"的做法是可疑的,因此诗人从画作中跳脱出来,她说:"江山并不多娇,人心多娇"。她发现现实存在着矛盾而复杂的现象:"一个问题□让我身重如山 / 另一个问题□让我神轻若羽";"我"无法作出判断,只能交由一个无名主体——"谁在说'如此作结'"。回到纯粹的自然山水在现代也许是一个伪命题,正如翟永明所言:"今天的'自然写作'必然不可能与古代的'自然写作'相同,我的意思不是说我们不能写山水诗,而是今天即使写自然,写山水,也必然会写到物质与人,写到现代化对自然和山水的伤害。这是常识,也是真相。因为已经没有一个山水的净土和未被处理的自然。"[①]然而每个时代有每个时代的"诗意",新诗虽无法抵达纯粹的山水之境,但"今天的诗歌创作,必然带有今天的气息,连同当代诗的尴尬,连同城市化对诗歌写作的伤害,连同诗歌所处的这种边缘位置,都

---

① 翟永明、木朵:《在克制中得寸进尺——与木朵的对谈》,载翟永明著《完成之后又怎样》,北京大学出版社,2014,第 219 页。

是今天这个时代的一部分，也散发着这个时代特殊的诗意"①。因此，翟永明在这首长诗中来往于古今之间，给读者带来时空穿梭感的目的不在于对某个特定时代背景的定格或找寻，也并非悲叹今非昔比，她选取"富春山"这个有待考据的地点，就是为了在虚与实之间寻求一种平衡，这种平衡的状态就是诗意的状态。

在长诗的注释中，诗人指出之所以选择《富春山居图》，一方面是因为长卷本身的艺术魅力，另一方面是因为"太多画作之外的因素附加在这幅画身上：艺术的、命运的、经济的、政治的"。因为这幅画本身承载了很多画作之外的东西，因此，翟永明不用作太多说明就能直接取用画外之意，借以阐释对一些问题的理解。笔者认为，这首诗中包含着诗人对这些命题思考过后的集中表达。首先，翟永明的诗作渗透着她对当代艺术的关注。她自言："从形式上讲，我也喜欢类似装置、现代雕塑、新媒体、行为艺术。它们代表了更多的创新意识、实验性以及鲜活的状态。"②建筑艺术更注重空间意识和视觉效果，从本质上讲，诗歌也是一种空间艺术，与建筑不同的是，诗歌营构的是专属于心灵的诗性空间而非建筑所带给我们的视觉体积感。翟永明一直在关注当代艺术，比如，艺术家徐冰的大型装置艺术作品《凤凰》成就了诗人欧阳江河笔下的一首长诗，大胆揣测，《凤凰》与《随黄公望游富春山》之间的篇制与精神内涵并非没有契合之处。

翟永明本身对女性艺术也投注了极大热情，她力图掀开遮蔽女性艺术之物而使其长久地显示出独立特质。然而，她警觉于当代艺

---

① 翟永明、木朵：《在克制中得寸进尺——与木朵的对谈》，载翟永明著《完成之后又怎样》，北京大学出版社，2014，第219页。
② 翟永明、周瓒：《词语与激情共舞——答周瓒问》，载翟永明著《完成之后又怎样》，北京大学出版社，2014，第172页。

术为功名利禄所捆缚的问题，由此，她在长诗中思考如何为当代艺术注射镇静剂。黄公望作《富春山居图》用时三四载，名利于他可谓浮云，他寄情山水之间，他的"无为"接近道家和禅宗美学；翟永明作此长诗，实则承续了她对当代艺术精神持续良久的热忱和观照。此外，"命运比它的创作者更有力"，翟永明关注这幅画的命运，从而引申至对人的命运的形而上思考："最后时刻□冠状动脉像 / 暗红花朵怒放 / 瘦骨铮铮作响 / 排山倒海的淤血 / 钻进一颗狂狷之心""它完全拒绝随风飘逝 / 拒绝成为我的一部分 / □拒绝 / 像生命一样结束 / □像人 / 本质上 / □无法选择生死"。画作可以绝处逢生，那么，人如何身处天地之间岿然不动？人"无法选择生死"，与画作相比，"人生如流水线流转□你我只是来一个扔一个的废品"（《人生流转》）。画作铮铮铁骨如同狂士，而诗人却陷入一个悖论，一方面渴求一颗永远狂狷之心，冲破桎梏抵达自由之国度，一方面又深知生而为人从来无法选择生死，人只能随遇而安，在无常的命运中涤荡飘摇。诗人将质感坚硬的激情叩问沉淀为对存在命题的思索，步入耳顺之年的翟永明窥破了生死的奥秘。在长诗的序诗中她写道："从容地在心中种千竿修竹 / 从容地在体内洒一瓶净水 / 从容地变成一只缓缓行动的蜗牛 / 从容地□把心变成一只茶杯 // 从来没有生过、何来死？ / 一直赤脚、何来袜？ / 在天上迈步、何来地？ / 在地上飞翔、何来道？ // 五十年后我将变成谁？ / 一百年后谁又成为我？ / 撑筋拔骨的躯体置换了 / 守住一口气□变成人生赝品"。

翟永明在诗集《行间距：诗集2008—2012》中将这首序诗作为跋诗，但将其命名为《行间距：一首序诗》，她说："这是本诗集最后一首诗，也是下一本诗集的序诗。希望两本诗集中的距离是循环的，也是生长的。"① 其深意在于，长诗《随黄公望游富春山》与

---

① 翟永明：《行间距：诗集2008—2012》，重庆大学出版社，2012，第143页。

《行间距：诗集2008—2012》在遥望之中构成了承续、对接关系，诗人试图在诗中积极地回溯、寻找自己，与过去的自己对话。她早期的诗歌作品，那些充斥着"黑色""死亡""性别"等字眼的诗句从胸中汹涌喷出，充满了青春的激情，也消耗着她的体力与智性。经历了沉淀，翟永明意识到只有"细微的张力、宁静的语言、不拘一格的形式和题材"①，才能经得住时间的检验，她突破了对性别文化的审视，诗学构想向日常生活和宏阔的社会、历史、现实的"河岸"延伸。翟永明的抱负也在于此，她观看世界的视角绝不固定在一个方位，不断变化的题材与表达方式承载着她从未中断的人文情怀。

在诗集《行间距：诗集2008—2012》中，她的视线延伸至汶川地震（《胡惠姗自述》《坟茔里的儿童》《八个女孩》《上书房、下书房》）、毒奶粉（《儿童的点滴之歌》）、歌手自杀（《和雪乱成》）等现实事件，这些具有新闻写实性品格的诗作也是翟永明的一种诗歌实验。自朦胧诗以来，当代诗歌抵抗现实以求回到诗歌本身，诗歌与现实的关系在诗人的辩驳声中依旧无定论。然而现实入诗的传统自古有之，以杜甫诗为例，诗歌对现实的观照使诗歌放射出"史"的光辉，却也不磨损诗歌的品质。翟永明诗歌的"写实性"不是对现实赤裸裸的呈现，而是经缪斯之手洗涤过后的诗意沉淀。此外，《行间距：诗集2008—2012》中也有充满传统元素的诗题：《枯山水》《冲天鹤》《黄帝的采纳笔记》《宽窄韵》，以及《〈前朝遗信〉》（组诗）、《新桃花扇》（组诗）。

传统文化、传统文人精神品格和古典文学一直是翟永明关注的对象，从20世纪80年代的《我策马扬鞭》以具有古典意蕴的"雕

---

① 翟永明：《面向心灵的写作》，载《完成之后又怎样》，北京大学出版社，2014，第39页。

花马鞍""宽阔邸宅""牛皮缰绳"等构成,到 90 年代的《时间美人之歌》通过与赵飞燕、虞姬和杨玉环三个古代女性的"对谈"洞悉人性,再到新世纪以来的《鱼玄机赋》为女诗人一辩,传统在诗人笔下构成非单一性的诗学价值。诗人绝非简单地致敬传统,她或为历史人物翻案,或以传统省视当代生活,传统成为她抒发现代感受的一个切入点。翟永明从小就喜欢中国古典文学和戏曲,这种潜在的影响一直存在于翟永明的诗作中。她对传统文化的关注和对古典文学技巧的化用,使她在创作中的思考、表达和诗歌意识、诗歌品质始终保持鲜活的状态。翟永明的诗歌在当代语境中通过与传统对话加深了自身的思想厚度,传统资源的介入平衡了略显沉重的现代经验,诗歌因此获得了轻灵的美感。从接受方面考察,一方面,中国读者的阅读经验根植于中国源远流长的传统诗学,因此翟永明散发古典意蕴的诗歌能够激发读者的认同感;另一方面,诗歌不断变化的能指又造成了语言的异质性,造成了符合诗学意义的陌生感。

《随黄公望游富春山》是翟永明诗学理想的延伸和升华,是她诗歌实验的一次喷薄式展示,更是新世纪诗歌在空间美学方面的一次写作突破。在宏阔文化构想与现实考量中,它隐匿着翟永明对诗歌写作空间诗性的一次实践。诗人摆脱了捆缚创作向度的现实经验和既有成绩,在古人的画卷中寻到视觉的灵感;她反对"词语的僭越",不停滞于对"本质的话语"①的追求,而将词语放置在多维度的空间之中。这种"面对词语本身"的姿态使她置身于一个"四方的、极少主义的房间"②,而"极少主义"同样被应用于水墨山水,

---

① [法]莫里斯·布朗肖:《接近文学空间》,载《文学空间》,顾嘉琛译,商务印书馆,2003,第 19 页。
② 翟永明:《面对词语本身》,《作家》1998 年第 5 期。

画家处处留白却彰显天地有大美而不言的品格,这是中国古典绘画中的空间构境的诗意。翟永明从中敏锐地领悟到如何在诗歌创作中抵达空间构境的神韵,扩展文本表达的场域和自由度,从而抵达敞开着的文学空间。

## 第五节 走出"无往而非灰阑"的女性困境:《灰阑记》二首

组诗《灰阑记》创作于2019年,发表于《十月》2020年第2期[①],由《灰阑记》《狂喜——献给一小块舞台上的女艺术家》《去莱斯波斯岛》《三女巫》《寻找薇薇安》5首独立的诗作构成。2022年1月出版的翟永明诗集《全沉浸末日脚本》中以《灰阑记》作为诗集第二辑的标题,此辑包含15首独立诗作[②]。组诗《灰阑记》贯穿着翟永明对女性主义诗歌或女性写作三十余年的思考,与《女

---

[①] 同这组诗一起出现的还有另外12位女性作家的作品,分别是孙频《白貘夜行》(中篇小说),文珍《寄居蟹》(中篇小说),金仁顺《宥真》(短篇小说),蔡东《她》(短篇小说),张天翼《我只想坐下》(短篇小说),叶弥《对岸》(短篇小说),淡豹《山河》(短篇小说),乔叶《小瓷谈往录》(非虚构),林白《花寒》(诗歌),周瓒《独角兽父亲》(诗歌),戴潍娜《看那浓妆多感伤》(诗歌),玉珍《灌木丛中的女孩》(诗歌)。加上学者张莉的主持人语《主持人语:重提一种新的女性写作》,以及一篇张莉与贺桂梅的对谈《关于四十年来中国女性文学与性别文化的对谈》,组成《十月》杂志该期的"新女性写作专辑"。在"新女性写作专辑"中,张莉和贺桂梅对"新女性写作"的"新"作了深刻的解释和剖析,主持人语、对谈和作品从各个维度来透视"新女性写作",紧紧围绕一个核心,即"强调写作者的社会性别,它将女人和女性放置于社会关系中去关照和理解而非抽离和提纯"。

[②] 分别是《灰阑记》《水斗犯金山》《论实验戏剧》《未被搬上舞台的戏剧设想》《诺尔玛的爱情》《三女巫》《弗里达的秘密衣柜》《狂喜》《寻找薇薇安》《最棒的艺术家》《凝视弗鲁贝尔的〈天鹅公主〉》《画室》《观画之余》《何为调性》《无限的网》。

人》组诗有一定的呼应关系。不过，同是围绕女性主题，《女人》的主题是连贯的，既可看作组诗，亦可视为长诗，而《灰阑记》则由5首独立、情感基调差异明显且意涵截然不同的诗作构成。从艺术特质方面考察，《灰阑记》杂糅了多种艺术形式，融合了中国古代戏曲、西方戏剧、希腊传奇女诗人传说、现代戏剧和现代新闻主题等，穿梭于多种女性主义诗歌主题，拓展了当下诗歌的语言空间，正如"2020年度十月诗歌奖"颁奖词所述："这是一组与女性声音、女性创造力、女性艺术空间有关的诗。"《灰阑记》组诗延续了翟永明多年来对女性创造力核心命题的关注，将其投射至更深远的历史想象之中。从"灰阑"中成长起来的"人类之子"，跳脱出母性的专制与桎梏，成为人类社会一切所有权争夺的象征物。

**一、戏剧视域下传统母爱观的颠覆**

从翟永明早期诗作中即可窥见极富现代精神的戏剧元素，多年来，她在诗歌中搭建舞台，展演舞台上的人，也写尽台下的人生，组诗中的第一首《灰阑记》即显露出洋溢着个性和活力的戏剧因子。《灰阑记》原是一部元杂剧，翟永明以传统元杂剧入诗，兼容了古代"公案"的戏剧元素。公案剧在历史上和当代均有受众，但是将其杂糅入当代女性诗歌，则构成了奇诡的张力。在诗作《灰阑记》中，翟永明改变了杂剧原有的主旨即"真正的母爱可以创造超越社会残忍的奇迹"，并掺杂多维叙述视角，抛出一个截然相反的话题——母爱对子女的桎梏。由此，诗作《灰阑记》超越了戏剧因素与母爱话题，将女性群体共同面临的生存问题以及深蕴着历史意义的反思推向新高度，这一步看似为蝴蝶翅膀的轻颤，却得以让世人窥见蝴蝶效应的光晕。

诗作歌的开篇捕捉到两组对立的镜像——灰阑中与灰阑外，他与她们，不同维度的视角带给读者情感记忆和思考方式的双重冲击："灰阑中□站着人类之子／乃天精地液孕育生就／孤独中□他长了几岁／依然无力选择"。诗人并未讴歌"天精地液孕育生就"的生育行为，转而关注的是新生命"无力选择"的困境。翟永明诗歌的魅力正在于以新女性的视角打破人们对女性所秉持的习以为常的观念，她的女性立场基于人本立场，超越了通常意味的男女两性和母性的既有符码。她打破传统意义的"新生观"，生命的诞生并不意味着尘世的幸福与新生的活力，反而意味着与生俱来的孤独感。孕育不简单地等同于新生，同时也带来困境。子女与母亲的肉体因分娩而分离之时注定了困境的必然性与不可控性，并由此延伸为更多的灾难："灰阑外□站着两位女性／她们血肉模糊□或者说／她们干干净净／她们刚经历了战争□或者说／她们被战争附体／／灰阑虽灰且红／就像争夺的眼睛／眼睛既红且脏／就像争夺的对象"（《灰阑记》）。结合这首诗的创作背景可以寻出诗人改编的奇思：古典传奇《灰阑记》讲述的是古代"两母夺子"这一创作母题，走出原型的叙述，翟永明指出母亲是苦难与悲哀的制造者。"血肉模糊"与"干干净净"并置，在视觉和思想上都带来冲击力，也隐喻了女性群体生存中永恒存在的矛盾。

"两母夺子"所构成的"战争"是诗人深挖母爱的切入口，亦可视为诗人对美国人类学家卢蕙馨（Margery Wolf）建立的"子宫家庭"这一概念的反思：母亲角色在家庭内利用生育争取自身权益，通过培育儿子可以获得控制下一代男性的胜利，试图完成身份的变革[①]。诗人却犀利地指出这是表面的胜利，终将以失败告终。因为母亲试图通过儿子巩固自己在家庭中的地位，往往需要以传统的男

---

① ［美］阎云翔:《私人生活的变革——一个中国村庄里的爱情、家庭与亲密关系（1949—1999）》，龚小夏译，上海人民出版社，2017，第16页。

人至上的观念教育儿子,并切实维护儿子在男性中心家庭里的统治地位。这样,以母亲为中心的"子宫家庭"在男性统治的家庭运作过程中,虽然向男性统治发出了挑战,却变相地延续与巩固了男性统治的传统。一代又一代轮回的女性困境,使置身于任一历史语境中的她们都深陷父权体制的桎梏,始终无法突围出去,终究要被这场注定的战争附体,这是女性命运发展的必然,诗人在此彰显出说不尽的无奈。

"公案上:醒木跳动着/一方拽住无尽山河/一方拽住血缘亲情/无尽山河已榨干血缘亲情/血缘亲情聚拢了无尽山河"(《灰阑记》)。公案上跳动的醒木好比幽暗森林中的一簇旺盛的篝火,诗人藏匿于字里行间的情感随之被点燃。母亲是女人,但女人这一角色无论是在文学还是现实中都和母亲时有割裂,在诗人看来,母爱既含有杂质,也兼具双面属性。"无尽山河已榨干血缘亲情",抛开母爱伟大崇高的价值内涵,诗人更关注其愚昧自我、非人性,又过分迎合男权的一面。然而,恰因这一反面性,人类文明才可以在时代的轨道上不断突进。"血缘亲情聚拢了无尽山河",这是女性命题永恒的矛盾,却是社会现实发展的必然,由此,诗人将女性命运困境的无奈淋漓尽致地表达出来。

"我呢?我是什么?/我是争夺物□一堆形质/灵魂不被认可/但时刻准备着/被谁占有?归属于谁?/我可否说□我仅仅是路过此地/我只是偶然□掉进灰阑/我不属于战争/也不属于和平/我属于灰阑画就的地盘"(《灰阑记》)。在诗作的高潮部分,叙述视角被转换,"我"是诗中身处于灰阑不幸的"人类之子",是"隐含的作者"(代入到诗歌中的作者自我),更是每一个人。连续的提问、紧密的短句与急促的自我解答,实际上是诗人对"我"的存在的质疑。真实的血肉只是一堆物质罢了,内在的精神世界也从未被理解，翟永明笔下的母爱不是去"感化"这一悲剧，而是强势地将"我"束缚，使无数个"我"纵使有独立的人格也无法主宰自己。翟永明的语言在运用戏谑手法的基础上展露出坚定的反抗却又带有注定无法反抗的无奈与悲凉——"仅仅是路过此地""只是偶然掉进灰阑"……确乎是"仅仅"或"偶然"吗？"我"真的认为只是母亲将我们带入这种悲惨的境地吗？诗中的人、读者和作者都了然于这种必然，如此写来，足见诗人对无法改变的女性现实悲剧的果决反抗之姿。即使反抗之声极其微弱，但她还是试着为身处困境和必将身处困境的未来的"人类之子"们寻找一个出口，不管它最终是否会指向乌托邦。

"公案上：醒木跳动着 / 向谁吩咐？/ 小小灰阑塞满干柴 / 将我尚未发育的意识 / 架在法律的火堆上炙烤 / 鲜血在争夺高潮中吱吱作响"（《灰阑记》）。醒木继续跳动，诉说着囿于灰阑之中的人类之子的不幸与悲哀。《第二性》对母亲（女人）的身份曾作过解读："一个人之为女人，与其说是'天生'的，不如说是'形成'的"，一个女人不一定是个母亲，但一个母亲她一定是女人，她在成为母亲的那一刻"既希望能保存这个作为她自我的一部分的可爱而又可贵的肉体，又希望能摆脱这个入侵者；她希望梦想终于能在她身上成为现实，但又害怕实现母性会带来新的责任"[①]。母亲并不是生来就是母亲，而是被封建社会千百年来的父权制度框架塑造、勾勒出来的，母亲成了人们所期待的能给予神圣的爱的代名词。炙烤"我"的是法律的火堆，而法律是社会道德价值的象征。翟永明用抽象的诗的画面想要表达的是具象的历史必然，是母爱被根深蒂固的父权文化道德化、神圣化的时代必然。这种被"异化"的母爱

---

① ［法］西蒙娜·德·波伏娃：《第二性》，陶铁柱译，中国书籍出版社，1998，第573页。

又在父权文化主导的社会背景发生作用，碰撞出热烈的火光，但令"人类之子"煎熬的熊熊大火又怎么会不是以爱（严格遵循父权文化的爱）为名义保护我们的母亲的呢？

"两只手从左方和右方伸来／一只是母爱□另一只也是／一只是玫瑰□另一只也是／一只挂着瀑布□另一只也挂着／它们让我恐惧／灰阑之中的争夺／与灰阑之外□同样荒谬"（《灰阑记》）。如果说，之前醒木的两次跳动是高潮情绪的铺垫，那么这节诗就是情绪的至高点。初读此段，大多数读者也许会认为从左与右伸来的两只手分别属于夺子的两位母亲。但结合诗人已然洞悉作为母亲的女性形象在父权文化下的困境，可以寻觅到一个更深层的解读视角。如果"灰阑"中有一面镜子，面前站着故事中的母亲，那么镜中我们可以看到什么？诗人的视角是巧妙的，她将自我附着于故事中的孩子身上，由是便可以清晰地看到"自己"。作为女儿的我们有一天也会成为母亲——令我们恐惧的不仅仅来自母爱的桎梏，更生发于对于深知有一天我们也必然会延续母亲的命运且无法将其改变的悲哀与战栗。诗人选取了一些美好的意象——母爱、玫瑰和瀑布，传统价值体系下伟大无私的母爱、吐露浓烈且纯真爱意的玫瑰、自然中清澈但又奔腾流动的瀑布，它们无不是美好的象征。但在这美丽的糖衣下，诗人揭露出荒谬的人类文明发展逻辑，是封建专制父权对女性个体意识的压抑与破坏，是明知道女性角色中"母亲—女人"二者身份剥离的生存困境，却又终会沦为支撑与维护男权价值模式者中的一员的悲凉和疼痛。

"公案上：醒木跳动着／向谁吩咐？／无论向谁吩咐□母爱都像／滚烫的烙铁□死死将我焊住／一生都在灰阑之中／一生"（《灰阑记》）。诗作的结尾处余音回荡，饱含深意。戏演完了，母亲的争夺结束了，剧本背后女性命运的必然归宿却永远不会落幕。滚烫的烙铁好似孙行者头上的紧箍圈，凌驾于世俗父权社会所规定的道德感与正确价值观念之上，圈圈圆圆，将女性探寻自我和个体意识的光狠狠掐灭。

《灰阑记》中的母爱观与女性观延续了翟永明自 20 世纪 80 年代中期就建构的反叛母性神话，以及颠覆封建父权社会强加给母亲的传统价值观念和道德标准的观点。对原版传奇的全新改编进一步拓展了新女性的书写疆域：其一，诗作是对原版传奇《灰阑记》主体视角的完全颠覆。原版《灰阑记》通过第三人称的全知视角，旨在歌颂真正的母爱，即母亲对于儿女的保护与牺牲精神，宣扬"好人必有好报"的价值认知，以及对封建礼教迫害底层人民进行批判。《灰阑记》的故事无论被改编成小说、元杂剧还是话剧，对于主要情节"夺子"中的孩子都没有细致的描述。而独立思考者的理性与女性写作者的敏感和直觉使翟永明察觉到了这一文学的"视角空隙"，并由此切入，精准捕捉到女性在社会现实中共同的痛感，进而反思母爱对子女的制约与桎梏。改编古典戏剧中的母题本身能自然而然地把诗歌产生的情感共鸣与隐含的哲理放置于历史宏大的维度中，实现由"个体"到"群体"，从"当今"到"整个文明发展"的语境跨越和迁移。

其二，故事嵌套故事的模式带来了更丰富的情感碰撞。起笔处，翟永明就明确了两组对立，其中之一是灰阑中与灰阑外，而这实际是两个叙述场域。如果将灰阑内外的空间同步放大，不难发现灰阑内是争子事件发生的衙门，灰阑外是发生"争子之战"的不同社会场域；进一步放大，灰阑内可以象征唐、宋、元、明、清甚至近代的某个时段，而灰阑外是动态的中国文明发展史。诗人引入了孩子的视角，旨在撬动女性主动关注和深入思考她们这个群体在多维的社会关系中的困境。"灰阑之中的争夺／与灰阑之外□同样荒谬"，真正悲哀的不是戏,而是戏如人生,戏如社会,反之亦然……这种嵌套的模式使诗歌的情感表达与哲思传递更为深邃、立体,也超越对母爱集成的理解——博爱或伟大等,诗人聚焦女性的困境,展现出强烈的女性关怀和突围"女性灰阑"的魄力。

**二、透过镜头捕捉生命的诗篇:她们的自我凝视**

在诗作《灰阑记》中,翟永明从"人类之子"身上看到了自己,更感受到在社会关系中女性群体因"母亲—女人"身份的剥离而走入的困境,并洞悉母亲们用被父权社会道德化和神圣化的母爱束缚着子女的现实。如果说组诗第一首给予了读者女性命运强烈的宿命感以及无法冲破这种宿命的悲哀,那么,通过组诗最后一首《寻找薇薇安》,翟永明让读者看到了女性在"连接外部世界和自我感受"的进步性,她由日常且普遍的视角引出对女性问题的思考,探讨由社会对女性价值的不合理认定而引发的困境。

新世纪以来,翟永明的诗歌写作从耽沉于内心独白与个人经验,转向对现实和历史的关注。这种对现实的观照表现为开始将观察的视角、诗歌包含的空间放置于社会现实中,诗歌的内容与题材也开始展现社会热点、新闻时事。翟永明不再只是从自己小小的内心世界出发探寻个体对生命的体悟,还以世界视野审视现代女性的生命价值和生存空间,尽展创作的包容向度和创新性。

生前默默无闻的薇薇安的一生是神秘的,她用镜头说话,透过虚幻的影像形塑出一个个隐蔽的自我。翟永明擅长运用与诗歌主题相关的形式进行叙述,《寻找薇薇安》一诗给人强烈的"诗歌镜头感"。全诗共八节,诗人用其个性化的语言带领读者逐步探寻一个陌生而孤独的灵魂,诗人笔下一行行流畅的诗文恰如薇薇安手中的老式相机,引领读者走入薇薇安镜头后纯净富饶的心灵圣地。

"寻找薇薇安/寻找一个被遮蔽的故事/寻找一段谷歌不出来的人生/寻找一堆未经冲洗的照片/寻找照片后面的容颜"(《寻找薇薇安》)。诗作开篇即明确了薇薇安的双重角色,薇薇安是一位死后才被发现的杰出摄影师,生前一直做保姆,四十年如一日地服务着几户家庭。然而拥有摄影师角色的薇薇安生前从未被任何人认可,因为她的摄影创作无人见证。薇薇安用一生将自己秘密地封闭起来,她像一个访客悄悄地来到这个世界,不带有任何目的和功利地体察与记录世间,又悄悄地离开世界……在她一生的保姆职业工作之余拍摄的十五万张照片在她生前也从未被冲洗,名利与她无关,她也从不在乎。① 她死后留下的照片被后世人冲洗流传,薇薇安一夜成名,而在此前没人知道她的故事。

于是诗人开始寻找,顺着薇薇安镜头里的都市、街头,甚至薇薇安自己……去捡拾被我们遗落的东西:"寻找薇薇安/寻找漂泊不定的地址/寻找一个没有影子的身影/她藏在孩子们中间/寻找孩子的保姆/寻找保姆的家园/寻找薇薇安/寻找悬空挂着的双臂/它们抓着一架老式相机/里面装着女人十五万个瞬间/寻找玻璃后面的面孔/寻找无法复原的内心"(《寻找薇薇安》)。在这关于找寻的两节诗中,诗人依旧强调薇薇安的二重角色,试图通过她在生活中两种截然不同的社会身份发掘她身上的多面性及其摄影作品的辐射面。了解薇薇安的创作后,我们会好奇于她那丰富的镜头语言究竟包裹着怎样丰富的内心世界以及她感知外界的独特方式。站在光下我们才会有影子,而薇薇安是没有影子的,翟永明向读者提供了一个耐人寻味的象征意义——身处黑暗、漂泊不定

---

① 参考纪录片《寻找薇薇安·迈尔》(中英字幕,84分钟版)的部分讲述,https://www.bilibili.com/video/BV1ni4y1w7f7/?vd_source=151c57ee5263dfc99608a5f5beccd220,访问日期:2024年6月28日。

都是薇薇安自己的选择，透过诗的语言，读者逐渐看清一个将自我秘密隐藏的摄影师的形象，薇薇安的一意孤行好似在进行一场精神与灵魂的自我修炼。

薇薇安类型繁多的摄影创作得益于她看待世界的眼光——如孩童般纯真。"孩子"是她多数创作中被凝视的客体，在她的镜头下有街边哭闹的孩子，有成群玩闹的孩子，还有她牵着孩子的手留在商店橱窗上的剪影……这些自由自在的创作无不体现她思想的多面性。作为摄影师的薇薇安，也是城市街头的自由者，个性细腻敏感。十五万个瞬间被记录在她的老式相机里，这是女人的十五万个瞬间，是她用独特的女性视角捕捉定格的。薇薇安是社会的凝视者，保姆的身份又为她提供了充足的体察社会全貌的机会，其间的历练给予她观察世界的敏锐视角，她的镜头观照社会各个阶级、每个角落不同的人的不同际遇。然而，薇薇安在生前是孤独的，她的创作和艺术行为在生时从未被人认可。

薇薇安的凝视温柔、细腻、优雅，同时很有分寸感，她总能很好地把握镜头的瞬间，好像她能读懂镜头后每一个社会个体的内心世界，能恰当地与社会因素发生共情："寻找薇薇安/寻找十五万张无主底片/……/寻找一颗孤独倔强的灵魂/它沸腾于刻板躯体的内部/销声匿迹但又溢出灼人光线/寻找断肢断臂的人体模特"（《寻找薇薇安》）。如此笃定而孤独的灵魂却喷发出磅礴的生命力，她热切地向世间表达自己对生活的感知和思考，虽然这种表达唯她熟谙。这是一种何其自信自在的生命状态！正如英国学者威尔斯所认为的，"艺术是在满足我们对明确的身份认同及文化归属的需求"①，薇薇安生前拒绝将自己的创作流传于世，她拒

---

① ［英］Liz Wells 等编著：《摄影批判导论（第 4 版）》，傅琨、左洁译，人民邮电出版社，2012，第 309 页。

绝踏入主流摄影史，用摄影拥抱孤独世界的同时也在真诚地诠释自己的世界。翟永明感知到这个灵魂多元的矛盾性并给予认可和理解。

在薇薇安的众多作品中，影子与自拍是最体现她孤独的两个元素，这些由黑白到彩色的摄影创作记录了薇薇安由中年迈入老年的漫长时段，跟随她的镜头，我们不仅能够看到她所处城市的许多角落，更借此得以发现薇薇安的自我凝视。借助商店的橱窗，薇薇安捕捉到了无数个瞬间中的自我：匆匆路过的行人、身后正在作业的街道环保车、投射到橱窗玻璃上繁华的都市景观……这些构成了薇薇安生命的背景，引导我们最终发现那个孤独却有着饱满灵魂的女人。此外，这种自我凝视的过程也是一种自我身份认同的过程。"女人在整个一生中都会发现，镜子的魔力对她先是努力投射自己、后是达到自我认同是一个巨大的帮助。精神分析学家奥托·兰克（Otto Rank）阐明了镜子同神话，以及同梦幻般的双我（double）之间的关系。映像尤其在女人那里是被认同于自我的。"[①] 镜头是定格的，薇薇安镜头中的自我充满了理想的魅力。正是这种对自我的凝视才促使薇薇安用独特的视角向我们展现她个性鲜明的自我意识，流动的情感和丰沛的情绪都在她的摄影中得到饱满的表现。仔细体会薇薇安的创作和一生，会发现她具有强烈的女性意识，一方面她毫无保留地以女性的眼光洞悉自我，思考生命的意义和本质，另一方面，她基于女性立场审视和体察外部世界，凸显女性的生命特质。

"寻找闪烁在塑料表皮上的激情之眼 / 寻找薇薇安 / 寻找扑火灯蛾 / 它扑向大面积的街道和人群 / 它撞在橱窗镜子上 / 寻找烙印

---

① ［法］西蒙娜·德·波伏娃：《第二性》，陶铁柱译，中国书籍出版社，1998，第713页。

上去的镜中之殇 / 寻找城市的排泄物□剩余物 / 将它们塞满一个黑色方框"(《寻找薇薇安》)。这种自我的表达又能将瞬间的自己永恒地保留,这才是真正的活着。翟永明用富有冲击力的画面和语言向我们展现了一个内心平和却强大自足的薇薇安的形象。诚然,作为社会的观察者,纵使薇薇安有着坚定强烈的自我认同,对于整个社会而言她不过是芸芸众生的一员,她是扑火的灯蛾,闪着微光,她怀着期待踏入橱窗中倒映的城市的幻影……她所观察、所要深入了解的现实社会可能会不断吞噬她的身心,对此她了然于心并选择平和地接受,依旧拿起手中的相机我行我素地记录这个复杂的世界。她看到了这个世界的阴暗荒诞,却仍然保留着对世界的爱与宽容,她把内心感知的世界转化为一种诠释外部世界的能力,这正是现代女性意识彰显的价值。

"为什么?当皮箱脱手而出 / 在纽约上空飘浮□冒烟 / 当那些底片在陌生人手中流转 / 当时间的灰尘被廉价拍卖 / 当无数脸庞从红色液体浮出 / 挂在一整排社交平台 / 为什么?除了一个名字 / 她未曾来到人间?"(《寻找薇薇安》)当后世的人们流转徘徊于薇薇安遗物中的十五万张胶片,在各种拍卖和欣赏中乐此不疲时,翟永明又将诗歌的视角转向了另一个维度——薇薇安用摄影留存给后世永恒的温存与感动,然而世间却没有人真正了解她的一生。这是可悲的,是一个创作者与所处社会的"价值失衡"。人们所定义的薇薇安作品的社会价值与她这个人的个性和摄影语言对社会产生的价值是完全不等同的。但从某种角度来说她又是幸运的,这种无奈可悲的遭遇通过她的摄影遗作被人共情。作为艺术家,翟永明犀利地捕捉到这一点,并且以此作为解读与理解薇薇安的切入口。摄影一定是艺术的吗?主流的摄影艺术范围又是谁规定的?纵观摄影史,众多摄影家们为了将自己的摄影作品纳入摄影主流不断地努力,但我们可曾想过社会主流认同的摄影作品，以及人们所追崇、想要融入的艺术共识有多少是父权文化的产物呢？不单单是摄影，在父权的艺术评价体系面前，只有建立新的女性话语，才能够建构女性主义的主体地位和权力关系——这种价值失衡背后畸形的父权制度秩序正是诗人敏悟到的更深层次的问题："寻找薇薇安 / 不关乎一个答案 / 为什么？她不愿与世界分享的 / 除了身份、秘密、籍贯 / 对天才的认定与摧毁 / 以及绝缘社会的艺术制度 / 还有什么？ / 十五万个为什么 / 或者□一个不为什么 / 随着二十个皮箱的贡品 / 随着她□一同埋葬在无主之地"（《寻找薇薇安》）。

也许"薇薇安"只是一个代名词，她是翟永明诗歌中的角色，是诗人自己，抑或是无数个我们和她们。翟永明尝试过不少丰富的"跨界"艺术实践：2021年初翟永明的个人公众号"翟永明studio"就呈现了其对于诗歌和摄影的兼容态度，她曾尝试将两种艺术形式融合于同一空间中。如果说薇薇安用镜头表达了自我以及自我与世界的关联，那么翟永明也时常用镜头凝视其观察的世界，并将它们写入诗行。"她相信通过镜子她确实能够看到她自己。……她会通过自己的仰慕和欲望，赋予她在镜子中所看到的特质以生命。"①正如波伏娃所说，镜头对于许多女性创作者来说是对自我的凝视，是对自我的肯定。在这凝视背后，人们似乎能窥探到如薇薇安和翟永明这样的女性创作者不断觉醒和提升的女性意识。

女性即使她们并不处于同一个时代，甚至不属于同一种文化环境，但她们都在用能够表达强烈个性（作为女性的个性）的方式去反抗父权制度下为大众所推崇的主流艺术观。走出困境的第一步是认识到真正的困境是什么，诗中翟永明将自己代入薇薇安的角色，

---

① ［法］西蒙娜·德·波伏娃：《第二性》，陶铁柱译，中国书籍出版社，1998，第714页。

她肯定了薇薇安的创作，但被更深层代入的是当下和她一样的女性艺术创作者，又或者某种程度上不仅仅限于女性艺术家……什么是正确的审美？艺术可以被唯一正确地定义吗？对薇薇安的摄影胶卷进行收集整理的是当地历史学家、电影制作人约翰·马鲁夫，当提到薇薇安的创作与社会的艺术制度时，他说："（我）想把她的作品弄进更大的艺术机构是个大问题，这个问题在于艺术世界体制还不认可薇薇安的作品……他们不想从一个艺术家的遗物里去诠释其作品。这是骗人的……好的作品就是好的作品，总会被认可为真正的杰作，我真的认为她的作品值得全世界欣赏。"① 这也正是该诗的魅力所在，它给予读者深刻思考的空间。女性创作者们向外界展现了丰富的个体意识，却因疏离于主流而不被认可，这是整个人类文明发展史中女性创作者的共同困境。艺术具有不断改写和丰富的可能性，诗歌末端翟永明笔下的薇薇安平和淡然，她对自我和世界已足够坦诚——这是翟永明看到的薇薇安，可以说，《寻找薇薇安》也是翟永明写给自己的诗篇。

《灰阑记》与《寻找薇薇安》二诗足以展现翟永明组诗《灰阑记》的核心内涵。诗歌的创作很大程度上是翟永明在新女性写作语境以及社会文化日益多元化环境下的阶段性观点表达，2019 年，翟永明获第四届上海国际诗歌节"金玉兰"诗歌大奖，她在获奖感言中言及："我一直喜欢诗人伊丽莎白·毕肖普的一句话：创作是一种忘我而无用的专注。九十年代时，我也写过一句诗：紧急，但又无用地下潜，再没有一个口令可以支使它！我愿意用这两句话，来

---

① 参见纪录片《寻找薇薇安·迈尔》（中英字幕，84 分钟版）48：41 至 49：59，https://www.bilibili.com/video/BV1ni4y1w7f7/?vd_source=151c57ee5263dfc99608a5f5beccd220，访问日期：2024 年 6 月 28 日。

概括我四十多年的写作。"①跨入 21 世纪,在日常和大众化的生活中开掘诗意成为其诗歌创作的重要维度,诗人通过生存境遇的书写,加强和当下生活的联系以及与历史的对话。组诗《灰阑记》不仅蕴含了诗人丰富的思想变化,亦呈现出新锐的尝试精神,可以概括为"两种实践"。

其一,突破性的诗歌文体实践。"文本重新分配语言……任何文本都是互文文本……任何文本都是过去引语的重新编织。"②"互文性理论"的运用使具体文本拥有多重性,而在修辞、词语、题材等相关因素中最能体现翟永明独特性和思想性的是其文体方面的尝试。早在 20 世纪 90 年代左右,她的诗歌创作就已融入戏剧的元素,《孩子的时光》《脸谱生涯》等诗作都是将戏剧故事和戏剧舞台与个体体验相结合所进行的情感抒发与表达,而本书重点探讨的组诗《灰阑记》中的同名诗作也印证了她这一特点。除了诗歌与戏剧性的融合,《随黄公望游富春山》以长诗写长卷《富春山居图》,呈现出一幅跨时空和虚实结合的宏大图景,此诗兼备众体——将题画诗、古典山水诗与山水画,甚至电影与摄影中的镜头感等元素融为一体,将源远流长的传统文化血脉与诗人的新诗探索意识以及对人类在如今社会的生存的思考相结合,在各种艺术汇通的意境中饱含对生命哲学的关怀。

翟永明的诗歌创作与文体实践几乎是相伴相随的,正是这种同步的尝试使其作品能够在立体多元的场域进行研究——翟永明任

---

① 《翟永明|2019 上海国际诗歌节获奖感言》,"白夜谭"微信公众号,2019 年 11 月 17 日,https://mp.weixin.qq.com/s?__biz=Mzg2OTk1OTQzNQ==&mid=2247502367&idx=1&sn=5e2c4ae5e222b71b269e08360f15f69b&source=41#wechat_redirect,访问日期:2024 年 6 月 28 日。
② [法]罗兰·巴特:《文本理论》,史忠义译,载史忠义、户思社、叶舒宪主编《风格研究 文本理论》,河南大学出版社,2009,第 302 页。

何一部富有文体实践痕迹的作品都可以被置放在以艺术维度为横坐标、以历史思维为纵坐标的坐标轴中。从横向看,绘画、摄影,甚至音乐、电影等诸多艺术门类汇聚渗透于诗歌中,带来迥异于传统诗歌的创作资源和新异技法,拓宽了诗歌写作范式。横向的观照在翟永明的诗歌中并未流于喧宾夺主的弊端,反而让诗歌的阐释空间更多元。从纵向看,对古典绘画、戏剧等传统元素的吸收不仅打开了当代诗歌的创作视域和艺术空间,还为当代诗歌注入了多元丰富又不失时代感的话题,深化了诗歌阅读体验。

其二,娴熟的跨界艺术实践。翟永明的创作是"聚宝盆式"的,摄影、绘画以及那些富含艺术气息的社交空间(其成果体现在翟永明主理的成都"白夜酒吧艺术交流空间")都能激发她的诗歌创作,为其提供创作上的灵感。"跨界的艺术实践"除体现了翟永明非凡的驾驭文本的才华与能力,其先锋性对当代诗歌的更新与发展也具有很强的先导作用。

谈及近四十年的中国女性文学发展,贺桂梅与张莉在对谈中说:"当我们提新的女性写作的时候,其实是想强调女性写作与先前理解的个人化写作、身体化写作有很大区别,要把女性放在社会关系的总和这一维度里去理解,这是我特别强调的部分……能够从生活的质感上与时代互动……性别是多么丰富的文学触角啊,简直四通八达,连带着整个人类社会最丰富的层面,真正优秀的女性文本应该展现这个部分。"[①] 这段话概括性地提出了时代对新女性写作的影响,翟永明的新近文学实践尤具代表性、反思性、探索性、先锋性。联系《灰阑记》,这组诗无疑对当代诗歌写作具有启示意义,是翟永明文体实践与艺术实践的又一次飞跃,为新女性写作提供了

---

① 贺桂梅、张莉:《关于四十年来中国女性文学与性别文化的对谈》,《十月》2020年第2期。

有效的范式。

## 结　语

翟永明为当代女性诗歌呈奉出新异的词汇表和修辞谱系，拓展了女性诗歌的表达体式，是当代汉语诗坛第一位以身体场域颠覆几千年父权文化的女诗人，开启了女性诗歌发展的新纪元。

20世纪80年代中期，诗人化身黑夜里的女巫，以鲜明的女性立场和视角首次发出"黑夜意识"的呐喊，宣告了当代女性意识的觉醒，以"自我独白"等系列女性话语打开当代女性隐秘的精神空间。20世纪90年代以来，她以超性别的写作姿态，坚守"个人化写作"，"从个体生命出发，去展现历史和现代生活，试图从无性别的角度面对和把握人性的终极"[①]。21世纪以来，她自觉于对女性意识的省察和对个体生命的彰显，在传统和现实的对话中，发掘现代生命的复杂性和未确定性。在拓展诗歌写作视域的同时，其诗歌关注的问题也日益广泛：她探讨城市化进程中中国女性的生存境遇，关注环境、战争、经济等诸多社会热点问题……她以"潜水艇"的姿态沉潜至现实生活的暗道，反思现代科技带给人类的伤害。翟永明的诗歌在写作观念和实践上不断打破常规，引领了当代女性诗歌的发展和走向，是中国女性诗歌发展史上的一面旗帜。

---

① 翟永明：《我的女性观：重要的是生命的本质》，载谭湘、荒林主编《中国首届当代女性文学获奖作品精品卷（花雨·飞云卷）》，花山文艺出版社，2001，第303页。

| 第六章 |

# 在倾听与寻找的途中：蓝蓝

遍检西方诗歌史,至20世纪60年代美国自白派女诗人群体崛起之前,都是男性创作者的书写历史,前文多次提及,中国诗歌史也遭遇过同样的问题。中国是诗歌大国,漫漫三千余年,女性始终缺席主流诗坛,只有蔡文姬、薛涛、李清照、朱淑贞、秋瑾等少数几位作为"补白"出现在中国诗歌史中。虽偶有展演,也多择选那些充溢着相思之情、离别之恨、遭弃之怨、寡居之悲的诗作,这些诗词中发出的声音多是男性"他者"话语的重复,女性性别意识始终被蒙蔽。"五四"新文化运动让"她"的身份首次得以独立地确证。此后,在现代诗歌的沃野上,女性的觉醒获得了长足进步,陈衡哲、冰心、CF女士、陆晶清、白薇、林徽因、方令孺、王梅痕、陈敬容、郑敏等诗人,以异于男性的书写风格,探入女性生命意识,捕捉女性的情感与经验,不断拓展与超越女性诗歌写作主题的边界。尽管如此,现代女性诗歌创作的规模和阵容与浩荡的女性解放潮流仍然极不相称,它稀疏的存在远未改写女性诗歌处于边缘困境的孱弱历史,昭示的还只是女性的整体解放,而真正的女性性别和书写意识的觉醒还相当微弱。冰心、林徽因等诗人的诗作中优美的意境、温柔的情感和雅致的笔调女人味十足,实际上仍残留着温柔敦厚的传统诗教对女性的规范。这些作品有一定的性别特征,但性别意识不突出,更不见对女性悲剧意识的探视。从诗学传统来看,现代女性诗歌写作的给养多来自古典和西方的双重影响,个体之间彼此影响不大。此外，部分有代表性的现代女诗人都有极为关键的男性诗歌启蒙老师，比如，周作人、泰戈尔之于冰心，徐志摩之于林徽因，曹葆华之于陈敬容，冯至之于郑敏等。从批评的视角看，同期男诗人或批评家鲜少从性别意识的确证维度评价她们的创作，到了当代，这些都发生了转向。

当代女诗人没有经历现代女诗人性别意识的艰难蝉蜕与确证过程，她们的诗歌创作基于阅读和现实：阅读经验普遍偏向西方，创作题材多来源于日常生活和时代现场。创作中她们更关注对女性性别身份的真实体认、对女性经验的深切开掘，以及对女性书写风格的自觉探索、对诗歌文体的自觉实验，个人化写作更为自信从容，女性书写特征更为显明和复杂多样、更贴合女性主义的理论意涵。虽然她们的个人经历、生命感悟、诗学储备、诗歌观念、创作实践、接受影响迥然有异，但无论是灰娃、郑玲还是舒婷、王小妮、翟永明、蓝蓝，她们的诗歌创作呈现出一个共性，即不断在诗歌之路上挑战自身创造力的最高水平——这一点也体现在陈敬容和郑敏两位创作历程贯穿现代和当代的女诗人的创作中。比较而言，在一众女诗人里，翟永明和蓝蓝是创造力蓬勃、持续创新、勇于突破既往风格的两位，她们在变化中摸索、探寻、拓延女性诗歌的"可能性"和"多声部"，通过开掘女性自身潜在的力量面对和进入现实，由此，她们对女性诗歌的挑战也更富有主动性和使命感。

相较而言，蓝蓝的诗歌创作起步晚于王小妮和翟永明，最初的影响力也不及她们，不过，她的阅读视域广泛、诗学储备丰富，不仅敢于质疑自己，也敏于捕捉和洞见生活中的诸多问题和现象，对现实葆有强大的回击力。蓝蓝的创作空间仍然在延展，诗歌成就日益攀升，她带着锋芒跋涉于自我超越之路上。

## 第一节　从乡村经验到社会生活：诗歌创作历程的转向

蓝蓝（1967—　）原名胡兰兰，父亲是河南人，母亲是山东人。1967 年，蓝蓝出生于山东烟台大沙埠村。她在那里生活到 5 岁，后来她一再深情地提及这片生命初始的乐土："那是一个靠山傍海的小村庄，村外有一条里夹河流过，奔大海而去。""我在这个小村庄和它四周的田野里到处乱跑，跟着大一点的孩子们摘桑椹，捉昆虫；在海边拣贝壳，抓小蟹……那是天堂般的生活。"与大自然的亲密接触使她与之建立起"死亡也无法隔离的亲密联系"。[①]

除了大自然的浸润，这段时光也充溢着爱，她从亲人身上得到爱的教育。蓝蓝如此描述她的家人们："他们大多有着胶东人的豪爽慷慨和古道热肠，我姥姥在灾荒之年用自家不多的粮食救济过很多过路的逃荒人。很多年后，一些当年的逃荒人再次到我姥姥家当面致谢，他们的儿女很多都认我姥姥做了干妈。姥姥去世的时候，仅从外地赶来奔丧的干儿干女院子里站不下，都站在了大门外面。""我的父亲是我见到过的最好的男人，一个堂堂正正的男子汉。他不畏权贵、善良正直，对身边人富有同情心，这些品质令我对他保持着永远的尊敬和爱戴。"[②]

蓝蓝的文学启蒙也在这里发生。富有神话色彩的民间传说让她对另一个远离日常生活的世界充满想象，她对自然的理解遵循自然神的观念，一颗敏感而富有想象力的童心轻易捕捉到自然的奥秘："我们采草里的乌莓，吃得满嘴发黑。推子给我摘了满兜的红桑椹，

---

① 王西平、蓝蓝：《蓝蓝：写童话的"温色"诗人》，《星星（下半月）》2011 年第 5 期。
② 王西平、蓝蓝：《蓝蓝：写童话的"温色"诗人》，《星星（下半月）》2011 年第 5 期。

还给了我几颗黄色、白色的蚕茧（这世界上最早的蚕茧）。天色将暮时，我们回家了……这一次壮美的远游引导我走向了广阔的大自然，使我的生命开始与树木、花草、飞鸟的影子溶在一起。"①蓝蓝的父亲在古典文学方面有深厚的积淀，在父亲的影响下，她开始读唐诗宋词和古典名著，早期的文学启蒙使她很早便有了对语言的敏感。

5 岁时，蓝蓝跟随父母回到父亲的祖籍河南，在小山村白塔营读小学。1973 年，又随父亲工作调动来到宝丰县城。对姥姥的思念促使她开始写信，并唤醒她对写作的热情。在离别带来的遗憾中，蓝蓝说："我发现文字可以把你心中无法实现的梦想留下来，把你最美好的愿望安置到一个更长久的地方。"②13 岁时，蓝蓝将自己的诗写在学校墙报上，诗作被县文化馆的张黑吞老师看中，她遂在县城文化馆的一家小报《宝丰文艺》上发表了自己的第一首诗《风》。在这位老师的鼓励下，1981 年蓝蓝在《芳草》杂志发表了组诗《我要歌唱》，学界一般将这组诗视为蓝蓝的处女作。中学毕业，蓝蓝在一家啤酒厂做了一年女工，这一年的女工经历使她对普通劳动者有了更多了解，与此同时，她没有放弃读书，发现"书里的世界与现实完全不同"，这让她"感到痛苦"③。

《酒厂女工》是蓝蓝这一时期生活的写照："别相信她，那被少女这个词/折射出的光辉……但要相信/深深扎进手掌的玻璃，十六岁的血，/被车间主任夺走的《泰戈尔诗选》/相信她眼睛里的屈辱，冬夜清冷的/县城大街，在她身后用寒风的嘴说话"。

蓝蓝于 1984 年考入深圳大学文学专业，1987 年转入郑州大学

---

① 蓝蓝：《在大沙埠》，载《人间情书》，东方出版社，1993，第 16 页。
② 蓝蓝、阿九：《颠覆二：蓝蓝访谈》，《诗歌月刊》2004 年第 6 期。
③ 蓝蓝、阿九：《颠覆二：蓝蓝访谈》，《诗歌月刊》2004 年第 6 期。

新闻专业。在大学期间,她阅读朦胧诗以及大量国外优秀诗歌作品,她认为她这一时期的诗歌写作并未触及生活,只是语法的训练。1990年出版的《含笑终生》收录了她此前的诗歌作品,虽然带有青春期特征,但依旧以其单纯真挚的情感使人感动。1988年蓝蓝毕业后在河南省文联工作,1989年至1991年参与主编《大河》诗刊。在堆满案头的诗歌稿件中,她敏锐地发现,那时诗歌写作中只有少数诗人找到了属于自己的声音,这段经历对于蓝蓝探寻自己独特的语言风格具有重要意义。

蓝蓝新世纪以前的写作可以分为三个阶段:90年代初期为第一阶段,1992年到1994年为第二阶段,1995年以后是第三阶段。第一阶段的诗歌描述一个"孩子的孩子"的世界,代表作如《孩子的孩子》《漂往远海》《敲钟人》等;第二阶段她离开了"孩子的孩子"的世界,从探索"远离我们的生活"的永恒之物来到她的"大铺村"以及与"大铺村"具有相同意味的村落,显现在诗行中的村落图景是她心中的精神家园。但"孩子的孩子"的世界与现实村庄的世界并不构成在时间上截然分明的两个阶段,她并非从飘浮的想象中陡然降落到现实的土地上,有关村庄的诗也并不总是书写家园的清新小调,这样的划分将局部的不同扩大了。也有学者认为"至少到1993年以后"①,那些作为存在之见证的事物出现的场域发生了变化,从"永恒的大自然"转向"大铺村"城郊,城市景观明显增多,如电影院、商业街等。然而,这种划分却忽略了蓝蓝这一时期众多以村庄为描写对象的作品。第三阶段诗人的创作则转向日常生活经验,从《让那双爱你的手靠近》和《柿树》这两首代表性诗作来看,1995年以来,蓝蓝的诗作更加贴近与人类自身的存在相关

---

① 耿占春:《宁静的源泉》,载蓝蓝著《内心生活》,耿占春编选,春风文艺出版社,1997,第11页。

的事物，她所关注的日常生活经验不是个人生活细节的复刻，而是对事物存在方式的审视和思考，或由此而发生的感觉、联想与理性观照。

蓝蓝以自然和村庄为背景的诗歌创作一直持续到20世纪90年代中期，且并未完全消失在日后的写作中，但在90年代中期前后，她诗歌中的城市图景逐渐增多。21世纪以来，蓝蓝继续在日常生活中开掘，以"对他人的感情"和"与生活的切身联系"作为诗歌的出发点，感受力从个人处境扩大到他人处境，由此诗歌视野愈加开阔。

截至目前，蓝蓝出版中文诗集：《含笑终生》（1990）、《情歌》（1993）、《内心生活》（1997）、《睡梦，睡梦》（2003）、《诗篇》（2007）、《蓝蓝诗选》（2009）、《从这里，到这里》（2010）、《诗人与小树》（童诗集，2015）、《唱吧，悲伤》（2017）、《从缪斯山谷归来》（2018）、《世界的渡口：蓝蓝诗集》（2018）、《我和毛毛》（2020）、《河海谣与里拉琴》（2021）；出版中英文双语诗集《身体里的峡谷》（2014）、《钉子》（2014）；出版俄语诗集《歌声之杯》（2014，与巴别洛夫合著）；出版散文诗集《飘零的书页》（1999）、《燕麦草》（2008）；出版散文随笔集《人间情书》（1993）、《滴水的书卷》（1995）、《夜有一张脸》（2001）、《我是另一个人》（2014）；出版长篇童话《梦想城》《坦克上尉歪帽子》《大树快跑》（皆为2006）和短篇童话集《蓝蓝的童话》（2003）、《魔镜》（2006）等。创作的话剧《日常_非常日常》（2013）、诗剧《边界》（2014）分别在北京、香港、雅典等地演出。作品被译为英语、法语、俄语、西班牙语、德语、日语、韩语、希腊语、葡萄牙语、罗马尼亚语、克罗地亚语等十余种语言在国际杂志上发表。蓝蓝曾获1996年度刘丽安诗歌奖、第三届宇龙诗歌奖（2009）、冰心儿童文学新作奖（2009）、第四届"诗歌与人·诗人奖"（2009）、第三届袁可嘉诗歌奖（2017）、首届女性诗歌奖杰出贡献奖（2018）、第十六届华语文学传媒大奖年度诗人奖（2018）、首届苏轼诗歌奖（2019）等奖项，2006年被《诗刊》评选为"新世纪十佳青年女诗人"，2011年成为中国人民大学第二届驻校诗人。此外，自成名以来，蓝蓝曾多次应邀参加世界各地的诗歌界活动，2014年被荷马故乡希腊的希奥斯①市授予"荣誉市民"称号，这是获此荣誉的首位中国诗人。

## 一、"我居住的地方叫大铺村"

乡村经验塑造了20世纪90年代蓝蓝诗歌的面貌。蓝蓝的乡村经验包括村庄的人文与自然两个方面，其写作又以自然书写为中心。在与大自然亲密无间的接触中，她充满"发现"的惊奇；随着生活经验变化，童年的乡村经验在与现实的参照中愈发显得可贵，她不时返回记忆中，寻找生活的慰藉。"一个童年比一生更长"②，对村庄的记忆是她面对现实生活的精神补给，无论她在地图上如何位移，村庄都一动不动地依偎着她的心灵，无论何时，她都可以在记忆中找到它："只有大河村，这一动不动的／滔滔长河"（《大河村遗址》）。在很长一段时间里，以一个自然和乡村的抒情歌手形象出现在读者视野中的蓝蓝，谱写着质朴而清新的乡间小调，她的双手"沾满草香和湿润的夜露"，在麦地里迅速写下"风媒花□虫媒花／结亲和恋爱的世界上／寄到人间的情书"（《夏夜》）。植物的兴衰荣枯中显现着时间存在的奥秘，蓝蓝敏感于时间，这从《春分》《春夜》《夏夜》《秋天的列车》等诗的标题中可见一斑。村庄中时间的流逝、季节的轮转沉淀在她的记忆里："在我的村庄，日子过得很快／一群鸟刚飞走／另一群又飞来"；那时她凭借触觉辨认出风

---

① 亦称"希俄斯"。——编辑注
② 蓝蓝：《童年》，载《人间情书》，东方出版社，1993，第12页。

中夏天的温度:"风告诉头巾:/□□夏天就要来了。//夏天就要来了。晌午/两只鹌鹑追逐着/钻入草棵/看麦娘草在田头/守望五月孕穗的小麦/如果有谁停下来看看这些/那就是对我的疼爱"(《在我的村庄》)。

在大与小的问题上,蓝蓝坚信,"所有的问题都在最小的问题里藏身"①,她的目光如精微的探测仪,敏锐地捕捉到渺小的事物或细节,无论是鹌鹑的"动",还是田头作物的"静",都以其蕴藏的深邃打动着蓝蓝。"如果有谁停下来看看这些",他就能触摸到蓝蓝于大自然中感受到的某种神秘的力量源泉。"对我的疼爱"将对事物的外部描写凿出一个小口,通往语言未及之意。

早在 1990 年,耿占春便在《含笑终生》的序言中评价道,蓝蓝的诗来自"事物的内在事实"②。蓝蓝认为写作不是"翻制生活的泥版"③,而要超越对生活惯常的所知,探索那些未知而令人惊奇的灵魂角隅。因此在她的诗中,事物出场并不如人们所习惯的那样,而是带有新的价值,表现自然之"在"。洪子诚、刘登翰的《中国当代新诗史》概括了蓝蓝早期诗歌写作的面貌:"早期的诗,致力于对大自然、土地、村庄的美、神性的发现,表达对生命、自然的亲切和热爱。语言清澈、透明,具有抒情、歌唱的魅力。"④蓝蓝表述事物内在光辉的努力构成了其诗歌中神性的内涵。1997 年,耿占春为蓝蓝的诗集《内心生活》作序,在这篇序言中,他阐发了

---

① 蓝蓝:《写作手记》,载《内心生活》,耿占春编选,春风文艺出版社,1997,第 231 页。
② 耿占春:《蓝蓝:什么时候时间能消失》,载蓝蓝著《含笑终生》,百花文艺出版社,1990,第 5 页。
③ 蓝蓝:《写作手记》,载《内心生活》,耿占春编选,春风文艺出版社,1997,第 229 页。
④ 洪子诚、刘登翰:《中国当代新诗史(修订版)》,北京大学出版社,2005,第 264 页。

"神性"的生成,由于"对本源的追问",诗人得以看见大地上开花结果的平常景象都蕴含着"何等的福音书式的情景",由此,"诗人把现实世界升华到一个秘密。某种使事物如此存在的原因,才是世界更深的现实性,是事物的本源"①。相似的是,有论者认为在蓝蓝早期以乡村为背景的书写中,使用的语词是生产性的,而不是审美性的,这一时期,她借助滋养她的乡村事物自觉形成对阈限的击打。"诗人所展现的'五月孕穗的小麦',实际上就是人类及其他事物共同的生命源头(本源或原初);麦田和人类有如母亲和孩子,'创世记'以来人类的生殖繁衍、生生不息的生命力都来自它的恩典。"②

  自然界的时序引发她对个体生命存在时间的注视。"在你刚刚开始理解生命、爱情和这个世界的时候,你同时理解了它的丧失。"③她因直视个体生命的真实处境而有了一副凄哀的歌喉:"你热爱这个世界,热爱每一时刻,因为它们即将消失。甚至是一下子从你身边消逝。"④蓝蓝对死亡的体验并非逻辑性的,而来自早年对死亡的切身经验。姥姥的死是蓝蓝与死亡的初次碰撞:"从第一次接触到死亡时起,我的童年结束了。"⑤在成长过程中,她又接连经历了两次好友的死亡:"我在17岁和20岁那两年内,又失去了两个我少年时期的好朋友,令我肝胆俱碎的是,她们竟然都是自己结束了青春的生命。当第一锨土砸落在棺盖上时,我知道,我那充满梦幻和歌

---

① 耿占春:《宁静的源泉》,载蓝蓝著《内心生活》,耿占春编选,春风文艺出版社,1997,第3页。
② 郭瑶琴:《歌:"开辟一个人与事物共存的世界"——蓝蓝诗歌论》,《星星(下半月)》2011年第1期。
③ 耿占春:《宁静的源泉》,载蓝蓝著《内心生活》,耿占春编选,春风文艺出版社,1997,第6页。
④ 耿占春:《宁静的源泉》,载蓝蓝著《内心生活》,耿占春编选,春风文艺出版社,1997,第7页。
⑤ 蓝蓝:《童年》,载《人间情书》,东方出版社,1993,第14页。

声的少女时代也被埋葬了。"①

因此蓝蓝总是触及生命被时间冲刷后显露的荒凉面目,她被"托付给收割完的苍茫大地"(《大地·落叶》)。即使"每一个窗外都站着一棵树/它们开花,泄露屋里的快乐/家庭暖烘烘的说话声,炒菜的香味",她依旧感受到曾经生活在这里的人都成为"厚窗帘遮挡住的灵魂/灯光一样蓦然熄灭的名字"(《圣诞节过后的第一首诗》);即使在秋天曾经有过"候鸟、树叶和黄昏时/常到河边打草的老汉",这些人与物仍被"秋天的列车""载走",留下来的只能"在风中/抱紧各自的孤独"(《秋天的列车》)。因此有时她笔下的万物都笼罩着死亡的阴影:"九月□天空下的人群/草木一样来到了秋天/我要去接谁/我要去参加谁的葬礼/还会有什么人/从阳光里走过"(《在九月我曾流泪》)。

在这一流逝的生命过程中,"带着来自终有一死的活生生的肉体和事物发生联系,这是动人的事情"②。在不同事物不同生命长度的参照中,诗人获得对主体的旁观,她的生命也加入这一客观秩序,成为宇宙的客体。因而栗树、野葵花、芦苇、苹果树、石人山等共同成为她生命的衍生,与它们的相遇构成了彼此存在的见证。为了保留生存的痕迹,她不厌其烦地让它们从记忆的深渊中复现:"让我活着遇到你/这足够了。//风中的栗树/我那寒冷北方的栗树/被银色的月光照亮过。/我多么想说出我所知道的/村庄的名字、打谷场/睡杜鹃和只活一个夏天的甲虫/我知道我会哭它们/一年又一年地脱离它们/在林中空地我踩着一个边/梦见它们。/忘了这些□我就会蓦然/□□熄灭。//我多么想对人说一说栗树的孤单/多想让人知道/我要你把我活着带出/□□时间的深渊"(《风中的栗树》)。

---

① 蓝蓝:《那样的死亡》,载《人间情书》,东方出版社,1993,第21页。
② 蓝蓝、木朵:《诗是语言的意外:蓝蓝访谈录》,《山花》2012年第22期。

"遇见"即存在的实现。诗人将栗树置于"寒冷""银色"的环境氛围中,此处重复的叙述起因于回忆的纠缠。她写到村庄、打谷场、睡杜鹃和只活一个夏天的甲虫。她的命名将其从"时间的深渊"中拯救出来,其情感基调是无常带来的凄恻。她哭这些事物的哑然消逝,也是在哭无限宇宙中个体生命的渺小。"忘"对应的是林中空地,意味着空白的记忆。"我如果'蓦然熄灭',是因为'它们'被忘记,不再述说,成为寂然无名的事物了"①,"我"自身也因此失落在时间中。正如蓝蓝自己谈到的:"没有什么能留下,只有记忆,而你是这个世界遗产的继承者。"②

在难解的记忆谜团中,蓝蓝曾写下的"时光中一动不动的情人"如今"渐渐隐没",诗人因此被迫面向虚妄:"我相信我一无所知/我原以为知道的东西"(《哀歌》);但她决心"留下来","留下来"是她对遗忘的回应:"一棵苹果树在时光里奔走/浑身碰响薄薄的小钟/我是桥/一棵苹果树流水一样奔走。//我要留下来不动/安静地听到她夜风里的絮语/她被暴雨折磨着的哭声/她的影子变短又变长/我需要被她看到:/我脸红时她在场/证明我永远年轻地爱着/而周围的一切/都随着她飞快地/□□奔跑"(《苹果树》)。

这一时期,蓝蓝聚焦于对造物力量的溯源、对事物内在光辉的显化,借助于对自然风物和想象事物的描绘,从村庄中开辟出一个永恒的大自然。1990年,蓝蓝创作了《孩子的孩子》《漂往远海》《敲钟人》《晚间的仰望与祷告》《秋歌》等重要作品,这些成为"永恒大自然"这一主题的代表作。如《孩子的孩子》:"看哪!/是我最先说出了你//是树叶的根柄和倒下的古木/是第一缕辉煌的阳光在

---

① 王东东:《显隐之间的短句:对无名的至爱——读蓝蓝的诗》,《扬子江评论》2011年第6期。
② 蓝蓝:《关于时间的哀歌》,载王燕生、谢建平主编《一首诗的诞生》,北方文艺出版社,2000,第137页。

山的头顶／说出了你和你的甜蜜／在过去的蓝天下／你放牧着深谷里的乱石／放牧着已经落下和停留在枝头的果实／满怀着爱情／你独自跨越无数片刻的时间／去探望河岸两旁隐匿的爬藤／它们在阳光和湿润的泥土里／安置着静谧的睡眠和永恒的秘密／树神们从高崖俯下身来／还有白头的农神扶着银犁／他的衣襟就像你黑色的额发／在微风中轻轻拂动／更灿烂的光投进了深谷"。

她拒绝麻木，拒绝遗忘，她的目光闪烁着意象的神韵，她的所到之处即是发现之处。她被事物的光影、颜色等外在形式打动，但不停留在物质本身，而是将事物、形式等同于其内在的光辉，并将此光辉赋予一个良善而超验的"你"。这种光辉使得事物的蓬勃或凋萎都获得应然，并因此不再属于喜悲，全然栖身于宁静的赞美，她的赞美来自事物内部："是我／最后说出了你／／借你的手我搭起了祭坛／那些默不作声的石头／黑色和白色的石头／从你失去了山林的眼睛里／重新显现／还有一队队无名的野红果、黄菊／携带着庞大的乐队／向你走来／在最阴惨和悲伤的日子里／你注定要和远远跟在你身后的人相遇／那是我／许多年前已在迎候／我要递给你银箭和仍在颤动的松枝／为你吻去脚上的尘土／唤你是人间的流亡者和有福的人"。

在这一部分，"我"和"你"有了互动。叙述者"我"在此处设置的自我形象值得注意，"我"凭借某种神秘途径与"你"相遇，在"我"看来，这个世界在一种麻木中已失去对"你"的信仰，而"我"是"你"在这个失去信众的世界里唯一的迎接者。因此"我"也必然具有沟通万物的能力，获得了等同于自然事物的品质。这个"我"与其说是一个存在于社会和历史维度中的具体个人，不如说是遗忘了肉身的"灵"。这个"灵"存在于"永恒的大自然"中，并以自然中的风物、喃喃的独语和属于冥想者的赞美塑造诗歌的肉身。"记住吧／是我／无数次地说出了你／／无数次尝到青草一样的苦

味 / 众神们隐身在溪水后 / 他们微笑 / 看我在沼泽旁种植香木 / 为你 / 向群山祈祷、礼拜和歌舞 / 收藏起夜风吹向深谷的回声 /……/ 这一切引导你升出黑色的深渊 / 走向一阵小雨飘过后的沉默里"。"我"借由古老的祭礼获得巫性,对"你"的召唤成为具象的仪式。而"你"由于"我"的召唤到来,借由"我"再次在万物中央焕发光辉:"在那里 / 在矮灌木的卧床上 / 你贴近了山林丛中的腹地 / 贴近了河流的交叉处 / 你感到了我 / 感到了万物的中央 / 充满着十月里稻草的金黄和芬芳 / 充满着最轻柔的力量 / 而鲜花饱含露珠在四周开放"。"你"通过"我"得以再次显现在大地上,"上帝的竖琴"弹奏出了"你",而"我"通过乐章般的诗歌又谱写出了"你"。是"我"说出了"你",使"你"再次成为"孩子的孩子":"家的门开了 / 他重新成为孩子的孩子 / 他白皙的肩膀裸露在上帝的竖琴上 / 宛如最朴素的盛装"。

诗人以精神重生的方式延续自己生命,事物内在的光辉被归因于"你"。在《敲钟人》中,钟声则成为神性的载体,带来神性的复归,钟声使自然事物获得意味深远的明亮:"我不再守着泉水和野鸽子的睡眠 / 因为你已到来 / 像秋天的风送来第一个长吻 / 这些村庄外面的荞麦地已经苏醒 / 太阳闪光的金片叮当地碰响在风中 / 因为你来了 / 揭去覆盖在僵冷躯体上的丧服 / 唤回被阴沉的噩梦和苦难劫走的时光 / 在那些失去了酒、炉火和歌喉的生灵 / 在凄怆的悲痛中不再微笑的少女 / 望见你平静而灿烂的面孔 / 就会转过脚步走向牧羊人的草棚 / 就会继续坐下来 / 编织他们的布和蓑衣 / 诗人中的诗人啊 / 告诉我你是怎样在最初的暗夜里 / 看到了没有眼睑的群星 / 说吧,那声音里的钟来自何处? / 那石头里的音乐 / 泥土下面人们的喁喁低语 / 它们来自何处"。

死亡是所有生命的重要构成。《漂往远海》描绘了神圣的死亡图景,当蓝蓝想到永恒的死亡时,她避开肉体的冰冷黑暗,来到生命的另一种维度。她使"最后一刻"在时间的转瞬即逝中获得了广阔的内容，显化为"漂往远海"的旅途："在最后的时刻／我确信会受到祝福／很多年以前的秋天／你涉过山涧里清浅的河水／它倒映出从前情人的身影／你望着沿岸的一座座坟墓／它们被阳光亲切地照耀着"。死亡存在于从前我们欢畅的日子，比如"涉过山涧里清浅的河水"，在那时，我们就知道坟墓是我们的归宿。我们同时也知道神殿与坟墓共存。因而"我已确信最后的欢宴终将到来"。

在最后的时刻，"我"和"你"——曾经的爱人，会再次相逢。在这段漂往远海的旅途中，"我"辨认出"你的族徽和你的船"，你带着充盈的生命经历——"青春闪亮的高额""累累的伤痕"和"爱神留下的／□□深吻"来到此处。"我"构想盛宴的景象——镶嵌着珍珠、珊瑚和宝石的水晶门廊，在这样的盛宴上，我们最终将爱情交还给上帝，因此"一切誓约和诺许／都有了完美的结局"。

返回上帝之手的我们从此活在"那唯一的花园中"，栖居于万物内在的宁静："长鳍的鸟儿自生锈的甲板上游近／那些歌已不是凄凉的吟唱／而是虔诚的新的欢乐和献祭"，并成为源泉的一部分，因此我们能够"把最精美的浪花和云／赠给那些贫穷的人"，"把风系到高高的桅杆"。

已经消逝的日子并没有随着肉体的冷却归于虚无，因我们的生命已返回永恒，那些令人怀念的亲切时光也获得了永恒的属性而"纷纷归来／簇拥在船舷周围"。如前文所说，这一场域中的"我"与其说是一个存在于社会和历史维度中的具体个人，不如说是遗忘了肉身的"灵"。一方面，这个"灵"对事物的歌唱借助于漂浮的想象，具有奇异绚烂的童话色彩，另一方面，词语找不到意义的落脚点，虚悬在蔓生的情绪中。因此在这一时期，蓝蓝赞美诗或哀歌式的诗歌语言风格未与《圣经》赞美诗或福音书式的声音区分开，尚未获得她的独特个性。①

## 二、"让我接受平庸的生活"

耿占春认为 1993 年前后，蓝蓝触及永恒之物的方式发生了改变，趋于日常化与个人化，从永恒大自然移向日常生活，用城市景观取代对想象事物的描绘。这种变化根植于蓝蓝对生活产生的新认识，"写远离我们的生活，写过去，山那边的桃林；写我们幻想中的一切，渴望和悲伤——为什么我常常忘了我是从一张办公桌上出发上路的呢？而且，窗外是 32 路公共汽车，是贩鱼市场上和阳光一起蒸腾的叫卖争吵声——没有这些，美好的记忆变得没有了来由。"②写于 1995 年的《让我接受平庸的生活》给这种缓慢的、持续的变化树立起一块可辨识的界碑，其中表达的诗人与日常生活之间的矛盾关系成为蓝蓝诗歌中极具标识度的诗学视角："让我接受平庸的生活 / 接受并爱上它肮脏的街道 / 它每日的平淡和争吵 / 让我弯腰时撞见 / 墙根下的几棵青草 / 让我领略无奈叹息的美妙"。

平庸的生活是"肮脏的街道""平淡和争吵""菜市场""大街""商业区喧闹的大道""排长队人们的争吵""你揍了孩子，因为她在厕所看书"……诸如此类损耗神秘诗意的一地鸡毛，取代了诗人对红甲虫、夏夜的露珠、向日葵金色的花粉、石上的青苔等植物和动物等自然之物的凝视，以及从凝视中升起的光焰。

有学者论述蓝蓝自 20 世纪 90 年代以来产生的变化，认为蓝蓝的诗有了更多"思"的品质。这种变化与诗人内在的自我斗争有着

---

① 耿占春：《宁静的源泉》，载蓝蓝著《内心生活》，耿占春编选，春风文艺出版社，1997，第 11 页。
② 蓝蓝：《写作手记》，载《内心生活》，耿占春编选，春风文艺出版社，1997，第 236 页。

密切联系，对平庸生活的接受意味着对悖论现实更为深入的觉察，它拓宽了、复杂化了以往流畅单纯的诗意。"让我接受"这复杂的语气包含失望、接受失望，有从局限的幸福向真实突围的意愿。"她首先是把抒情理解为绝望，并且让绝望和抒情互为因果"，抒情基于绝望，又包容了绝望，由此形成"坚定的爱意、正确的感伤"。①

在城市空间景观中，生活平庸的一面更为明显。对自然事物的书写逐渐失去及物的真诚："那时，你在灯下写：/满天的星光……/你脸红。你说谎话。"（《多久没有看夜空了》）与缅怀自然相伴的是诗人对快速变迁的生活方式的迟疑。她的双手"有着古老习惯"，在"恋旧已是降价书里的/片段"的今天，她在过去的生活方式和情感模式中找到归属："我仍可以从田野里带一把红苋菜/送到你黄昏的怀中/仍可以在电灯下/用忧伤的细线缝好/□□你的纽扣——"（《在今天》）。

"在繁华的秩序的都市中/人人扮着鬼脸，而我黯然神伤"（《内与外》），她喟叹：自波德莱尔以来，"自然之物远了"（《自波德莱尔以来……》）。而她作出自己的选择："双手紧紧抓住一穗谷子的/呼吸——在风中……"（《自波德莱尔以来……》）

她的目光越过喧扰的大街和面目模糊的人群，找到人性的光亮色彩：

> ——亲爱的，这儿有棵柿树
> 有五颗微红的果实。
> 灰色的天空和人群头顶
> 五颗红柿子在树枝上——
> 亲爱的，它是

---

① 敬文东：《鞠躬的姿势》，《读书》2000年第6期。

这座城市的人性。

——《柿树》

在平庸的生活中，那些启示流经的瞬间保持了诗人内心深处的宁静和感恩："香气弥漫：这暴露在世界暗处的 / □□秘密一闪 / 它令人感激与此有关的 / 月夜、大街、菜市场的喧闹 / 以及所有生活中的烦恼。"（《一瞥》）但生活与诗之间天然的裂隙依旧不时浮现出来。保持对生活长久的专注之后，她有时发现："我看到了什么也看不见的 / 另一边——"（《九行诗》）。诗人日渐洞见到隐匿于平庸细节的哲学，因此呼唤"让我接受平庸的生活"，她曾将诗和生活比作红苹果和土地："生活就是生活 / 就是甜苹果曾是的黑色肥料"（《让我接受平庸的生活》），但土地并不总能孕育红苹果，诗句淳朴却意蕴丰厚。

耿占春发现了蓝蓝为真诚付出的努力，真诚使她的诗留下现实不光鲜的一面。在蓝蓝看来，比技艺更重要的是"与生活发生的联系"，她要求自己做一个诚实的诗人："我希望自己能够诚实地写出我所看到的、听到的、感受到的生活。这不是被粉饰和拔高的生活，而是真实的生活。"[①]"大多数人活着，完全没有思想，只有绝少的人诗人般地将自己和理想联系起来，但是在他个人生活里又拒绝这一理想"，而"蓝蓝在诗中企图把它们关联起来，而致使平庸生活与神秘诗意互相伤害，造成二者之间的永久性创伤"[②]。

在一些诗作中我们可以看见蓝蓝如何周旋在日常生活与对人生严肃而纵向的思考之间，生活哺育了诗："他在鸡毛蒜皮的小事上摸着生活的胸脯 / 他的手在洗菜盆中触到梦想的头 / 他的字背叛他

---

[①] 蓝蓝：《新世纪十年，我的诗路历程》，《诗探索》2010年第4辑。
[②] 耿占春：《宁静的源泉》，载蓝蓝著《内心生活》，耿占春编选，春风文艺出版社，1997，第18页。

日常的面容";但生活又与诗存在天然的分裂:"为了保住贞操,守住秘密 / 他放弃经验的照相术"(《写作》)。为了保持真诚,她邀请生活粗粝的面貌侵占她的诗行:"你揍了孩子,因为她在厕所看书 / 你吃饭,还算丰盛 / 你不许她多说话,这是讨厌的毛病 / 半个小时后你忍住没有再次发作 / 原因是她磨蹭着不想第一个洗澡 // 最后,你在电脑前坐下 / 一边读扎加耶夫斯基的《生活判决》/ 一边为暴政下的愤怒 / 构思新的诗篇"(《生活判决》)。

### 三、"因为利刃而生出了盔甲"

跨越 21 世纪十年,蓝蓝总结自己的创作历程,她认为,与其将变化归结于时间,不如将其归结为经历。"新世纪如果仅仅作为一个名词,那么它和一个人的关系几乎虚无缥缈。"[①] 随着生活阅历和经验增加,蓝蓝说:"生活不仅仅在向我显示着它的美好壮丽,也同时显示着它的扭曲、黑暗和贫乏。"[②] 原有的主题:时间、爱、自然、个人生活等依旧是她关注的内容,除此之外,关注社会及历史事件也打开其诗歌视野。胡桑将蓝蓝诗歌题材的转向归因于"异质性的历史闯入了纯净的自然图景之中"[③],这依旧根植于"对他人的感情"这一写作起点[④],当她的经验中发生了更多的目击时,对他人生存处境的想象力和感受力使她本能地架起通往他人的桥梁。因此"背影踯躅的老妇,惊恐的孩子的目光 / 腐烂在桥洞下的姑娘的乳房"(《日常生活》),以及遥远的战争等都能击中"一个诗人的昏迷"(《几粒沙子》)。蓝蓝认为,每个人都在不同程度上与社会生活发生关联,人和社会的关系无法切断,但诗人可以选择是否

---

① 蓝蓝:《新世纪十年,我的诗路历程》,《诗探索》2010 年第 4 辑。
② 蓝蓝:《新世纪十年,我的诗路历程》,《诗探索》2010 年第 4 辑。
③ 胡桑:《一定有更痛楚的爱——论蓝蓝》,《汉诗》2014 年第 2 期。
④ 蓝蓝、木朵:《诗是语言的意外:蓝蓝访谈录》,《山花》2012 年第 22 期。

诚实。她要做到的是成就"不分裂的诗歌和诗人"①，这意味着诚实地写下源于生活的诗句，并接受它们的检验，使内心声音、书写和生活行为达到一致。因此目击发生后，原有的诗句便无法再阻挡那些尖锐、沉郁、充满自我辩驳的声音改变诗歌的面貌，"开枪的手在发抖／对准挡住绝望的胳膊，哪怕／——在诗句中！"（《日常生活》）

在《未完成的途中》，蓝蓝把"一行字"与隧道进行神秘而又富于想象的联系，火车的拐弯同时也暗示着她自我内心的调整："我想：我爱这个世界。在那／裂开的缝隙里，我有过机会。／它缓缓驶来，拐了弯……"诗人将出现在手机屏幕上的一行字喻为火车，暗示与火车头并行的是急速的思维过程、动荡不宁的布满未知的内在世界："……午夜。一行字呼啸着／冲出黑暗的隧道。幽蓝的信号灯／闪过。一列拖着脐带的火车／穿越桥梁，枕木下／我凹陷的前胸不断震颤。它紧抵／俯身降落的天空，碾平，伸展／……"

蓝蓝善于在充满动态和变化的场景中体察自我和他者的精神世界与现实关联，从路途串联起的片段经验，我们看见她的书写植根于个人生活，植根于因对他人的感情而扩大的视野，诗歌经验的处理也是及物在场的："我走在纬四路的楝树下，提着青菜／推门，仿佛看到你的背影，孩子们快乐尖叫／冲过来抱着我的腿。雨从玻璃上滴落。／屋子晃动起来，轮子无声地滑行／拖着傍晚的炊烟。那时，市声压低了／／楼下的钉鞋匠，取出含在嘴里的钉子／抡起铁锤，狠狠地楔进生活的鞋底，毫不／犹豫。这些拾荒的人／拉着破烂的架子车，藏起捡到的分币／粗大的骨节从未被摧毁。……"她如此描述自己由于对他人的目击而发生的转向："我想：我爱这个世界。在那／裂开的缝隙里，我有过机会。／它缓缓驶来，拐了弯……"

---

① 蓝蓝：《不分裂的诗歌和诗人》，《星星（下半月）》2011年第11期。

蓝蓝于 2003 年出版的诗集《睡梦，睡梦》尚未表现出明显的转向，2007 年出版的诗集《诗篇》收录了蓝蓝 2002—2006 年间初次发表的诗作，显示出有准备的突变，此后出版的《从这里，到这里》《唱吧，悲伤》等诗集都稳步行走在"开阔、纯粹和有力"[①]的途中。

蓝蓝在成长过程中对底层生活有切身体验，除了 15 岁那年在啤酒厂做女工的经历之外，还有她对他人相关经验的接纳。当她因生活所需经常往返于河南和北京之间时，她看到两个地域之间自然景观和生存景观的巨大差异，其中有"农民工、卖菜的小贩儿、保姆、工程师、学子、来自山区的修鞋匠、厨师、做美容洗脚的姑娘们、进京求医的病人、去见网友的小伙子、探亲的军人、上访告状的老妇……"如她所说："漫长的旅途中，我和他们聊天，听他们说着自己的故事。有些故事让我想起我那些在农村、在矿山、企业打工的穷亲戚们。我熟悉他们的生活就像熟悉我的那些亲戚，就像第一次看到我的表侄被机器轧断的手指那样不能忘记。这是他们的生活，同样，也是我的生活和羞愧，是我自身经验中深深的裂痕。"[②]与底层生活的血肉联系让她更易关注到那些艰难生存的人，比如《纬四路口》一诗所描绘的一名建筑工人：

> 整整一上午，他拎着镐头
> 在工地的一角挥舞

蓝蓝对细节一贯敏锐，她捕捉到建筑工人脊背上冒出的颗颗汗水："赤裸的脊背燃烧起阳光 / 汗珠反射肌肤和树荫深处的愤怒"。在充斥着镐头声、刨土声和搅拌机声音的工业环境中，工人们在冬

---

① 张曙光：《作为诗歌品质的纯粹——读蓝蓝的近作》，《诗歌月刊》2008 年第 11 期。
② 蓝蓝：《寻找与裂痕对位的言说》，《延河》2010 年第 10 期。

天赤裸着脊背:"整整一上午,刨土声平衡着/夏天与寒冷之间的沉闷叙述。"而时代氛围是"冷漠的听觉"。又比如在"十二月,最后一天",她看见的不是节日的喜庆,而是"商店前是排长队的老人""民工揣着绝望涌进车站""无家可归的狗"(《最后一天》),物质上的贫乏带来心灵的困苦。这些困苦无形中深化了诗人的感知力。在《火车,火车》一诗中她指出底层经验被遮蔽的事实:"黄昏把白昼运走。窗口从首都/摇落到华北的沉沉暮色中。//……从这里,到这里。//道路击穿大地的白杨林/闪电,会跟随着雷/但我们的嘴已装上安全的消声器。//火车越过田野,这页删掉粗重脚印的纸。/我们晃动。我们也不再用言词/帮助低头的羊群,砖窑的滚滚浓烟。//轮子慢慢滑进黑夜。从这里/到这里。头顶不灭的星星/一直跟随,这场墓地漫长的送行/在我们勇气的狭窄铁轨上延伸。//火车。火车。离开报纸的新闻版/驶进乡村木然的冷噤:/一个倒悬在夜空中/垂死之人的看。"诗中移动的视象、被遮蔽的无名之物,与当下的主体感受多元交汇。诗人展现了火车在首都和郑州之间穿行的时间和景观变化,将批判重心放在被遮蔽的经验上,"把火车运行时车厢内那种物理的寂静转化为一种生存的隐喻"[①]。

蓝蓝的视域没有局限于此时此地,她擅长通过火车驰行的状态,任诗思穿行于时空中,如关注更久远的时间和空间……2004年河南诗人马长风去世,她写下《纪念马长风》:"……从列车的摇晃中醒来。酷热/汗味和昏黄的信号灯/运送着车厢里的人,在通往/死亡的路途中。没有人想到这一点。"历史苦难化作一辆列车连接起现在和过去,在过去,乘客有马长风、杨稼生和张黑吞,现在则载着"我","十五岁,工厂女工",蓝蓝将自身经历融入历史事件,因此在书写他人时获得一种切身性。当她写一个具体的个人时,她

---

① 王家新:《"永远里有……"——读蓝蓝诗歌》,《山花》2012年第1期。

还原一个人丰富的血肉，而不是标签式描述："可曾有人爱过他？／当他年轻的时候／走过田埂，头发被风吹起来了／漂亮的黑浪翻滚，和我们的一样"。她这样书写马长风遭受的暴力："但拳头和皮带像一场风暴／把他覆盖。雪停了，四周多么安静／压住肋骨断裂处的呻吟。"

自然意象在此处承担了暴力的隐喻，雪后的安静暗示出马长风对自身遭遇沉默时内心世界复杂的运转过程："'他们用脚踩我的脸。'他平静地说。／我没有看到仇恨。在黑暗中／他似乎忘了这一切。凄凉的笑／从脱落了牙齿的豁口温柔溢出"。这一对话性的场景使叙述建立在可靠的倾听姿态上，减弱了描述他人时主观涂抹的嫌疑。神态描写得惟妙惟肖，勾勒出一个饱经苦难却选择宽容的老人，他的真实形象从历史记忆中跃然而出，就站在我们面前。

20 世纪 90 年代中期及以前，蓝蓝在具有神性的"永恒的大自然"中把握事物的内在光辉；当她开始接受平庸的生活时，作为存在之见证的自然事物在城市背景中滋养着她心中本真的人性。当他人的苦难构成她对生活的理解时，她的关注点开始从自然事物向人移动："我的唇最终要从人的关系那早年的／□□蜂巢深处被喂到一滴蜜。∥不会是从花朵。／也不会是星空。∥如果它们不像我的亲人／它们也不会像我。"（《一切的理由》）

蓝蓝依旧在写植物、动物，但"自然事物由于开启了伦理与价值维度才进入了蓝蓝的诗歌"[①]。与鹤岗的芦苇、风中的栗树、野葵花等相比，沙漠中的红柳、梭梭柴、骆驼刺等获得了更丰盈的生存意义，前者在哀歌声中呈现出时间维度中个体的存在处境，后者在冷静、节制的笔调中，呈现出个体打破"生存悖论"，依旧顽强

---

① 胡桑：《一定有更痛楚的爱——论蓝蓝》，《汉诗》2014 年第 2 期。

生长的生存勇气,从而上升到更为深邃广阔的、蕴含精神指征的诗歌境界:"她跟我说着河流,地下滚滚的泉水。// 而砂砾和碎石埋着她的沉默。/ 从那里她柔弱的头颅开出粉红色湿润的花来。"(《沙漠中的四种植物·红柳》)

蓝蓝对植物的描写倾注了一个倾听者的柔情,她既是写红柳,也是写自己,对红柳的描写又全然贴合植物的特性,赋予了其人的精神。在蓝蓝眼中,植物的"沉默"表现了其坚韧的品性。红柳既沉默,又如此蓬勃地在荒漠中生长,她从中看到了生命在不可避免的困境中展现出的力度。"沉默"于坚韧之外,与蕴含于苦痛中超拔的精神相通,如骆驼刺"对自身不公平命运的无言顺从 // 仿佛在完美的幸福中"。在她说出"我不再相信奇迹"之后,一朵玫瑰显示出生活中的悖论:

> 生活并不缺少玫瑰:红红的花瓣
> 她痛苦的颜色和
> 来自寒冷冬天芬芳的香气——
> ——《我不再相信奇迹》

## 第二节 自然之心与真纯的人性书写

对自然草木的热爱即是对人性纯真的召唤,蓝蓝自幼在自然乡土间成长的经历赋予她一颗自然之心,即使后来进入城市生活,她也不断努力将诗歌中的自然之心捧给远离淳朴乡土的城市居民。在喧嚣的城市街道,蓝蓝倍加思念乡土的朴实清新,她在《在石漫滩》中写道:"没有卡拉OK。没有公园。/ 风把一座水库慢慢推到岸边。""……山村的羊羔／如此洁白，永不会撒谎的咩叫／在麦秸垛旁撞击我们铁打的心房。//陡峭的岩石说着死亡。／辽阔的水面说着诞生。野菊花说着美。／炊烟说着生活。／而一束光穿透过我心中的黑暗／投向身边的诗人——//我爱你们。／胜过所有的美景和诗行。"诗人躺在麦秸堆旁谈天说地，山崖陡峭昭示死亡，水面辽阔述说诞生，野菊花盛放美丽，炊烟弥散着人间的温度。乡间单纯明亮的自然之光足以穿透任何内心黑暗，诗人毫不讳言她对这光芒的热爱，大自然赋予人性的纯真与美好在她眼里抵得过所有美景与诗行。

## 一、村庄：自然之心

自然作为人性最后的纯真，成为很多诗人笔下的题材，但蓝蓝以"村庄"为特定的切入点，这使得她的诗歌在热爱自然与呼唤人性返璞之外，还带有浓郁的平民诗歌风格。蓝蓝自幼生活在农村，抒写乡村生活是她诗歌的本色，她以朴素的纯真人性为底色，在对普通农村生活的细致描述中，彰显出对平民生存价值的尊重。她诗中有很多对村落生活原生态的描写——"捣衣声中黄昏的幸福生活／作为保证，鹅卵石堆高了堤岸//你想起来了吗——老家的土墙／月亮和草木的摇晃//——榆树在打盹。槐花飘香。／我是风。是三十年前／一只卧在树上的猫头鹰"（《现在》）。宁静平和的村庄、河边捣衣的农妇、静默矗立的榆树、芳香怡人的槐花、卧在树上的猫头鹰，这一切都泛着泥土的自然清香，所勾勒之物、所描摹之景无不满溢诗人对自然、灵魂、人性的纯真之爱。蓝蓝在诗歌中所建构的就是一幅炊烟袅袅、宁静恬淡的自然村落图景，用以唤回人类灵魂深处的纯真与美好。

20 世纪 90 年代中期以后，蓝蓝越过她生活于其中的城市景观，将目光投向记忆中农业文明的遥远风景，返回"农村遥远风景"却伴随着失落、焦灼的艰难过程，她祈祷"让我接受平庸的生活"，但在祈祷的声音中总不合时宜地响起反对的尖利噪声，她叹息着"多久没有看夜空了"，"自波德莱尔以来……""自然之物远了"。当冷嘲、讥讽的语调出现在她愈加宽广、容纳更多阴影的视域中时，对乡村和自然的注视则返归其早期所抵达的恬静、安宁，她发现自己在节制的抒情形态中更接近人性的本真状态，创作于1997年的《歇晌》一诗很好地体现了这一点：

> 午间。村庄慢慢沉入
> 　　明亮的深夜。
>
> 穿堂风掠过歇晌汉子的脊梁
> 躺在炕席上的母亲奶着孩子
> 芬芳的身体与大地平行。
>
> 知了叫着。驴子在槽头
> 甩动尾巴驱赶蚊蝇。
>
> 丝瓜架下，一群雏鸡卧在阴影里
> 间或骨碌着金色的眼珠。
>
> 这一切细小的响动——
> ——世界深沉的寂静。
>
> ——《歇晌》

蓝蓝用"明亮的深夜"形容午间村庄的寂静，"汉子的脊梁"和"知了"提示我们这是属于一个夏日午后的"明亮"，"明"也写作"朙"，由日、月会意形成的"明"被解释为"在天者莫明于日月"①,"亮"与"明"同义,两字连用,可见其光亮之至。

午后声响渐弱,蓝蓝用"深夜"来形容午后的声音环境。在深夜,人们不再活动,进入梦乡,环境中消失了人的声音,一切细小的响动都变得清晰。"明亮"与"深夜"形成颜色上的反差,关联着自然界的动与静,诗人将两者并用写出独属于夏日午后的风景,在强烈的色彩与寂静中,事物得以显露自身,抒情主体的感受得以增强。在"深夜"般的午后,人们结束了上午的劳作,进入安宁恬静的休息之中。值得注意的是"歇晌"一词,与"午休""午睡"等相比,既具有古语特征,又包含乡村惯例,自然而然地将午休这一状态与室外劳作关联起来。"汉子""炕席""奶着""骨碌"这些具有口语色彩的词将经验指向更为真切的乡村生活。抒情主体感受到穿堂风,并将自己的感受转向他人:"穿堂风掠过歇晌汉子的脊梁",风以流动形态缓解了夏日午间空气的凝滞,打破了"明亮的深夜"一词带来的寂静之感。现在一切环境要素都调试好了:色彩、声响、温度都恰到好处,歇晌的汉子和哺乳的母亲都能得到更甜美的午休,孩子也不吵闹,安静地吮吸母乳。在第二节展现的午休场景中,有一种舒展的线性形态,风、脊梁、与大地平行的母亲的身体都巧合般地呈现为这一形态,线性运动充满舒缓、放松与宁静。"一切细小的响动"在这里表现为风的运动、母亲的哺乳,甚至人们熟睡的呼吸。这些响动伴随着生命力的展露与日常生活的行进,蓝蓝从中品味到"深沉的寂静",并抵达内心"深沉的寂静",如耿占春所说,蓝蓝所接触的命题"不再是借用的,不再是基督教的或是佛教的或是诺斯替教的,它们终于成为诗人自身存在所必然面临的

---

① 〔东汉〕许慎原著、汤可敬撰:《说文解字今释》,岳麓书社,1997,第931页。

一切"①。

有学者认为《歇晌》"对人性之爱的表现超脱了性别、物种之界限"②。蓝蓝的"平常心"的确使她怀着真诚的热爱注视着自然界动植物的活动,第三、四节,抒情主体的感受力移向室外,这时"细小的响动"有知了的叫声,也带出驱赶蚊蝇的驴子尾巴、雏鸡金色的眼睛。知了和蚊蝇是活跃在夏季的细小生命,驴子和蚊蝇间的关系见微知著地表现出自然界中生命的对立与和谐,雏鸡金色的眼睛呼应着"明亮"的环境色彩,表现生命的脆弱与圣洁。这些事物的存在形态细微弱小,只有极其寂静的心湖才能映出它们的倒影,它们通过零星的结点通达生命这张大网的编织规律。

## 二、"平民美学风格"中的人性美

蓝蓝除了在诗歌中描摹清新的自然之景,还记录了村庄生活里安宁轮回的日夜与生活淳朴的村民,构建出属于她的"平民美学风格":她所关注的题材是平民化的,书写朴素乡村图景与村民生活体验;她所表达的情感是自然朴实的,表达了对生活、自然以及人性的热爱。

自然之心与纯真的人性构成蓝蓝平民美学风格的两翼。"泥蛙在唱歌□雨后的/湿地里□水边和草叶下/雨滴和生命的情歌/简单。快乐。/它唱/□□让人变小/□□天空变高。//还有七月的半钟蔓/爬上了土墙。粉红的抚子花/轻轻摇晃:/□□我停下脚步//世界在动。/去死□或者生。"(《雨后》)雨后湿润的水边、湿地、草叶

---

① 耿占春:《宁静的源泉》,载蓝蓝著《内心生活》,耿占春编选,春风文艺出版社,1997,第10页。
② 赵彬:《断裂、转型与深化:中国九十年代女性诗歌写作研究》,光明日报出版社,2011,第102页。

下跳跃的泥蛙,让生命的自然本意高于渺小的人类。爬满土墙的茂盛的半钟蔓以及开到灿烂的粉红抚子花,自然界的万物都与人类一样享有生命的活跃与蓬勃。无论动与静,生命的本真就是简单的过程,快乐的跳跃与静默的盛放,万物勃发如无休止的生死循环,生命永不停息。在诗人明快透亮的诗行里,我们看到生命的简单与美好,对自然万物的热爱让我们回归到了人性最初的纯真维度,在这个高速旋转的超负荷年代回归简单,意味着人性的洗尽铅华与重获新生。正如《柿树》:"下午。郑州商业区喧闹的大道。/汽车。人流。排长队人们的争吵。/警察和小贩争着什么。/电影院的栏杆旁/——亲爱的,这儿有棵柿树/有五颗微红的果实。/灰色的天空和人群头顶/五颗红柿子在树枝上——/亲爱的,它是/这座城市的人性。"如自然般简单纯粹的生命状态是人类灵魂的归宿。城市钢筋建筑拥挤得密不透风,其间是喧闹的街道与人群中不时爆发出的令人烦躁的争吵,城市从来不缺少人群,却缺少人情味与温馨,诗歌结尾处五颗微红的柿子成为城市缝隙中一道亮丽的风景线,在喧闹之外饱满地结出了温暖城市的人性光辉。蓝蓝的诗歌是对喧嚣物欲的文化纠偏,让当代女性诗歌走出性别视域的小我,走向了与自然相融合的大我,让人们的心灵回归到了单纯的自然与纯真的人性,回归到了人和世界最初相遇时的和谐与美好,充满了感恩、博爱和静穆,在对城市的书写中,她从不掩饰犀利的批判和温暖的人性关怀。

## 第三节 现代性批判与悲悯的底层关怀

蓝蓝以极具感染力的艺术风格书写着现实生活,作品题材丰富而广阔,洋溢着历史想象力,语言充满激情,节制而凌厉,她秉持现代性批判洞察城市生活，以悲悯之心关注底层人民。

## 一、从乡村哀歌到对城市的现代性批判

　　蓝蓝早期的诗作多为淳朴的自然书写，如《野葵花》《春夜》《在我的村庄》等诗作，笔触自然优美，以敏感的心灵捕捉着四季的流转，一如刘丽安诗歌奖对蓝蓝的评语："以近乎自发的民间方式沉吟低唱或欢歌赞叹，其敏感动情于生命、自然、爱和生活淳朴之美的篇章，让人回想起诗歌来到人类中间的理由。"[①] 童年的乡村经历与对大自然的美好感受成为蓝蓝诗歌的底色，她将童年的大铺村书写在了《哀歌》里："是的，我居住的地方叫大铺村／家家种着低矮的草莓／是的，红红的草莓／大地深处举起的：嘴唇。／我写过：时光中一动不动的情人"。然而，这宁静的风景最终还是成了一首消逝的哀歌："对谁说起最后一行诗／一朵柔弱的花留住的夏天"。借助诗的语言，蓝蓝对记忆中的乡村进行了呼唤，以悲伤的声音诉说："把它还给我"，语言温情脉脉，极具感染力。

　　与消逝的乡村相对应的，则是城市的兴起。而在中国现代化的进程中，随着城市化进程的推进，以波德莱尔等为代表的西方现代主义诗人的诗歌成为中国现代诗歌的重要资源。而到了20世纪90年代以后，蓝蓝的目光由乡村转向了城市，聚焦于自然与城市的割裂："自然之物远了。在一场告别仪式中／不是与动物和植物。／城市的广场有修剪过的绿地。／有整齐的街树。是的／人屈服于此。//没有什么进入我们的生活——／几颗星从遥远的夜空投来光／从一扇楼房的窗口望去／——已是过去式。//我们不再走出自己的手。／不再走出皮肤和眼睛。花香和／杂草丛，它们从未有过？//

---

① 见蓝蓝诗集《内心生活》封底，春风文艺出版社，1997。

每一个定律都令我恐惧。但我感到它／——这是值得的。我活着／双手紧紧抓住一穗谷子的／呼吸——在风中……"(《自波德莱尔以来……》)

蓝蓝在题目中就清楚地点明了对波德莱尔美学现代性的继承，从而对历史现代性进行了拒斥与否定。在历史的变换中，工业化和城市化是不可避免的话题，在实现城市化的过程中，自然的位置不断地被挤占。因此，诗人引出了诗歌第一小节："自然之物远了""城市的广场有修剪过的绿地"。广场取代了土地与荒野，蓬勃生长的野草让位于规划的绿地，街道看似"有整齐的街树"，实际是反讽地表现了现代性的规训，置身现实，诗人发出惆怅的喟叹："是的／人屈服于此。"离开自然之物的诗人成为屈服于城市空间化的现代人，在这个过程中，人与自然的关系变得紧张和陌生，失去了传统社会里的和谐。于是，带着怀想似的口吻，诗人娓娓叙述道："没有什么进入我们的生活——"，留下了空洞的寂寥感，仅仅只有"几颗星从遥远的夜空投来光"，在遥远的距离和寥寥可数的星星下，光芒想必也是微弱的，诗歌氛围冷寂寥落。接着，视线聚焦到了"一扇楼房的窗口"上，映衬出窗口背后的观察主体，而可悲的是，即使是遥远星空的光亮，都"已是过去式"了，光亮由此熄灭，诗歌融入黑暗里，叙述语调变得低沉而压抑。

值得一提的是，在诗歌的前两节，诗人有意识地制造了语序的混乱，并且引入几组破折号，割裂了流畅连续的叙述，从而制造出一种断裂感。在这个过程中，传统社会线性叙述与空间被打破，诗人重建了诗歌文本的内在节奏，而这正是与历史现代性的无序相呼应的。一如蓝蓝的诗歌观念："诗歌的本质是将个人极其微观的经验感受最大化地与世间事物以及时间发生广泛深入的联系，诗歌是通过这种特殊表达和内在节奏引起读者想象力重视并达到最大感受认同的能力。"① 在寥寥两节诗行里,诗人以具象视角将读者带入现存的城市生活空间,并以反讽的语言注入了对历史的警惕,引人深思。在第三节,诗人将笔触聚焦到了身体的感受之上,以"皮肤"和"眼睛"为媒,呼唤着"花香和／杂草丛",并以反问的方式重新赋予了二者存在的合理性。在"它们从未有过"的背后,实际上是诗人对自然永恒存在的正名。然而,在物质社会的定律之下,个体的心灵始终处在冲突与矛盾中,所以"每一个定律都令我恐惧"。即便如此,诗人内心始终坚守着对和谐自然的认同与追寻,因此,"我感到它／——这是值得的",并用"双手紧紧抓住一穗谷子的／呼吸",将心灵的感悟与自然沉浸式地贴合在一起。她抓住的"一穗谷子"正是人们赖以生存的基底,是自然生命与旺盛力量的象征。在《自波德莱尔以来……》里,蓝蓝以节制的情感重新思索人与自然的关系,对现存的城市秩序进行质疑和批判,并以"花朵"和"谷子"为媒,寻求心灵的安放,以此获得人与自然的相互依存,并唤醒生命的原初本相。

而在《钉子》中,蓝蓝则以更为激昂和沉郁的语调对城市现代性进行了批判,这一批判建立于独立的个体生命感受之上:"打开这本书,它的高速公路试管里淌出的墨渍。／挖掘机履带的印刷体,土地在它日益扩大的嗥叫前后退。／／在它辉煌的笔杆下我们挖出我们的眼,铲断我们的手／当昨天消失。""书""印刷体"作为现代传播媒介,已经被象征着都市的"高速公路"与"挖掘机"控制,成为城市意志的载体。诗人将"高速公路"比作"试管",赋予其冰冷的实验性质,黑色的"墨渍"令人联想到公路上散发着热量的沥青,使得诗歌的比喻更加具体可感。在隐喻层面,"墨渍"更是话语的痕迹,化身为权力的指称。"挖掘机履带的印刷体"则以更

---

① 蓝蓝:《不分裂的诗歌和诗人》,《星星(下半月)》2011年第11期。

为残酷而具有破坏性的方式呼啸而来，发出"日益扩大的嗥叫"，城市化建设逐步侵占着土地。诗人运用拟人的手法，将"土地"面临着挖掘机嗥叫的无力感和脆弱感形象地展现了出来。挖掘机履带碾压过的地方，正是城市现代性侵蚀传统空间的表征。此诗第二节，诗人发出痛苦的呼喊："在它辉煌的笔杆下我们挖出我们的眼，铲断我们的手"，此处的抒情主体已经不再是一个孤立的"我"，而是面临着同样现代语境的"我们"。在这首诗里，蓝蓝并没有仅仅局限于个体的忧思，而是"从个体主体性出发，以独立的精神姿态和话语方式，去处理我们的生存、历史和个体生命中的问题"①，表现出了女性写作的嬗变与新的"历史想象力"。有学者指出："进入21世纪之后，女性诗歌在挥别独白式的自我抚摸化的女性话语之后，并未滑入新世纪以来所激荡的官能化、平面化的流行诗潮之中，反而于新的时代语境下获得了更具穿透性与现实性的历史想象力，如翟永明、王小妮、蓝蓝等写成于新世纪的诗篇，青年诗人郑小琼、杜涯的大量诗作等，均昭示了这一充满活力的变化的到来。"②经过调整与修正，蓝蓝在处理都市书写时，以幽深的思想勇敢地切入现实，展现出了新时代诗人对历史与时代命运的勇敢荷担，及自觉的现代批判意识，同时，她以持续的深情书写着人性与自然的温情。

## 二、作为社会公民的发声

蓝蓝的诗作中不乏对社会问题的揭示与批判之作，如《真实》

---

① 陈超：《先锋诗歌20年：想象力方式的转换》，《燕山大学学报（哲学社会科学版）》2009年第4期。
② 杨汤琛、李璐延：《历史想象力、女性经验、日常美学——新世纪中国女性诗歌嬗变的几种向度》，《湘潭大学学报（哲学社会科学版）》2018年第6期。

《教育》《艾滋病村》等。在这些诗作里，蓝蓝思索着个人与社会的关系，并呈现出自觉的历史责任感。诗人作为社会公民，在进行社会批判时，关注的事件所涉广泛，她敢于主动站出来为社会公民发声，极具担当精神和勇气。

比如，2021年我国实施的"双减"政策引发了社会各阶层激烈的讨论，而早在2012年，蓝蓝就在微博上发起了关于教育制度改革的呼吁，并以"胡兰兰"的公民身份向教育部部长信箱发出一封实名公开信。她提出关于教育改革的十点建议，其中包括立法保障中小学生8小时睡眠，在中小学建立家长大会制度，监督制约学校教学、学生生活安排、食宿交通等方面的运行；降低目前课程难度，施行学分制，学生可以自主选择喜欢的课程；教育自由公平分配；设立合理的教学评估机制；真正开放民间办教育；教育去行政化等。[①]同时希望教育部能够就这些问题展开调研并作出回应。这封公开信在当时引起了广泛的关注，诗人王小妮、耿占春、邹静之、崔卫平也对此发表了自己的意见和看法。

诗人的社会身份是多元而丰富的，为此发声的蓝蓝，首先是一位家长，同时也是一个关心社会制度的公民。在书写公开信时，蓝蓝也得到了学校老师的支持，并将体制内教师的想法表达了出来。无论公开信究竟是否产生作用，这种发声方式本身就体现出了诗人社会参与的复杂性和广阔性。中国新闻网的公开报道依旧侧重强调蓝蓝的诗人身份，这证明在大众视野与传播体系中，"诗人"的身份尤具社会影响力，是个体的也是群体的。

而在"公开信事件"之前，蓝蓝对教育的关注已经在诗歌里有

---

① 姜妍、江楠：《诗人蓝蓝向教育部部长发公开信 提十点改革意见》，中国新闻网，2012年11月21日，https://www.chinanews.com/cul/2012/11-21/4344723.shtml，访问日期：2012年11月21日。

所呈现，她在 2006 年写下曾引发很多家长共鸣的一首诗《教育》："唉，分数！作业！／孩子们跟在磨房的驴子后打转//被蒙上眼睛的我，怒气冲冲/挥舞着皮鞭//——请你们理解，在这片土地上/数不清家庭的母亲和孩子/也是这样被鞭子驱赶着/涌向通往疯人院的大门//而在那遥远的贫困角落/没有书包的孩子的母亲一边哭泣，/一边羡慕着这可怕的命运！"

  诗歌开篇就以沉重的感叹词发出了喟叹，以两个感叹号强化抒情主体的批判态度。而"孩子们跟在磨房的驴子后打转"形象地展现出孩子在繁重的学业压力下的辛苦感受。在第二节，诗人以"挥舞着皮鞭"书写了"我"督促孩子学习的情景，而"被蒙上眼睛"和"怒气冲冲"则以无可奈何的对比书写出家长内心的焦虑感。到第二节为止，仿佛还是一种私人化的宣泄，而到了第三节，母亲与孩子的状态则转向更具有普遍性的表达。诗人以愤怒的语调对病态的教育竞争进行了批判，"涌向通往疯人院的大门"毫不掩盖其激烈的情绪，一个"涌"字，将积蓄的愤怒与教育竞争的激烈状况动态地呈现出来。第四节的笔锋一转，这个转折可谓匠心独运。即使是"疯人院"般的教育，在"遥远的贫困角落"的母亲眼里，依旧是无法企及的存在。在这无奈的"羡慕"中，诗人揭示了贫富差距和生命的苦难。教育资源的不均衡和优质资源的稀缺是现存的严峻问题，优质教育往往集中在城市中，而在乡村"没有书包的孩子的母亲"的眼泪，体现的不仅仅是教育资源的不均衡，更是社会贫富的分化、城乡之间的矛盾，这引发出更多的思考，比如关于自由与制度。

  诗人在《钉子》中写道："自豪于自由的枷锁可以如此坚定地对我的自由/进行囚禁。/在那广袤原野里放生了自由本身的无限"。"自由的枷锁"是无处不在的社会制度和规则，而"我"以"自豪"

的语气对"囚禁"进行批判,以反讽的方式表现出内心的执着与坚韧,在内心的信仰中,"我"驰骋于"广袤原野里",并由此获得了心灵的无限自由。在此,诗人广博的内心空间与外在社会的桎梏几经角逐对撞,于直观感受之外,强化了反思的力度。

桑克曾提到,真正的文学倾向往往体现了某种复杂性。这种复杂性实际上是和世界的复杂性相对应的。① 而蓝蓝正是以诗歌为媒,真诚地处理着这种复杂性,并且,在诗人身份之外,蓝蓝还以公民身份进行了具有批判意识的社会参与,其诗作中充满着对个体与群体的关照共生,以及细微与广博的互渗,诗意捕捉与非虚构兼容。在"公开信"与诗歌文本的相互参照中,可以看到,"胡兰兰"所写的公开信,虽然相比诗歌的表达更为清楚明了,易于接受,通过大众媒介的传播能够引起短时间的热烈反响,但呈现出来的,更多的还是一种依靠"诗人"身份的知名度达到的新闻效应。虽然诗人在《教育》这首诗中,对于问题的表述并不如时事评论直接,很难引起新闻秉具的轰动效果,却以更为简练的方式记录下公民心中真实的感受,以美学的方式将个体经验纳入广阔的社会普遍性中,使得诗歌本身能够离开"诗人"成为独立的存在。相比于"公开信",诗歌将诗人心中最真实的感受留存于精练的文字里,在更深广的时间中,以强烈的批判性,引起读者心灵的震动与共鸣。同时,通过"公开信",我们也认识到蓝蓝身份的多元与复杂,从而避免了诗歌理解的平面化,而更全面地听到了一位诗人在激荡的大时代下发出的强音。

书写公共事件要处理"题材"与"诗艺"的紧张关系,蓝蓝自述其之所以"更为迫切地思考诗歌的形式问题","并不是因为对

---

① 桑克:《话语诠释:时代对诗人的更高要求——论 2004 年以后的蓝蓝及其部分作品》,《东京文学》2014 年第 16 期。

现实的关注超出了对美或艺术形式的关注。不。恰恰相反",由于"在真实的生存状态下",诗人更可能"强烈地意识到她是人类整体的一分子,强烈地感到她并不缺乏这一清醒的认识,才会比以往更多地拥有想表达这一意识的渴望,由此引出了她对表达本身的重视和关注"。① 创作于 2006 年的《艾滋病村》是蓝蓝书写公共事件的作品中最触目惊心的一首诗:"风把村外茂密的野苇吹得瑟瑟作响。越过 / 一道土岗,风把麻雀的翅膀吹得 / 瑟瑟作响。风绕过 / 空荡荡的牛栏和猪圈,在打麦场 / 旋起一股轻尘。挂在屋檐下一只干瘪的小鞋子 / 在风中孤零零地摇晃。/ 不知谁家长满荒草的墙头 / 飘来一阵槐花的芬芳……// 这样的村庄没有四季,没有昼夜 / 也没有别的动静。只有欢喜的风 / 把坟头破碎的纸幡吹得 / □□瑟瑟作响……"

从 20 世纪 80 年代初期开始,蓝蓝持续 40 余年的写作显示出清晰的嬗变轨迹,维系写作始终不变的线索是"对他人的感情"②。对姥姥的思念是年幼的蓝蓝提笔写作的动机,这种动机随着日后生活阅历的加深、视域的扩大而扩展至对他人的注目。从自我向他人的突围使她笔下的景观从内心生活转换为社会生活,从田园小调转换为苦难书写。一些评论家据此宣称蓝蓝开始"介入"社会生活,蓝蓝则认为,以"介入"与否作为评价诗歌的标准"会把诗人复杂的感受抽象化、标签化,也会把诗歌归类为某种实用主义的工具"③,因为"社会生活不是你想回避就能回避的,当代社会中的人只能生活在当代社会之中,社会生活在每个人的生活和经验的细节上都会留下它的烙印"④,当代社会中的人只能在当代社会之中,

---

① 蓝蓝:《燃起比愤怒更大的火焰》,载《我是另一个人》,北京邮电大学出版社,2014,第 45 页。
② 蓝蓝、木朵:《诗是语言的意外:蓝蓝访谈录》,《山花》2012 年第 22 期。
③ 蓝蓝:《不分裂的诗歌和诗人》,《星星(下半月)》2011 年第 11 期。
④ 蓝蓝:《不分裂的诗歌和诗人》,《星星(下半月)》2011 年第 11 期。

因而蓝蓝对社会题材的书写全然基于对生活复杂面貌的诚实,尤其表现在勇于毁坏个人加诸其上的理想假面。21世纪以后,蓝蓝陆续写下《矿工》《纪念马长风》《教育》《艾滋病村》等捕捉社会问题的诗作,表现对底层人物、边缘群体、社会议题的关注。

蓝蓝的《艾滋病村》写于豫东,让我们得以在政府报告或田野调查之外,以诗的世界观窥测艾滋病村的面貌。在这里我们看不到具体的人物、事物,抒情主体把我们的目光引向"风",在跟随"风"穿越野苇、土岗、麻雀、牛栏和猪圈等景物的途中,抒情主体的视点逐渐被"风"取代,形成不在场的注视。在这一不在场的场景中,"村外茂密的野苇"道出村子与外界往来日渐稀少,它被野苇隔绝为一处荒凉的所在。前两句连用了两处"瑟瑟作响",写出风的力度、寒冷,以及人的孤寂感,野苇、麻雀的翅膀和土墙都是灰扑扑的意象,增添阴郁、绝望的情绪氛围。接下来"风"引导我们进入村庄及房屋内部:牛栏、猪圈、打麦场、屋檐、墙。现在牛栏和猪圈是"空荡荡"的,打麦场没有麦子,"旋起一股轻尘",人们作为生存手段的养殖、耕种活动都已被清空。屋檐下的鞋子作为人的遗物出现,"一只"表现人们存在的痕迹多数已被抹去,只留一点微末的遗存,表现出人们自己连同物质生活整体在疾病中逐渐消失殆尽的过程;"干瘪"写出晾晒已久,无人来收,其形态也类似死亡的躯体,诗句通过遗存的物件加强了死亡的阴影。第一节所展现的"不在场"之"场"并非一个静止画面,它跟随"风"的行径走完了村庄远近与内外,"风"是人不可把控的自然物质。在这里,自身的自由、与人类活动的距离成为无情之自然的隐喻,以此观照人类部分村庄的灭绝,展现自然背景中人类村庄的遗迹,由此使事件在政治、社会内涵之外进入存在范畴。在场景的拼合中,"风"既触碰着艾滋病事件的沉痛遗迹,使小鞋子"在风中孤零零地摇晃"，以死亡氛围撼动观者的心弦，又触碰着同样无情的自然物象，"长满荒草的墙头"是人事之哀，而无情的是"槐花的芬芳"，人事的悲哀在槐花自然生长的景观前显示了"悲哀"的虚空。

第二节抒情主体的视点与"风"的视点稍稍分离，"风"也成为景物的一部分。第一节中两者视点合一，观察具体景物；第二节依然描写环境，但"四季""昼夜"使之带有总结意味，抒情主体在客观描写中更多地加入了自己的感情，但依然克制，回避了情感色彩强烈的形容词与语气词。没有四季、昼夜的转变意味着人们的生活被绝望覆盖，没有别的动静意味着生存活动的消失，尽管我们不知道蓝蓝描述的村庄是否还有幸存者居住，但她的描写中透露出全然的死寂。第二节末尾重复了第一节结尾处无情自然对悲哀人事的注目，以瑟瑟作响的风声结尾，呼应开篇"风"打开的场景，再次将村庄投入自然背景下的"不在场"。省略号是蓝蓝惯用的表达手段，使槐花芬芳的气息、风吹动纸幡的声音在文字之外延长，通过占据视觉使人停留于此处，嗅闻与倾听，并在这一过程中接近抒情主体的在场感受。省略号刺破对景物的单纯摹状，从中泄露出抒情主体依附于景物，并以之作为隐喻的内在经验，如王晓渔所说："省略号更像一块情感的海绵，六个小圆点仿佛上面的小窟窿，有效地吸去了'情书'中溢出太多的眼泪。"[1]

在这首诗中，蓝蓝"跳过个人经验而直接进入历史事件与社会生活之中，并从中寻找共通的情感和思考"[2]。她发挥了"克制"的技艺，舍弃描写事件原因、现状等社会调查做法，从村庄景观楔

---

[1] 王晓渔：《"写给世界的一封情书"》，《诗探索》2003年第1—2辑。
[2] 桑克：《话语诠释：时代对诗人的更高要求——论2004年以后的蓝蓝及其部分作品》，《东京文学》2014年第16期。

入事件带来的内在经验,通过触动读者的疼痛域,成功埋藏引人挖掘背后真相的引线。

### 三、底层书写与悲悯关怀

蓝蓝的诗行纯粹真挚,字里行间给人直击心灵的震动。她以悲悯而自省的眼光注视着底层人民艰难的生活,在含蓄而节制的批判中,抚摸着每一个珍贵、温暖的灵魂。《纬四路口》记录了蓝蓝与郑州街头一位民工的一次偶然相遇:"整整一上午,他拎着镐头/在工地的一角挥舞//赤裸的脊背燃烧起阳光/汗珠反射肌肤和树荫深处的愤怒//整整一个上午,刨土声平衡着/夏天与寒冷之间的沉闷叙述//更大的喊叫来自搅拌机,石头和一部分/冷漠的听觉在那里破碎//我的注视是一阵剧痛:/他弯曲的身体,丈量台阶的卷尺//而此前,我恍惚看到一支大军/行进在他粗壮脖颈和双臂的力量中//一瞬间我以为身边的楼群/是树林,是鸟在黑暗里……而//我的脑袋撞到想象力的边界:整整一上午,他/像渺小的沙子,被慢慢埋进越来越深的地桩。"

此诗开篇就塑造了一个挥舞着镐头的民工形象,流动的时间仿佛在他不变的劳作姿态中凝固了,"镐头"的力量感被"整整一上午"的时间感削弱,同时由于被固定在"工地的一角",民工的姿态宛如一座铜塑的雕塑。然而,以"挥舞"结句,则打破了此前的凝重感,为诗句增添了一份动态的力量,增强了民工生命的主体性,凸显了他的坚韧与强大,让我们重新反思,机械劳动虽辛苦却并不卑微。接下来,诗人将目光聚焦到民工身上,将骄阳下赤裸的脊背直接呈现在读者眼前,这"赤裸的脊背燃烧起阳光","燃烧"一词极为强烈地展现出民工被热辣的阳光曝晒的场景,热浪翻滚,有着极强的张力。紧接着,诗人的目光进一步聚焦在脊背流淌的汗珠上,"汗珠反射肌肤和树荫深处的愤怒",工人蕴含着的力量在"愤怒"中更为强烈地展现出来,阳光下的曝晒与树荫两相对比,再一次反衬出工地条件的恶劣及工人劳动的艰辛。在短短四行间,蓝蓝以精练的文字刻绘出民工的生命状态,节奏紧凑,激情被理性地节制。

此外,即使拥有近乎"燃烧"的力量,民工也无法改变自己弯腰的姿态,愤怒更无处释放,只能在持续劳作中隐忍,使得自身成为"夏天与寒冷之间的沉闷叙述"中的一部分。除了书写眼见场景之外,诗句还引入了声音,在劳作的单调与乏味之间,仅仅只有"刨土声"作着寂寞的平衡,由此,诗人转换了前四句昂扬的抒情基调,在诗行里留下了静默的惆怅与悲哀。然而,刺耳的声响打破了平衡,"更大的喊叫来自搅拌机,石头和一部分/冷漠的听觉在那里破碎"。在"刨土声"背后,是孤独辛苦的生命个体,"搅拌机"以毫无生命的机械轰鸣,打碎了最后一份"冷漠的听觉",在石子的搅拌中,给人的心灵留下深切的疼痛感。从隐喻层面来看,"搅拌机"象征着工业文明,在它轰隆的噪声下,鲜活个体的听觉逐渐麻木,拥有丰富人性力量的工人只能以单调而机械的动作服侍着它,"挥舞着镐头"的有力双臂也只能成为冰冷机器的一部分。正如恩格斯在《英国工人阶级状况》中所论:"在这种永无止境的苦役中,反复不断地完成同一个机械过程;这种苦役单调得令人丧气,就像息息法斯的苦刑一样:劳动的重压像巨石般一次又一次地落在疲惫不堪的工人身上。"① 民工鲜活的人性在机器的搅拌声中不断地被挤压,对此,"我的注视是一阵剧痛",节制的抒情主人公"我"以深切的痛感体会着民工的苦难,给读者制造了双重的视觉空间。

---

① 中共中央马克思恩格斯列宁斯大林著作编译局编译:《马克思恩格斯全集(第三十七卷)》,人民出版社,2019,第162页。

在蓝蓝的诗歌中，读者不仅看到了民工雕塑般的姿态，也看到了抒情主人公真诚注视的目光，它使得原本辛劳的场景增添了一丝希望，于冰冷的搅拌机之下涌过一股暖流，而这正是诗的意义所在。

接下来，在痛楚的注视中，民工"弯曲的身体，丈量台阶的卷尺"再次浮现，"弯曲"和"卷尺"意象相对应，将民工在劳作中蜷曲着的身体生动地展现出来，充满被艰辛生活压迫的凝重感。这个雕像形象之所以成功，并不仅仅在于诗人塑造了一个受难者形象，更在于这个雕塑所展现出的张力，以及隐藏的悲剧感和撕裂感。在实际的雕塑艺术中，艺术家"用人体形象去表现精神，而人体形象就是精神的实际存在"①。而蓝蓝则以细腻的笔触书写了民工充满力量的身体，"而此前，我恍惚看到一支大军／行进在他粗壮脖颈和双臂的力量中"，之所以写"此前"，正是与前一节被辛苦压迫的场景作对比，再次强调了民工身上所拥有的意志与精神。这不禁让人联想到古希腊悲剧作家埃斯库罗斯笔下的普罗米修斯，因违背了宙斯的意志为人类盗来火种，而被锁在高加索山上，日夜由鹫鹰啄食着肝脏，承受着周而复始的巨大苦难，一如被束缚在工地一角的民工，以同样的姿态不断地挥舞着手中的镐头。他们都以粗粝的意志忍受着苦难，呈现出强大的个体意志。诗歌的悲剧感在于，即使拥有强力意志的个体，依旧无法逃离生命中既定的苦难，而这正是人类生命悲剧感的共同来源。诗中存在着无法消解的对立，从而引发了读者深层次的共鸣，原因在于，"人类与宇宙、自然、世界的对立意识是人类悲剧观念的基础。没有这种对立意识，就没有人类的悲剧观念；有了这种对立意识，就有人类的悲剧观念"②。

---

① ［德］黑格尔：《美学（第三卷）（上册）》，朱光潜译，商务印书馆，1979，第115页。
② 王富仁：《悲剧意识与悲剧精神（上篇）》，《江苏社会科学》2001年第1期。

在工人的个体意志与生活现实不断地对立和碰撞的过程中，工人的强力意志在蓝蓝的笔下被周而复始地创造，又不断地被书写的现实毁灭，将生命痛苦的本质呈现出来，给人以悲剧和痛感。

在这种痛感中，"我"的思绪开始恍惚，"一瞬间我以为身边的楼群／是树林，是鸟在黑暗里……"此处的省略号使得黑暗的生理感受不断地被延展开来，而正是在这种意识流般眩晕的感受中，"我的脑袋撞到想象力的边界"，而在想象力的尽头呈现出来的，则正是在凝固的时间中不断被掩盖和压迫的民工。在诗句结尾，诗人写道："整整一上午，他／像渺小的沙子，被慢慢埋进越来越深的地桩。"在此，工人的强力结束于生命的渺小与卑微，宛如一粒沙，个体的反抗与意志也逐渐地在流沙中滑落，在他逐渐埋入地桩之时，"我"与读者也陷入了痛苦而惆怅的思考之中。本诗以肉眼所见的情景开头，以想象的流沙作结，虚实结合，在丰富凝练的诗情中展现出工人的劳动状态，以及个体存在的痛苦本质。与此同时，首尾以"整整一上午"相互呼应，使得这个"上午"在诗歌中永远地停滞了下来，留下一个不断地挥舞着镐头的肉体雕塑，赤裸的脊背上燃烧着炽烈的阳光。

《纬四路口》展现出深沉厚重的情感，富含张力的同时，语调却十分节制。诗人以真挚悲悯的眼光，真诚地完成对现实的批判，这使蓝蓝的底层书写具有自省意识与谦卑姿态，她在关怀他人的同时，也反思着自我，在字里行间荡漾着温暖、洁净的人性，一如她在《矿工》中所写："一切过于耀眼的，都源于黑暗。／／井口边你羞涩的笑洁净、克制／你礼貌，手躲开我从都市带来的寒冷。／／藏满煤屑的指甲，额头上的灰尘／你的黑减弱了黑的幽暗；／／作为剩余，你却发出真正的光芒／在命运升降不停的罐笼和潮湿的掌子面／／钢索嗡嗡地绷紧了。我猜测／你匍匐的身体像地下水正流过黑暗的河床……// 此时，是我悲哀于从没有扑进你的视线 / 在词语的废墟和熄灭矿灯的纸页间，是我 // 既没有触碰到麦穗的绿色火焰 / 也无法把一座矸石山安置在沉沉笔尖。"

诗句一开始即以哲理化的口吻展开了叙述："一切过于耀眼的，都源于黑暗。"明暗对比赋予诗行以丰富的张力与历史感。"黑暗"在此处，既是漆黑岩层里煤矿的颜色，也是矿工身上的颜色，有着蕴于矿井之中的苦难之意，而正是在"黑暗"中，"过于耀眼"的人性与诗意得以呈现。这明亮的光芒来自落满灰尘的肉身，"井口边你羞涩的笑洁净、克制"，笑意永远是艰辛生活下映亮心灵的珍宝，洁净是生命的纯粹，羞涩是温柔含蓄的记号。诗句在给心灵以安谧轻柔的温暖的同时，也在矿工"克制"的笑容里，留下一份小心翼翼的悲哀。"你礼貌，手躲开我从都市带来的寒冷。"此处，诗人以自省的姿态书写了都市的寒冷，也巧妙而含蓄地化解了矿工与"我"避开握手的尴尬。而"你"之所以要躲开我，是因为"藏满煤屑的指甲，额头上的灰尘"，这辛苦而悲哀的生存方式并不是个体现象，而是一种普遍存在的现象，一如矿工诗人陈年喜所书："我微小的亲人囗远在商山脚下 / 他们有病囗身体落满灰尘……// 我身体里有炸药三吨 / 他们是引信部分"（《炸裂志》）[①]。

蓝蓝笔下的这个矿工亦如此，在黑暗的洞穴里以艰辛的劳作、以满是灰尘的身体，竭力地守护着人间渺小而珍贵的亲情。在"你的黑"里，是生命真正坚忍、悲怆但勇敢的爱，由此"减弱了黑的幽暗"，"发出真正的光芒"，即使是"在命运升降不停的罐笼和潮湿的掌子面"，人性幽微的光芒依然静静地闪烁着，在悲哀里给人希望。然而现实终究不可变，背负着沉重的肉身，"钢索嗡嗡地绷

---

[①] 陈年喜：《一地霜白》，山东文艺出版社，2022，第240-241页。

紧了。我猜测／你匍匐的身体像地下水正流过黑暗的河床……"无可奈何的沉重劳动,使得身体卑微而匍匐,一面闪着微光,一面辛苦地流过"黑暗的河床"。面对这苦涩的现实,诗人悲悯而无奈地反思道:"此时,是我悲哀于从没有扑进你的视线",诗人意识到,诗歌的语言似乎已经无法荷担这悲哀的苦难了,"在词语的废墟和熄灭矿灯的纸页间,是我//既没有触碰到麦穗的绿色火焰／也无法把一座矸石山安置在沉沉笔尖"。此处,诗中的"我"以感同身受的触觉深入了黑暗的煤矿,以悲悯的心走进了年轻矿工的生命感受里,留下满含泪光的凝望。同样的关怀,在《鞋匠之死》《艾滋病村》《酒厂女工》等诗作中亦有体现。蓝蓝以充满温情的眼光注视着这个并非童话般的世界,苦涩、艰辛、矛盾,然而,在悲哀和疼痛的凝视中,她从未放弃对美、希望及丰盈的生命力的追寻,这也是蓝蓝诗歌打动人心的原因:"美就是那些事物最单纯的存在／赋予人的希望——我已为此／支付痛苦和双眼的凝视／——人活着,这是出于它们的慷慨。"(《美的》)她始终慈悲而温柔地守护着渺小生命里的光亮,以轻柔的抒情,真挚地写下:"在人间所有动人的倾诉里／有你微不足道的声音。"(《好兄弟》)

## 第四节 文体特征:从"漫溢的抒情"走向"少即是多"

如前所述,"在新世纪之前,蓝蓝诗歌中的声音恰好借助了滋养她的乡村事物而得以形成并能够自觉地触及对阈限的击打"[①]。现代性语境中的存在意识是蓝蓝诗歌中一以贯之的主题,在 21 世纪以前,也占据了蓝蓝诗歌主题的大部分内容。这一时期对存在的思

---

[①] 胡桑:《一定有更痛楚的爱——论蓝蓝》,《汉诗》2014 年第 2 期。

索依托于乡村记忆，具有自然、强烈的抒情性，于语言上未刻意经营，显著的文体特征表现在代词、副词的运用，句式的节奏感与物象的呈现。

**一、在抒情中完成思绪漫游**

对个体生命存在时间的注视让蓝蓝时而游离出现实，进入一个不朽的境地。这一不朽的境地由悬置了指代内容的代词勾画出若隐若现的轮廓：

就是这样
我们含笑

我们终于可以不再说什么
黄昏没有波澜
墙壁上留下太阳辗过的痕迹
证明世界曾被照耀
证明温暖
我们该怎样
我们又能怎样
为一切留下背影
在找不到家的地方
居住，以无偿的祝福
点燃人类苦味的炊烟

——《含笑终生》

这首写于 1990 年的诗作极具代表性地表现了蓝蓝作为冥想者的形象。代词在具体语境中省略已知内容，而首行以笃定语气说出的

"这样"所指代的内容在叙述者的言说中有待被塑形，因此它首先是说话者对自己的印证与回答。下一节中的"怎样"指向空缺的行为方式，则是说话者对自己的问询。"终于可以不再说什么"暗示有从前的话语存在，它们只为叙述者明了。喃喃自语的自我印证之后是宕开一笔的"黄昏"在场描写，之后漫游的思绪收回，再次对自己笃定地说道："就是这样"，继而开始再一次的思绪漫游。"这样"所指代内容的悬置让人始终期待它的明晰，在期待中亦遭遇了更多强烈的抒情，它们由一系列副词传达，如"终于""终究""又能"；也遭遇了更多遥远的指涉，如"那条河"，一些事情为"我们知道"，却"不被解释""不被说明"，"找不到家的地方"同样是对此地含义的悬置。叙述者的喃喃自语似乎表现出她并不将别人放在考虑中，但仍能从那些含义不明的指代中辨认出使她含笑的那个世界，它有关个体存在的苦难及面对苦难的姿态。

蓝蓝希望书写"归还事物在日常世界里失去的光辉与真实"[①]，而名词被她重新擦亮、赋予了这样的使命；即使在20世纪90年代初蓝蓝还未清晰意识到"名词具有不朽的魅力"[②]，她已经由印象将它们固定在诗句中，它们暗藏着由"此世界"去往"彼世界"的锁匙。

写于1990年的《秋歌》典型地表现了90年代初蓝蓝随季候流转的心绪："在深秋我聆听／大地召唤树叶和雨水的声音／我聆听死去的人们／在我身体里走动的声音／许许多多的声音／……"这首诗开

---

① 蓝蓝：《写作手记》，载《内心生活》，耿占春编选，春风文艺出版社，1997，第229页。
② "这些诗句中的名词——月光，白霜，石头，嘴……在闪烁，仿佛大片绿草中发亮夺目的花朵，它们把整首诗牢固地连结在一起，像布罗茨基所说——名词具有不朽的魅力。"见蓝蓝：《写作手记》，载《内心生活》，耿占春编选，春风文艺出版社，1997，第234页。

篇就表现出强烈的抒情性,换行形成的停顿延长了"聆听"的语音时长,引起对"聆听"内容的期待,由此"大地召唤树叶和雨水的声音"在停顿中获得更为丰富的含义。"在我身体里走动的声音/许许多多的声音"在中心语相同的句式中更换定语,形成对"声音"的间断补充,模仿思绪的滞缓,形成喃喃自语的情绪氛围。"在深秋"在重复中形成统摄全篇的死亡临界感,这种感受由句式截断与重复所形成的语势"重量"加强。现实图景便在上述句式框架下得以展现,除了深秋时"大地召唤树叶和雨水",还有"朝觐者""豆荚和石磨""刈倒的玉米秆""蛙鸣和秋风",最终这些事物的聚合是为了使她"惊喜地望见/世界的底",她从中"谦卑地聆听/草木凋零后/悲伤的欢欣"。

1991年《风中的栗树》在相同的时间主题下表现了更剧烈的凄恻:"让我活着遇到你/这足够了。"强烈的情感首先由简洁的日常用语"活着"引起,这个词以它的简短与屡见的属性糅合了对生命热力的一切感受,它带着出人意料的重感进入蓝蓝纤细的乡村图景,铺垫出全诗的顿郁气息。"风中的栗树/我那寒冷北方的栗树"在中心语相同的句式中更换定语,表现的是对记忆中栗树的重复呼唤与长久注视。栗树,以及村庄、打谷场、睡杜鹃和甲虫都被笼罩在"寒冷""银色"、不可避免的死亡与消逝的命运之中。因此抒情主体的呼唤诉诸表意强烈的副词"多么"。

蓝蓝也可以放弃句式,将情感连同句式的重复与截断一起撤走,将个体存在凝聚于物象的聚合中:"风从他身体里吹走一些东西。//木桥。雀叶上露珠矿灯的夜晚/一只手臂□脸□以及眼眶中/蒲公英花蕊的森林。/吹走他身体里的峡谷。/一座空房子。和多年留在/墙壁上沉默的声音。//风吹走他的内脏□亲人的地平线。/风把他一点点掏空。/他变成沙粒□一堆粉末/□风使他永远活下去——"

(《风》)。事物名词紧密地联系了整首诗,它们通过自身展现了那些具有包孕性的时刻。这种写法延续到21世纪以后,《共时性》更为彻底地放弃了句式,全由名词和短语组成,叙述者注视着个人的生活空间,这里有"茶杯。空药盒。有了裂纹的塑料盆子。/在树枝上蹲着的喜鹊。干花。死去的木棍。/筷子。碗。油漆剥落的铁门。/旧地板。从墙角迅速溜跑的蟑螂。"

物象置身的场景已由乡村与自然转向日常生活的室内,她不再仅仅从"此世界"的光辉中追寻"彼世界",她接纳了那些"不美",它们组成了新的生活态度,公共性的名词经由形容词具备了私人经验,药盒是"空"的,花是"干"的,地板是"旧"的,这些形容词揭示了叙述主体在这首诗之前的生活时间,物象的陈旧与磨损象征了个体存在的温度。除了个人生活空间,叙述者还注视着公共空间:"用袖子擦眼泪的女人。收破烂人踩扁的鞋跟。/微博上被PS过的假照片。元首的死。/烛火,钥匙。拷打和强奸。化成纸浆的书。"叙述者不再以物象投射主体感情,也取消一切解释和说明。名词及名词短语在连缀中打通私人空间与公共空间。

## 二、书写符号:作为表达的策略

上述分析显示出蓝蓝从20世纪90年代中期逐渐发生的言说方式的转变:"漫溢的抒情形态正在敛聚为一种可以触摸的形式""对情绪的表达不再是歌唱般地,而是一种更为犹疑的吐露,唯恐其变成了别的、与之不同的东西——"[①] 伴随愈加简短的句式出现的是破折号与省略号的运用,它们从蓝蓝"选择词的用法,更多的是减

---

① 耿占春:《宁静的源泉》,载蓝蓝著《内心生活》,耿占春编选,春风文艺出版社,1997,第15页。

法而不是加法"①的领悟中产生。"'至少到 1993 年以后',诗人开始慢慢引进破折号和省略号。在蓝蓝的近期写作中,它们已经扮演了通常逗号和句号才拥有的重要角色。"②

破折号以鲜明的视觉形象增强了停顿,在散文句式与日常词汇中拓开另一重含义:

> ……亲爱的绿杨树,你来,
> ——还有你,躺倒的麦穗
> 请让我在你们身上
> 靠一会儿
> 从你们宽广的茎秆里
> 走出去——
> 阳光多么好,大地
> 　　多么慈祥
> 还有几只麻雀在麦场里
> 叫着——"古老的五月"
> ——它们会说拉丁语?
> 　　　　　　——《五月》

这首诗中的视觉表现策略突出地体现为破折号的使用,从绿杨树到麦穗,诗人逐一辨认着五月的事物,第一个破折号象似③于视

---

① 蓝蓝:《写作手记》,载《内心生活》,耿占春编选,春风文艺出版社,1997,第 231 页。
② 王晓渔:《"写给世界的一封情书"》,《诗探索》2003 年第 1—2 辑。
③ 象似符最初是美国符号学家查尔斯·皮尔士(Charles Peirce)提出来的。标点符号的象似性主要体现在形态象似、数量象似、距离象似和标记象似四个方面。蓝蓝诗歌中对标点符号的应用突出表现在省略号和破折号上,它们的形态与表达内容构成象似。

线移动与凝视的过程，如果删掉，成为"……亲爱的绿杨树，你来，/还有你，躺倒的麦穗"，视线移动的空间感与辨认事物的时间都与破折号一同消失了。破折号增强了如临其境的现场感。

从单个的事物到阳光和大地的整体场景，中间经历了"靠一会儿""走出去——"，空间距离拉近，表现诗人对自然的亲近与归属。不仅如此，在对它们的注视中，自在之物渐渐浮现，因此第二个破折号表现事物渐渐升起的光辉，烘托阳光和大地"福音书式的情景"①。她没有将从这些生命身上获得的领会直接诉诸文字，而是保留了它们的模糊形态，并通过破折号指向的空白表现言语之外无限的意义。

除了破折号，省略号也标示了言语之外的情感，如她在进入21世纪后创作的爱情诗《如若》："嗯，今天阳光真好。/这老套的开场白，不如换一种。/或者，你在读薇依吗？/……椅子的扶手陷在阴影里/如果你们见面，窗玻璃会是空的吧？"整首诗的叙事主线是对与曾经的爱人再见面的想象，蓝蓝在这首诗中借用了小说的叙事笔法，用两种叙事声音表现"我"的矛盾心态。第四句中省略号的运用，使这句诗在视觉上如同电影慢镜头在缓缓推动，拉动了未形于语言的情感，展现了人物的心绪和情绪的节奏，断断续续的点象似于注视中的幽微情绪，也起到节制抒情的效果。对话的声音发生在内心场域，叙述者的注意力从内心场域转向外在环境的过程伴随着未间断的情绪，对环境的注视伴随暂时的失语，独白很快再次响起，叙述者再次回到内心场域。在这里，内心场域与外在环境处于同一情感空间，因此对事物的注视也笼罩着人物的复杂心绪。

---

① 耿占春：《宁静的源泉》，载蓝蓝著《内心生活》，耿占春编选，春风文艺出版社，1997，第3页。

从"漫溢的抒情"到"少即是多"的文体特征转变尤其体现在蓝蓝的代表作《野葵花》一诗中:"野葵花到了秋天就要被/　　砍下头颅。/打她身边走过的人会突然/　　回来。　天色已近黄昏。/她的脸　随夕阳化为/　　金黄色的烟尘/连同整个无边无际的夏天//穿越谁?穿越荞麦花似的天边?/为忧伤所掩盖的旧事,我/　　替谁又死了一次?//不真实的野葵花。不真实的/　　歌声。/扎疼我胸膛的秋风的毒刺"。

20世纪90年代,蓝蓝对个体生命存在处境的感知主要寄放在乡村和自然图景中,"鹤岗的芦苇","将要消逝"的"石人山","到了秋天就要被砍下头颅"的"野葵花","在时光里奔走"的"苹果树"等被置放于存在视域中的自然风物显示了蓝蓝在审美对象上的偏好。与大自然朝夕相处的童年经验令她对自然界的花草树木存有亲切深挚的情感:"我很小就知道很多植物的名字,它们就像我认识的人,看见它们就像看见亲人。心情不好时只要看看太阳升落,看看满天星星,看看五月的槐花落在肩膀上,我就会平静下来。"[①]对自然事物的书写并未因后来蓝蓝视野的扩大与题材的丰富而中断,只是随着诗人经验变化,书写方式也发生改变,句式愈加简短,语气愈加冷凝,析出越来越多的折射面。与此相比,90年代蓝蓝对自然的书写以其清新剔透的风格打动人心。

90年代初,蓝蓝带着她的作品参加了第十届青春诗会,在诗歌修改环节,蓝蓝提到:"我的诗一句都没动,就按原样发出来了。"[②]《野葵花》也是其中一首,后来成为蓝蓝脍炙人口的作品。这首诗

---

① 林东林、蓝蓝:《蓝蓝:所有美对我都是一种伤害》,载林东林著《跟着诗人回家》,江苏凤凰文艺出版社,2017,第178页。

② 林东林、蓝蓝:《蓝蓝:所有美对我都是一种伤害》,载林东林著《跟着诗人回家》,江苏凤凰文艺出版社,2017,第190页。

中，抒情主体首先用平静的陈述语气讲述她从自然界获取的一个事实："野葵花到了秋天就要被／□□砍下头颅"。在蓝蓝的诗中，抒情主体通常通过疑问语气的运用传达强烈的情感，并以情感浓度的加重使得答案更加扑朔迷离，如"谁藏在细细的苇秆里／听风在叶子上沙沙地走？"（《鹤岗的芦苇》）这句诗中，人称代词"谁"始终没有得到解答，它将我们的目光从事物细节上引开，陷入疑问，通过背离我们对现实的认知让我们走向另一个世界。与之相比，基于事实判断的陈述语气传达了可触摸的现世经验。这一陈述中，"砍下头颅"在分行的截断下从完整的句式中被分离出来，获得强调。野葵花到了生长末期，茎秆不再丰盈充沛，花托不再挺立向阳，而是垂向地面，干瘪皱缩的花瓣纷乱掩盖其上。葵花的花托比其他花卉更大，枯萎垂落时有更明显的重力形态，由此引起"砍下头颅"的隐喻，抒情主体在从自然界获取的事实中投射了自身对存在的疼痛经验，形成"砍下头颅"的暴力和血腥感。

分行和空格使"回来"从视觉和语音上获得强调，"回来"意味着注视。蓝蓝早期诗作中句式和用词并未跳脱出日常用语范畴，但句意的跳跃和场景的拼合使日常语言获得了诗意。第一节连缀的场景至此已显出线索，野葵花、走过的人、天色，每一个场景中的人或事物各行其是、独立存在：野葵花自顾自凋亡，人自顾自走过，天色恰巧将近黄昏。当它们汇聚在一起，其中的关联便隐隐浮现。"打她身边走过的人""回来"注视着野葵花，从它的凋谢中看到自己的命运；"黄昏"则隐喻生命行将就木的阶段。黄昏使整个场景笼罩在渐暗的金色中，呼应着野葵花的颜色，因此"她的脸□随夕阳化为／□□金黄色的烟尘"，在连成一片的金色中走向各自的终途。"烟尘"也许从浮动在光束中的细小颗粒而来，"她的脸"和"无边无际的夏天"通过转化为烟尘的形态传达了抒情主体的虚无感，

"砍下头颅"表现虚无感中暴力与摧折的一面,"金色的烟尘"则以上升的形态表现了虚无中的神圣和宁谧。

除了场景的拼合,句意的跳宕也是蓝蓝这一时期风格的构成元素。第二节再次印证前文提及的疑问句特征,它首先破坏了第一节平缓镇静的陈述语气,声音忽然激烈,从对现实场景和现世经验的注视径直移向一个与读者相距遥远的内心场域,从"野葵花"迅疾跳宕至"荞麦花似的天边"。"穿越"呼应上一节的"回来",表现运动过程,在"死"的映照下,"穿越"也许应当理解为内心的位移,伴随旧事的再发现。蓝蓝的疑问通常指向内心的困惑,有喃喃自语的特征,如果不能说它表现了未成熟的写作技艺:陷于个人习惯的用词方法,而对词的客观效果缺少甄别;那么可以说它体现出这样的特点:将心灵感受等同于身体感受。句意再次跳宕,从激烈的情绪过渡到第三节的冷凝收束。第一节对野葵花的铺陈与第二节思绪的游离收束在"不真实"中,而它似乎略显单薄而无法承托起第一节在场景的拼合中开拓的诗意空间。蓝蓝 20 世纪 90 年代初期的诗作多运用"形容词",即直接表达情感的词语,后来她逐渐意识到"名词具有不朽的魅力"[1]。第一节胜于后两节之处就在于其名词的运用,后两节中形容词的惯性流露反倒削弱了抒情主体丰富的内在感受。陈东东则指出以"她"指代的野葵花与"我"实为一体,"对野葵花的吟唱终归是一种自我吟唱。不知道是否在这一意义层面上蓝蓝写下了'不真实的野葵花。不真实的 / □□歌声'这样两句宕出整首诗吟唱序列的旁白。这样的旁白使得最后一句更显突兀,戛然收住了这首可能并未完成的诗,让余音慢慢烟散在时间里"[2]。

---

[1] 蓝蓝:《写作手记》,载《内心生活》,耿占春编选,春风文艺出版社,1997,第234页。
[2] 陈东东:《〈野葵花〉点评》,《诗探索》2003年第1—2辑。

## 第五节　追忆中的童年"风景"与儿童符码

蓝蓝在儿童文学领域内的创作可追溯到 2003 年出版的短篇童话集《蓝蓝的童话》，2006 年蓝蓝集中出版了三部长篇童话和一部短篇童话集，并在 2009 年获得"冰心儿童文学新作奖"，此后于 2016 年出版了童话评论集《童话里的世界》[①]，于 2019 年出版了《给孩子们的 100 堂诗歌课》，在 2020 年出版了儿童诗集《我和毛毛》，2022 年编选出版由 12 周岁以下儿童创作的诗集《小号童诗·动物园》。从作品编年来看，蓝蓝的儿童文学写作并非一时兴起，而是有着稳定而沉潜的脉络，伴随她的诗歌创作一同生长。蓝蓝曾多次表达，幸福的童年经验塑造了她的基本品质和理解世界的态度，"爱"无疑是童年给予她的珍贵馈赠，在自己成为母亲后，蓝蓝将同样深挚的情感给予孩子，她赞美道："孩子光明的脸 / 在沉睡中 / 并不依赖阳光"（《给孩子》）。在爱和尊重儿童的基础上她关注儿童教育，并对很多诗歌教育中的问题进行了反思。她以切身的努力，即通过编选、解读童诗、童话的方式让孩子们知道什么是好的文学、好的童话与诗，并为现代诗教育提供范例。对蓝蓝来说，童话和童诗的迷人之处不仅在于通过富有想象力的表现方式抵达世界深处的秘密，由此具有教育意义，还在于它们承载了她对童年经验的眷恋，通过对往日经验的复写，她可以"不断地回去，去恢复你曾经拥有的那些时光，这是一个古老的冲动"，"是自我审视的一个途

---

[①] 2023 年该书由河北教育出版社再版，名为《和孩子一起读童话》，增删了部分童话：删除了《像晨光一样》，增加了《普通人和国王谁伟大？》《发现命运的奇妙方式》《尝一下青葡萄的滋味》《最大的敌人是谁？》四篇童话。

径"①,《我和毛毛》就发生在这一条不断回到过去的旅途中,在经验的传递中也寄予了蓝蓝对儿童心灵成长的期望。

自20世纪90年代始,蓝蓝的很多诗作素材来源于对过去的想象,恰如她在童话诗集《我和毛毛》的前言中所说:"想象力不仅仅指向未来的时间,更应该指向过去——当我们身处其中之时我们根本不懂的'此刻'。"②这里的"指向过去"不等同于对过去的追忆,它特指诗人记忆中童年的"风景"。事实上蓝蓝在写作初期的散文集里已反复咏叹个人历史的线索,如《人间情书》中的《童年》追忆:"我曾拨开荆棘丛,跨过时光遗下的乱石,去山林深处探寻河溪的源头。那一汪泉水,那汩汩不息的涌泉,是我的童年。"③《我和毛毛》与往事的对话更彻底地消除了人生与记忆的间距,蓝蓝将作为成人的自己置换到儿童的灵魂中,创造了一个全息视角的孩童的"我"。在伽达默尔对理解活动的探讨中,认识主体总是在一定处境之中,进行理解时不可避免地受到并非事物本身的前意见干扰,因此灵魂沟通式的理解难以实现。④谈话是认识真理的手段,与认识对象"谈话"时,认识主体通过不断修正前见能够接近事物本质,事物本质并不等同于具体的陈述,而是一个"界",表现为"谈话"中递进产生的陈述。如果谈话伴随着误解及对误解的反复修正,那么蓝蓝对过去的理解并非谈话式的,而是体验式的,她既

---

① 《蓝蓝:童年,是一个人获得灵魂的阶段》,"活字文化"网易号,2021年10月8日,https://www.163.com/dy/article/GLPBR63O0541URKJ.html,访问日期:2024年6月20日。
② 蓝蓝:《人的童年比一生更长》,载《我和毛毛》,浙江少年儿童出版社,2020,第1页。
③ 蓝蓝:《童年》,载《人间情书》,东方出版社,1993,第12页。
④ 原文为:"谁想进行理解,谁就可能面临那种并不是由事物本身而来的前意见(Vor-Meinungen)的干扰。"见[德]汉斯-格奥尔格·伽达默尔:《诠释学Ⅰ、Ⅱ:真理与方法(修订译本)》,洪汉鼎译,商务印书馆,2007,第71页。

认同回忆中的童年,又重复着作为成人对自然与爱的理解。体验者相信自己能够与儿童的灵魂互换,因此形成模拟儿童的特殊方式。此外,模拟儿童的前提是对"儿童"概念的认可,成人模拟儿童的实践准备是将某些行为贴上"儿童"的标签,如蓝蓝在诗中记录了儿童的声音:"一、二、三、——跳!"(《红薯窖》)她观察到儿童对整齐划一行为的偏好,并将其作为"儿童的"再次呈现。对儿童来说是"自然"的,对成人来说就是"非自然"的,如其自然,则没有成人与儿童之分,就不需在"儿童的"范畴中将其呈现。正如柄谷行人对日本现代文学起源中儿童的考察,"谁都觉得儿童作为客观的存在是不证自明的。然而,实际上我们所认为的'儿童'不过是晚近才被发现而逐渐形成的东西"[①]。因此,与其说蓝蓝表现了儿童的某些特质,不如说,文本反映了蓝蓝的儿童观,亦可称之为蓝蓝的儿童符码。

## 一、叙事性表述中的儿童符码

语言或其他媒介对事件的再现若涉及两个或两个以上的事件或状态就构成叙事。《我和毛毛》中的诗篇表现出典型的叙事性,如"我和毛毛一起爬树/树上刹那间开满了花儿。//我和毛毛趴在井台上/井里有了两个小孩儿笑嘻嘻的声音"(《我和毛毛》),其中每一节包含以因果为逻辑的两个事件。从《我和毛毛》中的叙述痕迹来看,叙述者"我"不是在自言自语,因为诗篇中没有留下独语的文本表现,如跳跃、无序,而是呈现出来自外部视点的清晰事件叙述,包含时间、因果等;"我"也不是对毛毛说话,因为在"言语行为与主语的关系中","主语不仅指完成或承受行为的人,也指

---

[①] [日] 柄谷行人:《日本现代文学的起源》,赵京华译,生活·读书·新知三联书店,2003,第112页。

(同一个或另一个)转述该行为的人,有可能还指所有参与(即便是被动地)这个叙述活动的人"①。在上述例子中,我和毛毛同时是事件的参与者,通过展示自身完成了讲述。"我"的讲述对象既不是自己,也不是毛毛,而是蓝蓝观念中的孩童,其叙述内容围绕蓝蓝的儿童符码展开。

在"我"的讲述中,孩童天然地认同自然界的动物与植物,以自然风物的美作为心灵养料。在《礼物》中,毛毛送给"我"的礼物是从傍晚河边的风景、早晨的大树等自然风物中的精神发现,"我"认为"这是最宝贵、最令人震惊的礼物"。在《跟我说说大海》《跟我说说大山》中,毛毛作为大山里长大的孩子对"我"描述了大山的风景,"我"作为海边长大的孩子对毛毛描述了大海的风景,风景就是这些诗的全部意义。"我"和"毛毛"具有自然之子的身份:"小瘦狗毛毛,黑脚丫毛毛,/我认下了杏树和桃树当姐姐""我的妹妹是梨树和苹果树。/梨树现在只有小花骨朵,/苹果树现在只有小芽芽。"毛毛说:"老黄牛是我的大哥,/大青骡是我的二哥,/我的弟弟是山坡上那匹小红马"(《亲人》)。人、动物与植物从机体构造来看的确是不同的存在,亲属关系中的血缘纽带在此隐喻精神上的认同,动物与植物因不具备人类精神的复杂而获得神性,人以这种认知为基础发生了精神上的认同,借由认同丢弃了肉身。此外,对其他物种的认同跨越了物我之别的界限,这种认同本身就是人超越自身偏狭,向普遍精神转化的表现。除了认同自然界的动物与植物,"我"和"毛毛"的普遍精神也包括对人类的认同,这表现在"我"与毛毛之间纯洁真挚的情感,在柿子树、老槐树、牵牛花、打碗碗花等植物构成的乡村图景里,"我"和毛毛是

---

① [法]热拉尔·热奈特:《叙事话语 新叙事话语》,王文融译,中国社会科学出版社,1990,第147页。

相伴着四处游戏的野孩子,当"我"受到小伙伴们的嘲笑时,毛毛就会挺身而出;"我"和毛毛分享着匮乏的零食:"那是一颗小小的糖球,/在口袋里放了很久,/糖纸都快揉破了。//我舔一口,他舔一口,/圆圆的、甜甜的糖球。"(《一颗糖球》)尽管有物质条件的差异,"我的被子很厚""毛毛没有棉鞋,也没有厚被子","我"依然认同于毛毛,虽然"我"被冻感冒了,"但我有点儿高兴,看到毛毛的时候/我使劲儿打着喷嚏!"(《感冒》)

在另一些诗中,"我"和毛毛不再像精灵一样在远离日常生活的想象世界中徜徉。"我"以儿童的口吻展现了物质匮乏的生存环境:毛毛养大了小黑猪,但"腊月二十六,杀猪割年肉,/小黑猪进了大铁锅。//毛毛一边伤心地哭/一边啃着一块肉骨头。//毛毛的眼泪真咸呀。小黑猪的肉真香呀"(《小黑猪》)。在毛毛的精神世界中,小黑猪就是他的亲人,但匮乏的物质条件不足以供养孩子们的幻想,生存的现实挤压着孩子们的乐园。蓝蓝曾在采访中以这首诗为例,一语道出童诗写作的困难及自己的追求:"我作为诗人,需要处理的是一种很复杂的感情,因为生活中真的就会面临这些两难的道德困境,也是生活的困境。"[1]"我"作为"拟儿童"只将现象写来,表现孩子们对现实世界的懵懂认知,孩子们虽没有深刻洞见,但已被毛毛的眼泪触动,而毛毛所品尝到的眼泪的咸和肉的香已为他们揭示了另一种现实。"我"对村庄中其他人事的描写丰富了"我"和毛毛生活着的环境,如《到梦中去买》写道:"'山里的孩子,/哭着哭着要糖。/到梦中去买。/到梦中去买。'""'山里的年轻汉子,/哭着哭着要媳妇。/到梦中去买。/到梦中去买。'""'山里的老人,/哭着哭着要一口棺材。/在梦中去买。/在梦中去买。//……'"展现

---

[1] 蓝蓝、于晓庆:《要为孩子写,参与他们世界观和灵魂的塑造》,《三峡文学》2023年12月,总第550期。

出山区中的另一种生活。《二傻子》则表现了山区买卖妇女的罪恶："昨晚二傻子差点冻死，/新媳妇把他关在门外头。"蓝蓝谈到自己的乡村经验时说道："我以前的乡村记忆是美好的、充满温情的，也可能是我过滤掉了真正的乡村孩子所遭遇的东西。"① 对村庄苦难一面的描写是蓝蓝在接受经验的磨砺后对村庄的重新发现，以拟儿童的口吻写给孩子们看的另一种生活样态，它不属于对早年经验灵魂互换式的回归。如果儿童符码是对儿童群体和经验的抽象，这些诗作则通过与往事的谈话敞开了儿童经验的复杂维度。

## 二、言说方式中的儿童符码

对儿童的模拟除了表现在情感内容上，还表现在言说方式上。与非儿童诗的创作相比，蓝蓝在童诗创作中尤其注重诗歌的吟诵性，采用重叠和问答的结构，呈现出歌谣特征。

儿童认知特征与作为口头文学的歌谣有生理上的关联，儿童从学语开始，便以唱诵歌谣为乐，也就是说儿童记忆和吟诵先于识字行为，从模仿读音开始。周作人在《儿歌之研究》中也论及："凡儿生半载，听觉发达，能辨别声音，闻有韵或有律之音，甚感愉快。儿初学语，不成字句，而自有节调，及能言时，恒复述歌词，自能成诵，易于常言。盖儿童学语，先音节而后词意，此儿歌之所由发生，其在幼稚教育上所以重要，亦正在此。"②

童谣的艺术特征包含重叠、反复和对答等。重叠法指构词成分、词或短语的重叠运用，如"逗虫虫""吃豆豆，长肉肉，不吃豆豆，精瘦瘦""舅舅！舅舅！"反复法指在同一童谣中，在一定

---

① 林东林、蓝蓝：《蓝蓝：所有美对我都是一种伤害》，载林东林著《跟着诗人回家》，江苏凤凰文艺出版社，2017，第192页。
② 作人（周作人）：《儿歌之研究》，《绍兴县教育会月刊》1914年第4期。

的距离内使用着某一相同或相近的词和短句,如"月娘娘,教奴做衣裳。月姐姐,教奴打鞋喜。月哥哥,教奴唱山歌。月妹妹,教奴做扇袋"。从广义上讲,反复也可视作重叠的一种。《我和毛毛》中的重叠首先表现为构词或构形的重叠,如"红薯窖是甜烘烘的,暖暖的"(《红薯窖》),"打碗碗花呀,藏在田埂下/蓝的,紫的,花花的//荠荠菜花呀,藏在麦苗下/碎的,白的,一串串的"(《打碗碗花》),"石缝里汩汩流出的水""小溪里哗哗流出的水""大河默默流出的水"(《本地的云》),"脚印是浅浅的""脚印是深深的"(《悄悄话》)。叠词用以描述事物情状,对应孩童在语言和认知上的初学阶段,形成属于孩童的稚嫩语气。

重叠更多出现在章法中,作为结构诗歌的方式形成了歌谣式的整饬节奏,以声音形象描绘出轻松活泼的孩童神情,其中的儿童符码是孩童对唱诵韵文的喜爱。重叠作为局部元素,如《新的,旧的》,前几节都以"毛毛快来看"开头,重叠凸显了"我"对毛毛的召唤,急切、激动的语气中蕴藏着迫不及待分享的心情。以重叠作为全篇结构,呈现出更为完整的歌谣体式,如《打碗碗花》:"打碗碗花呀,藏在田埂下/蓝的,紫的,花花的//荠荠菜花呀,藏在麦苗下/碎的,白的,一串串的//毛毛,你看到了吗?/我看到了。我看到了。//……"这首诗分为两部分,每四节分为一部分。每一部分中的第三节相同,第一、第二节以结构基本相同的短语和句式形成重叠,最后一节则打破重叠,形成变奏。以重叠作为全诗结构,形成特定的节奏规律,读来活泼轻快,中间的两句对话:"毛毛,你看到了吗?/我看到了。我看到了。"使诗歌具有在场感,勾勒出两个孩子一边唱歌一边"发现"的游戏场景。在歌谣般的吟唱中,"我"描述了打碗碗花、荠菜花等四种植物的特性,完成了歌谣的教育功能。

蓝蓝对歌谣的偏好在文本中有例可证，重叠的内容若加了引号，就成为文本世界中真正的歌谣。《到梦中去买》所重复的是："'山里的孩子，/哭着哭着要糖。/到梦中去买。/到梦中去买。'//……//'山里的年轻汉子，/哭着哭着要媳妇。/到梦中去买。/到梦中去买。'//……//'山里的老人，/哭着哭着要一口棺材。/在梦中去买。/在梦中去买。//……'"这些歌被文本中山里的人们"唱着"，成为文本世界中的歌谣，重叠的内容凸显了"山里的"地理空间及其中物质匮乏的生存环境，变化的主语囊括了人在一生中的不同阶段。歌谣散落在诗篇中，每一段歌谣之后都出现了两到三段变奏，第一段歌谣后描述的是："毛毛唱着一支不知从哪儿/听来的歌。//他的鞋露着脚趾，/他的袖子露着棉花，/他的小脏脸露着无忧无虑的笑容。"第二段歌谣后描述的是："村里的庄稼人，/一边锄地一边唱着。//小伙子光着结实的膀子，/穿破衣裳的姑娘手搭凉棚张望：/他们的腰板好看，脸也好看。"显然纯粹的歌谣不足以实现蓝蓝的写作意图，她通过破坏节奏的方式创造歌谣歌唱者的世界，歌谣凄苦，而唱歌的人们却精神富足，孩童是无忧无虑的，青年男女们虽然没有华丽的衣裳，但小伙子们有结实健壮的身体，姑娘们也有悄悄张望的娇俏。即使在贫困中，淳朴的山里人依旧凭借本能神奇地创造着生活的乐趣。如果一段歌谣与两段变奏的体式构成另一层重叠，最后两段对"我"的描述则又一次形成变奏："手里拿着白面馍馍的我，/哭着哭着想要这些梦。//不知道到哪个梦里去买。/不知道到哪个梦里去买。""白面馍馍"表现"我"在物质上的相对富足，而"我"哭泣则是因为对他人处境的怜悯。这一变奏将唱歌的人及歌谣形成的自足世界收束在"我"的感情世界中。

问答是《我和毛毛》中另一常见的话语结构方式，比如，在《跟我说说大海》中，毛毛说："海边来的小妮子，跟我说说大海吧",暗含"大海是什么样的"这一问句,由此展开"我"对大海的描述和毛毛的回应:"'大海无边无际,又蓝又深。/ 很多船在上面航行,有一些却永远 / 不能回到家乡,它们在半路上就沉到了海底。// '大海很温柔,在早晨太阳升起的时候。/ 大海也很可怕,当大风呼啸 / 它掀起了怒吼的波涛。// '大海里有很多鱼儿。沉船里的人们 / 后来都变成了鱼儿。他们住在海底。'// 哦!——毛毛喊了一声,说:/ '我明白了——有一次我在谷底走迷了路 / 到处都是高大的森林 / 我看到有一个人把车子开进了谷底 / 就再也没有回来。轮胎上后来长出了野草 / 就像海底的海藻把它缠绕。'"

以上用以描述死亡的意象与蓝蓝在非儿童诗中的书写相似,如《我在这里》:"我在这里 / 海水在沉船的舱里 // 回家的男人,路上的积雪太深 // 在词的骨灰盒中接吻 / 拥抱,一根长矛把我们的脊柱钉在一起。// 他们回家。炉火升起来了。/ ……"以"这里"指代生的此刻,暗示"那里"为想象中的死亡,以"海水在沉船的舱里"为隐喻,对应"沉船里的人们 / 后来都变成了鱼儿。他们住在海底"。海底的寂静、封闭、孤独、永恒透露出蓝蓝对死亡的感受,人与永恒自然的对照是蓝蓝深入认知死亡的视野,"轮胎上后来长出了野草"也在这一视野中产生。因此我们可以认为,《跟我说说大海》中的问答是蓝蓝意图将一个声音拆解成两个声音,用对话的形式将这一死亡认知赋予笔下的孩童,从而传达给儿童读者。从这一教育或启发的意图来看,蓝蓝认为对话形式更具有儿童性,更能引起儿童共鸣。朱自清在《中国歌谣》中总结了重叠的格式,问答是重叠的一种。"所谓'对山歌'的便是,这种歌因问作答,便成了重叠的形式。"① 蓝蓝采用了问答的形式,但其问答并不具备重叠的特征。问答的儿童符码表现在对儿童声音的记录,当孩童的语气

---

① 朱自清:《中国歌谣》,作家出版社,1957,第 171 页。

被模仿、再现时，就成为"儿童的"。蓝蓝在诗中记录了一些孩童的声音，如"——哦！哦！小短腿儿！/——哦！哦！喝凉水儿！"（《短腿》），但大部分问答都是将属于成人的声音拆解为两个，这些问答既非口语，也不具有重叠的结构或韵文的吟诵特征。

### 三、拟童体书写的局限

拟童体书写的局限首先表现在话语的失真上。如上所述，孩童的对话经由蓝蓝对成人声音的拆分而形成，尽管文学中的对话结构本身契合孩童喜爱唱诵的特点，但对话内容却暴露了成人想象力的匮乏。如《今天自己玩儿》："今天我要自己玩儿！/毛毛跑过来说。//——好吧。你玩什么呢？"

在接下来"我"与毛毛的对话中重复出现的是应答语"好吧"："——好吧。如果你的木棍不够，/……""——好吧。我不会打扰你。""——好吧。你一定会造出一座美丽的小屋"。对话的儿童性依靠对孩童话语生态的记录得以完成，无论从对孩童话语方式的模仿，还是从重叠的声音效果营造来看，"好吧"都是失效的语词，它在日常用语中的交际功能延伸到文本中，诗意稀薄，并未有效地反映儿童对话的生态，或形成能够与成人的思维、认知相互对照的内容。而后者才是"儿童的"意义所在。

又如《新的，旧的》中的对话尽管体现了蓝蓝对声音的强调，但内容同样缺乏"儿童的"本真诗意："毛毛快来看，/这是我的新裙子。//我来啦！//毛毛快来看，/这本画书我从没见过。//真好看。//……"尽管前后的空白突出了"我来啦！""真好看"，但空白却没有使它们获得语气之外的更多意义，"我来啦"作为高频日常用语已无法延伸出更多含义。

拟童体书写之局限性的另一表现是概念性的风景。前文论述了蓝蓝体验式的童年理解，当她追溯个人历史中风景的起源，将已成形的惊讶等诸多感受再次呈现时，诗歌中的一些风景仅是经验碎片的复述与集合。在散文《你的到来》中，蓝蓝描述了尚未清晰、混沌地存在着的生命体验："我想从想你的我中找到一个出口，走向你。我想知道你在借谁的口向我说话、唱歌，你借谁的躯干显示你的美姿和形体。"①从中我们不难看出蓝蓝渴望通过话语方式的调换，去试探理解或进入"你"的世界，期冀地徘徊在自我的边界，试图越出"我"和"你"之间的各种界限。而在儿童诗《礼物》中，这个"你"已经成熟，当它从成熟的形体中被截取出来成为"儿童的"内容时，语言则失去了拓宽自我的向度，成为对自我的重复："有一天，毛毛对我说：/ 我要送你一个礼物。// 他把我带到河边，夕阳照在河面上 / 两岸的树倒映在河水里。晚风吹拂着我们 / 红色的晚霞把这一切变得无比美丽。//'这就是我要送给你的礼物。'他说。//—— 这是最好的礼物。/ 我永远都不会忘记这个傍晚。"

蓝蓝在散文《在大沙埠》中描述了"我"在童年对自然的初次发现，这次发现是由一个叫"推子"的姑娘带领的："桑椹红的时候，她领我走了很远的路，蹚过一条河，穿过无边无际的庄稼地，又越过一大片黑森森、静得怕人的树林，来到一个山坡上。这是我第一次走最远的路，我想，原来还有比大沙埠更大的地方啊。我惊奇地看见了远山在天边，看见了流向东方的河水，看见了树林里的湿地上一丛丛好漂亮的蘑菇……""这一次壮美的远游引导我走向了广阔的大自然，使我的生命开始与树木、花草、飞鸟的影子溶在一起。我的引路人，了不起的推子姑娘，帮助一个灵魂完成了向大自然的接近。"②带蓝蓝看风景的推子或许就是这首诗里的毛毛，毛

---
① 蓝蓝：《你的到来》，载《人间情书》，东方出版社，1993，第8页。
② 蓝蓝：《在大沙埠》，载《人间情书》，东方出版社，1993，第15-16页。

毛是蓝蓝成长过程中伙伴群体的象征。诗中描绘的风景则来自对具体经验的选择与再次塑造。

《我和毛毛》的讲述对象是孩童，对孩童的想象使得蓝蓝将自身经验从其语言形体中提取出来，装入"儿童的"语言容器，如毛毛说，"我要送你一个礼物"，"礼物"对风景的隐喻已是被加工的结果，它是蓝蓝对过往经验的理解。当这些经验作为毛毛的礼物交付于"我"时，散落在章节中的傍晚的风景、早晨的风景等则成为被抽象化了的经验。抽象性使得它失却源自具体时空的根系以及由此生长出的深远阐释空间，因此无法负担"惊讶"的情感重量，它意在表现"我"与他人的联结，这联结的重要性在于它指向了一条通往生命内部的道路，但这联结的意义却因风景描绘的孱弱而有所削减。"有一天，毛毛对我说"是故事的讲法，诗作以故事的叙述策略组织起散落的风景描写，非情节性的风景处于情节的位置，模拟儿童与经验传递两种意图形成了这种拼贴的写法，意图限制了蓝蓝描绘自然的妙笔。

《我和毛毛》中引人注目的是那些乡村苦难，它们是蓝蓝对童年乡村经验的新发现。在过往童年经验的书写中，蓝蓝呈现出乡间朴野的生活方式以及大自然的神性，而在这些诗篇中，她以孩童的视角触及乡村生活的另一面，前面论及的这些内容在蓝蓝过去的写作中少有涉及，因此它们突破自我重复，具有更深刻的现实性。此处则就言说方式的效用对这类诗篇作出简要分析，如前文提到的《小黑猪》的结尾："毛毛的眼泪真咸呀。/ 小黑猪的肉真香呀。"这一节诗以句式的重叠为结构，表现孩童的话语特征和对文本声音的要求，作为儿童的"我"只描写了现象，符合儿童的认知习惯，这种话语方式又恰到好处地契合，使尚未显形的现实诞生，因此在重叠中建构起进入另一"界"的入口。

又如《水井》在"我"和毛毛的对话中呈现了黑妮一家的故事：因为生了女儿被丈夫虐待，"三岁的黑妮她妈跳井了"。诗的结尾写道："可怜的黑妮。/可怜的黑妮她妈。"这两句重叠、质朴的口语，比起对话中由成人声音拆分成的书面语更为真实和生动，重叠在这里依旧表现出孩童言说的局限，但其表达的拙稚在这一场景中却契合话语在悲剧面前的无力，因此接引了未言说的深重悲伤。

伽达默尔曾从语言与认知的角度考察了一个人在理解世界的过程中，如何在掌握更多经验与概念的同时使自己陷入习俗与惯例："世界就在我们学习语言的过程中、学会母语的过程中对我们表现出来。""因为概念的构造总是在我们所说的语言中进行继续思考，而世界的解释也是在这种语言中进行，这就绝不可能从零开始。因此，世界的揭示得以展现的语言无疑就是经验的产物和成果。"[①] 以成人世界的常规认知与言说为参照尺度，儿童对语言、习俗与惯例的陌生使得他们呈现出特有的认知方式和言说特征，这与诗存在相似之处。并非一切"儿童的"特征都足以被称作诗，"儿童的"转化为"诗的"还需要认知主体审慎对待自身投射在"儿童"与"诗"两个概念中的诸种动机。就这一点而言，蓝蓝的儿童诗还有待进一步反思与深入。

## 结　语

在"平民美学风格"体系的创作理念下，蓝蓝以"自然之心"为内核，以批判的视角审视现实和生活，然而，她从不局限于泛抒

---

① ［德］汉斯-格奥尔格·伽达默尔：《诠释学Ⅰ、Ⅱ：真理与方法（修订译本）》，洪汉鼎译，商务印书馆，2007，第94页。

情的书写藩篱，而是以低姿态的语调，勘探日常生活的深处；她对汉语修辞的娴熟驾驭使其将平淡的心境、细微的体察和犀利的批判圆融一体。蓝蓝于 20 世纪 80 年代开始诗歌创作，不同时期均有佳作问世，至今仍葆有蓬勃的艺术生命力，她是一个仍然在诗路上奔跑的诗人。她的诗歌创作跨越了宏大的浪漫主义抒情和私语独白，从小我尝试走向了公共空间，为当代女性诗歌提供了多元而富有启示意味的书写范例。她的创作视角广泛，涉猎乡村、自然、人性、城市、人民、事件。她以诗涉事，通过公共性书写呈现出理性的批判姿态和相对开阔的视域；她以诗自省，审视自我和灵魂；她以诗与世界对话，从古老的希腊文明中挖掘人类璀璨的文化给养。多年来，她秉持虔诚心写诗，守护着诗歌独有的辉光、性灵和高贵。

# 后记

美国华盛顿大学教授、当代著名文学批评家哈泽德·亚当斯（Hazard Adams）认为："在今日的批评活动中，最令人感到兴奋的，莫过于女性书写的重新发现，以及随之而来的对经典作品的过滤与精选。"诚然，如果我们想直接听见女人的声音，首先必须从女人的文学书写入手，而诗歌是唯一贯通上古至今的文体。从中西文化比较视野审视，中西方对女诗人的界定以及女诗人在不同语境中书写处境的差异极大："女诗人"在古代西方并不多见，英文中的"女作家"通常指"女性小说家"，如简·奥斯汀（Jane Austen）、夏洛蒂·勃朗特（Charlotte Brontë）与乔治·艾略特（George Eliot）等人。西方传统一向视写诗为"神职"，女人因不具神职人员的资格，一直少有机会展露诗才。如此一来，中西方女性诗歌在古代虽然都处于被遮蔽的状态，但与西方提及古代女诗人唯有萨福、提及中世纪女诗人只有克里斯蒂娜·德·皮桑①等少数女性截然不同的是，"五四"新文化运动以前的中国女作家几乎千篇一律是女诗人。② 毛先舒《皆绿轩诗序》云："大江南北，闺秀缤纷，动盈卷轴，可谓盛矣。"③ 从《诗经》看，在中国诗歌发展的初期，女性诗歌的成就

---

① 克里斯蒂娜·德·皮桑，中世纪第一位女性职业作家，法国第一位女作家，也是法国中世纪第一个"女权主义者"，是首位靠自己的笔谋生的女性。除却约二十部诗歌散文集，还有一部颇具影响力的小说《女性之城》。
② ［美］孙康宜:《妇女诗歌的经典化》，载《文学经典的挑战》，百花洲文艺出版社，2002，第100—101页。
③ ［清］汪启淑:《撷芳集》卷二十八，清乾隆五十年（1785）古歙汪氏飞鸿堂刊本。

和影响堪与男性诗人比肩，此外，从明清两代女性文学的整体情况来看，据《历代妇女著作考》一书，明清两代女作家有 3000 多人，明清出版的女诗人诗集有 2000 多本，明末清初这一百年可以视作女性诗词创作的一个兴起阶段，到了清中叶，女性文学发展则进入了高潮阶段，①有数千部诗歌选集登载了不计其数的女诗人作品。也就是说，从上古至今，中国女诗人及女性诗歌一直占据女性文学的"主流"地位。就此而言，从性别维度出发对中国女性诗歌进行总体性视野的经典化建构，亦是拓耕迥异于既往的中西方文学史研究的一个挑战。

　　回溯历史，如果说万历十八年（1590）女性诗词越逸了家族和闺阁，是女性诗歌集中兴起的时间节点，那么在中国历史上可与之堪对的当属 20 世纪 80 年代。就现代诗歌而言，女性的觉醒虽获得了长足进步，陈衡哲、冰心、林徽因、方令孺、陈敬容、郑敏等诗人，以异于男性的书写形式，对女性诗歌创作主题作出了拓展与超越，扩大了女性诗歌的视野，然而，中国现代女性的进步与浩荡的世界性女性解放潮流仍然极不相称，它稀疏的存在远未改写女性诗歌处于边缘困境的屡弱历史，昭示的还只是女性的整体解放，而真正的女性性别和书写意识的觉醒还比较滞后。中西方女性诗歌发展轨迹的拐点出现在当代，虽然抛物线轨迹不同——差距尤其体现在 20 世纪 50—80 年代间。中国直到 20 世纪 70 年代中后期，才真正迎来女性诗歌葱郁蓬勃的艺术春天，舒婷、林子、王尔碑、傅天琳、伊蕾、申爱萍、王小妮等一长串熟悉或陌生的名字轰然崛起于诗歌的地平线上，新一代夏娃的觉醒带来当代女性诗歌书写的集体

---

① 诚如《四库全书总目提要》指出的那样："闺秀著作，明人喜为编辑。"（〔清〕纪昀总纂：《四库全书总目提要》卷一百九十二，河北人民出版社，2000，第 4318 页。）这种现象一直延续至清代而未见少衰。

裂变。一时间张扬女性意识、呼唤女性自觉成为弥漫于女性歌唱空间的抢手主题，一批具有探索性、开拓性、影响力的作品如春雷般震响当代文坛。这些各具性格魅力的女诗人既强调女性感知世界的独特性，又注意展现男女共有的经验书写，更为包容的且充满对话的写作趋势代表了当代女性诗歌发展的开放向度，她们在对抗和自我发展中不失尊严。从性别视域考察，当代女诗人对女性经验的深入往往采取既不颠覆也不依附男权社会的表达策略，由此形成了与男性经验并行发展的具有女性审美意识的实践模式。这种类型的女性文本大大弱化了"性别对抗"的色彩，呈现出中性的、温和的诗性言说策略。

"开径独行，无所依傍"，评判诗歌的审美标准从来都不固定，选择哪些女诗人进入文学史或诗歌史难免众说纷纭，更何况这是第一部中国女性诗歌史。本书有意规避了"大而全"的诗歌史的写法，既尊重诗歌史的秩序性、流动性与现场感，也尊重个体生命的细节性、偶然性和神秘性。以六位重要的女诗人展示和凸显当代女性诗歌发展史的关键面貌，从数量上看，较之阵容强大的当代女性诗歌创作队伍，可谓微乎其微，但是，从女性诗歌史撰写的切入点和侧重点看，如此择定出于文学性和文学史意义的双重考量。每一个诗人的选择都经过深度的斟酌和辨析，还兼顾了当代女性诗歌史的几个关键节点：比如灰娃，其创作起点和艺术经验的传达不可复制，且独具未来主义的诗性自觉，她善于以新奇的意象符码和惊异的书写解构常规表达和审美逻辑；比如郑玲，有过因诗受难、燃烧生命延续诗写的创作历程，其浑朴沉挚的审美范型与坎坷的生命经历映照关联，其诗作意蕴张力饱满，易带给人心灵撞击；比如舒婷，从时代视角审度，具有不可替代性且独具时代引领性，她的创作折射出20世纪80年代中国社会和文学发展的突出现象以及隐形的女性观念或呼吁，被大众广泛接受和传播；比如翟永明，秉持女性主义诗学观念踏上诗坛，为中国当代女性诗歌发展作出推进和突破性贡献，提出过鲜明的诗学主张，且为汉诗留下了具有开创意味和文化标志底片性质的诗作，尤为难得的是她在不同创作阶段都跃动着思想的爆破力；比如王小妮，在女性诗歌日常书写方面独立审美典范，诗作充溢着自由和平淡的精神气质与表达能量，在诗艺磨砺和创新中探入挖掘日常生活的深刻内涵和丰富的现实意义；比如蓝蓝，其诗作涵容个性化的人文景观和自然景观，思想锐利，不乏批判精神，创作技法娴熟，对个体生存的现实性及人类命运远景的思考具有阐释性和穿透力。其余当代女诗人的介绍交织于导论和每章引论之中，直呈当代女性诗歌创作的新面向或新拓展。

　　本书立足于当代文化场域，既从女性角度出发，探察当代女诗人如何书写女性的或家族的命运，如何看待多元文化语境中女性经验的意义，如何高扬当代女性的主体意识，又力图摆脱女性性别的单一性或局限性，从文学史发展流脉客观而全面地审视她们在两性复调的文坛中所处的历史定位以及所作出的文学贡献，以警醒的姿态对女性诗歌走过的历程保持反思或质疑。

　　除郑玲外，我与其余五位诗人都有过比较深入的交流。2006年，我指导的第一届硕士研究生马富丽把灰娃作为硕士毕业论文选题，并很好地完成了中国第一部研究灰娃诗歌创作的硕士学位论文。尤记我第一次带她到灰娃家对灰娃进行访谈，秋阳透过窗户照进灰娃先生张仃老师设计的房间。灰娃非常健谈，诗心仿若孩童般纯净，而张仃先生始终坐在一旁静静聆听。此后马富丽一直与灰娃保持联系，并发表多篇关于灰娃的论文和访谈录。翟永明是诗坛公认的"大姐大"，她沉稳大气，思想博雅深邃，本书校对中遇到一些难以考证的史料问题向她求证,她都耐心回复。我与舒婷于2019年一起参加过第三届中美诗学对话活动。赴美同行期间,我向舒婷请教了长期以来关于舒婷研究的些许不得解的问题。在郑玲一章的校对中,经诗人黄礼孩引荐,我得到郑玲先生陈善壎老师提供的多本珍贵的诗集,完善了一些细节。我与王小妮和蓝蓝也多有交往,在解读她们的诗作时,可以很贴合地把握她们的语调和风格……从历史视角看,当代人写史缺少了时间的过滤,却足以为后人研究留存下珍贵的一手资料。

尤记2018年初,黄怒波先生邀我写一本《中国当代女诗人评论》,这应该是本书的缘起。为了实现自己多年前为中国女性诗歌撰史的初衷,我将写作规划溯源至先秦,著述体量也扩充了几倍——分为古代、近代卷,现代卷和当代卷,每一卷还可以衍生出具体的分支系列。现代卷和当代卷的撰写从开始动笔至今已有六载,由诗入史,笔耕中国女性诗歌沃土,"充实而有光辉"(孟子语),写作过程中的收获和启发远远超乎预想:这是充盈着喜悦、神秘和惊叹,没有终点的精神漫游和灵魂对话,使我不断地从研究对象那里汲取充沛的灵感、饱满的人格、新鲜的经验、蓬勃向上的生命力、闪烁光芒的智慧以及"独一无二的创造性"(奥登语);近距离感受她们幽微隐曲的喜悲思愁,捕捉才女们传奇动荡的人生轨迹,欣赏她们不受制于时代和世俗定义的绝代才华及风情雅趣,抑或是悲叹其命运的困窘或遭遇的不幸,欣赏并学习她们思想深厚的载力、烙印生命气息的意象建构、鲜明的个性话语、成熟的文体风格、丰富的精神品质以及个体与时代、历史之间深度的复杂关联等。

本套书系在专章诗人研究中尤着力于女性诗歌史丰富的细节,体例框架同一。其一,现代卷书名取自冰心的同题诗《诗的女神》,

当代卷书名取自蓝蓝的同题诗《漂往远海》，取此书名至少有两层思考：首先，生命"远海"的终点是死亡吗？女性如何驶过个体的生命之海、时间的深渊直至面对无可遁逃的死亡？其次，当代女诗人的创作或深或浅地受到异域诗歌汪洋大海的给养和冲击，在漂往远海的写作征途中，她们如何驾驭生命经验，践行自己的航线？其二，全书导论通述先秦至今的女性诗歌发展史及经典化历程，历时性梳理了性别视角给文学书写的演绎所带来的透视效应，以及不同时期女性诗歌所处的时代语境、诗坛风貌与三千年来女诗人创作成就的交叠等，对中国文学史上颇具成就的女诗人作了整体性的定位、钩沉或激活。其三，每章均由引论、正文和结语构成，引论是该时代的微观女性诗歌史，点面交织，旨在共时性介绍与该章诗人同时代的女性诗歌创作概貌，结语则精简概述了本章诗人的艺术成就和诗坛定位。如此结构和安排，实为提升诗歌史写作效力和活力，以期介入相关值得深入探询的问题，反观动态发展中的中国女性诗歌史研究。其四，在诗歌鉴赏方面，本书对现代卷有所承续：一是"显微镜"式的经典诗作的细读，鉴赏本身超越了艺术的欣赏，还原更为真实的创作场景；二是通过挖掘诗作和阐释诗人的艺术倾向，侧重研究释论；三是在历史视野中推进艺术的探索，比如文体或诗学的实践、文本肌理的细剖等。相较于古代、近代卷和现代卷，本书尤为关注西方文艺理论、思潮等对中国当代女性诗歌的多元影响，当代女性诗歌与古代、近现代女性诗歌及男性诗歌书写所形成的视镜呼应，以及中国当代女性诗歌所呈现出的新隽之处。

　　如果问本书的撰写与既往的文学史或诗歌史写作有何不同之处，至少有一点值得指出，即用诗性的语言消解文学史（或诗歌史）规范性叙述机制带来的枯燥或艰涩，拆除程式化的研究范式给广大读者带来的阅读藩篱，努力做到既发扬诗歌史的完整性、客观性、丰富性、学术性，又兼具普及性与可读性。除这六位重要的女诗人，还有很多才情卓越的当代女诗人值得专章研究，均拟放在下一部书中探讨。当然，整套书最大的挑战来源于如何有效地探索中国女性诗歌史撰写体例或方式，探察当代女诗人所受到的西方诗歌和诗学的影响及"男女双性"视野下的女性书写的特质，以及性别身份以怎样的方式进入女性书写体系里，女性诗歌书写从自我审视到自我塑造不同历史时期的审美性变化过程如何等，诸上相关研究还在持续创辟，并未因书稿的付梓而终止。

本书封面设计元素的创意由我提供给设计师，灵感来源于灰娃的诗作《我额头青枝绿叶……》，既想表达出当代女性主体的自由姿态、丰沛的情感张力、深邃交叠的诗思，又渴望注入一些魔幻或超验的想象。此外，我一直思考如何让优秀的当代女诗人画家参与到"中国女性诗歌史"书系的封面原创设计，目的绝非简单提升视觉美感，而是想融入女性当下生命的表达。当看到诗人三色堇的《异木棉》和金铃子的《荷》时，我被两幅油画的韵味吸引，由此分别成就了本书和即将出版的《月满西楼：中国女性诗歌史（古代、近代卷）》的书脊图像。

本书灰娃、郑玲、翟永明、蓝蓝章节的顺利进展得益于马富丽、张福超、朱峻青、沈名佼的参与；于晓庆、张译丹、崔博、苏铭、蔡英明、朱瑜、简可欣、郭晋玮、陈明、何亮亮、严晓涛、庞敬予、李湘宇、陈怡萱、严钧琳等都参与了烦琐的校对和材料整理工作，在此一并感谢。此外，《漂往远海：中国女性诗歌史（当代卷）》的出版，感谢北京大学出版社的大力支持和责编张亚如女士的辛勤编辑，感谢多年来给予我帮助和鼓励的师友与家人，感谢谢冕教授对"中国女性诗歌史"书系的支持，感谢骆寒超、叶橹和吕进教授对本书的殷切期望，尤其感谢吴思敬和张清华教授百忙中不吝赐教，为本书撰写推荐语，他们中肯而充满力量的鼓励将引航我完成未尽的工作。

2024 年 8 月 1 日